RICHARD LAYMON

Jahrmarkt des Grauens

HORROR-ROMAN

Ins Deutsche übertragen
von Regina Winter

GOLDMANN VERLAG

Deutsche Erstveröffentlichung

Die Originalausgabe erschien unter dem Titel
»Funland« bei W H Allen, London

Dieses Buch ist Ann Laymon und
Kelly Ann Laymon gewidmet,
meiner Frau und meiner Tochter,
meinen Reisegefährten, meinen besten Freunden.
In Liebe.

Der Goldmann Verlag
ist ein Unternehmen der Verlagsgruppe Bertelsmann

Made in Germany · 2. Auflage · 5/92

Umschlaggestaltung: Design Team München unter Verwendung
eines Fotos von Bavaria/Ball, Gauting
Satz: IBV Satz- und Datentechnik GmbH, Berlin
Druck: Elsnerdruck, Berlin
Verlagsnummer: 8092
Lektorat: Sky Nonhoff
Redaktion: Ilse Wagner
Herstellung: Heidrun Nawrot/SC
ISBN 3-442-08092-4

1

Er kam aus dem Schatten der geschlossenen Passage und schlurfte auf Tanya zu. Er sah aus, als wäre er geradewegs einer Gruft in einem Zombiefilm entstiegen – das Gesicht grau im Mondlicht, die Augen wie schwarze Höhlen. Sein Kopf war leicht zur Seite geneigt, sein Gang schleppend, die abgerissenen Kleider flatterten im Wind.

Tanya blieb stehen. Sie verschränkte die Arme vor der Brust. Obwohl vom Ozean her ein kalter Wind blies, war es ihr in ihrem Trainingsanzug bisher warm genug gewesen. Aber jetzt kribbelte ihre Haut, als hätte sie plötzlich ein Eigenleben entwikkelt und würde schrumpfen. Ein festes Band schien sich um ihre Stirn zu legen. Sie konnte spüren, wie sich ihr die Haare im Nakken und auf den Armen sträubten.

Der Mann näherte sich mit unsicherem Schritt.

Tanya wußte, daß er kein Zombie war.

Es gibt keine Zombies. Zombies können dir nichts antun.

Sie existieren nicht.

Das hier ist ein Troll.

Einer der verrückten, heimatlosen Schmarotzer, die sich an jeden heranmachen, der sich in die Nähe der hölzernen Promenade oder an den Strand wagte. Es wurden immer mehr. Der dreckige, heruntergekommene Abschaum der Menschheit.

Der Troll, immer noch ein paar Schritte von Tanya entfernt, streckte seine Hand aus.

Sie trat rasch einen Schritt zurück, hatte plötzlich Angst, daß sich noch andere an sie heranschlichen, und sah sich um. Sie konnte niemanden entdecken.

Aber sie wußte, daß sie beobachtet wurde. Trolle. Zwei, drei oder zehn von ihnen. Sie starrten aus den schwarzen Schatten neben den Spielbuden und Karussellen heraus, spähten um Ecken herum, vielleicht schielten sie sie auch lüstern von unten her an, durch Risse in den Planken der Promenade. Sie beobachteten, hielten sich aber versteckt.

»Haste 'n paar Mäuse übrig, Schatz?«

Schnell drehte sie sich wieder zu dem Troll um. Jetzt konnte sie seine Augen sehen, feucht und triefend im Mondlicht. Er bleckte die Zähne zu einem verschlagenen, anbiedernden Grinsen. Ein paar Vorderzähne fehlten. Der Wind war nicht stark genug, um den säuerlichen Geruch wegzublasen, der von ihm ausging.

»Okay«, sagte Tanya. »Klar.« Sie griff nach ihrer Schultertasche, drückte sie fest an den Körper, öffnete sie und nahm den Geldbeutel heraus.

»Haste vielleicht 'n Dollar, Schatz?« Er wackelte mit dem Kopf und kratzte sein unrasiertes Kinn. »Hab drei Tage keinen Bissen gehabt.«

»Ich seh mal, was ich habe«, sagte sie. Ihre Stimme zitterte. Sie öffnete den Geldbeutel.

»Was machste bloß hier draußen?« fragte er. »Is' gefährlich, weißte. 'n Haufen Spinner, verstehste?«

»Das hab ich gemerkt«, meinte Tanya.

»Bist 'n hübsches junges Ding. Die Spinner mögen hübsche junge Dinger.«

Statt Münzen nahm Tanya eine weiße Karte aus ihrem Geldbeutel. Sie legte sie mit einer ruckartigen Bewegung schnell in die ausgestreckte Hand des Trolls.

»Hä?« Er betrachtete die Karte stirnrunzelnd.

»Kannst du das lesen?«

»Was'n das für'n Mist?«

»Eine Botschaft für dich.«

Er zerriß die Karte und warf sie weg. Der Wind fegte die Stücke über die Planken. »Ich will'n Dollar, drei, vier Dollar. Los.« Er bewegte auffordernd die ausgestreckte Hand. »LOS!«

Tanya schob die Schultertasche nach hinten auf ihren Rücken. Sie spürte, wie schwer die Tasche war. »Du mieser Analphabet, auf der Karte steht ›Lieber Troll, viele Grüße vom Großen Groben Griesgram Billy‹.«

»Was'n das für'n SCHEISS?«

Tanya griff ihn an. Er stolperte jammernd nach hinten. Sie packte die Aufschläge seines dreckstarrenden Mantels, hakte ein Bein hinter seine Beine, zog sie nach vorn und warf ihn um. Er fiel rücklings auf die Promenade. Die Luft entwich pfeifend aus seiner Lunge, als sie ihm gegen den Brustkorb trat. Er rollte sich keuchend auf die Seite.

Tanya griff in den Ausschnitt ihres Sweatshirts, zog die Trillerpfeife heraus, wandte sich von dem sich krümmenden Troll ab und pfiff kurz und schrill. Die Eintrittskarten-Bude war ein ganzes Stück weiter entfernt, als sie angenommen hatte.

Wenn es Schwierigkeiten gegeben hätte...

Aber es war nichts passiert.

Sie kamen aus ihrem Versteck neben der Bude und liefen auf sie zu: Nate, Samson, Randy, Shiner, Cowboy, Karen, Heather und Liz.

Das Team.

Tanyas Trolljäger.

Sie beobachtete, wie sie näher kamen, und war auf einmal stolz auf sie. Sie lächelte und hob grüßend die Faust. Auch die anderen hoben die Fäuste. Einer – das mußte Cowboy sein – stieß einen Schlachtruf aus. Nate knuffte ihn, damit er still war.

Tanya wandte sich wieder dem Troll zu. Er versuchte auf allen vieren davonzukriechen, aber sie drückte ihn mit dem Fuß zu Boden, drehte sein Fußgelenk um und preßte es nach unten aufs Holz. Er schrie auf und ließ sich fallen. Sie hielt seinen Fuß weiter auf die Planken gedrückt und wartete. Zuerst konnte sie nur das Rauschen des Winds und der weit entfernten Brandung hören. Dann wurden die Schritte des herannahenden Teams lauter. Sekunden später standen alle um sie und den Troll herum. Nate tätschelte ihren Rücken. »Wie war's?«

»Kein Problem.« Sie nahm ihren Fuß vom Gelenk des Trolls.

Die anderen beugten sich über ihn.

Tanya trat zurück, um sich das anzusehen, und Nate schloß sich den anderen an.

»Laßt mich los«, winselte der Troll. »*Loooslassen*!«

Er schnappte nach Luft, als ihn die Schläge trafen.

Tanya drehte sich um und ließ den Blick über die Promenade schweifen. Es war niemand zu sehen. Falls andere Trolle zusahen – und davon war sie überzeugt, sie hoffte es sogar –, dann hatten sie kein Interesse, diesem hier zu helfen.

»Nein! Nich!«

Tanya blickte hinab auf den Troll. Karen hatte ein Bein seiner ausgebeulten Hose, Heather das andere gepackt. Sie zogen, und die Hose rutschte an seinen blassen, knochigen Beinen herunter.

»Uuuh!« sagte Cowboy. »Der alte Knabe hat'n Ding wie 'n Maulesel!«

»Da wirst du neidisch, oder?« witzelte Liz.

»Leck mich!«

»Seid still, ihr zwei«, sagte Nate. »Los, hoch mit ihm!«

Sie hoben den nackten Troll an Armen und Beinen auf. Er wand und krümmte sich. Er jammerte und drehte seinen Kopf von einer Seite zur anderen. »Loslassen!« schrie er.

»Loslassen!«

Tanya breitete den Mantel des Trolls aus. Mit angehaltenem Atem warf sie seine Schuhe und Kleider darauf. Sein Hemd und die Unterhosen fühlten sich feucht an, glatt und fadenscheinig. Einmal mußte sie würgen, aber sie machte weiter und wickelte schließlich den Mantel um das übrige Zeug. Dann hob sie das Bündel auf und folgte den anderen, die den zappelnden Troll an Armen und Beinen zu einem Laternenpfahl trugen.

Die Laterne war – wie alle Lampen in Funland – nach Schließen der Tore ausgeschaltet worden.

Cowboy nahm ein zusammengerolltes Seil von der Schulter. Ein Ende hielt er fest, den Rest warf er nach oben. Die Rolle wikkelte sich ab, stieg nach oben und fiel über den schmiedeeisernen Arm des Laternenpfahls. Das Ende war zu einer Henkersschlinge geknüpft. Er hielt die Schlinge fest.

»*Nein*!« schrie der Troll, als Cowboy ihm die Schlinge über den Kopf zog. »Bitte! Hab doch nix getan!«

»Er hat doch nix getan«, äffte Liz ihn nach.

»Los, knüpfen wir ihn auf«, sagte Samson.

»Hoch mit ihm«, fügte Heather hinzu.

»*Nein!*« Er warf den Kopf hin und her, aber die Schlinge blieb fest.

»Wir werden dir den Hals langziehen«, sagte Cowboy und beugte sich über ihn. »Wir wollen sehen, wie du in der Luft tanzt.«

»Hört auf rumzuschwätzen und tut's endlich«, sagte Tanya. Sie ließ das Kleiderbündel fallen, packte sich das lose Ende des Seils und zog daran an. Sie zerrte das Seil nach hinten. Der Troll kreischte. Die anderen ließen ihn los. Tanya sah, wie seine Beine herunterfielen. Er schaukelte, sein Rumpf hing über den Planken der Promenade, die Füße zappelten, als er versuchte, den Boden zu berühren. Das plötzliche Gewicht zerrte am Seil. Es lief ein paar Zentimeter brennend heiß durch ihre Hände, dann griffen Samson, Heather und Cowboy zu. »Okay. Genug«, rief Nate.

Sie hörten auf zu ziehen. »Festhalten«, sagte Tanya. Sie trat zur Seite und ließ die anderen das Seil festbinden. Der nackte Troll tanzte auf Zehenspitzen und zerrte an der Schlinge um seinen Hals.

Tanya ging zu ihm hinüber.

»Willst du sterben?« fragte sie.

Er gab schluchzende, winselnde Geräusche von sich. Ein Rotzfaden baumelte an seinem Kinn. »Du bist widerlich«, sagte Tanya. »Abschaum. Eine stinkende Masse von Exkrementen.«

»Das bedeutet Scheiße«, klärte ihn Liz auf.

»Wir wollen nicht, daß Typen wie du hier herumkriechen und uns betatschen. Du hast hier nichts zu suchen. Wir haben die Schnauze voll. Verstehst du?«

Er plärrte wie ein verängstigtes Kind.

»Zieht ihn hoch«, schrie Tanya.

Der Troll wurde hochgezogen. Er klammerte sich an die Schlinge und bog den Rücken durch; seine Beine traten in die Luft, als wollte er auf dem Wind laufen.

»Das reicht«, sagte Nate.

Der Troll fiel herunter. Seine Füße krachten auf das Holz. Dann der Rumpf. Die Knie schossen nach oben, eines schlug gegen sein Kinn und boxte den Kopf nach hinten. Dann lag er ausgestreckt, wimmerte und zog an der Schlinge an seinem Hals.

Nate nahm ihm das Seil aus der Hand.

Er legte die Schlinge um das rechte Fußgelenk des Trolls und zog sie fest.

»Ziehen«, befahl er.

Das rechte Bein des Trolls schnellte nach oben.

Sein Körper folgte nach.

Als der Kopf des Trolls etwa einen Meter über dem Boden war, befestigte Cowboy das Seil am Sockel des Laternenpfahls.

»So hängt er fest genug«, verkündete er.

Sie bauten sich alle vor dem Troll auf. Er schaukelte von einer Seite zur anderen, drehte sich hin und her und versuchte, nach den Planken der Promenade zu greifen, aber die waren außerhalb seiner Reichweite. Sein linkes Bein hing herunter, als wüßte es nicht, wohin.

»Das ist doch mal'n schöner Anblick!« sagte Cowboy.

»Es wäre noch viel schöner«, sagte Tanya, »wenn wir die Schlinge um seinen Hals gelassen hätten.« Sie bückte sich und starrte dem hängenden Troll in die Augen. »Das nächste Mal, du Drecksack, bringen wir dich um. Verstanden? Also hau besser gleich ab, wenn du runterkommst.«

»Hau weit genug ab«, fügte Nate hinzu.

Mit einem Kichern holte Heather aus, schlug gegen die Hüfte des Trolls, schubste ihn und ließ ihn hin und her schaukeln, als wäre er ein Spielzeug auf einem Kinderspielplatz.

Tanya schob mit dem Fuß das Kleiderbündel zu ihm hin. Sie holte einen kleinen Behälter mit Benzin aus ihrer Tasche und bespritzte den Mantel damit. Dann zündete sie ein Streichholz an, schützte die Flamme vor dem Wind und hielt sie an den benzingetränkten Stoff. Flammen flackerten aus dem Bündel, verwandelten es in einen Feuerball. Das Feuer beleuchtete das schmierige, unrasierte Gesicht des Trolls und seinen leichenhaften schaukelnden Körper. Tanya gab dem Bündel einen Tritt.

Es rollte vorwärts und blieb dicht neben dem Troll liegen. Kreischend griff er nach seinem Kopf und krümmte sich nach oben, als wollte er sich setzen.

»Spinnst du?« schrie Nate.

Er sprang nach vorn und trat gegen das brennende Kleiderbündel. Es flog in die Luft, fiel auseinander, und der Wind wehte brennende und glühende Stoffetzen davon.

Der Troll griff nach Nates Hose. Nate stieß ihm ein Knie ins Gesicht und stolperte nach hinten, außer Reichweite. Er fuhr zu Tanya herum. »Was, zum Teufel, wolltest du...«

»Er sah so aus, als ob er friert.«

»Verdammt!«

»Wir hätten uns ein Würstchen grillen können.«

»Wir hätten uns eine verdammte Mordanklage einhandeln können! Los, laßt uns hier abhauen.«

Sie gingen und ließen den Troll über der vom Mondlicht beleuchteten Promenade schaukeln.

2

»Oooh! Tolle Stelzen! Schmatz!«

Dave warf einen Blick in Richtung der Stimme und stellte fest, daß sie aus dem »Maul« einer grünen Socke an der Hand einer Bettlerin kam. Er ging weiter.

Wenn Joan die Bemerkung über ihre Beine überhaupt gehört hatte, dann ignorierte sie sie ebenso, wie sie für gewöhnlich die anerkennenden Blicke, Kommentare und das Pfeifen ignorierte, das regelmäßig erklang, wenn sie auf der Promenade Streife ging.

»Leckere Beinchen. Wo kommen die her? War'n wohl zu Haus im Bett. Kuschelig und gemütlich, und Enoch hat den Löffel abgegeben.«

»Sie hat recht«, sagte Joan. »Du hast hinreißende Beine.«

Dave blieb stehen. Er blickte zurück zu der alten Frau. Sie saß mit gekreuzten Beinen auf der Bank. Ihr ledriges braunes Gesicht war in die andere Richtung gedreht. Sie starrte ein junges Paar an, das gerade vorüberkam, und schwätzte mit ihrer Sockenpuppe auf sie ein. Der Mann und die Frau beschleunigten ihre

Schritte und sahen sie nicht an. Trotz der Hitze hatte sie eine Decke wie eine Kapuze über Kopf und Schultern gezogen. Vorn war die Decke offen und ließ ein fleckiges T-Shirt sehen. Das T-Shirt hatte Löcher. Dazu trug sie einen fadenscheinigen Rock. Auf der Bank neben ihr stand ein gelber Plastikteller mit ein paar Münzen darin.

»Los«, sagte Joan. »Gib ihr 'nen Dollar. Sie hat dir ein Kompliment wegen deiner Beine gemacht.«

»Wegen deiner. Und was hat sie über Enoch gesagt?«

»Wer ist Enoch?«

»Weiß ich nicht. Irgendwas darüber, daß er den Löffel abgegeben hat?«

»Keine Ahnung. Wen interessiert das? Die spinnt doch.«

Dave ging zurück. Die Alte sah ihn durch fettige graue Haarsträhnen hindurch an, dann senkte sie den Blick. Aber die Puppe wandte sich Dave zu.

»Hiii«, sagte sie. »Bullenbeine, heute hier, morgen dort. Knackig braune Bullenbeine. Bi-Ba-Bullenbeine.«

»Was hast du da über Enoch gesagt?« fragte er.

Die Socke schien ihn mit offenem Maul anzustarren, als sei sie über die Frage erschrocken. Ihr offenes Maul war nichts weiter als eine Falte zwischen Daumen und Fingern der alten Frau. Eine ziemlich jämmerliche Sockenpuppe, dachte er. Sie hat nicht mal Augen.

Das Maul klappte auf und zu. »Neugier bringt den Bullen um. Klappe zu, Affe tot.«

»Er hat Sie was gefragt, Lady«, stieß Joan hervor.

Die Socke schauderte.

»Lieber Himmel, Dave!«

Dann fiel sie vornüber, als wäre sie tot.

»Was ist mit Enoch passiert?« fragte Dave.

»Vorbei, vorbei, vorbei«, sang die Socke. »Bloß nix sagen. Wo war'n denn meine schönen Bullen? Zu Hause im Bett waren sie. Schluß.« Die Socke schoß nach vorn, knabberte an Daves Oberschenkel und fuhr zum Schritt hoch. Keuchend wich er zurück. Das Sockenmaul hatte den Rand seiner Shorts erwischt, mußte dann aber loslassen.

»Verdammt noch mal, Lady«, stieß Dave hervor.

Joan klappte vor Lachen beinahe zusammen.

Dave ging weiter, ohne noch einmal zurückzuschauen.

Joan lief neben ihm her und lachte. »Eine erstklassige... Verhörtechnik.«

»Sie wollte mich *betatschen*!«

»Wollte sich dein bestes Stück schnappen.«

Dave spürte, wie ihm ein Schauer über den Rücken lief.

»Sollen wir sie einlochen, wegen tätlichem Angriff auf einen Polizisten?«

»Schluck's runter, Kumpel. Du würdest nicht so dämlich lachen, wenn sie dich angefaßt hätte. Lieber Himmel!« Er konnte immer noch die verdammte Socke spüren. Er rieb mit der Hand fest über seinen Oberschenkel.

»Ich gehe nie so nah ran«, sagte Joan. »Außer vielleicht, um ihnen Handschellen anzulegen. Und dann würde ich am liebsten Gummihandschuhe anziehen. Und eine Gasmaske. Und vielleicht einen von diesen Anzügen zur chemischen Kriegsführung, wenn ich so eine anfassen müßte. Diese Typen sind widerlich. Wenn es nach mir ginge, würden wir die alle loswerden.«

»Mach doch bei den Trolljägern mit.«

»Wenn das unter uns bleibt: Ich würde lieber mitmachen, als sie zu erwischen. Nicht, daß eines von beiden wahrscheinlich ist. Ich hol mir jetzt einen Hot dog am Spieß. Wie ist es, willst du auch einen?«

Dave starrte seine Hand an. Sie machte keinen schmutzigen Eindruck, er hatte allerdings damit seinen Oberschenkel gerieben, wo die Socke ihn berührt hatte. Aber er war hungrig. Sie waren auf Streife, seit der Vergnügungspark gegen zehn Uhr geöffnet hatte, also seit fast drei Stunden. »Bring mir einen mit, ja? Ich will mich mal schnell waschen.«

»Nimm genug Seife. Es ist schwierig, diesen Trollschleim wieder wegzukriegen.«

»Werd bloß nicht noch witziger, Joan. Ich glaube, das wäre nicht mehr auszuhalten.«

Joan stellte sich in die Warteschlange an der Hot-dog-Bude, und er ging zur nächsten Herrentoilette. In Funland gab es zwei

Toilettenanlagen, eine an jedem Ende der Promenade. Für heute war es das sechste Mal, daß er eine von ihnen betrat.

Bei ihrer Streife gingen sie hier regelmäßig hinein. Dave schaute in die Herrentoilette, Joan in die für Damen.

»Wenn irgendwas Beschissenes im Gang ist«, sagte Joan oft, »dann ist das hier der richtige Ort dafür.«

Häufig fanden sie dort herumlungernde Penner, Leute, die die verschiedensten sexuellen Vorlieben auslebten, und ab und zu einen kleinen Drogenhändler.

Heute war das bisher einzige Problem ein Wermutbruder gewesen, der in die Damentoilette gekotzt hatte. Joan hatte ihn hinausgeführt und dabei trotz der Sonnenbräune blaß ausgesehen.

Dave betrat die Herrentoilette wie immer vorsichtig. Sie war leer, mit der Ausnahme eines etwa zehnjährigen Jungen am Pissoir. Die Tür einer Kabine war geschlossen. Dave bückte sich und blickte unter der Tür durch. Nur ein paar Füße, mit heruntergelassenen Jeans darüber. Als er wieder aufstand, sah er, wie ihn das Kind über die Schulter anstarrte.

»War's schön heute?« fragte Dave und ging hinüber zum Waschbecken.

»Die Bazookas sind ganz toll!«

Dave lächelte. »Die mag ich auch. Die Tennisbälle donnern da so richtig raus.« Er zog ein paar Papierhandtücher aus dem Spender, befeuchtete eines am Wasserhahn und rieb sein Bein damit ab.

»Ist das eine richtige Pistole?« fragte der Junge.

»Eine 38er Smith & Wesson.«

»Sind Sie ein Polizist?«

»Wo ich mit 'ner Knarre rumlaufe, empfiehlt sich das wohl, sonst könnte ich Ärger kriegen.«

Der Junge grinste. Er schloß seinen Reißverschluß, spülte und kam auf Dave zu.

Er starrte ihn an.

»Willst du meine Marke sehen?« fragte Dave. Er zeigte mit einem nassen Finger auf ein blaues Schild, das an sein T-Shirt geheftet war.

»Das ist Ihre Uniform? Haben Sie die immer an?«

»Nur wenn ich hier auf Streife bin, wenn's heiß ist. Sonst haben wir Uniformen wie die anderen Polizisten auch.«

»Komisch.«

Dave war an derartige Bemerkungen gewöhnt. Seine Mütze sah aus wie eine Baseballmütze. Statt mit dem Oberliga-Abzeichen war sie mit den goldenen Buchstaben BBP für Boleta Bay Police bestickt, in einem Stern. Sein weißes T-Shirt hatte das gleiche Emblem. Die Shorts paßten zur Mütze. Er trug weiße Socken und blaue Turnschuhe. Nur der schwarze Ledergürtel, an dem Halfter, Pistole, Gummiknüppel, Sprechfunkgerät, Handschellen und ein halbes Dutzend kleiner Taschen hingen, machte ihn deutlich als Polizisten erkennbar.

»Sieht aber irgendwie gut aus«, gab der Junge nach einer ausführlichen Inspektion zu. Dann hielt er die Hände unters laufende Wasser, zog ein Papierhandtuch raus und trocknete sie ab. »Ich werde auch mal Polizist.«

»Gute Idee. Vielleicht arbeiten wir mal als Partner.«

»Nee. Ich komme aus Los Angeles. Ich werde beim Los Angeles Police Department sein.«

»Das ist 'ne Superstelle, Mister.«

Der Junge strahlte ihn an und sagte: »Also, bis dann«, und rannte los.

Dave trocknete sein Bein ab. Dann wusch er sich die Hände und mußte grinsen, als er sich an Joans Rat erinnerte, viel Seife zu benutzen, um den Trollschleim wegzukriegen.

Er lächelte nicht mehr, als ihm einfiel, wie die Frau ihn angefaßt hatte.

Du mußt versuchen, freundlich zu diesen Leuten zu sein...

Gloria mag sie... Ich sollte *sie* vielleicht dieser Hexe mit der Puppe vorstellen.

Es sind Menschen, Dave.

Warum benehmen sie sich dann nicht so?

Großartig, dachte er. Ich streite mich mit Gloria, und sie ist nicht mal hier.

Wenn sie nur halb so gescheit wäre wie Joan...

Vergiß es.

Er trocknete die Hände ab und eilte nach draußen ins Sonnenlicht. Joan saß an einem kleinen runden Tisch am Rande der Promenade. Sie hatte einen Hot dog am Spieß und eine kleine Cola vor sich. Ihr gegenüber auf dem Tisch lagen zwei Hot dogs, eine Papiertüte mit Fritten und eine größere Cola. Dave ließ sich vor dem Essen nieder.

»Willst du mich mästen?« fragte er.

»Du wächst noch. Kannst nicht nur von Bohnenkeimen und Quark leben.«

»Du solltest sehen, was sie mir gestern abend vorgesetzt hat.«

»Willst du mir den Appetit verderben?« fragte Joan. Sie riß mit ihren Zähnen eine Ecke des Plastikbeutelchens auf und drückte den Senf auf ihren Hot dog.

Dave lief das Wasser im Mund zusammen. Er wickelte die Verpackung von einem seiner Hot dogs ab und nahm einen großen Biß. Die Kruste des tiefgefrorenen Maisbrötchens brach. Die Haut des Würstchens platzte. Warmer Fleischsaft floß in seinen Mund. Er kaute und seufzte. »Richtiges Essen«, sagte er.

»Also, welche kulinarische Delikatesse hat dir Gloria gestern abend vorgesetzt?«

»Etwas aus dem Wok.«

»Das ist schon mal ein schlechtes Zeichen.«

»Gebratene Mischvegetation.«

»Hast du irgendeine Ahnung, was das sein soll?« Ihre Augen schienen zu lächeln, sie nahm einen weiteren kräftigen Biß. Dabei blieb ein bißchen Senf auf ihrer Oberlippe hängen.

»Ich weiß ganz genau, was es war«, sagte Dave.

»Jedenfalls das meiste davon. Wasserkastanien, Bambussprossen, Pilze, Erbsen. Das beste daran war die Sojasoße.«

»Pilze sind gar nicht übel«, sagte Joan. Sie schleckte den Senf von der Oberlippe. »Sautiert schmecken sie gut zu einem Steak.«

»Erwähne bitte keine Steaks.«

»Hört sich an, als wärst du dabei, ein Rikscha-Boy zu werden.«

»Mein System wird gereinigt.«

»Ich aß einen ungefähr sooo dicken Hamburger.« Joan hielt die Hand hoch, Daumen und Zeigefinger weit gespreizt. »Und Bratkartoffeln mit Chili.«

»Du hast wirklich eine sadistische Ader, weißt du das?«

»Kann schon sein. Würde es dir was ausmachen, wenn ich auf diese Fritten ein wenig Ketchup tue?«

»Ich dachte, die wären für mich.«

»Sind sie auch.« Sie riß ein Ketchup-Päckchen mit den Zähnen auf, drückte das Ketchup auf eine Hälfte der Fritten und fing an, sie zu vertilgen.

»Das geht direkt in die Oberschenkel.«

»Du bist derjenige von uns, der die hinreißenden Stelzen hat«, sagte sie und stopfte sich mehr Fritten in den Mund.

Vielen Dank, daß du mich daran erinnert hast, dachte Dave. Er konnte *spüren*, wie die Socke an seinem Bein hochkrabbelte.

»Glaubst du, die Trolljäger haben gestern nacht wieder zugeschlagen?« fragte Joan.

»Was die Alte erzählte, hörte sich irgendwie so an.«

»Enoch hat den Löffel abgegeben? Hört sich an, als wäre er tot. Die Trolljäger bringen niemanden um.«

»Bis jetzt noch nicht«, gab Dave zu. »Jedenfalls wissen wir nichts davon.«

»Den Löffel abgeben bedeutet im allgemeinen den Löffel abgeben.«

»Ein messerscharfer Schluß.«

»Ich kann mir nicht vorstellen, daß sie jemanden umbringen. Du?« fragte Joan. »Penner verprügeln ist eine Sache. Bis zum Mord ist es noch ziemlich weit.«

»Nicht sehr weit. Denk doch mal daran, wie es angefangen hat. Zuerst haben sie sich die Penner nur geschnappt und sie zur Stadtgrenze gefahren. Es ist schon um einiges schlimmer geworden.«

»Ein paar von ihren Tricks waren ziemlich grausam.«

»Und einige Penner wurden übel zusammengeschlagen.«

»Früher oder später werden sie jemanden umbringen. Wenn es nicht schon passiert ist. Und wer kann sagen, was passiert ist? So wie diese Nichtseßhaften hier kommen und gehen, könnten die Kids sie alle abmurksen, und keiner würde etwas davon wissen, bis man eine Leiche findet.«

»Ich glaube nicht, daß es so weit gekommen ist«, sagte Joan, blickte nach unten und rührte ihre Cola mit dem Strohhalm um. »Erst vor ein paar Nächten haben sie diesen Schleimer an die Schienen der Achterbahn gebunden. Das hätten sie nicht getan, wenn es ihnen darum ginge, die Trolle umzubringen und dann die Leichen zu verstecken. Mir kommt es so vor, als wären sie immer noch auf Quälen und Erniedrigen aus.«

»Der Kerl wäre tot gewesen, wenn der erste Achterbahnwagen über ihn gerollt wäre.«

»Aber das sind doch Kids aus der Umgebung«, erklärte Joan. »Sie wissen genau, daß jemand die Strecke abgeht, bevor der Vergnügungspark öffnet. Sie wollten nur, daß er sich halbtot fürchtet.«

»Vielleicht sind sie mit diesem Enoch zu weit gegangen.«

»Oder vielleicht wollte dich die Alte nur an der Nase herumführen.«

»Wir sollten mal ein bißchen herumfragen.«

»Was für eine tolle Idee.« Sie rümpfte die Nase. »Wir verbringen den Nachmittag mit dem Verhör von diesem Gesocks.«

»Ein paar müssen den Kerl gekannt haben. Es könnte nichts schaden, ein paar Fragen zu stellen.«

»Viel nützen würde es aber auch nicht. Wir brauchen einen Dolmetscher. Kennst du jemanden, der Pennerisch spricht?«

Ein Lächeln zog über Daves Gesicht. »Wo bleibt deine Menschlichkeit, Partner?«

»Die heb ich mir für die menschlichen Wesen auf, denen ich ab und zu begegne.« Sie hob die Frittentüte auf. »Bist du damit fertig?«

»Ich hab noch überhaupt keine abgekriegt!«

Sie schwenkte die Tüte unter seiner Nase herum. »Geh und hol dir welche, Großer. Die treiben dir die Bambussprossen schon aus.«

Nach dem Essen sammelte Joan das Einwickelpapier und die Colabecher zusammen. Sie trug alles zu einem Mülleimer. Der Stuhl hatte auf der Unterseite ihrer Schenkel rote Spuren hinterlassen. Wenn die Pommes frites direkt in ihre Oberschenkel gehen, dachte Dave, dann haben sie dort jedenfalls noch keinen Schaden angerichtet.

Stell sie neben Gloria, und es kommt eine Reklame für all die »Gifte« dabei heraus, die Gloria so gern verteufelt. Joan war einen Kopf größer als Gloria. Sie hatte Muskeln und festes Fleisch, wo Gloria knochig war. Sie hatte Kurven, wo Gloria platt war. Ihre Haut schimmerte, Glorias war stumpf und matt. Joan strahlte Selbstvertrauen und Kraft aus, während Gloria wie ein Gespenst wirkte, das nur von nervöser Energie am Leben erhalten wurde.

Wenn sie Hunde wären... dachte Dave.

Aber sie sind keine Hunde, das ist mal sicher. Aber *wenn* sie Hunde wären, wäre Joan ein goldfarbener Labrador. Gloria wäre ein Pudel.

»Willst du noch lange hier sitzen und in den Tag hinein träumen?« fragte Joan.

»Nein. Hm-hm. Ich bin nur ein bißchen in Gedanken spazierengegangen.« Er stand auf und hoffte, daß sie nicht durchschauen würde, in welche Richtung seine Gedanken spaziert waren.

Sie setzten ihren Rundgang fort.

Er fühlte sich mies. Betrogen und wie ein Betrüger. Seit er zusammen mit Joan auf Streife ging – erst seit zwei Wochen –, hatte er die beiden verglichen und war immer unzufriedener geworden. Es war falsch. Man fing nichts mit seinem Partner an, vor allem dann nicht, wenn sie schon jemanden hatte. Und du läßt dein eigenes Mädchen nicht fallen, nur weil eine vorbeikommt, die dir besser gefällt.

Sicher, es gab Schwierigkeiten mit Gloria. Aber das war bei einer solchen Nähe unvermeidlich. Wenn man sich näherkommt, findet man eben Fehler beim anderen. Die Kirschen in Nachbars Garten... bis du sie dann probierst. Joan ist auch nicht vollkommen. Er war lange genug mit ihr auf Streife, um zu wissen, daß sie stur und aufbrausend sein konnte, und manchmal war sie nicht sehr tolerant. Gott helfe demjenigen, der versucht, ihr dumm zu kommen! Aber sie hatte viel Sinn für Humor, und Gloria...

Hör auf damit, sagte er sich.

»Officier?«

Ein Blick, und Dave wußte, daß die vier Männer, die Joan angrinsten, Seeleute waren. Sie trugen keine Uniformen, aber ihre Bürstenschnitte und ihr jungenhaftes Grinsen verrieten sie. Sie sahen aus, als schwänzten sie die Schule und hätten viel Spaß dabei.

»Was kann ich für die Herren tun?« fragte Joan.

»Können wir Sie fotografieren? Nur ein Bild, ja? Mit jedem von uns. Sie würden uns wirklich einen großen Gefallen tun. Was halten Sie davon? Okay? Nichts Verrücktes, nur einfach Fotos. Wir wissen, daß Sie im Dienst sind, aber in ein paar Tagen laufen wir wieder aus, zum Persischen Golf, und...«

»Warum nicht«, sagte sie.

Dave konnte es kaum glauben.

Ohne verärgert oder schüchtern zu wirken, ließ sie den Anführer der Gruppe neben sich stehen. Er lehnte sich an sie und schnitt dem Typ mit der Kamera Grimassen. Und kurz bevor der Auslöser klickte, legte Joan den Arm um ihn. Der Junge lief dunkelrot an. Als das Foto gemacht war, wich er vor Joan zurück, errötete wieder und schüttelte den Kopf; dann wirbelte er herum und ließ sich flach auf die Promenade fallen. »Ich bin tot und im Himmel, Kumpel«, verkündete er.

Der nächste Seemann war ein dicklicher Junge mit Pickeln. Joan rieb über seinen Bürstenschnitt, und er verdrehte die Augen nach oben. Sie zog ihn an sich, und der dürre Junge mit der Kamera machte das Bild.

Der dritte Seemann war ein riesenhafter grinsender Schwarzer. Er stand wie in Habachtstellung neben Joan, als hätte er einen Stock verschluckt, das Kinn auf die Brust gepreßt. Sie lehnte sich an ihn, griff an seinen Rücken und zwickte ihn in die Seite. Er wand sich kichernd wie ein Mädchen, als das Foto gemacht wurde. Dann versuchte der erste Seemann, dem schlaksigen Jungen mit Brille, der die Aufnahmen gemacht hatte, die Kamera abzunehmen. »Jetzt bist du dran, Henry. Los.«

»Das geht schon in Ordnung.« Er schüttelte den Kopf. »Wir haben die Dame lange genug belästigt.« Er grinste schüchtern.

»Feigling! Feigling!«

»Komm, Junge, zeig, daß du ein Mann bist.«

»Henry hat Angst vor Frauen!«

»Laßt ihn in Frieden, Jungs«, sagte Joan. Sie sah Henry an. »Du hast doch keine Angst vor mir? Komm her!«

Alle Farbe wich aus seinem Gesicht. Aber er ging zu ihr. Seine Freunde johlten und pfiffen.

Er stand neben Joan. Er reichte ihr eben bis zur Schulter. Sie bückte sich ein wenig und deutete mit dem Finger auf ihre Wange. Der Junge sah erschrocken und gleichzeitig erfreut aus. Er wandte sich ihr zu, um sie auf die Wange zu küssen. Sie drehte den Kopf und küßte ihn auf den Mund, und die Kamera klickte.

Seine Freunde waren still geworden.

Als Joan aufhörte, ihn zu küssen, legte Henry seine Arme um sie, und sie hielten sich fest. Dave konnte sein Gesicht sehen. Seine Brille war an Joans Wange eingeklemmt. Seine Augen waren geschlossen, die Lippen fest zusammengepreßt. Er nickte, und Dave merkte, daß Joan ihm offenbar etwas ins Ohr flüsterte. Plötzlich erhellte ein Lächeln sein Gesicht.

Er löste sich von Joan und ging zu seinen Freunden zurück.

»Was für ein Glück dieser Mistkerl hat«, murmelte einer von ihnen.

Der schwarze Riese schlug ihm auf die Schulter.

»Gute Reise, Jungs«, sagte Joan und winkte ihnen zu. Sie drängten sich wieder in die Menschenmenge, winkten, schubsten sich gegenseitig, riefen ihren Dank. Henry hob still seine Hand und sah traurig drein, als nähme er Abschied von seinem besten Freund.

Joan schaute zu Boden und öffnete eine Tasche an ihrem Gürtel. Sie holte ihre Sonnenbrille heraus und setzte sie auf, bevor sie sich wieder zu Dave umdrehte.

»Nette Jungs«, meinte sie.

»Du hast ihren Tag gerettet«, sagte Dave zu ihr.

»Laß uns weiterziehen. Wir müssen den Zeitplan einhalten.«

3

Jeremy Wayne fuhr mit seinem Zehngangrad den Hügel hinunter und lächelte dem Wind entgegen. Sein offenes Hemd flatterte in der Seebrise. Er fühlte sich frei und erregt.

Er war auf dem Weg zur Funland-Promenade.

Jeremy war zwar schon gestern abend dort gewesen, nachdem er einen Tag lang im neuen Haus Kisten ausgepackt hatte, aber nur zusammen mit seiner Mutter. »Mal schnell alles ansehen«, wie sie es ausgedrückt hatte. Und das war's dann auch schon gewesen. Sie waren die Promenade entlangspaziert, hatten aber kein einziges Spiel gespielt und waren nirgendwo eingestiegen. »Wir werden später noch genug Zeit dazu haben«, hatte Mom gesagt.

Und jetzt ist später, dachte Jeremy.

Er schoß um die Ecke und ließ die bekannte Nachbarschaft der Wohngegend hinter sich. Er fuhr an heruntergekommenen Motels vorbei, an Souvenirläden, Tankstellen, Buden und Bars und Fastfood-Restaurants. Die Autos auf dieser Straße waren meist mit Teenagern vollgepackt, die Radios lärmten, die Leute auf dem Bürgersteig trugen Badesachen.

Es war zu schön, um wahr zu sein!

Er hatte sich wirklich gefreut, aus Bakersfield wegzukommen. Eine miese Stadt. Für ihn hätte jede Veränderung eine Verbesserung dargestellt.

Aber das!

Ein Urlaubsort!

Und jetzt wohnte er hier, nur ein paar Meilen von Funland und vom Strand entfernt.

Es war noch nicht einmal Juli. Der ganze Sommer lag noch vor ihm, endlose Tage, an denen er tun konnte, was er wollte – die Promenade erforschen, am Strand liegen, *Mädchen ansehen.*

Kaum zu glauben.

Er lenkte sein Rad an dem großen Parkplatz vorbei. Jetzt waren keine Gebäude mehr zwischen ihm und Funland, und er ließ den Blick über das Gelände schweifen. Er sah den Torbogen über dem Haupteingang mit dem grinsenden Clownsgesicht darüber; Wände, von denen er wußte, daß es die Rückseiten von Läden, Snack-Buden, Karussells, Spielhallen und Schießbuden waren, die an der Promenade standen; die sich krümmenden, steilen, schrecklich hohen Schienen der Achterbahn, den Anfang der Riesenrutschbahn, die oberen Gondeln des gewaltigen, sich drehenden Riesenrads.

Mom hatte gestern abend gesagt: »Sieht ziemlich schäbig aus, was?«

Er hatte geantwortet: »Ich finde es großartig.«

Jeremy wußte, das es nicht Disneyland war und auch mit den anderen großen bekannten Vergnügungsparks nicht zu vergleichen. Er war in einigen der besten Vergnügungsparks des Landes gewesen, und Funland war vergleichsweise klein. Klein und einfach und verdammt schäbig.

Aber es gehörte ihm.

Und es war noch aufregender, gerade weil es sich von den anderen Vergnügungsparks unterschied. Es machte keinen so kommerziellen, sauberen, protzigen und *sicheren* Eindruck.

Als er gestern abend die Promenade entlanggegangen war, hatte er eine gewisse Spannung verspürt, und ihm war vor Erregung heiß geworden.

Hier konnte *alles* passieren.

Er fühlte dieselbe Erregung, als er vor dem Parkplatz vom Rad stieg, es am Fahrradständer anschloß und zum Haupteingang ging.

Er sprang die Betontreppe hinauf. Und dann ging er hinein.

Das war ein weiterer Vorteil von Funland: Man mußte nicht fünfzehn Dollar und mehr ausspucken, nur um reinzukommen. Klar, irgendwas mitzumachen würde schon Geld kosten, aber fürs Reinkommen allein mußte man keinen Penny bezahlen.

Er würde kommen und gehen können, wie er wollte – jeden Tag.

Jeremy hatte zwar fast dreißig Dollar dabei, aber er ging zunächst an der Kartenbude vorbei, nur um des Vergnügens willen, ohne Eintritt hineinzukommen. An der Promenade standen noch genug Buden, an denen Karten für die Spiele, Fahrten und anderen Attraktionen verkauft wurden. Er würde einfach abwarten, bis er Lust bekam, irgendwo mitzufahren.

Er faßte an seine Hosentasche und spürte die vertrauenserweckende Wölbung seiner Brieftasche. Dann knöpfte er die Hosentasche zu.

Man konnte an einem solchen Ort nicht vorsichtig genug sein. Von der kurzen Entdeckungstour am vorigen Abend wußte er, daß hier eine Menge zwielichtiger Typen herumhingen.

Und als er die Promenade entlangging, sah er sie auch sofort. Einen mageren, verdreckten Typ mit einem Cowboyhut aus Stroh, der aussah, als hätte sein Pferd obendrauf getreten. Eine braune Zigarette hing zwischen den Lippen des Kerls, und er schien sich drei oder vier Tage lang nicht mehr rasiert zu haben. Jeremy sah einen fetten, bärtigen Rocker in ausgebeulten Jeans. Er hatte kein Hemd an, nur eine ausgebleichte Levi's-Jacke mit abgeschnittenen Ärmeln, und auf seiner Brust war ein Totenkopf tätowiert, dem eine Schlange aus einer Augenhöhle kroch. Neben ihm war die passende Frau, dünn und mit einem verbissenen Ausdruck im Gesicht. Sie trug Jeans und eine Lederweste mit Fransen. Die Weste war nur lose zusammengeknotet, und sie hatte keinen BH oder sonst etwas darunter. Jeremy konnte durch die lose Verschnürung einen Blick auf die Seiten ihrer Brüste erhaschen, aber dann sah er schnell weg. Er wollte nicht, daß jemand bemerkte, wie er sie anstarrte. Und was es da zu sehen gab, war ohnehin nicht so überwältigend.

Das war bestimmt nicht die Art von Leuten, wie man sie in Disneyland traf.

Es gab auch ein paar ordentliche Durchschnittsbürger, aber er sah viele fette, stur vor sich hin glotzende Typen mit gammeligen alten Jeans und schmuddeligen Hemden. Harte Burschen, die höhnisch dreinschauten, tätowiert, viele mit Messern am Gürtel.

Herumstolzierende Mädchen mit engen Tops und weiten Röcken. Ausgelassene, lachende Kerle mit Bürstenschnitt, die lauthals johlten, wenn sie ein hübsches Mädchen sahen. Und Penner. Hier gab es mehr Penner als in jedem Elendsviertel.

Jeremy spürte, wie sich ein Teil seiner Erregung in Unbehagen verwandelte.

Das hier war wirklich kein Disneyland.

Es konnte etwas passieren.

Bald schon wünschte er sich, er wäre nicht allein hierhergekommen. Gestern abend, als Mom dabei war, hatte alles anders ausgesehen.

Mist, dachte er. Ich bin kein Hosenscheißer, der sich ohne seine Mami nirgendwohin traut. Ich bin sechzehn. Und es wird überhaupt nichts passieren.

Es gab zwar eine Menge Leute hier, die schäbig oder hart oder erschreckend aussahen, aber auch andere, die einen durchaus normalen Eindruck machten: nett angezogene Paare, Familien mit ihren Kindern, Horden von Teenagern, die in Paaren oder Gruppen umherzogen.

Eine Menge toller Frauen.

Sie schienen alle jede Menge Spaß zu haben und die zwielichtigen Gestalten gar nicht zu bemerken. Aber sie sind auch nicht allein hier, dachte Jeremy.

»He, Süßer.« Die grelle Stimme durchdrang alle anderen Geräusche. »Du, mit den blauen Shorts!«

Ich trage blaue Shorts.

Sie kann nicht mich meinen.

Jeremy wandte den Kopf.

»Ja, du!« rief das Mädchen. Sie stand an einer Spielbude und winkte ihn heran. Hinter ihr war ein Podium mit Pyramiden aus Blechbüchsen. An den beiden Seitenwänden der Bude stapelten sich Stofftiere bis zur Decke. »Komm doch mal her«, sagte sie. »Los, Kleiner, sei nicht schüchtern!« Sie warf einen Ball von einer Hand in die andere. Einen Fuß hatte sie auf die niedrige Theke der Bude gestellt. Ihre Beine sahen glatt und geschmeidig aus. Über ihrem Schoß hing eine Geldschürze wie ein Handtuch und verdeckte, welche Art von Shorts sie trug. Ihre Brüste schwangen in ihrem weiten Top hin und her, als sie den Ball warf und fing. »Ein Wurf einen Dollar. Wenn du die Büchsen triffst, gewinnst du einen Preis. Und du kannst nicht gewinnen, wenn du's nicht versuchst!«

Jeremy errötete und schüttelte den Kopf. »Nein, danke«, murmelte er und ging schnell weiter.

Ich hätte es mal probieren sollen, dachte er. Mist. Jetzt denkt sie, ich wäre eine Flasche.

Und ich hätte sie mir auch besser ansehen können. Ihr Gesicht war ja nichts Besonderes, aber der Rest...

»Heda, Kumpel.«

Jeremy blieb abrupt stehen, als ein Penner ihm in den Weg trat und ihn mit braunen Zähnen angrinste.

»Heda, du. Gib mir'n paar Pennies, hä? Bist'n guter Junge, hä? Weißte, was ich meine?« Er streckte seine schmutzige Hand aus. »Von 'n paar Pennies wirste nich' arm, hä? Na los, mach ma.«

Jeremy wurde plötzlich eiskalt. »Ich hab kein Kleingeld«, sagte er. Seine Stimme hörte sich dünn an. »Tut mir leid.«

»Dann gib mir doch 'n Dollar, Kid.« Die ausgestreckte Hand des Penners bewegte sich ungeduldig. »Bist'n guter Junge, hä? Hatte nix zu essen seit...«

»HAU AB, DU WIDERLICHES STÜCK SCHEISSE!«

Jeremy zuckte zusammen und wich stolpernd aus, als jemand an ihm vorbeisprang und dem Penner mit einem Cowboyhut ins Gesicht schlug.

»RAUS HIER! LOS! HAU AB!«

Der Penner duckte sich, bedeckte den Kopf mit den Händen und rannte davon.

Der Junge – er war etwa in Jeremys Alter oder ein bißchen älter – sah finster drein und wischte über seinen Hut. »Jetzt hab ich seine beschissenen Läuse am Hut«, murmelte er.

»Tut mir leid«, sagte Jeremy.

»So muß man mit diesem Abschaum umgehen.« Er drückte den Hut auf seinen Kopf und fuhr mit den Händen an der Krempe entlang, um sie zurechtzubiegen. Dann lächelte er und streckte die Hand aus. »Ich heiße Gibson. George Gibson. Meine Freunde nennen mich Cowboy.«

Jeremy schüttelte ihm die Hand. Der Junge drückte sie fest. »Ich bin Jeremy. Jeremy Wayne.«

»He, wie John Wayne, der Duke?«

»Ja. Danke, daß du den Schleimer verscheucht hast.«

»Kein Problem, Duke. Kann ich dich Duke nennen? Jeremy hört sich'n bißchen weibisch an, aber das weißt du ja wohl, oder? Genau wie George. Ich hasse ›George‹. Bist du mit jemandem hier?«

Jeremy zögerte. Der Junge machte einen freundlichen Eindruck, aber vielleicht hatte er etwas vor. Vielleicht war er sogar mit dem Penner im Bund, und das hier war ein Trick, ihn um sein Geld zu erleichtern. Oder vielleicht will er mich irgendwohin schleppen und überfallen. Oder vielleicht ist er schwul.

»He, wenn du mit deiner Tussi hier bist, sag's ruhig. Ist sie auf dem Topf oder wo?«

»Ich bin allein hier«, gab Jeremy zu.

Cowboy gab ihm einen Klaps auf den Arm. »Verdammt, ich auch. Ich führ dich mal rum. Du siehst aus wie einer, der 'nen Freund gebrauchen kann.«

»Ich weiß nicht. Ich...«

»Geh'n wir. In den Sattel und los!«

Cowboy drehte sich um und ging los. Seine Stiefelabsätze klapperten auf dem Holz der Promenade. Jeremy lief neben ihm her. Warum nicht, dachte er. Der Typ scheint in Ordnung zu sein. Wenn er wirklich nur Freundschaft schließen will...

»Woher kommst du, Duke?«

»Äh, ich wohne jetzt hier. Wir sind gerade hierhergezogen.«

»Ja? Wohin?«

»Hierher nach Boleta Bay.«

»Ja? Wo denn?«

Will er meine Adresse wissen? »Ich weiß nicht genau«, log Jeremy. »Ein paar Blocks von hier. Oben auf einem Hügel.«

»Ich wohne in Lilac Lane. Ziemlich weibischer Name für eine Straße, was? Lilac.«

Jeremy kannte die Straße. Sie lag einen Block nördlich von Poppy. Der Junge war ein Nachbar. »Wir wohnen an der Poppy Lane.«

»Na so was.« Er gab Jeremy noch einen Klaps auf den Arm. »In welcher Klasse wirst du sein?«

»Junior.«

»He, ich auch!«

»Die Welt ist klein«, sagte Jeremy. Er befürchtete, daß sich das ein bißchen lahm anhörte. Wenn er sich nicht zusammennahm, würde Cowboy ihn für einen Langweiler halten. Das war ihm lange genug passiert. Hier hatte er eine Chance, von vorn anzufangen, den alten Jeremy hinter sich zu lassen und endlich akzeptiert zu werden. »Mist«, sagte er, »ich hatte gehofft, daß ich jemand finde, der mir meine Hausaufgaben macht.«

»Ha! Du kannst mich mal... Hast du schon 'ne Waffeltüte probiert?«

Jeremy schüttelte den Kopf.

»Los, ich geb eine aus.«

Am Eisstand zog Cowboy ein Bündel Banknoten aus seiner Tasche, bestellte zwei »Superwaffeln« und bezahlte sie. Dreieinhalb Dollar für jede.

»Mensch! Danke!« sagte Jeremy, als Cowboy ihm eine der Waffeltüten reichte – eine knusprige, süße Waffel, mindestens doppelt so groß wie üblich, voll mit Eis, Schokoladensoße und obendrauf Schlagsahne, Schokoladenstreusel, Erdnußsplitter und eine Maraschinokirsche.

»Mit 'nem leeren Bauch kann man nix anfangen, Duke.«

»Wohin soll's gehen?«

»Zum Wasserbecken.«

Sie gingen die Promenade entlang und aßen ihre Superwaffeln. Obwohl Jeremy einige zwielichtige Gestalten, Schlägertypen und Penner sah, fühlte er sich nicht länger bedroht. Jetzt war ja Cowboy bei ihm. Wenn ihm jemand komisch kam, würde er nicht allein damit fertig werden müssen.

Cowboy ging mit großen Schritten weiter, rief Bekannten, die er in der Menge sah, ein paarmal einen Gruß zu, auch einigen Leuten, die in den Spielbuden arbeiteten. Er schien eine Menge Leute zu kennen – auch Mädchen. Häßliche Mädchen, hübsche und ein paar wirklich schöne. Und es sah aus, als könnten sie ihn alle gut leiden. Das ist toll, dachte Jeremy. Wenn ich sein Freund werden kann, lerne ich ein paar von ihnen kennen.

Er hatte nie einen Kumpel wie Cowboy gehabt. Sein bester Freund in Bakersfield, Ernie, war ein magerer, schüchterner Junge, dessen Brille meist mit Klebeband repariert war, weil er einen Ball abbekommen hatte (den jeder andere hätte fangen können) oder eine Faust (weil er irgend etwas an sich hatte, was einfach jeden Raufbold in der Schule provozierte), und dessen Vorstellung von Spaß darin bestand, mit seinem Radio den Sender von Anchorage, Alaska, reinzubekommen.

Ein netter Kerl, aber ein echter Versager.

Nach Ernies Meinung waren all die beliebten Jungs in der Schule Vollidioten, Steinzeitmenschen, mit deren Drüsen etwas nicht stimmte. Die hübschen Mädchen waren geistlose Schnatterbüchsen, die nur an Männern interessiert waren.

Mit so einem besten Freund hatte man keine Chance. Aber mit einem Kerl wie Cowboy...

»He, hallo, Schönheit!« rief Cowboy plötzlich, und Jeremy schreckte aus seinen Gedanken auf.

Ein Mädchen lächelte ihn an und winkte ihm durch die Stäbe eines Käfigs zu. Sie saß auf einem schmalen Podium und schlenkerte mit den Beinen. Unter ihren bloßen Füßen befand sich ein Wasserbecken mit gläserner Front. Noch während sie winkte, traf ein Ball das Ziel und schlug den Metallarm zurück, der bewirkte, daß ihr Käfig aufklappte. Sie quietschte und fiel platschend ins tiefe Wasser. Durch das Glas konnte Jeremy sehen, wie sie in einer Woge von Luftblasen nach unten sank. Wie ein von unten kommender Wind schob das Wasser ihr T-Shirt nach oben über ihren Bauch und hob ihr dunkles Haar hoch über ihren Kopf. Sie hockte einen Moment lang auf dem Boden, die Wangen mit Luft aufgeblasen, das T-Shirt und das Haar sanken langsam wieder herab, und sie schüttelte die Faust in Richtung des Typen, der sie ins Wasser befördert hatte. Dann stand sie auf. Das Wasser wirbelte um ihre Schultern. Sie watete zu einer Metalleiter an der Seite des Beckens und kletterte heraus.

Ihre nassen Beine glänzten. Jeremy sah, wie sich ihr Slip unter den nassen Shorts abzeichnete. Das T-Shirt klebte ihr am Rükken, die Haut schimmerte durch den dünnen Stoff. Ihr Haar hing dick und glänzend über die Schultern, es reichte fast bis zum Verschluß ihres BHs. Sie sprang von der Leiter weg und befestigte das Brett wieder. Es rastete ein, und sie kletterte darauf.

»War alles nur Anfängerglück, Supermann«, rief sie.

»Ja? Dann paß mal auf!«

»Vor dir hab ich keine Angst!«

Supermann warf den Ball auf das Ziel neben ihrem Käfig. Der Ball ging vorbei und landete auf dem Sackleinen im Hintergrund.

Sie grinste ihn an und klatschte.

Jeremy fand es bedauerlich, daß ihr Gesicht nicht zum Körper paßte. Sie gehörte zu den Mädchen, die von hinten phantastisch aussahen, schlank und wohlgeformt, aber wenn man sie von vorn sah, erlebte man eine Enttäuschung. Als ob Gott beschlossen hätte, daß sie vom Hals abwärts genug abbekommen hatten, und dann bei ihrem Gesicht geknausert hat. Sie war nicht unbedingt häßlich, aber ihre Augen standen zu eng beisammen, die Nase war klein und nach oben gebogen und sah ein bißchen nach Schweinchen aus, und ihr Mund war zu breit. Ihre Vorderzähne ragten wie große weiße Marmorblöcke vor.

Noch ein Ball flog am Ziel vorbei.

»Du bist nicht gerade ein angehender Weltmeister, Alter.«

Der Typ schlug im Spaß nach ihr, legte dann den Arm um seine Freundin und ging weiter.

»Los«, sagte Cowboy. Er ging hinüber zu dem Mann, dem die Anlage gehörte, und reichte Jeremy seine Waffel.

»Gib mir mal drei Bälle, Jim«, sagte er und gab dem Mann drei Dollar.

»Du könntest nicht die Wand von einem Plumpsklo treffen, wenn du drauf sitzt«, rief das Mädchen.

»Mach dich bereit fürs Wasser, Lizzie!« Er schleuderte den ersten Ball. Er traf mitten ins Ziel. Lizzie fiel. Als sie herauskletterte, sah sie ihn über die Schulter an. »Guter Wurf für ein Greenhorn. Wer ist denn dein Freund?«

Jeremy spürte, wie ihm heiß wurde.

»Mein Kumpel Duke. Neu in der Stadt. Wir haben uns gerade erst getroffen.«

»Nett, dich kennenzulernen, Duke.«

»Danke.«

Sie setzte sich wieder auf das Podium. Cowboy warf. Sie fiel wieder ins Wasser.

Cowboy lächelte. »Der einzige Weg, sie sauberzukriegen. Sie badet nie, die alte Schlampe.«

»Laß doch Duke mal probieren«, rief sie, als sie wieder herausgeklettert war.

Cowboy bot ihm den letzten Ball an. »Oh, das ist schon in Ordnung«, sagte Jeremy. »Mach du nur weiter.«

»Sei kein Feigling«, rief Lizzie.

Mit einem Seufzer reichte er Cowboy die beiden Waffeltüten und nahm den Ball.

Der Anfang vom Ende, dachte er. Ich werde meilenweit vorbeiwerfen, und dann wissen sie, daß ich eine Flasche bin.

Er holte aus und schleuderte den Ball.

Volltreffer!

Er traf das Ziel und prallte ab.

Lizzies Käfig brach nicht zusammen.

Sie kicherte und klatschte. »Pech gehabt, Kleiner.«

Mist!

»Du mußt schon ein bißchen fester werfen«, sagte Cowboy und lächelte und schüttelte den Kopf. »Versuch's noch mal!« Er holte sein Geld raus.

»Nein, nein. Das ist schon okay. Ein anderes Mal. Mit mir ist heute nichts los, nach all dem Möbelrücken und Kistenschleppen.«

»Cowboy!« Lizzie rief durch die Gitterstäbe.

»Ja!«

»Kannst du Tanya was von mir ausrichten?«

»Aber sicher.«

»Erzähl ihr von Janet. Ich will sie heute abend mitbringen. Frag, ob das klargeht, ja? Und ruf mich später an und sag's mir.«

»Klar. Adios. Paß auf, daß deine Titten im Wasser nicht schrumpelig werden.«

Sie sah plötzlich aus, als würde sie ihm am liebsten den Hals umdrehen.

Ein halbes Dutzend Leute in der Nähe begannen zu lachen. Jeremy war viel zu verblüfft dazu.

»Komm, wir gehen raus, Duke.«

Sie zogen los. Jeremy gab Cowboy seine Waffeltüte zurück und folgte ihm. Sie schlüpften durch eine Öffnung im Zaun und gingen die Betontreppe zum Strand hinunter.

4

»Da weiß aber jemand, wie man mit einem Banjo umgeht«, sagte Dave. Die rhythmische, fröhliche Musik war in dem Karnevalsgetöse der Karusselle, den Stimmen und dem Gelächter überall, dem Kreischen der Leute auf der Schiffschaukel und dem Dröhnen der Bazookas nur leise zu hören.

Sie schien von irgendwo vorn zu kommen. Dave sah einen Kreis von Zuhörern in einiger Entfernung, am Nordende der Promenade.

»Sehen wir's uns mal an«, sagte er.

»Besser als Trolle verhören«, meinte Joan.

Seit dem Mittagessen hatten sie sieben Obdachlose befragt. Aus keinem konnte irgend etwas über einen Mann namens Enoch herausgeholt werden. Sie fragten, ob in der vergangenen Nacht etwas Auffälliges passiert sei. Einer berichtete, er sei in ein Raumschiff vom Planeten Mogo gebeamt worden, wo so etwas wie eine menschengroße Eidechse eine Röhre in seinen Hals stopfte und seinen Mageninhalt aussaugte, um ihn dann zu trinken. Einer sagte, er wäre von zwei Albinos gefangen worden, die ihn unter die Promenade ziehen wollten, um ihn an ihre Spinne zu verfüttern. Eine Frau hatte eine Erscheinung der Heiligen Jungfrau gehabt, die ihr einen grauen Stein gegeben hatte mit dem Hinweis, es sei ein Diamant in dem Stein. Während die Frau davon erzählte, kaute sie auf dem Stein herum, als hielte sie ihn für eine Art Nuß, die sie mit ihren Zähnen aufknacken könnte. Ein weiterer Mann brabbelte völlig unzusammenhängend vor sich hin. Ein Wanderer starrte sie an und murmelte etwas von Mördern. Nur einer schien einigermaßen klar im Kopf zu sein, und der berichtete, friedlich in den Dünen geschlafen zu haben.

Joan hatte ziemlich oft geseufzt und die Augen verdreht. Sie hatte Dave ja schon vorher gesagt, daß es Zeitverschwendung sein würde, mit den Schnorrern auf der Promenade zu sprechen.

Aber es war nicht völlig umsonst gewesen.

Nachdem er mit ein paar von ihnen gesprochen hatte, war er einigermaßen überzeugt, daß die Geschichte von Enoch, »der den Löffel abgegeben hatte«, nicht wirklicher war als die von dem Diamanten im Stein, dem Albinoangriff oder den merkwürdigen Ernährungsgewohnheiten der außerirdischen Eidechse.

Er hörte, wie die Zuschauer des Banjospielers applaudierten. Nur wenige Leute gingen weiter, die meisten blieben im Kreis stehen. Mehrere Passanten stellten sich noch dazu. Einige Leute schoben sich nach vorn, wahrscheinlich, um Geld hinzulegen.

Als Dave und Joan näher kamen, begann das nächste Lied. *When the Saints go Marchin' in.* Die Melodie erklang laut und lebhaft, mit derart komplizierten Harmonien und Läufen, daß Dave glaubte, es müßten wenigstens zwei Banjos spielen, ein Duo, vielleicht sogar ein Trio von Straßenmusikern. Sie spielten eine so schöne Version der *Saints*, daß das Publikum, das zunächst mitgeklatscht hatte, nun ruhig wurde, um besser zuhören zu können. Joan hielt sich neben Dave, als er am Kreis der Zuhörer entlangging, um eine Lücke zu finden, durch die er einen Blick auf die Musiker werfen konnte.

Ein paar schäbig aussehende Rocker bemerkten die Polizisten, wandten sich ab und gingen. Dave und Joan traten in die Lücke.

Kein Trio. Kein Duo. Die gesamte Musik kam vom Banjo eines Mädchens, das offenbar nicht älter als achtzehn war.

Sie stand aufrecht und konzentriert da, das Gewicht auf ein Bein verlagert, und schlug mit dem Absatz auf der Promenade den Takt, während sie spielte. Das Banjo sah schwer aus, größer als die meisten, die Dave bisher gesehen hatte, mit einem breiten Metallring um den tambourinähnlichen Klangkörper. Es hing vor ihrem Bauch an einem breiten Gurt, und der Hals des Banjos zeigte schräg nach oben.

Nicht weit von den Füßen der Musikerin stand der Banjokasten, in den die Zuhörer Scheine und Münzen geworfen hatten. Daneben lag ein Rucksack.

Das Stück war zu Ende. Heftiger Applaus ertönte, und das Mädchen verbeugte sich. Während der Beifall andauerte, traten diverse Leute – vor allem Kinder, die von ihren Eltern vorgeschoben wurden – nach vorn, um Geld in den Banjokasten zu werfen. Die Musikerin hielt ihren Kopf weiterhin gesenkt, aber sie bedankte sich leise bei jedem.

Sie wirkte so schüchtern wie eine Sechsjährige bei einer Schulaufführung am Elternabend.

Dann hob sie den Kopf wieder, zwinkerte einem Kind zu, das in Daves Nähe stand, und spielte *Puff, the Magic Dragon.*

»Verdammt gut«, flüsterte Joan.

»Finde ich auch.«

Ihre linke Hand flog über den Banjohals, griff komplizierte Griffe mit verblüffender Geschwindigkeit. Ihr rechter Arm bewegte sich kaum, während die Finger die Saiten zupften. Von ihrem taktschlagenden Fuß abgesehen, rührte sie sich nicht. Beim Spielen blickte sie starr geradeaus. Ihr Gesicht wirkte leer, als wären ihre Gedanken woanders, aber Dave nahm an, daß sie sich auf die Musik konzentrierte.

Während des Liedes zeigte sich immer wieder ihre rosa Zungenspitze im rechten Mundwinkel.

Auf Dave wirkte sie sehr jung und verwundbar.

Der Rucksack ließ vermuten, daß sie auf Wanderschaft war. Er betrachtete die Umherstehenden genau, um festzustellen, ob einer ihr Begleiter sein könnte. Aber es schien keiner so richtig zu passen. Das bedeutete nicht unbedingt, daß sie keine Gesellschaft hatte, aber Dave befürchtete, daß sie allein reiste.

Vielleicht trampte sie. Vielleicht übernachtete sie im Freien.

Früher oder später ein sicheres Opfer.

Selbst als Mann wäre sie in Gefahr gewesen, aber daß sie eine Frau war, machte das Risiko zehnmal größer. Von weitem hätte man sie für einen Jungen halten können. Ihr blondes Haar war sehr kurz geschnitten. Sie war schlank, und ihre Brüste konnte man jetzt nur ahnen, weil sie das Banjo fest an den Körper gedrückt hatte. Ihr Gesicht wirkte dagegen kaum maskulin, aber es hätte das Gesicht eines zarten jungen Mannes sein können, bei dem die Hormone nicht ganz richtig arbeiten.

Als Dave genauer nachdachte, fiel ihm ein, daß ihr jungenhaftes Aussehen ein eher zweifelhafter Vorteil war. Es könnte ihr auf der Straße noch schlimmer ergehen, wenn die falschen Leute sie für einen Schwulen statt für ein Mädchen hielten.

Sie hat Glück, daß sie überhaupt so weit gekommen ist, dachte Dave.

Und dann fragte er sich, was für eine Art Glück das sein sollte, bis nach Boleta Bay zu kommen. Er bezweifelte, daß ihr einer der vielen Bettler etwas tun würde, die in der Gegend so häufig waren. Sie waren in ihren eigenen Ängsten und Halluzinationen gefangen und griffen kaum je einen anderen an. Aber die Trolljäger waren ein anderes Problem.

Sie war kein Troll, sondern eine Straßenmusikerin, eine fahrende Sängerin, die für ihren Lebensunterhalt spielte.

Aber die Kids würden nicht derart feine Unterschiede machen.

Und sie war nicht unbedingt angezogen, als wollte sie zu einem Rotarier-Bankett.

Sie trug knöchelhohe Wanderstiefel, zerkratzt und staubig. Ihre ausgebleichten Jeans waren an den Beinen ausgefranst, und ein Bein hatte einen Riß, der wie ein Maul offenstand und ein Stück ihres Oberschenkels sehen ließ. Als Gürtel trug sie eine leuchtend bunte Schärpe, die zu ihrem Banjogurt paßte. Die Schärpe war an der Hüfte geknotet, und die Enden fielen seitlich an ihrem Bein herunter und wehten in der Seeluft. Die Ärmel ihres alten blauen Hemdes waren an den Schultern abgeschnitten. Die obersten Knöpfe standen offen. Eine Kette aus kleinen weißen Muscheln hing auf ihre Brust hinab. Sie trug große, runde Ohrringe und ein rotes Halstuch um den Kopf.

Insgesamt war das die Ausstattung, die man auch für eine Verkleidung als Pirat benutzt hätte. Oder als Hippie. Aber die Teenager hier in Boleta Bay konnten es ebensogut für die Kleidung eines Trolls halten.

Und sich entsprechend benehmen.

Das Mädchen lockt den Ärger geradezu an, dachte er, während sie ihr Lied beendete.

Als das Publikum klatschte, ging er, wie einige andere auch, nach vorn. Er zog seine Brieftasche heraus und ließ eine Fünfdollarnote in den Banjokasten fallen. Sie bedankte sich. Er ging um den Kasten herum und trat vor sie hin.

Sie begegnete ihm mit einem ruhigen, fragenden Blick. »Officer?«

»Wo haben Sie so spielen gelernt?«

»Von meinem Dad.«

»Sie spielen großartig.«

»Danke. Gibt es irgendein Problem?«

»Ich habe gesehen, daß Sie mit einem Rucksack unterwegs sind. Wollen Sie hier irgendwo übernachten?«

»Das hatte ich eigentlich vor. Ist das verboten?«

»Es gibt hier Bestimmungen dagegen, aber im allgemeinen schreiten wir nicht ein. Sind Sie mit einem Freund unterwegs?«

Sie schüttelte leicht den Kopf. Ihr Blick wich Daves Blick nicht aus.

»Lassen Sie sie in Ruhe!« rief jemand von hinten.

»Scheißbullen!« Eine andere Stimme.

»Sie tut doch keinem was.«

»Schnappt euch lieber einen, der was angestellt hat.«

Das Mädchen hob die Hand, um die Proteste abzuwehren.

»Alles, was ich sagen wollte«, sprach Dave weiter, »ist, daß wir hier ein Problem haben mit Teenagern, die nachts Leute angreifen. Sie haben ein paar ziemlich üble Sachen angestellt. Eigentlich sind sie hinter Wermutsbrüdern und Pennern her. Aber hier zu kampieren, ist für niemanden mehr sicher. Ich möchte nicht, daß sich diese Typen auf Sie stürzen. Sie...«

»Hör gefälligst auf, sie zu belästigen!«

»Bitte«, rief sie und sah an ihm vorbei zu jemandem in der Menge. »Er stört mich nicht. Ich werde gleich weiterspielen.«

»Danke«, sagte Dave. »Es gibt viele Motels in der Nähe. Es wäre sicher nicht dumm, wenn Sie dort übernachten würden. Könnten Sie sich das leisten? Einige kosten nur knapp vierzig Dollar pro Nacht. Und es gibt eine Jugendherberge in der Clancy Street. Ich bin sicher, dort ist es nicht teuer.«

»Ich weiß nicht«, sagte sie und senkte den Blick. »Ich werde darüber nachdenken, Officer. Ich weiß es zu schätzen...«

»Dave. Ich heiße Dave.«

»Ich bin Robin.«

»Robin.« Der Name gefiel ihm. Er paßte zu ihr. »Warum habe ich bloß das Gefühl, daß Sie meinen Rat nicht annehmen werden?«

Sie zuckte die Schultern.

Er holte noch einmal seine Brieftasche heraus. Das Fach für

Banknoten enthielt vier Einer und einen Zwanziger. Er nahm den Zwanziger und hielt ihn ihr hin. »Nehmen Sie den, ja? Und suchen Sie sich ein Zimmer für die Nacht.«

Ihre Finger legten sich sanft auf seinen Handrücken und schoben seine Hand zurück. »Das kann ich nicht, Dave. Wirklich. Das ist zuviel. Sie haben mir schon fünf gegeben, das habe ich gesehen. Und das ist in Ordnung. Ich nehme an, das war für die Musik. Aber ich will kein Almosen, okay?«

»Ich will nicht, daß ein Haufen wildgewordener Teenager auf Sie losgeht.«

In ihren ruhigen blauen Augen sah er ein wenig Furcht aufblitzen.

»Ich werde vorsichtig sein«, sagte sie.

Plötzlich dachte er: Sie könnte bei mir zu Hause übernachten.

Sei kein Idiot. Sie wird annehmen, daß du sie anmachen willst.

»Das ist Ihre Sache«, sagte er. »Wenn Sie sich schon kein Zimmer nehmen, dann suchen Sie sich wenigstens einen versteckten Platz. Vielleicht irgendwo in den Dünen, weiter weg vom Strand, wo Sie niemand beobachten wird. Und kommen Sie nicht in die Nähe der Promenade, wenn der Vergnügungspark geschlossen ist. Dort schlagen sie am liebsten zu.«

»Ich werde mich da fernhalten«, versprach sie. »Ich werde ein gutes Versteck finden.« Sie lächelte. »Das tue ich immer. Mein Papa hat keine Närrin aufgezogen.«

»In Ordnung. Viel Glück, Robin.«

Sie nickte, streckte die Hand aus und streifte seinen Oberarm. »Danke«, sagte sie.

Dave ging weiter. Ein paar Leute aus Robins Publikum starrten ihn wütend an, als er die Runde verließ. Hinter ihm sagte Robin: »Das nächste Lied ist für Officer Dave.«

Joan sah ihn an und zog die Augenbrauen hoch. »Worum ging es denn gerade?« fragte sie.

Bevor er antworten konnte, wurde das Banjo wieder laut. Er drehte sich um. Robin sah ihn an. Ihre Zungenspitze spielte im Mundwinkel.

5

»Wohin gehen wir?« fragte Jeremy.

»Ich muß mit Tanya reden«, sagte Cowboy. »Wie findest du Liz?«

»Mann, ich kann kaum glauben, was du zu ihr gesagt hast!«

»Was denn?«

»Das weißt du ganz genau. Das mit dem Schrumpeln.«

»Ach so. Sie mag so was. Das turnt sie an.«

»Weißt du das so genau?«

»Machst du Witze? Sie ist meine Tussi.«

»Deine Freundin?«

»Du hast's erraten, Duke.«

Er hielt sich zurück und sagte nicht »Wow«, das hätte sich blöd angehört. Statt dessen gab er einen Kommentar ab: »Nicht schlecht. Hat sie 'ne Schwester?«

»Nö, aber eine Cousine. Janet. Vielleicht triffst du sie heute abend. Sie und ein paar von meinen Freunden. Wenn du willst, bespreche ich das mit Tanya und frage sie, ob sie einverstanden ist.«

»Toll.«

Sie spazierten am Strand entlang und suchten sich ihren Weg zwischen den Sonnenhungrigen, die auf Handtüchern und Dekken ausgestreckt dalagen. Cowboy ging zwar voran, aber er nahm genau den Weg, den auch Jeremy ausgesucht hätte. Einen, der dicht an den Mädchen vorbeiführte. Mädchen, die auf dem Rücken lagen, nackt bis auf winzige Badeanzüge, ihre Haut glänzend vor Sonnenöl. Andere lagen auf dem Bauch, den Rükken nackt, die geöffneten Bikinioberteile lagen lose unter ihren Brüsten. Einige lasen Bücher oder Zeitschriften, andere unterhielten sich mit Freunden, die neben ihnen ausgestreckt lagen, wieder andere schienen zu schlafen. Einige schmusten mit ihren Freunden, als wären sie ganz allein am Strand. Jeremy studierte sie alle genau, während er weiterging und an seiner Superwaffel nagte, Cowboy zuhörte und ab und zu Kommentare abgab oder Fragen stellte. Er konnte es noch gar nicht so recht fassen.

Ich kann jetzt jeden Tag hierherkommen, dachte er. Mann! Nichts weiter tun, als hier herumlaufen und sie *ansehen*. Mann, das ist noch besser als Funland!

Cowboy führte ihn zu einer schlanken jungen Frau, die auf einer Decke lag, das Gesicht auf die verschränkten Arme gelegt. Ihr Bikinioberteil war offen. Jeremy konnte die blasse Seite einer Brust sehen, die unter dem Gewicht ein wenig gequetscht aussah. Ansonsten war die Frau nackt, bis auf einen glänzenden blauen Stofffleck, der an ihrem Körper zu kleben schien. Das hintere Teil ihres Bikinislips war am Taillengummi nicht breiter als zehn Zentimeter und wurde zu einem schmalen Band, das zwischen ihren Beinen verschwand.

»Reicht kaum aus, um den Schlitz zuzudecken«, murmelte Cowboy.

»Ich hätte nichts dagegen, mit dem Kerl zu tauschen«, sagte Jeremy.

Der Kerl kniete neben ihr und verteilte Sonnenöl auf ihrem Rücken. Sie schauderte, als das Sonnenöl auf ihre Haut tropfte. Ihre glatten Pobacken zitterten ein wenig. Der Kerl stellte die Plastikflasche beiseite und begann, das Öl zu verteilen. Aber er tat das nicht schnell und geschäftsmäßig, er streichelte sie. Jeremy konnte fast ihre sonnendurchglühte Haut, weich und glatt, unter seinen eigenen Händen spüren.

Er haßte es, diese Szene jetzt hinter sich zu lassen, und Cowboy empfand wohl ähnlich. Nachdem sie an dem Paar vorübergegangen waren, blieb er stehen und blickte zurück. Jeremy war dankbar für die Gelegenheit und tat dasselbe.

Der Kerl spritzte Sonnenöl auf eine ihrer Pobacken. Das Sonnenöl glänzte silbrig in der Sonne. Es lief seitlich herunter. Er begann, es einzureiben.

»Irgendwie wünsch ich mir, sie würde sich umdrehen«, sagte Cowboy.

»Ja, und vergessen, daß ihr Oberteil offen ist.«

Cowboy grinste ihn an. »Willkommen in Boleta Bay.«

»Ich glaube, hier wird's mir gefallen.«

»Wenn dir das schon gefällt, warte, bis du Tanya gesehen hast.« Damit ging er weiter.

Jeremy blickte noch einmal zurück und sah, wie die Hand des Kerls gerade zwischen ihren Oberschenkeln nach unten glitt, dann drehte er sich um und eilte hinter Cowboy her.

»Wer ist denn diese Tanya?« fragte er.

»Nates Mädchen. Warte, bis du sie siehst. Ein paar Typen haben sich schon ins Wasser gestürzt, nur damit sie sie retten würde.«

»Wie das?«

»Sie ist Rettungsschwimmerin. Und Boß der Cheerleader in der Schule. Du solltest sehen, wie sie am Spielfeldrand tanzt... Sogar einem Blinden würde davon ganz heiß werden.«

»Bist du scharf auf sie?«

»Zeig mir einen, der das nicht ist, und ich zeig dir einen Schwulen. Ich weiß sogar von *Mädchen*, die scharf auf sie sind.«

»Aber du sagtest, sie geht mit diesem Nate?«

»Der verdammte Glückspilz! Normalerweise würde ich ihn fertigmachen, damit ich sie mir schnappen kann, aber er ist leider mein bester Kumpel.«

»Liz würde das auch nicht gefallen.«

»Na ja, es wird sowieso nichts passieren. Nate oder nicht, bei Tanya hätte ich nur eine Chance, wenn ich über einen Meter achtzig groß wäre und mir ein neues Gesicht zulegen würde.«

»Vielleicht könntest du ihr ein Mittelchen eingeben?«

»Ha! Sie betäuben? Glaubst du, ich bin 'n Perverser? Das kann doch nicht wahr sein! Zum Kotzen! An welche Art Droge hattest du denn gedacht?«

Jeremy ging neben ihm her und lächelte. Falls Cowboy ihn für weibisch gehalten hatte, dann war dem durch diese Bemerkung ein Ende gesetzt worden. Cowboy war auf seiner Seite, ganz bestimmt.

»Bin gespannt, wie sie aussieht«, sagte Jeremy.

»Das mußt du nicht.« Cowboy zeigte mit dem Rest seiner Waffeltüte auf eine Rettungsschwimmerstation nicht weit entfernt. Es war ein weiß angestrichener Schuppen auf Pfählen, mit einer Holztreppe, die zu einer Aussichtsplattform führte. Oben stand ein Mädchen und lehnte sich etwas nach vorn, die Hände auf dem Geländer.

»Ist sie das?«

»Das ist sie.«

Sie gingen auf die Rettungsschwimmerstation zu. Der Kopf des Mädchens war zur Seite gedreht, so daß Jeremy ihr Gesicht nicht sehen konnte. Aber sie war ein geradezu ehrfurchtgebietender Anblick. Er nahm an, daß sie beinahe einen Meter achtzig groß war. Viele Mädchen von dieser Größe waren nur Haut und Knochen, aber Tanya nicht. Ihre nackten Beine, bronzeschimmernd im Sonnenlicht, waren kraftvoll und wohlgeformt. Sie trug rote Shorts und ein weißes T-Shirt, das sie nicht in die Shorts gesteckt hatte. Weder die Shorts noch das T-Shirt lagen eng an, aber obwohl die Shorts eher locker fielen, konnte man die Rundung fester Pobacken erkennen. Der Wind drückte ihr T-Shirt gegen einen flachen Bauch und die hohen, festen Brüste. Die etwas zu groß geratenen Kleidungsstücke waren vielleicht dazu gedacht, ein wenig zu verbergen – gerade genug, damit sie nicht ständig von irgendwelchen Typen belästigt wurde. Aber sie hatten nicht den erwünschten Effekt. Nicht auf Jeremy. Es machte ihren Körper für ihn nur noch geheimnisvoller und aufreizender.

Ihr Haar, zu einem Pferdeschwanz gebunden, glänzte wie Gold.

Wenn ihr Gesicht auch nur im geringsten zum Rest passen würde...

»He! Tanya!« rief Cowboy vom Fuß der Treppe aus. Sie drehte sich um und sah von ihrem Aussichtspunkt herunter. Ihre Augen waren hinter einer Sonnenbrille verborgen.

Aber was er von ihrem Gesicht sehen konnte, war sogar noch besser, als er nach Cowboys Worten angenommen hatte. Nicht nur schön – sie war einfach hinreißend! Ihr Haar fiel wie ein Vorhang aus goldenen Schnüren bis auf die Brauen. Ihre Wangenknochen und das Kinn waren ausgeprägt, als hätte ein Bildhauer eine Kriegsgöttin aus Granit meißeln wollen, es sich dann anders überlegt und die scharfen Kanten runder, glatter und weicher gemacht, mit einer Oberfläche wie Samt. Und als hätte er ihr zum Ausgleich für seine ursprüngliche Idee eine perfekte, feminine Nase gegeben, die groß genug war, um in einem solchen Gesicht gerade richtig zu wirken.

Ihre Haut war tief gebräunt, und die Zähne schimmerten leuchtend weiß, fast so, als strahlten sie ihr eigenes Licht aus. Ihr Mund war breit. Die Lippen, nur ein klein wenig dunkler als die Gesichtshaut, waren voll und üppig. Es sah aus, als wären ihre Lippen das Weicheste an ihr. Sie gaben der hinreißenden Schönheit ihres Gesichts gleichzeitig etwas Verwundbares und kraftvoll Erotisches.

Cowboys Witz – war es ein Witz? – über die Männer, die fast ertranken, damit Tanya sie rettete, kam ihm auf einmal nicht mehr so abwegig vor. Der Wunsch, von solch einer Frau aus dem Meer gerettet zu werden, Mund-zu-Mund-Beatmung von diesen Lippen zu bekommen, konnte einen schon zu verzweifelten Maßnahmen greifen lassen. »Hallo, Cowboy«, sagte sie. Ihre Stimme war genau, wie Jeremy es erwartet hatte, klar und tief.

»Alles okay für heute abend?«

Sie drehte sich zu Jeremy um. Er hatte das Gefühl zu schmelzen, nur noch warme Flüssigkeit zu sein. Wenn er doch nur ihre Augen sehen könnte! Vielleicht war es aber auch besser, daß das jetzt nicht möglich war.

»Mach dir keine Gedanken wegen Duke. Er ist in Ordnung. Tatsache ist, daß er heute abend gern mitkommen würde. Ich habe ihm gesagt, daß es von dir abhängt. Und Liz will wissen, ob ihre Cousine mitkommen kann.«

»Nein.«

Jeremy sank innerlich zusammen. Er spürte einen Kloß in seinem Hals.

Ich hätte es wissen sollen. Das ist alles einfach zu gut gelaufen. Ich konnte Cowboy etwas vormachen, aber sie hat mich gleich durchschaut. Sie weiß, daß mit mir nichts los ist. Mist! Verdammte Scheiße!

Tanya trat vom Geländer zurück. Sie ging zur Treppe und sah ärgerlich auf Cowboy hinab. »Das ist eine Privatangelegenheit«, sagte sie. »Niemand von außerhalb. Ihr beiden, du und Liz, solltet das wissen.«

»Also, Duke wohnt hier. Er ist gerade hierhergezogen.«

Sie nahm die Sonnenbrille ab und sah Jeremy an. Das Blau ihrer Augen paßte zum Nachmittagshimmel. Sie studierte Jeremy genau. Ihr Blick schien in ihn einzudringen, ihn zu sondieren. Sein Herz schlug heftig. Seine Knie begannen zu zittern.

»Keine Schwächlinge«, sagte sie.

Die Worte ließen sein Blut gefrieren.

»He!« Jemand schrie Tanya an.

Ich, das war ich.

»LECK MICH!« schrie Jeremy.

Er hatte immer noch eine Handvoll aufgeweichter Waffeltüte mit einem Rest matschigem Vanilleeis.

Er warf.

Das Eis lief aus der sich überschlagenden Tüte. Aber nicht alles. Längst nicht alles. Die Tüte traf einen goldfarbenen Oberschenkel. Die weiße Masse explodierte. Der größere Teil davon rutschte direkt nach oben in Tanyas weites Hosenbein.

Jeremy blinzelte. Er konnte selbst nicht glauben, was er da getan hatte.

Die Waffeltüte, die an Tanyas weiß beschmiertem Oberschenkel geklebt hatte, fiel ab, als sie die Treppe herunterstürmte.

»Himmel, Duke«, sagte Cowboy.

Er dachte daran, wegzurennen. Aber statt dessen blieb er steif stehen, ließ die Arme an den Seiten herunterhängen.

Tanya packte sein Hemd. Sie zog ihn daran hoch, bis er auf Zehenspitzen stand. Starrte ihm in die Augen. Ihre Oberlippe zuckte auf einer Seite nach oben und entblößte ihr Zahnfleisch. »Du kleine Ratte.«

»Scheiß auf dich und dein Getue, Schwester.«

Er konnte kaum glauben, daß er das gesagt hatte.

Sie wird mich umbringen.

Statt dessen zog sie das Hemd von seinen Schultern und riß es ihm vom Körper. Sie drückte es ihm in die Hand. »Mach das Zeug weg«, sagte sie.

Sein Herz setzte aus. »Was?«

»Du hast gehört, was ich gesagt habe.« Sie packte seine Schultern und zwang ihn in die Knie.

Er starrte auf das verschmierte Vorderteil ihrer Shorts, die weiße Flüssigkeit, die an ihrem Oberschenkel herablief. Er fing an ihrem Knie an und arbeitete sich nach oben, wischte das Eis mit seinem zusammengeknäulten Hemd auf. Er fühlte die glatten und festen Muskeln. Sein Mund wurde trocken. Sein Herz hämmerte die Luft aus seinen Lungen.

Er hörte am Saum des Hosenbeins auf, drehte das Hemd hin und her, um noch eine trockene Stelle zu finden, und tupfte die Vorderseite ihrer Shorts ab. Dann ließ er die Arme sinken.

»Du bist noch nicht fertig.«

»Was?«

»Los.«

Er nahm einen Hemdzipfel als eine Art Handschuh und fuhr mit der Hand in ihr Hosenbein. Der Hemdstoff wurde schnell feucht, sie fühlte sich glatt und weich an. Nichts ließ darauf schließen, daß sie einen Slip trug.

»Du verteilst das Zeug ja bloß.«

Er zog seine Hand wieder heraus, fand eine neue trockene Stelle im Hemd und machte weiter.

Ihm war übel vor Begierde. Er fühlte sich verkrampft, beengt, er glühte. Er wischte weiter. Spürte sie. Ihr Bein, und dann die leichte Vertiefung, wo das Bein anfing. Wenn er seine Hand nur noch ein paar Zentimeter weiter zur Mitte bewegte…

O Mann! Mann! So nah!

Tu's nicht.

Nein. O Gott! Tu's nicht.

Er zog seine Hand schnell weg, legte den Kopf zurück und blickte zu Tanya empor.

»Wie sagt man?« fragte sie.

Er zuckte die Schultern.

»WIE SAGT MAN?«

»Vielen Dank«, sagte Jeremy.

»Ha!« Das kam von Cowboy.

»Steh auf.«

Er stand auf.

Tanya begann zu lächeln. »Um ein Uhr heute nacht. Unter dem Clown.«

»Heißt das, daß ich mitkommen kann?«

»Ja, tatsächlich.« Ihre blaßblauen Augen schienen sich ein wenig lustig zu machen.

»Cowboy, erklär du ihm die Regeln. Und sag Liz, sie soll ihre Cousine zu Hause lassen oder selbst auch wegbleiben.«

6

Monster unter uns
von Gloria Weston

Sein Name ist Harrison Bentley. Seine Freunde nennen ihn Bents. Andere unter uns nennen ihn einen Troll.

Vor ein paar Nächten wurde er geschlagen, ausgezogen und mit Seilen an die steil abfallenden Schienen der Hurricane-Achterbahn in Funland gebunden. An seiner Stirn war eine Karte festgeklebt. Darauf stand: »Grüße vom Großen Groben Griesgram Billy.«

Nein, es raste kein Achterbahnwagen über ihn hinweg und zerquetschte Harrison Bentley. Nein, es wurde kein Wagen vom Aufprall aus den Schienen geschleudert, zusammen mit seinen unglücklichen Insassen. Harrison wurde rechtzeitig genug entdeckt, um solche Tragödien zu verhindern.

Fast erfroren wurde er in die Notaufnahme des Krankenhauses gebracht. Er hatte zahlreiche Prellungen und Schürfwunden. Eine Schulter war ausgerenkt. Zwei Rippen gebrochen. Ebenso die Nase.

Die Verletzungen an seinem Körper werden mit der Zeit heilen. Aber wahrscheinlich wird die Zeit die tieferliegenden Wunden nicht heilen können – die Qual und die Erniedrigung, ausgezogen und zusammengeschlagen zu werden, die Angst, die er auf den Schienen der Achterbahn in schwindelnder Höhe über der Promenade erlebte, eine ganze Nacht lang, mit dem Wissen, daß der Tag nicht nur die willkommene Wärme des Sonnenlichts bringen würde, sondern auch einen heranbrausenden Achterbahnwagen.

Solche Wunden heilen vielleicht nie.

Harrison Bentley wird die Narben sein Leben lang tragen.

Warum?

Wir wissen, warum, liebe Einwohner von Boleta Bay. Wir alle wissen, warum.

Er hat ein Verbrechen begangen und wurde entsprechend dafür bestraft.

Was für ein schreckliches Verbrechen der Mann begangen hat?

Wir kennen auch die Antwort auf diese Frage.

Er hat sich der Obdachlosigkeit schuldig gemacht. Er war ein »Troll«. Und er ist der Gerechtigkeit in Form des Großen Groben Griesgrams Billy begegnet.

Er ist nicht das erste Opfer dieser Schläger, die unsere Stadt auf der Jagd nach Trollen durchstreifen, und die diejenigen brutal zurichten, die in unserer Gesellschaft ganz unten stehen. Er ist nur der jüngste Fall.

Die hiesigen Autoritäten wissen von mindestens zwanzig Fällen, bei denen Bettler von Teenagerbanden angegriffen wurden. Die ersten Angriffe, im vergangenen Sommer, waren vergleichsweise harmlos, wenn man die Brutalität vor Augen hat, mit der Harrison Bentley behandelt wurde. Die Opfer wurden gefesselt und geknebelt und zur Stadtgrenze gefahren. Sie wurden Meilen vor der Stadt ausgesetzt, verängstigt, aber unverletzt. Man warnte sie, nie wieder nach Boleta Bay zurückzukommen. Aber bald schon reichten diese »Pennertransporte« der Bande von Jugendlichen nicht mehr aus. Statt sie aus der Stadt zu bringen, wurden die Streuner brutal zusammengeschlagen und liegengelassen – auf der Straße, am Strand, in der Dunkelheit unter der Promenade, im Schatten zwischen den Karussellen und Spielbuden des »Vergnügungsparks«. Immer mit einer Karte versehen, die ihn – oder sie – als ein weiteres Opfer des Großen Groben Griesgrams Billy auswies.

Aber selbst das erwies sich als zu zahm für die brutale Bande, die die Nacht durchstreift. Sie behielten das Schlagen bei, reicherten aber ihr Repertoire um einige neue und perverse Variationen an.

Vor vier Wochen fand ein Jogger am frühen Morgen eine Bettlerin, die nur als Mad Mary bekannt ist, mit Handschellen an das

Geländer der Promenade gefesselt. Mary war verprügelt worden. Anders als die vorigen Opfer hatte man sie ausgezogen und jeden Zentimeter ihres Körpers mit grüner Farbe bepinselt.

Biff, das nächste Opfer, hatte man mit roten und gelben Streifen bemalt.

Lucys Pobacken waren an einer Bank auf der Promenade festgeklebt. Die Plastikschüssel, mit der sie üblicherweise ein wenig Kleingeld von Passanten erbettelte, hatte man ihr ans Gesicht geklebt.

James wurde auf ein Karussellpferd gesetzt, die Hände auf dem Rücken gefesselt, eine Henkersschlinge um den Hals. Wäre er in der Nacht oder den frühen Morgenstunden heruntergefallen...

Harrison war an die Gleise der Achterbahn gebunden. Es wird damit nicht zu Ende sein. Unsere hiesige Jugendbande wird wieder zuschlagen, mehr Greueltaten begehen, mit immer größerer Wildheit und Brutalität über die Obdachlosen in unserer Stadt herfallen.

Und daran tragen wir die Schuld.

Wir sind ihre Komplizen.

Wir haben Angst vor den »Pennern, Wermutbrüdern und Spinnern«, die scheinbar überall sind, immer eine bettelnde Hand ausgestreckt. Wir behandeln sie, als würden sie eine schreckliche Krankheit verbreiten, und zwar durch ihre bloße Anwesenheit.

Sie verbreiten eine Krankheit.

Die Krankheit, die sie verbreiten, heißt Schuldgefühle. Wir *haben* ein Zuhause, Familien, Essen, Kleider und zahllose Luxusgegenstände. Sie haben nichts. Und weil sie uns daran erinnern, hassen wir sie.

Und wir wollen, daß sie verschwinden.

Die Trolljäger wollen auch, daß sie verschwinden. Die Trolljäger, unsere Kinder, reagieren auf die »Penner« ebenso wie die Erwachsenen – mit Angst und Haß. Sie haben den Ekel auf unseren Gesichtern gesehen. Sie hörten unsere gemurmelten Flüche, unser höhnisches Gelächter. Und ein paar von ihnen, vielleicht nur eine Handvoll, haben sich aufgemacht, uns den Gefallen zu tun und die Stadt zu säubern, diese verhaßten Ärgernisse zu entfernen. Sie haben den Sport der »Trolljagd« erfunden. Selbstverständlich haben unsere Autoritäten von Anfang an ihr Tun verurteilt.

Aber viele von uns waren damit einverstanden.

Immerhin ist endlich etwas unternommen worden gegen unser »Pennerproblem«.

Plaketten tauchten auf, an Stoßstangen und in Schaufenstern: »Troll-Buster«, oder andere, auf denen stand: »Ein einziger Troll kann dir den ganzen Tag versauen« und »Wählt den Großen Groben Griesgram Billy«. Witze wurden erzählt: »Welchen Köder nimmt man für die Trolljagd in Boleta Bay? Katzenfutter« und »Wie kann man feststellen, daß ein Troll tot ist? Er bettelt dich nicht mehr an«.

Wir haben diese fortgesetzten Gewaltakte gegen die Trolle nicht verurteilt, wir haben uns darüber lustig gemacht. Und mit unserer zynischen Haltung, mit unserem Beifall sind wir zu einer Art Fanclub geworden. Ich frage mich, ob wir es auch so freudig begrüßen werden, wenn der erste Obdachlose tot auf der Straße liegt – von unseren Kindern ermordet.

Ich bezweifle es.

Aber wir werden die Gelegenheit dazu haben. Morgen, in der nächsten Woche oder im nächsten Monat werden sie *töten.*

Für uns.

Die Situation kommt mit der gleichen Geschwindigkeit auf uns zu, mit der die Achterbahn auf ihren Schienen abwärts rattert.

Ein Troll wird sterben.

Ein Penner, ein Säufer, ein Spinner. Ein Bettler, der schwachsinniges Zeug vor sich hin brabbelt, in Lumpen rumläuft und nach Müll stinkt. Und einige von uns werden denken, daß die Welt mit einem Troll weniger ein besserer Ort ist.

Aber Sie und ich werden die Mörder sein.

Und das Opfer wird – machen wir uns nichts vor – kein Troll sein.

Kein Troll, sondern ein Mensch – ein Mann oder eine Frau, jemand, der irgendwann Pech gehabt hatte, für den von Geburt an ein schlimmes Schicksal in den Karten stand, oder der unter die Räder der Alkoholabhängigkeit geriet. Ein Mensch, kein Troll.

Ein Mensch. Ein Kind, das einmal von Vater und Mutter geliebt wurde. Das darum kämpfte, am Heiligen Abend aufbleiben zu dürfen, um den Weihnachtsmann zu sehen. Ein kleines Mädchen, das Seil hüpfte oder Rollschuh lief. Ein Junge, der strahlte, als er sein erstes Fahrrad bekam, der weinte, als sein Luftballon platzte, der Kaugummiblasen machte und Eiswaffeln aß.

Ein Kind, das Funland mit seinen Hot dogs und seiner Zuckerwatte, mit den Spielbuden und aufregenden Fahrten geliebt hätte.

Das ist unser Troll. Das ist unser Opfer.

Ein solcher Mensch wird sterben, auf der Promenade, eines Nachts, bald, mit einer Karte, die an seinen Körper geklebt ist – »Grüße vom Großen Groben Griesgram Billy«.

Ich möchte eine Änderung im Text der Karte vorschlagen: Es sollte »Grüße vom Großen Groben Griesgram Billy *und den Einwohnern von Boleta Bay*« heißen.

Dave faltete die *Evening Post* zusammen und warf sie auf den Kaffeetisch. Er hob sein Bierglas und trank einen Schluck.

»Also, was hältst du davon?« fragte Gloria. Sie saß neben ihm auf dem Sofa, ein Bein unter sich gezogen, einen Arm auf dem Rückenkissen. Sie schaute Dave an, zog eine Augenbraue hoch, hoffte, daß er ihren Artikel kritisieren würde, und war nur zu bereit, ihn zu verteidigen.

»Gelungen«, sagte er.

»Das glaubst du doch nicht wirklich.«

»Es wird bestimmt einigen Ärger geben.«

»Das wollte ich damit erreichen. Es ist eine Schande, was in dieser Stadt geschieht. Man muß etwas dagegen tun.«

»Da stimme ich dir zu.« Dave trank sein Bier und stellte das Glas ab. »Warum gehen wir nicht rüber in die *Wasserratte*?«

»Du willst nur das Thema wechseln.«

»Ich habe Hunger.«

»Was hältst du wirklich von meinem Artikel?«

Dave seufzte. Warum sollte er es nicht hinter sich bringen? Ihr sagen, was sie unbedingt hören wollte. »Streitet es sich nicht besser mit einem vollen Magen?« fragte er.

Beeinflußt von all den Bildern in seinem Kopf – Kinder, die auf den Weihnachtsmann warteten, Rollschuh liefen und Kaugummiblasen machten –, dachte Dave, daß Gloria jetzt aussah wie jemand, der merkt, wie sich an seiner Angelschnur etwas bewegt.

»Das habe ich mir doch gedacht, du Arsch. Jetzt bist du wohl stinksauer.«

»Mußt du diese Art Sprache verwenden?«

Jetzt sah sie *wirklich* zufrieden aus. »Oh? Und Joan sagt so was nicht?«

»Das ist etwas anderes.«

»Inwiefern?«

»Ich dachte, du wolltest dich über die Penner streiten?«

»Wir kommen darauf zurück. Erzähl mir mal, wieso Joan diese Art von Sprache verwenden darf und ich nicht? Und du solltest dir eine gute Erklärung einfallen lassen. Ist es, weil sie ›einer von den Jungs‹ ist? Sie ist eindeutig keiner von den Jungs! Ist dir das noch nicht aufgefallen?«

»Dich sticht tatsächlich der Hafer heute abend. Oder sind es die Bambussprossen?«

»Joan hat beim Barbecue letzte Woche wie ein Seemann geflucht. Du hast deswegen nicht einen Ton gesagt.«

»Ich kritisiere meine Gäste nicht.«

»Aber es ist in Ordnung, wenn sie so redet?«

»Ist mir egal.«

»Aber ich darf nicht ›Arsch‹ sagen?«

»Wenn du es sagst, hört es sich unglaublich aufgesetzt und kindisch an. Du klingst wie ein Zweitkläßler, der seine Eltern schockieren will.«

Sie lief rot an. Ihr Mund klappte auf.

»Du Arsch«, murmelte sie.

Dave wußte, daß er zu weit gegangen war. Sie hatte Streit gesucht, um ihr hochentwickeltes soziales Bewußtsein gegen den Zynismus eines Polizisten zu stellen, aber sie hatte nicht erwartet, daß es ihr so nah ging und persönlich wurde. Sie hatte nicht damit gerechnet, gedemütigt zu werden.

»Es tut mir leid«, sagte Dave. Er legte seine Hand auf ihren Arm.

Sie zog den Arm weg.

»Du wolltest es ja so«, stellte er fest.

»Leck mich... Oh, entschuldige. Wie kindisch ich wieder bin, mit dieser aufgesetzten Art zu reden.« Sie stand von der Couch auf und ging zur Haustür.

»Gloria.«

Sie öffnete die Tür.

»Komm doch, laß uns das alles vergessen und zur *Wasserratte* gehen.«

Sie drehte sich um und sah ihn an.

Ihre Augen waren gerötet.

Gott im Himmel!

»He«, sagte er, »ich hab das nicht so gemeint.«

»Nein. Natürlich nicht. Genieß dein Essen.« Sie ging und knallte die Tür hinter sich zu.

Joan zog den Reißverschluß vorn an ihrem weißen Baumwollkleid zu und überprüfte ihr Aussehen im Schlafzimmerspiegel. Ziemlich viel Bein zu sehen. Das war ihr erstes neues Kleid, seit Miniröcke wieder in Mode waren. Wahrscheinlich würde es ein bißchen dauern, bis sie sich wieder daran gewöhnt hatte.

»Nettes Kleid«, sagte Debbie von der Tür her.

Joan schaute ihre Schwester an. »Glaubst du, es ist zu kurz?«

»Sieht toll aus«, sagte Debbie und kam herein. »Leihst du es mir irgendwann mal?«

»Klar.« Debbie hatte nicht Joans Größe und Figur, aber das Kleid würde ihr wahrscheinlich passen. Kaum zu glauben, wie sie in letzter Zeit gewachsen war. Und ein bißchen traurig.

»Stimmt was nicht?«

»Ich will nur nicht, daß deine Freunde vor lauter Gier drauf sabbern.«

»Spinn nicht rum.«

»Sabbern deine Freunde nicht?«

»Das solltest du doch wissen. Du siehst sie so oft wie ich.«

»Jemand muß doch auf dich aufpassen.«

»Jemand sollte auf *dich* aufpassen.«

»Was meinst du damit?«

»Gehst du wieder mit *ihm* aus?« Debbies Oberlippe zog sich verächtlich nach oben, während sie sprach.

»Er wird jeden Augenblick hier sein.«

»Es ist dein Leben.«

»Genau, das ist es. Mit Harold ist alles in Ordnung.«

»Nein. Hm-hm. Er ist vollkommen. Warum heiratest du ihn nicht?«

»Er hat mich noch nicht darum gebeten«, sagte Joan.

Debbie riß die Augen auf. »Das würdest du doch nicht tun, oder? Ich meine, wenn er dich fragt, dann sagst du ihm doch, daß er verschwinden soll?«

»Ich nehme an, ich würde es diplomatischer ausdrücken.«

»Aber du würdest ihn nicht heiraten?«

»Ich bezweifle es.«

»Na, wenigstens bist du nicht völlig bekloppt.«

»Danke.«

»Er ist nicht gerade ein Hauptgewinn. Ehrlich, ich weiß nicht, weshalb du dich überhaupt mit ihm abgibst.«

»Habe ich dich vielleicht gefragt?«

»Was siehst du in ihm?«

»Harold ist ein netter Kerl.«

»Du könntest erheblich bessere finden.«

»Ja? Seit wann bist du meine Mutter?«

Das selbstgefällige Grinsen in Debbies Gesicht löste sich auf.

»Es tut mir leid«, sagte Joan.

Das Mädchen zuckte die Schultern, aber sie war blaß geworden, und einen Moment lang hatte sie sie ganz verstört angesehen. Schnell wandte sie sich ab. »Und wo geht Mr. Wonderful mit dir hin?«

»Ins Kino, zu diesem Sommer-Film-Festival an der Uni.«

»Wie aufregend.«

»Vielleicht gehen wir danach noch woandershin. Wenn ich bis Mitternacht nicht zu Hause bin, rufe ich an.«

»Du brauchst dich wegen mir nicht von ihm loszureißen.«

Joan tat die Bemerkung über die »Mutter« immer noch leid. Sie fragte: »Willst du nicht mit uns kommen?«

»O ja, das wäre wirklich umwerfend.«

»Ich bin sicher, es würde Harold nicht stören.«

»Und ich könnte das eine oder andere über erogene Zonen aufschnappen.«

»Da habe ich so meine Zweifel«, sagte Joan.

»Ja, ein Zuschauer würde ihn wahrscheinlich bremsen.«

»Machst du Witze? Er behält seine Pfoten bei sich. Zuschauer oder nicht.«

»Scheiße.« Sie starrte Joan mit zusammengekniffenen Augen an. »Er überläßt es wohl dir?«

»Das wäre mir neu.«

»Jetzt lügst du aber.«

»Genau. Darin bin ich Weltklasse.«

»Das ist aber... ziemlich merkwürdig. Läßt du ihn nicht ran oder was?«

»Geht dich das was an?«

»Ich bin einfach nur neugierig. Ich meine, du gehst seit einem Monat mit dem Kerl aus. Was steckt dahinter?«

»Ich weiß es nicht.« Sie spürte, wie sie rot wurde.

»Also liegt's an ihm. Ist er schwul oder so was?«

Joan zuckte die Schultern. »Beenden wir das Thema. Ich habe keine Ahnung, was nicht stimmt, und ich will auch nicht darüber reden.«

»Und warum, zum Teufel, gehst du mit ihm aus?«

»Ich habe dir schon gesagt, er ist ein netter Kerl. Also, kommst du jetzt mit oder nicht?«

»Was macht ihr, wenn ihr miteinander ausgeht? Nichts?«

»Komm mit und finde es heraus.«

»Auf keinen Fall. Mann! Ich wußte, daß mit dem Kerl was nicht stimmt.«

Die Türglocke läutete.

»Also bis dann«, sagte Joan, »Mitternacht!«

»Ja. Viel Spaß.«

Joan nahm ihre Handtasche vom Bett, ging zur Haustür und öffnete sie. Harold stand auf der Veranda, ein paar Schritte entfernt. Er sah ihr kurz ins Gesicht, als wolle er sich überzeugen, daß sie es auch war, dann senkte er seinen Blick auf ihre Brust.

Nicht, weil ihn ihre Brust mehr interessierte; er war einfach nur unfähig, ihr für längere Zeit ins Gesicht zu sehen. »Wie geht's meinem Lieblingsbullen?«

»Tierisch gut«, sagte sie.

Er lächelte und nickte. »Na, fertig?«

»Ja.« Sie zog die Tür hinter sich zu, ging zu ihm hin und nahm seine Hand. Er drückte sie ein wenig.

»Ich glaube, der Film wird dir gefallen«, sagte er, als sie zu seinem Volvo gingen.

»Bedeutet das, er hat keine Untertitel?«

»Es ist *Macbeth* von Polanski.«

»Wirklich? Ich hatte immer angenommen, daß Shakespeare dahintersteckt.«

»Du bist unmöglich.«

»Ich bin nicht unmöglich, ich bin albern.«

»Schrecklich.«

Er öffnete die Beifahrertür für Joan. Als sie ins Auto stieg, beobachtete sie ihn. Er stand da und schaute kein einziges Mal auf ihre Beine.

Typisch. Aber sie hatte gehofft, daß das neue Kleid ein wenig sein Interesse wecken würde.

Das Geld hätte ich mir sparen können, dachte sie und schloß die Tür.

Sie sah an sich herunter. Wenn der Rock noch kürzer wäre, könnte man ihr Höschen sehen. Sie spürte das Sitzpolster an ihren Oberschenkeln.

Harold rutschte hinter das Steuer.

»Wie findest du mein neues Kleid?« fragte Joan.

»Steht dir sehr gut«, sagte er und startete den Wagen.

»Warum lassen wir den Film nicht ausfallen?«

»Aber es ist ein Klassiker.« Er wurde störrisch.

»Ich habe ihn schon gesehen. Er reicht bei weitem nicht an die Version mit Orson Welles heran. Der Gipfel des Erfindungsreichtums ist, daß ein paar nacktärschige Mädchen darin herumspazieren. Ist es *das*, worauf du so scharf bist?«

»Sei nicht albern.«

»Laß uns doch zur Promenade gehen.«

Er sah sie entsetzt an.

»Bist du schon mal dort gewesen?«

»Einmal. Und ich kann dir versichern, das hat gereicht.«

»Ich würde gern hingehen. Es macht bestimmt Spaß.«

»Joan! Du gehst *Streife* auf der Promenade. Du bist jeden Tag dort. Hast du den Verstand verloren?«

»Was, glaubst du, mache ich dort im Dienst? Riesenrad und Karussell fahren? Weißt du, was ich heute getan habe? Ich habe etwa ein dutzendmal die Toiletten überprüft und ein paar Wahnsinnigen zugehört, die über fliegende Untertassen und Erscheinungen der Heiligen Jungfrau brabbelten.«

»Es ist ein geschmackloser Ort. Und gefährlich.«

»Die Gefahr weiß genau, daß ich noch viel gefährlicher bin. Wir sind zwei Löwen, gesäugt von derselben...«

»Und schmutzig. Dieser Vergnügungspark ist dreckig, und du trägst ein neues Kleid – ein *weißes* Kleid. Du wirst es ruinieren, sobald du dich irgendwo hinsetzt. Es ist Wahnsinn. Totaler Wahnsinn.«

»Ich hab in den letzten drei Wochen so viele hochgestochene künstlerische Filme gesehen, daß selbst Renoir die Nase voll hätte. Also, was ist los? Komm, laß uns ins Funland gehen. Bitte. Ich kaufe dir auch Zuckerwatte.«

»Ich kann das Zeug nicht ausstehen.«

»Spielverderber. Okay, lassen wir's. Sehen wir uns *Macbeth* an. Ich gehe irgendwann mal zur Promenade, wenn du Unterricht hast. Vielleicht lerne ich einen netten Seemann kennen.«

Harold fuhr nach Funland.

7

Der Altersschätzer sagte »dreiundzwanzig«. Joan zeigte ihren Führerschein, um zu beweisen, daß sie schon siebenundzwanzig Jahre alt war, und er gab ihr einen Radiergummi in der Form eines Dinosauriers.

Sie versuchte, Harold dazu zu bewegen, sein Alter ebenfalls

raten zu lassen. Er sagte: »Damit würden wir nur unser Glück herausfordern.«

Wenn man seinen zurückweichenden Haaransatz in Betracht zog und die Art, wie sein Bäuchlein sich aus dem offenen Sportmantel vorschob, hätte er eine gute Gewinnchance gehabt. Der Altersschätzer hätte ihn wohl eher bei vierzig angesetzt als bei vierunddreißig. Harold, der wegen seines Aussehens sehr befangen war, wollte sich vermutlich die Peinlichkeit ersparen.

Sie gingen die Promenade entlang.

Joan war seit dem letzten Sommer nicht mehr außerhalb der Dienstzeiten hier gewesen. Es sah in der Dunkelheit so viel fröhlicher aus: Die Spielbuden waren hell erleuchtet, die Namen der Fahrgeschäfte mit Neonlicht geschrieben, überall hingen Girlanden mit vielfarbigen Glühbirnen. Der vertraute Geruch nach Zuckerwatte, Popcorn, Hot dogs, Pommes frites, Maschinenöl, Parfüm und Rasierwasser und nach Ozean war eindringlicher und verlockender als am Tag. Die Menschenmenge war größer. Sie spürte eine Aura von Geheimnis und Erwartung.

So ist es jede Nacht, dachte sie. Und ich habe es bisher verpaßt.

Wenn Harold doch nur die Atmosphäre dieses Ortes erfassen könnte...

»Was möchtest du tun?« fragte sie.

»Ich nehme an, es ist zu spät für *Macbeth*.«

»Es muß hier doch etwas geben, was dir Spaß macht. Wie wäre es mit dem Flower-Swing?« fragte sie und blieb stehen, um zuzusehen, wie die Leute aus den überdachten Wagen kletterten. Mädchen lachten, Paare hielten sich aneinander fest und stolperten. »Komm«, sagte sie. »Es gibt keine Warteschlange. Wir können gleich rein.«

»Geh du nur. Ich bleibe hier und sehe zu.«

»O ja, das wird wahnsinnig Spaß machen.«

»Nein, geh doch. Ich bestehe darauf. Ich will dir dein Vergnügen nicht verderben.«

Joan zuckte die Schultern. »Vielleicht später. Gehen wir weiter.« Sie nahm seinen Arm und zog ihn weg. »Wir werden etwas finden, was dir gefällt.«

»Wahrscheinlich am Sankt Nimmerleinstag.«

Sie sah die alte Frau mit der Sockenpuppe, die sich offensichtlich den ganzen Tag lang nicht von der Stelle bewegt hatte. Ihre Socke zeigte nach vorn und »sprach« mit den Leuten, die das Pech hatten, ihr nahe genug zu kommen. Joan fühlte sich versucht, Harold in ihre Richtung zu schieben.

Immerhin hatte er heute abend *Macbeth* sehen wollen, und die Alte war bestimmt auch eine Hexe.

Aber das wäre grausam gewesen.

Sie erinnerte sich daran, wie die Sockenpuppe sich Daves Bein geschnappt hatte, und mußte lachen.

»Was ist?« fragte Harold.

»Eine meiner Lieblingspennerinnen.« Sie nickte zu der Frau hin.

Harold sah sie an. »Ich kann nichts besonders Amüsantes an ihr erkennen.«

»Ihre Puppe hat heute an Daves Bein geknabbert.«

»Hast du Glorias Artikel über die Trolljäger gelesen?«

»Sie hat ziemlich dick aufgetragen.«

»Ich finde, sie hat gute Arbeit geleistet.«

»Sie sollte mal von ihrem hohen Roß runterkommen. Komplizen, was für ein Schwachsinn. Der typische Tränendrüsen-Scheiß. Wir sind *alle* schuld?« Sie hob einen Arm und zeigte auf die hoch oben liegenden Schienen des steilsten Gefälles an der Achterbahn. »Dave und ich, wir haben unseren Hals riskiert, um diesen heruntergekommenen Kerl zu retten, über den sie schwafelte. Wenn einer von uns ausgerutscht wäre, wäre er jetzt platt. Erzähl mir nichts von Komplizen. Sie weiß genau, was wir getan haben. Aber hat sie etwas davon in ihrer Tirade erwähnt? Nicht die Bohne. Es ging ihr nur darum, die ganze Stadt – und uns Bullen dazu – so darzustellen, als wären wir auf der Seite der Trolljäger. Hat uns sogar einen Fanclub dieser Bande genannt. Ich verstehe nicht, wie sie Dave ins Gesicht sehen kann, nachdem sie diesen Mist geschrieben hat.«

Sie ließ Harolds Hand los, ging hinüber zu den Bazookas und gab dem Mann hinter dem Schalter Geld. Er füllte das Gerät mit fünf Tennisbällen. Joan lud durch, zielte und feuerte. Der erste Tennisball schoß heraus, zischte fünfzehn Meter weit und traf knallend die aufgehängte Puppe. Mitten in den Bauch. Die Beine der Puppe flogen nach oben, und sie begann, am Seil hin und her zu wackeln.

Joan warf Harold einen Blick zu. Er sah aus, als bedauerte er, Glorias Artikel erwähnt zu haben.

Sie schoß einen weiteren Tennisball auf die Puppe. Diesmal erwischte es den ausgestopften Kopf.

»Wir könnten diese verdammte Bande *festnageln,* wenn wir ein bißchen Unterstützung von den Opfern erhielten. Sie erzählen uns nichts. Überhaupt nichts. Weißt du, was wir bisher herausgefunden haben?«

Sie schoß der Puppe einen Ball an die Brust.

»Es sind Teenager. Manche sagen, es wären ausschließlich Mädchen. Andere erzählen, es wären ausschließlich Jungen. Zahlenmäßig sollen es zwischen drei und fünfzig sein, je nachdem, welches Opfer man fragt. Der Anführer ist Satan persönlich mit Hörnern und Schwanz, eine hinreißende Blondine, Bürgermeister Donaldson, ein riesenhafter Schwarzer, Charles Mansons Zwillingsbruder, Zarch aus der sechsten Dimension...«

»Ich verstehe«, sagte Harold.

Joan verfehlte die Puppe.

»Blödes, selbstgefälliges Luder.«

Ihr letzter Ball traf die Puppe ins Gesicht.

Harold legte eine Hand auf ihre Schulter. »Ich wollte dich nicht verärgern.«

»Wer ist hier verärgert?«

»Gloria tut nur ihre Arbeit.«

»Und wir tun unsere, aber das vergißt sie, wenn es ihr in den Kram paßt.«

Sie gingen mit der umherschlendernden Menge mit.

»Willst du die Autoskooter versuchen?« fragte sie.

»Bei deiner Laune wirst du vielleicht jemanden verletzen.«

»Meine Laune ist ausgezeichnet.«

»Kommt hier rein, Leute!«

Sie sah Jasper Dunn. Der leichenhaft aussehende Mann schielte sie lüstern an.

Sie beschleunigte ihre Schritte.

»Rennen Sie nicht weg, Polizeifräulein. Kommen Sie hier herein, Sie und Ihr gutaussehender Kavalier, und sehen Sie die erstaunlichen Wunder von Jaspers Kuriositätenkabinett. Bring sie hierher, Junge. Genau hierher. Verpaß das nicht. Sieh dir das zweiköpfige Baby an, den haarlosen Orang-Utan aus Borneo, die Mumie Ram-Hotep und andere seltene und rätselhafte Dinge. Sie wird bei diesem Anblick zittern und beben. Sie wird ohnmächtig und hilflos in deine Arme sinken.«

Sie gingen weiter.

»Ich sehe«, sagte Harold, »daß du an Jaspers Kuriositäten nicht interessiert bist.«

»Der Kerl ist der absolute Abschaum.«

»Hat er dir etwas getan?«

»Nur mit seinen Augen. Jedesmal, wenn ich vorbeikomme. Glücklicherweise verbringt er die meiste Zeit drinnen bei seinen Kuriositäten. Manchmal vergeht eine ganze Schicht, ohne daß ich ihn zu Gesicht bekomme. Er bleibt gern drin und beobachtet, wie die Leute reagieren. Und glotzt die Frauen an.«

»Er mag es, wenn sie zittern und beben«, sagte Harold.

»Bist du jemals drin gewesen?«

»Nur einmal. Ein Mädchen war ohnmächtig geworden.«

»Diese Kuriositäten müssen ja wirklich toll sein.«

»Ich glaube, es kam von der Hitze. Sie lag auf dem Boden, und ihr Rock war hochgeschoben, und Dunn hockte neben ihr. Ich will nicht sagen, daß er sie befummelt hat oder so, aber er war ziemlich erschrocken, als ihr Freund uns hereinholte.«

Sie blieb stehen und schaute zurück. Zwei Mädchen im Teenageralter erkletterten gemeinsam mit ihren Begleitern die Treppe und gaben Dunn ihre Eintrittskarten. Eines der Mädchen war dick, aber das andere war schlank und trug ein kurzes Top und Shorts. »Paß auf«, sagte Joan. »Er wird ihnen folgen. Verfluchter alter geiler Bock.«

»Ich wünschte, dieser alte Widerling würde endgültig vertrocknen und davongeweht werden. Ihm gehört der Vergnügungspark, das alte Funhouse, weißt du.« Joan wies mit dem Kopf auf das zweistöckige Gebäude, das neben dem Kuriositätenkabinett stand. Die ausgeschaltete Neonreklame über dem Eingang war im Licht der anderen Buden sichtbar. »Jaspers Funhouse«. Die Fenster waren alle mit Brettern vernagelt. »Ich habe gehört, in einem der Gänge hatte er ein Gitter im Boden eingebaut. Und darunter versteckte er sich und schaute den Frauen unter die Röcke, wenn sie darübergingen.«

»Reizender Bursche. Ist es deshalb geschlossen?«

Joan schüttelte den Kopf. »Er hatte dort eine Freakshow. Zusammen mit den Kuriositäten. Einige Freaks sind eines Abends ausgebrochen. Ein paar ganz schön scheußlich aussehende... Leute. Das habe ich jedenfalls gehört. Einige davon sind im Funhouse aufgetaucht. Ich glaube, das war vor fünf oder sechs Jahren, ich war noch in Stanford. Dave hat mir davon erzählt. Er berichtete, sie hätten sich auf ein kleines Mädchen und seine Großmutter gestürzt.«

»Schrecklich«, murmelte Harold.

»Die alte Frau erlitt eine Herzattacke.«

»Und was war mit dem Mädchen?«

»Sie wurde nicht verletzt. Ein paar Seeleute kamen ihr zu Hilfe. Aber die Großmutter ist gestorben. Dunn wurde gezwungen, seine Freakshow zu schließen. Und dann konnte er sich die Haftpflichtversicherung für das Funhouse nicht mehr leisten und mußte es zumachen. Es gehört ihm aber immer noch. Niemand kann ihn dazu bringen, es abzureißen.«

»Vielleicht will er es eines Tages wieder eröffnen.«

»Das würde mich nicht überraschen. In seinem Kuriositätenkabinett hat er kein Gitter im Fußboden eingebaut.«

Harold schaute das verlassene Funhouse an und schüttelte den Kopf. »Das hätte mir vielleicht gefallen«, sagte er.

»Also wirklich. Das ist eine Schande. Die einzige Attraktion auf der ganzen Promenade, die dir gefallen könnte, und es ist geschlossen.«

»Nein, das meine ich ganz ernst. Als ich ein kleiner Junge war, ging ich gern in Chicago ins Riverview. Ich fürchte, das ist längs geschlossen. Auch dort gab es einen Vergnügungspalast, der ›Aladins Schloß‹ hieß. Oder Palast? Ich kann mich nicht mehr erinnern. Aber den liebte ich sehr.«

»Es gibt also noch Hoffnung für dich.« Sie nahm wieder seinen Arm, und sie spazierten weiter. »Du hast also Vergnügungsparks einmal gemocht. In deiner frühen Jugend.«

»Bevor ich so ein Spielverderber wurde.«

»Erzähl mir mehr von dieser Zeit.« Joan lächelte.

»Ich fürchtete mich immer mehr, als gut für mich war.«

Sie drückte seinen Arm, sagte: »Einen Augenblick mal«, und lächelte, während sie jemandem zuwinkte. »He, Jim, Beth.«

Die beiden Polizisten kamen auf sie zu. Jim starrte auf ihre Beine.

»Du kannst wohl nicht genug von Funland kriegen?« fragte Beth.

»Dave läßt mich nie Achterbahn fahren.«

»Er läßt dich nur drauf rumklettern«, sagte Jim.

Sie stellte die beiden Harold vor.

»Sei vorsichtig mit ihr, Harry«, sagte Jim.

»Ist sie so zerbrechlich?«

»Sie hat den schwarzen Gürtel.«

»Und manchmal verprügle ich Leute damit«, sagte Joan.

»Laß nicht zu, daß sie dich mit Handschellen ans Bett fesselt. Wenn du ihr erst einmal hilflos ausgeliefert bist, holt sie den Gürtel raus.«

»Sprechen Sie aus persönlicher Erfahrung?« fragte Harold.

»Höchstens aus seinen Träumen«, sagte Joan.

Beth schubste Jim mit dem Ellbogen weiter. »Komm weiter, Casanova. Nett, Sie getroffen zu haben, Harold.«

»Ja«, sagte Jim. Er gab Harold einen Klaps auf den Arm.

»Ich hab noch ein, zwei weise Worte für dich auf Lager, Harry: Halt dich ran.«

Harold grinste und nickte.

»Das waren drei Worte, du Dummschwätzer.«

»Wen interessiert's?«

Er und Beth gingen weiter. Bevor sie in der Menge verschwanden, konnte Joan sehen, wie sie sich gegenseitig ansahen und zu reden begannen. Zweifellos über ihren Freund. Jim war bestimmt nicht begeistert.

»Interessanter Bursche«, sagte Harold.

»Kaum.«

Immerhin hält Jim sich wirklich ran, dachte Joan. Man will vielleicht gar nicht, daß er das tut, und muß ihm ordentlich eins überbraten, damit er einen in Ruhe läßt, aber er ist jedenfalls interessiert genug, es zu versuchen.

»Stimmt es, daß du den schwarzen Gürtel hast?«

»Ich habe einen schwarzen Strumpfgürtel.«

»Magst du ein bißchen Zuckerwatte?«

»Klar. Das wäre toll.«

Was muß ich anstellen, damit er auf mich reagiert, fragte sie sich.

Er kaufte Zuckerwatte für Joan, keine für sich selbst.

Sie riß ein bauschiges Stück mit den Zähnen heraus, sog es in den Mund und spürte, wie es sich auflöste, bevor sie darauf kauen konnte.

»Und in diesem Riverview«, sagte sie, »was hast du da noch gemacht, außer in Aladins Schloß zu gehen? Bist du Achterbahn gefahren?«

»Dort hätte man mich auch mit Gewalt nicht hinzerren können. Oder in den Jaguar-Expreß. Wie ich schon sagte: Ich hatte Angst.«

»Wie war's mit dem Riesenrad?«

»Ich habe mich nicht mal in die Nähe gewagt.«

»Und wie wäre es jetzt mit dem Riesenrad?«

»Ach nein, ich glaube nicht.«

»Ich aber schon.« Das Zeichen am Eingang besagte, daß man fünf Karten brauchte. Sie ging zu einer Kartenbude in der Nähe, Harold eilte hinter ihr her.

»Joan, ich steige nicht in dieses Ding.«

Sie stellte sich in die Warteschlange. »Halte das mal«, sagte sie und reichte ihm die Zuckerwatte. »Versuch's mal, es wird dir schmecken.« Er blickte mißtrauisch auf das Zuckerzeug und schüttelte den Kopf. Joan nahm ihren Geldbeutel aus der Schultertasche und holte zehn Dollar heraus.

»Wenn du glaubst, mich in diese Todesfalle locken zu können...«

»Mein Lieber, jeder hat doch ein bißchen Angst vor Höhen.«

»Das sagt die Frau, die auf die Achterbahn geklettert ist.«

»Ich habe mir fast in die Hose gemacht. Aber ich bin trotzdem raufgestiegen, weil es eben getan werden mußte. Und aus demselben Grund wirst du jetzt Riesenrad fahren.«

»Das ist aber nichts, was unbedingt getan werden muß.«

»O doch, das ist es.« Sie kaufte zehn Karten und bekam fünf Dollar zurück.

Harold folgte ihr in die Schlange vor dem Riesenrad. Er lächelte nervös, als er ihr die Zuckerwatte zurückgab.

»Du erwartest das doch nicht ernsthaft von mir?«

»Es wird dir gefallen. Das verspreche ich dir.«

»Es wird mir nicht gefallen, weil ich es nicht tun werde.«

»Ich habe schon die Karten gekauft.«

»Du kannst ja zweimal fahren. Ich werde hierbleiben, sicher auf dem festen Boden stehen und geduldig auf dich warten.«

Sie sah ihm in die Augen. »Ich will, daß du mit mir kommst, Harold. Nur ins Riesenrad. Ich werde dich nicht bitten, Achterbahn zu fahren oder sonst irgendwas. Nur diese eine Fahrt. Es wird dich schon nicht umbringen.«

»Aber nur deshalb, weil ich es nicht tun werde.«

»Harold, bitte.«

Jetzt war das nervöse Lächeln verschwunden. An seine Stelle war ein ärgerlicher Ausdruck getreten. »Ich verstehe wirklich nicht, wieso du so unnachgiebig darauf bestehst. Um Himmels willen, es ist nur eine Vergnügungsfahrt! Kein Grund, deswegen so quengelig zu werden! Es macht nicht den geringsten Unterschied, ob ich mit dem blöden Ding fahre oder nicht.«

»Für mich macht es einen großen Unterschied«, sagte Joan.

»Oh, ich muß beweisen, daß ich ein Mann bin. Ist es das? Ist das eine Art von Test?«

»Es war nicht so gemeint«, sagte Joan.

»Ich fahre mit dem blöden Ding, wenn dich das glücklich macht.«

»Gut«, murmelte sie. Sie wandte sich von ihm ab, nahm einen Bissen Zuckerwatte, der in ihrem Mund schmolz, und fühlte sich, als müsse sie gleich losheulen.

Das Riesenrad bewegte sich immer noch mit voller Geschwindigkeit, die hell erleuchteten Speichen drehten sich, die Gondeln wackelten, die Insassen kreischten, wenn sie von der beeindrukkenden Höhe wieder herunterkamen. Einige von ihnen umarmten sich. Joan warf die Zuckerwatte in einen Abfalleimer.

»Ich habe doch gesagt, daß ich fahren werde.« Es klang verdrießlich.

»Ich habe es gehört.«

»Also warum schmollst du dann?«

»Das sollte uns eigentlich Spaß machen.«

»Es tut mir leid.« So hörte er sich aber gar nicht an.

»Ich glaube, für so was bin ich nicht geeignet. Vielleicht solltest du mit einem deiner Macho-Bullenfreunde hierherkommen. Ich bin sicher, *Dave* würde sich freuen, in diesem verdammten Riesenrad fahren zu können.«

»Er würde jedenfalls nicht deswegen herumwinseln.«

»Ach ja, ich winsele also. Ist das nicht wunderbar?«

»Nicht besonders.«

»Mein Gott!«

»Du hast mich nie angefaßt, Harold.«

Sein Mund klappte auf.

»Joan, um Himmels willen.« Er sah sich um, als befürchtete er, daß jemand zuhören könnte. Aber die anderen in der Reihe unterhielten sich miteinander. Die Luft war angefüllt mit Gelächter und Geschrei, den Rufen der Händler, dem Geknatter der Schüsse von den Schießständen und der Leierkastenmusik vom Riesenrad. Er brauchte sich wegen der Zuhörer keine Sorgen zu machen.

»Liegt es an mir?« fragte Joan. »Stimmt etwas mit *mir* nicht?«

»Nein, selbstverständlich nicht.«

»Was ist es dann? Wir gehen seit Wochen zusammen aus. Wir halten Händchen und geben uns Gutenachtküsse – *ich* gebe *dir* einen Gutenachtkuß. Und das war's.«

»Ich nahm an, es wäre dir so recht.«

»Dann weißt du nicht viel über...« Der jämmerliche Ausdruck in Harolds Augen zwang sie, aufzuhören. »Du hast Angst vor mir, nicht wahr?« fragte sie sanft.

»Das ist doch lächerlich.«

»Ich bin… wie das Riesenrad. Du hast Angst vor mir. Warum? Ich bin nur eine Frau.«

»Eine sehr schöne Frau.«

»Bin ich zu schön für dich? Soll das heißen, daß du mich nicht ansehen, nicht anfassen kannst, weil ich zu schön bin?«

Er senkte den Kopf. »Irgendwas in der Richtung, schätze ich.«

»Geht weiter, Leute.«

Harold versteifte sich.

Joan sah, daß die Reihe sich vorwärtsbewegt hatte, daß sie jetzt dran waren, in eine Riesenradgondel zu steigen.

»Wir müssen das nicht machen«, sagte sie.

Aber er schüttelte den Kopf und ging durch das Tor. Der Mann nahm Joans Karten. Sie betraten eine Art Rampe und kletterten in die wartende Gondel des Riesenrads. Die Gondel schaukelte sanft, als sie sich hinsetzten. Der Mann schloß einen Sicherheitsbügel vor ihnen und klinkte ihn ein.

Mit einem plötzlichen Ruck, der die Gondel leicht kippen ließ, trug das Rad sie aufwärts. Dann blieb es wieder stehen, und die nächsten Passagiere stiegen zu.

Harold umklammerte den Sicherheitsbügel mit beiden Händen.

Joan legte eine Hand auf seinen Oberschenkel. Er sah sie an, und dann keuchte er entsetzt, als sie plötzlich ein Stück höher gezogen wurden.

»Kein Grund, sich zu fürchten«, sagte Joan. »Das Riesenrad ist sicher. Und ich auch.«

»Bestimmt«, murmelte er.

»Warum gehen wir weiter miteinander aus, wenn du solche Angst vor mir hast?« fragte sie.

»Ich mag dich«, sagte er, als sich das Rad wieder bewegte.

»Ich mag dich auch.«

»Ich rede gern mit dir, bin gern mit dir zusammen. Du hast Humor. Und du bist klug.«

»Also wovor mußt du dich fürchten?«

»Ich weiß es nicht.«

»Doch, das tust du. Sag es mir.«

Das Rad hob sie abrupt höher. Harold kniff die Augen zu. Er

saß da und hielt den Bügel ganz fest, die Füße gegen die Fußstütze gestemmt, den Rücken gerade, die Augen fest geschlossen, die Zähne zusammengebissen.

Joan tätschelte seinen Oberschenkel. »Entspann dich ein bißchen. Du steckst mich noch an mit deiner Nervosität.«

»Tut mir leid«, sagte er, ohne dabei den Kiefer zu bewegen.

»He, wir werden nicht hinausfallen, wenn du den Mund aufmachst.«

Er zog scharf den Atem ein, als sich das Rad wieder bewegte. Als es anhielt, waren sie nahe am höchsten Punkt.

Sie waren verdammt hoch oben.

Joan hatte das Gefühl, ihre Innereien wären ein paar Meter weiter unten geblieben.

»Lieber Himmel«, murmelte sie.

Die Promenade war ganz weit unten.

Wenn das verdammte Ding umkippt...

»Ich bin einfach nicht die Art von Mann«, sagte Harold, »der eine Frau wie dich hat.«

»Selbsterfüllende Proph... Uh!« Sie packte den Sicherheitsbügel mit beiden Händen.

Als das Rad anhielt, waren sie ganz oben. Die Gondel schwang vor und zurück.

Sie merkte, daß diese Position, obwohl sie sich weiter oben befanden als zuvor, nicht ganz so beunruhigend war. Denn vom höchsten Punkt des Riesenrads aus konnte man nicht direkt nach unten sehen. Sie konnte die entfernten, waldigen Hügel der Küstenlinie sehen und die Rücklichter der Autos auf dem Highway, aber nicht die Promenade.

Nichts, was direkt unter ihnen lag.

Nicht die Gegend, wo sie landen würden, wenn die Gondel auseinanderfiel oder vornüber kippte.

Es sei denn, sie lehnten sich nach vorn, um nach unten zu schauen.

Dann bewegten sie sich abwärts, und die Promenade kam wieder in Sicht. Um diesen Anblick zu vermeiden, drehte Joan sich um und sah Harold an. Er saß immer noch ganz aufrecht und hatte die Augen geschlossen.

Der Mann ist ein Feigling, dachte sie.

Ich habe doch auch Angst, erinnerte sie sich.

Aber nicht so.

Obwohl er ihr leid tat, obwohl sie sich schuldig fühlte, weil sie ihn zu dieser Fahrt veranlaßt hatte, wußte sie plötzlich, daß sie die Achtung vor ihm verloren hatte. Er war nur die Imitation eines Mannes, ein Heuchler.

Angst vor harmlosen Vergnügungsmaschinen. Angst vor mir. Und dann erkannte sie, daß sie heute nacht eigentlich nichts Neues erfahren hatte. Sie hatte sich ihre Vermutung bestätigen lassen, nicht mehr. Wahrscheinlich hatte sie ihn deshalb hierhergebracht – um ihn aus seiner langweiligen akademischen Welt herauszuholen und... ihn zu prüfen. Sicher kein bewußter Plan, aber vielleicht hatte sie ihr Unterbewußtsein getrieben, den Film ausfallen zu lassen und nach Funland zu kommen.

Um seine Männlichkeit zu testen.

Und die Beweise sprachen nicht nur alle gegen ihn, er hatte sich auch noch schuldig bekannt.

Angst vor *mir*, um Himmels willen!

Er könnte es lernen, keine Angst mehr vor mir zu haben, dachte Joan. Ich könnte es ihm beibringen, ihn verführen. Er würde innerhalb einer Stunde seine Angst verlieren – zum Teufel, in zehn Minuten. So lange würde es dauern, bis er wüßte, daß ich ihn nicht auslache, ihn nicht zurückweise. So lange nur, und er würde sehen, daß ich auch nur eine Frau bin.

Das Riesenrad bewegte sich, und ihre Gondel sank tiefer hinunter. Diesmal hielt sie unten nicht an, sondern wurde weitergezogen, wieder hochgehoben. Joans Angst verschwand. Sie schwangen über den höchsten Punkt und wieder hinab.

Jetzt ist alles gut, dachte sie. Man muß sich nur eine Zeitlang daran gewöhnen.

Wenn ich ihn erst einmal im Bett hätte, wäre er schon okay.

Richtig. Ein kleiner Teil von ihm wäre okay, der, der sich vor mir fürchtet. Und was wäre mit dem Rest? Sie wußte, sie würde sich nie auf ihn verlassen, sich nie auf ihn stützen können, nie von seiner Kraft ermutigt werden. Sie würde immer die Starke sein müssen, die Anführerin.

Eher seine Mutter als seine Geliebte.

Das habe ich nicht nötig.

Plötzlich hielt das Riesenrad an. Sie kamen Stück für Stück wieder nach unten. Harold ließ den Sicherheitsbügel nicht los, bis der Aufseher zu ihnen kam. Sie kletterten heraus.

Auf der Promenade sagte Joan: »Du kannst mich jetzt nach Hause fahren.«

»Du bist böse auf mich«, sagte er.

»Nein. Es ist alles in Ordnung.«

»Ich bin immerhin mit dem verdammten Ding gefahren.«

»Ich weiß. Das war sehr tapfer von dir.«

»Was das andere angeht...«

»Das ist in Ordnung«, sagte Joan. »Ich verstehe es.«

»Du bist so... anders als die anderen Frauen, die ich kenne. So viel lebendiger und schöner. Ich glaube, ich war einfach zu überwältigt, und ich wollte nicht riskieren, dich zu verlieren. Ich hatte Angst, daß, wenn ich mich auf dich stürzte... du vielleicht... Ich weiß nicht...«

»Es ist in Ordnung, Harold. Du mußt das nicht erklären.«

»Ich wollte dich nicht verlieren«, sagte er wieder.

Sie nahm seine Hand. Sie verließen Funland und kamen auf den Parkplatz, und er öffnete die Tür seines Wagens für sie. Sie lehnte sich über den Sitz und entriegelte die Fahrertür. Er stieg ein, ohne sie anzusehen.

Er fuhr vom Parkplatz.

»Ich wußte, wir hätten uns besser *Macbeth* angesehen«, sagte er.

Joan schwieg.

»Sollen wir irgendwo anhalten für einen Schlaftrunk?«

»Nein, vielen Dank. Ich fühle mich nicht so besonders. Fahr mich einfach nach Hause.«

»Wir sollten wirklich darüber reden...«

»Ein andermal, ja?«

»Gut.«

An ihrem Haus angekommen, fuhr er an den Bordstein, machte den Motor aus und drehte sich zu ihr um. »Ich komme noch mit dir rein«, sagte er. Im matten Licht der Straßenbeleuchtung sah sie ein nervöses Lächeln auf seinem Gesicht. »Jetzt, wo ich weiß, wie du empfindest, kann ich... können wir das Versäumte doch nachholen. Wie hört sich das an?«

Erbärmlich, dachte Joan. So hört sich das an.

»Nicht heute«, sagte sie. »Ich fühle mich wirklich nicht so gut.«

»Joan, bitte.«

»Ich rufe dich an.« Sie tätschelte sein Knie, spürte, daß er ihre Handgelenke fassen wollte, und zog schnell die Hand zurück. Sie öffnete die Tür.

»Sei doch nicht so, bitte.«

»Es ist alles in Ordnung«, sagte sie. »Ich rufe dich an.«

Sie stieg aus dem Auto, warf die Tür zu und eilte in Richtung Haustür.

8

Robin wachte auf und konnte kaum glauben, daß der Film schon zu Ende war. Sie war ein wenig zu spät ins Kino gekommen und hatte den Anfang des neuen James-Bond-Films verpaßt, und so war sie während der Pause dortgeblieben und hatte sich nachher noch den Anfang angesehen. Sie hatte gehen wollen, sobald ihr eine Szene bekannt vorkam. Soviel zu ihren Plänen.

Offensichtlich war sie eingeschlafen und hatte den ganzen Rest der Vorführung verschlafen. Jetzt waren die Lichter an, und die Leute verließen ihre Sitzplätze. Sie war erleichtert, daß niemand versucht hatte, sie zu bestehlen.

Einer ihrer Arme war immer noch um die Träger des Rucksacks gelegt, eine Vorsichtsmaßnahme, die sie getroffen haben mußte, bevor sie eingeschlafen war. Der Banjokasten stand auf dem Boden, zwischen ihren Beinen. Sie schob den Kasten zur Seite, stand auf und schwang sich den Rucksack auf den Rücken. Dann griff sie nach dem Kasten und ging durch die leere Sitzreihe zum Mittelgang.

Auf dem Weg nach draußen betrat sie noch einmal die Toilette. Es war niemand da, als sie die Kabine verließ. Sie nahm sich ein paar Minuten Zeit zum Waschen und Zähneputzen.

Der Vorraum war leer, bis auf ein paar Leute, die Vorbereitungen trafen, das Kino für die Nacht zu schließen. Teenager. Als sie zur Tür ging, hörte sie eines der Mädchen hinter der Theke sagen: »Und er sagt: ›Du wirst nicht dran sterben‹, und ich sage: ›Vergiß es, José.‹« Ein anderes Mädchen sagte: »Der Kerl ist ein totaler Flop.«

Robin schob die Glastür mit der Schulter auf und ging hinaus. Der Wind auf ihren bloßen Armen war kalt und blies durch ihr dünnes Hemd. Zitternd eilte sie den Bürgersteig entlang, bis sie zum Eingang eines geschlossenen, unbeleuchteten Ladens kam. Dort öffnete sie ihren Rucksack. Sie nahm einen leichten Nylonparka heraus, schlüpfte hinein und zog den Reißverschluß hoch. Aus einer Seitentasche des Rucksacks nahm sie ein Messer in einer Scheide. Sie ließ es in eine der Taschen hinten an ihren Jeans gleiten.

Dann schulterte sie den Rucksack, nahm den Banjokasten und ging auf die Straße hinaus. In der Mitte blieb sie stehen. Es waren keine Autos mehr unterwegs, nur einige parkten am Randstein. Nahe der Ecke führte ein Mann seinen Hund aus. Sonst war niemand zu sehen. Offenbar waren alle Läden und Restaurants für die Nacht geschlossen worden.

Sie ging auf die andere Straßenseite und nach Süden in Richtung Promenade.

Das hier war vermutlich eine Stadt, in der die Bürgersteige hochgeklappt wurden, sobald es dunkel war. Es ist lange nach Einbruch der Dunkelheit, sagte sie sich. Aber sie fand es trotzdem merkwürdig, daß ein Touristenort wie Boleta Bay zu dieser Stunde so völlig ausgestorben wirkte.

Wie spät ist es überhaupt? Es muß nach Mitternacht sein. Das bedeutete, auch Funland hatte geschlossen.

Sie spürte ein Aufflackern von Furcht und wußte zunächst nicht, wovor sie sich überhaupt fürchtete. Dann erinnerte sie sich an die Warnung des Polizisten vor einer Teenagerbande.

Wenn sie mich angreifen, werden sie mein Messer zu spüren bekommen.

Bei jedem Schritt spürte sie, wie die breite Messerschneide gegen ihren Po drückte.

Es war das Jagdmesser ihres Vaters.

Es hatte sie schon einige Male gerettet. Für gewöhnlich genügte es, das Messer zu ziehen, um weitere Schwierigkeiten zu vermeiden.

Sie hatte nur einmal zugestochen. In einem Busbahnhof in San Francisco. Ein Kerl war in den Waschraum gekommen, als sie sich gerade wusch. Er hatte sie an die Wand gedrückt, ihr Hemd zerrissen und angefangen, ihr die Jeans auszuziehen, als sie ihm das Messer zwischen die Rippen stieß. Er sagte: »Schau, was du getan hast!« und fiel auf die Knie.

Obwohl der Parka sie warm hielt, spürte Robin, wie sie innerlich zu frösteln begann bei der Erinnerung an diese Nacht.

Daran zu denken bedeutete fast, es noch einmal zu erleben. Sie durchlebte noch einmal ihre Überraschung, als der Mann nach ihr griff, fühlte die Angst, als er ihre Sachen zerriß, und wie sich sein Fleisch um das Messer zu legen schien, als sie zustach, und die Übelkeit und die Schuldgefühle nach ihrer Flucht. Er hatte überrascht ausgesehen, wie jemand, dessen Vertrauen mißbraucht wurde.

»Du hättest es nicht versuchen sollen«, hatte sie gesagt, bevor sie wegrannte.

Sie hatte sich oft gefragt, ob der Mann wohl gestorben war.

Auch jetzt dachte sie wieder daran, und die innere Kälte wurde intensiver.

Es war Notwehr, sagte sie sich. Wenn er gestorben war, dann war das seine eigene verdammte Schuld und vielleicht ganz gut so. Er hatte vielleicht schon vorher Frauen vergewaltigt. Wenn er tot war, hätte er keine Gelegenheit mehr dazu. Vielleicht hatte sie der Welt einen Gefallen getan.

Aber Robin hoffte, daß er es überlebt hatte.

Wahrscheinlich war es so, dachte sie. Sie hatte ihn nicht am Herzen erwischt. Eher an der Lunge.

Wenn sie doch nur genau wüßte, daß er nicht gestorben war! Es würde vieles einfacher machen in Nächten wie dieser, wenn die Erinnerung wiederkam.

Was kannst du schon tun? fragte sie sich. Du mußt damit leben. Du hast keine andere Wahl.

Sie überquerte eine andere Straße und ließ das auf altmodisch getrimmte Viertel von Downtown hinter sich. Hier säumten keine Bäume mehr die Straße. Statt nachgemachter Gaslaternen leuchteten gewöhnliche Straßenlampen. Keine Boutiquen, Teeshops, Restaurants, Bäckereien und Buchläden mehr. Ein Woolworth in der Mitte des Blocks. Auf der anderen Seite der Straße war eine Tankstelle, ein KFZ-Zubehör-Laden und das Café, in dem Robin einen Cheeseburger gegessen, Kaffee getrunken und an neuen Liedern gearbeitet hatte, bis sie sich entschloß, für heute Schluß zu machen und ins Kino zu gehen. Alles war jetzt geschlossen. Innen glommen matte Lichter. Der Laden für Autozubehör hatte ein Stahlgitter vor der Tür.

Beim nächsten Block sah sie die Penner. Einer lag auf einer der Bänke einer Bushaltestelle, ein anderer hatte sich im Eingang einer Fernsehreparaturwerkstatt zusammengerollt.

Robin wechselte den Banjokasten in die linke Hand und bekam so die rechte frei, um zum Messer greifen zu können, falls sie Schwierigkeiten machen sollten.

Keiner der Penner sprach oder bewegte sich, als sie an ihnen vorbeieilte.

Bevor sie die Kreuzung erreichte, hörte sie ein blechernes Rasseln und wußte, daß es von einem Einkaufswagen kam. Es hörte sich noch relativ weit entfernt an. Sie ging schneller. Als sie an der Ecke eines geschlossenen Spirituosenladens vorbeikam, warf sie einen Blick nach rechts und entdeckte eine alte Frau, die den Karren auf sie zuschob. Der Drahtkorb war vollgeladen mit Plunder. Robin sah schnell weg.

»Komm her, Prinzessin.«

Sie eilte auf die Straße hinaus.

»Komm her. Ich hab da was für dich. Geh nich' weg.«

Robin blickte nicht zurück.

»Dann hol dich der Teufel.«

Sie betrat den Bürgersteig auf der anderen Seite der Straße. Als sie über die Schulter blickte, sah sie die Frau mit dem Einkaufswagen neben einem Müllcontainer anhalten und hineinsehen.

Sie atmete schnell, und ihr Herz klopfte heftig.

Sie waren so *gespenstisch!*

Ein paar von ihnen, wie diese alte Frau, wirkten kaum noch wie Menschen. Mehr wie... Wesen von einem anderen Planeten oder so. Sie lauerten im Dunkeln, brabbelten wirres Zeug vor sich hin und *packten* dich, wenn du nicht vorsichtig warst.

Ich sollte mich von denen nicht so erschrecken lassen, sagte sie sich. Es sind einfach Leute.

Sie sah einen anderen. Obwohl er auf der anderen Straßenseite war, spürte sie, wie Kälte ihren Rücken hinaufkroch. Er stand aufrecht, an ein matt erleuchtetes Schaufenster gelehnt, die Arme herabhängend, und bewegte sich nicht. Er trug einen dunklen Mantel, der bis zu seinen Knien reichte. Die Beine unter dem Mantel waren nackt und blaß. Ebenso sein kahler Kopf. Er schien Robin *anzustarren.*

Das ist doch lächerlich, sagte sie sich. Ich kann nicht mal seine Augen erkennen.

Nur dunkle Höhlen.

Aber sie konnte seinen glühenden Blick spüren, und das ließ sie schaudern. Sie stellte sich vor, wie er plötzlich über die Straße rannte, sie packte und zu einem geheimen, widerwärtigen Ort trug.

Mann, dachte sie. Heute nacht bin ich wirklich ängstlich.

Sie ging ein Stückchen weiter und drehte sich um, damit sie ihn nicht aus den Augen verlor.

Es sind so verdammt viele!

Diese Stadt scheint von ihnen nur so zu wimmeln. Als würden sie von der Stadt angezogen wie die Fliegen von einem Müllplatz.

Kein Wunder, daß die Kids Ärger machten. Sie hatten Angst. Also gründeten sie eine Bande, um ein paar dieser Gespenster zu jagen. Man konnte es ihnen nicht verübeln. Wenn es hier schon vor Pennern nur so wimmelte, wie würde es dann am Strand sein?

Vielleicht sollte sie Daves Rat annehmen und in ein Motel gehen.

Aber vielleicht war dort ja alles in Ordnung. Wenn die Kids auf der Promenade und am Strand jagten, hatten sich die Penner dort vielleicht verzogen. Vermutlich waren deshalb so viele hier – von ihren Plätzen vertrieben, Flüchtlinge aus der Gefahrenzone.

Robin wartete an der Ecke, während ein einsames Auto sich langsam näherte. Es hatte Lichter auf dem Dach. Ein Polizeiauto. Es wurde noch langsamer.

Sie schaute zurück. Der Penner war noch da, einen halben Block weit entfernt. Er stand da, ohne sich zu rühren, und starrte sie an.

Aber nicht mehr vor dem Laden.

Er war näher gekommen.

Der Wagen hielt an.

»Ich möchte mit dir reden«, rief eine Männerstimme aus dem Fenster der Fahrertür.

Sie ging zur Mitte der Straße, bückte sich ein wenig und blickte ins Auto. Es saßen zwei uniformierte Polizisten darin. Sie waren offensichtlich nicht viel älter als Robin. Beide trugen Schnurrbärte. Der auf dem Beifahrersitz hatte einen Pappbecher in der Hand. Er trank einen Schluck.

Richtige Leute.

Aber Bullen. Bullen konnten Ärger bedeuten.

Dave war allerdings nett gewesen.

»Ja, bitte?« sagte Robin.

»Ziemlich spät, um auf der Straße rumzulaufen«, sagte der Fahrer.

»Ich komme gerade aus dem Kino.«

»Hast du den Bond-Film gesehen?« fragte der andere Bulle. »Toller Film, was?«

»Der Typ ist aber kein Sean Connery», meinte Robin.

»Ja, aber wer ist das schon?«

»Wohin willst du?« fragte der Fahrer.

»Zum Strand.«

»Keine gute Idee.«

»Ich weiß. Man hat mich vor Schwierigkeiten gewarnt. Kennen Sie einen Polizisten namens Dave?«

»Carson? Klar doch. Er hat dir von den Trolljägern erzählt?«

Robin nickte.

»Steig ein. Wir nehmen dich ein Stück mit.«

»Danke.« Obwohl ihr Herz heftig klopfte, öffnete sie die hintere Tür, warf ihren Rucksack auf den Sitz und stieg ein. Sie nahm den Banjokasten auf den Schoß und schloß die Tür.

Die beiden machten einen netten Eindruck, aber was wußte man schon? Im Auto war sie ihnen ausgeliefert. Aber man fing keinen Streit mit Bullen an, man tat, was sie sagen. Diese Lektion hatte sie früh gelernt und immer befolgt.

Immerhin brachten sie sie von diesem gespenstischen Typ weg.

Der Wagen bog um die Ecke.

»Ich bin Ihnen wirklich dankbar«, sagte sie. »All diese Penner haben mich ganz schön nervös gemacht.«

»Die meisten von denen sind zu weggetreten, um jemandem wirklich Ärger zu machen«, sagte der Fahrer.

Der andere Bulle drehte sich herum und sah sie an. »Du solltest dir mehr Gedanken wegen der Kids machen«, sagte er.

»Penner haben mich schon ein paarmal angegriffen«, erzählte sie ihm.

»Bist du schon lange unterwegs?«

»Ein paar Jahre.«

»Keine Art zu leben«, meinte er.

»Mir gefällt's. Ich denke, ich habe noch ein ganzes Leben vor mir, um seßhaft zu werden.«

»Wenn nicht irgendein Bastard dem ein Ende macht.«

»Bist du abgehauen?« fragte der Fahrer.

»Ich bin über achtzehn, da spielt das wohl keine Rolle, oder?«

»Wissen deine Leute, wo du bist?«

»Mein Vater ist tot. Und Mom ist zu beschäftigt, um sich dafür zu interessieren.«

»Eine Schande«, sagte der andere Polizist.

Robin zuckte die Schultern.

»Und was machst du jetzt? Straßenmusik?«

»Ich bin eine Promenaden-Banjospielerin. Für diese Woche jedenfalls.«

»Du hast vor, eine Woche lang hierzubleiben?« fragte der Fahrer.

»Es ist schön am Strand. Ich weiß es noch nicht. Hängt von vielem ab.«

Vielleicht ziehe ich morgen wieder weiter, dachte sie. Setze ein bißchen Abstand zwischen mich und diese verdammte Pennerarmee.

»Du solltest aufpassen wegen der Trolljäger«, sagte derjenige, der sie ansah.

»Wenn ich ihnen begegne, spiele ich ihnen ein Liedchen vor und erweiche damit ihre Herzen.«

»Diese kleinen Arschlöcher haben keine Herzen«, sagte der Fahrer. Dann fügte er hinzu: »Entschuldige den Ausdruck. Nicht, daß wir besondere Freunde dieser Streuner wären, aber...«

»Sie geben gute Türpuffer ab«, meinte der andere.

»Sie haben das Recht, in Ruhe gelassen zu werden.«

»Ja, es gibt keine Entschuldigung...« Er drehte sich plötzlich nach vorn um. Es war eine Meldung über Funk gekommen. Das Gerät hatte geknistert und nasale, blecherne Geräusche von sich gegeben, während die Männer redeten. »Vierzehn«, sagte der Bulle auf dem Beifahrersitz. »Wir kommen.«

Das Auto fuhr an den Randstein.

»Tut mir leid, du mußt hier aussteigen.«

Robin öffnete die Tür. »Danke für die Fahrt«, sagte sie, schnappte sich ihren Rucksack und stieg aus.

»Sei vorsichtig.«

Sie warf die Tür zu. Die Lichter auf dem Dach blitzten auf, und der Wagen brauste davon.

An der nächsten Ecke war *Traveler's Haven*, ein Motel, mit einem blauen »Zimmer frei«-Zeichen. Ein paar Autos parkten vor den numerierten Türen. Auf der anderen Seite der Straße war ein Minimarkt, der nicht nur geöffnet hatte, es ging sogar ziemlich lebhaft zu. Ein Auto fuhr vom Parkplatz. Ein Mann betrat den Laden. Ein halbes Dutzend Teenager hatten sich um einen Lieferwagen am Rand des Parkplatzes versammelt, hockten auf der Stoßstange und dem Kühler, rauchten und lachten und tranken aus Pappbechern. Musik dröhnte aus dem Autoradio.

Warum waren sie um diese Zeit noch draußen?

Waren das die Trolljäger?

Aber sie hatte keine Angst mehr.

Der Teil der Stadt, den sie hinter sich gelassen hatte, war leer und still gewesen. Ein Friedhof, auf dem die verlorenen Seelen parkten. Hier waren die Straßen hell und laut. Die Geschäfte hatten geöffnet. Es gab richtige Leute. Autos fuhren vorbei.

Sie bog um die Ecke. Vor ihr, nur zwei Blocks entfernt, war der Haupteingang von Funland, trüb beleuchtet. Das Mondlicht schien auf das Gesicht des Clowns.

Sie ging darauf zu, kam an weiteren Motels vorbei, die beide Seiten der Straße säumten, an durchgehend geöffneten Schnellrestaurants, Bars, Spirituosenläden, wo Leute ein und aus gingen.

Als sie den bärtigen Penner auf dem Bürgersteig sitzen sah, an die Wand eines geschlossenen Souvenirladens gelehnt, empfand sie keine Furcht. Er senkte seine Flasche, die in einer Einkaufstüte steckte, als sie näher kam. »Haste was übrig für 'ne Tasse?«

Sie grub in ihrer Jeanstasche nach einer Dollarnote, reichte sie ihm und zog ihre Hand schnell zurück. Sie fürchtete die Berührung.

»Gott vergelt's«, murmelte er.

Robin eilte weiter.

Wozu sollte das nun wieder gut sein? Bestechungsgeld, um sich die Schuldgefühle vom Leib zu halten, weil sie vor den anderen geflohen war oder mit der Idee gespielt hatte, es seien Außerirdische auf der Jagd?

Warum auch immer, sie fühlte sich besser, nachdem sie ihm das Geld gegeben hatte.

Sie blickte zurück. Er saß immer noch an der Wand. Weiter entfernt standen die Kids immer noch um den Lieferwagen herum. Die Musik aus dem Radio war nur noch schwach zu hören.

Sie überquerte eine Straße und ging am Parkplatz von Funland entlang. Die Kartenbuden waren geschlossen. Ein paar Autos standen noch auf dem Asphalt. Eines hatte einen platten Hinterreifen. Sie fragte sich, ob bei den anderen wohl die Batterien leer waren, oder hatten die Leute sie aus anderen Gründen hier stehenlassen? Waren sie überhaupt leer?

Die Fenster eines Chevy am Bürgersteig waren beschlagen. Sie sah schnell weg, aus Angst, daß sich jemand plötzlich aufrichten würde, das Gesicht ans Fenster pressen und sie ansehen.

Hör auf zu spinnen, Robin!

Seit sie aus dem Kino gekommen war, hatte sie ihrer Phantasie freien Lauf gelassen, sich erschrecken lassen. Es liegt an dieser verdammten Stadt und an ihren Pennern, und daran, daß mich jeder warnt.

Vielleicht sollte ich zurückgehen, dachte sie. In eines der Motels. Nur für heute nacht.

Das wäre feige. Ich kann auf mich selbst aufpassen!

Sie überquerte die Straße und den Fußgängerweg und ging die Betontreppe hinauf.

Das vom Mondlicht beleuchtete Clownsgesicht begrüßte sie mit einem Lächeln.

9

Einige Stunden früher in dieser Nacht war Jeremy immer noch zu Hause und lag auf seinem Bett.

Er griff nach dem Kissen, das er auf den Wecker gelegt hatte, und hob es hoch. Zwanzig vor eins. Der Wecker sollte in fünf Minuten klingeln. Er drückte den Knopf und stellte ihn ab.

Er hatte überhaupt nicht geschlafen, sondern sich nur hin und her gewälzt. Durch seinen Kopf waren Bilder von Cowboy und der Promenade und dem Strand und Tanya gewirbelt. Er war voller Neugier und Hoffnung wegen heute abend, voller Phantasien über Tanya, die dazu führten, daß er sie nur noch mehr begehrte. Er hatte gezittert. Geschwitzt. Er hatte sich so viel herumgewälzt und -gewunden, daß sich sein Schlafanzug ein paarmal um ihn herumgewickelt, ihn gefesselt hatte, die Nähte hatten in den Achselhöhlen und im Schritt gekniffen. Nach einiger Zeit hatte er den Schlafanzug ausgezogen, aber seine Nacktheit hatte ihn nur noch mehr erregt, und so zog er den Schlafanzug wieder an.

Noch nie waren zwei Stunden so lange und so köstlich gewesen.

Immerhin war das Warten jetzt vorbei.

Er sprang aus dem Bett, legte seine beiden Kissen längs auf die Matratze und breitete die Decke darüber, damit seine Mutter mehr als nur ein leeres Bett sehen würde, sollte sie aufwachen und – vielleicht auf dem Weg ins Bad – nach ihm sehen.

Er zog den feuchten Schlafanzug aus, knäulte ihn zusammen und stopfte ihn zu den Kissen.

Zitternd vor Kälte bückte er sich, griff unters Bett und zog ein Bündel Kleider heraus, die er für das Abenteuer heute nacht zurechtgelegt hatte. Cowboy hatte ihn instruiert, etwas Dunkles anzuziehen, und ihn gewarnt, es würde »kälter als ein nackter Arsch in 'nem Schneesturm« werden. Cowboy hatte auch vorgeschlagen, er solle ein Messer mitnehmen, falls es Ärger gäbe.

Die Bemerkung über das Messer hatte Jeremy veranlaßt zu fragen: »Was wollen wir überhaupt machen?«

»Nur'n bißchen Spaß haben. Aber um diese Zeit in der Nacht weiß man nie. Sollten für alles vorbereitet sein.«

Es war ziemlich klar, daß die Kids nichts Gutes vorhatten. Man schleicht sich nicht aus dem Haus und trifft sich um ein Uhr nachts in Funland, nur um rumzustehen und zu reden. Er wollte weiter fragen, befürchtete aber, daß Cowboy ihn für übertrieben vorsichtig halten könnte. Außerdem war es nicht wirklich wichtig, was sie tun würden. Er wollte einfach mit ihnen zusammensein.

Einer von ihnen.

Was auch immer es war, er hatte vor, mitzumachen.

Jeremy schlüpfte in seine Unterwäsche und die dunkelblaue Cordhose. Er faßte an die Tasche, um sich zu versichern, daß der Schlüssel und das Messer immer noch dort waren. Er zog sein Hemd an, steckte es in die Hose und zog einen blauen Anorak darüber. Seine Socken und Turnschuhe trug er in der Hand.

An der Tür stehend, spähte er den Flur entlang zum Zimmer seiner Mutter.

In dem anderen Haus hatte er direkt an ihrer Tür vorbeischleichen müssen, wenn er nachts heimlich hinausging, um in der

Nachbarschaft herumzulaufen und in die Fenster zu schauen. In diesem Haus war ihr Schlafzimmer am Ende des Flurs. Eine erheblich günstigere Regelung.

Jeremy ging leise zur Haustür. Er löste die Kette von der Tür. Sie klirrte ein wenig, aber nicht sehr. Die Tür öffnete sich lautlos, denn er hatte vor dem Abendessen die Türangeln geölt, während seine Mutter ein Bad nahm. Das Haus hatte eine verglaste Veranda, noch etwas, das besser war als im alten Haus. Sein Fahrrad stand abfahrbereit in einer Ecke. Im alten Haus hatte er es in der Garage aufbewahren müssen und deshalb nie für seine Streifzüge benutzen können.

Er lehnte sich an den Türrahmen und zog Socken und Schuhe an. Dann hob er sein Rad hoch, trug es zur Fliegentür, schob sie mit dem Rücken auf und eilte die drei Stufen zum Randstein hinunter.

Die Nachbarschaft war von Straßenlampen und vom Mondlicht erleuchtet. Unter den Bäumen lagen tiefe Schatten der Dunkelheit. In einigen der Häuser waren die Verandalichter eingeschaltet, aber die meisten Fenster waren dunkel. Er sah niemanden.

Der Wind fühlte sich auf Gesicht und Händen kalt an. Er hatte einen nassen, frischen Geruch und bewirkte, daß Jeremy sich wegen der Strecke, die er allein zurücklegen mußte, langsam etwas unbehaglich fühlte. Dieses Unbehagen dämpfte seine Erregung, und einen Augenblick lang wünschte er sich, wieder in seinem Bett zu liegen. Ich werde ziemlich bald die Kids treffen, versuchte er sich zu beruhigen. Es wird toll werden.

Zitternd vor Kälte stellte er sein Fahrrad auf die Straße und schob es, mit einem Fuß auf dem Pedal stehend, so lange an, bis es ziemlich schnell fuhr. Dann schwang er sich in den Sattel. Als er die Straße entlangraste, blickte er auf die Armbanduhr: zehn vor eins.

Er hatte vor, Nebenstraßen zu benutzen und die Hauptstraße, die trotz der fortgeschrittenen Stunde noch belebt sein könnte, zu meiden. Aber trotz des Umwegs würde er rechtzeitig am Eingang von Funland sein.

Er fragte sich, ob Tanya schon dort war. Was würde sie wohl

anhaben? Keine Shorts. Etwas Warmes. Er dachte daran, wie sie ausgesehen hatte, am Strand, mit ihren Shorts und dem T-Shirt, und das Gefühl des Verlassenseins ließ nach. Er dachte daran, wie er die Eiskrem von ihrem Bein abgewischt hatte, mit seiner Hand in ihre Shorts geglitten war, und der Wind fühlte sich nicht länger kalt an.

Es wird toll werden. Ganz gleich, worum es geht.

Er hatte genug Zeit gehabt, darüber nachzudenken, was sie heute nacht wohl vorhatten. Er tippte auf Trinken. Drogen waren auch eine Möglichkeit. Er hatte nie welche genommen und war auch nicht eben versessen darauf, damit anzufangen, aber wenn das der Plan war...

Egal.

Auch Vandalismus. Er mochte es vielleicht nicht besonders, Drogen zu nehmen oder etwas kaputtzumachen, aber er wollte verdammt sein, wenn er kneifen würde und zulassen, daß man ihn für einen Feigling hielt.

Das war die beste Chance, die er je gehabt hatte, und er wollte sie nicht verderben.

Während des langen Wartens hatte er einige andere Möglichkeiten ausgeschlossen.

Er glaubte nicht, daß es um etwas so Drastisches wie Raub ging. Oder er hoffte es jedenfalls.

Vielleicht irgendein Hexenzeug. Was, wenn Tanya die Anführerin eines Hexenzirkels war, oder von etwas Ähnlichem, und sie sich trafen, um Blutopfer darzubringen? Was, wenn ich das Opfer bin? Jeremy hatte gelesen, daß solche Sachen wirklich passierten und daß es sich oft um Ritualmorde handelte, wenn Leute – besonders Kids – verschwanden. Aber das war doch zu abwegig. Er sagte sich, daß er verrückt war, überhaupt daran zu denken.

Auch an die Möglichkeit einer Orgie konnte er nicht so recht glauben. Während er sich in seinem Bett herumwälzte, hatte er versucht, sich einzureden, daß so etwas geschehen würde. Zu schön, um wahr zu sein. Aber es ergab keinen Sinn, sich zum Sex ausgerechnet an einem so kalten Ort wie der Promenade zu treffen. Es sei denn, sie konnten irgendwo reingehen. Cowboy hatte erwähnt, daß einige der Attraktionen von Funland Liz' Vater gehörten, und es wäre ja möglich, daß Liz sie in einen warmen, geschützten Raum einließ, wo sie ihre Kleider ausziehen würden und...

Nein. Eine tolle Vorstellung, aber sehr unwahrscheinlich.

Nein, es würde wohl um Alkohol, Drogen oder Vandalismus gehen. Da war er ziemlich sicher. Nichts so Gefährliches wie Raub oder Rituale, und nichts so Aufregendes wie eine Orgie.

Von solchen Gedanken abgelenkt, war Jeremy überrascht, sich bereits auf dem Ocean Front Drive zu befinden. Er konnte einen Wermutbruder sehen, der im Gebüsch vor der Mauer ausgestreckt lag, aber weiter entfernt, in der Nähe des Eingangs, war niemand zu sehen.

Vielleicht bin ich der erste hier draußen, dachte er. Oder vielleicht haben sie sich auf der Promenade getroffen, wo man sie nicht sehen kann.

Er fuhr zum Fahrradständer, sprang ab, schob sein Rad zwischen die Stangen und schloß es ab. Er ging in Richtung des Torbogens und dann die Stufen hinauf. Unter dem Clownsgesicht stehend, spähte er in die Dunkelheit ringsumher. Er sah die Kartenbude und die Promenade dahinter, aber niemand war dort.

Er schaute auf die Armbanduhr. Zwei Minuten nach ein Uhr. Er ging ein Stück weiter, in den dunklen Tunnel des Torbogens, an der Kartenbude vorbei, am Süßigkeitenladen zu seiner Rechten und der Souvenirbude links von ihm. Als er in der Mitte der Promenade stand, blickte er sich nach allen Seiten um. Er konnte Funland von einem Ende zum anderen übersehen – außer dort, wo die Schatten schwarze Flecken herausrissen –, und er sah niemanden. *Wo sind sie?*

Nicht hier, das ist sicher. Es sei denn, sie verstecken sich, wollen sich anschleichen und mich erschrecken. Jeremy wartete. Niemand tauchte auf.

Was, wenn das ein Trick war? Vielleicht hatten sie nie vor, hierherzukommen, und es war nur ein gemeiner Trick, den man dem Feigling spielte.

Er lehnte sich an die größte Kartenbude. Irgendwo weit weg schrie eine Möwe. Sturzwellen, im Mondlicht hell aussehend, rollten an den Strand. Er fror, und er kam sich klein und verlassen vor.

Ich hätte wissen sollen, daß es zu schön war, um wahr zu sein, dachte er.

Vielleicht war es Tanyas Idee, mich so reinzulegen. Tanya.

Jeremy sank zusammen und zog seine Knie an die Brust. Ein großer Witz. Zum Narren gehalten. Die ganze Zeit haben sie hinter meinem Rücken gelacht.

Vielleicht doch nicht.

Vielleicht hatten sie wirklich vor, sich hier zu treffen, aber sie mußten es abblasen und konnten mich nicht erreichen.

Das war möglich. Cowboy wußte zwar, in welcher Straße er wohnte, aber nicht die genaue Adresse, und das Telefon war noch nicht angeschlossen. Sie hätten ihm eine Änderung ihrer Pläne nicht mitteilen können.

Jeremy fühlte sich besser. Ein wenig jedenfalls. Wenn sie ihn ohne böse Absicht hier sitzenließen, war es nicht so schlimm, als wenn sie ihn verarschen wollten. Immer noch eine Enttäuschung, aber nicht so erniedrigend, nicht niederschmetternd. Cowboy war immer noch sein Freund, und Tanya hatte sich nicht gegen ihn gewandt.

Vielleicht waren sie auch nur spät dran.

Mit Sicherheit.

Er schob den Jackenärmel hoch und drückte einen Knopf an der Armbanduhr, um sie zu beleuchten. Zwölf nach eins.

Sie *könnten* spät dran sein. Ich gebe ihnen Zeit bis halb zwei.

Plötzlich hörte er leise, schnelle Schritte.

Sie waren da! Sein Trübsinn war wie weggeblasen. Er sprang auf und ging um die Ecke der Kartenbude, lächelte und hob die Hand, um sie zu begrüßen.

Das Mädchen, ein paar Schritte von ihm entfernt, schnappte erschrocken nach Luft. Sie stolperte und blieb dann stehen.

Sie trug einen Rucksack und einen Instrumentenkasten, der aussah, als sei ein Banjo drin.

Ihr Gesicht war nur ein verschwommener Fleck in der Dunkelheit. Aber sie war nicht klein und drahtig genug, um Liz zu sein, und nicht groß genug für Tanya.

»Tut mir leid, wenn ich dich erschreckt habe«, sagte Jeremy.

Sie drehte den Kopf hin und her, sah erst nach beiden Seiten und dann hinter sich.

»Die anderen sind noch nicht hier.«

Sie blickte Jeremy an. »Also bist du einer von *denen*?«

Nicht *einer von uns*?

Er kam sich wie ein Narr vor. Der Rucksack und das Banjo hätten ihn warnen sollen. Sie kam nicht aus der Stadt. Sie machte hier Camping oder wanderte oder so etwas.

»Das kommt darauf an, was du damit meinst«, sagte Jeremy und fragte sich, was sie wohl wußte.

»Die Trolljäger.«

Er zuckte die Schultern. »Keine Ahnung. Was sind Trolljäger?«

Das Mädchen blickte wieder über die Schulter nach hinten. Dann ging sie direkt auf Jeremy zu. »Geh mir aus dem Weg, Kid.« Es war keine furchtsame Bitte, es war ein Befehl. Jeremy trat zur Seite.

Sie ging an ihm vorbei. Sie schaute nach links und rechts, aber nicht mehr zu ihm zurück, und ging direkt über die Promenade auf die Lücke im Geländer zu und die Stufen zum Strand hinunter.

Als sie den Sand erreicht hatte, konnte man nur noch ein Stück ihres Kopfes sehen. Augenblicke später kamen ihre Schultern und der Rucksack wieder in Sicht. Sie drehte sich um, und Jeremy spürte, wie Angst in ihm aufstieg. Aber sie kam nicht auf ihn zu. Sie ging ein paar Schritte rückwärts, drehte sich dann wieder um und ging weiter in Richtung Wasser.

»Hexe«, murmelte Jeremy.

Geh mir aus dem Weg, Kid. Was bildete sie sich ein, so zu reden?

Ich hätte meinen Platz behaupten sollen und sagen: *Ja?* Wer wird mich dazu zwingen?

Und dann lächelt sie, oh, sie ist schon eine harte Frau, und setzt das Banjo ab und den Rucksack und zieht ihren Mantel aus. Sie trägt ein T-Shirt. Und sie zieht es über den Kopf, weil sie gern so kämpft, nur mit ihren Jeans bekleidet.

Jeremy stellte sie sich vor, nackt bis zur Taille, die Haut sahnig im Mondlicht, die Brustwarzen dunkel. Sie geht langsam auf ihn zu. Vornübergebeugt wie ein Ringer. Die Arme ausgestreckt.

Sie umkreist ihn, sucht nach einer Schwäche.

Zwing mich nicht, dir weh zu tun, warnt er.

Du und welche Armee? fragt sie.

Ja, das wäre was. Mit ihr zu ringen, sie zu Boden zu werfen. Dann könnte es wirklich interessant werden. Natürlich noch besser mit Tanya.

Wie wäre es damit, mit Tanya zu ringen?

Sie würde mich fertigmachen.

Aber es wäre die Sache trotzdem wert.

Wo steckt sie?

Eine Hand legte sich auf Jeremys Schulter, und er fuhr zusammen und drehte sich schnell um.

»Hab mich wie'n Indianer rangeschlichen«, sagte Cowboy.

»Mann, du hast mich fast zu Tode erschreckt.«

»Sei froh, daß nur ich es war. Du solltest wachsamer sein, wenn du hier allein bist. Die Drecksäcke werden dich zum Frühstück verspeisen.«

»Wo sind die anderen?«

»Daheim im Bett, nehme ich an.«

»Was ist denn los?«

»Sie haben's für heute nacht abgeblasen.«

Ich hatte recht, dachte Jeremy. Sie haben nichts gegen mich. Es war keine Falle.

Er hatte einen Kloß im Hals und ein hohles Ziehen zwischen den Augen, als müsse er weinen, aber er wußte nicht genau, ob es Erleichterung oder Enttäuschung war.

»Warum denn?« fragte er.

»Diese verdammte Geschichte in der *Post*. Hast du sie gelesen?«

Jeremy schüttelte den Kopf.

»Ein Dummschwätzer von Reporter hat etwas über uns geschrieben. Nate war der Ansicht, daß es heute nacht für uns zu heiß werden könnte. Hast du hier irgendwelche Bullen gesehen?«

»Nein.« Er überlegte, ob er das Mädchen erwähnen sollte, entschied sich aber dagegen.

»Na ja, ich hab es eigentlich nicht für ein Problem gehalten. Aber Nate ist lieber vorsichtig. Er hat befürchtet, daß sie hier heute nacht alles überwachen oder so. Ein großes Theater machen, um uns zu erwischen. Also hat er Tanya angerufen und ihr ausgeredet, heute nacht loszuziehen.«

»Ich hatte keine Ahnung«, sagte Jeremy.

»Warum glaubst du wohl, daß ich hier bin, Duke? Konnte dich ja schlecht die ganze Nacht hier stehenlassen, wo die Party geplatzt ist.«

»Also, danke.«

»Ich wollte schon eher hier sein, aber du weißt ja, wie das ist.«

»Klar«, sagte Jeremy. »Besser spät als nie.«

»Hoffe, du hast nicht gedacht, wir hätten dich vergessen.«

»Nee. Ich hab angenommen, das Treffen wäre abgesagt oder so.«

»Also los, laß uns abhauen, bevor sich jemand auf *uns* stürzt.«

Jeremy folgte ihm durch den Torbogen. »Wer sollte so was tun?«

»Die Trolle, Mann.«

Er erinnerte sich daran, daß ihn das Mädchen gefragt hatte, ob er ein Trolljäger sei.

»Was soll all dieses Trollzeug?« fragte er.

»Du weißt doch, *Trolle*.«

»Wie die Monster, die unter Brücken leben?«

»Du hast es erfaßt, Junge. Unter Brücken, unter *Promenaden*, am Strand, überall. Sie sind wie Küchenschaben. Sie verkriechen sich in dunklen Ecken, und dann kommen sie raus und packen dich.«

»Das ist doch Märchenzeug.«

»Nennst du mich einen Märchenonkel?« Cowboy schubste ihn und lachte.

Sie trotteten die Betontreppe hinunter, und Jeremy zeigte auf sein angekettetes Fahrrad.

»Es geht nicht um die Monster aus den Märchen«, erzählte ihm Cowboy. »Wir reden von Pennern, Wermutbrüdern, Spinnern, wie dem Stück Dreck, das dich angebettelt hat, bevor ich dich gerettet habe.«

»Das war ein *Troll*?«

»Aber klar doch.«

Jeremy blieb neben seinem Rad stehen und suchte in den Hosentaschen nach dem Schlüssel. Kein anderes Fahrrad stand dort. »Wie bist du hergekommen?« fragte er.

»Gelaufen. Solltest auch laufen, beim nächsten Mal.«

Beim nächsten Mal!

»Und wann ist das?« fragte er und versuchte, seine Aufregung zu verbergen und lässig zu klingen.

»Wer weiß? Tanya wäre jede Nacht dabei, wenn Nate sie nicht zurückhalten würde. Also wird sie wohl scharf drauf sein, morgen loszuziehen, denke ich.«

»Nehmt mich mit, ja?«

»Darauf kannste wetten, Duke.«

Lächelnd bückte sich Jeremy, um das Schloß zu öffnen.

»Aber laß das Rad zu Hause«, sagte Cowboy. »Man weiß nie, ob wir nicht schnell abhauen müssen. Du willst doch nicht, daß dich jemand wegen dem Ding da erkennt?«

»Nächstes Mal laufe ich.« Er zog die Kette heraus, wickelte sie um die Sattelstange und schloß sie wieder zusammen. Dann schob er das Rad rückwärts aus dem Ständer. »Vielleicht können wir uns treffen und zusammen hierherkommen.«

»Tut mir leid, Mann. Du bist schon in Ordnung, aber du bist keine Liz.«

»He, das ist schon okay. Kein Problem.«

Sie gingen los, nebeneinander. Jeremy schob sein Rad.

»Was genau macht ihr eigentlich?« fragte er. »Wenn ihr euch hier trefft, meine ich.«

»Ein bißchen Spaß haben.«

»Seid ihr... Trolljäger?«

»Du hast's erfaßt, Duke. Sie sind die Trolle, und wir sind die Trolljäger.«

Jeremy nickte. Er hatte mit all seinen Spekulationen schiefgelegen. Sogar mit den ganz verrückten.

»Und was macht ihr genau? Sie jagen?« fragte er.

»Eher angeln, eigentlich. Wir legen einen Köder aus. Einen Wurm am Haken. Tanya gibt einen prima Wurm ab. Einer von denen kommt vorbei und beißt an, und wir holen ihn uns. Und dann haben wir ein bißchen Spaß mit ihm. Oder ihr.«

»Ihr verdrescht sie oder so?«

»Oder so.« Cowboy drehte sich zu Jeremy um. Die Krempe des Hutes verdeckte seine Augen, aber sein Mund war fest zusammengepreßt. »Irgendwelche Probleme damit?«

»Ich? Nein. Scheiß drauf.«

Cowboy verzog den Mund zu einem Grinsen. »Ich hab mir gedacht, daß du das so siehst, Duke. Ich kann es immer vorhersagen. Ich habe gesehen, wie du ausgesehen hast, als dieser Abschaum auf der Promenade dich angehauen hat. Du hast dir fast in die Hosen geschissen.«

»He, ich war nicht...«

»Yeah, Mann, du hattest Schiß. Aber das war nicht alles. Du hast auch ausgesehen, als wolltest du ihm am liebsten das Herz rausreißen und es ihm in seinen Rio Grande rammen.«

Jeremy lächelte. »Wirklich?«

»Das weißt du doch selbst, Mann. Und so fühlen wir anderen uns auch. Dieses Ungeziefer, es wird einem schlecht von ihnen, und sie haben kein Recht, sich hier niederzulassen. Sie sollten uns alle den Gefallen tun und in eine Höhle kriechen und da sterben.«

»Aber das tun sie nicht«, sagte Jeremy.

»Scheiße, nein. Was sie tun, ist, aus ihren Löchern auf dich zuzukriechen und ›haste 'n paar Pennies, Freund?‹ zu schleimen.« Cowboy imitierte ein winselnde, jammernde Stimme. »›Hab die Woche noch kein Essen gehabt. Haste nich' zwei Dollar?‹ Und du weißt genau, daß der Widerling dich *anfassen* wird, wenn du nicht mit dem Geld rüberkommst.«

Ganz genau so ist es, dachte Jeremy. *Ganz genau so.*

»Vertehst du, was ich meine?« fragte Cowboy.

»Scheiß drauf.«

»Ich sage: ›Mit mir nicht, Troll.‹ Verstehst du, was das heißt, ›mit mir nicht‹?«

»Er kriegt kein Geld von dir.«

»Mehr als das. Er hat überhaupt nichts Gutes zu erwarten.«

10

»Baxter?«

»Hu? Hm?«

»Wach auf.«

Knurrend öffnete er die Augen. Das Motelzimmer war dunkel. Er lag auf der Seite, und Kims warmer Körper war an ihn gekuschelt. »Was ist los?« murmelte er.

»Laß uns aufstehen«, flüsterte sie. Ihr Atem kitzelte seinen Nacken.

»Was? Es ist... mitten in der Nacht.«

»Es ist kurz nach drei«, sagte sie.

»Lieber Himmel.«

»Laß uns aufstehen und rausgehen, ja?«

»*Rausgehen?*«

»An den Strand. Wir werden ihn ganz für uns allein haben.«

»Du spinnst.«

»Es wird schön werden.«

»Schön! Vergiß es.«

»Bitte!« Sie strich mit ihren Lippen über seinen Hals. Ihre Hand streifte Brust und Bauch, streichelte ihn. »Es wird so romantisch sein. Wir werden sehen, wie die Sonne aufgeht.«

»Falsche Küste«, murmelte er.

»Aber sie geht trotzdem auf. Okay? Das wird etwas sein, woran wir uns immer erinnern werden. Der Sonnenaufgang an unserem ersten Morgen zusammen.«

»Es ist nicht der erste.«

»Der erste als Mann und Frau. Ich will, daß es etwas Besonderes wird.«

»Wir werden uns den Arsch abfrieren.«

»Wir nehmen eine Decke mit. Okay? Bitte!« Ihre Hand wanderte tiefer und zupfte sanft an ihm herum. »Du wirst es nicht bereuen, Großer.«

»Ja?«

»Ja«, sagte Kim. »Also, was ist?«

»Wir müssen den Verstand verloren haben.«

»Es wird dir gefallen, warte nur ab.«

Die Matratze schaukelte unter Baxter, als Kim von ihm wegrollte und aus dem Bett aufstand. Licht blendete ihn und biß wie Seifenwasser in die Augen. Er kniff sie zu. Und spürte, wie die Decken weggezogen wurden. Er blieb nackt und frierend liegen.

»Uuuh! Brrr.«

»Los, los, los«, zwitscherte Kim, griff nach seinen Fußknöcheln und zog seine Beine zur Seite des Bettes hin.

Er blinzelte in ihre Richtung. Sie war vornübergebeugt und sah ihn unter ihren Ponyfransen her an. Sie hatte einen rosa Knutschfleck auf der Schulter. Schließlich ließ sie seine Beine los, und er setzte sich hin.

»Wer zuletzt angezogen ist, ist ein Faultier«, rief sie.

»Betrachte mich hiermit als Faultier.« Er beobachtete, wie Kim zu ihrem aufgeklappten Koffer stolzierte. Ihr Po wackelte ein wenig. Er hatte dieselbe goldene Bronzefarbe wie ihr Rücken und die Beine, mit Ausnahme des weißen Dreiecks in der Mitte.

Es würde kalt sein da draußen. Aber schön. Sie hatte recht. Etwas, woran man sich erinnern konnte.

Kim stieg in die grauen ausgebeulten Trainingshosen. Sie beugte sich ein wenig nach vorn, um die Taillenschnur zu knoten. Dann holte sie ein passendes Oberteil aus dem Koffer und drehte sich um. »Willst du da sitzen bleiben?«

»Ich genieße die Aussicht.«

Er sah, wie sich ihre Brüste hoben, als sie die Arme nach oben streckte, um das Sweatshirt anzuziehen. Sie schaukelten ein wenig, als sie nach den Ärmeln suchte. Dann tauchten ihre Hände auf und zogen das Sweatshirt herunter. »Aussicht verschwunden«, sagte sie.

»Schade.«

Sie nahm die Haarbürste vom Toilettentisch und ging ins Bad. Baxter zog seinen Trainingsanzug an. Er war ähnlich wie der von Kim, nur nicht so alt. Er hatte ihn als Ersatz gekauft, nachdem Kim in seine Wohnung gezogen war und angefangen hatte, seinen zu tragen, wenn es morgens kühl war. Als sie aus dem Bad kam, zog er gerade seine Schuhe an.

Er ging ins Bad und putzte sich die Zähne. Auf dem Schränkchen neben dem Waschbecken stand die Flasche mit Sonnenöl. Nachdem er den Mund ausgespült hatte, nahm er die Flasche und steckte sie in die Tasche seines Sweatshirts.

Kim faltete gerade die Bettdecke zusammen, als er aus dem Bad kam. Er sah, daß sie ihre Schuhe schon anhatte. Er nahm den Schlüssel mit dem großen Plastikschild, auf dem Name und Adresse des Motels aufgedruckt waren, vom Toilettentisch und steckte ihn in die Tasche mit dem Sonnenöl.

Sie zog die Augenbrauen hoch. »Was hast du denn da drin?«

Er holte die Flasche heraus und zeigte sie ihr.

»Aha. Ich sehe, du hast so einiges begriffen.«

»Wenn ich schon aus dem Bett muß, werde ich das Beste daraus machen.«

Er öffnete die Zimmertür, und sie traten auf den Balkon hinaus. Die Straße vor dem Motel war hell beleuchtet, aber es waren weder Autos noch Fußgänger unterwegs. Auch der Parkplatz vor dem durchgehend geöffneten Laden war leer.

»Schön, oder?« fragte Kim. Sie legte einen Arm um ihn und kuschelte sich an ihn. »Es ist, als wären wir die einzigen Menschen auf der Welt.«

»Die andern liegen alle schön im warmen Bett.«

»Wir werden's am Strand warm haben.«

Sie gingen über den Balkon und die Treppe hinunter, dann überquerten sie den Hotelparkplatz. Obwohl Baxter ihre Wärme spürte, wo sie ihren Körper an seinen drückte, schien der Wind ungehindert durch seinen Trainingsanzug hindurchzufegen. Er fing an zu frieren und biß die Zähne zusammen, damit sie nicht klapperten.

»Armer Junge«, sagte Kim. Sie blieb stehen und schüttelte die Decke auseinander. Sie drapierten sie über ihre Schultern und zogen sie vorn zusammen. Das war schon viel besser. Kim ließ ihre Hand hinten in seine Hose gleiten, und das war noch besser.

Sie kamen an einem Penner vorbei, der an die Wand eines Ladens gedrückt schlief. Kims Hand hörte auf, herumzuwandern.

»Wir sind also *nicht* die einzigen Menschen auf der Welt«, sagte Baxter.

»Armer Kerl.«

»Ja, er hat dich nicht.«

»Wir haben so viel Glück. Es macht einem klar, wie gut es uns doch geht, nicht wahr? Ich meine, wäre es nicht schrecklich, so zu leben? Ohne jemanden, der dich liebt, und ohne einen Platz für die Nacht?«

»Wir könnten ihm ja unser Zimmer anbieten, wo wir doch jetzt nicht da sind.«

Sie gab ihm einen Klaps. »Man sollte keine Witze über so was machen. Ich finde es schrecklich. Ich wünschte, wir könnten etwas für ihn tun.«

»Ich habe meine Brieftasche nicht dabei. Und die Decke gehört uns nicht. Du könntest ihm deine Klamotten geben. Das würde mir gefallen.«

»Geiler Bock«, sagte sie und gab ihm noch einen Klaps. Sie überquerten die Straße und gingen am Parkplatz von Funland entlang. Ein paar Autos standen immer noch dort. Baxter fragte sich, ob in einigen vielleicht Kids am Bumsen waren. So spät? Unwahrscheinlich. Selbst in seiner besten Zeit war er nie länger als bis zwei Uhr weggewesen, um auf irgendeinem Rücksitz herumzuvögeln. *Kein Mensch* ist um halb vier hier draußen.

Nur wir. Und der schnarchende Penner. Vielleicht ein paar Polizisten auf Streife.

Nett, wenn wir von den Polizisten erwischt würden.

Aber wir tun nichts Verbotenes, versuchte er sich zu beruhigen. Es fühlte sich nur so an, um diese Zeit hier herumzulaufen.

»Wir bewegen uns auf der falschen Seite von Mitternacht«, sagte er.

»Hm?«

»Ich habe nur laut gedacht«, sagte er. »Es kommt mir irgendwie illegal vor, was wir tun.«

Sie überquerten den Ocean Front Drive, liefen die Treppe hoch und unter dem Torbogen von Funland durch. Trotz der Decke und trotz Kims Hand fror Baxter wieder, als sie ins Mondlicht hinaustraten. Er sah sich auf der Promenade um.

»Was ist los?« fragte Kim.

»Ich hoffe, wir sind hier sicher.«

Sie drückte ihn an sich. »Hör doch auf zu grübeln.«

Am Ende der Promenade blieben sie stehen. »Ist das nicht toll?« fragte sie.

Baxter kam es nicht so überwältigend vor. Der vertraute Strand, wo er in der Sonne herumgelegen, Kim mit Sonnenöl eingerieben und auf den Pazifik hinausgeblickt hatte, war verschwunden. Der Strand wirkte kalt und verlassen, wie eine Wüste an der Küste eines fremden Meeres.

Er wollte plötzlich überhaupt nicht mehr dorthin.

»Ich bin mir nicht mehr so sicher, ob ich das will«, sagte er.

»Oh, wirklich.« Kim zog ihre Hand aus seiner Hose und drehte sich zu ihm hin. Sie öffnete ihre Seite der Decke, hielt sie an der Schulter fest, zog das Sweatshirt hoch über ihre Brüste und lehnte sich an ihn. Sie zog auch sein Sweatshirt nach oben. Er spürte ihre warme glatte Haut. Ihre Hand schlüpfte in seine Hose und streichelte ihn.

»Warum gehen wir nicht ins Motel zurück?« flüsterte er.

»Warum denn?«

»Hier gefällt es mir nicht.«

»Es fühlt sich aber ganz anders an.«

Er wand sich.

Während sie ihn streichelte, starrte er an ihrem Kopf vorbei. Die Planken der Promenade sahen im Mondlicht wie gebleichte Knochen aus. Die Schatten waren vielleicht gar nicht leer. Man konnte sich dort verstecken.

Ich entwickle wirklich einen Verfolgungswahn, sagte er sich.

Und er spürte, wie seine Hose auf die Knöchel hinunterfiel. Der Wind traf auf seine nackte Haut.

»Wups«, sagte Kim.

Er beugte sich nach vorn. Als er nach seiner Hose griff, zog Kim die Decke von ihm weg und wirbelte damit die Stufen zum Strand hinunter.

»Verdammt, Kim!«

Sie tanzte über den Sand, drehte sich und schwang die Decke über ihrem Kopf wie eine Fahne.

Baxter zog seine Taillenschnur fest und knotete sie zu. Er ging die Treppe hinunter. Langsam. Er beobachtete Kim, wie sie herumsprang. Als er die Betontreppe verließ, war der Sand weich und leise unter seinen Schuhen. Er gab unter Baxters Füßen nach, als er auf Kim zuging. Er wollte zu ihr hinlaufen und sie einfangen und in die Sicherheit zurücktragen. Aber wenn er sich schnell bewegte, würde sie lachend davonlaufen.

Sie blieb stehen. »Komm her«, sagte er.

Sie lächelte und wickelte die Decke um ihre Schulter. »Was gibst du mir?«

»Einen Kuß.«

»Und was noch?«

»Komm, komm jetzt. Ich hab das wirklich ernst gemeint. Von der Gegend hier wird mir ganz anders.«

»Ich finde es gut hier.«

Er sprang auf sie zu.

Kim wich zur Seite aus. Er erwischte ein Stück von der Decke, aber sie entkam ihm. Und lachte, genau wie er sich das vorgestellt hatte. Sie lief am Strand entlang, wirbelte unter ihren Füßen Sand auf und bewegte sich langsam auf die dunklen Schatten unter der Promenade zu. Baxter verfolgte sie, konnte aber wegen der Decke nicht so schnell laufen. Er wickelte sie im Laufen zusammen. Nachdem er die Decke unter den Arm geklemmt hatte, begann er, Kim einzuholen. Aber sie war schon weit voraus.

Sie blickte ihn über die Schulter hinweg an und rief in einem Singsang-Tonfall: »Lahmarsch, alter Lahmarsch.«

Fiel ihr denn überhaupt nichts auf?

Was soll ihr auffallen? Wir sind hier ganz allein. Sie freut sich. *Ich* bin derjenige, der Schwierigkeiten macht.

Aber Baxter gefiel es nicht, daß sie näher an die Promenade kam, näher an die dunklen Schatten und das finstere Land zwischen den Pfählen unter dem Vergnügungspark.

Sie blickte wieder in seine Richtung. »Fang mich«, rief sie, zog das Sweatshirt über den Kopf und warf es hoch in die Luft. Der Wind fing es ein und trug es in Richtung der Schatten. Baxter hätte beinahe einen Ärmel erwischt, als es wegflog. Er bückte sich nach links und zog es vom Sand weg, vom Rand des Schattens. Er lief noch ein paar Schritte, dann hatte er eine Idee. Er blieb stehen.

»Also dann, Kim. Viel Spaß auf dem Weg ins Motel.«

Sie wurde langsamer. Sie blieb stehen, drehte sich zu ihm um und legte die Hände auf die Hüften. Ihre Brüste bebten; sie versuchte, zu Atem zu kommen. Die Brüste hoben und senkten sich. Der Rest der Haut war dunkler, aber ihre Brüste sahen aus, als wären sie in Sahne getaucht. Und an den Brustwarzen hatte jemand die Sahne weggeleckt und sie dunkel gelassen.

Baxter starrte sie an. Sie starrte zurück.

»Ich glaube nicht, daß du irgendwohin gehst«, sagte sie. Der Strand sah nicht weniger bedrohlich aus als vorher, und Baxter glaubte zu spüren, daß ihn Augen aus der Dunkelheit unter der Promenade anstarrten, aber Kim hatte recht. Er wollte nicht länger von diesem Ort weg.

Kim war nackt bis zur Taille, ausgeliefert und verwundbar.

Baxter wollte sie haben.

Er wollte sie hier und jetzt.

Kim bewegte sich auf ihn zu, die Hände auf den Hüften.

Er warf einen Blick in den dunklen Pfahlwald und fröstelte und wußte doch, daß er nicht weglaufen würde. Seine Angst, die ihn eben noch gewarnt hatte, ihn zur Flucht veranlassen wollte, bestand jetzt aus eiskalten Fingern, die ihn streichelten und kitzelten, den Fingern einer Geisterhure, krank vor Lust, die danach gierte, daß es endlich losging.

Kim blieb ein paar Schritte vor ihm stehen.

»Du frierst doch«, sagte er.

»Nein. Fühlt sich gut an.«

Er nahm an, daß das Laufen sie erwärmt hatte. Er selbst fror auch nicht mehr. Die Schauer, die noch immer über seinen Körper liefen, hatten nichts mit dem kalten Wind zu tun.

»Zieh den Rest aus«, sagte er.

Im Mondlicht sah er, wie sie lächelte. »Bedeutet das, du fürchtest dich nicht mehr?« fragte sie.

»Das macht es nur noch besser.«

Auf einem Fuß balancierend, zog sie einen Schuh und eine Socke aus. »Ich fühle mich so *verwegen*, du nicht auch?«

Baxter nickte. Er spähte in die Dunkelheit. Die eisigen Finger seiner Angst griffen wieder zu und packten ihn. Kim hüpfte, ihre Brüste wackelten, als sie Schuh und Socke vom anderen Fuß zog. »Willst du weiter hier so rumstehen?« fragte sie und löste den Knoten an ihrer Taille.

»Ja«, sagte er.

Ihre Hose fiel. Sie trat darauf, um sich von den Gummibändern an den Fußgelenken zu befreien. Dann kam sie zu Baxter, aber statt ihn zu umarmen, nahm sie die Decke. Sie trug sie in den Schatten der Promenade. Als sich die Dunkelheit über ihr schloß, legte sich die Angst fest um Baxters Herz, zu fest, nicht länger die Lust steigernd, sondern schmerzhaft.

Kim breitete die Decke aus.

»Nicht da«, sagte er. »Legen wir uns hier ins Mondlicht.«

»Und wenn jemand vorbeikommt?« fragte Kim. »Hier ist es viel ungestörter.«

»Ich will dich aber sehen können.«

»Aha.« Sie kam heraus, und Baxters Angst nahm ab. Kim drehte dem Seewind den Rücken zu. Sie rollte die Decke wieder auseinander, hockte sich hin und breitete sie auf dem Sand aus. Als sie zwei Ecken mit ihren Schuhen festdrückte, nahm Baxter die beiden anderen und hielt sie fest. Er zog seine Schuhe aus und benutzte sie als Gewichte.

Kim krabbelte auf die Decke. Sie legte sich hin, rollte sich auf den Rücken und verschränkte die Hände hinter dem Kopf. »Das ist wirklich toll«, sagte sie.

»Ob es zu kalt ist für das Öl?« fragte Baxter mit etwas zittriger Stimme.

»Ich will es so«, sagte Kim.

Er fand die Plastikflasche in seiner Tasche, warf sie auf die Decke und zog dann Socken und Kleider aus. Er kniete sich neben sie.

Sie lag gerade ausgestreckt, die Beine eng zusammen, und wo ihre Haut gebräunt war, hatte sie fast die gleiche Farbe wie der Sand neben der dunklen Decke, aber noch ziemlich hell, verglichen mit dem schwarzen Schatten, den ihr Kopf warf. Ihre Hände waren noch immer unter ihrem Kopf verschränkt. Sie wand sich ein wenig, als würde sie sich an die Decke schmiegen, oder als warte sie ungeduldig darauf, daß seine Hände sie berührten.

Baxter öffnete die Flasche. Er spritzte einen Streifen Öl auf Kims rechtes Bein. Sie zuckte zusammen, bog ihren Rücken, als der Ölstrahl ihre Lenden traf, und schien sich wieder zu entspannen, als die silbrige Spur sich auf ihr linkes Bein legte. Baxter schloß die Flasche und legte sie weg. Er ließ seine Hände über ihre Haut gleiten und verteilte den öligen Film. Das süße Kokosnußaroma des Öls erinnerte ihn an Zuckerwatte, roch gut genug, um einem Appetit zu machen. Er hätte es gern von ihr abgeleckt.

Kims rasierte Unterschenkel waren ein wenig stachelig, aber ihre Oberschenkel fühlten sich wie Seide an. Sie öffnete ihre Beine. Sie stöhnte und wand sich, als er sie streichelte.

Baxter lehnte sich nach vorn und glitt mit öligen Händen über sie. Ihr Anblick und die Berührung waren fast zuviel für ihn, und dazu kam noch der Wind. Er fegte über seine Oberschenkel, fuhr ihm zwischen die Beine und leckte ihn überall, kühlte die Hitze zwischen seinen Pobacken, kroch über seinen Rücken, zauste sein Haar. Er hoffte, ruhiger zu werden, bevor es zu spät war. Er legte seine Hände auf Kims Hüften, senkte den Kopf und schloß die Augen.

Sie hatte gesagt, es würde schön werden.

Was für eine Untertreibung!

Sie hatten sich schon zweimal im Motel geliebt, bevor sie eingeschlafen waren. Und unzählige Male in den letzten Monaten. Aber es war nie so gewesen wie jetzt. Und das war erst der Anfang. Sie hatte ihn noch nicht einmal angefaßt.

Ich hätte mit ihrem Rücken anfangen sollen, dachte er. Er spürte Kims Hände. Sie legten sich auf seine Hände und führten sie zwischen ihre Beine.

Er hob den Kopf. »Du hast es aber eilig«, sagte er.

Sie lächelte und wand sich und streckte die Arme nach hinten aus.

Er streichelte sie mit seinem Daumen.

Sie keuchte.

Das kann ihr doch nicht weh getan haben, dachte er, und dann rutschte sie nach hinten weg, unter seinen Händen, und er dachte: *Wie macht sie das denn?*

»BAX!« schrie sie.

Er blickte auf.

Der Schatten unter der Promenade verschlang sie. Saugte sie auf.

Nein, nicht der Schatten.

Zwei verschwommene, vornübergebeugte Gestalten zogen Kim an den Handgelenken.

»NEIN!« schrie er.

Sie war schon bis zur Taille verschwunden. Ihre vom Mondlicht beleuchteten Hüften wanden sich und zuckten. Sie trat um sich.

Baxter griff nach einem zuckenden Fußknöchel. Er umklammerte ihn mit beiden Händen; trotz des Öls hielt er ihn fest. Aber er konnte sie nicht halten, wurde mit ihr gezogen, seine Knie rutschten über die Decke und drückten Spuren in den Sand.

»AUFHÖREN!« schrie er. »Was macht ihr da?«

Die Worte blieben ihm im Hals stecken.

Hinter den beiden Angreifern, im Dunkeln unter der Promenade, waren noch mehr. Sie kamen hinter den Pfeilern hervor – gebeugte, in Lumpen gekleidete Gestalten – acht von ihnen, oder zehn?

Baxter ließ Kims Fuß los.

»LASS MICH NICHT LOS!« schrie sie gellend.

Baxter stolperte auf die Füße.

Er rührte sich nicht, obwohl er wußte, daß er jetzt davonlaufen könnte, und dann stürzte er sich mit einem verzweifelten Aufschrei in die Dunkelheit. Er warf sich auf die beiden, die Kim wegschleppten. Er zog sie mit sich zu Boden. Als er auf ihnen lag, schrie er Kim zu, sie solle laufen. Knochige Arme legten sich um ihn, Finger krallten sich in seine Haut, Zähne bissen in seinen Arm und in die Oberschenkel. Er schrie vor Schmerz auf und versuchte, sich aufzurichten, aber die Wilden hielten ihn fest, bissen ihn. Er mußte würgen wegen ihres Gestanks.

»Steh auf, Bax, schnell.«

»Lauf!« schrie er. Verdammt, warum war sie nicht weggerannt? Hatte sie nicht all die anderen gesehen? Wo *waren* diese anderen jetzt? Sie müßten ihn längst erreicht haben.

Er schlug eine Faust in einen der Schatten unter ihm. Diesmal traf er. Der Kerl keuchte und zuckte zusammen und ließ ihn los. Er knallte einen Ellbogen in die Mitte des anderen.

Plötzlich war er frei. Auf Händen und Knien kroch er von ihren verdrehten Körpern weg. Er blickte auf und sah Kim. Sie hatte ein Stück Treibholz gefunden. Sie stand hoch aufgerichtet im Dunkel der Schatten, zwischen Baxter und der scheußlichen Bande, und schwang das Holz. Keiner der Bande schien tapfer genug zu sein, um einen Schlag zu riskieren.

Baxter starrte Kim an – verblüfft und stolz und voller Angst.

Er kam stolpernd auf die Beine.

Und sah eine Bewegung links von ihm. Er drehte den Kopf rechtzeitig herum, um ein altes Weib vom Geländer der Promenade springen zu sehen. Sie kam herabgesegelt, die Arme ausgestreckt wie eine riesige Fledermaus. Schwarze Lumpen flatterten. Kim sah sie, versuchte auszuweichen. Aber die Hexe war schon über ihr, warf sie in den Sand. Dann kamen die anderen.

Baxter warf sich auf sie.

11

Mag und Charlie schlurften unter der Promenade hervor und gingen auf die Treppe zu.

»Das is' nich' fair«, sagte Charlie. »Nich' fair, nich' fair.«

»Halt's Maul«, sagte Mag.

»Wir werden's *verpassen*!« jammerte er.

Mag boxte gegen seinen Arm.

Er faßte sich an die schmerzende Stelle und stolperte außer Reichweite. »Wir werden's verpassen!«

»Sind halt ausgesucht worden«, sagte Mag. »Werdn auch'n bißchen Spaß ha'm.« Sie wedelte mit dem Motelschlüssel und grinste.

»Ich will aber dabeisein.«

»Biste aber nicht.«

»Das is' nich' fair.«

Sie gingen die Treppen hinauf. Als sie die Promenade überquerten, hörte Charlie einen leisen, gedämpften Schrei. Er wußte, das kam aus dem Funhouse. Und er war nicht dabei. Stöhnend schlug er sich an den Kopf.

»He!«

Er starrte Mag finster an. Sie suchte in einer Tasche ihres Mantels herum, holte eine Flasche heraus und bot sie ihm an. Er riß sie ihr aus der Hand. Ein paar Schlucke, und danach ging es ihm schon besser. Aber es war immer noch nicht fair.

Er nahm einen weiteren Schluck und gab dann die Flasche zurück.

Sie winkte ab. »Kannste behalten«, sagte sie. »Ich hab noch mehr.«

Immer wenn er Mag sah, schien sie eine neue Flasche zu haben. Und es war für gewöhnlich guter Scotch, kein Billigzeug. Er kannte ihre Mittel nicht, nahm aber an, daß sie eine Behindertenrente bekam. Sie machte keinen verkrüppelten Eindruck, aber vielleicht hatte sie den Staat irgendwie betrogen. Das würde ihren Reichtum erklären. Behindertenrente war mehr als die allgemeine Unterstützung, vielleicht dreimal soviel. Andererseits, vielleicht hatte sie Geld zur Seite gelegt. Oder vielleicht war sie einfach besser beim Betteln. Er hatte sie hier und da dabei beobachtet: Sie fragte nie direkt nach Geld, sondern sah ihren Zielpersonen nur in die Augen und sagte »Gott vergelt's«. Und häufig machten sie dann ein bißchen Geld locker.

Charlie behielt die Flasche und trank, es war gutes Zeug. Es wärmte ihn. Stieg in den Kopf. Als er mit der Flasche fertig war, folgte er Mag die Treppen zum Balkon des Motels hinauf.

Sie schloß die Tür zu Zimmer 210 auf und ging hinein. Charlie machte die Tür hinter sich zu. Mag drückte einen Schalter, und neben dem Bett ging eine Lampe an.

»Na«, sagte sie. »Is' das nix?«

Charlie stand an der Tür und sah zu, wie sie im Zimmer umherging. Sie schien ausgesprochen vergnügt zu sein. Sie fand eine

Weinflasche im Abfall und ließ die letzten Tropfen daraus in ihren Mund laufen. Auf dem Toilettentisch lag eine Packung Zigaretten. Sie nahm eine heraus, steckte sie zwischen die Lippen und zündete sie an. Sie ließ ihre Hände über das Bett gleiten. Dann nahm sie die Zigarette aus dem Mund, hob ein Kissen auf und rieb ihr Gesicht daran. Sie ging zu jedem Koffer und inspizierte, was darin war. Dann betrat sie das Badezimmer.

Von dort, wo er stand, konnte Charlie nicht sehen, was sie im Bad machte. Vielleicht hatte sie etwas Gutes gefunden. Er ging ein paar Schritte weiter, bis er sie durch die Tür sehen konnte.

Mags Mantel lag auf dem Boden. Sie knöpfte ihre Strickjacke auf. Die Zigarette hing im Mundwinkel, ein bißchen Rauch stieg nach oben und geriet ihr ins Auge. Sie blinzelte. Dann zog sie die Strickjacke aus, ließ sie auf den Mantel fallen und begann, an den Knöpfen ihres alten karierten Rockes herumzufummeln.

»Was machst'n da?« fragte Charlie.

»Kümmer dich um deinen eigenen Dreck.«

»Ich will wieder gehn.«

»Quatsch.«

»Ich werd's verpassen!«

»Du hast es schon verpaßt. Hör auf zu jammern.«

Sie hatte wohl recht. Selbst wenn sie jetzt sofort wieder zurückgingen, würde alles vorbei sein, bis sie wieder hinkamen. »Nicht fair«, murmelte er.

»Heut räumst du zum ersten Mal auf«, sagte Mag.

»Solltest froh sein, daß es dich so lange nicht getroffen hat.«

»Blöde Furzer«, sagte Charlie.

Mag starrte ihn wütend an und zog ihr Hemd aus. Sie trug ein graues Sweatshirt. Sie hob es hoch, und Charlie erhaschte einen Blick auf graue Haut, fleckig von Schorf und wunden Stellen. Er drehte sich schnell um.

Mag kicherte. »Oh, Charlie ist schüchtern.«

»Bin ich nich'«, sagte er. Aber er sah nicht wieder hin. Er kroch auf das Bett und ließ sich umfallen. Das Laken fühlte sich an seinem Gesicht glatt und angenehm an. Es roch auch gut. Wahrscheinlich nach der Frau, die sie erwischt hatten. Oh, sie war bestimmt nicht übel, und er würde den ganzen Spaß verpassen.

Er hörte Wasser spritzen und daß ein Duschvorhang zugezogen wurde.

Er schloß die Augen.

»He! Guck mal!«

Er wachte auf, drehte sich um und sah Mag. Sie hatte sich vor dem Toilettentisch aufgebaut und starrte ihn an. Sie trug ein tiefausgeschnittenes Nachthemd. Er konnte durch den feinen Stoff hindurchsehen und wünschte sofort, er könnte es nicht. Eine Perlenkette hing an ihrem knochigen, von Flecken übersäten Hals. An den Fingern hatte sie Ringe, Armbänder um die Handgelenke und Perlenohrringe an den Ohren. Aus ihren Ohrläppchen tropfte Blut auf ihre Schultern. Ihre Lippen waren rot und glänzend. Sie grinste Charlie mit ihren braunen Stummelzähnen an, während sie eine Haarbürste durch ihr langes schwarzes Haar zog.

»Bin ich nich' hübsch?« fragte sie.

»Wie 'ne Hure, die seit drei Tagen tot is'«, sagte er.

Sie riß die Augen auf. Sie schleuderte die Haarbürste nach Charlie und traf ihn über dem linken Auge. Dann warf sie sich aufs Bett und packte ihn kreischend. Er rollte sich weg, zog sich zusammen und legte die Arme schützend um den Kopf. Die Matratze schaukelte, als sie darauf herumsprang.

»Du Null! Du schwanzloser Jammerlappen!« rief sie.

Charlie jammerte und winselte, als sie auf der Matratze herumtrampelte. Sie trat und schlug auf ihn ein und setzte sich dann auf ihn, zerrte an seinem Haar und drosch mit spitzen Knöcheln auf seinen Kopf ein. Endlich ließ sie ihn in Ruhe. Aber er rührte sich nicht. Erst als er sie weinen hörte, setzte er sich auf.

Mag lag auf dem Teppich und hatte das Gesicht in den Händen vergraben.

Er stand auf und ging zu ihr hin.

Er trat sie in die Rippen.

»Quitt«, murmelte er.

Sie blieb liegen und schluchzte, während Charlie die Kleider des Mannes und seine Toilettensachen sammelte und sie in den Koffer packte.

In einer Hosentasche fand er eine Brieftasche mit fast dreihundert Dollar. Er wagte nicht, einen der Zwanziger zu nehmen. Das würde ihm mit Sicherheit Ärger einhandeln. Vor ein paar Monaten war Edgar mit Aufräumen dran gewesen, wie er mit einem Zehndollarschein bezahlt hatte. Wenn man aufräumte, war es in Ordnung, die Klamotten zu behalten. Aber sonst nichts.

Edgar hatte behauptet, den Zehner am Strand gefunden zu haben. Keiner hatte ihm die Geschichte abgekauft, und so mußte er »das Haus besichtigen«.

Charlie fingerte wieder an dem Geld herum. Neben den Zwanzigern und Zehnern in der Brieftasche des Mannes waren auch noch acht Eindollarscheine. Vielleicht sollte er sich einige davon nehmen. Wer könnte schon sagen, ob er die nicht von einem großzügigen Passanten bekommen hatte?

Er blickte über die Schulter zu Mag hin. Sie hatte sich auf die Seite gerollt, und ihr Gesicht war von ihm abgewandt.

Keiner würde es je erfahren.

Aber plötzlich sah er Edgar vor sich, wie er am Ende ausgesehen hatte. Und Charlie schauderte. Seine Beine wurden weich und zittrig, sein Schwanz zog sich zusammen, er bekam Gänsehaut auf dem Rücken.

Mit zitternden Händen schloß er die Brieftasche und steckte sie wieder in eine der Hosentaschen des Mannes. In einer anderen Tasche fand er ein Schlüsseletui. Er behielt es und legte die Hosen in den Koffer.

Als er den Koffer schloß, raffte sich Mag neben ihm auf. Er wich zurück und hob die Arme, um sich zu schützen, aber sie schlug nicht zu.

»Laß mich vorbei«, sagte sie. Charlie trat zur Seite. Sie ging in die Ecke, wo der Koffer der Frau stand, und öffnete ihn. Sie zog das Nachthemd aus. Charlie kniff die Augen zu. »Verdammter Narr«, murmelte sie. Als er die Augen wieder öffnete, trug sie einen rosafarbenen glänzenden Slip und zog gerade ein paar grüne Hosen an. Sie zog die Hosen hoch und machte sie zu. Dann grinste sie Charlie an, fischte einen rosafarbenen BH aus dem Koffer und hängte ihn über seinen Kopf. Sie nahm einen grünen Pullover heraus und streifte ihn über. Seufzend rieb sie ihn gegen ihren Bauch und ihren Hängebusen. »Nett«, sagte sie. »Hol dir auch 'n paar neue Klamotten, Charlie.«

»Mir gefällt das Zeug, was ich hab«, sagte er.

»Verdammter Narr.« Sie öffnete die Perlenkette und ließ sie in den Koffer fallen. Dann warf sie auch die Ringe hinein. Sie zog die Ohrringe von ihren blutigen Ohrläppchen. Charlie sah, daß es Ohrringe für durchstochene Ohrläppchen waren, und ihre hatten keine Löcher gehabt. Jetzt hatten sie welche.

Sie holte weiße Socken und Tennisschuhe aus dem Koffer, zog sie an und ging dann zu dem Schrank und nahm sich den Nylonanorak der Frau. Aus dem Bad holte sie ihre alten Kleider und steckte sie in den Koffer. Danach sammelte sie den Rest der Sachen der Frau ein. »Hast du die Schlüssel?« fragte sie.

Charlie hielt das Schlüsseletui hoch. Sie pflückte es aus seiner Hand.

Sie schlossen die Koffer ab, und Mag ging zur Tür. Charlie folgte ihr mit beiden Koffern nach draußen.

Im Osten war der Himmel blaß, aber die Sonne würde noch längst nicht rauskommen. Von dem Balkon aus hatte er einen guten Ausblick. Er konnte keine Menschenseele sehen. Die Straße vor dem Motel war leer. Auf dem Parkplatz standen ungefähr zehn Autos.

Mag eilte voraus, und er stolperte mit den schweren Koffern hinterher. Bis er die Treppe hinuntergestiegen war, hatte Mag schon das passende Auto zu den Schlüsseln gefunden, einen blauen BMW. Sie öffnete den Kofferraum, während Charlie über den Parkplatz hastete.

Er lud die Koffer ein.

Mag lehnte sich vom Fahrersitz hinüber und entriegelte die Beifahrertür für ihn. Er stieg ein. Das Auto roch neu.

Mag ließ den Motor an, wendete und fuhr dann auf die Straße hinaus.

»Wie wär's mit 'ner Spazierfahrt?« fragte sie.

»Ich will zurück«, sagte Charlie.

»Bist eh zu spät dran für 'n Spaß.«

Vielleicht nicht, dachte er. »Is' mir egal.«

Sie murmelte etwas, was Charlie nicht verstehen konnte. Aber sie fuhr ihn nach Funland. Der Wagen geriet ein wenig ins Schleudern, als sie mitten auf der Straße beschleunigte und bei Rot über die Ampel fuhr. Sie bremste mit einem Ruck, der ihn gegen das Armaturenbrett schleuderte.

»Du nimmst das Zeug«, sagte sie.

Sie reichte ihm die Schlüssel. Er öffnete den Kofferraum und holte die Koffer heraus. Dann ging er zum Fenster und gab ihr die Schlüssel zurück.

»Was hast'n vor?« fragte er.

Mag grinste. »Bißchen rumfahrn. Keine Sorge, du Blödmann, ich laß das Ding weit von hier stehn.«

Das Auto fuhr mit quietschenden Reifen in Richtung Norden davon und hinterließ eine Spur Reifengummi auf der Straße.

Charlie nahm die Koffer und schleppte sie die Treppe zur Promenade hoch. Er fragte sich, wie lange sie wohl weggewesen waren. Zu lange. Wahrscheinlich. Bestimmt war der ganze Spaß jetzt schon vorbei.

Aber man wußte nie.

Manchmal dauerte es ziemlich lange.

Er beschleunigte seinen Schritt.

12

Robin kroch aus ihrem Schlafsack. Der Morgen war grau und neblig. Frierend hockte sie sich auf den Schlafsack und wühlte in ihrem Gepäck herum, holte frische Unterwäsche und Socken heraus, ihre Jeans und das ärmellose Hemd. Sie ließ den Blick über die Dünen wandern. Es war niemand zu sehen, und der Sand war hoch genug aufgetürmt, um sie vor den Blicken der Leute zu schützen, die in der Nähe sein konnten.

Schnell nahm sie das zusammengefaltete Geld vorn aus ihrem Slip. Sie steckte die Banknoten in die Vordertasche der Jeans. Dann zog sie das T-Shirt und den Slip aus, in denen sie geschlafen hatte, und schlüpfte in die Kleider aus ihrem Rucksack.

Sie hob ihren zusammengerollten Anorak auf, den sie als Kissen benutzt hatte. Darunter, auf der Decke, lag das Messer. Mit dem Anorak fror sie nicht mehr so sehr. Sie steckte das Messer in eine Seitentasche des Rucksacks. Dann zog sie ihre Wanderstiefel an. Die Kälte in den Schuhen drang durch ihre Socken, aber die Körperwärme wärmte sie bald auf.

Sie stand auf und erkletterte einen sandigen Hang. Von oben hatte sie eine gute Aussicht auf die wogenden, grasbewachsenen Dünen und den flachen Strand bis zum Ozean hin. Möwen schossen über den grauen Himmel. Ein Mann lief am Strand entlang, neben ihm ein schwarzer Labrador. Weiter entfernt, in der Nähe von Funland, war ein Schatzsucher mit einem Metalldetektor unterwegs. Noch weiter entfernt standen Surfer in ihren Spezialanzügen herum, und andere waren schon draußen auf dem Wasser; einige ritten auf den Wellen, aber die meisten paddelten flach auf dem Bauch liegend hinaus oder waren schon weit draußen in den schiefergrauen Wogen. Sie ließen die Beine baumeln und hockten dort, als wären sie damit zufrieden. Dann wurde ihre Aufmerksamkeit von den Surfern abgelenkt, als jemand die Haupttreppe von der Promenade hinunterkam. Eine Frau mit weißem Sweatshirt und roten Shorts, die eine große Tasche trug. Sie war weit von Robin entfernt.

Dieselbe Treppe war Robin letzte Nacht hinuntergestiegen, und sie wunderte sich, wie weit sie gelaufen war.

Der Junge an der Kartenbude hatte sie wirklich erschreckt; der Junge und seine Freunde, die noch nicht aufgetaucht waren. Es mußten Trolljäger gewesen sein. Warum sonst sollten sie sich zu dieser Stunde treffen? Robin sah sich um. Sie hatte einfach so viel Abstand wie möglich zwischen sich und den Jungen gelegt. Weniger als zwanzig Meter entfernt markierte ein Maschendrahtzaun das Ende des öffentlichen Strandes. Dahinter, weit vom Strand zurückgesetzt, stand ein Privathaus.

Die Flut setzte jetzt ein und bedeckte das Ende des Zauns. Letzte Nacht hätte sie außen herumgehen können, ohne nasse Füße zu bekommen, und hinter dem Zaun Zuflucht suchen. Aber sie wollte sich nicht auf Privatgelände wagen.

Ihr Platz in den Dünen war gut gewesen, dachte sie. Die Kids hatten sie hier nicht gefunden.

Sie fragte sich, ob sie es versucht hatten.

»Hallo! Ein schönes Mägdelein, ganz, wie man es sich wünscht.«

Robin wirbelte herum. Der Mann stand oben auf der Düne neben ihrem Schlafplatz. Ein Penner. Fett und alt und mit dreckigen Klamotten, einen Knotenstock in der Hand. Sie spürte, wie sich ihre Eingeweide zusammenzogen, und überlegte, wie lange er sie wohl schon beobachtete. Hatte er sich versteckt gehalten, sie beim Anziehen beobachtet?

»Professor E. A. Poppinsack«, sagte er und zog seinen Hut. Der Hut war ein ausgeblichener brauner Bowler. Rote Federn, auf beiden Seiten ins Hutband gesteckt, standen wie Flügel ab. Er war kahlköpfig, trug aber einen dicken Schnurrbart mit gezwirbelten Enden. Bekleidet war er mit einer schmutzigen Wildlederjacke, deren Fransen im Seewind schaukelten, und karierten Hosen, die mehr zu einem Golfer gepaßt hätten, der über das Grün spazierte, als zu einem Penner am Strand. »Ich wünsche dir den allerschönsten Morgen, meine Liebe. Ein bißchen Tee?«

Robin schüttelte den Kopf. »Tut mir leid«, sagte sie. »Ich habe keinen.«

»Aber ich habe welchen. Trinkst du ihn mit mir, ja? Laß uns am Boden sitzen und uns traurige Geschichten von längst verstorbenen Königen erzählen.« Ohne auf eine Antwort zu warten, drehte sich der Mann um und stieg von der Düne herunter. Er hielt seinen Knotenstock hoch. Die Spitze wirbelte kurz, als er selbst schon außer Sicht war.

Komischer Vogel, dachte Robin. Aber sie mochte das lustige Zwinkern in seinen Augen. Und er machte eigentlich einen harmlosen Eindruck. Seine Aufmachung ließ ihn wie einen der Quacksalber aus alten Westernfilmen aussehen, die mit einem Planwagen in eine Grenzstadt kommen und Elixiere verkaufen.

Neugierig folgte sie ihm über die Dünen. Sein Schlafplatz war direkt hinter ihrem, etwa fünfzehn Meter weiter den Strand hinauf, in einer Art Mulde, die von hohen Dünen umgeben war.

»Willkommen auf meinem Besitz«, sagte Poppinsack. Er gestikulierte zu seinem aufgerollten Schlafsack hin, und Robin setzte sich darauf. Der alte Mann beugte sich über einen Propangasbrenner, auf dem ein Topf voll Wasser stand, und goß noch etwas Wasser aus einer Feldflasche hinein.

»So gemütlich wie zu Hause«, sagte Robin.

»In der Tat, und unbehelligt von Widrigkeiten wie Hypotheken, Steuern, Versicherungen und Gebühren. Gott hat's gegeben, Poppinsack hat's genommen.« Er holte Teebeutel aus einer Tasche seiner Wildlederjacke, drehte die Flamme unter dem kochenden Wasser ab und warf die beiden Beutel hinein – zusammen mit den Fäden und Etiketten. »Sollen wir ihn ein wenig ziehen lassen?« fragte er.

Er ließ sich am Hang nieder. »Bist du ein Puck oder ein Pip?«

»Ich heiße Robin.«

»Ah, Robin, wie Robin Hood. Aber ein Weibchen, wie man sehen kann.«

Diese Bemerkung verunsicherte sie. Vielleicht war dieser Mann doch nicht nur ein harmloser Exzentriker.

»Das erinnert mich an die Bücher über den Räuber aus dem Sherwood-Wald. Worte. Worte sind Poppinsacks Leidenschaft. Die Musik des Geistes. Sechsundzwanzig Buchstaben, und daraus entsteht ein unendlich großes Reich.«

»Ich schreibe selbst auch Gedichte«, erzählte ihm Robin und entspannte sich etwas. »Lieder.«

Seine Augen begannen zu leuchten. »Eine Bardin?« Er klatschte auf seine Knie, und Staub wirbelte aus dem verblichenen Karostoff seiner Hosen auf. »Dann sind wir vom gleichen Stamm. Sing mir was vor!«

Robin lächelte und zuckte die Schultern. »Ich habe mein Banjo nicht hier.«

»Dann hol es, und verdiene dir deinen Tee mit Gesang.«

»Warum nicht.« Sie stand auf und stieg über die Düne. Als sie zu ihrem Schlafplatz hinabkletterte, fiel ihr erst richtig auf, wie nahe die beiden Plätze waren. Sie fragte sich, ob Poppinsack wohl die ganze Nacht gewußt hatte, daß sie da war. Jedenfalls war er ihr nicht zu nahe gekommen. Sie stellte fest, daß sie sich eher behaglich als beunruhigt fühlte bei dem Gedanken, daß er in der Nähe gewesen war.

Jedenfalls war sie nicht ganz allein gewesen.

Wenn die Trolljäger sie gefunden hätten, wäre Poppinsack zu ihrer Rettung geeilt, seinen Knotenstock schwingend?

Mit dem Banjokasten in der Hand kehrte sie zu Poppinsacks »Besitz« zurück. Sie holte das Instrument heraus und setzte sich auf Poppinsacks Schlafsackrolle.

»Habe ich dich nicht schon gestern gehört?« fragte er.

»Könnte sein. Ich habe auf der Promenade gespielt.«

»Während ich am Strand mit Worten spielte.«

»Mit Worten spielen?« fragte sie.

»Beowulf, Tennessee Williams, Mickey Spillane. Ich habe das Monster Grendel erschlagen, bin mit dem Vogel, der nie landet, geflogen, und habe einer Dame ein paar verpaßt. Es ging ganz leicht. Und du, meine Liebe, hast die Hintergrundmusik dazu geliefert. Es ist mir ein Vergnügen, deine Bekanntschaft zu machen. Jetzt sing ein Lied für mich.«

»Ich habe an einem neuen Lied gearbeitet. Ich werde es an dir ausprobieren.«

Poppinsack schloß lächelnd die Augen, faltete die Hände im Schoß und lehnte sich zurück an den Dünenhang.

Robin ließ ihre Finger über die Banjoseiten gleiten und entlockte ihnen eine schnelle, komplizierte Melodie. Und nachdem sie die Melodie einmal durchgespielt hatte, begann sie zu singen:

Liebling, ich war hier und dort,
überall und an jedem Ort,
war im Süden und im Norden,
bin gut und schlecht behandelt worden.
War hoch oben und fiel tief hinab,
hab geweint und gelacht an jedem Tag,
und alles, weil ich dich gesehen hab,
und alles, weil ich dich gesehen hab.

Ich weiß nicht deinen Namen, kenn nicht dein Gesicht,
aber ich bin mir sicher: ich finde dich.
Ich erkenn dich an deinem wiegenden Gang,
und deine Worte klingen wie Gesang.
Du bist der Mann mit dem Leuchten im Blick,

und wenn du lachst, bekomme ich einen Tick,
und so wandre ich weiter, vorwärts und zurück,
und so wandre ich weiter, vorwärts und zurück.

Du bist der Mond und die Sterne und das leuchtende Meer,
und jabba-dabba-du und diddli-di, he!
Ich hab noch nicht mehr geschrieben, drum mach ich hier
Schluß
Wiseldi waseldi woseldi wuss.

Poppinsack applaudierte nickend und grinsend. »Eine wandernde Sängerin«, sagte er. »Diese Robin ist wirklich eine Bardin. ›Wenn du lachst, bekomme ich einen Tick‹, du meine Güte.«

»Du meinst, die Zeile taugt nichts?« fragte sie.

»Bezaubernd, ganz bezaubernd. Und ich zaubere jetzt den Tee her.« Er erhob sich mühsam vom Sand, ging zu seiner Tasche und wühlte darin herum. Nach ein paar Sekunden holte er einen Handschuh und zwei Plastikbecher heraus. Er zog den Handschuh an und goß heißen Tee in einen der Becher und brachte ihn Robin. Er roch, als hätte er sich mit Kölnischwasser eingerieben, aber unter dem süßlichen Geruch konnte man den von Moder wahrnehmen. Seine geäderte Knollennase war so zerklüftet, daß sie Robin an eine große vergammelte Erdbeere erinnerte. In seinen Schnurrbarthaaren hingen Reste von früheren Mahlzeiten. Poppinsack, entschied sie, sollte man besser nur von weitem sehen.

»Magst du Sahne?« fragte er.

»Du hast Sahne?«

»Keinen Tropfen. Magst du einen Schuß Rum?« fragte er und zog ein Plastikfläschchen aus der Manteltasche.

»Nein, vielen Dank.«

Er goß einen Becher Tee für sich ein, schüttete ein wenig Rum dazu und kehrte auf seinen Platz am Dünenhang zurück.

Robin untersuchte ihren Tee genau. Glücklicherweise schwamm nichts darin herum. Sie trank einen Schluck. »Gut«, sagte sie.

Poppinsack trank ebenfalls, seufzte und schmatzte. »Erzähl

mir mal, fahrende Sängerin, welcher Fluch dich an diesen miesen Strand verschlagen hat.«

»Ich ziehe einfach so herum und sehe mir die Welt an.«

»Und vor was und wem läufst du davon?«

Sie schüttelte den Kopf. »Wie kommst du darauf, daß ich vor etwas davonlaufe?«

»Der verletzte und gehetzte Ausdruck deiner Augen.«

»Du spinnst.«

»Ich habe alles im Himmel und auf Erden gesehen. Und vieles von der Hölle. Wieso sollte ich deshalb verrückt sein?«

»Das stammt von Poe, oder?«

»Von mir so zusammengestoppelt. Willst du mir nicht dein Herz ausschütten?«

Sie sah nicht ein, wieso sie Poppinsack belügen sollte.

»Mein Vater starb. Meine Mutter hatte einen Verlobten, der sich zu sehr für mich interessierte. Ich bin abgehauen. Ende der Geschichte.«

»Und wie ist es dir auf der Landstraße ergangen?«

»Ich habe bis jetzt überlebt«, sagte Robin. »Was ist mit deiner Geschichte?«

»Um es noch schneller auf den Punkt zu bringen als du: Ich bin ein Bücher-Penner.«

»Bist du wirklich ein Professor?«

»Ich lehre nicht mehr. Es ist wahrhaftig sehr viel angenehmer, seine Perlen zu horten, statt sie vor die Säue zu werfen.«

»Also hast du aufgehört zu unterrichten und liest jetzt nur noch?«

Er nickte und trank seinen Tee mit Rum.

»Wie lange bist du schon in Boleta Bay?«

»Ewig und einen Tag.«

»Hast du keine Angst vor den Trolljägern?«

Er sah Robin an und hob seine dichten grauen Augenbrauen. »Hast du keine Angst vor den *Trollen?*«

»Wir sind Trolle, oder? Ich meine, die Kids würden das jedenfalls denken.«

»Es gibt Trolle und Trolle«, sagte Poppinsack und hörte sich ziemlich nach Robert Newton an, der Long John Silver spielt.

»Es gibt harmlose und welche, die das nicht sind. Poppinsack könnte Geschichten erzählen, die so schrecklich sind, daß einer Maid das Blut gefriert.«

Robin zog ihm eine Grimasse. »Willst du mir angst machen oder was?«

»Du bist eine reisende Bardin und Sängerin«, sagte er und ließ den Piratentonfall wieder sein. »Du bist 'n schlaues Mädchen, aber im Grunde bist du ein Kind und weißt nicht, worum es hier geht.«

»Vielleicht weiß ich mehr, als du denkst. Ich bin ziemlich weit rumgekommen.«

»Und warst du jemals ein Spion Gottes am Hof der Verdammten?«

»Was immer das bedeuten mag«, murmelte sie.

»Heb dich hinweg von hier! Verschwinde, zieh weiter, trampe nach Frisco oder LA, spring in 'nen Bus nach Palookaville.« Und mit einer Stimme, der plötzlich jedes aufgesetzte Gehabe fehlte, sagte er: »Mach, daß du hier wegkommst, Robin. Wenn du hierbleibst, könnte es passieren, daß du einfach verschwindest.«

Sie starrte ihn an.

»Du wirst ganz plötzlich nicht mehr dasein.«

»Du machst mir wirklich angst.«

»Der Singvogel, der heute davonfliegt, ist morgen keine tote Ente.«

»Wenn es hier so gefährlich ist«, fragte sie, »warum bleibst du dann?«

»Ja, warum? Vielleicht, weil die Seejungfrauen für mich singen.« Poppinsack trank seinen Tee aus. »Leb wohl«, sagte er.

Robin nickte. »Mein Abgangsstichwort?« fragte sie.

»Ich wußte deine Gesellschaft zu schätzen. Hör auf meine Warnung, und verschwinde.«

»Das werde ich wohl tun«, sagte sie. »An diesem Ort hier läuft es mir eiskalt den Rücken runter, und du bist der vierte oder so, der mich warnt.« Sie trank den Rest des Tees, setzte den Becher ab und schloß ihren Banjokasten. »Danke für den Tee«, sagte sie und stand auf.

»Und ich danke dir für das Lied.«

Sie winkte, drehte sich um und kletterte die Düne neben Poppinsacks Schlafplatz hinauf.

In einem Coffeeshop zwei Blocks östlich der Promenade aß Robin ihr Frühstück, bestehend aus zwei Eiern, Würstchen, Bratkartoffeln und Toast. Während sie damit beschäftigt war, wanderten ihre Gedanken zu dem merkwürdigen alten Mann und seinen Warnungen zurück. Harmlose Trolle und andere. Leute, die verschwinden. Der Hof der Verdammten.

Gruseliges Zeug. Er könnte es aber auch erfunden haben, einfach nur, um sie davonzujagen. Vielleicht fürchtete er, daß sie sein Revier gefährdete oder so. Vielleicht machte es ihm einfach Spaß, Leuten Angst einzujagen. Aber er hatte selbst ein wenig ängstlich gewirkt. Vielleicht glaubte er ja selbst an das, was er ihr erzählte, aber trotzdem war nichts davon wahr. Immerhin war er ein Säufer.

Ob die Geschichten nun stimmten oder nicht, Robins Erfahrungen mit den Trollen in der vergangenen Nacht waren beunruhigend genug gewesen, und die Kids stellten eine wirkliche Gefahr dar.

Grund genug, aus dieser Stadt abzuhauen.

Als sie fertig gegessen hatte, nahm sie sich den Kassenbon. Das Frühstück hatte fünf Dollar gekostet. Sie holte die Scheine aus der Jeanstasche und faltete sie auseinander.

Sie starrte die Scheine an. Ihr Mund blieb offenstehen. Ihr Magen zog sich zusammen.

Sie blätterte immer wieder durch den Stapel.

Jeder Geldschein war ein Einer.

Gestern, nachdem sie aus der Bank gekommen war, hatte sie sechs Zwanziger und einen Zehner gehabt.

War sie beraubt worden? Unmöglich.

Sie hatte das Geld in der Vordertasche. Die Jeans waren eng. Niemand war nah genug an sie herangekommen, um das Geld herausnehmen zu können, und noch viel weniger hätte jemand die großen Scheine raussuchen, sie gegen kleine eintauschen und dann das Geld zurückstecken können.

Sie erinnerte sich daran, wie sie für ihr Essen gespielt hatte, und an den Kauf der Kinokarte. Sie hatte die Karte mit dem Zehner bezahlt, und die Zwanziger waren immer noch da gewesen, als sie die Einer vom Wechselgeld dazugetan hatte.

Und nach dem Kino hatte sie dem Penner einen Dollar gegeben. Er hatte das Geld bestimmt nicht geklaut. Und dann war das Geld in ihrer Tasche geblieben, bis sie die Jeans ausgezogen hatte. Sie erinnerte sich, wie sie auf dem Schlafsack gesessen hatte, frierend, um T-Shirt und Höschen anzuziehen. Sie hatte sich das Geld dann nicht mehr genau angesehen, sondern es nur noch aus der Tasche geholt und ins Höschen gesteckt. Danach hatte sie die Kleider in den Rucksack gesteckt und war in den Schlafsack gekrochen. Sie konnte sich erinnern, das Geld an ihrer Haut gespürt zu haben.

Am Morgen war das Päckchen Geldscheine dort gewesen, wo sie es abends hingetan hatte. Sie erinnerte sich, wie sie es rausgenommen und in die Jeans gesteckt hatte. Später war niemand außer Poppinsack in ihre Nähe gekommen, und er hatte sie nicht angefaßt. Er hätte es nicht aus ihrer Tasche klauen können.

Aber jemand hatte es getan.

Irgendwann zwischen dem Kinobesuch und dem Frühstück im Coffeeshop hatte jemand ihr Geld geklaut, Zwanziger gegen Einer ausgetauscht und den Packen wieder zurückgesteckt.

Und es gab nur eine Möglichkeit, wann das passiert sein konnte.

Während sie schlief.

Ich habe im Kino geschlafen, dachte sie. Es könnte da passiert sein.

Aber eigentlich glaubte sie nicht daran. Es waren ziemlich viele Leute im Kino gewesen. Wer hätte es gewagt, sie vor so vielen Zeugen zu bestehlen? Und selbst wenn, hätte nie jemand eine Hand in ihre Jeanstasche stecken können, solange sie saß. Nicht ohne sie aufzuwecken. Die Jeans waren einfach zu eng.

Nein. Sosehr sie auch wünschte, daß der Diebstahl im Kino stattgefunden hatte, sie wußte, das war unmöglich. Das Geld war gestohlen worden, nachdem sie sich zum Schlafen hingelegt hatte.

Trotz der Wärme im Restaurant kroch ein eisiger Schauer

über Robins Rücken. Sie preßte die Beine zusammen. Sie stellte sich vor, wie Poppinsack im Dunkeln neben ihr kniete und den Reißverschluß des Schlafsacks öffnete – vielleicht hatte er vorher schon ihre Stiefel und den Rucksack durchsucht und sich gedacht, daß sie das Geld am Körper haben mußte. Sie stellte sich vor, wie seine Hände über ihren Körper wanderten, während sie schlief, nicht nur, um das Geld zu finden, sondern um sie zu betasten, und wie er schließlich in ihr Höschen griff und das Geld herausholte und sie dort auch berührte. *Ein Weibchen, wie man sehen kann.*

Dieses dreckige Schwein.

Und er hat mir Tee gekocht, und ich habe für ihn gesungen, und die ganze Zeit über hatte er mein Geld und *wußte, was er mit mir gemacht hatte.*

Robins Gesicht brannte. Ihr Herz klopfte heftig. Sie zitterte.

Er hat mich beklaut und angefaßt, während ich schlief, und dann hat er so getan, als sei er mein Freund. Deshalb also die Warnungen, aus der Stadt zu verschwinden.

Er hofft, daß ich weg bin, bevor ich es herausfinde. Sie ließ das Trinkgeld auf dem Tisch, schulterte den Rucksack, nahm den Banjokasten und ging zur Kasse. Nachdem sie bezahlt hatte, waren nur noch sieben Dollar übrig.

Sie ging nach draußen.

Jetzt würde sie es nicht mehr wagen, die Stadt zu verlassen, selbst wenn sie es unbedingt wollte. Sieben Dollar waren so gut wie gar nichts. Mit so wenig Geld war sie auf der Straße zu sehr gefährdet.

Fiebernd vor Demütigung und vor Wut ging sie in Richtung Promenade.

Funland hatte noch nicht geöffnet, aber es waren Arbeiter da, die alles vorbereiteten. Unten am Strand leerten Müllmänner die Mülleimer und fischten mit Rechen Abfall aus dem Sand. Auch ein paar Penner suchten im Müll von gestern herum. Aber Poppinsack war nicht unter ihnen.

Einige Jogger liefen am Strand entlang. Ein Mann im Gymnastikanzug führte etwas auf, was wie Ballett in Zeitlupe aussah.

Ein kleines Kind hockte auf dem Boden, die Eltern standen dabei, und der Vater machte ein Foto, während das Kind im Sand grub. Es waren keine Sonnenanbeter da, die Sonne schien nicht. Die Surfer waren verschwunden. Niemand war im Wasser, aber die Rettungsschwimmerin war auf ihrem Posten. Sie trug rote Shorts und ein weißes Sweatshirt.

Es war dieselbe, die Robin schon vorher gesehen hatte. Bevor Poppinsack sie überrascht hatte.

Robin zog weiter. Sie ließ alle hinter sich.

Schließlich, keine zwanzig Meter von dem Maschendrahtzaun entfernt, der die Grenze des öffentlichen Strands markierte, wandte sie sich vom Strand ab und kletterte über die Dünen.

In einer geschützten Senke stellte sie den Banjokasten auf den Boden und nahm den Rucksack ab. Sie holte ihr Messer heraus und steckte es in eine der hinteren Jeanstaschen.

Er wird es bestreiten, dachte sie. Was hast du vor, ihn in Stücke schneiden?

Abwarten.

Verdammt, niemand tut mir so was an!

Sie fand den Platz, an dem sie geschlafen hatte, wo Poppinsack in der Nacht herangekrochen war und... sie *angefaßt* hatte.

Von hier aus wußte sie, wo sie ihn finden würde. Sie hetzte über die Dünen. Als sie den letzten Hang hinaufhastete, holte sie das Messer aus der Tasche. Und dann war sie oben.

Er war weg. Es war keine Spur von ihm geblieben, außer den zwei nassen Teebeuteln im Sand.

13

Jeremy ging die Treppe zum Strand hinab. Die Sonne war gegen Mittag wieder herausgekommen, und eine Menge Mädchen lagen jetzt ausgestreckt in der Sonne. Aber sie interessierten ihn nicht. Sein Blick wanderte zur Rettungsschwimmerstation.

Sie war dort.

Tanya.

Selbst auf diese Entfernung erkannte er Tanya an ihrer Größe und ihren Kurven, ihren gebräunten Beinen und dem goldenen Haar.

Als er sie sah, begehrte er sie noch heftiger.

Am liebsten wäre er jetzt zu ihr hingegangen, hätte sie in die Arme genommen, sie geküßt und gespürt, wie sich ihr Körper an seinen preßte.

Wenigstens kann ich rübergehen und guten Tag sagen, tröstete er sich. Ich kann ihr erzählen, daß ich letzte Nacht hier war und Cowboy kam, um mir zu berichten, daß die Sache ausfällt. Ja, das könnte ich ihr erzählen. Vielleicht könnten wir uns ein bißchen unterhalten. Aber er rührte sich nicht vom Fleck. Es gelang ihm einfach nicht, auch nur einen Schritt näher zu ihr hinzugehen.

Er biß die Zähne fest zusammen.

Dieses verdammte Weib.

Wenn ich sie nur besser kennen würde! Vielleicht, wenn wir erst einmal zusammen auf Trolljagd gewesen sind. Dann werden wir Kumpel sein.

Er stieg die Stufen zur Promenade wieder hinauf. Cowboy hatte mit ihm ausgemacht, daß sie sich hier am Nachmittag treffen würden, aber er hatte nichts über die Zeit gesagt. Jeremy drehte sich im Kreis und versuchte, seinen Freund irgendwo zu erspähen.

Er nahm an, daß Cowboy wahrscheinlich irgendwo am südlichen Ende der Promenade war. Die besseren Attraktionen, Liz' Wasserbecken eingeschlossen, lagen in dieser Richtung. Aber Jeremy hatte noch nicht viel vom nördlichen Ende gesehen. Er hatte noch den ganzen Nachmittag vor sich, um Cowboy zu finden, und so ging er nordwärts.

Die Leute, an denen er vorbeikam, sahen ganz so aus wie die von gestern: zwielichtige Figuren, harte Burschen und Rowdies, Gruppen wild aussehender Teenager, aber nur ein paar harmlos aussehende Leute, die gepflegt und gutgekleidet waren, meistens Paare oder Familien. Wahrscheinlich Urlauber.

Gestern, bevor er Cowboy getroffen hatte, hatte ihn diese Ansammlung zwielichtiger Typen verunsichert. Aber heute nicht.

Obwohl er allein war, *fühlte* er sich nicht so. Er wußte, daß er in der Nähe Freunde hatte. Nicht nur Cowboy, sondern auch Liz in ihrem Wasserbecken, Tanya draußen am Strand, selbst Teenager, die er noch nicht kannte, die aber vielleicht Freunde von Cowboy oder den anderen waren und deshalb fast so etwas wie Jeremys Freunde, obwohl sie ihn noch nicht kannten. Er hatte jetzt das Gefühl, dazuzugehören.

Und dann hörte er aus einiger Entfernung den blechernen Klang von Banjomusik. Die Musik kam von irgendwo hinter dem Pavillon.

Kam sie von dem Miststück, das ihn letzte Nacht so verhöhnt hatte?

Er ging auf die Musik zu, und sie wurde lauter.

Vorn, fast am Ende der Promenade, drängten sich Zuhörer um einen Musiker. Oder um mehrere – es hörte sich nach mehr als einem an. Hatte sie Freunde? Wo waren die letzte Nacht gewesen?

Was, wenn sie mich erkennt und ihre Freunde auf mich hetzt?

Ich habe ihr nichts getan.

Ihre Freunde werden mir nichts tun, versuchte er sich zu beruhigen. Es sind zu viele Leute in der Nähe.

Jeremy erreichte den Rand der Zuhörermenge. Er ging außen herum, bis er eine Lücke fand.

Sie spielte allein.

War es *Battle Hymn of the Republic*? Zuerst hörte es sich so an. Dann veränderte sich die Melodie zu *Dixie*, dann zu *When Johnny Comes Marching Home*, und dann wurde es zu einer Mischung aus allen drei Liedern. Das Biest war gut.

Und sah gut aus. Ein bißchen jungenhaft, aber auch weiblich. Ihre Arme waren nackt. Ihr ausgeblichenes blaues Hemd war ziemlich weit aufgeknöpft und ließ ein wenig von ihrer Brust sehen.

Ein letzter Akkord, und das Lied war zu Ende. Die Leute klatschten und jubelten. Einige gingen nach vorn, um Geld in ihren Banjokasten zu werfen. Jeremy war bereit, sich zu ducken, sobald sie in seine Richtung sehen würde, aber ihr Kopf blieb gesenkt, sie blickte nicht auf.

Als sie schließlich den Kopf hob, schlüpfte er hinter einen großen Mann.

»Jetzt kommt ein Stück, das ich selbst komponiert habe«, sagte sie. »Man könnte es ein Antikriegslied nennen... oder nicht.«

Sie fing an zu spielen. Jeremy beugte sich nach vorn und starrte sie an. Sie blickte geradeaus, von ihm aus gesehen nach rechts, ungefähr auf dieselbe Stelle, wohin sie während des letzten Liedes gesehen hatte.

Sie begann, zur rhythmischen Banjomusik zu singen.

Leute, wir treffen uns zum Würstchengrill,
die ganze Welt brennt, jeder grillt, was er will.
Feuer überall, von Land zu Land,
wir reichen Würstchen und Kuchen von Hand zu Hand.
Wir trinken Limonade und futtern uns voll
mit warmem Kirschkuchen, Marshmallows ganz toll,
alles dampft und kocht und brodelt dazu,
wenn du Spaß hast am Grillen, komm auch du.

Krank, dachte Jeremy. Aber einige Leute im Publikum lachten und johlten, als ob sie es witzig fänden.

Das Lied ging weiter, aber er hatte genug gehört. Er entfernte sich von der Menge und eilte die Promenade entlang.

Sie war ein richtiges Biest. Witze über den Atomkrieg zu machen! Er wünschte, er hätte sich gestern nacht gegen sie gewehrt. Hätte ihr eine geknallt und sie umgeworfen. Ihr Hemd aufgerissen.

Jetzt bist du nicht mehr so stark, wie, Süße?

Was hältst du denn von *diesem* Würstchen?

Vielleicht würde sie dann ein Lied darüber schreiben, wie lustig es ist, die Seele aus dem Leib geprügelt zu kriegen und vergewaltigt zu werden.

Als könnte sie seine Gedanken lesen – oder vielleicht war ihr nur sein Gesichtsausdruck aufgefallen –, fixierte eine Polizistin Jeremy. Sie kam direkt auf ihn zu. Ein Mann war bei ihr. Sie trugen beide weiße T-Shirts, blaue Mützen und Shorts. Von ihren

Gürteln abgesehen, hätte man nicht feststellen können, daß es Bullen waren. Sie nickte, als der Kerl etwas zu ihr sagte, aber sie nahm ihre Augen nicht von Jeremy.

Konnte sie hellsehen?

Er versuchte, ganz lässig den Kopf wegzudrehen. Sie wird mich anhalten, dachte er.

Sein Gesicht fühlte sich heiß an. Sein Herz klopfte heftig. Ihm war ganz flau.

Ich habe nichts *getan!*

Sie ging dicht an ihm vorbei.

Er seufzte.

Er wartete ein paar Sekunden und blickte dann über seine Schulter zurück. Ihr Gesicht war dem anderen Polizisten zugewandt. Blöde Kuh, dachte er. Warum hat sie mich so angestarrt? Aber für einen Bullen sieht sie gut aus. Er stellte fest, daß sie Tanya ziemlich ähnlich sah. Das Haar unter der blauen Mütze hatte denselben Goldton. Ihre Schultern waren ebenso breit, ihre Beine gebräunt und kräftig. Sie hätte fast Tanyas ältere Schwester sein können. Oder ihre Mutter.

Ihre Mutter! Das hätte gerade noch gefehlt!

Außerdem war sie zu jung dazu.

Er sah die Träger ihres BHs durch das T-Shirt. Dann senkte er den Blick und beobachtete, wie sich ihre Pobacken in den Shorts bewegten.

Er wünschte, er hätte nicht so schnell weggesehen, als sie auf ihn zukam. Er hatte nur ihre Augen bemerkt. Er hätte gern noch einmal einen Blick auf ihr Gesicht geworfen.

Jemand ging jetzt hinter ihr her und versperrte Jeremy die Sicht.

Er machte ein paar Schritte zur Seite, versuchte, sie wieder zu entdecken, aber es half nichts.

»He, amigo.«

Er drehte sich um und grinste. »He, Mann, schleichst du dich immer so an mich ran?«

»Siehst du dir die hiesige Polizeitruppe an?«

»Sie hat ’nen netten Arsch«, sagte Jeremy und folgte Cowboy die Promenade entlang.

»An der ist alles nett, Duke.«

»Du kennst sie?«

»Officer Delaney. Scheint in Ordnung zu sein. Sie ist erst seit ein paar Wochen auf der Promenade.«

»Ist sie eine richtige Polizistin?« fragte er. »Oder nur von einem Bewachungsunternehmen?«

»Das sind richtige Bullen. Hier ist städtisches Gelände, also gehen hier die offiziellen Bullen auf Streife, nicht irgendwelche Typen von so einem komischen Bewachungsunternehmen.«

»Nicht mal ein Nachtwächter oder so?«

»Nee. Nur die Bullen. Das macht es einfacher für uns. Alles, was wir tun müssen, ist, Posten aufstellen und abhauen, wenn ein Streifenwagen auftaucht. Was nicht allzuoft passiert. Die Bullen verbringen offenbar die meiste Zeit im Doughnut-Laden.«

»Und sie haben nie einen von euch erwischt?«

»Sind nicht mal in die Nähe gekommen«, sagte Cowboy.

»He, guck dir das an.« Er war stehengeblieben und wies mit dem Kopf nach rechts, wo Leute den eingezäunten Bereich vor dem Flower-Swing verließen. Aus dem Tor kam ein schlankes Mädchen gestolpert und klammerte sich an den Arm ihres Freundes, als wäre ihr zu schwindlig, um allein stehen zu können. Jeremy schätzte beide auf etwa zwanzig. Ihre Jeans waren so kurz abgeschnitten, daß die Shorts überhaupt keine Beine hatten. Die Seite, die er sehen konnte, hatte einen Schlitz bis zum Gürtel. Ihr T-Shirt war ebenfalls abgeschnitten, die untere Hälfte fehlte. Es war lang genug, um ihre Brüste zu bedecken, aber eben nur gerade so, und das ausgefranste Ende stand zentimeterweit von ihrem Körper ab.

Sie machte einen harten Eindruck. Ihr Haar war weiß gebleicht und stand in alle Richtungen ab. Sie trug Ohrringe aus roten Federn. Ihr Lippenstift war silbern. Sie kaute Kaugummi.

Ihr Freund sah noch härter aus. Er trug Motorradstiefel und verwaschene Jeans, und an seinem Gürtel hing ein Messer. Er hatte kein Hemd an, und sein Oberkörper war gebräunt und muskulös. Auf seiner Brust war ein Dolch eintätowiert, um den sich eine Schlange wand. Von seinem Ohrläppchen hing etwas, das wie winzige Handschellen aussah.

Vor dem Tor zum Flower-Swing blieben sie stehen und warteten auf ein anderes Paar.

Der nächste Typ sah drahtig aus und machte einen bösartigen Eindruck. Er hatte einen purpurrot gefärbten Irokesenschnitt, ein Messingband um seinen Hals, ein weiteres am Oberarm und einen Messingohrring. Auch er war nackt bis zur Taille und trug schwarze Lederhosen. Jeremy konnte nicht sehen, ob er tätowiert war, aber er hatte ein Messer am Gürtel wie sein Freund.

Das Mädchen neben ihm hatte einen rasierten Schädel. Ihre dünnen schwarzen Augenbrauen, nach oben gebogen, erinnerten Jeremy an Ming den Gnadenlosen. Er konnte ihre Brustwarzen durch das Top sehen. Sie waren wie dunkle Scheiben. Der Stoff stand ab, als würde er von Fingerspitzen herausgedrückt. Ihre Brüste schienen viel zu schwer für ihre Figur zu sein. Sie schaukelten und hüpften hin und her, wenn sie sich bewegte. Das T-Shirt war in einen schwarzen Ledermini gesteckt. Dazu trug sie schwarze Stiefel, die fast bis zu den Knien reichten.

»Na, die zwei Weiber da würde ich auch nicht von der Bettkante stoßen«, sagte Cowboy und begann, der Gruppe über die Promenade zu folgen.

»Ich wette, die beißen.«

»Ja, beiß mich, Babe. Uuh!« Cowboy ging schnell und blieb dicht hinter ihnen. »Wie findest du die Kahle?«

Wenn Cowboy doch nur nicht so laut reden würde!

»Heiß, oder?«

»Sie werden dich hören.«

»Guck dir die Titten an! Schwabbel, schwabbel, schwabbel.«

Die Gruppe bog nach links ab, und Cowboy eilte hinter ihnen her. Sie blieben vor Jaspers Kuriositätenkabinett stehen. Ein knochiger alter Mann stand auf einer kleinen Bühne vor dem Eingang. Er zog seinen Zylinder und schielte gierig zu den Mädchen hinab.

»Kommt hier rein, Leute. Seht euch die erstaunlichen, unglaublichen Wunder von Jaspers Kuriositätenkabinett an. Hier entlang, Leute. Verpaßt das nicht. Seht euch das Baby mit den zwei Köpfen an, den haarlosen Orang-Utan aus Borneo, die Mumie Ram-Hotep und andere seltene und geheimnisvolle Wunder. Ja, meine Herren, kommen Sie hier herein. Und bringen Sie die Damen mit. Sie werden in Ihren Armen ohnmächtig werden. Kommt nur rein, Leute. Ihr braucht nur drei Karten für jeden, billiger kann's nicht werden. Seht euch die Kuriositäten an, die euer sehr ergebener Jasper Dunn persönlich gesammelt hat, auf seinen Expeditionen durch die ganze Welt. Ich bin ein wahrer Kenner des Bizarren und Kuriosen. Niemals zuvor gab es auf diesem Kontinent eine solche Sammlung unter einem Dach zu sehen. Ich stelle sie hier zu eurem Vergnügen vor und um euer Forschungsinteresse zu befriedigen. Kommt hier rein, Leute.«

»Wetten, daß das 'n Beschiß ist?« sagte der Irokese zu seinen Freunden, laut genug, daß Jasper es hören konnte. Der alte Mann grinste. Ihm fehlte ein Vorderzahn. »Ich war mal in so 'ner Freakshow, und alles, was sie hatten, war'n *Bilder* von den Typen.«

»Ich versichere Ihnen«, sagte Jasper, »meine Ausstellungsstücke sind echt. Und zu früheren Zeiten, als ich noch eine Freakshow hatte, war jedes Exemplar leibhaftig anwesend, bemerkenswert und schrecklich, weit über Ihre wildesten Vorstellungen hinaus. Aber sie sind nicht mehr. Die ehrenwerten Bürger dieser Stadt haben sich durchgesetzt, und die Freaks wurden entfernt wie die verdorbenen Reste des Essens vom Vortag. Allerdings bewahre ich die Erinnerung an sie in der Galerie der Sonderbaren in Form einer wahrhaft verblüffenden Sammlung von Fotografien, die Sie ebenfalls sehen können, wenn Sie Jaspers Kuriositätenkabinett betreten.«

Der Irokese nickte heftig. »Was hab ich euch gesagt, Scheiß*bilder.*«

»Sie sind im Irrtum, junger Mann. Fotografien gibt es nur in der Galerie der Sonderbaren. Jede Kuriosität ist echt, Sie können sie ansehen – und berühren, wenn Sie es wagen.«

»Laß uns mal reingehen«, sagte der Tätowierte. »Was meinst du?« fragte er seine Freundin.

Sie zuckte die Schultern. Das abgeschnittene T-Shirt hob sich dabei wie ein Vorhang und erlaubte Jeremy einen Blick auf die blasse Unterseite ihrer Brüste. »Ich hab irgendwie Hunger«, sagte sie. Ihre Stimme war tief und rauchig.

»Ja«, sagte die Kahle, »laß uns 'n paar Fritten holen.«

Jasper hob eine Hand. »Habe ich erwähnt, daß heute Damentag ist? Die jungen Damen müssen keinerlei Eintritt zahlen, absolut keinen, sie kommen umsonst herein, wenn ihre Begleiter für sich gezahlt haben. Also kommen Sie hier herauf. Sehen Sie sich die Kuriositäten an. Immer hier entlang.« Er zeigte mit dem Zylinder auf die offene Tür hinter sich.

»Also, ich geh jetzt rein«, sagte der Tätowierte. Er holte ein paar Karten aus der Tasche. »Komm mit, Jingles.« Er griff den Arm des Mädchens und zog sie zu den Stufen hin.

Auch der Irokese holte ein paar Karten heraus.

»Und was ist mit *euch*?« fragte Jasper, und sein wäßriger Blick wandte sich Jeremy und Cowboy zu.

»Wir sind dabei«, rief Cowboy.

Jeremys Magen zog sich zusammen. »Ich weiß nicht«, murmelte er.

»Schiß?«

Ich bin kein Feigling, sagte er sich. »Ich hab keine Karten.«

»Das ist okay«, sagte Cowboy. »Ich hab genug.«

Er hatte zuschauen wollen, wie Jingles in ihrem halben T-Shirt die Treppe hinaufging, aber sie war schon oben, als er hinsah. Er konnte nur noch ihren Rücken sehen, als sie ihrem Freund durch die Tür folgte. Das Mädchen im Lederrock ging gerade die Treppe hoch, aber der Irokese war hinter ihr, und so hatte Jeremy keine Chance, ihr unter den Rock zu gucken.

Jeremy stellte fest, daß es ihm nichts ausmachte. Er hätte den Anblick doch nicht genießen können. Nicht jetzt. Nicht, wo er wußte, daß er Jaspers Kuriositätenkabinett betreten mußte.

Er gruselte sich vor Jasper.

Er wollte all das komische Zeug da drin gar nicht sehen. Auch wenn die Mädchen noch so knappe Klamotten anhatten und so viel zeigten, wollte er nicht auf so engem Raum mit diesen Kerlen sein.

Aber er konnte nicht zulassen, daß ihn Cowboy für einen Feigling hielt.

Er ging hinter Cowboy die Treppe hinauf. Cowboy reichte dem dürren alten Mann ein paar Karten.

14

Oh, das ist ja großartig, dachte Jeremy. Nicht genug, daß er mit diesen vier übel aussehenden Typen hier war, jetzt folgte ihnen auch noch Jasper. Der alte Schwachkopf wollte vermutlich sichergehen, daß niemand etwas mit seiner Sammlung anstellte.

Die Tür fiel zu und schloß das Licht von draußen aus. Jeremy hatte angenommen, daß das Kuriositätenkabinett wie ein kleiner Raum in einem Museum aussehen würde. Statt dessen fand er sich in einem Korridor. Das einzige Licht kam von schwachen Birnen unter jeder der gerahmten Fotografien, die an der Wand aufgereiht waren.

Die Galerie der Sonderbaren.

Jingles und ihre Freunde waren vor dem ersten Foto stehengeblieben. Jeremy konnte nicht erkennen, was es darstellte.

Jingles kicherte.

»Der könnte die Leute kommen und gehen sehen«, sagte der Tätowierte.

»Was für'n Blödsinn«, meinte der Irokese. »So was gibt's nicht. Das ist nur'n Trickfoto.«

Jeremy zuckte zusammen, als sich Hände auf seine Schultern legten. Gänsehaut breitete sich auf seinem Rücken aus. »Entschuldige, junger Mann«, sagte Jasper, ließ ihn los und schob sich an ihm vorbei. Cowboy wich ihm aus. Trotz seiner Unerschrockenheit schien auch er nervös zu sein.

Jasper ging weiter. Er blieb neben dem Bild stehen. »Sie sehen Jim und Tim, die siamesischen Zwillinge.«

»Wir können selbst lesen«, sagte das kahlgeschorene Mädchen.

»Laßt uns das richtige Zeug ansehen«, sagte der Irokese. »Ein Haufen blöde Fotos interessieren mich 'nen Dreck.«

»Dieses Foto zeigen einige der außergewöhnlichsten…«

»*Muß* er uns so auf die Pelle rücken?« platzte Jingles heraus.

»Ja, Mann, hau ab hier.«

»Wie Sie wünschen«, sagte Jasper und schlich den Korridor

hinunter. Aber er verschwand nicht ganz. Er blieb an der Ecke stehen und wartete dort in Dunkeln.

»Gute Idee«, sagte Cowboy. »Sag's dem alten Knacker nur.«

»Verpiß dich!« sagte der Irokese.

»Na, das tut mir jetzt aber leid, Chingachgook.«

Jeremy stöhnte.

»Soll ich dir eine scheuern oder was?«

Cowboy öffnete den Mund. Jeremy stieß ihn an.

Das kahle Mädchen legte einen Arm um den Irokesen und sagte: »Komm weiter, Woody. Gib dich nicht mit dem Pack ab.« Sie gingen weiter, und Jeremy hielt Cowboy am Arm fest.

»Warte, bis wir ein bißchen mehr Platz haben«, flüsterte er.

»Hast du gehört, wie die uns genannt hat?«

»Der Kerl hätte uns fertiggemacht.«

»Die machen mir keine Angst.«

Jeremy sah, wie die anderen weiter den Korridor entlanggingen. Sie blieben nicht stehen, um sich die Bilder anzuschauen. Offenbar ging es ihnen ebenso wie Woody, und sie wollten zu dem richtigen Zeug.

Jeremy machte bei dem Foto von Jim und Tim, den siamesischen Zwillingen, halt. Die beiden jungen Männer waren an der Hüfte miteinander verbunden. Sie steckten in einer Art Lendenschurz, der zwei Ausbuchtungen hatte. Jeremy wurde von dem Anblick der beiden leicht übel, aber er blieb vor dem Foto stehen und starrte es an.

»Wir verlieren sie noch«, sagte Cowboy.

»Ich will mir dieses Zeug ansehen«, log Jeremy.

»Na gut, dann bleib eben hier.« Cowboy ging weiter den Korridor entlang.

Jeremy eilte hinter ihm her. Er warf nur ein paar schnelle Blicke auf die Fotos, als er vorbeiging, und war ganz froh, daß er keine Zeit hatte, sie genauer anzusehen. Was er im Vorbeigehen ausmachen konnte, das war nicht angenehm: ein Mann mit einem Arm zuviel, einem kleinen, welken Ding, das aus seiner Brust wuchs; eine pelzige Frau in einem Bikini, die eine Art Hundekopf hatte; ein Mann, der die Zunge herausstreckte – eine Zunge, die etwa dreißig Zentimeter lang war; ein Mann ohne

Beine, der einen Handstand machte; eine Frau mit zwei Köpfen; eine Frau mit drei Brüsten nebeneinander, nackt bis auf irgendein Glitzerzeug und Quasten; ein riesiger Mann, der neben einem Zwerg stand, der gerade bis zu seinen Knien reichte; ein Mann mit so langen Armen, daß sie bis zum Boden hingen.

Das Bild des langarmigen Mannes war das letzte im Korridor. Jasper stand nicht mehr an der Ecke. Er war wohl den Punks gefolgt.

Jeremy holte tief Luft. Er fühlte sich unsicher und ein bißchen angeekelt. Die stickige Luft machte es nicht besser. Es roch wie in einem alten, verlassenen Haus, das seit Jahren nicht mehr gelüftet worden war. Er wischte sich mit dem Hemd den Schweiß von der Stirn. Dann folgte er Cowboy um die Ecke.

Ein weiterer Korridor, ähnlich wie der erste, erstreckte sich bis zur Vorderseite des Gebäudes. Die vier Punks hatten sich vor dem ersten Schaukasten versammelt.

Jasper stand hinter ihnen, fast unsichtbar bis auf sein blasses Gesicht.

»Laß uns warten«, flüsterte Jeremy.

»Sei kein Angsthase«, meinte Cowboy und ging langsam auf die Gruppe zu.

»Es hat dich angezwinkert«, sagte der Tätowierte. Seine Hand lag auf Jingles' Rücken, unter ihrem T-Shirt.

»Hat es nicht«, sagte sie. Aber sie hörte sich beunruhigt an.

»Welcher Kopf?« fragte Woody und lachte.

Sie gingen weiter zum nächsten Ausstellungsstück, und Jeremy konnte sehen, daß sie einen menschlichen Fötus in einem Glasbehälter angestarrt hatten. »Ziemlich daneben«, sagte Cowboy. Er blieb vor dem kleinen Podest stehen und beugte sich zu dem Glasbehälter hin. Jeremy blieb neben ihm, aber er lehnte sich nicht nach vorn. Er konnte von seinem Platz aus gut genug sehen.

Die Flüssigkeit in dem Behälter war gelblich und trüb. Die Haut des schwimmenden Fötus sah ebenfalls gelb aus. Das Ding hatte zwei Köpfe. Seine Augen waren offen. Jeremy fragte sich, ob das Ding was mit der zweiköpfigen Frau zu tun hatte, deren Fotos er in der Galerie der Sonderbaren gesehen hatte.

Cowboy schob sein Gesicht so nahe an den Glasbehälter, daß

seine Nase ihn fast berührte. »Sieht wie 'n kleiner alter Mann aus«, sagte er.

Jeremy schluckte hart und wandte sich ab. Die Gruppe stand um die nächste Kuriosität herum. Die Haarlose und Woody standen nebeneinander, jeweils einen Arm um die Schultern des anderen gelegt. Der Irokese war schräg hinter Jingles, seine Hand wanderte an ihrer Seite auf und ab.

»Paß mal auf«, sagte Cowboy.

Jeremy sah ihn an.

Er faßte den Glasbehälter mit beiden Händen und schüttelte ihn schnell. Der Fötus kippte, schwankte und drehte sich um. Stückchen von irgendwas trieben in der Flüssigkeit.

Jeremy würgte. Er hielt seinen Mund zu. Er betete, daß er sich nicht übergeben müßte, und wandte sich ab. Dann blinzelte er die Tränen aus seinen Augen und bemerkte, daß Jasper bewegungslos im Dunkeln stand. Der alte Mann mußte beobachtet haben, was Cowboy tat. Aber er protestierte nicht. Offensichtlich war es ihm egal. Bis Cowboy sein Interesse an dem Fötus verloren hatte, waren Jingles und die anderen schon verschwunden. Zurück blieb eine Mumie, beleuchtet von einem Strahler zu ihren Füßen.

»Das ist aber nicht Karloff«, kommentierte Jeremy, als er darauf zuging.

Sie sah anders aus als alle Mumien, die Jeremy je in Horrorfilmen oder in Museen gesehen hatte.

Sie war nicht eingewickelt.

Es war ein vertrockneter, bräunlicher Kadaver, der von ein paar an die Wand genagelten Lederstreifen in einer aufrechten Position gehalten wurde.

Sie hatte keine Augen. Der Kiefer hing herunter. Der rechte Arm war nicht mehr vorhanden.

»Sieht aus wie aus Fleischresten gemacht«, sagte Cowboy.

Um der Schicklichkeit Genüge zu tun, war ein Lappen um die Lenden der Mumie geschlungen. Jeremy nahm an, daß der alte Mann dafür verantwortlich war.

Als Cowboy sich nach vorn beugte und den Lappen hochhob, schloß Jeremy die Augen.

»Uuuf!« sagte Cowboy. »Wer hat denn da die Luft rausgelassen? Komm her, und sieh dir das an.«

Jeremy öffnete die Augen, aber er vermied es, die Mumie anzusehen. Es waren noch zwei weitere Ausstellungsgegenstände im Korridor. Die anderen hatten offenbar schon alle besichtigt und gingen gerade um die Ecke. »Die Mädchen hauen ab«, warnte er.

»Also los.« Cowboy eilte ihnen nach. Vor dem nächsten Ausstellungsstück wurde er wieder langsamer. Er schielte danach, wandte sich dann aber dem Ende des Korridors zu, als wäre er hin- und hergerissen zwischen der Kuriosität und den Mädchen. Die Kuriosität siegte.

Jeremy hatte einen kurzen Blick darauf geworfen und blieb deshalb so weit wie möglich davon entfernt stehen. »Bist du noch nie vorher hier drin gewesen?« fragte er.

»Hatte nie vorher Lust dazu. Kann diesen Scheißkerl Jasper nicht ausstehen. Jesses, guck dir das Vieh an!«

Das Vieh war eine schwarze Spinne, beinahe einen Meter hoch.

Jeremy warf einen zweiten kurzen Blick darauf und ging weiter.

Er nahm an, sie müsse tot sein, ausgestopft.

Wäre das nicht der Fall, dann müßte sie ja in einem Käfig sein und nicht einfach da in der Ausstellungsnische stehen, ohne Schutz zwischen ihr und den Besuchern.

Er eilte zu den drei Schrumpfköpfen, die auf Podesten standen. Er war beinahe erfreut, sie zu sehen. Die affenartigen Gesichter mit den zusammengenähten Lippen und Augenlidern wirkten freundlich, verglichen mit den anderen Kuriositäten.

Von hinten kam Cowboys Stimme. »Jaspers Giganticus.« Es hörte sich an, als würde er etwas vorlesen.

Wahrscheinlich von einer der handbeschriebenen Karten, die neben jedem Ausstellungsstück aufgeklebt waren. »Entdeckt von Jasper Dunn im Dschungel von Neuseeland, am 10. April 1951. Armes Viech«, fügte er mit normaler Stimme hinzu. »Wahrscheinlich hat ihm seine Mutter eins zuviel übergebraten.«

»Hier gibt's ein paar Schrumpfköpfe«, sagte Jeremy und wünschte, Cowboy würde von der verdammten Spinne weggehen.

»Ja? Jemand, den wir kennen?«

Er hörte Cowboys Schritte hinter sich. »Ja. Hm. Laß uns weitergehen.« Cowboy blieb nicht stehen, um sich die Köpfe näher anzusehen, sondern ging weiter.

Jeremy folgte ihm. Bevor er um die Ecke bog, blickte er zurück zur Spinne. Sie war immer noch auf dem Podest. Selbstverständlich, sagte er sich. Was hast du erwartet? Er bog um die Ecke und blieb abrupt stehen. Er hatte angenommen, daß die Punks schon den halben Korridor hinuntergegangen wären, aber sie standen immer noch vor dem ersten Ausstellungsstück.

Diese Kuriosität *war* in einem Käfig. Eigentlich war es eher eine Art Schaukasten. Jeremy konnte sie gut durch die Glas- oder Plastikseitenwand sehen. Die Kuriosität schien tot zu sein.

Wie die Mumie wurde sie von Lederbändern aufrecht gehalten.

»Das ist aber kein haarloser Orang-Utan aus Borneo«, sagte der Tätowierte.

»Wieso, hast du schon mal einen gesehen?« fragte Jingles.

»Ich habe Orang-Utans im Zoo gesehen, und das da ist keiner.«

Auch für Jeremy sah es nicht wie ein Orang-Utan aus. Mehr, wie wenn man das Ungeheuer der Schwarzen Lagune nimmt und ihm Klauen statt Schwimmflossen gibt und die Echsenhaut gegen weißes weiches Fleisch tauscht. Obwohl es über einen Meter achtzig groß war und sehr muskulös, war etwas an der Beschaffenheit des Fleisches, was es weich und schneckenähnlich wirken ließ.

Es trug nichts als einen T-Slip. Die Ausbuchtung des Stoffs war gewaltig.

»Was ist dieses Ding wirklich?« fragte der Tätowierte und drehte sich zu Jasper um, der in der Nähe stand.

»Ich wurde gebeten, Ihnen ›von der Pelle zu bleiben‹«, antwortete Jasper.

»Es ist nur ein Gummianzug«, sagte Woody. »Der weitgereiste Entdecker hat ihn in einem Ramschladen in Hollywood entdeckt.«

»Ja«, sagte seine Freundin. »Ich hab's in 'nem Film gesehen.«

»Ich versichere Ihnen«, sagte Jasper, »daß die Kreatur vor Ihnen so authentisch ist wie all meine Kuriositäten. Sie hat gewütet, Morde begangen und vergewaltigt.«

»Also wirklich«, murmelte Woody.

»Ich denke, der da muß dein Vater gewesen sein, Chingachgook.«

Eine eiskalte Hand legte sich um Jeremys Magen.

Woody wirbelte herum. Die Augen traten ihm beinahe aus dem Kopf. Sein Mund stand offen. Er atmete heftig. Von den schnellen Atemzügen abgesehen, rührte er sich zunächst nicht.

Dann wanderte seine Hand zu dem Messer am Gürtel. Es war ein Schnappmesser. Er zog es und ließ die Klinge aufspringen.

»Ah-ha«, sagte Cowboy. Er grinste, tippte an seinen Hut und rannte dann los, um die Ecke.

Jeremy rannte ihm nach.

»Schnappen wir sie!« hörte er Woody rufen.

Cowboy riß die Tür auf. Sonnenlicht blendete Jeremy. Er blinzelte und sah, wie Cowboy über das Holzgeländer sprang und auf der Promenade landete. Er tat das gleiche, landete auf dem Holz, und seine Beine knickten unter ihm ein. Er fiel mit den Knien auf die Planken. Mit schmerzverzerrtem Gesicht versuchte er, sich aufzurichten.

Jemand landete auf seinem Rücken und warf ihn um.

»Dich mach ich fertig, du Arschgesicht.« Woodys Stimme. Er spürte, wie jemand an seinen Haaren zerrte. Sein Kopf wurde nach oben gerissen, die Kopfhaut brennend vor Schmerz, und er *wußte*, daß Woody ihm jetzt die Kehle durchschneiden würde. Aber statt dessen riß der Typ Jeremys Haare wieder nach unten und knallte seinen Kopf auf die Promenade.

»He, du Vollidiot«, hörte Jeremy, »er hat nichts getan.« Cowboys Stimme.

Woody kletterte von seinem Rücken, nicht ohne vorher noch einmal seine Knie in Jeremys Fleisch zu stoßen. »Na, dann komm schon, Jungchen«, sagte Woody.

Jeremy war auf Händen und Knien. Er hob den Kopf und sah alle vier Punks vor sich. Sie hatten Cowboy umzingelt. Cowboy versuchte nicht einmal, wegzulaufen. Er stand einfach nur da und grinste sie an.

Woody und der Tätowierte hatten beide die Messer gezogen. Sie grinsten zurück.

Zuschauer hatten einen Halbkreis um die Gruppe gebildet. Sie sahen gespannt aus, neugierig darauf, was als nächstes passieren würde. Hielten sie das für eine Art *Show?*

»Scheiße wie euch hab ich zum letzten Mal gesehen«, sagte Cowboy und blickte von Jingles zu Woody, »bevor ich heute morgen die Spülung gezogen hab.«

Du Idiot! dachte Jeremy.

Der Tätowierte sprang seitlich auf Cowboy zu. Cowboy wich ihm aus, aber das Messer erwischte seinen Unterarm.

»He, du Rattengesicht...«

Woody griff ihn von hinten an.

Jeremy warf sich nach unten. Er bekam Woodys Fußgelenke zu fassen. Als der Kerl umfiel, huschte Jingles hinüber und trat auf Jeremys Unterarm. Er schrie auf. Sie hob den Fuß, um nochmals zu treten, und er zog schnell den Arm ein und rollte sich weg. Jingles folgte ihm. Sie hielt ihn auf, indem sie ihm den Fuß in den Bauch rammte.

Einen Augenblick lang, als sie den Fuß hob, um zuzustoßen, merkte er, daß er eine wunderbare Sicht von unten unter ihr abgeschnittenes T-Shirt hatte. Er sah die runden Unterseiten ihrer Brüste, sogar ein Stück ihrer Brustwarzen. Genau die Art von Aussicht, auf die er so scharf gewesen war.

Toll, dachte er.

Dann spürte er eine Explosion von Schmerzen, und die Luft blieb ihm weg.

15

Ein paar Meter von ihnen entfernt schlug ein Penner nach der Frau, die vor ihm stand. Der kleine Kassettenrecorder flog aus ihrer Hand und streifte beinahe das Gesicht eines Passanten. Als die Frau sich umdrehte, um den Recorder aufzuheben, konnte Dave sie genauer sehen. Es war Gloria.

»Reporter-As in Aktion«, sagte Joan.

»Lieber Gott«, murmelte Dave.

Joan nahm den Gummiknüppel vom Gürtel und ging auf den Penner zu. Dave ging zu Gloria hinüber. Sie hob den Recorder von der Promenade auf, hielt ihn ans Ohr und schüttelte ihn.

»Gloria.«

Die Frau drehte sich zu ihm um. Einen Augenblick lang sah sie erschrocken und verwirrt aus. Dann lächelte sie.

»Ach, du bist's.«

»Ja, ich bin's.« Er konnte seinen Ärger nicht verbergen. »Was, zum Teufel, tust du hier?«

»Ich wollte ein Interview machen, aber…«

»Bitte nicht, bitte nicht!«

»Halt's Maul.« Joan schob den Penner näher zu Gloria hin. Er schaute aus wäßrigen Augen ängstlich drein.

Gloria seufzte und schüttelte den Kopf. »Tu ihm nichts. Laß ihn in Ruhe. Er hat mir nichts getan. Ich… bin in sein Territorium eingedrungen.« Sie sah den Penner an. »Es tut mir furchtbar leid. Ich wollte Ihnen keinen Ärger machen.«

»Laß ihn los«, sagte Dave.

»Verschwinde aus der Stadt, Mister«, sagte Joan und befestigte den Gummiknüppel wieder am Gürtel.

Der Penner ging weg und murmelte dabei leise vor sich hin.

»Es tut mir leid, ihr beiden«, sagte Gloria.

Joan zuckte die Schultern, lächelte und meinte: »Kein Problem. Bist du in Ordnung?«

»Klar. Ich wollte keinen Ärger machen. Ich habe versucht, *ihre* Seite der Trolljäger-Story zu bekommen – und bin auf ziemlichen Widerstand gestoßen. Sie vertrauen mir einfach nicht.«

»Die leiden alle unter Verfolgungswahn«, sagte Joan.

»Warum suchst du dir nicht eine andere Story?« fragte Dave. »Du wirst nie direkte Antworten von diesen...«

»POLIZEI!«

Dave fuhr herum. Ein Junge, zehn oder elf Jahre alt, quetschte sich durch die Menge. Er deutete hinter sich. »POLIZEI!« rief er wieder. »Ein Kampf! Messer!« Er wurde langsamer, als er näher kam. »Die bringen sich um! Vor dem Funhouse!«

Dave nahm das Funkgerät aus seinem Gürtel und drückte den Sprechknopf. »Wir brauchen Hilfe. Vor Dunns Laden.« Vorsichtshalber fügte er hinzu: »Schickt einen Krankenwagen.« Er steckte das Funkgerät wieder in den Gürtel und rannte hinter Joan her.

Sie war schon an dem Jungen vorbei, der sich offenbar übersehen fühlte. Dave lief schneller, aber er konnte sie nicht einholen. Es gefiel ihm nicht, daß Joan allein zuerst am Tatort sein würde. Nicht, wenn sie so wenig über die Situation dort wußten. Der Junge hatte etwas von Messern gesagt. In der Mehrzahl. Mindestens zwei, aber wie viele? Dave wünschte, er hätte ein paar Sekunden mehr Zeit gehabt, um sich zu informieren. Wir werden es bald genug wissen, dachte er.

»Warte«, rief er Joan zu.

Sie wartete nicht auf ihn.

»Verdammt«, murmelte er.

So besorgt und frustriert er auch war, Dave mußte dennoch ihre Bewegungen bewundern. Wie schnell sie war! Und wie sie durch die Menge schoß und einzelnen Leuten auswich, erinnerte ihn an einen Basketballspieler der Weltklasse.

Sie bewegte sich viel zu verdammt gut.

Er sah eine letzte Spur von den blauen Shorts, und dann schloß sich die Menge hinter ihr.

Die Zuschauer, die Joan vor Jaspers Kuriositätenkabinett erblickte, erinnerten sie an das Publikum der Banjospielerin, außer, daß es diesmal mehr waren. Einige eilten davon, und die übrigen sprangen aufgeregt herum und schrien.

Sie lief jetzt nicht mehr, sondern zwängte sich durch die

Menge, zwischen den Zuschauern hindurch, und fauchte sie an. »Aus dem Weg! Polizei! Gehen Sie zur Seite! Aus dem Weg! Polizei! Los, bewegt euch!« Einige blieben einfach stehen. Sie wollten die Show nicht verpassen. Joan kämpfte gegen ihren Impuls an, sie einfach aus dem Weg zu stoßen, und wich ihnen aus.

Leute schubsten sie.

Jemand hielt sie an den Shorts fest, und sie spürte, wie sie ein wenig herunterrutschten, bevor sie die Hand wegschlug.

Dann war sie durch die Zuschauermenge.

Wie mitten in einer Arena.

»POLIZEI!« rief sie, stürzte nach vorn und versuchte zu verstehen, was sie da sah. »HÖRT AUF!«

Ein männlicher Teenager war vornübergebeugt und trat mit dem Knie in den Magen eines Mädchens. Das Mädchen war nackt bis auf ihre abgeschnittenen Jeans. Der Tritt des Jungen riß sie hoch, dann fiel sie auf die Promenade. Ein weiteres Mädchen, in einem Lederrock und zerrissenem Top, erhob sich wieder von den Planken und griff den Jungen an. Sie riß ihn von den Füßen, und alle drei gingen zu Boden.

Joan zog den Gummiknüppel und blickte zur zweiten kämpfenden Gruppe hin.

Sie wünschte, sie hätte sie zuerst gesehen.

Sie rannte hin.

»POLIZEI!« schrie sie.

Obenauf hockte ein Kerl mit einem purpurnen Irokesenschnitt. Er richtete sich auf und drehte sich zu Joan um. Er hatte ein Messer in der rechten Hand und ein abgeschnittenes Ohr in der linken.

Unter ihm lag ein Junge auf der Promenade und hielt seinen Kopf in beiden Händen. Ein anderer, der unter ihm lag – offenbar ein Komplize des Irokesen –, warf das Opfer zur Seite und versuchte, aufzustehen.

»KEINE BEWEGUNG, IHR ZWEI!« rief sie.

Sie nahm aus dem Augenwinkel eine Bewegung wahr, blickte nach links und sah, wie die beiden Mädchen flohen. Joan hatte angenommen, sie wären ebenfalls Opfer, aber das änderte ihre Meinung. Die Menge teilte sich und ließ die beiden durch. Der

Junge blieb unten, setzte sich auf die Promenade und wischte sich mit einem weißen T-Shirt das Blut aus dem Gesicht.

Joan wandte sich wieder den beiden mit den Messern zu. Sie fixierten sich gegenseitig.

»LASST DIE WAFFEN FALLEN!«

Der Kerl, der unter dem Opfer gelegen hatte, schüttelte den Kopf. Der andere, der das abgeschnittene Ohr in der Hand hielt, schüttelte ebenfalls den Kopf.

Joan überlegte, ob sie ihre Pistole ziehen sollte. Ja, dachte sie, und damit ein paar Zuschauer wegpusten. »SOFORT DIE WAFFEN FALLEN LASSEN!« Das war Daves Stimme. Er stand direkt hinter ihr.

Der grinsende Punk mit dem Irokesenschnitt steckte das abgeschnittene Ohr in den Mund. Er fing an, darauf herumzukauen, und Joan dachte, *sie hätten es vielleicht wieder annähen können, du mieses Schwein!*

Das Ohr flog aus seinem Mund und klatschte sanft gegen Joans rechte Brust, den Bruchteil einer Sekunde, nachdem ihr Fuß in seinem Solarplexus gelandet war. Es klebte an ihrem T-Shirt. Sie fing es mit der freien Hand auf, während ihre Fußspitze den Kerl unter dem Kinn traf. Blut und Stücke abgebrochener Zähne schossen aus seinem Mund. Sein Messer flog in die Menge hinter ihm. Dann krachte er auf die Promenade und rührte sich nicht mehr. Sein Freund drehte sich um. Einer der Zuschauer ging ihm nicht schnell genug aus dem Weg. Er rammte sein Messer in den Bauch des Mannes, stieß den Schreienden nach hinten und rannte davon. »Den hole ich mir«, sagte Dave.

Während Dave hinter dem zweiten Punk herrannte, kniete sich Joan neben den sich windenden Jungen auf die Promenade. »Ich hab dein Ohr«, sagte sie. »Man kann es wieder annähen. Du wirst so gut wie neu sein.« Das hoffte sie jedenfalls. Er hatte offenbar auch noch diverse andere Wunden.

Sie hörte Sirenen.

»Gleich wird ein Krankenwagen hier sein. Halte durch.«

»Mir bleibt wohl nichts anderes übrig«, sagte der Junge.

Sie stand eilig auf und hockte sich dann neben den Mann, der in den Bauch gestochen worden war. Er war bei Bewußtsein, umklammerte seinen Bauch, jammerte und versuchte, seine Hacken in das Holz der Promenade zu bohren.

Sie legte ihre Hand auf seine Hände und drückte sie sanft. »Es wird alles gut. Drücken Sie weiter gegen die Wunde. Ein Krankenwagen ist unterwegs.«

Dann beschloß sie, daß es wohl das beste wäre, sich um die anderen Wunden des Jungen zu kümmern und Erste Hilfe zu leisten, bis der Krankenwagen da war.

Dave sprang über das Geländer und auf den Strand. Als seine Füße den Sand berührten, ließ er sich nach vorn fallen. Er rollte über die Schulter ab und kam mit dem Gesicht zum Meer wieder auf die Beine, konnte aber niemanden sehen, der davonlief, und drehte sich gerade noch rechtzeitig herum, um zu erkennen, daß der Punk unter der Promenade hervorstürzte und ihn angriff. Nicht rechtzeitig genug, um das Messer abzuwehren. Als die Klinge auf ihn zuschoß, drehte er sich zur Seite. Statt seine Brust voll zu treffen, zischte das Messer daran vorbei. Er fühlte keinen Schmerz, nur Hitze, hörte ein ratschendes Geräusch und spürte dann, wie etwas Warmes über seine Rippen lief.

Er griff nach dem Handgelenk des Angreifers. Die andere Hand schmetterte er gegen dessen Ellbogen. Er hörte ein Knakken, als der Knochen aus dem Gelenk brach. Der Kerl schrie vor Schmerz auf und ließ das Messer fallen.

Dave warf ihn in den Sand, kniete sich daneben und riß ihm den gebrochenen Arm herum und auf den Rücken. Der Junge schrie auf, aber er leistete keinen Widerstand mehr. Sekunden später hatte Dave ihm Handschellen angelegt.

Jingles saß mit dem Rücken gegen einen Stützpfahl der Promenade gelehnt, tief im Schatten. Ihr Magen schmerzte von dem Kniestoß, den ihr der Mistkerl verpaßt hatte. Es schien zu helfen, gekrümmt zu sitzen und die Knie an den Körper zu ziehen.

»Wie lang ist es vorbei?« fragte Lorna.

»Keine Ahnung. Eine Stunde?« Vielleicht sogar länger, dachte Jingles. Es schien ewig vorbei zu sein, daß sie die Sirene gehört hatten. Sie hatte sich bepinkelt, als der Junge sie mit dem Knie getroffen hatte. Die feuchten Shorts hatten sie erst nicht gestört. Aber nach einiger Zeit fühlte sich ihre Haut darunter heiß an und begann zu jucken. Sie hatte das Gefühl, als wäre es schon Ewigkeiten her. »Vielleicht ein paar Stunden«, fügte sie hinzu.

»Vielleicht sind die Bullen jetzt weg«, sagte Lorna.

»Und wenn?«

»Vielleicht sollten wir gehen.«

»O ja. Selbstverständlich. Falls du's nicht bemerkt hast, mir fehlt was. Dieser verfluchte Drecksack.«

»Was sollen wir machen?«

»Ich weiß nicht.« Jingles stand auf und ließ ihren Bauch lange genug los, um den feuchten Hosenboden von ihrem Körper wegzuziehen. Sie drehte sich um und spähte durch den dunklen Wald der Pfähle. Sie konnte einzelne Abschnitte des hellen, sonnenbestrahlten Strandes sehen. Ein paar Leute kamen vorbei. »Kannst du nicht rausgehen und ein Top für mich finden?« schlug sie vor.

»Was, ein Bikinioberteil von jemandem klauen oder so?«

»Oder ein Handtuch.«

»Einfach so, he? Dann erwischen mich die Bullen, und du sitzt hier mit deinen Titten in der Seeluft.«

Jingles trat zurück hinter den Pfahl und sah Lorna an. »Hast du Geld dabei?«

»Ich hab meine Tasche im Auto gelassen.«

»Ja, ich auch. Mist. In diesen Läden da oben gibt's jede Menge Zeug. Kannst du nicht hingehen und mir da was klauen?«

»Hör auf zu spinnen. Sieh mich doch mal an.« Sie zog an ihrem engen Top. »Wo soll ich denn da 'ne Bluse oder so was verstecken?«

Jingles schüttelte den Kopf. Man konnte sogar durch den Stoff der Bluse ihrer Freundin sehen. Und unter dem Rock konnte man auch nichts verstecken. Er war einfach zu kurz.

»Irgendwo verstecken kannst du's nicht. *Zieh's einfach an.* Schnapp dir 'ne Bluse und zieh sie an, und die werden denken, es wär deine.«

»Vergiß es. Sieh mich doch an. Glaubst du, ich könnte in einen Laden einfach so unauffällig reinspazieren?«

»Wahrscheinlich nicht«, gab Jingles zu. Lorna hatte recht.

Alle Blicke würden auf ihr ruhen, wegen ihres rasierten Kopfes und der Kleider, die so viel enthüllten. Die Leute hatten sie schon *vor* dem Kampf angeglotzt. Jetzt hatte ihre Unterlippe einen Riß und war angeschwollen. Ein Träger ihres Tops war gerissen, ihre rechte Schulter nackt, und der Träger hing so herunter, daß ein Teil ihrer rechten Brust unbedeckt war. Jeder würde sie anstarren. Aus welchem Grund auch immer.

»Ein Blick auf mich«, sagte Lorna, »und jeder verdammte Ladenbesitzer schreit nach der Polizei.«

»Nicht, wenn's ein Kerl ist«, sagte Jingles.

»Nein. Vergiß es.«

»Wir wär's dann, wenn du zum Auto gingst?« fragte sie.

»Woody hat es abgeschlossen.«

»Dann schlag ein Fenster ein.«

»Er wird mich umbringen.«

»So schnell wird der keinen umbringen. Wahrscheinlich ist er schon hinter Gittern. Du zerbrichst also die Scheibe, holst die Geldbeutel raus und...«

»Glaubst du, ich bin bescheuert? Bei Tageslicht ins Auto einbrechen?«

»Ich würde es für dich tun.«

»Das kannst du leicht sagen, weil es nicht in Frage kommt.«

»Gib mir dein T-Shirt. Ich geh' und schnappe mir was.«

»Nein, danke. Mich hier allein lassen? Du wirst erwischt, und ich sitze hier fest. Nein, nein. Ich stelle mir gerade vor, wie ich versuche, zurück nach Three Corners zu trampen, meine...« Ihr Blick wurde mißtrauisch. »Denk nicht einmal daran. Ich kann's mit dir jederzeit aufnehmen.«

»Vielleicht, vielleicht auch nicht.«

»Ach was, wir sind doch Freunde. Ich bleibe bei dir. Wir denken uns was aus.«

Jingles schob die Hand hinten in die Shorts. Ihre Pobacken fühlten sich kalt an und ein bißchen klebrig. Sie kratzte mit ihren Fingernägeln. Das fühlte sich gut an. Sie schloß die Augen und kratzte weiter.

Selbst wenn sie es schaffen könnte, sich Lornas T-Shirt zu schnappen, wäre später die Hölle los.

Lorna würde ihr keine Ruhe lassen, bis sie sich gerächt hätte. Und Woody würde sich auch daran beteiligen. Könnte sein, daß er den Bullen entkommen war. Selbst wenn nicht, wäre er ziemlich bald auf Kaution raus. Jingles wollte lieber nicht riskieren, daß einer der beiden wütend wurde. Sie würde sich ziemlich üble Prügel einfangen.

»Paß auf«, sagte Lorna. »Warum warten wir nicht, bis es dunkel wird? Dann springen wir irgendeinen an, der vorbeikommt, und nehmen uns was zum Anziehen für dich. Was meinst du?«

»Das dauert noch *Stunden.*«

»Hast du eine bessere Idee?«

Jingles schüttelte den Kopf. »Nein, eigentlich nicht.«

Sie saßen da und warteten, ein Stück voneinander entfernt, jede hinter einem Pfahl versteckt, damit sie nicht entdeckt wurden, wenn jemand vorbeikam und in die Schatten unter der Promenade schaute. Nach einiger Zeit streckte sich Lorna aus, legte den Kopf auf die Arme und schloß die Augen.

Jingles hörte, wie die Wellen an den Strand schlugen, die klappernden Schritte auf dem Holz der Promenade, den entfernten Klang von Karussellmusik, das schwache, aus noch größerer Entfernung erklingende Dröhnen der Achterbahn.

Es gab nicht viel zu sehen: der Sand vor ihr, ein paar weggeworfene Flaschen, Taschen und Lumpen, die wahrscheinlich irgendwelche Säufer hier zurückgelassen hatten, Pfähle dick wie Telefonmasten, die Grundmauern einiger Gebäude.

Nicht viele Mauern. Sie nahm an, daß die meisten Gebäude hier auf Pfählen ruhten. Wo es keine Mauern gab, herrschte zwischen den Pfählen fast völlige Dunkelheit. Wir könnten hier auf Entdeckungsreise gehen, um die Zeit herumzukriegen, dachte sie. Vielleicht finden wir sogar einen Weg nach draußen.

Aber wozu sollte das gut sein?

Es könnte uns näher an den Parkplatz bringen.

Wenn es einen Weg nach draußen gäbe, würde dort Licht durchscheinen. Außerdem hatte sie keine Lust, diese Dunkelheit zu betreten. Es könnte jemand dort sein.

Jingles wünschte, das wäre ihr nicht eingefallen. Aber jetzt konnte sie den Gedanken nicht mehr aus dem Kopf kriegen.

Vielleicht krochen hier Säufer und Perverse herum?

Und wenn? Solange sie die Augen offenhielt, konnte sich niemand heranschleichen. Es war ein ziemlich großer halbdunkler Bereich zwischen ihr und den wirklich dunklen Ecken. Sobald sich da Ärger ankündigte, würde sie losrennen, mit Hemd oder ohne.

Wir warten hier, bis es dunkel wird, aber dann werden wir hier unten überhaupt nichts mehr sehen können.

Die Alternative war jedoch noch schlimmer. Selbst wenn sie ein Top hätte, wäre es sehr wahrscheinlich, von den Bullen erwischt zu werden, sobald sie noch bei Tageslicht den Kopf hier herausstreckte.

Hier unten ist niemand außer uns, versuchte sie sich zu beruhigen.

Aber es war ihr nicht wohl dabei, wenn sie die dunklen Ecken sah.

Sie schaute sich statt dessen die nächste Mauer an. Wahrscheinlich gehörte sie zum Funhouse, denn es lag direkt neben dem Kuriositätenkabinett und war zwei Stockwerke hoch. So ein großes Haus brauchte wohl ein festes Fundament.

Die Steinmauern reichten bis zu den Planken der Promenade. Sie waren mit grobem Gekritzel verziert, von der Art, wie man es auf Toilettenwänden sieht. Neben Zeichnungen von Genitalien gab es comicartige Bilder von Schädeln, Spinnen, Schlangen und mißhandelten Körpern. Was darum herum gekritzelt war, hatte meist mit Sex zu tun, aber andere waren beunruhigender. Sie las Sätze wie: Saug mein Blut, Zerreißt sie!, Nehmt euch in acht! und Reich des Satans.

Ein Satz, Wo ich wohne, stand auf der Wand über ein paar angenagelten Brettern in der Mitte des Fundaments. Jingles nahm an, daß die Bretter ein Loch in der Wand verdeckten. Vielleicht waren ein paar Wermutbrüder hier eingebrochen und hatten Schutz in dem verlassenen Funhouse gesucht, und die Bretter waren angenagelt worden, um sie draußen zu halten.

Nach Einbruch der Dunkelheit wimmelte es hier wahrscheinlich nur so vor Pennern, dachte sie. Bis dahin sind wir weg. Sobald die Sonne untergegangen ist, hauen wir hier ab.

Aber bevor die Sonne unterging, kam der Nebel. Die Dunkelheit kroch näher an Jingles heran. Sie konnte nicht länger die Kritzeleien auf der Mauer sehen – was sie nicht störte, weil sie sie ohnehin eher nervös machten. Aber die Hitze des Nachmittags ließ durch den Nebel bald nach.

Fröstelnd bewegte sich Jingles von dem Pfahl weg. Auf allen vieren hockend, blickte sie in Richtung Strand. Vor der Promenade sah die Luft grau und dunstig aus. Ein paar Leute kamen vorbei. Sie konnte sie genau sehen. Der Nebel war zwar dick genug, um die Sonne zu verdecken, aber er lieferte nicht genug Schutz, um ungesehen zu entkommen.

Der Sand war jetzt viel wärmer als die Luft, und Jingles kroch wieder zurück an ihren Platz hinter dem Pfahl und legte sich hin. Sie benutzte ihre Arme als Kissen. So war es besser. Die kalte Luft kroch immer noch über ihren Rücken, aber der in den Sand geschmiegte Oberkörper war warm.

Sie schaute nach rechts. Lorna war immer noch ausgestreckt und schlief. Sie drehte den Kopf in die andere Richtung.

Durch das matte Licht blinzelte sie zu den Brettern an der Grundmauer des Funhouse hinüber.

Wenn man ein paar dieser Bretter wegzerren konnte... Vielleicht war es da drin angenehm und warm.

Sie biß die Zähne zusammen, damit sie nicht klapperten. Man konnte da drin warten, bis es dunkel war. Sicher und gemütlich.

Jingles raffte sich auf. Sie hockte sich auf die Knie und strich den Sand von ihrer Haut. Dann kroch sie hinüber zu Lorna und schüttelte sie, bis sie wach wurde. Lorna rollte sich auf die Seite, zog die Knie an und legte die Arme um ihren Körper. »Gott, ist das kalt!«

»Komm mit.«

»Was gibt's?«

»Das wirst du schon sehen.«

Lorna folgte Jingles zu der vernagelten Ecke der Mauer.

»Was wollen wir hier?«

»Ich denke, wir können hier rein.«

»Ach Scheiße.«

»Willst du lieber frieren?«

Jingles grub ihre Finger unter das Ende eines Brettes und zog.

Sie rechnete mit Widerstand.

Nahm an, die Bretter wären an die Wand genagelt.

Aber der ganze Verhau zusammengenagelter Bretter schwang auf wie eine Tür.

Es ist eine Tür!

Jesus Christus!

Hinter der Öffnung war absolute Dunkelheit. Aber sie spürte, wie die Wärme herausdrang.

»Das gefällt mir nicht«, murmelte Lorna.

Mir auch nicht, dachte Jingles. Eine richtige Tür. Eine Geheimtür. Nein, das gefiel ihr wirklich überhaupt nicht.

Aber die Wärme fühlte sich wunderbar an.

»Es ist warm«, sagte sie. »Los, komm.«

Jingles ging in die Dunkelheit hinein. Lorna folgte ihr. Jingles zog die Tür zu.

»Yeah«, sagte sie. Die Wärme fühlte sich gut auf der Haut an. Sie fror nicht mehr. Sie seufzte. »Das ist toll, nicht wahr?«

Und dann spürte sie die Hände – überall.

16

Nach dem Duschen nahm Dave den Verband ab, den man ihm in der Notaufnahme angelegt hatte und der nun völlig durchnäßt war. Die Schnittwunde begann etwa fünf Zentimeter unterhalb seiner rechten Brustwarze und war fast zehn Zentimeter lang. Man hatte sie mit einigen Stichen zusammengenäht, und sie sah jetzt wie eine Art Reißverschluß aus. Die Klinge hatte zwar seine Haut geritzt, aber nicht das darunterliegende Muskelgewebe.

Wenn er nur etwas langsamer ausgewichen wäre...

Von der Erinnerung daran, wie das Messer auf seine Brust zustieß, wurde ihm übel.

Da hast du noch mal Schwein gehabt, sagte er sich. Er stellte sich einen neuen Verband aus Gaze und Heftpflaster her und klebte ihn auf die Wunde. Im Schlafzimmer kämmte er sich und zog einen Bademantel an. Dann ging er in die Küche hinüber, um sich ein Bier zu holen. Als er die Kühlschranktür öffnete, klingelte es an der Haustür.

Er hatte eigentlich nicht erwartet, daß Gloria vorbeikommen würde, nachdem er ihren Gesichtsausdruck bemerkt hatte, als Joan zu ihm in den Krankenwagen stieg. Sie hatte sich nicht die Mühe gemacht, in der Notaufnahme aufzutauchen. Aber offenbar hatte sie sich doch entschlossen, vorbeizukommen, um ihn zu bedauern oder ihm zu gratulieren – oder ihn für die *Post* zu interviewen.

Bulle bricht jugendlichem Krawallmacher den Arm. Er sollte ihr einfach sagen, daß er keine Lust hatte, sich zu streiten, und sie bitten, ein anderes Mal wiederzukommen.

Aber vielleicht ist sie nicht deswegen hier, dachte er, während er zur Tür ging. Vielleicht will sie mich trösten. Das könnte mir gefallen.

Er öffnete die Tür.

»Hallo, Tiger.«

Er lächelte breit. »Mein ganz privater Chuck Norris.«

»Ich habe dir eine Medizin gebracht«, sagte Joan und zog eine Flasche Champagner aus der Papiertüte, die sie an die Brust gedrückt hielt. Dave sah den Hals einer weiteren Flasche aus der Tüte ragen.

»Komm doch rein«, sagte er.

Sie zuckte mit einer Schulter. »Ich wollte nur das hier vorbeibringen. Normalerweise falle ich nicht so bei anderen Leuten ein.«

»Dann ändere deine Gewohnheiten einmal.« Er zog sie herein und schloß die Haustür. »Setz dich, mach es dir gemütlich. Ich zieh mir schnell was an.«

»Mach dir wegen mir keine Umstände.« Obwohl sie das in einem leichten, witzelnden Tonfall gesagt hatte, wurde sie rot.

»Bin gleich wieder da«, sagte er. Er eilte ins Badezimmer. Dort zog er sich an: Unterwäsche, Cordhosen, kariertes Hemd und Mokassins. Dann ging er ins Wohnzimmer.

Joan beugte sich über den Kaffeetisch und stellte die beiden Champagnerflaschen oben auf die plattgedrückte Papiertüte. Sie lächelte ihn an, richtete sich auf und rieb die Hände an den Seiten ihres Rockes sauber. Der Rock war sehr kurz. Er gehörte zu einem weißen Jeanskleid mit einem Reißverschluß vorn. Der Reißverschluß war nicht ganz hochgezogen, und der Ausschnitt zeigte ein schmales V aus gebräunter Haut. Die Ärmel waren hochgerollt.

»Dein Kleid gefällt mir«, sagte Dave. »Wirst du dich später mit Harold treffen?«

»Da hab ich meine Zweifel. Ich hab das angezogen, um dich ein bißchen aufzumuntern.«

»Betrachte mich als aufgemuntert.«

Sie lachte. »Gut. Aktion erfolgreich beendet.«

Sie ging mit ihm in die Küche.

»Wie geht es dir denn?« fragte sie. »Das ist ein ekliger Schnitt, den du da abgekriegt hast.«

»Es ist nicht so schlimm.« Wie um ihn Lügen zu strafen, brannte die Wunde schmerzhaft, als er in einem Hängeschrank nach den Weingläsern suchte. Er zog eine Grimasse.

Joan legte die Hand auf seine Schulter. »Streng dich besser nicht so an, Junge.«

»Ich frage mich, wie es den anderen geht.«

»Ich bin gerade mal im Krankenhaus vorbeigefahren.« Joan nahm die Gläser und ging wieder ins Wohnzimmer. »Für Willis stand es einige Zeit auf der Kippe, aber er wird es schaffen. Wahrscheinlich können sie auch das Ohr des Jungen retten. Es ist ein bißchen angeschlagen, aber wieder an seinem Kopf.«

»Das hat er deinem blitzschnellen Tritt zu verdanken«, sagte Dave und versuchte nicht einmal, den bewundernden Unterton zu unterdrücken. »Du hast diesen Kerl *geschafft.*«

Joan drehte sich um und sah ihn an. Ein Mundwinkel zitterte ein wenig. »Das denken die Ärzte auch.«

»Machst du Witze?«

»Er ist immer noch nicht bei Bewußtsein.«

»Wird er wieder werden?«

»Das wissen sie nicht.«

»Du lieber Gott!«

»Ja, das ist Pech. Los, laß uns was trinken. Setz dich.«

Dave ließ sich vorsichtig auf dem Sofa nieder. Er lehnte sich in die weichen Polster zurück und beobachtete, wie Joan die Folie von einer der Flaschen entfernte. »Der Korken ist nicht aus Plastik«, sagte er. »Muß gutes Zeug sein.«

»Der Beste aus dem Supermarkt.« Sie zog die Drahthaube ab und ließ sie auf den Tisch fallen. Dann klemmte sie sich die Flasche unter den Arm und begann, den Korken zu lockern. »Hast du irgendwelche Vasen geerbt, auf die ich zielen soll?«

»Versuch einfach, nicht mich zu treffen.«

Sie zielte mit dem Korken in eine andere Richtung und öffnete die Flasche. Mit einem lauten *Plopp* schoß der Korken heraus, flog durch das Zimmer und landete auf einem Schaukelstuhl. Ein wenig weißer Dampf kam aus dem Flaschenhals, aber kein Schaum.

»Gut hingekriegt«, sagte Dave.

Joan füllte die Gläser. Eines gab sie Dave, das andere nahm sie sich selbst und setzte sich neben ihn. »Trinken wir auf schnelle Reflexe und die Rettung in letzter Minute«, sagte sie.

»Darauf trinke ich.«

Sie stießen an und tranken. »Wirklich gut«, sagte Dave.

»Ich hätte beinahe einen Sechserpack genommen, aber dann dachte ich, was soll's. Wir haben es nicht jeden Tag mit zwei messerschwingenden Schurken zu tun. Das schreit nach einer kleinen Feier.«

»So ist es. Wie geht es meinem Messerstecher?«

»Sein Arm wird wieder so gut wie neu sein, wenn er aus dem Gefängnis kommt. Das könnte aber noch zehn Jahre dauern – wenn Willis nicht durchkommt.«

»Er fällt nicht mehr unter die Gesetze für Jugendliche?«

Joan zog die Augenbrauen hoch. »Neunzehn.«

»Toll. Wie alt ist sein Kumpel?«

Ihr fröhlicher Gesichtsausdruck geriet ins Wanken. »Ebenfalls. Nicht, daß das viel ausmacht. Ich glaube nicht, daß er je vor Gericht stehen wird.«

»Er wird schon wieder werden.«

Joan zuckte die Schultern, zwang sich zu lächeln und nahm noch einen Schluck. »Sein Name ist Woodrow. Ist das zu glauben? Woodrow Abernathy. Mit so einem Namen rennt er rum und trägt einen lila Irokesenschnitt wie irgendein Freak aus *Mad Max*. Hast du gesehen, wie er das Ohr des Jungen in den Mund steckte?«

Dave nickte. Er beobachtete Joans Augen. Normalerweise hatte sie einen zufriedenen, ein wenig amüsierten Ausdruck. Jetzt wirkte sie gestreßt. Er sah Verwirrung in ihrem Blick, und Schmerz und Angst.

»Wenn Woodrow hungrig gewesen wäre, hätte er sich ja einen Hot dog kaufen können.«

»Du hast ganz richtig gehandelt«, sagte Dave. Er tätschelte ihren Oberschenkel, nur um sie zu beruhigen, aber als er ihre weiche Haut berührte, wurde ihm plötzlich ganz heiß. Er zog seine Hand schnell zurück und legte sie auf sein eigenes Bein. »Der Kerl wußte genau, was er tat. Er wollte das Ohr kaputtmachen.«

»Schon mein erster Tritt hätte das verhindert.«

»Er war immer noch bewaffnet.«

»Ich hätte ihm das Messer abnehmen können. Ich hätte ihn nicht vernichten müssen.« Sie trank ihren Champagner aus, goß sich neuen ein und füllte auch Daves Glas wieder auf. »Ich hätte es nicht tun sollen«, murmelte sie.

»Wahrscheinlich geht es ihm bald wieder gut. Wenn nicht, kannst du davon ausgehen, daß du andere gerettet hast. Seine nächsten Opfer.«

»Ja, das habe ich mir auch schon gesagt. Scheiße.«

»Hast du zum ersten Mal jemanden verletzt?«

»Ich habe letztes Jahr einem Kerl das Schlüsselbein gebrochen. Hatte ihn wegen zu schnellen Fahrens angehalten, und er ging auf mich los. Aber das ist was ganz anderes, als einem Jungen das Hirn zu Brei schlagen.«

»Das liegt am Streifenbezirk«, sagte Dave. »Ich habe mal einen umgebracht. Als ich noch im Los Angeles Police Department war. Bei einer Drogenrazzia. Der Kerl schoß aus einer Maschinenpistole in meine Richtung.«

»Lieber Himmel!«

»Das Tolle an den Dingern ist, wenn man sie zwei Minuten lang auf Automatik laufen läßt, sind sie leer geschossen. Das

Schwein hat die Luft mit Blei vollgepumpt, aber bis er die Pistole in meine Richtung hielt, hatte er keine Munition mehr. Während er das Magazin wechselte, habe ich ihm die Brust durchlöchert.«

»Lieber Himmel!« sagte sie wieder.

»Es war ein eindeutiger Fall von er oder ich, findest du nicht?«

»Das würde ich sagen.«

»Der Kerl war der letzte Dreck. Er hatte sein halbes Leben hinter Gittern verbracht – ein paar Jahre hier für bewaffneten Raubüberfall, ein paar Jahre da für Vergewaltigung, noch ein paar für Raub und schwere Körperverletzung. Mit Achtzehn war er lange genug draußen, um einen Kerl umzulegen, der ihn bei einem Kokaindeal betrogen hatte, aber es gab nicht genug Beweise, und so wurde die Anklage fallengelassen.«

»Nicht gerade ein netter Mensch«, sagte Joan und sah wieder mehr wie sie selbst aus.

»Überhaupt nicht nett. Und er versucht, mich mit einem verdammten Maschinengewehr umzumähen. Und ich mache ihn kalt, und die Schuldgefühle treiben mich fast in den Wahnsinn. *Monatelang* war nichts mehr mit mir anzufangen. Absolut unverständlich.«

»Ich kann es verstehen. Jetzt jedenfalls.«

»Deswegen bin ich hier gelandet. Ich dachte, eine kleine Stadt wäre *friedlicher*, weißt du. Und normalerweise ist das ja auch so. Es ist nicht LA. Wie bist du hierhergekommen?«

»Meine Familie ist umgezogen. Mom hat einen Dichter geheiratet, der mal auf einem Schriftstellerkongreß hier draußen gewesen war und unbedingt wieder hierher wollte. Du weißt, daß es hier auch eine Künstlerszene gibt.«

»Diese Stadt ist schizophren«, sagte Dave.

»Das hast du auch schon mitgekriegt? Downtown hält sich für etwas Besseres, und die Südstadt ist ein Mekka für Raufbolde.«

»Und dann kommt noch die Marine dazu, damit es richtig schön bunt wird.«

Er erinnerte sich, wie sie gestern mit den Seeleuten umgegangen war. »Warst du bei der Marine oder so?«

»Mein Vater war Seemann. Er starb in Vietnam. Im Mekong-Delta. Er war Schütze auf einem Patrouillenboot.« Sie nahm noch einen Schluck Champagner. »Jedenfalls, Mom hatte diese Affäre mit dem Dichter und zog mit uns hierher. Das war vor drei Jahren. Ich habe ein Bibliothekarsstudium angefangen...«

»Du, eine Bibliothekarin?«

Sie boxte ihm sanft gegen den Arm. »Hast du damit etwa Probleme, harter Mann?«

»Ich kann's mir kaum vorstellen. Und wie wird aus einer zukünftigen Bibliothekarin ein Bulle?«

»Mom und ihr Dichter haben sich abgesetzt. Ich brauchte einen Job und habe während der Untersuchung ihres Verschwindens ein paar Bullen kennengelernt. Mit Beth Lanier habe ich mich gleich gut verstanden. Sie brachte mich auf die Idee. Der Rest ist Geschichte.«

»Wieso weiß ich darüber gar nichts?« fragte Dave.

»Du hast nie gefragt.« Lächelnd nahm Joan sein leeres Glas, stellte es auf den Tisch neben ihres und teilte den Rest Champagner aus der Flasche auf. Sie begann die zweite Flasche zu öffnen.

»Ich war hier, als du zur Polizei kamst. Niemand hat mir je etwas vom Verschwinden deiner Mutter erzählt.«

»Wahrscheinlich gibt es vieles, wovon du noch nichts gehört hast. Jeder außer dir muß das gewußt hatten.« Sie lachte leise. »Haben«, verbesserte sie sich.

Sie zielte mit dem Korken auf den Schaukelstuhl, wo schon der erste gelandet war, und ließ ihn los. Diesmal schoß Schaum aus der Flasche. »Ooo Scheiße!« sagte sie. Der weiße Schaum floß in die Gläser, füllte sie viel zu schnell, und es kam immer noch mehr nach. Also nahm sie die Flasche an den Mund und trank.

»Verschluck dich nicht«, warnte Dave und lachte. Er lehnte sich nach vorn und sah, wie ihr Hals sich bewegte, wie Champagner ihr an Kinn und Hals entlanglief, über das Handgelenk und den Unterarm, und wie vom Flaschenboden Tropfen auf ihre Beine und das Kleid fielen.

Der Champagner schäumte nicht mehr, als sie die Flasche absetzte. Sie seufzte und rülpste leise. Dann errötete sie und blickte zu Boden. »Oh, entschuldige.«

»Kein Problem.«

Sie rieb ihren nassen Oberschenkel, spreizte die Beine und sah sich das Polster an. »Ich glaube, es ist nichts auf die Couch geflossen«, murmelte sie.

Dave sah auch hin, aber er beachtete das Polster nicht. Er sah nur die glatten Innenseiten ihrer Oberschenkel und ihr rosa Höschen, spürte, wie Begierde in ihm aufstieg, und wandte den Blick ab.

»Mach dir keine Gedanken wegen der Couch«, sagte er, und seine Stimme hörte sich ein bißchen wacklig an. »Ich hole ein paar Papiertücher.«

»Danke. Es tut mir leid.«

»Kein Problem.« Er erhob sich, zuckte leicht zusammen, als ihn ein Brennen an seine Wunde erinnerte, eilte dann in die Küche und zog einen Meter Papiertücher von der Rolle neben dem Spülbecken.

Als er wieder ins Wohnzimmer kam, war Joan aufgestanden. Sie sah ihn an und zog eine Grimasse. Die Vorderseite ihres weißen Kleides war fleckig von nassen Stellen, die den Stoff grau aussehen ließen.

Sie schüttelte den Kopf, als sie ihm die Tücher abnahm. Statt sie für das Kleid zu benutzen, knäulte sie sie zu einem großen Ball zusammen, hob die Flasche hoch und trocknete sie ab. Dann ließ sie sich auf die Knie nieder, hob die Gläser aus den Pfützen, trocknete sie ab und stellte sie woandershin, bevor sie die Oberfläche des Tisches abwischte.

Dave hätte ihr fast geraten, sich nicht darum zu kümmern. Es war ein alter Tisch, und der Champagner würde keinen Schaden anrichten. Aber er sagte nichts und beobachtete sie nur.

Dies war eine Joan, deren Härte völlig verschwunden war. Eine etwas beschwipste, verwirrte, traurige und verwundbare Joan. Immer noch stark und schön wie vorher, aber verstört. Und vielleicht deshalb noch verlockender als sonst.

Sie stand auf, mit dem Papiertuchknäuel in der Hand. »Zeigst du mir, wo der Abfalleimer ist?« fragte sie.

Dave ging um den Tisch herum, nahm ihr das nasse Knäuel ab und warf es auf den Tisch. Er legte die Hände auf ihre Schultern und blickte ihr in die Augen.

Sie schüttelte den Kopf. »Ich gehe jetzt wohl besser.«

Er sagte nichts, sondern zog sie an sich, und Joan legte ihre Arme um ihn. Ihre glatte, weiche Wange preßte sich an seine. Er spürte, wie ihr Atem an seinem Ohr kitzelte, flüsterte: »Du bist *größer* als ich« und fühlte, wie sie lachte – Ströme warmer Luft an seinem Ohr, ihr Rücken zitterte ein bißchen unter seinen Händen, ihr Bauch drückte sich an seinen, ihre Brust bewegte sich leicht von dem Gelächter und drückte sich gegen seine.

Sie drückte sich fest an ihn, und er zuckte zusammen. »Autsch«, sagte sie. »Tut mir leid.«

Er schob eine Hand in ihr Haar, drehte ihren Kopf zu sich hin und preßte seinen Mund auf ihre geöffneten Lippen. Er spürte, wie weich und feucht sie waren, spürte ihren Atem.

Dann läutete es an der Haustür, und Joan wich zurück und sah Dave mit großen fragenden Augen an.

Er schüttelte den Kopf.

Joan wischte mit dem Unterarm über ihren feuchten Mund.

Die Türglocke erklang nochmals.

»Gloria?« flüsterte sie.

»Ich weiß es nicht.«

»Hast du eine Hintertür?«

»Vergiß es. Setz dich, und trink was.«

»Aber Dave...«

»Ich will nicht, daß du dich hier rausschleichen mußt.«

»Ich sollte gar nicht hiersein.«

»Doch, das solltest du. Setz dich hin und entspann dich.«

Sie zog ein Gesicht, beugte sich über den Tisch, nahm ihr Glas und ging damit zu dem Schaukelstuhl. Sie zuckte zusammen, als die Türglocke noch einmal erklang. Schnell fischte sie die beiden Korken zwischen den Kissen hervor, zog ihr Kleid glatt und setzte sich.

Dave ging zur Tür und öffnete sie.

Er zwang sich zu einem Lächeln.

»Wie geht es dir?« fragte Gloria und sah erst auf seine Brust, dann in seine Augen.

»Nicht schlecht.«

Sie kam herein, lehnte sich gegen ihn, legte die Arme um seinen Hals und hob das Gesicht zu einem Kuß.

Dave wollte sie nicht küssen. Er mochte die Art nicht, wie sie sich an ihn klammerte. Sie fühlte sich klein und knochig und angespannt an, und sie hielt ihn zu fest. Er fragte sich, ob Joan zusah.

Wahrscheinlich nicht, dachte er. Sie saß vermutlich im Schaukelstuhl, schaute in die andere Richtung und wünschte sich, woanders zu sein.

Er küßte Gloria auf den Mund. Ihre Lippen waren kalt und fest, aber sie teilten sich, und sie schob ihre Zunge mit einem nervösen Drängen in seinen Mund, das ihn erstarren ließ.

Er wich zurück. Sie sah erstaunt und verärgert aus. »Was ist denn in dich gefahren?«

»Joan ist hier«, sagte er und sah, wie Gloria die Lippen zusammenpreßte. »Komm rein.«

»Oh. Oh?« Sie lächelte gezwungen und ging an ihm vorbei. Joan stand aus dem Schaukelstuhl auf. »Ich bin nur eben mal vorbeigekommen, um unserem Helden ein bißchen Medizin zu bringen.« Mit einem Lächeln – einem Lächeln voller Schuldgefühle, dachte Dave – hob sie ihr beinahe leeres Glas, um Gloria zu zeigen, daß es sich bei der Medizin um Champagner handelte.

»Das war sehr aufmerksam von dir«, sagte Gloria.

Dave sah, daß Joan den Reißverschluß ihres Kleides ein paar Zentimeter höher gezogen hatte. Die feuchten Flecken auf ihrem Kleid waren noch nicht ganz weg, aber sie waren blasser geworden.

»Ich hole noch ein Glas«, sagte Dave.

»Bist du sicher, daß ich nicht störe?« fragte Gloria.

Joan schüttelte den Kopf.

Dave hastete in die Küche. Er griff in den Schrank, diesmal mit der linken Hand, und es gelang ihm, das Sektglas herauszuholen, ohne daß der Schmerz wieder erwachte.

Als er ins Wohnzimmer zurückkam, saß Gloria auf der Couch. Wo vorher Joan gesessen hatte.

Konnte sie noch Joans Körperwärme auf dem Kissen fühlen? Und wenn schon, sagte er sich.

Sie saß steif da, die Hände im Schoß, ihr Blick schoß von Joan zu Dave.

Er wollte jetzt nicht darüber nachdenken, wie sie sich wohl fühlte.

Er trug das Glas zum Tisch und hob die Champagnerflasche hoch. »Nur einen Schluck«, sagte Gloria. »Außerdem sehe ich ja, daß nicht viel übrig ist.«

»Wir haben es uns ziemlich schnell hinter die Binde gegossen«, sagte Dave und hoffte, die Situation ein wenig zu entschärfen. Gloria zog eine Augenbraue hoch. Er füllte ihr Glas halb, bevor sie ihn stoppte. Dann drehte er sich mit der Flasche in der Hand zu Joan um. Sie schüttelte den Kopf. »Nichts mehr für mich, danke. Ich sollte jetzt wirklich nach Hause gehen.«

»Du mußt nicht wegen mir gehen«, sagte Gloria.

»Debbie und ich essen normalerweise um diese Zeit.« Sie stand auf. »Wirst du dir morgen frei nehmen, Dave?«

»Nein, ich werde dasein.«

»Nichts kann einen guten Mann wirklich umwerfen«, meinte Gloria.

Dave setzte die Flasche ab und brachte Joan zur Tür. »Danke, daß du gekommen bist«, sagte er. »Die Medizin hat geholfen.« Er ging mit ihr auf die Veranda, ließ aber wegen Gloria die Tür offen.

»Tut mir leid, wenn ich dir Ärger gemacht habe«, flüsterte Joan.

»Das hast du nicht.«

»Darauf würde ich nicht wetten.«

Wenn er sie jetzt nur in den Arm nehmen könnte! Er ließ die Arme hängen. »Nimm's leicht, ja?«

»Du auch.«

Er sah zu, wie sie zum Wagen ging. Dann trat er mit einem Seufzer zurück ins Haus und schloß die Tür hinter sich.

»Ihr beiden müßt ja eine ziemlich wilde Party gefeiert haben«, sagte Gloria.

»Wir hatten einen harten Tag. Beide.«

»Hat es Spaß gemacht, sich gegenseitig zu trösten?«

Er lehnte sich über den Tisch, füllte sein Glas mit Champagner und nahm es mit zum Schaukelstuhl.

»Oh, wie reizend. Halte ruhig Abstand.«

»Du hast ziemlich miese Laune.«

»Oh! Sollte ich lieber entzückt sein, hierherzukommen und Joan halb besoffen vorzufinden?«

Ein paar Dementis gingen ihm durch den Kopf: Es ist nicht, was du denkst; nichts ist passiert; es gibt keinen Grund, eifersüchtig zu sein.

Lügen.

»Was hätte ich tun sollen?« fragte er. »Sie wegschicken?«

»Und dich um das Vergnügen ihrer Gegenwart bringen? Das glaube ich kaum.«

»Sie kommt wenigstens nicht hierher und versucht, mir das Leben schwerzumachen.«

»Oh, ich nehme an, daß sie dir schon ein paar Probleme bereitet hat. Ich habe dieses niedliche Kleid bemerkt, das sie anhatte. Und die Schuldgefühle in ihrem Blick... und in deinem. Was habt ihr gemacht, bevor ich hier so unpassenderweise aufgetaucht bin? Sicherlich nicht nur getrunken.«

»Treib es nicht zu weit, Gloria.«

»Oh, hab ich einen wunden Punkt getroffen?«

»Ich bin heute mit einem Messer verletzt worden. Ich bin wirklich nicht mehr in der Verfassung für eine deiner Szenen.«

»Hat sie dich nicht geküßt, damit der Schmerz nachläßt?«

»Was ist bloß mit dir los?«

»Mit mir?« Ihre Augenbrauen hoben sich abrupt.

»Du bist ein richtiges Biest geworden. Ganz plötzlich, seit ein paar Wochen, benimmst du dich, als wäre dein wichtigstes Ziel im Leben, mich zu quälen. Wenn es nicht meine Eßgewohnheiten sind, dann meine politische Meinung. Wenn es nicht das ist, nervst du mich wegen Joan. Ich habe es satt.«

»Und ich habe sie satt. Hast du diese Möglichkeit schon einmal in Erwägung gezogen? Es reicht nicht, daß du acht Stunden am Tag mit deinem goldenen Mädchen verbringst, du bestehst darauf, sie mir *ständig* aufzudrängen. Joan hat dies getan, Joan hat jenes gesagt. Wir haben sie sogar zu einem verdammten *Barbecue* eingeladen, damit du sie an deinem freien Tag nicht missen mußt.«

»Beruhige dich.«

»Weißt du, wie oft wir gebumst haben, seit sie hier aufgetaucht ist?«

Dave antwortete nicht. Er nahm einen Schluck Champagner.

»Nicht ein Mal. Nicht ein einziges Mal!«

»Nun ja...«

»Du hast es die ganze Zeit mit ihr gemacht, nicht wahr? Nicht wahr?«

»Ich denke, du solltest jetzt gehen.«

»Du und diese Nutte, ihr habt...«

»Sei still!« Er sprang auf die Füße und zeigte zur Tür. »Mach, daß du rauskommst. Ich habe genug davon.«

Gloria sprang ebenfalls auf und starrte ihn wütend an. »Oh, das ist entzückend. Ganz reizend.« Mit steifen Bewegungen stolzierte sie zur Tür. »Mach's gut, Gloria«, sagte sie und blickte nicht zurück. Ihre Stimme war ein sanfter, lispelnder Singsang. »Tschüß. Ich hatte meinen Spaß mit dir, und jetzt ist es Zeit, dich wegzuwerfen. Du kannst es nicht mit dem goldenen Amazonen-Miststück aufnehmen. Also sei ein nettes Mädchen und verpiß dich.«

»Warte«, sagte Dave.

Er wollte überhaupt nicht, daß sie wartete. Er wollte, daß sie ging, aber nicht so. Sie sollte nicht wie eine Verrückte darüber plappern, weggeworfen zu werden.

Sie öffnete die Tür.

»Gloria.« Sie hielt inne, drehte sich herum und zog die Augenbrauen hoch. »Hat das Bullenschwein was gesagt? Tut es ihm leid? Fühlt es sich schuldig? Und was hat uns das Bullenschwein zu sagen?«

Vergiß es, dachte er. Und er sagte nur »Oink.«

Gloria wurde blaß. Sie wirbelte herum und rannte weg, ließ die Tür hinter sich weit offen.

Soviel über Trennungen in aller Freundschaft. Sie hat mich Bullenschwein genannt. Ein letzter Schlag. Die leidenschaftliche radikale Reformerin läßt ihre letzte Beschimpfung los, ihr gemeinstes Schimpfwort, einen müden Überrest der sechziger Jahre, als sie noch ein Kind war und die Hippies Frieden predigten und die Flagge verbrannten und auf Polizisten spuckten.

Lieber Gott, dachte Dave, ich muß sie wirklich verletzt haben.

Aber was erwartet sie von einem Bullenschwein?

Er trank den Rest seines Champagners.

Zur Hölle mit ihr.

Er fühlte sich krank, etwa so, wie wenn er gerade einen Hund überfahren hätte.

Er hörte, wie eine Autotür zugeworfen wurde. Ein Motor startete. Bald wurde das Motorgeräusch leiser.

Er ging zurück ins Haus und schloß die Tür hinter sich. Dann ging er zum Tisch und füllte sein Glas bis zum Rand. Er setzte sich auf die Couch, dahin, wo Joan gesessen hatte. Gloria hatte nach ihr dort gesessen, aber seine Gedanken wanderten zurück zu dem Zeitpunkt, bevor Gloria aufgetaucht war.

Er trank und dachte an Joan, an all das, was sie gesagt und getan hatte, daran, wie sie aussah, und an ihren Duft und wie sie sich in seinen Armen anfühlte.

17

Statt wie gestern um achtzehn Uhr endgültig aufzuhören, legte Robin nur eine kurze Pause ein. Sie aß einen Hot dog, dann suchte sie sich einen Platz oberhalb der Haupttreppe zum Strand und spielte und sang weiter. Es war kaum der Mühe wert.

Nach dem Aufziehen des Nebels waren nur wenig Leute in Funland geblieben, und noch weniger hatten offenbar Interesse, stehenzubleiben und ihrer Musik zu lauschen. Ihr war kalt. Der Anorak hielt sie zwar obenherum warm, aber die kalte Luft drang durch die Jeans. Außerdem konnte sie nicht mit Handschuhen spielen. Zwischen den einzelnen Liedern steckte sie die Hände zum Aufwärmen unter die Achseln.

Während sie so dastand, für zwei oder drei Leute spielte und ab und zu einen Vierteldollar einnahm, wanderten ihre Gedanken zu besseren, wärmeren Orten. Ein Café, das Kino, ihr Schlafsack. Sie dachte sogar daran, in ein Motel zu ziehen und sich in eine Wanne voll mit wunderbar heißem Wasser zu legen.

Aber statt dessen mußte sie hier stehen. Das hatte sie Poppinsack zu verdanken.

Sie mußte für ein bißchen Kleingeld arbeiten, um sich wieder warme Plätze leisten zu können, und morgen oder übermorgen würde es dann auch möglich sein, aus diesem Nest von Pennern, Dieben und Trolljägern zu verschwinden.

Den ganzen Tag lang hatte sie nach dem fetten alten Mann mit seiner Wildlederjacke und den Federn am Hut Ausschau gehalten.

Er hielt sich wahrscheinlich im Hintergrund, für den Fall, daß sie seinen Rat, aus der Stadt zu verschwinden, nicht befolgt hatte.

Oder vielleicht machte er einen Einkaufsbummel.

Für hundertzwanzig Dollar konnte er sich eine Menge Bücher und Schnaps leisten.

Dieser Dreckskerl!

Hoffentlich hatte er noch nicht alles ausgegeben. Aber so gern sie auch ihr Geld zurückhaben wollte, sie wußte genau, daß dies nicht der Hauptgrund dafür war, Poppinsack entgegentreten zu wollen. Er hatte sie *angefaßt*, während sie schlief. Das wollte sie ihm heimzahlen.

Ihre Hände waren damit beschäftigt, ein Potpourri bekannter Melodien zu spielen – obwohl sie bemerkte, daß sie zur Zeit keine Zuhörer hatte –, aber vor ihrem geistigen Auge zog nochmals die Szene vorüber, die sie sich schon so oft vorgestellt hatte.

Sie hockt in ihrem Versteck. Poppinsack taumelt über die mondbeschienene Düne. Er sieht sie und zieht den Hut. »Ah-ha, so treffen wir uns wieder? Wie ist es dir ergangen, Robin?« Er tut so, als wäre er froh, sie zu sehen. Und kommt den Hang hinunter.

Sie steht auf und zieht ihr Messer. »Du hast etwas, was mir gehört, du diebische Ratte.«

»Unsinn. Quatsch.«

»Leer deine Taschen«, befiehlt sie.

»Du tust mir unrecht, Mädel. Es war nicht Poppinsack, der in deine Schatzkammer gegriffen und den Schatz gestohlen hat.« Dann merkt er, daß er zuviel gesagt hat, und schwingt seinen

Stock, um sie zu schlagen. Robin duckt sich, weicht dem Stock aus und sticht mit dem Messer zu. In seinen Bauch.

Sie fragte sich, weshalb ihre Phantasie ihr immer wieder vorführt, wie sie den alten Mann ersticht.

Ich werde ihn nicht erstechen.

Nicht, solange er nicht wirklich Ärger macht.

Aber was soll ich denn statt dessen tun, ihm die Meinung sagen?

»Laß das!« rief sie plötzlich und krampfte die Hände um den Banjohals. Ein Wermutbruder hatte sich von der Seite angeschlichen, hockte sich neben ihren Banjokasten und fischte eine Dollarnote heraus. »He!« Sie ging einen Schritt auf ihn zu, aber er torkelte zurück, drehte sich um und rannte weg, wobei sein langer Mantel hinter ihm herflatterte.

Robin stand da und sah zu, wie er floh. Sie wollte hinter ihm herrennen, aber wenn sie ihre Sachen hier stehenließ...

Der Penner versuchte, an einem Mann vorbeizukommen, der die Promenade entlangkam. Der Mann hob einen Arm, und der Penner lief mit dem Gesicht dagegen. Er fiel auf den Rücken. Der Mann trat auf sein Handgelenk, bückte sich und nahm ihm die Dollarnote ab. Als er seinen Fuß wegnahm, rollte der Penner sich zum Geländer der Promenade, schlüpfte darunter hindurch und verschwand. Der Mann kam auf sie zu, hielt den Dollar hoch und lächelte. Robin konnte jetzt sehen, daß er noch ziemlich jung war, vielleicht achtzehn. Er trug Jeans und ein kariertes Hemd, und seine Haare waren kurzgeschnitten. Er sah athletisch aus und gutgebaut, ein Typ, wie man ihn in High-Schools findet, mit dem Wappen einer Universität auf dem Sweatshirt.

»Hier ist er«, sagte er und gab ihr den Dollar.

»Danke.« Robin steckte das Geld in eine Anoraktasche. »Du hättest dir nicht soviel Mühe machen sollen.«

»Keine Mühe. Es ist mir immer ein Vergnügen, einen Kerl fertigzumachen, der eine Frau beklaut.«

»Ich heiße Robin«, sagte sie und streckte die Hand aus.

»Nate«, sagte er und schüttelte ihre Hand.

Seine Hand fühlte sich warm und stark an.

»Wie geht das Geschäft?« fragte er.

»Es blüht«, sagte Robin und zeigte auf ihr zahlreiches, nicht vorhandenes Publikum.

»So ist es für gewöhnlich bei nebligem Wetter. Ich hab früher Schluß gemacht.«

»Du arbeitest hier?«

»Klar.« Er zeigte mit dem Daumen hinter sich. »Bist du schon mal in der Arkade gewesen?«

»Mm-hm.«

»Wenn du hingehst, bin ich der Typ, der dir Geld wechselt.«

»Dann bin ich das Mädchen, das so was nicht braucht. Ich habe Vierteldollars bis zum... Ich bekomme eine Menge Vierteldollars.«

»So wie du singst und spielst, solltest du auf einer Bühne stehen und einen Zwanziger von jedem kassieren.«

»Vielen Dank.«

»Ich hab dir von der Arkade aus zugehört. Die Texte konnte ich nicht so genau verstehen, aber wie du Banjo spielst, ist irre. Ich hab so was noch nie gehört.«

Robin lächelte und zuckte die Achseln.

»Eigentlich ist es auch nicht richtig, wenn es mir so gut gefällt und ich nichts bezahle.« Er zog eine Brieftasche aus den Jeans.

»Nein, bitte. Du hast doch schon den Penner für mich erwischt...«

»Ich bestehe darauf.« Er nahm eine Zwanzigdollarnote heraus.

»Nein. Mach dich nicht lächerlich.«

»Ich will es dir nicht aufdrängen.«

»Dann nimm es zurück, bitte.«

»Ich mach dir einen Vorschlag. Sing ein Lied für mich, und ich werfe einen Dollar oder so in den Kasten.«

»Das kommt mir schon fairer vor.«

Sie trat ein paar Schritte zurück und fing an, für ihr Einmannpublikum zu spielen. Als sie die schnelle, beschwingte Einleitung spielte, breitete sich ein Lächeln auf seinem Gesicht aus. Sein Kopf bewegte sich ein bißchen im Takt, und Robin fing an zu singen:

Kelly und Katie sind zusammen losgezogen,
sie wollten ins Schnurrland, wo die Miezekatzen wohnen.
Sie packten sich die Taschen mit Schokolade voll,
mit Kartoffelchips und Gummibärn, so fanden sie es toll.
Husch, rollen sie die Straße nach Schnurrland entlang,
so schnell auf ihren Rollschuhen, daß man sie kaum sehen
kann.

Sie machen hinter 'ner Scheune halt, und plötzlich klingt
es ›Miau!
Ich freue mich, euch hier zu sehn, ich bin die Katze
Klau.‹
›Wir sind Kelly und Katie und zusammen losgezogen,
wir wollen ins Schnurrland, wo die Miezekatzen wohnen.‹
›Wißt ihr was, ich komme hinter euch her,
hier hatte ich schon lange kein Futter mehr.
Seit der Hund Toff meine Ohrn gefressen hat,
erwisch ich keine Mäuse mehr und werde nicht mehr satt.‹

Die beiden geben Klau schnell was von ihrem Proviant,
und dann ziehen sie zusammen ins Miezekatzenland.
Kelly und Katie und die kleine graue Klau
ziehn zusammen ins Schnurrland, dort ist das Gras so
blau.
Der Himmel ist grün und die Katzen schwarz-grau-weiß
lieb und verschmust, aber manchmal,
wie es heißt,
öfter
Oho!
dreist.

Sie lächelte Nate an, machte ein paar Tanzschritte auf der Stelle und beendete das Lied.

Er applaudierte. »He, das war toll!«

»Vielleicht ein bißchen albern...«

»Hast *du* es geschrieben?«

»Ja, ich schreibe eine Menge Lieder. Dieses ist eigentlich für

Kinder, falls dir das nicht aufgefallen ist. So was passiert ihnen halt.«

»Wirklich? Sie treffen diesen Hund Toff?«

»Aber sicher.«

»Ich muß jetzt weiter, aber ich würde gern noch mehr davon hören.«

»Wahrscheinlich bin ich auch morgen noch in der Gegend.«

»Gut. Lauf nicht weg!« Er bückte sich und legte einen zusammengefalteten Geldschein in den Banjokasten.

»Danke«, sagte sie.

»Es war wirklich nett, dich zu treffen, Robin. Wir sehen uns morgen, ja?«

Sie nickte. »Bis morgen. Und danke für die Hilfe.«

»Jederzeit.« Er ging langsam weiter. »Bis bald!«

»Bye.«

Er hob die Hand zum Gruß, wandte sich dann um und ging in Richtung Haupttor.

Poppinsack blinzelte zur Uhr hinter der Bar. »Aus heute«, sagte er, »ist morgen geworden, und deshalb ist heute schon gestern. Und es war wirklich ein schöner Tag.«

Er prostete mit seinem Scotchglas der Uhr zu, zwinkerte und trank aus.

Dann kletterte er vom Barhocker und legte das halbgelesene Taschenbuch in die Reisetasche, oben auf seine anderen neuen Bücher und Flaschen. Er verschloß die Tasche und hob sie hoch. »Ah, das ist recht gewichtig. Selbst der Sack des Weihnachtsmanns enthielt nie solche Schätze. Weihnachten mitten im Sommer!« Er fing an, ein Seemannslied zu singen, schlurfte zur Kneipentür und ging hinaus.

Draußen atmete er die frische Nachtluft tief ein und seufzte.

»Köstlich«, erklärte er. »Das Elixier der Götter, und man genießt es am besten mit einem Bauch voll Schnaps.« Er schob den Tragegurt der Reisetasche auf seine Schulter, tippte mit dem knotigen Ende seines Stocks an den Hut und setzte seinen Weg fort.

Dichter Nebel hing über der Straße, und er konnte Funland

nicht sehen. Aber er wußte, daß es direkt vor ihm lag. Und er wußte, daß es schon geschlossen war. Ein wenig Unruhe stieg in ihm auf.

Normalerweise wäre er längst sicher hinten in den Dünen gewesen, bevor Funland zumachte.

»Poppinsack ist zu lange herumgezogen«, sagte er. »Aber man muß segeln, wenn die Flut kommt, und einkaufen, wenn der Geldbeutel voll ist. Und wie dankbar bin ich jener, die diese großartige Unterhaltung finanziert hat. Ich danke dir, Robin aus dem Sherwood-Wald! Bist du schon weitergewandert? Oder wartest du im Hinterhalt, um dein Eigentum zurückzufordern? Was für ein verrücktes Mädchen. Eine Dame, die so dämlich ist, hat nichts anderes verdient.«

Er zerteilte die Luft mit seinem Stock. »Gefällt, niedergeschlagen, wie ein Sack Tomaten. Und eine reife Tomate ist sie, diese Robin, Singvogel, Minnesängerin, Bardin, Robin mit den feuchten Löckchen. Werden wir heut nacht am Strand auf Tod und Leben kämpfen? Sei bereit, meinen Stab zu spüren – und dann meinen Stab.« Als er an der Leuchtturm-Bar vorbeispazierte, kam ein Mann heraus.

Poppinsack blieb stehen und wandte sich zur Tür um. In den Paar Sekunden, bevor sie zufiel, sah er die Lichter drinnen, die rauchgeschwängerte Luft, die bunt aufgereihten Flaschen an der Wand. Er hörte Lachen, Gespräche, ein Lied aus der Musikbox, das sanfte Klicken der Billardbälle, das Klirren von Glas. Er spürte die Wärme der Barluft. Und vor allem *roch* er sie: Er sog den vertrauten Geruch von Sägespänen, altem Zigaretten- und Zigarrenrauch und einer herzhaften Mixtur von Schweiß, Urin und Schnaps ein.

»Seid gesegnet, ihr Götter«, sagte er. »Poppinsack verspürt neuen Durst.«

Und damit betrat er die Bar.

Robin saß auf ihrem Schlafsack und wartete auf Poppinsack, unten am Fuß des sandigen Abhangs, wo sie in der vergangenen Nacht kampiert hatte.

Vielleicht ist er zu schlau, wieder hierherzukommen. Aber ich habe ihm gesagt, daß ich die Stadt verlassen werde. Er wird denken, ich wäre weg. Und selbst wenn er weiß, daß ich hiergeblieben bin, wird er nie glauben, ich würde ihn angreifen.

Was, wenn er *nicht* kommt?

Wie lange soll ich warten?

Obwohl sie zusammengekauert dasaß, die Knie an die Brust gezogen, ließ die Kälte sie erschauern. Sie sehnte sich danach, in ihrem warmen Schlafsack zu liegen. Aber was, wenn sie dann im Schlafsack läge und vielleicht sogar schlafen würde, wenn er käme? Sie wäre ihm ausgeliefert.

Robin stand auf, wie sie es schon so oft getan hatte, seit sie hier saß, und kletterte auf die Düne. Sie hörte zwar die Brandung, aber der Nebel war so dicht, daß sie das Meer nicht sehen konnte. In den blassen, umherziehenden Nebelschwaden konnte sie höchstens zehn Meter weit sehen, und nichts außer den verlassenen Dünen lag in ihrem Blickfeld.

Sie nahm an, daß sie Poppinsack verpaßt hatte, während sie in der Senke saß. Er konnte ganz in der Nähe einen Schlafplatz gefunden haben. Vielleicht war er sogar zu seinem alten Platz zurückgekehrt, hatte von der Düne hinabgeblickt und sie entdeckt. Und dann war er weggekrochen, um sich von ihr fernzuhalten – oder sie zu überfallen, wenn sie schlief.

Eigentlich sollte sie in der Umgebung nach ihm suchen. Aber diese neblige, einsame Gegend machte sie nervös. Sie mochte es auch nicht, hier oben so preisgegeben zu stehen. Es kam ihr nicht sicher vor. Sie wollte zurück in die Senke, geduckt hocken, damit sie niemand sehen konnte.

Und während sie sich umsah, bekam sie immer mehr Angst davor, daß jemand aus dem Nebel kommen würde. Vielleicht nicht Poppinsack. Vielleicht zwei oder drei sabbernde, verrückte Trolle. Jetzt waren sie gerade noch außer Sicht. Wenn sie noch einen Augenblick hier oben blieb, würden sie in Sicht kommen und sie entdecken.

Robin wirbelte herum, rannte hinunter in die Senke und sank auf ihre Schlafsackrolle.

Das ist doch lächerlich, sagte sie sich. Ich rede mir selbst Angst ein. Da draußen ist niemand.

Jeder könnte da draußen auf sie warten.

Und wenn sie zum Schlafen in den Schlafsack gekrochen war, konnte sich jeder anschleichen.

Was, zum Teufel, mache ich hier?

Daraus kann doch nichts Gutes werden. Wenn Poppinsack jetzt aufkreuzt, bekomme ich vielleicht etwas von meinem Geld zurück, vielleicht auch nicht. Einer von uns wird dabei verletzt werden. Im besten Fall wird er das sein. Und dann habe ich ihn auch noch auf dem Gewissen. Statt nur dem einen Mann in der Busstation würde es dann zwei Kerle geben, die ich lieber nicht verletzt hätte. Selbst wenn ich *all* mein Geld zurückbekomme, ist das nicht die Schuldgefühle wert.

Bei dem Kerl in der Busstation hatte ich immerhin keine Wahl. Er hat mich angegriffen. Diesmal hätte ich es mir selbst ausgesucht.

Vergiß es.

Sie fühlte sich plötzlich, als sei eine gewaltige Last von ihr genommen.

Sie schnallte den Schlafsack an den Rucksack, schulterte ihn, nahm den Banjokasten und kletterte wieder auf die Düne hinauf. Obwohl sie sich genau umsah, um sicher sein zu können, daß sich niemand näherte, beschwor ihre Phantasie keine Schattengestalten mehr herauf. Sie fühlte sich nicht mehr so ausgesetzt und verwundbar. Sie zog über die Sandhügel nordwärts. Bald kam sie zu dem Maschendrahtzaun, der die Grenze des öffentlichen Strandes markierte, und folgte ihm in Richtung der Brandung. Der Sand wurde glatter und härter unter ihren Stiefeln. Der schwarze Ozean kam in Sicht.

Es war Ebbe, und sie bekam keine nassen Füße, als sie um den Zaun herumging.

Jetzt war sie auf Privatgelände und fühlte sich außer Reichweite der Trolle – und der Trolljäger, obwohl die im Moment ihre geringste Sorge darstellten. Die Trolljäger waren immerhin vernünftige Menschen und keine Verrückten.

Sie ging in Richtung des Hauses und sah es bald aus dem Nebel auftauchen. Die Fenster waren dunkel.

Das Haus stand auf Pfählen.

Neben der Eingangstreppe hockte sie sich hin und starrte in die Dunkelheit zwischen den Pfählen. Es sah nach einem gemütlichen Platz aus, wo man die Nacht verbringen konnte.

Sich so unter jemandes Haus zu schleichen, war illegales Eindringen. Und man könnte sie entdecken, wenn sie am Morgen herauskam.

Robin stellte fest, daß ihr das eigentlich gleichgültig war.

Es war nur noch wichtig, einen abgelegenen Platz zu finden, wo sie sicher schlafen konnte.

Sie ließ sich auf alle viere nieder, kroch in die Dunkelheit und zog dabei ihr Banjo hinter sich her.

18

Jeremy blieb unter dem matt beleuchteten, grinsenden Clownsgesicht stehen. Er sah niemanden in der Nähe – nur die tiefe Dunkelheit unter dem Torbogen des Haupteingangs zu Funland, die nicht ganz so schwarze Dunkelheit auf der Promenade und den Nebel, der wie ein bleicher Vorhang hinter dem Geländer zum Strand hing. Er blickte auf die beleuchteten Ziffern seiner Armbanduhr: 12.58.

Er war zwei Minuten zu früh.

Wahrscheinlich lag Cowboy immer noch im Krankenhaus. Jeremy war zwar nervös, weil er die anderen ohne Cowboys moralische Unterstützung treffen sollte, aber sein Bedürfnis, Tanya zu sehen, war so unwiderstehlich, daß er sich trotzdem entschlossen hatte zu kommen.

Vielleicht würde es heute nacht ja keine Trolljagd geben, dachte er mit einer Mischung aus Hoffnung und Bestürzung.

Als er an der Kartenbude vorbeikam, faßte eine Hand seine Schulter und zerrte ihn herum. Ein großer Kerl griff nach seiner Jacke und zog ihn daran auf die Zehenspitzen hoch.

»Ist in Ordnung.« Tanyas Stimme.

Der Kerl setzte ihn ab.

Von der Seite kam ein Mädchen, dem ein paar andere Teenager folgten. Sie trug einen dicken Trainingsanzug, und ihr Gesicht war von Schatten verdeckt, aber Jeremy konnte an ihrer Größe und an dem hellen Haar erkennen, daß es Tanya war.

»Ich dachte nicht, daß du auftauchen würdest«, sagte sie.

»Ich wußte nicht, ob ich sollte«, sagte er und wünschte, seine Stimme würde nicht so dünn klingen. »Aber ich war letzte Nacht hier und... hast du von dem Kampf gehört? Ich und Cowboy...«

»Wir haben davon gehört.«

»Ich hab ihn heute abend gesehen«, sagte Liz und trat neben Tanya.

»Geht es ihm gut?«

»Sie haben sein Ohr wieder angenäht. Wahrscheinlich kommt er morgen aus dem Krankenhaus.«

»Prima.«

»Er hat erzählt, du hättest gezeigt, daß du ein Mann bist.«

»Ja, muß gut gewesen sein«, sagte ein Mädchen, das er nicht kannte.

Jeremy spürte, wie er errötete. »Na ja, ich wollte ihm helfen.«

»Wünschte, ich wäre dagewesen«, sagte der große Kerl. »Ich hätte die Drecksäcke kaltgemacht.«

»Eine von den Bullen hat das beinahe geschafft.« Das kam von dem Mädchen, das er nicht kannte. Sie trat einen Schritt nach vorn, zwängte sich zwischen Tanya und Liz durch und bot ihm ihre Hand an. »Schön, dich kennenzulernen. Ich bin Shiner.«

»Hallo«, sagte er und schüttelte ihre Hand. Sie hatte einen Anorak und Jeans an und sah schlank aus. Ihr Haar war hell. Er konnte sie zwar im Dunkeln nicht richtig sehen, aber er hatte den Eindruck, daß sie hübsch war und vielleicht jünger als Tanya.

Sie trat zurück, und der Typ neben Tanya streckte die Hand aus. »Ich bin Nate«, sagte er.

»Hallo.« Jeremy schüttelte seine Hand. Nate hatte einen festen Händedruck, versuchte aber nicht, Jeremys Hand zu quetschen. Er erinnerte sich, daß Cowboy gesagt hatte, Nate sei Tanyas Freund. »Willkommen an Bord«, sagte Nate.

Ich habe überhaupt keine Chance, dachte er. Der Typ sah wie ein Athlet aus – wie ein sehr gutaussehender Athlet. »Ich bin Samuel«, sagte der große Kerl, der Jeremy hinter die Bude gezogen hatte. Er trug eine Lederjacke mit einem gewaltigen B auf der Brust. Hatte irgendwas mit High-School-Sport zu tun, vielleicht mit Football. Oder Sumo-Ringen, dachte Jeremy.

Samuel schüttelte seine Hand. Und quetschte sie. »Du kannst mich Samson nennen.«

»Ihr könnt mich Duke nennen, wenn ihr wollt«, sagte Jeremy, zog seine Hand zurück und bewegte die gequetschten Finger. Sie funktionierten noch. »Das hat sich Cowboy ausgedacht.«

Ein kleiner, schmächtiger Junge mit Brille kam von der Seite. »Sei gegrüßt und willkommen. Ich bin Randy. Du kannst mich Randy nennen.« Er lächelte.

»Oder Sandy«, sagte Liz.

»Du mußt Elizabeth schon entschuldigen, Duke. Sie lehnt jeden ab, der einen höheren IQ hat als sie – der entspricht übrigens ungefähr dem einer Auster.«

Sie haute ihm auf den Hinterkopf.

Tanya schubste sie. »Laß das sein.«

»Er nervt mich.«

»Heb dir das für die Trolle auf«, sagte Tanya.

»Laßt mich durch«, ertönte eine quengelnde weibliche Stimme. »Ich will ihn auch sehen.« Ein Mädchen schob sich zwischen den anderen durch. Sie hatte ein pummeliges Gesicht. Ihr dunkles Haar umschloß den Kopf wie ein Footballhelm. Bekleidet war sie mit einem engen Gymnastikanzug aus dehnbarem Material, der all ihre Speckrollen betonte. »Ich bin Heather«, sagte sie und schüttelte seine Hand.

»Hi«, sagte Jeremy.

Sie drängte sich dicht an ihn heran und drückte ihre Brüste und ihren Bauch gegen ihn. Ihr Atem roch nach Zwiebeln. »He, du bist irgendwie süß.«

Er schaffte es, zu lächeln und ihr zu danken.

»Das waren jetzt alle, außer Karen«, sagte Tanya und blickte über die Schulter. »Komm her und sag Duke guten Tag.«

»Ja, ja.«

Tanya ging zur Seite, und ein dunkelhaariges Mädchen trat nach vorn. Sie trug eine Baskenmütze. Um den Hals hatte sie einen Seidenschal geschlungen, ein Ende hing über eine Schulter, das andere nach vorn über ihre rechte Brust. Sie trug einen Gymnastikanzug, ähnlich wie der Heathers, aber ihr Körper war schmal und kompakt und wirkte irgendwie hart.

»Hi«, sagte Jeremy.

»Also, ich kann dir wirklich nicht sagen, wie *aufregend* es ist, dich kennenzulernen.«

Ihr Sarkasmus dämpfte seine gute Laune.

»Nimm es nicht persönlich«, erklärte Randy. »Karen überhäuft jede männliche Kreatur auf Erden mit ihrer Geringschätzung.«

»Und das schließt dich auch ein«, bemerkte Liz.

»Und schon wieder ein scharfsinniger Seitenhieb von unserem Schwachkopf.«

»Also, jetzt kennst du alle«, sagte Tanya. »Ich nehme an, Cowboy hat dir erzählt, was wir hier tun.«

»Ihr schnappt euch die Trolle.«

»Was dagegen?« fragte Karen.

»Nein. Verdammt, ich denke, sie sind eine Pest.«

»Was haben sie dir getan?« fragte Nate.

Jeremy zuckte die Schultern. »Nicht viel, glaube ich.«

»Warum willst du uns dann helfen, sie fertigzumachen?«

Er wußte, daß es falsch wäre, jetzt die Wahrheit zu sagen: daß er nichts Besonderes gegen die Trolle hatte, daß er nur Mitglied der Gruppe sein wollte und in Tanyas Nähe. Es war ihm egal, was sie hier heute nacht anstellten, solange er bei ihnen sein konnte. Aber das konnte er nicht zugeben, also dachte er an seinen ersten Nachmittag auf der Promenade, als der Penner plötzlich vor ihm gestanden und ihn angebettelt hatte. Er erinnerte sich an den verrückten Blick des Mannes, an die braunen Zähne und an den säuerlichen Gestank. Er erinnerte sich an seine Verwirrung und seinen Ekel. Aber vor allem erinnerte er sich an seine Angst – die Angst, die bewirkt hatte, daß er sich klein und hilflos und jämmerlich vorkam.

Er konnte selbst den Haß in seiner Stimme hören, als er sagte: »Ich hasse sie. Sie hängen hier rum und belästigen jeden. Sie hauen dich wegen Geld an. Sie sind dreckig und stinken. Sie benehmen sich merkwürdig. Sie sind widerlich. Ich denke, man sollte sie mit dem Müll wegschmeißen. Sie *sind* nichts anderes als Müll. Wenn sie mich nach Geld fragen, würde ich ihnen am liebsten die Fresse einschlagen.«

»Das ist mein Mann«, sagte Samson und schlug ihm auf die Schulter.

»Weiter so«, sagte Liz.

»Sie sind absolut ekelhaft«, sagte das Mädchen, das sich Shiner nannte, »aber das ist noch nicht alles. Sie sind *böse*. Deshalb kommen wir hierher, Nacht für Nacht. Sie tun Böses. Sie greifen Leute an. Sie lassen Leute *verschwinden.*«

Ein paar von den anderen nickten. Alle stimmten ihr zu. Jeremy spürte, wie seine Knie weich wurden. »Sie lassen Leute verschwinden?« fragte er und versuchte, seine Stimme nicht zittern zu lassen, aber es gelang ihm nicht so recht.

»Wir haben das noch nicht direkt gesehen«, sagte Heather.

»Wir haben eine begründete Vermutung«, erklärte Randy, »daß die Trolle dafür verantwortlich sind.«

»Sie müssen es einfach sein«, sagte Shiner. »Sie haben sich meine Schwester geschnappt. Sie ging eines Nachts am Strand spazieren und ist... einfach verschwunden. Die haben sie geholt.«

»Wir wissen das nicht sicher«, sagte Nate. »Wir wissen nicht, was mit Shiners Schwester oder mit den anderen passiert ist. Aber Leute verschwinden hier spurlos. Wahrscheinlich passiert so was überall, aber hier passiert es auffällig oft.«

»Es passiert sogar mit unseren Trollen«, sagte Samson. »Mit denen, die wir fertigmachen. Die meisten haben wir nie wiedergesehen.«

»Wir dachten zuerst, wir hätten sie verscheucht«, sagte Nate, »aber jetzt sind wir nicht mehr so sicher.«

»Sie werden geschnappt.« Liz kicherte.

»Wir nehmen an«, fuhr Nate fort, »daß unsere Trolle kommen, sobald wir weg sind.«

»Und für uns aufräumen«, sagte Liz.

»Lieber Gott«, murmelte Jeremy.

Samson nickte. »Wenn wir sie nicht an irgendwas fesseln oder kleben oder sie irgendwo festhalten, wo keiner hinkommt, dann sind sie morgens verschwunden. Meistens jedenfalls. Einige bleiben, aber nur wenige.«

»Was... was *machen* die Trolle mit ihnen?«

»Sie fressen sie auf«, sagte Liz und kicherte wieder.

»Wir wissen es nicht«, sagte Nate.

Jeremy ächzte.

»Du mußt nicht mitmachen«, sagte Nate.

»Aber man braucht keine Angst zu haben«, sagte Heather. »Sie haben nie einen von uns erwischt.«

»Wir erwischen *sie*«, fügte Liz hinzu.

»Aber du solltest wissen, worum es geht«, sagte Nate. »Was wir hier tun, ist nicht ungefährlich. Wenn du mitmachst, bist du vor dem Gesetz ein Komplize. Was immer einer von uns mit einem Troll macht, wir sind alle gleich schuldig, weil wir dabeigewesen sind. Hast du das verstanden?«

»Klar«, sagte Jeremy.

»Bisher sind uns die Bullen nicht zu nahe gekommen. Aber das könnte sich ändern. Wir könnten Pech haben. Früher oder später wird man ein paar von uns erwischen. Es könnte auch dich treffen.«

»Wenn du uns verpfeifst«, sagte Liz, »bekommst du gewaltigen Ärger.«

»Ich würde euch nie verpfeifen.«

»Willst du immer noch mitmachen?« fragte Nate.

»Aber klar doch!«

»Okay«, sagte Tanya. »Dann laßt uns mit der Einweihung anfangen.«

Einweihung? Das rief bei Jeremy Bilder von Qualen hervor, von Prüfungen, wo man der Grausamkeit der anderen ausgesetzt war. Aber wenn er die Prüfung bestehen würde, wäre er akzeptiert. Nicht mehr länger ein Außenseiter. Einer von ihnen.

Jeremys Herz schlug schneller, und er fühlte sich, als würden kalte Hände nach seinen Eingeweiden greifen. »Heute nacht«, sagte Tanya, »bist du der Köder. Wir warten hier, und du gehst die Promenade auf und ab, bis dir ein Troll begegnet.« Sie suchte in einer Känguruhtasche auf dem Bauch ihres Trainingsanzugs herum, holte eine Karte heraus und reichte sie Jeremy. »Dann gibst du ihm das hier.«

»Oder ihr«, fügte Randy hinzu, »falls der Troll weiblichen Geschlechts sein sollte.«

Jeremy hielt die Karte dicht vor seine Augen. Die handgeschriebene Botschaft war groß und deutlich zu lesen. »LIEBER TROLL, GRÜSSE VOM GROSSEN GROBEN GRIESGRAM BILLY.«

Obwohl er beunruhigt war, mußte Jeremy grinsen. »Passend«, meinte er.

»Unsere Visitenkarte«, erklärte Tanya.

»Die meisten von diesem Geschmeiß können sowieso nicht lesen«, sagte Samson, »aber wir halten es irgendwie für cool.«

»Ja. Gefällt mir.« Er steckte die Karte in die Jackentasche. »Ich gebe sie also dem Troll, und was dann?«

»Du gibst uns ein Zeichen.« Tanya holte eine Trillerpfeife aus ihrem Ausschnitt, zog die Kette über den Kopf und reichte sie Jeremy. »Einfach kurz pfeifen.« Er schloß seine Hand um die Pfeife. Sie fühlte sich warm an, es war Tanyas Wärme. Sie war unter dem Sweatshirt auf ihrer Haut gewesen. Er stellte sich die Pfeife vor, wie sie an der Kette hin und her schaukelte, wenn Tanya sich bewegte, und gegen ihre weichen Brüste stieß.

»Dann mußt du nur noch dafür sorgen, daß der Troll nicht abhaut, bis wir da sind«, sagte Tanya.

Er nickte, achtete aber wenig auf ihre Worte, während er die Kette um seinen Hals legte und die Trillerpfeife in sein Hemd steckte. Jetzt lag sie an *seiner* nackten Haut.

»Noch Fragen?«

»Wie?«

»Bist du bereit?«

»In welche Richtung soll ich gehen?«

»Such dir eine aus.«

Er wandte sich nach Süden, denn das war der Bereich der Promenade, den er am besten kannte. Eine Hand legte sich auf seine Schulter. Jemand gab ihm einen Klaps auf den Po (das gefiel ihm, und er fragte sich, wer das wohl gewesen war, aber er drehte sich nicht um). Ein paar Stimmen wünschten ihm viel Glück.

Dann ging er allein die Promenade entlang.

Er hob die Hand und drückte die Trillerpfeife an die Brust. Er dachte noch einmal daran, wo sie vorher gewesen war. Dann fiel ihm ein, daß sie noch mehr als Tanyas Brüste berührt hatte. Sie hatte die Pfeife nicht nur getragen, sondern sie auch *benutzt* – vielleicht während ihres Dienstes als Rettungsschwimmerin, vielleicht vor ein paar Nächten, um die Trolljäger zu sich zu rufen. Sie war in ihrem Mund gewesen, zwischen ihren Lippen, ihr warmer Atem war durch sie hindurchgegangen, ihr Speichel hatte sie benetzt, ihre Zunge sie berührt.

Jeremy nahm die Trillerpfeife aus seinem Hemd. Er steckte sie in den Mund. Konnte er Tanya schmecken? Die Pfeife schien nicht anders zu schmecken als ein leerer Löffel. Aber trotzdem, zu wissen, daß sie ihre Haut und ihren Mund berührt hatte...

Das tiefe, einsame Tuten eines Nebelhorns tönte durch die Nacht und unterbrach ihn, wie ein Wecker einen Traum unterbricht. Der Zauber der Trillerpfeife war verschwunden. Plötzlich wurde ihm bewußt, daß er allein auf der Promenade war, als Köder für einen Troll.

Ihm wurde kalt. Er spürte, wie sein Penis wieder schlaffer wurde und sich zusammenzog, wie um sich zu verstecken.

Er blickte über die Schulter, sah aber nur ein paar Meter der Promenade, das Geländer auf einer Seite und eine Spielbude auf der anderen. Die Bude war eine verschwommene Form im Nebel. Von der Gruppe war nichts zu sehen.

Er blieb einen Moment stehen und horchte. Die Nacht schien verdächtig still, als würde der Nebel nicht nur die Sicht behindern, sondern auch noch die Geräusche ersticken.

Er wünschte, er könnte sie dort hinten reden hören. Aber sie müssen still sein, dachte er, damit die Trolle sie nicht hören können.

Vielleicht war er außer Hörweite.

Vielleicht waren sie weggegangen.

Das würden sie nicht tun, sagte er sich.

Aber was, wenn das ein Teil der Einweihung ist? Sie schicken mich allein los, und ein Troll kommt, und ich pfeife, und – Überraschung! – ich bin allein.

Das wäre dann wirklich eine Einweihung.

Würden sie mir das antun?

Sicher. Warum nicht. Darum geht es ja bei Einweihungen. Den Neuen reinlegen. Ihn verarschen. Sehen, ob er damit fertig wird.

Ich werde damit fertig.

Ich zeige es ihnen.

Er ging weiter. Er kniff die Augen zusammen, um tiefer in den Nebel sehen zu können. Die Planken der Promenade wirkten feucht. Rechts von ihm war eine Bank – leer, Gott sei Dank. Dahinter sah er die geisterhaften, mit Planen überzogenen Wagen eines Karussells.

Ob sie wohl leer waren?

Die Trillerpfeife schien an seinen Lippen zu kleben. Er nahm sie heraus, ließ sie über der Jacke hängen und befeuchtete seine Lippen.

Er ging schneller.

Dabei versuchte er, in der Mitte der Promenade zu bleiben. An den Seiten könnten Trolle auf ihn lauern – drinnen, zwischen den Buden und Karussellen. Wenn er sich in der Mitte hielt, konnten sie ihn nicht so leicht überraschen.

Dann sah er zu seiner Linken die Holztreppe und den Eingang von Jaspers Kuriositätenkabinett.

Genau hier hatte der Kampf stattgefunden. Er dachte gern an den Kampf. Im Geist hatte er ihn immer wieder erlebt. Es war die Schläge nicht wert, die er einstecken mußte. Er hatte Cowboy geholfen – gezeigt, daß er ein Mann war – und diese Mädchen verprügelt und sie angefaßt und der einen sogar das Top runtergerissen und einen ausgiebigen Blick auf ihre Titten geworfen. Immer wenn er daran dachte, fühlte er sich erregt und stolz und bekam eine Erektion.

Jetzt versuchte er, dieses Gefühl wieder hervorzurufen, aber es funktionierte nicht.

Seine Phantasie weigerte sich, ihn den Kampf noch mal durchleben zu lassen.

Statt dessen mußte er an die Ausstellungsstücke im Kuriositätenkabinett denken. Die Galerie der Sonderbaren mit den grotesken Fotografien. Und noch schlimmer war das *richtige* Zeug gewesen.

Die augenlose Mumie, in den Lederbändern hängend, mit dem alten Lappen zwischen den Beinen. Die riesige Spinne. Der haarlose Orang-Utan aus Borneo – oder was immer es *wirklich* war. Der ekelhafte, gelbe zweiköpfige Fötus in dem Glas mit der trüben Flüssigkeit.

Und all dieses Zeug war in dem Gebäude dort. Gleich hinter der geschlossenen Tür.

Jeremy wurde übel, und er hatte Angst, weil er wußte, daß er dieser Schreckenskammer so nah war.

Er ging noch schneller.

Die Art, wie das Kuriositätenkabinett mit dem Funhouse verbunden war, erinnerte ihn an das Foto von Jim und Tim, den siamesischen Zwillingen, verbunden an der Hüfte.

Immerhin war das Funhouse geschlossen worden. Er war froh darüber, froh, daß es keine Möglichkeit gab, *dort* hineinzugehen.

Hätte er doch das Kuriositätenkabinett nie betreten! Ich habe Glück, wenn ich von dem Kram keine Alpträume bekomme, dachte er.

Aber wenn er nicht in Jaspers Kuriositätenkabinett gegangen wäre, hätte der Kampf nicht stattgefunden. Gutes hat eben seinen Preis.

Einen miesen Preis. Wie das hier. Das ist der Preis, um bei den Trolljägern mitmachen und mit Tanya zusammensein zu können. Ebenso, wie die verdammten Kuriositäten anzusehen der Preis für den tollen Kampf gewesen war.

Warum kommt nicht endlich ein Troll, damit ich es hinter mich bringen kann?

Und wenn keiner kommt? fragte er sich. Muß ich die ganze Nacht lang hier auf und ab gehen?

Habe ich die Einweihung nicht bestanden, wenn ich keinen erwische?

Ihm wurde sterbensübel, als er plötzlich Schritte hörte, die von hinten auf ihn zukamen. Von hinten? Er wirbelte herum, starrte angestrengt in den Nebel und stopfte sich die Trillerpfeife zwischen die Lippen. Mit der anderen Hand fuhr er in die Tasche seiner Cordhose und tastete nach dem Messer. Er überlegte, ob er es herausholen sollte. Dann dachte er an die Karte in seiner Jackentasche.

Er griff danach.

Eine verschwommene Figur, dunkler als der Nebel, rannte auf ihn zu. Plötzlich blieb sie stehen. Sie war immer noch nur undeutlich zu erkennen, als stünde sie hinter einem Schleier.

»Bist du das, Jeremy?« fragte eine Stimme.

Eine Mädchenstimme.

»Ja. Wer ist da?«

»Shiner«, sagte sie.

Sie kam auf ihn zu. Er sah ihr wehendes Haar, ihr Gesicht, den dunklen Anorak und die Jeans. Er atmete tief ein und langsam wieder aus.

Sie drückte seinen Arm. »Komm mit zurück«, sagte sie. »Es kommt einer von vorn herein.«

»Ein Troll?«

»Ja, schnell. Den schnappen wir uns.«

19

Sie hörten auf zu rennen, und Jeremy ließ sich von Shiner an der Hand nehmen und führen. Sie drückten sich an die Wand eines Ladens. Während er versuchte, zu Atem zu kommen, sah er Samson, der sich hinter der Kartenbude versteckte. Heather stand hinter ihm. Nate und Liz preßten sich an die gegenüberliegende Wand des Torbogens.

Wo waren die anderen?

Wo steckte Tanya?

Er nahm aus dem Augenwinkel eine Bewegung wahr und stellte fest, daß jemand auf dem Dach der Kartenbude lauerte. Alles, was er sehen konnte, war ein Teil des Rückens, aber er nahm an, daß es Tanya war. Die anderen waren alle in Sicht, außer Randy und diesem Miststück Karen. Es mußte Tanya sein.

Die Bude war über zwei Meter hoch. Samson hatte ihr wohl hochgeholfen.

Als er zu ihr hinsah, hörte er eine undeutliche Männerstimme.

Der Troll?

Dem Klang nach zu urteilen mußte er in der Nähe sein. »Und wer hat Robin beklaut?« intonierte er. »Wer hat sie reingelegt? ›Ich war's‹, werde ich sagen, ›und ihr sollt den Helden unter dem Namen... Poppinsack kennen.‹ Er lebt in seinem Königreich am Meer.«

Shiner, die immer noch Jeremys Hand hielt, schlich weiter an der Wand entlang. Jeremy blieb neben ihr. Er lehnte sich nach vorn, spähte an ihr vorbei und sah, wie der Mann auf den Schatten unter dem Torbogen zustolperte.

Ein fetter alter Kerl, der einen merkwürdigen Hut mit Federn und eine Fransenjacke trug. Er hatte einen Wanderstock in der einen und eine Reisetasche in der anderen Hand.

»Pinkeln, pissen, sich erleichtern«, deklamierte der Mann und drehte sich zur Wand.

Er hörte sich für Jeremy wie ein betrunkener Schauspieler an, mit einer Stimme wie Richard Burton in dem *Hamlet*-Film, den er letztes Jahr im Englischunterricht gesehen hatte.

Jeremy hörte ein Plätschern.

Der Kerl pinkelte in den Eingang, keine drei Meter von Liz und Nate entfernt.

Immerhin hat das alte Dreckschwein uns den Rücken zugekehrt, dachte Jeremy. Aber er spürte, wie er rot wurde. Er wünschte, Shiner wäre nicht hier, um das mit anzusehen.

»Und damit gelingt es uns vielleicht, dies Land zu überfluten und die Wurzeln von Satans Bart zu bewässern. Was für ein hübsches Ding! Vielleicht sollte die kleine Robin heute nacht dieses Ding einmal kennenlernen? Diesen Stab des Lebens?«

Das Plätschern hörte auf.

Shiner drehte sich um. Sie lächelte Jeremy an. Er zog eine angeekelte Grimasse, war aber nicht sicher, ob sie es sehen konnte.

Der alte Troll wandte sich wieder von der Wand ab.

Jeremy war froh zu sehen, daß nichts aus seiner Hose hing. Was ihn nicht so glücklich machte, war, daß der Troll in einem

Winkel am Eingang vorbeilief, der ihn direkt auf ihn und Shiner zuführte.

»Hallo, hallo! Eine geeignete Nacht, um unterwegs zu sein. Zu einem Mädchen, einer Dame, einer Mieze, einer Muschi. Mit anderem Namen eine Rose. Wachse, meine Rose, oder bleib unten für immer!«

Er geriet ins Schwanken, warf einen Arm nach oben und fing sich wieder an der Wand der Kartenbude.

»Volldampf voraus! Ich bin der uralte Seefahrer! Ein Albatros. Es fällt mir zu, diese Historie jedem zu berichten, der sie hören mag. Und wer auch immer diese Geschichte hören wird, den mag keine Furcht befallen. Und wer auch...«

Tanya sprang vom Dach der Kartenbude.

Sie fiel, mit den Füßen voraus. Den Körper leicht gebeugt. Die Arme ausgebreitet. Der Trainingsanzug flatterte. Helles Haar wehte im Wind.

Jeremy hörte das Geräusch, als ihre Sohlen auf den Schultern des Trolls landeten. Er hörte einen überraschten Schmerzensschrei.

Die Knie des alten Mannes knickten ein, und er stürzte nach vorn. Tanya sprang von seinen Schultern, als wären sie ein Sprungbrett. Sie landete auf den Füßen und machte ein paar stolpernde Schritte, um das Gleichgewicht zu halten. Der Troll lag flach auf dem Boden.

»Holen wir ihn uns«, flüsterte Shiner. Sie zog Jeremy an der Hand von der Bude weg. Neben ihr rannte er auf den liegenden Penner zu.

Shiner trat zweimal zu. Jeremy machte weiter und verpaßte ihm einen Tritt in die Seite. Dann kamen die anderen. Samson warf die Reisetasche aus dem Weg, und dann rollten sie den Penner auf den Rücken. Er schien zu verblüfft zu sein, um sich zu wehren. Hände faßten nach seinen Hand- und Fußgelenken und streckten ihn aus. Heather trat ihn in den Bauch, Randy, der den Wanderstock des Trolls gefunden hatte, schlug ihn damit über die Brust und traf dabei beinahe Liz' Hand.

Keuchend entwand der Troll eine Hand aus Shiners Griff. Seine Faust traf sie an der Brust und schleuderte sie rückwärts.

Jeremy packte das Handgelenk. Die Hand öffnete sich. Er griff sich den Mittelfinger und bog ihn zurück, bis er brach und der Troll vor Schmerz schrill aufschrie.

Liz knallte ihm den Ellbogen gegen die Brust, gleich unterhalb des Halses.

Karen trat ihm zwischen die Beine.

Sein Kopf zuckte nach oben. Samson boxte ihn zwischen die Augen, und der Kopf fiel wieder nach unten und krachte aufs Holz.

Er wurde schlaff.

»Okay«, sagte Tanya. »Das reicht. Heben wir ihn auf.« Jeremy half dabei. Der alte Mann schien eine Tonne zu wiegen. Aber als sie ihn von den Planken hoben, schob Samson eine Schulter unter seine Mitte und trug ihn allein.

»Hast du ihn?« fragte Nate.

»Kein Problem«, antwortete Samson, aber seine Stimme klang gepreßt, als wäre die Last fast zuviel für ihn. »Wohin bringen wir ihn?«

»Folgt mir«, sagte Tanya.

Nate hob die Reisetasche. »Was hat er hier drin, Ziegelsteine?«

Tanya führte sie, Nate ging neben ihr, Karen auf ihrer anderen Seite. Samson war hinter ihr, mit dem fetten Troll über der Schulter, dessen Arme über seinen Rücken herunterbaumelten. Jeremy sah, daß der gebrochene Finger im rechten Winkel von den anderen abstand.

Shiner trat zu ihm. »Alles in Ordnung?« fragte er.

»Ja.«

»Er hat dich ganz schön erwischt. Aber ich habe ihm den Finger gebrochen.«

»Gut gemacht.«

Sie wandten sich nach links, die Promenade entlang.

Randy eilte voraus und hielt den Wanderstock hoch, den Federhut obendrauf.

Wie ein abgeschlagener Kopf auf einer Lanze, dachte Jeremy, aber er war sich nicht sicher, woher er das Bild hatte. Aus einem Film? Eine Zeichnung im Geschichtsbuch?

Jemand gab ihm einen Klaps auf den Po. Er drehte sich um und sah Heather hinter sich. »Wie hat's dir gefallen?« fragte sie.

Er zuckte die Schultern. Er wußte nicht so recht, was er sagen sollte. Er fühlte sich ein wenig ängstlich und schuldig, aber auch sehr erregt. Sein Herz klopfte, sein Mund war trocken, und er hatte einen Kloß im Hals. Er sagte nur: »Nett.«

»Super«, sagte Heather. »Aber es wird noch besser.«

Super, dachte er. Nicht so toll wie sein Kampf mit den Mädchen, aber fast.

Er fragte sich, ob dies wohl auch als Einweihung zählen würde. Einweihung oder nicht, er *fühlte* sich, als ob er dazugehörte. Er hatte mitgemacht, er hatte den Troll verletzt, und Shiner und Heather benahmen sich, als wäre er einer von ihnen.

»Was passiert jetzt?« fragte er.

»Das hängt von Tanya ab«, sagte Shiner.

Heather fügte hinzu: »Du kannst wetten, daß es cool wird«, und legte einen Arm um ihn. Er spürte ihre großen, weichen Brüste an seinem Oberarm und hätte sich gern losgerissen.

Von all den Mädchen hier mußte ausgerechnet *sie* sich an ihn ranmachen.

Tanya war selbstverständlich unerreichbar für ihn, aber er mochte Shiner, und sie hatte hier offensichtlich keinen festen Freund. Obwohl es in der Dunkelheit bisher unmöglich gewesen war, ihr Gesicht richtig zu sehen, schien sie hübsch zu sein. Mit Sicherheit war sie kein Fettkloß mit Mundgeruch.

Das fehlt mir gerade noch, daß die sich an mich hängt! Shiner, die auf Jeremys anderer Seite ging, beschleunigte ihren Schritt und ließ ihn mit Heather allein. Und die steckte eine Hand in die Tasche seiner Cordhose und drückte sie gegen seinen Po. »Schön warm«, sagte sie.

»Zu blöd, daß Cowboy den ganzen Spaß hier verpaßt«, meinte er.

»Er ist ein Arschloch.«

Das Wort hörte sich bei ihr besonders anstößig an.

»Er ist mein bester Freund«, sagte Jeremy.

Er hoffte, daß sie das abschrecken würde. Aber statt dessen kniff sie ihn spielerisch in den Hintern und küßte ihn aufs Ohr.

Jeremy wandte den Kopf ab.

Und sah Jaspers Kuriositätenkabinett im Nebel. Ein Bild zog in seinen Gedanken auf, von Heather als Ausstellungsstück, ihr aufgeschwemmter Körper von Lederbändern aufrecht gehalten. Sie sah aus, als bestünde sie aus rohem weißem Brotteig. Die Lederstreifen versanken so tief in ihren Fettwülsten, daß man sie fast nicht mehr sehen konnte. Ihre Zunge hing heraus. Ihre toten Augen waren nach oben verdreht, man konnte nur das Weiße sehen. Ihm wurde heiß vor Scham bei dieser Vorstellung.

Sie versucht doch nur, nett zu mir zu sein. Vielleicht ist sie einsam. Das ist doch kein Verbrechen.

Der Troll begann plötzlich, sich zu wehren. Mit seiner unverletzten Hand schlug er auf Samsons Rücken ein. Samson bückte sich und warf ihn ab. Der Troll krachte auf die Promenade. Bevor er sich bewegen konnte, war er umzingelt.

Jeremy, jetzt frei von Heather, seufzte erleichtert und trat auf das Handgelenk des Mannes.

»Verletzt ihn nicht«, sagte Tanya. »Bringt ihn nur weiter mit.«

»Ich hab ihn«, sagte Samson. Er griff eine Seite des dicken, langen Schnurrbarts des Trolls und fing an zu ziehen.

Mit viel Keuchen und Jammern und Ächzen kam der Troll auf die Beine.

Samson trat neben ihn und führte ihn am Schnurrbart.

»Hier herüber.« Tanya eilte voraus, Randy lief neben ihr und schwenkte den Stock mit dem Hut obendrauf. Sie verschwanden beide im Nebel. Dann waren auch Karen und Nate nicht mehr zu sehen.

Jeremy hörte das Quietschen von Türangeln.

»Wohin gehst du?« rief Samson.

»Das Riesenrad«, antwortete Tanya.

»Oh, wow!« Das kam von Heather. Dicht hinter ihm. Jeremy eilte nach vorn und schloß zu Shiner auf. »Was passiert jetzt?« fragte er.

»Das werden wir schon rausfinden«, sagte sie.

Samson und der Troll – und Liz dicht hinter ihnen, als ob sie den Troll schnappen wollte, wenn er sich befreite – gingen schräg über die Promenade auf einen der niedrigen Zäune zu, der jedes der Fahrgeschäfte umschloß. Sie passierten ein offenes Tor.

Das Riesenrad stand hinter dem Tor, größtenteils von Nebel verhüllt. Jeremy konnte nur die Vorderseite erkennen: ein paar Gondeln, einige deutlich und die anderen nur verschwommen im Grau, der Bogen des Rades und die Speichen, die auf den Mittelpunkt zuliefen, aber schon im Nebel verschwanden, ehe sie den Mittelpunkt erreichten. Mehr davon kam in Sicht, als er mit Shiner durch das Tor ging. Er sah die erhöhte Einstiegsrampe. Die niedrigste Gondel war dort, wo sie am Ende der letzten Fahrt angehalten hatte, damit die Passagiere aussteigen konnten. Verschwommene Figuren standen daneben. Er sah, wie Samson den Troll die Stufen hinaufführte und Liz hinter ihnen hereilte.

»Uuuh, das wird toll werden«, sagte Heather. Statt sich wieder bei Jeremy einzuhaken, rannte sie an ihm vorbei und die Treppe hinauf.

Shiner blieb an Jeremys Seite, und sie erkletterten die Plattform.

»Alle hier?« fragte Tanya.

»Jeder, der nicht da ist«, sagte Randy, »soll sich melden.«

»Du bist so witzig, daß man's nicht mehr aushalten kann«, sagte Liz zu ihm.

»Okay«, sagte Tanya. »Wir werden diesen Schweinekerl ein bißchen auslüften.«

Samson stand vor dem Troll und ließ ihn auf Zehenspitzen stehen, indem er seinen Schnurrbart nach oben zog. Liz, Karen, Heather und Shiner fingen an, ihn auszuziehen. Er tanzte herum und winselte ein wenig, wehrte sich aber nicht wirklich. Tanya beobachtete die Szene wie ein Vorarbeiter, kreuzte die Arme vor der Brust und nickte zustimmend.

Bald war der Troll bis auf die langen Unterhosen entkleidet.

Jeremy war überrascht. Er hatte angenommen, daß niemand mehr lange Unterhosen trug – nur noch in Cowboyfilmen. Aber dieser alte Knacker hatte tatsächlich welche an. Heather und Liz zogen sie ihm aus.

Jeremy konnte es nicht glauben. Er war schockiert, und sein Gesicht brannte, so peinlich war ihm die Szene. Der Kerl war haarig wie ein Affe. Wegen seinem Hängebauch konnte Jeremy seine Genitalien nicht sehen, und er war froh darüber. Aber Liz und Heather hockten auf den Knien, weil sie die Unterhosen heruntergezogen hatten, und sie blieben dort hocken, beäugten ihn interessiert und flüsterten und kicherten miteinander. Der Kerl wollte sich offensichtlich bedecken, aber Karen und Shiner hielten seine Arme fest. Also jammerte er nur.

Heather griff nach oben.

Der Troll riß Mund und Augen auf.

»Was ist, hast du's so nötig?« murmelte Liz.

»Ich wollte nur sehen, ob...«

»Das reicht«, sagte Nate.

»Laßt uns weitermachen«, meinte Tanya. »Wir haben keine Wache aufgestellt, also sehen wir zu, daß wir fertig werden und hier wegkommen.« Sie streckte eine Hand zu Randy aus, und der griff in seine Tasche und holte etwas Klapperndes, Klirrendes heraus und reichte es ihr. Jeremy sah, daß es Handschellen waren.

»Ich stelle das Ding an«, sagte Nate und verschwand. Der Troll wurde zum Riesenrad geführt und in die Knie gezwungen. Die Gondel fing an zu wackeln, als er sich auf die Fußstütze hockte, aber sie wurde von der Plattform gebremst.

Plötzlich schien dem Mann klarzuwerden, daß der Schmerz und die Erniedrigung nur Vorspiel zum Hauptereignis waren, und er schrie auf und wurde lebendig. Er trat um sich, bäumte sich auf, schlug nach den Kids, die ihn zu halten versuchten.

Tanya trat ihm in den Bauch. Er keuchte, brach vor dem Sitz der Gondel zusammen und rang winselnd nach Luft. Sie klappte den metallenen Sicherheitsbügel herunter und schloß ihn.

Ein Motor erwachte rumpelnd zum Leben. Jeremy fühlte, wie die Plattform unter seinen Schuhen zu vibrieren begann.

Verblüfft fragte er: »Es läuft?«

»Das Ding gehört Nates Familie«, erklärte Liz.

Tanya war fertig mit dem Troll und trat zur Seite. Er saß immer noch auf der Fußstütze und war gegen den Sitz gelehnt, die fetten, haarigen Beine ausgestreckt. Seine Hände hingen an den Ketten der Handschellen, die am Sicherheitsriegel befestigt waren.

»Paßt auf«, sagte Tanya. Jeremy und die anderen gingen aus dem Weg. »Okay, Nate«, sagte sie.

Nate schob irgendwo seitlich von ihnen einen Hebel nach vorn.

Das Riesenrad erbebte und begann langsam, sich zu drehen. Als die Gondel sich rückwärts bewegte und aufstieg, fing sie an zu schaukeln. Der Troll fiel von der Fußstütze und schrie auf, als die Handschellen an seinen Gelenken zerrten.

»Nein!« schrie er. »Bitte!«

Eine Sekunde später hing er gerade nach unten – sein ganzes Gewicht wurde von den Handschellen gehalten, von der Verbindungskette, von dem Sicherheitsriegel. Das Riesenrad zog ihn höher, quietschte dann und blieb mit einem Ruck stehen. Der Troll hing beinahe zwei Meter über dem Boden.

»Zieh ihn höher«, sagte Tanya.

»Das ist hoch genug«, meinte Nate. »Er ist schrecklich schwer. Es könnte etwas brechen.«

»Laßt mich runter. Bitte! Ich verschwinde aus der Stadt. Ich tue alles, was ihr wollt. BITTE!«

»Zieh ihn bis an die Spitze«, sagte Tanya.

»O ja«, platzte Heather heraus.

»Laß ihn damit *fahren*«, sagte Liz.

»Ich denke, wir sollten nicht...«

»Scheiße!« schnappte Tanya. »Zeig's ihm! Er ist ein elender *Troll!*«

Nate schüttelte den Kopf.

Er schüttelte ihn immer noch, als Tanya auf ihn zuging. »Dann werde *ich* es eben tun, verdammt.«

»Tanya«, sagte er. Aber er versuchte nicht, sie aufzuhalten.

Sie schob den großen Hebel nach vorn. Mit einem schnellen Ruck, der den Troll aufschreien ließ, setzte sich das Rad wieder in Bewegung.

Der nackte, um sich tretende Troll entschwand nach oben, als würde er vom Nebel aufgesaugt. Er schrie die ganze Zeit. Er schrie immer noch, auch als Jeremy ihn nicht mehr sehen konnte.

Tanya zog den Hebel nach hinten.

Das Riesenrad hielt an.

Die Schreie des Trolls kamen aus dem Nebel.

»Himmel«, sagte Shiner, »er muß fast an der Spitze sein.«

»Ein guter Platz, um dort die Nacht zu verbringen«, sagte Tanya.

»Komm, wir holen ihn herunter«, sagte Nate zu ihr. »Ich kümmere mich darum.«

»Gut«, meinte Tanya. »Morgen früh. Schließ ab, und laß uns gehen.«

»Wir können ihn nicht...«

Der Troll hatte nicht aufgehört zu schreien, aber plötzlich wurde das Schreien schriller. Jeremys Zähne schmerzten davon, und Gänsehaut zog sich über seinen Rücken.

Er hörte einen dumpfen Schlag.

Das Schreien hörte auf.

Noch ein Schlag.

»O Gott«, sagte Nate.

Und aus dem Nebel heraus stürzte der Troll, krachte gegen die Speichen, fiel dort wieder herunter, überschlug sich, drehte sich wie ein verrückt gewordener Akrobat.

20

Die Plattform bebte, als er aufschlug.

Keiner sagte etwas. Es war totenstill bis auf das Rumpeln des Riesenradmotors.

Jeremy starrte den Troll an. Er lag nur ein paar Meter entfernt, mit dem Gesicht nach oben, zwischen zwei Gondeln. Die Schatten waren nicht dunkel genug, um ihn zu verbergen. Sein Gesicht war schwarz, vermutlich von Blut. Die Nase war eingedrückt. Ein Bein stand seitlich ab, als wäre es aus dem Gelenk gebrochen. Das andere stand im rechten Winkel vom Knie ab. Die Hände, immer noch in Handschellen, lagen auf dem Bauch. Ein Stück Knochen ragte aus dem linken Unterarm.

Jeremy wandte den Blick von der Leiche ab und sah die anderen an. Alle starrten auf den Troll, keiner rührte sich.

Dann preßte Liz eine Hand vor den Mund. Ob sie sich wohl übergeben würde? Jeremy war durchaus danach zumute. Aber sie machte ein merkwürdiges, unterdrücktes Geräusch, und dann merkte er, daß sie kicherte. Einen Augenblick später sagte sie: »Wups.«

Shiner sagte: »O Gott, jetzt haben wir es getan.«

»Plumps, da fiel der Troll um«, sagte Heather.

Nate entfernte sich von der Gruppe und stellte den Motor ab.

»Bleibt bloß alle cool«, sagte Tanya.

»Was ist *passiert?*« fragte Randy.

»Offensichtlich war der Sicherheitsriegel nicht stark genug, ihn zu halten«, meinte Tanya.

»Wir haben ihn umgebracht«, sagte Randy.

»Messerscharfer Schluß, Blödmann.« Das war Liz.

»Paßt auf«, sagte Tanya. »Das wichtigste ist jetzt, nicht in Panik zu geraten. Wir müssen ihn loswerden und hier saubermachen. Niemand darf je erfahren, daß das passiert ist. Liz, Karen und Heather, ihr putzt das Blut weg. Holt einen Eimer und einen Lappen. Jeremy, du raffst das Zeug von dem Kerl zusammen und wirfst es unter die Promenade. Shiner, hilf ihm dabei. Samson, du mußt mir mit der Leiche helfen. Nate, du holst dein Surfboard. Wir bringen ihn aufs Meer und versenken ihn da.«

»Was wird mit mir?« fragte Randy.

»Tu uns den Gefallen und steck deinen Kopf in den Arsch«, sagte Liz.

»Du kannst bei mir bleiben«, sagte Tanya. Sie schob die Ärmel ihres Sweatshirts hoch, kroch unter dem Riesenrad durch und hockte sich neben der Leiche nieder. Samson folgte ihr.

Die anderen rührten sich nicht.

Tanya hob das seitwärts weggestreckte Bein des Trolls hoch und schob es zurück. Als sie das andere anhob – das ab dem Knie umgebogen war –, drehte sich Randy um und würgte. Er warf sich gegen das Geländer der Plattform und übergab sich.

»Also *das* werde ich nicht wegputzen«, sagte Liz.

Jemand drückte Jeremys Arm. Er sah hin und stellte fest, daß es Shiner war. »Laß uns sein Zeug holen«, sagte sie. Er wandte sich ab von dem grausigen Anblick Tanyas und Samsons, die mit der Leiche kämpften, und fing an, die Kleider des Trolls aufzusammeln.

Nate streifte ihn, als er die Treppe hinuntereilte. Dann gingen auch Liz, Karen und Heather.

»Ich werde euch helfen, Leute«, sagte Randy. Er hatte immer noch den Stock mit dem Hut obendrauf in der einen Hand. Der Hut fiel herunter, als er sich bückte, um die langen Unterhosen aufzuheben. Er rollte unter das Riesenrad, und Randy kroch hinterher, um ihn zurückzuholen.

Jeremy sah, daß Tanya und Samson die Leiche unter dem Riesenrad hervorgeholt hatten. Tanya hielt die Beine, und Samson zog an den Armen. Sie schoben die Leiche zum hinteren Ende der Plattform.

»Ich hätte nie gedacht, daß so was mal passieren würde«, flüsterte Shiner.

»Es ist ziemlich schlimm«, sagte Jeremy.

»O Gott!«

Er hob die Schuhe und Socken auf. Und blickte rechtzeitig wieder hoch, um zu sehen, wie Samson und Tanya den Troll über das Geländer hinter dem Riesenrad hoben. Sie ließen ihn auf den Strand fallen. Auf dem Rückweg schnappte sich Samson die Reisetasche. Er nahm sie mit, als er Tanya zum Strand folgte.

»Ich glaube, wir haben alles«, sagte Shiner.

Mit Randy vornweg – der den Stock und den Hut nicht mehr wie eine Trophäe trug – verließen sie die Plattform. Sie gingen durch das offene Tor. Tanya und Samson wandten sich nach links und kletterten über das Geländer der Promenade. Samson hatte die Reisetasche bereits hinuntergeworfen. Er und Tanya sprangen und waren außer Sichtweite.

Als Jeremy das Geländer erreichte, sah er, wie sie über den Strand gingen. Nach ein paar Schritten waren sie im Nebel verschwunden.

Die Reisetasche lag im Sand direkt unter ihm. Er kippte sein Bündel über das Geländer. Die Schuhe fielen schnell herunter, aber Socken und Hosen flatterten im Wind. Ebenso das Hemd, das Shiner hinunterwarf. Es segelte mit ausgestreckten Armen hinab. Die zusammengeknäulte Lederjacke fiel schneller und landete noch vor dem Hemd. Randy warf den Stock. Er blieb wie ein Speer im Sand stecken. Randy hielt den Hut in der Hand, als er zwischen den Stangen des Geländers durchkletterte. Dann blieb er stehen und zögerte. Er schob seine Brille mit der harten Krempe des Hutes fester ins Gesicht.

»Du mußt nicht springen«, sagte Shiner.

»Ich habe keine Angst.«

»Liz ist nicht hier, um dich aufzuziehen.«

»Tanya ist gesprungen, also kann ich auch springen.« Und er tat es. Als er auf dem Sand landete, knickten seine Knie ein, und es sah aus, als würde er nach vorn tauchen. Dann stand er auf und beobachtete, wie Shiner und Jeremy über das Geländer kletterten.

Als er an der Außenseite des Geländers hing, wurde Jeremy klar, wieso Randy vor dem Sprung aus dieser Höhe gezögert hatte. Aber die anderen hatten es auch getan. Er wollte nicht wie ein Jammerlappen aussehen und sich von der Kante der Promenade herunterlassen, damit der Fall nicht so tief war.

Shiner sprang.

Dann trat auch Jeremy ins Leere. Er wollte nicht an den Troll denken, aber plötzlich stellte er sich selbst als den alten Mann vor, wie er von der Spitze des Riesenrads fiel und wußte, daß er so gut wie tot war. Einen Augenblick lang ergriff ihn Entsetzen.

Dann berührten seine Füße den Sand. Vom Aufprall knickten seine Knie ein. Er fiel nach hinten, und ein Knie knallte gegen sein Kinn und ließ die Zähne zusammenkrachen. Dann lag er flach auf dem Rücken. Als er sich aufsetzte, reichte ihm Shiner eine Hand zum Aufstehen. Er nahm die Hand, und sie zog ihn hoch.

»Alles in Ordnung?« fragte sie.

Er nickte und fuhr mit der Zunge über die Kanten seiner Zähne, erwartend, daß etwas abgebrochen war, aber sie waren offenbar alle noch in Ordnung.

»Du hättest dich abrollen sollen«, sagte sie ihm.

»Ja, das nehme ich an.«

»Wenn ihr meine Hilfe nicht braucht«, meinte Randy, »würde ich gern Tanya einholen.«

»Klar«, sagte Shiner.

Der Junge rannte in den Nebel hinein.

Jeremy und Shiner gingen umher und bückten sich hier und da, um die Sachen des Trolls aufzusammeln.

»Randy tut mir leid«, sagte sie. »Er ist ziemlich sensibel. Was heute nacht passiert ist, war hart.«

»Das ist klar.«

»Er ist nicht... wie andere von uns. Er ist nur dabei, weil er es irgendwie auf Tanya abgesehen hat.«

»Wirklich?«

Shiner ging in die Nähe eines Stützpfahls und warf Jacke und Hose des Trolls in die Dunkelheit.

»Sollten wir das Zeug nicht weiter rein bringen? Es vielleicht ein bißchen verteilen?«

»Nein. Wirf es einfach runter. Da sind vielleicht Trolle in der Nähe.«

»Lieber Himmel!«

»Ja. Wir sollten uns hier nicht lange aufhalten.«

Jeremy warf die Schuhe, Socken und das Hemd und wich dann zurück. »Glaubst du, jemand hat gesehen, was passiert ist?«

»Du meinst die Trolle? Einige vielleicht. Sie verstecken sich immer irgendwo. Ich wette, die kriegen alles mit, was geschieht.« Sie hob die langen Unterhosen auf, zog den Stock aus dem Sand und fand den federgeschmückten Hut.

Jeremy packte die Reisetasche. Sie war schrecklich schwer. »Werden sie darüber reden?« fragte er.

»Sehr unwahrscheinlich.«

Sie blieben unter der Kante der Promenade stehen, und Shiner warf die Sachen ins Dunkel.

»Ich trage die hier lieber etwas tiefer hinein«, sagte Jeremy.

»Nein, tu's nicht. Wirf sie einfach drunter. Morgen ist alles sowieso weg.«

»Ich frage mich, was er hier drin hatte.«

»Mach doch auf und sieh nach.«

Er merkte, daß er es eigentlich nicht wissen wollte. Er hielt die Tasche an den Henkeln, schwang sie nach vorn und ließ los. Sie verschwand. Eine Sekunde später landete sie mit einem weichen Ploppen und einem Klirren, als würden Flaschen zusammenstoßen.

»Die Trolle werden sich freuen, die zu finden«, sagte er.

»Da hast recht.« Eine trockene, alte Stimme kam aus der Dunkelheit vor ihm.

Jeremy fuhr zusammen und erstarrte. Shiner ergriff seinen Arm. Er wollte sich umdrehen und losrennen, aber sie hielt ihn fest und ging langsam rückwärts. Er hörte sie heftig atmen.

»Bist du nicht froh, daß du nicht tiefer reingegangen bist?« fragte sie ihn nach ein paar Schritten.

»Meine Güte!«

»Ich hab's dir ja gesagt, sie verstecken sich überall.«

»Die Schweine.«

»Ich habe Alpträume, in denen ich von ihnen gefangen werde. Das ist das Schlimmste, was ich mir vorstellen kann.«

»Ich habe ein Messer«, sagte Jeremy.

»Ich auch. Und eine Trillerpfeife.«

Er merkte, daß Tanyas Pfeife immer noch um seinen Hals hing.

»Du besorgst dir am besten auch eine Pfeife«, sagte sie. »Und pfeife wie verrückt, wenn du in Schwierigkeiten gerätst. Und komm nie ohne uns andere hier raus.«

»Bestimmt nicht.«

»Ich denke, jetzt sind wir sicher.« Sie ließ seinen Arm los und drehte sich um.

Auch Jeremy wandte sich um. Dann blickte er über die Schulter zurück. Der dunkle Bereich unter der Promenade war ein verschwommener Fleck im Nebel. Er versuchte, das Riesenrad zu erkennen, aber es war außer Sichtweite.

»Ich wette, du hättest nie gedacht, in so was verwickelt zu werden«, sagte Shiner.

»Daß der Kerl abgekratzt ist?« Er schüttelte den Kopf.

»Schlimm. Wirklich schlimm. Ich fühle mich irgendwie krank, weißt du. Ich meine, er war ein Troll, aber...« Sie lehnte sich an ihn, und Jeremy legte einen Arm um sie. »Es war jedenfalls ziemlich schrecklich.«

»Ja.«

Sie gingen weiter. Er konnte nichts sehen außer Sand und Nebel.

»Ich hoffe, er wird nicht wieder angespült«, sagte Shiner. »Das wäre furchtbar, wenn die Leute am Strand sind und er treibt herein.«

Aus dem Geräusch der Brandung konnte Jeremy entnehmen, daß sie nahe am Wasser waren. Aber er konnte immer noch weder das Meer sehen noch Tanya und die anderen.

»Nate wird ihn auf dem Surfboard hinausbringen?« fragte er.

»Das nehme ich an.«

»Muß er bis nach Hause laufen, um es zu holen?«

»Nein. Er braucht nicht lange. Er hat es in einem Nebenraum der Arkade. Manchmal surft er morgens, bevor Funland öffnet.«

»Er ist Tanyas Freund, nicht wahr?«

»Ja.«

Jeremy stellte fest, daß seine Füße nicht länger im Sand versanken. Der Boden fühlte sich jetzt fester an. Es war ein wenig abschüssig. Hier und da lagen Algenklumpen, die weniger wie Tang aussahen als wie fremdartige Wesen mit Tentakeln, die tot am Strand lagen.

Weiße Gischt spritzte ihnen entgegen. Shiner blieb stehen. Ein paar Meter vor ihren Füßen strömte das Wasser zurück. Jeremy hörte die Brandung, und eine neue Welle rauschte an Land.

»Die anderen müssen da drüben sein«, sagte er und nickte nach links.

Shiner drehte sich in die Richtung. Dann blickte sie wieder nach vorn. Ihre Hand preßte sich an seine Seite, und Jeremy zog sie ein wenig näher an sich.

»Ich denke, wir sollten rübergehen«, sagte sie.

»Ja.«

Aber sie rührte sich nicht, und so blieb auch Jeremy stehen. Er merkte, daß sein Herz schneller schlug als zuvor.

Er fragte sich, wie sie wohl reagieren würde, wenn er sie küßte.

Das ließ sein Herz derart rasen, daß ihm ein wenig schwindlig wurde. Er stellte sich ihre weichen warmen Lippen auf seinen vor, ihre Arme, die sich um ihn legten, ihren Körper, der sich an ihn pressen würde. Aber dann dachte er: Was soll das, du traust dich ja doch nicht.

Nachdem er die Idee aufgegeben hatte, beruhigte sich sein Herz wieder.

Es ist schon genug, hier zusammen zu stehen.

Woran sie jetzt wohl denkt?

Vielleicht *wollte* sie ja, daß er sie küßte.

O ja, ganz bestimmt.

Aber was, wenn sie es will, und ich tue es nicht, und sie denkt, ich hätte kein Interesse an ihr?

Ich bin so verdammt feige.

Dann wurde Jeremy klar, daß das alles ziemlich verdreht war – sich hier Gedanken darüber zu machen, ob man ein Mädchen küssen sollte, obwohl er gerade erst vor ein paar Minuten gesehen hatte, wie der Troll in den Tod fiel. Er hätte sich vor lauter Schuld ganz elend fühlen müssen. Aber ich habe ihn nicht umgebracht!

Es war alles Tanyas Idee, sie hat ihn an das Riesenrad gebunden und ihn hochgezogen. Es hatte überhaupt nichts mit mir zu tun. Ich bin nur dort gewesen.

»Wir sollten sie eigentlich hören können«, sagte Shiner.

»Wollen wir versuchen, sie zu finden?«

»Willst du das?« fragte sie.

Er zuckte die Schultern. Er wollte hierbleiben. Und *das* war auch seltsam. Er könnte in diesem Moment bei Tanya sein – sie ansehen, ihre Stimme hören.

Aber ich würde sie nicht so im Arm halten, dachte er. Sie ist Nates Mädchen. Ich habe keine Chance bei ihr. Wie kommst du darauf, daß du eine Chance bei Shiner hast?

Sie mag mich. Ich weiß das.

Vielleicht hat sie einen Freund. Vielleicht lehnt sie sich nur an mich, weil sie friert, und es hat nichts weiter zu bedeuten.

»Vielleicht höre ich mit dem Trolljagen auf«, sagte sie.

»Wirklich?«

»Ich weiß nicht. Einen Kerl so umzubringen. Ich hasse die Trolle, aber sie umbringen...«

»Wenn du aufhörst, wie werde ich dich dann treffen können?« Er hatte gesprochen, ohne über seine Worte nachzudenken.

Sie drehte sich zu Jeremy hin.

»Warum gibst du mir nicht deine Telefonnummer?« fragte sie.

Sein Herz fühlte sich an wie eine Faust, die gegen seinen Brustkorb trommelte.

»Ich... wir haben den Anschluß gerade erst bekommen. Ich weiß die Nummer noch nicht. Wenn du mir deine gibst...«

»Ich kann nicht«, sagte sie. »Ich würde gern, aber ich darf keine Anrufe von Jungs bekommen.«

»Wie das?«

»Meine Mutter. Sie ist... ein bißchen komisch. Sie denkt, ich wäre zu jung, um einen Freund haben.«

»Wie alt bist du?«

»Sechzehn.«

»Ich auch.«

»Vielleicht können wir uns irgendwo treffen«, schlug sie vor.

»Klar.« Er konnte vor Aufregung kaum atmen. »Ja. Das wäre toll.«

»Wie wär's mit dem Strand, morgen mittag? Der Nebel ist wahrscheinlich bis mittags weg. Wie wär's mit ein Uhr? Wir könnten uns an der Rettungsschwimmerstation treffen.«

»Prima.«

Shiner schmiegte sich wieder an ihn, und er dachte: *Los! Küß sie jetzt!* Er fühlte sich, als würde er explodieren, wenn er sie nicht auf der Stelle in den Arm nahm und seinen Mund auf ihren preßte – aber er blieb bewegungslos stehen. Er konnte es einfach nicht tun. *Sie will, daß du sie küßt!*

Aber er konnte nur dastehen und sich nicht rühren.

Dann kam jemand am Strand entlang, und sie zuckten beide zusammen.

Nate. Barfuß und mit einem Surfanzug bekleidet. Er trug ein Surfboard unter dem Arm.

Er drehte sich um und kam auf sie zu. Ein paar Schritte von ihnen entfernt blieb er stehen. Er sah von einer Seite zur anderen. »Wo sind die anderen?« fragte er.

»Irgendwo da drüben«, sagte Shiner. Sie zeigte mit der linken Hand in die Richtung.

Er ging weiter. »Kommt ihr?« fragte er.

»Ja.«

Shiner ließ Jeremy los, und sie gingen beide hinter Nate her. Jeremys Seite fühlte sich kalt an, jetzt, wo Shiner sich nicht mehr an ihn schmiegte.

»Tanya?« rief Nate.

»Hier drüben.« Tanyas Stimme schien von weit weg zu kommen, geradeaus vor ihnen.

Shiner nahm Jeremys Hand. Es war, als würde ihre Wärme seinen Arm hinauffließen.

Er dachte an morgen. Das war eine richtige Verabredung. Er hoffte, daß sie im Sonnenlicht so hübsch war, wie es ihm in der Dunkelheit vorkam. Sie würde wahrscheinlich einen Badeanzug tragen – vielleicht einen Bikini. Und sie würden sich bei der Rettungsschwimmerstation treffen, und Tanya wäre auch da. Er könnte sie beide ansehen.

Das wird großartig, dachte er.

Dann sah er drei verschwommene, dunkle Schatten im Nebel vor Nate. Der nackte Körper des Trolls lag zu ihren Füßen. Die Handschellen waren weg.

Shiner ließ seine Hand nicht los, als sie die Gruppe erreichten. Jeremy freute sich. Es war, als würde sie ihn vorführen, sagen: »Seht, was ich habe!«

Es kam ihm vor, als wären sie beide plötzlich ein Paar geworden.

»Hat dich jemand gesehen?« Tanya fragte Nate, als er sein Surfboard neben die Leiche legte.

»Vielleicht ein paar Trolle, aber ich habe keine gesehen.«

»Diesen Troll werden sie nicht mehr kriegen«, sagte Samson. Er und Nate hockten sich auf die andere Seite der Leiche. Sie rollten sie auf das Surfboard. Jeremys Magen zog sich zusammen, als er die gebrochenen Beine hin und her rutschen sah. Aber er war erleichtert, daß der Troll mit dem Gesicht nach unten lag und daß man seinen Penis nicht sehen konnte. Er hatte einen dunklen Fleck auf einer Pobacke. Ein Muttermal?

»Er wird runterrutschen, wenn wir ihn nicht festbinden«, sagte Nate. »Ich konnte kein Seil finden. Trägt einer von euch einen Gürtel?«

»Ja«, sagte Samson. »Aber der wird nicht um ihn und um das Board herumreichen.«

»Wir brauchen ein paar davon.«

»Ich hab einen«, sagte Jeremy.

»Ich auch«, sagte Shiner.

»Tut mir leid«, meinte Randy und hob seine Jacke, als müsse er beweisen, daß er wirklich keinen Gürtel hatte. Während Jeremy seinen Gürtel auszog, beobachtete er Shiner, wie sie den Anorak über die Taille hob, ihren Gürtel öffnete und ihn aus den Schlaufen der Jeans zog. Sie trug ein kariertes Hemd. Eine Seite war nicht in die Hose gesteckt und ein wenig hochgerutscht. Nahe ihrer Hüfte war ein kleines Stück Haut zu sehen. Dann zog sie den Anorak wieder herunter.

»Wirst du sie zurückbringen?« fragte sie Nate, als sie ihm den Gürtel gab.

»Ich werde es versuchen.«

»Es war ein Geschenk von meiner Schwester«, fügte sie hinzu.

Ihre Schwester. Die, die verschwunden war. Die die Trolle geschnappt hatten. Als Jeremy vorhin davon gehört hatte, war Shiner eine Fremde gewesen. Jetzt war sie etwas Besonderes, und der Verlust ihrer Schwester tat ihm leid.

Nate schnallte Jeremys Gürtel an Samsons. Samson hob ein Ende des Surfboards vom Sand, und Nate zog die Gürtel darunter durch. Samson senkte das Board wieder, Nate schob die Leiche zurecht, zog beide Gürtelenden hoch und befestigte sie über dem Rücken des Trolls. Er benutzte Shiners Gürtel, um die Füße des Trolls an das Ende des Boards zu schnallen.

»Okay«, sagte er. »Alles klar.«

»Noch nicht ganz«, sagte Tanya. Sie ging um die Leiche herum und auf Jeremy zu: »Gib mir die Karte«, sagte sie.

Er war verwirrt. Welche Karte? Meinte sie nicht die Trillerpfeife? Dann erinnerte er sich. Er griff in seine Tasche, holte die Trolljäger-Visitenkarte heraus und gab sie ihr.

Sie lächelte ihn an.

»Hier«, sagte er. »Du kannst auch deine Pfeife wiederhaben.« Er zog die Kette über den Kopf und ließ sie in ihre Hand fallen.

»Ich nehme an, du hast sie nicht gebraucht«, sagte sie und legte die Kette um ihren Hals. Ein Finger der Hand, die die Karte hielt, zog den Ausschnitt des Sweatshirts vom Hals, und sie ließ die Trillerpfeife in den Ausschnitt gleiten. »Sagen wir mal, du hast die Einweihung hinter dir.«

»Wir haben *alle* eine Einweihung hinter uns«, sagte Nate. Tanya trat vor das Surfboard und hockte sich hin. Sie griff nach vorn und drehte das Gesicht des Trolls zu sich hin. Dann zog sie an seinem Kinn, und der Mund öffnete sich. Sie steckte die Karte hinein und klappte den Mund wieder zu.

»Ich bin nicht sicher, ob das so eine gute Idee ist«, sagte Nate.

Sie ließ die Karte, wo sie war, und stand auf. »Der Kerl ist jetzt sowieso Fischfutter«, sagte sie. »Niemand wird die Karte lesen können, sobald er ein paar Minuten im Wasser war.«

Nate zuckte die Schultern und murmelte: »Was soll's.« Dann hoben er und Samson das Surfboard vom Sand. Sie trugen es wie eine Bahre den Strand hinunter. Die anderen folgten. Jeremy sah den schaumigen Saum der Wellen, aber er ging weiter. Kalte Nässe drang durch seine Schuhe und Socken.

Er sah das Meer. Schwarze Wellen mit weißen Kämmen rollten aus dem Nebel auf ihn zu.

Er stellte sich vor, wie der Troll dort draußen sank, ganz allein im kalten dunklen Wasser, und ihm wurde innerlich kalt.

Der Kerl lebt ja nicht mehr, sagte er sich. Er ist tot. Er wird nichts spüren. Er wird nichts davon wissen. Aber die schreckliche Kälte verschwand nicht.

Alle außer Samson und Nate blieben stehen. Randy ging näher zu Tanya hin. Shiner drückte Jeremys Hand. Die beiden Jungen wateten mit ihrer Last weiter ins Meer hinaus. Sie setzten das Surfboard im knietiefen Wasser ab; Samson watete eilig zurück, und Nate schob das Board weiter hinaus.

Eine Welle brach sich am Rücken des toten Mannes. Dann sah Jeremy Nate hinter dem Surfboard, wie er es vor sich herschob.

Shiner zog Jeremy zu sich herum und hielt ihn fest, ihr Gesicht an seinen Hals gepreßt.

Als er wieder aufs Meer hinausblickte, konnte er nur noch die Brandung und den Nebel sehen.

21

Nach dem Morgenappell setzte sich Dave an den Schreibtisch und begann seinen Bericht über den gestrigen Vorfall in Funland. Er ließ alles noch einmal in Gedanken an sich vorüberziehen, während er auf die Schreibmaschine einhackte. Als er Joans entschlossenes Eingreifen gegenüber dem messerschwingenden Täter beschrieb, wanderten seine Gedanken zu der anderen, verwundbaren Joan, die sich quälte, weil sie den Jungen vielleicht getötet hatte. Er dachte daran, wie sie sich in seinen Armen angefühlt hatte und wie es gewesen war, sie zu küssen.

Joans Schreibtisch stand im rechten Winkel zu seinem. Er sah sie an. Sie lehnte sich im Drehstuhl zurück, das Telefon am Ohr, die Beine ausgestreckt. Wie Dave trug sie die leuchtend blaue BBP-Jacke über ihrer Stranduniform. Die Jacke war nicht zugeknöpft, und Dave konnte sehen, wie Joans rechte Brust sich gegen das T-Shirt drückte.

Während er sie noch anstarrte, setzte sie sich wieder aufrecht hin und legte den Hörer zurück. Sie drehte sich zu ihm um und zog die Augenbrauen hoch. »Woodrow Abernathy ist seit zwei Stunden wieder bei Bewußtsein«, sagte sie.

»Freut mich«, entgegnete er. Er freute sich für Joan, nicht für Woodrow. Andere Leute würden vielleicht in den nächsten Jahren viel zu leiden haben, weil der Kerl durchgekommen war, aber wenigstens müßte Joan nicht mit der Schuld leben, seinen Tod verursacht zu haben.

Sie lächelte ein wenig und schüttelte den Kopf. Sie atmete tief ein, atmete wieder aus und beugte sich nach vorn, als sei die Luft in den Lungen das einzige, was sie aufrecht gehalten hatte. Ihre Unterarme stützte sie auf den Schenkel ab. Dann blieb sie einfach so sitzen, vornübergebeugt, und blickte zu Boden.

Dave tippte seinen Bericht weiter, aber sein Blick wanderte

immer wieder zu Joan. Er wünschte sich, zu ihr gehen zu können. Aber sie waren nicht allein.

Schließlich setzte sie sich wieder aufrecht hin und schaute ihn an. Sie legte den Kopf ein wenig schräg, lächelte und klatschte mit den Handflächen auf ihre Knie. »Fertig, Partner?«

»Ich habe es fast geschafft.«

»Ich geh noch schnell aufs Klo, und wir treffen uns im Auto.«

Er sah ihr nach, als sie hinausging. Ohne durch ihre Anwesenheit weiter abgelenkt zu werden, konnte er den Bericht schnell fertigschreiben, unterschrieb ihn und legte ihn auf den Schreibtisch des Chefs.

Als er beim Wagen ankam, saß Joan schon hinter dem Steuer. Er stieg ein. Sie verließen den Parkplatz und fuhren in Richtung Funland.

»Du mußt ja ziemlich erleichtert sein«, sagte er.

Sie nickte. »Wie geht es dir? Was macht die Brust?«

»Ein bißchen steif und empfindlich. Nicht schlecht. Danke für die Medizin.«

Joan zog eine Grimasse. »Das tut mir alles sehr leid.«

»Was, alles?«

»Äh... was könnte mir denn schon leid tun? Ich hab mich doch nur besoffen, den verdammten Champagner verschüttet, mich dir an den Hals geworfen und dir Ärger mit Gloria gemacht. Mist! Kaum der Rede wert.«

»Es war eine widerwärtige Vorstellung«, sagte Dave.

Sie schaute ihn nicht an. Er sah, wie sie die Lippen aufeinanderpreßte. Sie nickte einmal kurz und zustimmend.

»Und das Allerübelste an der verdammten Geschichte«, fuhr Dave fort, »war, wie wir uns geküßt haben.«

Ihr Kopf schoß zu ihm herum. Einen Augenblick lang riß sie schockiert die Augen auf. Dann entspannte sie sich. Ein Mundwinkel zog sich nach oben. »Lügner«, sagte sie.

»Ah, jetzt hast du mich erwischt.«

»Ich dachte, ich hätte den Jungen schwachsinnig getreten. Und du bist verletzt worden. Aber es war auch eine Art Sieg. Wir haben es diesen Schweinen gezeigt. Also nahm ich an, es könnte schön sein, mit dir zusammenzusein, weißt du? Wir sind Partner.

Es kam mir ganz richtig vor, dich zu trösten und zusammen einen zu heben…«

»Das war doch auch völlig in Ordnung.«

Sie sah ihn an. »Ich bin dein Partner, aber ich bin kein Kerl. Das hat alles verdorben. Es wäre in Ordnung gewesen, ohne diesen kleinen Unterschied.«

Dave streckte den Arm aus und tätschelte ihre Schulter. »Mach dir keine Gedanken. Für mich *bist* du ein Kerl.«

»Ja. Genau.«

»Ein Kerl, der auch noch *größer* ist als ich«, fügte er hinzu und hoffte, sie würde sich erinnern, daß er diese Feststellung zum ersten Mal gestern gemacht hatte, als sie sich umarmten.

Ihr Ausdruck wurde weicher, und er wußte, daß sie sich erinnerte.

»Alles, was ich wegen gestern bedaure«, sagte er, »ist, daß Gloria aufkreuzte und ich dich nicht weiterküssen konnte.«

Joan lenkte den Wagen auf den Parkplatz von Funland. Sie hielt an, schaltete den Motor ab und sah Dave in die Augen. Ihre Hand legte sich auf seinen Oberschenkel. »Was ist mit Gloria?« fragte sie.

»Das ist vorbei.«

»Oje.« Joan senkte die Augen. Sie schien auf ihre Hand zu starren, die sich langsam auf seinem Bein auf und ab bewegte.

»Mach dir keine Sorgen wegen ihr«, sagte Dave.

»Nein, natürlich nicht. Ich habe ja nichts weiter getan, als ihr den Freund auszuspannen.«

»Wir haben nie wirklich zueinander gehört.«

Joans Hand bewegte sich nicht mehr. Sie sah ihm fest in die Augen und runzelte die Stirn. »Vielleicht wirst du dasselbe irgendwann über mich sagen. ›Mach dir keine Sorgen wegen Joan. Wir haben nie wirklich zueinander gehört.‹ «

»Ich hab zu dir gehört, seit wir zum ersten Mal zusammen auf Streife waren«, sagte Dave. »Es ist dir nur nicht aufgefallen.«

Sie zog die Augenbrauen hoch und grinste überlegen. Sie gab ihm einen Klaps aufs Bein und sagte: »Quatsch.«

»Was ist mit dir und Harold?«

»Wir haben nie wirklich zueinander gehört.«

Dave grinste. »Du warst seit unserer ersten Streife Hals über Kopf in mich verliebt?«

»Hör auf, dir selbst zu schmeicheln.«

Er versuchte, entsetzt dreinzusehen. »Soll das bedeuten, du warst es nicht?«

»Ich wußte nur, daß mir deine Beine gefallen.«

Robin entdeckte ein paar bekannte Gesichter unter ihren Zuhörern. Aber Nate war nicht darunter. Wo steckte er? Er hatte gesagt, er würde heute hier sein!

Sie hatte den ganzen Morgen nach ihm Ausschau gehalten. Jetzt war es fast Mittag.

Ob sie nicht eine Pause einlegen sollte und in die Arkade gehen? Aber das machte vielleicht einen aufdringlichen Eindruck.

Er wird schon auftauchen, sagte sie sich.

Er muß.

Aber sie machte sich Gedanken. Sie hatte halb erwartet, ihn zu treffen, als sie vom Frühstück kam und ihren üblichen Platz am Nordende der Promenade einnahm. Vielleicht ist in der Arkade zu viel los, und er kann nicht weg.

Er wird schon kommen.

Während sie spielte und über Nate nachdachte, bemerkte sie, daß Dave und die Polizistin zu ihrem Zuhörerkreis gestoßen waren. Sie waren immer kurz stehengeblieben, wenn ihre Streife sie an dieses Ende der Promenade führte. Dave hatte seit dem ersten Tag nicht mehr mit ihr gesprochen, aber er hatte ihr immer zugenickt und gelächelt, wenn sie sich begegnet waren.

Gestern war sie versucht gewesen, ihm von Poppinsack zu berichten. Jedesmal, wenn sie sah, daß er ihr zuhörte, mußte sie daran denken. Er schien in Ordnung zu sein und würde ihr wahrscheinlich helfen wollen. Aber sie hätte ihm nicht erzählen können, wie der Diebstahl passiert war. Das wäre einfach zu peinlich gewesen. Außerdem hatte sie gestern immer noch gehofft, mit Poppinsack selbst abrechnen zu können, und wenn sie den alten Widerling erstochen hätte oder so, wäre es besser gewesen, die Polizei nicht über ihre Probleme informiert zu haben.

Sie könnte es Dave jetzt erzählen, wo sie nicht mehr vorhatte, den Kerl fertigzumachen. Aber dann blieb immer noch das Problem, ihm zu berichten, daß das Geld aus ihrem Höschen gestohlen wurde.

Ich könnte es seiner Partnerin erzählen, dachte sie. Es wäre nicht so schlimm, mit einer Frau darüber zu reden. Robin mochte sie, obwohl sie nie mit ihr gesprochen hatte. Sie hatte ein hinreißendes Lächeln und eine freundliche Art, die Leute anzuschauen.

Robin dachte darüber nach und spielte weiter. Sie fragte sich, ob es überhaupt einen Sinn hätte. Mittlerweile würde Poppinsack das meiste Geld ausgegeben haben. Außerdem war er nirgendwo zu finden.

Als sie mit dem Lied fertig war, kam Dave zu ihr und warf einen zusammengefalteten Geldschein in den Banjokasten. Sie dankte ihm. Er lächelte, winkte kurz und setzte mit der Frau seinen Rundgang fort.

»Spiel uns den *Würstchengrill*«, rief ein stämmiger Typ, der seit drei Tagen zu ihrem Publikum gehörte.

»Also los«, sagte sie und begann mit dem Lied. Wie immer schüttelten die Leute den Kopf, lachten oder stöhnten.

Sie war fast fertig damit, als sie Nate hinten am Rand der kleinen Zuhörergruppe sah. In der Aufregung vergaß sie für einen Augenblick den Text. Dann konzentrierte sie sich wieder und spielte und sang das Lied zu Ende.

Sie wartete, bis der Applaus und das Johlen verklungen waren, und kündigte dann eine kleine Pause an. Die Leute kamen nach vorn, um Geld in den Kasten zu werfen, und spazierten dann weiter.

Nate blieb stehen.

Er kam näher. Über seinem T-Shirt trug er eine Geldschürze mit ausgebeulten Taschen, in denen es klirrte, wenn er sich bewegte. Seine Arme waren muskulös. Er war stärker gebräunt, als sie am Abend zuvor bemerkt hatte.

Ein richtiger Mann, dachte sie, und mußte über sich selbst lächeln. Ein blöder Begriff, aber angebracht. »Das ist ein böses kleines Lied«, sagte er.

»Ich bin eine böse kleine Frau.«

Er schüttelte den Kopf und lächelte. Das Lächeln wirkte ein wenig gezwungen.

»He«, sagte sie. »Wegen gestern abend. Du hast mir ja doch zwanzig Dollar gegeben. Das hättest du nicht tun dürfen.«

»Ich wußte nichts Besseres damit anzufangen.«

»Dann laß mich dich wenigstens zum Essen einladen.«

»Ich muß wieder zurück in die Arkade«, sagte er. »Im Moment ist Hector verantwortlich, aber er ist ein Schwachkopf.«

Für Robin hörte sich das nach einer Ausrede an. »Ist schon in Ordnung«, sagte sie, zuckte die Schultern und hoffte, daß er ihr die Enttäuschung nicht anmerken würde.

»Ich wollte nur schnell vorbeikommen und guten Tag sagen und sehen, wie's dir geht.«

Sie versuchte zu lächeln. »Ich dachte, du wolltest vielleicht mehr vom *Schnurrland* hören.«

»Vielleicht ein anderes Mal«, sagte er.

»Jederzeit.«

»Ich muß zurück.«

Er stand einfach da und sah sie an. Er wirkte so anders als der dynamische, fröhliche Typ, den Robin am Abend zuvor getroffen hatte. Müde und erledigt.

Die Sorge um ihn verdrängte die Enttäuschung. »Geht es dir wirklich gut?« fragte sie.

»Klar.«

»Vielleicht brütest du etwas aus.« Sie machte einen Schritt auf ihn zu und legte die Handfläche auf seine Stirn. Die Haut fühlte sich glatt, feucht und heiß an. »Ich glaube, du hast ein bißchen Fieber«, sagte sie und ließ die Hand wieder sinken.

Er lächelte müde. »Bist du eine Krankenschwester?«

»Nur ein Mädchen.« *Ein Weibchen, wie man sehen kann. Verdammter Poppinsack.* »Wir haben alle Thermometer in den Händen eingebaut. Du gehst jetzt besser nach Hause, nimmst ein paar Aspirin und ruhst dich ordentlich aus.«

Sein Lächeln wurde breiter. »Die Ruhe könnte ich brauchen. Ich habe letzte Nacht nicht viel Schlaf gekriegt.«

»Ich auch nicht«, sagte Robin und dachte an ihre ruhelose Nacht unter dem Haus am Strand.

»Wo hast du geschlafen?« fragte Nate.

»Am Strand.«

Er runzelte die Stirn. »Das solltest du nicht tun.«

»Ich weiß. Die Trolle und die Trolljäger.«

Er sah noch besorgter aus. »Es ist nicht sicher genug.«

»Das habe ich gemerkt.«

»Hat dich jemand belästigt?«

»Ich bin vor zwei Nächten bestohlen worden, während ich schlief. Und dann war da natürlich der Kerl von gestern abend. Nochmals vielen Dank.«

»Du solltest wirklich vom Strand wegbleiben, Robin.«

»Ich mag die frische Luft.«

»Mit den zwanzig Dollar, die ich dir gegeben habe, hättest du dir ein Motel leisten können.«

Sie zuckte die Schultern. »Ich spare für einen BMW.«

»Darüber sollte man keine Witze machen.«

»Für zwanzig Dollar bekomme ich eine Woche lang ein gutes Frühstück. Das ist mir lieber als ein Dach über dem Kopf.«

»Ich will nicht, daß dir was passiert.«

»Ich kann auf mich selbst aufpassen.«

»Rede nicht so einen Quatsch!«

Robin zuckte zusammen.

Nate schüttelte den Kopf und kniff die Augen zusammen. »Tut mir leid. Mist.« Er rieb sein Gesicht. »Das hätte ich nicht sagen sollen... Tut mir leid.«

»Ist schon in Ordnung.«

»Ich muß gehen. Wir sehen uns später.« Er ging eilig weg.

Robin sah ihm nach, bis er in der Menge verschwand. Sie fragte sich, was wirklich mit ihm nicht stimmte. Seine Stirn hatte sich zwar fiebrig angefühlt, aber sie glaubte nicht, daß er krank war – er schien deprimiert oder aufgeregt zu sein, nicht krank.

Könnte es etwas mit ihr zu tun haben?

Unwahrscheinlich.

Aber er hatte es ziemlich eilig gehabt, von ihr wegzukommen.

Robin hatte das Gefühl, daß am Abend zuvor eine Verbindung zwischen ihnen entstanden war, daß er sich freute, sie wiederzusehen. Sie versuchte, nicht zuviel hineinzuinterpretieren, aber sie hatte viel an ihn gedacht. Vor allem, nachdem sie den Gedanken aufgegeben hatte, Poppinsack anzugreifen.

Als sie in der vergangenen Nacht in der Dunkelheit unter dem Haus gelegen hatte, war sie sehr unruhig gewesen. Sie schreckte immer wieder hoch, überzeugt, daß jemand auf sie zukroch oder daß sie von den Hausbewohnern entdeckt würde. Als sie dort gelegen hatte und sich klein und verängstigt fühlte, hatte sie sich damit getröstet, an Nate zu denken.

Das kam ihr jetzt alles ein bißchen dumm vor. Er war gestern abend einfach nur freundlich, und du hast das alles gewaltig aufgeblasen.

Traurigkeit nagte an ihr. Sie war bereits sehr lange unterwegs, war von hier nach dort gezogen, hatte ihre Freiheit genossen, und die Einsamkeit hatte ihr nicht viel ausgemacht. Sie hatte sich auf jeden neuen Tag gefreut. Es hatte zwar als Flucht angefangen, aber war bald zu einem Abenteuer, einer Suche geworden. Und hatte sie hierhergeführt.

Und nun merkte sie, daß sie es sich gestattet hatte zu denken, es sei vorüber.

Nate hätte das sein können, wonach sie suchte.

Hätte.

Aber er war es nicht.

Sie stand da und spürte eine Einsamkeit, die so groß und kalt war wie der Ozean.

»Ich bin ausgesprochen hungrig«, sagte Joan.

»Worauf hättest du Lust?«

Während der zwei Wochen, die sie jetzt mit Dave auf Streife ging, hatten sie ihr Essen an allen möglichen Buden zusammengekauft. Sie ließ eine Liste der verschiedenen Möglichkeiten vorüberziehen: Hamburger, Cheeseburger, Hot dogs, Hot dogs mit Chili, Fisch und Fritten, Muscheln, mexikanisches Essen, chinesisches und griechisches.

»Was war das für'n Zeug im Pittabrot mit Lamm und saurer Sahne?« fragte sie.

»Gyros?«

»Ja, genau. Wie hört sich das an?«

»Das ist ein ziemlich gefährliches Zeug. Man kann sich furchtbar bekleckern«, sagte Dave. »Ich möchte nicht, daß du mich blamierst.«

»Rutsch mir den Buckel runter«, sagte sie und schubste ihn.

»Jederzeit.«

»Halt die Luft an, Partner.« Sie kamen eben am Haupteingang vorbei. »Ich bringe schnell unsere Jacken ins Auto«, schlug sie vor. »Du kannst das Zeug bestellen, und dann treffen wir uns.«

»Was möchtest du trinken?«

»Bier, aber ich werde wohl eine Cola oder Pepsi nehmen.«

»Willst du Zwiebeln?« fragte er und zog die Jacke aus.

»Nur Eis.«

Er reichte ihr die Jacke. »Ich werde mir Zwiebeln zu meinem Gyros bestellen«, sagte er langsam und deutlich. »Was hältst du von Zwiebeln?«

»Ich könnte mir vorstellen, sie sehr gern zu haben«, sagte sie, und Dave verdrehte die Augen. »Ich würde sie richtig liebgewinnen, mit ihnen spazierengehen, hinter ihnen saubermachen...«

»Ich verstehe das als ein Ja.«

»Ich kann doch nicht zulassen, daß du der einzige mit Mundgeruch bist.«

»Das macht nichts«, sagte er. »Ich kann den Atem ja anhalten.«

Lächelnd drehte Joan sich um und ging. Sie zog ihre Jacke aus, als sie an der Kartenbude vorbeikam. Dann warf sie einen kurzen Blick zurück und bemerkte, daß er hinter ihr herschaute. Schön.

Es war ein wunderbarer Morgen gewesen, nachdem ihr Gespräch im Auto erst in die richtigen Bahnen gekommen war und beide wußten, wo sie standen. Sie fühlte sich immer noch ein bißchen schuldig wegen Gloria, aber wahrscheinlich würde sie damit leben können. Gloria war sowieso nicht die Richtige für ihn gewesen.

Und ich bin die Richtige? fragte sie sich, als sie die Treppe hinunterging.

Aber ganz bestimmt.

Sie fühlte sich wunderbar.

Joan ging zum Streifenwagen. Sie warf die Jacken in den Kofferraum, verschloß ihn wieder und eilte über den Parkplatz zurück.

Sie atmete tief ein und genoß die Seeluft. Die Sonne wärmte sie, und die Brise streichelte ihre Haut. Sie fühlte sich schwebend und fest und stark und lebendig. Es gefiel ihr, wie der Wind ihr T-Shirt und die Shorts gegen ihre Haut drückte. Ihr gefiel das Gewicht des Ledergürtels auf ihrer Hüfte. Sogar das Hungergefühl in ihrem Magen machte ihr Spaß.

Dann sah sie zwei Pennerinnen auf den Betonstufen sitzen. Und es war vorbei mit ihrem Wohlgefühl.

Plötzlich hatte sie Schwierigkeiten zu atmen. Ihr Herz raste. Ihr Magen fühlte sich kalt und taub an. Ihre Knie wurden weich und zittrig.

Eine der Pennerinnen war Gloria.

Mein Gott, dachte sie. Dave zu verlieren mag ein schwerer Schlag für die Frau gewesen sein, aber so schnell so tief zu sinken…

Dann wurde ihr klar, daß es sich um eine Verkleidung handelte.

Der Schreck ließ langsam nach.

Gloria war nicht zusammengebrochen. Sie hatte vor ein paar Tagen den Artikel über die Trolljäger geschrieben, und gestern hatte sie versucht, Penner auf der Promenade zu interviewen. Jetzt war sie noch einen Schritt weiter gegangen – einen großen Schritt – und hatte sich selbst als Pennerin verkleidet.

Das war ihr ziemlich gut gelungen. Ihr Haar, normalerweise schwarz und wohlgepflegt, war jetzt verfilzt und mit grauen Strähnen durchzogen. Ihr Gesicht war schmuddelig. Sie trug ein schäbiges graues Sweatshirt mit Löchern drin – wahrscheinlich mit der Schere gemacht, dachte Joan. Durch die Löcher konnte man ein Unterhemd sehen. Ihr ausgebleichter Rock, ein lila Ding mit Blumenmuster, war vielleicht ein Sonderangebot aus einem Billigladen. Unter dem Rock trug sie rote Strumpfhosen. Ein Knie der Strumpfhose hatte ein großes Loch. Statt Schuhen trug sie braune Einkaufstüten aus dem Supermarkt, die mit Kordel um die Knöchel gebunden waren. Auf der Treppe neben ihr stand eine weitere Tüte aus dem Supermarkt, die den Behälter für all ihre irdischen Besitztümer darstellen sollte.

Entweder das, dachte Joan, oder es ist noch ein Ersatzschuh.

Bis jetzt hatte Gloria Joan nicht bemerkt. Sie blickte ihre Gesprächspartnerin an – eine fette, ältere Frau, die eine Strickmütze und einen Mantel trug. Die wabbeligen weißen Knie der Frau waren nackt unter dem Mantel. Ihre Waden sahen aus, als würden sie von den Gummibändern ihrer Kniestrümpfe gewürgt. Sie trug große, abgenutzte Soldatenstiefel.

Während sie redete, gestikulierte sie wild mit den Armen, verzog das Gesicht und rollte die Augen. Gloria nickte. Dieses Nikken reichte eigentlich aus, um sie zu verraten, dachte Joan. Es bewies, daß sie wach und interessiert war.

Joan ging einen Schritt auf die Frauen zu. Dann wandte sie sich ab und stieg die Treppe hinauf. Ich werde mich nicht einmischen, sagte sie sich. Zum Teufel damit. Gloria ist eine erwachsene Frau. Aber sie würde Dave davon erzählen müssen.

22

Jeremy verließ das Bad und eilte in die Küche. Seine Mutter hockte auf dem Boden und legte einen Schrank mit selbstklebendem Papier aus. Er blickte auf die Uhr. Zehn vor eins. Eigentlich sollte er schon auf dem Weg sein. Mom zog den Kopf aus dem Schrank und sah ihn stirnrunzelnd an. »Geht es dir auch gut, Schatz? Du bist jetzt alle fünf Minuten zur Toilette gerannt.«

Das war übertrieben, aber er war tatsächlich innerhalb der letzten Stunde dreimal dort gewesen. »Muß was Falsches gegessen haben«, sagte er.

»Wenn du irgendwelches ungesundes Zeug in Funland gegessen hast...«

Die Krämpfe gingen schon wieder los! Er biß die Zähne zusammen und eilte zurück zur Toilette, riß die Badehose herunter und ließ sich gerade noch rechtzeitig auf der Klobrille nieder.

Mist! Jetzt komme ich aber wirklich zu spät.

Er war überzeugt, daß sein Problem nichts mit Essen zu tun hatte. Es hing wohl eher mit einem toten Troll zusammen, oder vielleicht auch mit Shiner. Als wollten ihn seine Eingeweide daran hindern, zum Schauplatz des Todes zurückzukehren oder seine Verabredung mit dem Mädchen einzuhalten. Oder beides.

Er war fertig und ging zurück in die Küche. Die Uhr zeigte jetzt zwei Minuten vor eins.

»Kann ich das Auto nehmen?« fragte er.

»Ich habe um zwei einen Termin«, sagte Mom. »Ich werde dich zum Strand fahren, wenn du willst. Aber in deiner Verfassung solltest du nirgendwohin gehen.«

»Ich muß. Ich treffe mich mit jemandem. Wenn ich mit dem Rad fahre, komme ich zu spät.«

»Also gut. Geh schon mal ins Auto. Ich bin in einer Minute da.«

»Danke«, sagte er.

Er wartete im Wagen. Als er sich auf den Beifahrersitz setzte, fing die Spannung wieder an. Kleine Pickel hatten sich auf seinem Gesicht ausgebreitet. Ich bin nur nervös, sagte er sich. Ich *kann* nicht schon wieder müssen. Es wird aufhören, wenn ich erst dort bin. Mom kam und setzte sich hinter das Steuer. Sie fuhren los. »Bist du auch bestimmt okay?« fragte sie.

»Ja.« Ob sie wohl die Pickel bemerkt hatte?

»Vielleicht hast du gar nichts Falsches gegessen«, sagte sie. »Es könnte sein, daß es dich aufregt, wieder dorthin zu gehen, nach dem, was gestern passiert ist.«

Er wußte, daß sie sich auf den Kampf mit den vier Punks bezog, auf nichts anderes.

»Vielleicht bin ich deshalb wirklich ein bißchen nervös«, gab er zu.

»Du mußt vorsichtiger sein, Schatz. Offenbar halten sich eine ganze Menge übler Gestalten in dieser Gegend auf. Wie du ja selbst gesehen hast.«

»Ja.«

»Und ich bin nicht so sicher, ob dieser Cowboy einen guten Einfluß auf dich hat.«

»Du kennst ihn doch gar nicht.«

»Glaubst du, es wäre auch zu dem Kampf gekommen, wenn du allein gewesen wärst?«

»Wahrscheinlich«, log er. »Ich werde Cowboy heute sowieso nicht sehen. Er ist wohl immer noch im Krankenhaus.«

»Mit wem triffst du dich denn?«

»Mit einem Mädchen.«

Mom drehte sich zu ihm um. Sie lächelte und zog die Augenbrauen hoch, sah ebenso erfreut wie überrascht aus. »Ich wußte nicht, daß du dich mit Mädchen triffst.«

»Sie ist eine Bekannte von Cowboy. Sie ist wirklich nett«, fügte er schnell hinzu. Er war sich nicht sicher, ob er mit der Erwähnung von Cowboy nicht einen Fehler gemacht hatte. »Sie wird dir gefallen.«

»Wie heißt sie?«

»Shiner.«

»Hat sie keinen richtigen Namen?«

»Ich habe sie erst gestern getroffen.« Er merkte, daß die Krämpfe aufgehört hatten. Mom diese Dinge zu erklären, schien ihn genügend abzulenken.

»Ist sie so alt wie du?«

»Ja, vermutlich.«

Sie erreichten die Hauptstraße am Fuß des Hügels, und Mom hielt an einer roten Ampel. »Ist sie hübsch?«

Er hätte beinahe gesagt, daß er sie nur im Dunkeln gesehen hatte, hielt sich aber noch rechtzeitig zurück. »Ja, irgendwie schon.«

»Also, das finde ich toll. Es wurde Zeit, daß du ein nettes Mädchen kennenlernst. Ich würde sie gern irgendwann treffen. Vielleicht solltest du sie an einem der nächsten Tage zum Abendessen einladen.«

»Mom, ich kenne sie ja kaum!«

Die Ampel wurde grün. Sie fuhr weiter und bog links ab, in Richtung Funland.

»Irgendwas verschweigst du mir, Jeremy.«

Das ist die Untertreibung des Jahres, dachte er.

»Gibt es irgend etwas an Shiner, was nicht... stimmt?«

»Nein.«

»Sie ist keine Rumtreiberin oder Kriminelle?«

»Ich habe dir doch gesagt, du würdest sie mögen.«

»Warum willst du sie dann nicht einladen?«

»Ich will ja. Aber ich habe dir schon gesagt, daß wir uns gerade erst kennengelernt haben. Ich kann sie doch nicht gleich einladen! Das würde einen komischen Eindruck machen.«

»Wenn du Angst hast, daß sie mir nicht gefällt...«

»Das ist es nicht. *Gott im Himmel!*«

Sie warf ihm einen scharfen Blick zu. »Wenn du dich wegen diesem Mädchen so schämst, daß du nicht zuläßt, daß deine eigene Mutter sie kennenlernt, dann stimmt da etwas ganz und gar nicht, und du solltest besser noch mal nachdenken, bevor du dich mit ihr einläßt. Wir sind erst ein paar Tage in dieser Stadt, und schon bist du in Schwierigkeiten. Ich bin nicht sicher, ob deine neuen Freunde der richtige Umgang für dich sind.«

»Es sind ganz normale Kids.«

»Mit merkwürdigen Spitznamen. Du bist nicht an eine Bande geraten?«

»Nein. Das ist doch lächerlich.«

»Ich möchte diese Shiner kennenlernen.«

»Okay, okay. Ich werde sehen, ob sie irgendwann mal vorbeikommen will.«

»Ich will sie heute treffen.« Sie fuhr langsamer, als sie sich dem Parkplatz näherten.

»Du kannst mich einfach hier vorn rauslassen«, sagte Jeremy.

»Ich denke, ich werde dich begleiten und mir dieses Mädchen ansehen.«

»Du meinst *jetzt?*«

Sie nickte und fuhr auf den Parkplatz und ließ sich von dem Mann neben der Bude einen Parkschein geben.

»Mom, nein! O Gott! Du wirst alles verderben!«

»Du bist erst sechzehn. Ich werde es nicht zulassen, daß du dich mit einer Schlampe oder einer Kriminellen einläßt...«

»Das ist sie nicht! Verdammt noch mal, Mom!«

»Sprich nicht so mit mir, junger Mann. Ich bin deine Mutter, nicht einer deiner Gaunerfreunde.« Sie hielt den Wagen ruckartig an. »Laß uns gehen.«

Jeremy schüttelte den Kopf. »Du kannst nicht mit mir kommen.«

»Erzähl du mir nicht, was ich tun kann und was nicht.«

»Dann bleibe ich hier im Auto.«

»In Ordnung, dann fahren wir wieder nach Hause.«

»Mom, bitte!«

Sie starrte ihn an. Ihr Blick wurde weicher. »Ich will doch nur dein Bestes, Schatz.«

»Es ist alles in Ordnung mit Shiner«, sagte er, und seine Stimme zitterte. Er war den Tränen nahe. »Sie ist nett. Sie ist keine Herumtreiberin oder so was.«

»Ich würde sie gern treffen und mir selbst ein Urteil bilden. Ich bin lange genug Lehrerin gewesen, um innerhalb einer Sekunde anständige Kids von schlechten unterscheiden zu können.«

»Ich werde sie einladen. Okay? Aber du kannst jetzt nicht mit mir an den Strand gehen. Bitte! Es würde alles verderben. Diese Kids hier mögen mich. Sie halten mich nicht für einen Schwächling oder einen Schwulen oder ein Muttersöhnchen. Wenn du mit mir da rausgehst, als wäre ich ein Vierjähriger, werde ich das nie wieder los. Ich werde in dieser Stadt genauso angeschmiert sein wie in Bakersfield. Ich könnte genausogut gleich aus dem Fenster springen.«

»So was darfst du nicht einmal denken.«

»Es tut mir leid«, murmelte er. »Aber ich habe es gehaßt, wie es in Bakersfield war. Hier habe ich eine Chance. Bitte verdirb sie mir nicht.«

Er sah Tränen in den Augen seiner Mutter. Ihre Lippen waren fest zusammengepreßt. Sie nickte, hob eine Hand und streichelte seine Wangen. »Ich will nur sicher sein, daß dir nichts passiert.«

»Ich weiß. Vertrau mir einfach, ja?«

»Also gut. Viel Spaß. Und bitte das Mädchen heute zu uns zum Abendessen.«

»Mach ich. Danke, Mom.« Er lehnte sich hinüber und küßte sie.

Dann stieg er aus. Er ging um das Auto herum. Mom schaute ihn durchs Fenster an. Ihre Augen waren immer noch rot, aber sie lächelte. Er winkte. Sie fuhr los. Mein Gott, dachte er, beinahe hätte sie alles verdorben! Er hätte Shiner nie erwähnen dürfen. Er hätte Mom nie wegen des Autos fragen dürfen. Er hätte einfach sein Rad nehmen sollen.

Nun gut, die Lektion hatte er gelernt. Von jetzt an hältst du die Klappe.

Er sah ein paar Trolle auf der Treppe sitzen. Sie unterhielten sich lebhaft miteinander. Er rannte die Treppe hinauf, nahm immer zwei Stufen auf einmal, um außer Reichweite zu sein, bevor sie ihn um Geld anbetteln konnten.

Vor ihm stand die Kartenbude. Er erinnerte sich, wie Tanya von dort heruntergesprungen war. Und wie er und Shiner zu dem am Boden liegenden Troll gerannt waren, um ihn zu treten, und wie Shiner einen Hieb an die Brust bekommen und er den Finger des Trolls gebrochen hatte.

Jetzt war der Troll tot, tief unten im Meer.

Jeremy fühlte sich, als würde ihm die Kehle zugeschnürt. Immerhin sind die Krämpfe weg, dachte er und atmete tief ein.

Als er die Promenade überquerte, schaute er kurz nach links und erblickte von weitem das gewaltige Riesenrad. Es war so *hoch*. In Gedanken sah er, wie der alte Mann aus dem Nebel herabfiel.

Er beeilte sich, rannte die Treppe zum Strand hinunter und lief in Richtung der Rettungsschwimmerstation. Noch war er zu weit weg, um Shiner unter den Leuten erkennen zu können, die dort am Strand ausgestreckt lagen.

Würde er sie überhaupt wiedererkennen?

Von dort, wo er stand, konnte er nur einen Teil der Rettungsschwimmerstation sehen, und es schien niemand dazusein.

Er ging weiter, aber dann drehte er sich noch einmal um und schaute zum Riesenrad hinüber. Er wollte nicht hinsehen, aber er konnte nicht anders. Die Gondeln des sich drehenden Rads hoben sich leuchtend rot vom blassen Himmel ab.

Und wieder sah er den alten Troll fallen.

Er sah den geschundenen Körper auf der Plattform unter dem Rad.

Er sah Tanya, wie sie das im falschen Winkel abstehende Bein in die richtige Lage schob.

Sein Magen wurde kalt und zog sich zusammen.

Es war nicht meine Schuld.

War Funland ihm nun für immer verdorben? Was, wenn er nie wieder hierherkommen könnte, ohne von den Erinnerungen an die vergangene Nacht gequält zu werden? Aber einiges hatte ihm auch gutgetan. Ein Mitglied der Gruppe zu sein – zum ersten Mal im Leben kein Außenseiter. Das Gefühl, als Tanya ihm die Trillerpfeife gab. Und später am Strand mit Shiner. Sie im Arm zu halten.

Es ist genauso, wie du vorher gedacht hast, erinnerte er sich. Du mußt eben durch alles durch. Die guten Dinge sind ein Teil von den schlechten. Es ist alles miteinander vermischt, und eines führt zum anderen, und du würdest dich heute vielleicht nicht mit Shiner treffen können, wenn der alte Knacker nicht heruntergefallen wäre. Das hat euch zusammengebracht. Das war es wert.

Es mußte einfach so sein.

Als hätten ihn diese Gedanken von dem Zwang zu weiterer Bestrafung erlöst, war er jetzt imstande, vom Riesenrad wegzusehen.

Er war nun viel näher an der Rettungsschwimmerstation. Jetzt konnte er jemanden auf der Plattform sehen. Nicht Tanya. Ein Mann in einer roten Badehose.

Enttäuschung packte ihn.

Ich bin nicht hierhergekommen, um Tanya zu sehen, sagte er sich.

Aber er wußte, daß er sich selbst belog. Er war zwar hier, um sich mit Shiner zu treffen, aber er hatte erwartet, daß Tanya auf ihrem Posten war. Selbst wenn er nicht zu ihr hingegangen wäre, hätte er sie doch sehen können. Wie sie dort im goldenen Sonnenlicht stand, das lange Haar, das T-Shirt und die Shorts im Seewind flatternd, ihre Beine lang und kräftig und nackt. Er erinnerte sich, wie er vorgestern seine Eiswaffel nach ihr geworfen hatte.

Wie dumm hatte er sich doch benommen! Und wie großartig! Das hat ihr gezeigt, daß ich kein Angsthase bin. Sonst hätte sie mich vielleicht nicht zur Trolljagd zugelassen.

Er dachte daran, wie sie ihn gezwungen hatte, das Eis von ihrem Bein abzuwischen. Er genoß noch einmal die Erinnerung daran, wie sie ihn veranlaßt hatte, seine Hand auch in den Beinausschnitt ihrer Shorts zu schieben.

Shiner mochte ja nett und vielleicht auch hübsch sein, sagte er sich, aber sie ist keine Tanya. Sie ist ein Mädchen, Tanya ist ein… ein was? Mehr als das. Eine Macht? Ein…

»Jeremy?« Der Ruf kam von einem Mädchen, das auf einer Decke kniete. Sie winkte mit dem Arm. Ihre Decke war ein paar Meter vor der Rettungsschwimmerstation ausgebreitet.

Von da aus hätte ich einen guten Blick auf Tanya gehabt, dachte er, hob eine Hand zum Gruß und ging auf das Mädchen zu. Er war überrascht, daß er plötzlich nicht mehr als ein sanftes Bedauern über Tanyas Abwesenheit verspürte.

Shiner hatte nur eine vage Ähnlichkeit mit dem Mädchen der Nacht zuvor. Im Dunkeln hatte man den Glanz ihres blonden Haares nicht sehen können. Vielleicht hat sie den Spitznamen daher, dachte er. Die Dunkelheit hatte auch die tiefblaue Farbe ihrer Augen verborgen und ihre sanfte gebräunte Haut. Ihre Zähne hatten grau ausgesehen, jetzt waren sie blendend weiß. Ihre Gesichtszüge waren von Schatten verdeckt gewesen, jetzt konnte er die Form ihrer Augen und der Nase genau sehen, ihre Lippen, ihr zartes Kinn.

Sie war schön. Aber auch liebenswert. Das lag an ihrem Lächeln. Dieses breite Lächeln war fast zu groß für ihr Gesicht, es dehnte sich bis auf die Haut ihrer Wangen aus und bewirkte Lachfältchen um ihre Augen. Es füllte ihre Augen mit Glück, und vielleicht auch mit einem Hauch von Übermut.

Es liegt am Lächeln. Wegen ihres Lächelns heißt sie Shiner!

Das Lächeln verrutschte ein wenig. »Stimmt was nicht?« fragte sie.

Er merkte, daß er stehengeblieben war. Er stand da und glotzte sie aus etwa zwei Meter Entfernung an. Beschämt schüttelte er den Kopf und kam näher.

»Setz dich und bleib ein Weilchen«, sagte sie.

Er ließ sich auf die Knie nieder. Sein Herz klopfte laut. Er konnte kaum glauben, daß dies das Mädchen von letzter Nacht war – dasselbe Mädchen, daß mit ihm zusammen den Plunder des Trolls unter die Promenade geworfen hatte, das sich an ihn gelehnt hatte, als sie am Strand entlanggingen, das ihn fest im Arm gehalten hatte, als die Leiche aufs Meer hinausgebracht wurde. Hätte er gewußt, daß sie so aussah... Du wärst ein Nervenbündel gewesen, dachte er.

»Was ist denn los?« fragte sie. Ihr Lächeln war verschwunden, und sie sah besorgt aus.

»Du bist so... schön.«

Das Lächeln kam wieder, diesmal ein wenig schüchtern, und sie wurde rot.

»Ich bin nicht so toll«, sagte sie, »aber vielen Dank.« Sie deutete auf die Decke vor sich. »Setz dich doch.« Sie bewegte sich auf den Knien rückwärts, um Platz für ihn zu machen, und setzte sich dann im Schneidersitz hin.

Jeremy ließ sich ihr gegenüber nieder.

»Ich dachte schon, du würdest nicht kommen«, sagte sie.

»Tut mir leid. Ich hatte Schwierigkeiten, von zu Hause wegzukommen.«

»Das macht nichts. Ich bin selbst erst ein paar Minuten hier.« Sie zog einen Mundwinkel etwas hoch. »Es war nicht so einfach, wieder herzukommen, nach allem, was passiert ist.«

»Ich weiß, was du meinst.«

»Ist dir nicht schrecklich warm in dem Hemd?« fragte sie.

»Ja.« Er nahm die Sonnenbrille aus der Hemdtasche und setzte sie auf. Dann zog er das Hemd aus, rollte es vorsichtig zusammen, damit Brieftasche und Schlüssel nicht herausfielen, und legte es auf die Decke. »So ist es besser«, sagte er.

Jetzt, wo er die Sonnenbrille trug, erlaubte er sich einen Blick auf Shiners Figur.

»Macht es dir nichts aus?« fragte sie.

Sie trug einen einteiligen Badeanzug, keinen Bikini.

»Was?«

Er war nicht tief ausgeschnitten, sondern am Hals so hochgeschlossen wie ein T-Shirt, und hatte Schulterträger.

»Das mit dem Mann.«

Aber er war schwarz; der dünne, glänzende Stoff lag eng an.

»Ja«, meinte er. »Es macht mir ziemlich viel aus.«

Der Stoff lag eng an ihren Brüsten an, die ein wenig kegelförmig und spitz vorstanden.

»Mir geht es auch so. Ich sehe es immer wieder vor mir... alles.«

Der Badeanzug lag eng am Brustkorb an und an ihrem flachen Bauch.

»Es war wie ein Alptraum«, fuhr sie fort. »Aber es ist wirklich passiert.«

Er ließ die Hüften frei und wurde sehr schmal, wo er sich zwischen ihren Beinen hindurchzog.

»Nichts, was wir tun, wird etwas ändern können«, sagte Jeremy.

Wie sie dasaß, konnte er die Stellen sehen, wo ihre nackten Beine in die Leiste übergingen. Er entdeckte kein Schamhaar.

»Ich nehme an«, fügte er hinzu, »es wird mit der Zeit leichter.«

Die Innenseiten ihrer Schenkel glänzten von Sonnenöl.

»Das hoffe ich wirklich.«

Jeremy hob den Blick zu ihrem Gesicht. »Es tut mir leid, daß der Kerl umgekommen ist«, sagte er, »aber ich bin schrecklich froh, daß ich dich getroffen habe.«

Einer ihrer Mundwinkel zog sich nach oben. »Ich freue mich auch, daß wir uns kennengelernt haben.« Sie lehnte sich nach vorn und legte eine Hand auf sein Knie. Dort ließ sie sie einen Augenblick lang liegen, rieb und tätschelte dann sein Knie und zog die Hand wieder zurück auf ihr eigenes Bein. »Willst du etwas von meinem Sonnenöl?« fragte sie.

»Ja, gern.«

Sie streckte die Beine wieder aus, schwang sie zur Seite und legte sich dann auf ihre Seite der Decke. Sie stützte sich auf einen Ellbogen, griff in die Seitentasche ihrer Badetasche, holte eine Flasche Sonnenöl heraus und reichte sie ihm.

Den Kopf auf die Hand gestützt, beobachtete sie, wie er das Öl auf seiner Haut verteilte. Er war froh, schon ein paar Stunden in der Sonne verbracht zu haben; so war er nicht mehr völlig weiß. Er hatte zwar keine besonders großartige Figur, doch durch intensives Training hatten sich seine Muskeln entwickelt, und er sah jetzt nicht mehr wie ein dürrer Schwächling aus.

Als er fertig war, gab er Shiner die Flasche zurück. Er rieb seine öligen Hände an der Badehose ab. Dann streckte er sich auf seiner Seite aus und sah sie an.

»Brauchst du die Sonnenbrille?« fragte sie. »Ich finde es besser, wenn ich deine Augen sehen kann.«

Jeremy war ein wenig beunruhigt. War ihr aufgefallen, wie er sie angestarrt hatte?

Er nahm die Sonnenbrille ab.

Sie lächelte. »Du hast hübsche Augen.«

»Danke. Du auch.«

Lange Zeit starrten sie einander in die Augen. Ihre waren so blau, daß sogar das Weiße leicht bläulich schien. Ihr Gesicht war so nah an seinem, daß sie ihren Blick nur jeweils auf ein Auge richten konnte. Deshalb flatterte ihr Blick leicht von einer Seite zur anderen. Er nahm an, daß es bei ihm ebenso war. Es war sehr ungewohnt, sich gegenseitig auf diese Weise anzustarren. Es fühlte sich gut an, aber merkwürdig. So etwas war Jeremy noch nie passiert. Er war verunsichert. Es war, als würde sie in ihn hineinsehen.

Und ich sehe in sie hinein, dachte er.

Er konnte kaum glauben, daß sie dasselbe Mädchen war, das gestern nacht den Troll getreten hatte. Die Härte schien jetzt nicht mehr vorhanden zu sein. Er sah nur Sanftheit und eine verwirrende Mischung aus Glück und Sorge, Wissen und Neugier und Hoffnung.

Er hätte gern gewußt, was sie dachte.

Vielleicht fragt sie sich gerade, was *ich* denke. Vielleicht wartet sie darauf, daß ich sie küsse. Er fragte sich, wie das sein würde – sie zu küssen. Er wußte, er würde es nicht tun, nicht jetzt, nicht hier am Strand. Aber er wußte auch, daß sie sich irgendwann küssen würden. Es war beinahe sicher. Sie hatten sich fast geküßt, letzte Nacht. Jetzt war noch viel mehr zwischen ihnen. Sehr viel mehr.

»Ich wünschte, es wären nicht all diese Leute um uns herum«, sagte Shiner.

23

»Ja«, sagte Jeremy. »Ich auch.«

»Warum?« fragte Shiner.

Er lächelte. »He, das ist nicht fair. Du hast gesagt, du wünschtest, wir wären allein.«

»Aber du hast mir zugestimmt.«

»Ja, klar.«

»Was würdest du tun, wenn wir allein wären?«

»Was würdest *du* tun?«

Shiner streckte die Hand aus und streichelte über seine Wange. »Ich denke, ich würde dich küssen«, sagte sie. »Hast du auch daran gedacht?«

»Ja.«

Sie legte sich auf den Bauch, stützte sich auf die Ellbogen und sah ihn wieder an. »Aber nicht, wenn diese ganzen Leute hier um uns herum sind. Deshalb wünschte ich, daß wir allein wären. Es soll ganz privat sein, verstehst du? Meinst du nicht auch?«

»Ja.«

»Ich finde es widerwärtig, wenn sich Leute am Strand so demonstrativ küssen. Es beweist nur, daß sie keinerlei Selbstkontrolle haben.«

»Oder Selbstachtung«, fügte Jeremy hinzu und starrte auf Shiners Rücken.

Der war nackt, bis auf zwei Träger, die sich über ihren Schulterblättern kreuzten, und ein Dreieck glänzenden schwarzen Stoffs, das unterhalb der Taille anfing und aussah, als würde es an ihren Pobacken kleben. Ob sie ihn wohl bitten würde, ihren Rücken mit Sonnenöl einzureiben?

»Woher kommst du?«

»Aus Bakersfield.«

»Hattest du eine Freundin?«

»Nein, eigentlich nicht.«

»Was heißt das, eigentlich nicht?«

»Es gab niemanden, mit dem ich ausgegangen bin. Nur ein paar Mädchen in der Schule, die ganz in Ordnung waren.«

»In meiner Schule gibt es überhaupt keine Jungen.«

»Tatsächlich?«

»Ich gehe nach St. Annes. Eine Mädchenschule.«

»Also hattest du noch keine Freunde?«

Sie lächelte und zuckte leicht mit einer Schulter. »Ich hatte einige. Aber niemanden, den ich wirklich gemocht hätte. Und ich habe sie nicht oft gesehen, weil meine Mutter so merkwürdig ist. Sie schlägt sie alle in die Flucht.«

»Hört sich ganz nach meiner Mutter an.«

Shiner legte sich wieder auf den Rücken und verschränkte die Hände hinter dem Kopf.

Jetzt habe ich meine Chance verpaßt, ihr den Rücken einzureiben, dachte Jeremy.

»Sie sind so beschützerisch«, sagte sie, das eine Auge gegen die Sonne geschlossen, das andere blinzelnd auf ihn gerichtet.

»Ja, das stimmt wirklich. Ich bin scharf verhört worden, als ich Mom erzählte, daß ich mich hier mit einem Mädchen treffe.«

»Du hättest es vielleicht besser nicht erzählt.«

»Ich weiß. Was für ein Theater! Und jetzt will sie dich kennenlernen.«

»Tatsächlich? Hat sie Angst, daß ich dich verderbe?«

»Ja.«

Shiner hob eine Hand, schirmte ihre Augen gegen die Sonne ab und starrte Jeremy an. »Vielleicht hat sie recht.«

»Das hoffe ich doch.«

Sie lachte. »Wenn du verdorben werden willst, bist du mit einer anderen besser dran. Zum Beispiel mit Heather.«

»Bloß das nicht!«

Sie nahm die Hand wieder herunter und schloß die Augen. Ihr Ellbogen lag nahe an Jeremys Auge. Die Unterseite ihres Armes war, obwohl sie sie jetzt nach oben drehte, fast überhaupt nicht braun. Ihre Achselhöhle sah glatt und weiß und weich aus.

»Ich werde deine Mutter kennenlernen, wenn du willst«, sagte sie und hielt die Augen geschlossen.

»Das mußt du aber nicht.«

»Nein, das ist schon in Ordnung. Wenn die Dinge dadurch für dich einfacher werden.«

»Okay. Ich werde auch mit zu deiner gehen.«

»Am Sankt Nimmerleinstag. Vergiß meine Mutter. Ich hätte dich zum letzten Mal gesehen.«

»Sie kann doch nicht so schlimm sein?«

»Glaub mir nur. Wie wäre es mit heute abend?«

»He, du mußt wirklich nicht...«

»Wir treffen uns um acht bei Tanya zu Hause. Du bist auch eingeladen.«

»Machst du Witze?«

»Heute ist ihr freier Tag. Sie hat mich gebeten, es dir zu sagen. Wir werden alle dort erwartet. Nur für Trolljäger.«

»So was wie eine Versammlung?«

»Ich weiß nicht. Es ist das erste Mal. Es muß etwas damit zu tun haben, was letzte Nacht passiert ist.«

»Mann!«

»Könnte interessant sein, oder?«

»Ja, nehme ich an.«

»Jedenfalls werde ich hinüberfahren, und dann kann ich dich ja mitnehmen. So lerne ich deine Mutter kennen, wenn ich dich abholen komme. Das wird sie beruhigen.«

»Das wäre toll!«

»Glaubst du, daß sie dich mitkommen läßt?«

»Sicher. Wenn sie dich erst mal gesehen hat... Sie wird dich mögen. Zum Teufel, sie wird überglücklich sein. Aber was ist mit *deiner* Mutter?«

»Kein Problem. Ich erfinde irgendwas, erzähle ihr, eine Freundin aus der Schule würde eine Party geben. Sie wird es glauben. Sie glaubt immer, was ich ihr erzähle. Sie ist so stur, daß es mich wahnsinnig macht, aber sie vertraut mir. Ich kann fast mit allem durchkommen.« Shiner schwieg. Jeremy legte sich neben sie. Er faltete die Hände unter dem Kopf. Sein Ellbogen streifte ihren Ellbogen. Sie nahm ihn nicht weg, und er ließ seinen Ellbogen dort, wo er den ihren berührte, und schloß die Augen.

Die Hitze lastete auf ihm. Er spürte die milde Seebrise auf der Haut.

Alles läuft großartig, dachte er.

Sie würde mich küssen, wenn niemand in der Nähe wäre.

Heute abend werden wir allein in ihrem Auto sein. Was wohl bei Tanya zu Hause geschehen würde? Darüber nachzudenken, erregte und beunruhigte ihn.

Aber er war noch viel aufgeregter und nervöser bei dem Gedanken, allein mit Shiner im Auto zu sein. Vielleicht würde sie ihn ja nach dem Treffen nicht direkt nach Hause fahren. Vielleicht würde sie an einem dunklen, einsamen Ort parken. Vielleicht würden sie mehr tun als nur küssen.

Robin konnte das Gefühl von Kälte und Verlassenheit nicht abschütteln, das sie überwältigt hatte, nachdem Nate gegangen war. Sie spielte auf ihrem Banjo und sang, aber innerlich quälte sie sich.

Es war wie Heimweh.

Es wird vorbeigehen, versuchte sie sich zu trösten. Sie hatte eine schwierige Zeit voll wirklichen Anfällen von Heimweh hinter sich, nachdem sie weggelaufen war, vor zwei Jahren. Es hatte nicht gleich angefangen. Am Anfang war sie nur wütend auf Paul gewesen, ärgerlich, daß ihre Mutter etwas mit ihm angefangen hatte, und ängstlich, weil sie befürchtete, eingefangen und wieder zurückgebracht zu werden, und wegen der Gefahren auf der Straße. Das Heimweh schlug erst nach einer Woche zu. Und es zerschmetterte sie fast.

Sie war kurz nach Einbruch der Dunkelheit durch eine kleine Stadt gegangen. Es war Oktober. Ein kalter Wind fegte die Blätter über die Straße. Sie konnte den Holzrauch aus den Kaminen riechen. Die Häuser auf beiden Seiten der Straße mit ihren hellerleuchteten Fenstern sahen warm und gemütlich aus.

Dann brach es über sie herein. Die plötzliche Erkenntnis, daß sie draußen, allein und ungeliebt war, ohne Hoffnung, jemals wieder nach Hause zurückzukehren, wo es einmal so gemütlich und sicher und voller Glück gewesen war.

Sie brach innerlich zusammen, aber sie ging immer weiter, dem Wind entgegen, der ihr ins Gesicht blies und die Tränen von ihren Wangen fegte.

Sie hatte nicht aufhören können zu weinen, bis sie sich spät in der Nacht entschloß, nach Hause zurückzukehren. Sie würde schon einen Weg finden, mit Paul zurechtzukommen. Vielleicht sogar zur Polizei gehen.

Am nächsten Morgen begann sie, zurückzutrampen. Ein Mann namens George nahm sie mit. Er war etwa vierzig, fröhlich und gesprächig. Eine Zeitlang ging es gut. Dann hielt er den Wagen an einer verlassenen Stelle an, wo es nichts als Maisfelder ringsumher gab. Er drehte sich zu Robin um. Sie sah den Ausdruck in seinen Augen und wußte, was passieren würde.

Es war derselbe verschleierte, fiebrige Blick, den sie so oft in Pauls Augen gesehen hatte.

»Versuch es besser nicht«, sagte sie.

»Sei doch nicht so! Wo ich so nett war, dich mitzunehmen.«

Sie wollte aus dem Auto springen. Aber der Rucksack und das Banjo waren auf dem Rücksitz. Sie konnte nicht aus Georges Wagen fliehen, ohne den Verlust ihres Gepäcks zu riskieren.

Ihr Messer war in der Seitentasche des Rucksacks. Sie löste den Sicherheitsgurt und schaute ihn an. »Laß mich nur meine Sachen holen und gehen, ja?«

Er knöpfte den obersten Knopf ihres Hemdes auf.

»Das tust du besser nicht. Ich habe Syphilis.«

Er lächelte und öffnete noch weitere Knöpfe. »Stell dir vor! Ich auch.« Er riß ihr Hemd mit beiden Händen auf. Ihre Faust krachte gegen seine Nase. Blut schoß aus seinen Nasenlöchern. Sie warf sich auf ihn, umklammerte seinen Hals und schlug seinen Kopf gegen die Frontscheibe. Seine Augen traten hervor. Sie schüttelte ihn weiter und schmetterte seinen Kopf gegen die Scheibe, bis er zusammensackte. Dann zog sie den Zündschlüssel heraus. Sie nahm den Schlüssel in die Hand, ließ George hinter dem Steuer sitzen, stieg schnell aus dem Auto und holte ihren Rucksack und das Banjo heraus. Sie warf den Schlüsselbund auf den Boden zwischen seine Füße, sammelte ihre Sachen auf und lief in ein Maisfeld. Dort versteckte sie sich und zog ihr Messer.

Sie wartete darauf, daß George nach ihr suchte.

Und während dieser Minuten dachte sie darüber nach, wie dumm sie gewesen war, nach Hause gehen zu wollen. Sie hatte kein Zuhause. Dort war Paul, und Paul war schlimmer als George.

Nach kurzer Zeit hörte sie, wie der Wagen wegfuhr. Sie wartete noch ein paar Minuten und ging dann zur Straße hinaus. Die Straße war in beide Richtungen über eine weite Strecke zu sehen. Georges Auto war nicht mehr da. Sie wandte sich nach Westen und marschierte los.

Das war das Ende ihres Heimwehs gewesen.

Aber jetzt hatte sie ein ganz ähnliches Gefühl – ein leeres, sehnsüchtiges Gefühl, das Nate in ihr geweckt hatte.

Sie legte eine Pause ein. Nachdem das Publikum sich zerstreut hatte, sammelte sie das Geld aus dem Banjokasten, legte das Banjo hinein und trug Kasten und Rucksack zu einer Bank in der Nähe.

Sie schüttelte all ihr Geld in ihren Schoß und zählte es.

Es waren zusammen 63,75 Dollar.

Sie nahm eine Baumwollsocke aus ihrem Rucksack und füllte sie mit dem Kleingeld. Die Scheine faltete sie und steckte sie in eine Tasche ihrer Jeans.

Auch ohne Armbanduhr wußte sie, daß es immer noch früh genug war, zu einer Bank in der Stadt zu gehen und das Kleingeld wechseln zu lassen. Von da aus könnte sie zum Busbahnhof weiterziehen und eine Fahrkarte kaufen, um die Stadt zu verlassen.

Es gab keinen Grund, hierzubleiben. Sie hatte genug Geld, um eine Weile damit auszukommen, selbst wenn sie die Hälfte davon für eine Busfahrkarte ausgab. Nate war bestimmt kein Grund, in der Stadt zu bleiben. Und es wäre gut, aus diesem Nest von Pennern, Dieben und Trolljägern herauszukommen, bevor sie noch wirklichen Ärger bekam.

Sie lehnte sich nach vorn und stopfte die Socke voll Kleingeld in eine Seitentasche des Rucksacks.

Jemand ließ sich neben ihr auf der Bank nieder. Robin blickte auf, um zu sehen, wer es war.

Nate.

Er lächelte sie an. Er sah nicht mehr so verstört und besorgt aus. »Wie läuft es so?« fragte er.

»Ganz gut.«

»Tut mir leid wegen vorhin. Ich hätte nicht so mit dir reden dürfen.«

»Ist schon in Ordnung«, sagte Robin. Ihr Herz schlug heftig.

»Ich habe mir Sorgen um dich gemacht. Deshalb bin ich explodiert. Sieh mal, ich weiß, was Leuten passieren kann, die nachts hier in der Gegend sind. Ich will nicht, daß dir etwas geschieht. Und wenn du am Strand schläfst... dann legst du es geradezu darauf an.«

Du brauchst dir keine Sorgen mehr zu machen, dachte sie. Ich werde bei Einbruch der Dunkelheit aus Boleta Bay verschwunden sein. Für immer.

Und ich werde dich nie wiedersehen.

Er runzelte die Stirn und schaute ihr in die Augen, dann preßte er die Lippen fest zusammen und schüttelte den Kopf. »Ich will nicht, daß du auf falsche Gedanken kommst«, sagte er.

»Worüber?«

»Ich will, daß du das hier nimmst.« Er suchte in einer Tasche seiner Jeans und zog einen Schlüssel heraus, an dem ein großes grünes ovales Plastikschild hing. Er legte ihn in Robins Hand.

Sie drehte das Schild um. In weißen Buchstaben stand da ›Wayfarer's Inn‹ und eine Adresse geschrieben. Der Schlüssel hatte eine Zimmernummer.

»Keinen Streit, bitte«, sagte Nate. »Ich habe das Zimmer schon bezahlt. Ich wußte, daß es nicht genügen würde, dir einfach das Geld zu geben und dich zu bitten, in einem Motel zu übernachten.« Er zuckte die Schultern. »Du würdest das Geld doch nur für dein Frühstück sparen.«

Robin spürte einen Kloß im Hals. Ihr Herz hämmerte wie eine Faust gegen ihren Brustkorb.

»Du mußt dir keine Gedanken machen«, sagte er. »Ich werde nicht dort auftauchen und versuchen, dich anzumachen. Zum Teufel, ich weiß nicht mal die Zimmernummer. Ich will nur, daß du in Sicherheit bist.«

Sie nahm seine Hand und drückte sie. »Das ist... schrecklich nett von dir«, sagte sie. Ihre Stimme zitterte. »Du hättest es nicht tun sollen, aber...«

»Du wirst das Zimmer doch benutzen, nicht wahr?«

»Okay. Aber laß mich bezahlen.«

»Auf keinen Fall.«

»Wirklich. Ich habe jetzt ein bißchen Geld übrig.« Sie hörte sich selbst lachen. Ihre Augen wurden plötzlich feucht. »Ich wollte mir heute nachmittag eine Busfahrkarte kaufen, aber jetzt werde ich wohl doch noch bleiben.«

»Du wolltest gehen?« Er sah verblüfft aus, und sie spürte, wie sich seine Hand fester um ihre schloß.

»Nun ja, ich... aber... jetzt kann ich ja nicht weg. Nicht, wo ein Motelzimmer auf mich wartet.«

»Du wolltest einfach so weggehen? Ich dachte, du würdest einige Zeit hierbleiben.«

Sie zuckte die Schultern.

»Ich muß wieder zurück zur Arkade«, sagte Nate. »Versprich, daß du das Zimmer benutzt!«

»Ich verspreche es.«

»Gut.«

»Aber du mußt mich dafür bezahlen lassen. Du kannst nicht so viel Geld für mich ausgeben. Lieber Himmel, du rackerst dich da für ein paar Kröten in der Arkade ab...«

»Der Laden gehört meiner Familie«, sagte er und lächelte. »Die Arkade, die Achterbahn, das Riesenrad und das Flower-Swing. Wir sind ziemlich gut dran. Ehrlich gesagt: Wir sind stinkreich. Ich fahre einen TransAm, um Gottes willen, und ich wohne in einem Haus mit zwölf Zimmern, Swimmingpool und Tennisplatz. Also kann ich mir schon ein Motelzimmer für dich leisten. Mach dir keine Gedanken.«

»Du hast mich überzeugt«, sagte Robin und starrte auf den Schlüssel. »Ich nehme das Geschenk an. Vielen Dank.«

»War mir ein Vergnügen.« Er zog seine Hand weg und stand von der Bank auf. »Also sehen wir uns morgen?«

»Wenn nicht schon früher?«

»Das ist kein Trick, Robin. Ich habe dir gesagt, ich kenne nicht mal die Zimmernummer.«

»Ich glaube dir.«

»Ich hoffe, es wird dir gefallen«, sagte er und ging.

»Es ist 240«, rief sie ihm nach. »Zimmer 240.«

Nate blickte über die Schulter zurück. Er starrte sie mit weitaufgerissenen Augen an. Sein Mund öffnete sich ein wenig.

»Nur, falls du nachsehen willst«, sagte Robin, »ob ich auch wirklich da bin.«

»Ich weiß nicht. Ich weiß nicht.« Er schüttelte den Kopf und hastete weiter.

»Du solltest aufwachen und dich umdrehen, oder du bekommst einen Sonnenbrand.«

Jeremy öffnete die Augen. Shiner hatte sich auf ihren Ellbogen gestützt und lächelte auf ihn herab.

»Kaum zu glauben, daß ich eingeschlafen bin«, sagte er. Er fühlte sich schwer, als würde die Sonne ihn zu Boden drücken.

»Du warst völlig fix und fertig. Hast du letzte Nacht überhaupt nicht geschlafen?«

»Massenhaft.«

Shiner lachte. »Dreh dich um«, sagte sie. »Ich werde dir den Rücken einreiben.«

Als er das hörte, schien das Gewicht der Sonne zu verschwinden. Er drehte sich schnell auf den Bauch und legte das Kinn auf seine verschränkten Arme.

»Wann bist du nach Hause gekommen?« fragte sie.

»So gegen drei.«

»Ich auch.«

Er wand sich, als das warme Öl auf seinen Rücken spritzte. Dann spürte er Shiners Hände. Sie glitten über seine Haut und verteilten die Flüssigkeit. An der Art, wie sie ihn berührte, war nichts *Romantisches*. Sie verteilte das Öl, als wäre das eine ganz gewöhnliche Tätigkeit, und Jeremy fragte sich, ob sie sich vielleicht anstrengte, es so wirken zu lassen. Aber das sanfte Reiben fühlte sich wunderbar an.

»Wie lange war Nate wohl draußen?« fragte sie.

»Ich habe keine Ahnung.«

»Ich dachte schon, er wäre ertrunken oder so. Lieber Gott, es war gruselig, auf ihn zu warten.«

»Das war es sicher.« Jeremy erinnerte sich: Er selbst war so verschreckt gewesen, als Nate schließlich zurückkam, daß er für einen Augenblick geglaubt hatte, es sei der Troll, der durch den Nebel auf ihn zusurfte.

Shiners Hände glitten an seinen Seiten entlang.

»Ich bin wirklich froh, daß du dagewesen bist«, sagte sie. »Ich wäre wahrscheinlich durchgedreht. Dich zu umarmen hat die Welt beinahe wieder in Ordnung gebracht.«

»Der Teil war wirklich nett«, sagte Jeremy. Er spürte, wie Öl auf die Rückseite seiner Beine tropfte. Als ihre Hände darüberglitten, drehte er sich leicht zur Seite, um den Druck von seinem Penis zu nehmen. Sie rieb die Rückseite seiner Beine und dann die äußeren Seiten. An den Waden rieb sie auch die Innenseiten. Aber weiter oben – oberhalb seiner Knie – ließ sie die Innenseiten unberührt. Das bestätigte Jeremys Verdacht: Sie wußte sehr wohl, daß dies mit Sex zu tun hatte, wollte es aber nicht so aussehen lassen. Sie nahm ihre Hände weg. »Fertig«, sagte sie. »Würdest du bitte meinen Rücken einreiben?«

»Klar.«

Sie legte sich hin, und Jeremy kniete sich neben sie. Er beugte sich nach vorn und versuchte, die Schwellung zu verdecken.

Sie löste die Träger an den Schultern und schob sie zur Seite.

So etwas wie ein Striptease, aber auch unschuldig. Sie zog sich nicht *wirklich* aus, sondern schob nur die Träger zur Seite, damit sie keine weißen Stellen auf die Haut bekam. Die Mädchen machten das fast immer beim Sonnenbaden. Es hatte nichts zu bedeuten. Aber es war Jeremy klar, daß sie wußte, was sie tat. Sie strich über ihr Haar, teilte es im Nacken. Jetzt war sie glatt und nackt bis hinunter zum Höschen ihres glänzenden Badeanzugs.

Jeremy spritzte Kringel von Sonnenöl auf ihren Rücken und verteilte das Öl dann mit beiden Händen. Ihre Haut war warm und glatt.

Ich darf nicht daran denken, ermahnte er sich und war sich seiner Erektion peinlich bewußt.

Das war ganz ähnlich, wie das Eis von Tanya zu wischen. Denk nicht daran!

Er war schnell fertig mit ihrem Rücken und rieb die Seiten nicht ein, denn dann wäre er – o Gott! – schrecklich nah an ihre Brüste gekommen, und das wäre vielleicht zuviel gewesen. Ob er es wagen könnte, ihre Beine einzureiben? Nein, es war unmöglich.

»Bist du allein nach Hause gegangen?« fragte er und versuchte, sich von der Situation abzulenken, während er sich langsam an ihr vorbeischob und neben ihre Beine kniete. »Ja«, sagte sie. »Es ist nicht sehr weit.«

Er spritzte das Sonnenöl auf die Rückseite ihrer Beine. Es lief an den Innenseiten hinab. O nein! dachte er und wischte schnell die Tropfen auf, wobei er versuchte, nicht daran zu denken, wo seine Hände gerade waren. »Es wäre mir lieb, wenn ich dich nach Hause bringen könnte«, sagte er, und seine Stimme zitterte.

»Dann würdest du wissen, wo ich wohne.«

»Was ist daran falsch?« Er verteilte schnell das Öl auf ihren Waden.

»Ich lasse keinen der Trolljäger wissen, wo ich wohne«, sagte Shiner. »Oder meinen richtigen Namen.«

Jeremy war fertig.

Gott sei Dank!

Er verschloß die Flasche. Dann warf er sich auf den Rücken und zog die Beine an. »Warum soll es niemand wissen?« fragte er.

»Falls etwas schiefgeht. Einer von uns könnte von den Bullen erwischt werden. Es ist zwar noch nicht passiert, aber es wäre möglich. Mir ist es egal, daß sie versprechen, nicht zu reden. Vielleicht halten einige das Versprechen wirklich, aber es muß nur einer dabeisein, der redet. Die Bullen oder der Staatsanwalt würden eine mildere Strafe versprechen, wenn man Namen angibt, und das wäre eine ziemliche Versuchung. Und dann hätten sie alle erwischt. Außer mich.«

»Das heißt, keiner von den Trolljägern weiß, wer du wirklich bist?«

»Und wo ich wohne. So kann ich nicht erwischt werden. Und ich sage dir noch was: Nach dem, was letzte Nacht passiert ist, bin ich wirklich froh darüber.«

»Ja«, sagte Jeremy. Er war ein bißchen enttäuscht, daß sie ihm nicht traute, aber er konnte sehen, wie klug es war, die Identität zu verschweigen. »Ich wünschte, ich hätte es genauso gemacht«, sagte er.

»Weiß jemand, wer du bist?«

»Ich habe Cowboy meinen Nachnamen genannt. Und ihm erzählt, wo ich wohne.«

»Ach, mach dir darüber keine Gedanken. Bei dir hätte es sowieso nicht funktioniert. Bei mir klappte es auch nur, weil ich auf eine andere Schule gehe. Keiner der anderen Trolljäger geht nach St. Annes. Sie sind alle auf der städtischen Schule, und du wirst im September doch auch dort anfangen, oder?«

»Ja.«

»Also würden sie herausfinden, wer du bist, sobald die Schule anfängt. Du hättest sowieso nicht anonym bleiben können.«

»Mensch, das ist übel.«

»Du solltest deswegen keine schlaflosen Nächte bekommen. Bis jetzt ist niemand erwischt worden, und ich habe das Gefühl, daß mit der Trolljagd Schluß ist.«

»Wirklich?«

»Ich wette, darum geht es bei dem Treffen heute abend. Ich meine, niemand hat damit gerechnet, daß ein Troll dabei umkommt. Das ändert alles. Ich nehme an, daß Nate Tanya überredet hat, die Gruppe aufzulösen.«

Jeremy hatte ein plötzliches Gefühl von Verlust, als hätte man ihm gerade mitgeteilt, daß all seine Freunde aus der Stadt wegziehen.

»Ich weiß, daß für mich Schluß ist«, sagte Shiner.

»Aber wir werden uns doch noch sehen, oder?«

»Das hoffe ich. Ich wüßte keinen Grund, weshalb nicht.«

»Ich auch nicht. Meine Güte, ich würde dich wirklich gern oft treffen.« Während er sprach, spürte er, wie eine Art Schuldgefühl in ihm aufstieg. Als würde er jemanden verraten. Aber wen? Tanya? Cowboy? Die ganze Bande der Trolljäger? Oder Shiner selbst?

24

Joan saß mit gespreizten Beinen auf der gepolsterten Bank ihrer Kraftmaschine und packte die Handgriffe fest und sicher. Die Rollen quietschten, als sie die Griffe zu ihrem Kinn herabzog und dann wieder hochschnellen ließ. An dem Seil hinter ihr hing ein Gewicht mit fünfzig Kilogramm. Vielleicht würde sie Dave anrufen, wenn sie ihre Übungen beendet hatte, und fragen, wie es mit Gloria weitergegangen war. Es war nach sieben Uhr. Er sollte jetzt eigentlich fertig sein.

Sie zog die Griffe wieder herunter.

War das jetzt das sechste Mal gewesen?

Ihr Herz klopfte mit schnellen festen Schlägen, sie atmete heftig, und ihr Sweatshirt fühlte sich innen feucht an.

Noch sechs, und du hast es hinter dir.

Sie hatte schon eine halbe Stunde trainiert. Nach ein paar einfachen Aufwärmübungen hatte sie damit angefangen, einige Karatepositionen zu üben. Aber Karate deprimierte sie. Ihr stand immer noch vor Augen, wie ihr Fuß gegen Woodrow Abernathys Kinn gekracht war. Bis diese Erinnerungen aufgetaucht waren, hatte sie sich hervorragend gefühlt; also hörte sie jetzt mit dem Karatetraining auf und machte an der Kraftmaschine weiter. Sie arbeitete mit jeder Muskelpartie, bis es weh tat, und dies war jetzt die letzte Übung.

Noch einmal zog sie an den Griffen, schob sie wieder zurück und ließ sie los. Sie zog das Sweatshirt vom Körper weg. Kühle Luft strömte über ihre heiße, feuchte Haut. Dann hob sie das Sweatshirt hoch und wischte sich den Schweiß ab.

Sie fühlte sich gut, wenn man von einem Hauch von Schuldgefühlen absah, weil sie die Karateübungen hatte ausfallen lassen. Kraft war ja schön und gut, und Karate machte sie schnell und schärfte ihren Gleichgewichtssinn. Aber sie zögerte, es nochmals zu versuchen.

Dann kam ihr eine Idee, die sie gleich in bessere Stimmung versetzte. Sie ging zu dem alten Plattenspieler in der Ecke des Übungsraums, holte eine LP aus dem Schrank und legte sie auf den Plattenteller. Vorsichtig setzte sie den Tonarm auf einen Track, den sie in guter Erinnerung hatte, und ging dann auf die Matte zurück. John Denvers helle, klare Stimme sang *Calypso*. Sie tanzte auf der Matte zum Rhythmus der Musik und machte drei Überschläge auf die andere Ecke der Matte zu und blieb dabei nur geringfügig hinter dem Rhythmus zurück. Aber dann stolperte sie von der Matte. Aus mit der Bestnote, dachte sie, wirbelte herum und fuhr fort, tanzend, tretend, springend, wirbelnd, radschlagend und mit Purzelbäumen, und endete mit einem dreifachen Flickflack rückwärts, der früher die Zuschauer begeistert hatte, Joan aber heute flach auf dem Rücken landen ließ. Sie hörte jemanden applaudieren.

Debbie stand in der Tür und grinste.

»Wie hat ein Trampel wie du es jemals bis zu den Landesmeisterschaften geschafft?«

»Damals war ich keine 1,78 groß.«

»Ich würde dir ja zeigen, wie man es wirklich macht, aber ich muß gehen.«

»Laß dich nicht aufhalten.«

»Wie sehe ich aus?«

Sie trug weiße Jeans. Das Blau ihrer glänzenden Bluse betonte das Blau ihrer Augen. Auf ihren Wangen lag ein zartes Glühen vom Nachmittag am Strand. Das blonde Haar umrahmte in weichen Locken ihr Gesicht.

»Du siehst toll aus«, sagte Joan. »Das wird die Burschen umwerfen.«

»Wenn welche da sind.« Debbie rümpfte die Nase. »Du kennst doch Jessica. Sie ist ein solches Musterexemplar an Tugend, daß man froh sein kann, wenn sich ein Mann in einer Meile Umkreis aufhält.«

»Trotzdem, viel Spaß. Und sei um zwölf wieder zurück.«

»Wenn es zu langweilig wird, bin ich schon viel eher wieder da. Wirst du dich heute abend mit Dave treffen?«

»Ich weiß es nicht.«

»Vielleicht solltest du ihn hierher einladen und ihm deine Bodenübungen zeigen. Er würde ausrasten – besonders, wenn du beim Radschlagen beinahe dein Sweatshirt verlierst.«

»Kommst du nicht zu spät oder so?«

Debbie lachte. »Wann werde ich ihn kennenlernen?«

»Was willst du eigentlich? Sogar ich bin bisher noch nicht mit ihm ausgegangen.«

»Ich bin neugierig, wie er aussieht.«

»Wenn es dich so sehr interessiert, dann komm doch zur Promenade, wenn wir morgen im Dienst sind.«

»Ja. Danke. Ich meine: Nein, danke.«

»Was hast du plötzlich gegen Funland? Du bist doch sonst immer hingegangen.«

»Das war, bevor meine große Schwester da Streife ging.«

»Bin ich dir peinlich?« Joan grinste.

»Vielleicht, wenn ich hinginge und meinen Spaß haben wollte.«

»Das tut mir leid. Aber Dienst ist Dienst.«

»Wann wirst du woandershin versetzt?«

»Wer weiß. Aber mach dir keine Gedanken, ich werde nicht immer dort bleiben.«

»Nur den ganzen Sommer lang, zu meinem Glück.«

»Wenn du Funland so vermißt, dann geh doch an meinen freien Tagen. Oder abends, solange du nicht allein hingehst.«

»Jedenfalls sollte ich jetzt besser verschwinden, sonst komme ich noch zu spät«, sagte Debbie. »Mach's gut. Tu nichts, was ich nicht auch tun würde.«

»Ha, ha.«

Debbie hob grüßend die Hand und verließ dann das Zimmer. Joan blieb auf dem Boden sitzen und machte ein paar Dehnübungen, bis sie das Auto abfahren hörte. Dann ging sie in ihr Schlafzimmer. In ihrem Magen flatterten Schmetterlinge, als sie sich auf die Bettkante setzte und das Telefon auf den Schoß nahm.

Blöd, so kribbelig zu sein, weil ich Dave anrufe, dachte sie.

Sie starrte das Telefon an.

Zum Teufel, ich bin doch kein verdammter Teenager. Sie atmete tief durch, hob den Hörer hoch und wählte. Sie ließ es achtmal klingeln, dann legte sie wieder auf.

Okay. Er ist also nicht zu Hause. Ist ja toll. Aber das bedeutet nicht, daß er sich immer noch bei Gloria aufhält. Und selbst wenn, was soll's? Angst, daß sie sich wieder versöhnen?

Unwahrscheinlich.

Warum bist du da so sicher? Verdammt, sie sind vor ein paar Tagen noch fest miteinander gegangen. Und er hängt offensichtlich noch immer an ihr, sonst wäre er nicht so ärgerlich geworden, als ich ihm von der Verkleidungsaktion des Miststücks erzählt habe.

Er war aus dem gleichen Grund verärgert wie ich – weil er sich verantwortlich fühlt.

Joan wünschte, sie hätten das Mittagessen ausfallen lassen und wären gleich losgegangen, um Gloria zu finden. Aber das hatte Dave nicht gewollt. »Ich will verdammt sein, wenn ich mir die Mittagspause damit verderbe, hinter ihr herzujagen. Wenn sie ein derartiges Theater veranstalten will, dann ist das ihre Sache.« Aber die Mittagspause war ohnehin verdorben. Joan war zu ärgerlich gewesen wegen Gloria, um das Gyros genießen zu können, und wahrscheinlich war auch Daves Appetit einigermaßen verdorben. Von Sorge und Ärger wird Essen leicht fade.

Als sie mit dem Essen fertig waren, gingen sie zum Eingang von Funland. Joan wartete an der Kartenbude, und Dave stieg die Treppe hinunter. Aber schon nach einer Minute kam er zurück und erklärte, daß Gloria nicht mehr da war. Sie nahmen ihren Rundgang wieder auf und erwarteten, Gloria irgendwo auf der Promenade zu begegnen. Während des Nachmittags sahen sie acht oder zehn heruntergekommene Typen. Aber nicht Gloria.

Am Ende ihrer Schicht hatte Dave erklärt, daß er noch in Glorias Wohnung vorbeischauen wollte und ihr ordentlich die Meinung sagen. Er schien alles andere als versessen darauf zu sein, aber beide wußten, daß es getan werden mußte.

Sie hatte den Laufpaß bekommen und es überhaupt nicht gut aufgenommen.

Und es war Joans und Daves Schuld.

Sie würden dafür verantwortlich sein, wenn Gloria bei ihrer »Undercover-Arbeit« verprügelt oder vergewaltigt würde oder noch Schlimmeres.

Jemand mußte ihr den Kopf zurechtsetzen, und so traf es eben Dave.

Joan starrte das Telefon an und fragte sich, ob sie es wohl noch einmal versuchen sollte. Vielleicht war Dave unter der Dusche gewesen.

Vielleicht sollte *ich* mich duschen und es dann noch einmal versuchen.

Wäre sie doch nur mit ihm gegangen! Aber Dave hatte sie nicht darum gebeten, und sie hatte es nicht angeboten. Je weniger Gloria von ihr zu sehen bekam, desto besser. Das war offensichtlich.

Sie stellte das Telefon auf den Nachttisch, stand auf und ging ins Bad. Sie schloß die Tür hinter sich und drehte den Schlüssel um.

Die starke harte Polizistin schließt sich ein, dachte sie.

Sie schloß sich *immer* ein, wenn sie duschte oder ein Bad nahm. Immer, wenn sie allein im Haus war.

Es war ihr unheimlich. Es hatte damit zu tun, vom Rest des Hauses abgeschlossen zu sein und wegen des Wassergeräuschs nicht hören zu können, was da vorging. Es hatte mit einem Film namens *Psycho* zu tun.

Die Luft war noch feucht von Debbies Bad. Sie zog Schuhe und Strümpfe aus, hängte den Trainingsanzug an den Türknauf und ging zur Wanne. Auf der Badematte waren immer noch Debbies Fußabdrücke zu sehen, und die Matte war noch feucht, wo sie gestanden hatte.

Joan beugte sich nach vorn, griff nach dem Heißwasserhahn und zuckte zusammen, als es an der Haustür klingelte. Gänsehaut breitete sich auf ihrem Körper aus.

Es klingelte wieder.

Sie zog eine Grimasse und erhob sich.

Tolles Timing, dachte sie. Gerade jetzt, wo ich mich ausgezogen habe.

Sie ärgerte sich über sich selbst, weil sie so erschrocken war und sich in ihrer Nacktheit so verwundbar fühlte, und hatte keine Lust, wieder in die verschwitzten Kleider zu steigen.

Bleib einfach hier, und wer immer es ist, wird wieder gehen.

Es klingelte erneut.

Debbie? fragte sie sich: Vielleicht hatte sie Probleme mit dem Auto, oder… Brillant, Sherlock. Sie hat einen Hausschlüssel.

Vielleicht ist es Dave, und er ist deshalb nicht ans Telefon gegangen, weil er auf dem Weg hierher war. Oder es ist ein verflixter Vertreter oder Zeuge Jehovas. Und wenn es Dave ist…

Sie hastete zur Badezimmertür, sprang in die Hosen des Trainingsanzugs (die genauso feucht und klamm waren, wie sie befürchtet hatte), nahm das Sweatshirt vom Türknauf und zog es sich über den Kopf, während sie zur Haustür eilte.

Sie blickte durchs Guckloch.

Harold.

Mist!

Einen Moment lang überlegte sie, ob sie so tun sollte, als wäre sie nicht zu Hause. Aber sie war nicht gerade auf Zehenspitzen zur Haustür gelaufen. Es wäre schrecklich grausam, nicht zu öffnen, wo Harold doch wußte, daß sie zu Hause war.

Ich hätte weitermachen sollen und duschen.

Sie öffnete die Tür und zwang sich zu einem Lächeln. Er schaute ihr ganz kurz ins Gesicht, bevor er den Blick wieder auf typische Harold-Art senkte. »Es tut mir leid«, sagte er. »Habe ich dich gestört?«

»Nein. Hm-hm. Ich bin gerade mit dem Training fertig geworden. Komm rein.« Sie trat zur Seite.

Er kam herein und schloß die Tür hinter sich. »Wahrscheinlich hätte ich vorher anrufen sollen, aber…« Er zuckte die Schultern.

»Das ist schon in Ordnung. Magst du einen Drink oder so was?«

»Weißwein wäre nett, falls du welchen hast.«

»Klar, komm mit.« Sie ging zur Küche, und Harold folgte ihr. Ihr Herz schlug schnell. Sie fühlte sich ein wenig angespannt und elend.

Er hätte eigentlich nicht auftauchen dürfen.

Hatte er sie denn nicht verstanden? War sie vorletzte Nacht nicht deutlich genug gewesen?

Offensichtlich nicht.

Sie hatte versucht, sich so klar wie möglich auszudrücken, ohne direkt zu sagen, daß sie nicht mehr mit ihm zusammensein wollte.

Sie nahm eine Flasche Weißwein aus dem Schrank. »Ich fürchte, er ist nicht kühl genug«, sagte sie. »Möchtest du Eis rein?«

»Nur einen Würfel. Ich will ihn nicht zu sehr verwässern«, fügte er mit einem Kichern hinzu, das sehr nervös klang.

Oh, er hat es ganz genau verstanden!

Aber er ist trotzdem hier.

Joan reichte ihm die Flasche. Er ging zu der Schublade, wo sie den Korkenzieher aufbewahrte. Nachdem er dreimal hier zum Essen gewesen war, wußte er, wo er ihn finden konnte.

Die gute alte Debbie. Ein kluges Kind. Schon nach dem ersten gemeinsamen Essen hatte sie festgestellt: »Dieser Harold ist eine Null. Wieso verschwendest du deine Zeit mit ihm?«

»Er ist nett«, hatte Joan gesagt.

»Das ist Popcorn auch. Trotzdem verabredest du dich nicht damit.«

»Wenn ich zum Sommer-Filmfestival gehe, könnte das schon passieren.«

»Ich meine das ernst. Laß den Typ fallen, und such dir einen richtigen *Kerl.* Du bist bei den Bullen, da mußt du doch Kerle kennenlernen.«

Joan stellte zwei Weingläser auf die Frühstückstheke. Sie ließ einen Eiswürfel in eines davon fallen. Harold hatte Schwierigkeiten mit dem Korken. Er beugte sich vor, klemmte die Flasche zwischen die Beine, packte den Flaschenhals und drehte den Griff des Korkenziehers.

Während Joan ihn beobachtete, mußte sie daran denken, wie sie gestern in Daves Haus den Champagner geöffnet hatte.

Wenn ich jetzt doch nur dort wäre, dachte sie. Aber Dave würde nicht dasein. Er kümmert sich um Gloria, und ich muß mit Harold fertigwerden. Wir haben jeder unseren eigenen Schlamassel, der uns voneinander fernhält.

Harold zog den Korken heraus. Er füllte die Gläser und reichte Joan das ohne Eis.

»Ich hoffe, es stört dich nicht, daß ich einfach so vorbeigekommen bin«, sagte er, als sie ins Wohnzimmer hinübergingen.

»Nein, das ist schon in Ordnung. Ich sehe nur ziemlich schrecklich aus.«

»Du siehst hinreißend aus. Wie immer.«

»Danke«, murmelte sie.

Harold setzte sich aufs Sofa, und Joan nahm neben ihm Platz. Es gibt keinen Grund, sich nicht *neben* ihn zu setzen, sagte sie sich. An den Abenden, wo er zum Essen hiergewesen war, hatten sie lange auf dem Sofa nebeneinandergesessen, Brandy getrunken und sich unterhalten. Debbie war zweimal ins Kino gegangen, sie waren allein gewesen so wie jetzt, und das Verwegenste, was er je getan hatte, war, ihre Hand zu halten. Und so wird es auch diesmal sein, dachte sie. Darauf kannst du wetten.

»Ich hatte vor, dich anzurufen«, sagte sie.

Harold nickte. Er nahm einen Schluck Wein und starrte sein Glas an. »Das verstehe ich. Und ich kann mir gut vorstellen, was du gesagt hättest. Ich war nicht besonders versessen darauf, es zu hören. Jedesmal, wenn das Telefon klingelte, dachte ich, du wärest es, und... Das ist alles nicht einfach für mich, Joan. Hierherzukommen. Ich habe mich den ganzen Tag lang... elend gefühlt.«

»Das tut mir leid«, murmelte sie.

Er hob die Hand, als wollte er eine Entschuldigung nicht gelten lassen. »Das ist nicht deine Schuld. Es hat mit mir zu tun. Du hattest absolut recht mit dem, was du vorgestern nacht zu mir gesagt hast. Ich *bin* ein Feigling. Ich bin immer einer gewesen. Ich habe jedes mögliche Risiko immer vermieden – körperlich und gefühlsmäßig.«

Er sah sie an, lächelte freudlos und richtete den Blick wieder auf das Glas. »Ich war tatsächlich schon fünfundzwanzig, bis ich meinen ersten sexuellen Kontakt hatte. Und damals hat mich das Mädchen verführt. Sie hat mich nicht interessiert. Sie war... nicht attraktiv. Tatsächlich war sie sogar ausgesprochen unansehnlich. Wie jede Frau, der ich mich je genähert habe.«

»Na, herzlichen Dank«, sagte Joan und hoffte, ihn damit aufzuheitern.

»Wenn du dich erinnerst: *Du* hast *mich* angesprochen.«

Sie erinnerte sich. Sie war im Studentenbuchladen gewesen, weil es dort die beste Auswahl gab. Harold stand auf dem Gang in der Prosa-Abteilung, und sie hatte irrtümlich angenommen, er sei ein Angestellter, und ihn gefragt, wo sie Shel Silversteins *Where the Sidewalk Ends* finden könnte. »Ich hab schon *A Light in the Attic*, und das hat mich wirklich erschüttert.«

»Es sind Kinderbücher, das wissen Sie doch?« hatte er gesagt.

»Tatsächlich? Na gut, von Sylvia Plath bekomme ich ohnehin nur Kopfschmerzen!«

Er hatte darüber gelacht.

Nachdem er das Buch herausgesucht und sie es bezahlt hatte, verließen sie den Laden gemeinsam, und sie sagte: »Warum kommen Sie nicht mit mir in den Studentenclub? Ich gebe Ihnen einen Kaffee aus und belehre Sie über den Verdienst von Silverstein und Dr. Seuss.«

Dort hatte sie erfahren, daß dies sein erstes Jahr an der Universität war. Sie hatte ihm erzählt, daß sie früher in der Bibliothek gearbeitet hatte, und sie waren vertrauter miteinander geworden, als sie über ein paar ziemlich schräge Vögel sprachen, die in der Bibliothek und im Fachbereich Englisch arbeiteten.

»Ich war... sofort hingerissen«, sagte Harold. »Ich konnte kaum glauben, daß ich mich in der Gesellschaft einer Frau befand, die nicht nur überwältigend attraktiv war, sondern auch intelligent und belesen und geistreich. So etwas war mir noch nie passiert. Ich fand es unglaublich, daß du überhaupt mit mir sprachst, vielmehr...«

»Ich mag dich, Harold. Ich mag dich wirklich. Unsere Zeit zusammen hat mir gefallen.«

»Gefallen.« Er schnaubte leise. »Was für ein blasser Begriff. Für mich war die Zeit, die wir zusammen verbracht haben... ein Stück vom Paradies. Deshalb habe ich es nie gewagt, nie riskiert...« Er schüttelte den Kopf.

»Mir näherzukommen?«

»Ich wollte ja«, gab er zu und schaute ärgerlich auf sein Weinglas. »Du kannst dir nicht vorstellen, wie gern ich dich geküßt hätte oder in den Arm genommen. Ich habe davon geträumt...«

Das Klingeln des Telefons unterbrach ihn.

Joans Herz machte einen Sprung.

Dave? Es mußte Dave sein.

Das Telefon klingelte wieder und wieder.

»Willst du nicht rangehen?« fragte Harold.

»Nein«, sagte sie und legte sanft eine Hand auf sein Knie. Das Telefon klingelte noch siebenmal.

Die Stille danach war drückend.

Harold begann zu weinen. Er stellte das Weinglas auf den Tisch und wandte sich von Joan ab. Sie rieb über seinen Rücken. Sie konnte spüren, wie er zuckte, als er versuchte, sein Schluchzen zu unterdrücken.

»Ich weiß, daß es vorüber ist«, sagte er mit erstickter Stimme. »Du hast nach einem... einem Rhett Butler gesucht, und ich bin... nicht einmal ein Ashley. Ein Bücherwurm, das ist es, was ich bin, nichts als ein armseliger Bücherwurm.«

»He, komm! Es wird alles wieder gut.«

»Nein. Nein, das glaube ich nicht.«

»Wir werden uns weiterhin treffen, Harold, und weiterhin Freunde sein. Und wir waren auch nie mehr als das. Vielleicht haben wir beide mehr gewollt, aber es ist nichts draus geworden. Lassen wir es also dabei und versuchen nicht, etwas anderes daraus zu machen.«

Er schniefte. Er schüttelte den Kopf. Er rieb sich die Augen.

»Wir können nächste Woche ins Kino gehen.«

»Nein. Das könnte ich nicht. Mein Gott, ich will doch nicht dein Mitleid.«

»Na gut, dann geh doch zum Teufel!«

Sein Kopf fuhr herum. Seine Augen waren feucht und rot. Seine Wangen glänzten von den Tränen. Er schaute ihr in die Augen und sah ihr Grinsen. Und dann fing er an zu lachen.

»Nimm mein Mitleid, oder verschwinde, Junge.«

Er lachte wieder.

Das Telefon klingelte. »Diesmal gehe ich ran. Nutz die Gelegenheit und reiß dich zusammen.«

Er blieb auf dem Sofa. Joan eilte in die Küche und ergriff sich das Telefon. »Hallo?«

»Na, du!? Ich bin's!«

»Hallo, Ich«, sagte sie und spürte, wie Wärme sie durchströmte. »Wie war's?«

»Gar nichts war. Ich ging zu ihrer Wohnung, aber sie war nicht da. Ich bin sogar zweimal hingegangen. Einmal vor dem Abendessen und einmal danach.«

»Meinst du, sie ist immer noch da draußen und spielt ihre Spielchen?«

»Das würde mich nicht überraschen. Ich werde zur Promenade fahren und dort suchen, aber das wird ein bißchen dauern. Ich wollte zuerst mit dir sprechen, damit du weißt, was los ist.«

»Ich habe angefangen, mir Sorgen zu machen. He, wie wär's, wenn ich mitkomme?«

»Ich glaube, es würde die Sache nur noch schlimmer machen, wenn wir zusammen wären, und...«

»Ich weiß. Ich weiß das. Mist.«

»Geht es dir gut?«

»Ja. Ich vermisse dich nur.«

»Du vermißt mich?«

»Nein, ich kann dich nicht mehr sehen. Natürlich vermisse ich dich! Ich hatte angenommen, daß wir uns heute abend treffen könnten. Vor einiger Zeit habe ich dich angerufen.«

»Ich habe auch angerufen.«

»Ja, ich dachte mir, daß du das warst. Ich konnte nicht rangehen. Wenn du wirklich annimmst, daß Gloria ausflippt oder so, wenn sie uns zusammen sieht...«

»Ach, laß sie doch! Ich komme vorbei und hole dich ab. In zehn Minuten?«

»Wie wär's mit einer halben Stunde? Ich muß noch duschen.«

»Kann das nicht warten, bis ich dort bin?«

»Ha, ha. Vergiß es, Davey Boy.«

»Darüber muß ich nachdenken.«

»Also bis später.« Sie legte auf und ging zurück ins Wohnzimmer. Vor dem Tisch blieb sie stehen. Harold saß kerzengerade. Er weinte nicht mehr. »Bist du in Ordnung?« fragte sie.

»Soweit man das erwarten kann, ja.«

»Und du holst mich nächste Woche ins Kino ab?«

Er lächelte matt. »Ah, das Stichwort für meinen Abgang.«

»Ich fürchte, ja. Ich muß duschen und dann gehen. Dave war am Telefon. Wir haben eine Art Notfall, um den wir uns kümmern müssen.«

Harold nickte und trank sein Glas aus.

Er stand auf. Joan nahm seine Hand, und sie gingen zur Tür. »Was ist mit dem Kino?« fragte sie.

»Ich weiß es nicht.«

»Laß es uns versuchen. Es sei denn, du läßt mich bis dahin sausen für eine, die tatsächlich noch charmanter und schöner ist als *moi.*«

»Das Fallenlassen ist schon passiert. Wenn ich mich nicht irre, nicht von meiner Seite.«

Seine Worte quälten sie. Sie hatte geglaubt, seine Wunde geheilt zu haben. Aber sie hatte wohl nur einen Verband draufgeklebt.

Harold öffnete die Tür.

Joan umklammerte seinen Arm, um ihn festzuhalten. Sie zog ihn zu sich herum, weil sie sein Gesicht sehen wollte. Er sah jetzt nicht mehr so gequält aus; er wirkte resigniert, besiegt, ein bißchen verstört und hatte einen leeren Blick.

»Ich wünschte, ich könnte alles ändern.«

»Du bekommst einen Punkt für die gute Absicht.« Er wand seinen Arm aus ihrem Griff und ging in den Nebel hinaus.

Joan schloß die Tür. Sie lehnte sich dagegen und seufzte tief. Sie fühlte sich schrecklich, aber sie war froh, daß er gegangen war. Froh, daß es vorbei war.

Es war vorbei. Er hatte verloren, und er war nicht bereit, den Trostpreis ihrer Freundschaft anzunehmen. Und sie war froh darüber.

Es unterschied sich gar nicht so sehr davon, Woodrow Abernathy ans Kinn zu treten. Zuerst ein Gefühl von Erleichterung und Freude, weil sie mit einer Situation fertiggeworden war, etwas zu Ende gebracht hatte. Aber dann strömten die Schuldgefühle wie grauer Regen in ihre Seele.

25

»Es war sehr nett, Sie kennenzulernen, Mrs. Wayne.«

»Nun, ich habe mich auch gefreut, dich kennenzulernen, Shiner.«

»Ich muß um Mitternacht zu Hause sein; ich werde Jeremy also gegen halb zwölf zurückbringen. Ist das in Ordnung?«

»Aber sicher. Viel Spaß, meine Lieben.«

Jeremy öffnete die Tür für Shiner. Als sie hinausging, lächelte er seine Mutter an. Sie zog ein Gesicht – hochgezogene Augenbrauen, die Augen verdreht, die Lippen vorgeschoben –, das bedeutete: »Ich kann's kaum glauben! Wie hast du so ein Mädchen an Land ziehen können?« Die Tür fiel ins Schloß, und er nahm Shiners Hand. »Du hast sie umgehauen!«

»Aber selbstverständlich.«

»Sie hatte eigentlich vor, dich total abzulehnen.«

»Sie ist nett. Ich mag sie.«

Sie kamen zum Wagen. Shiner schloß die Beifahrertür für Jeremy auf und ging dann um den Wagen herum.

»Du siehst heute abend wirklich gut aus«, sagte er, als sie hinter das Steuer schlüpfte.

»Danke. Du auch.«

Er wünschte, sie hätte ein Kleid getragen, aber sie sah in ihren weißen Jeans wahnsinnig gut aus. Und die Bluse gefiel ihm: leicht und enganliegend. Wenn er sie im Arm hielt, würde sie sich glatt anfühlen, und er könnte sie über ihre Haut schieben.

Ihr Duft erinnerte ihn an die Luft im Wald nach einem Frühlingsregen.

Sie ließ den Motor an und fuhr los. »Ich habe nachgedacht«, sagte sie, »wir *müssen* eigentlich nicht zu diesem Zeug bei Tanya gehen. Es wird ziemlich nervig werden, weißt du. Viel Gerede über den Typ, der abgekratzt ist. Wir könnten etwas anderes machen. Ins Kino gehen, in Funland rumhängen oder so.«

»Willst du denn nicht hin?« fragte Jeremy.

»Wenn du magst. Ich habe nur gesagt, daß wir nicht *müssen*.«

Die Vorstellung, mit Shiner ins Kino oder nach Funland zu gehen, erregte ihn. Aber andererseits wollte er Tanyas Party nicht verpassen.

»Ich bin ziemlich neugierig darauf«, sagte er.

»Also gut. Dann gehen wir hin. Kein Problem.«

»Bist du sicher?«

»Es war nur so eine Idee. Und wahrscheinlich *sollten* wir hingehen. Tanya will, daß wir alle kommen. Ich habe wohl einfach kalte Füße bekommen.«

»Fürchtest du dich?«

»Nein, es ist nicht Furcht. Vielleicht bin ich ein bißchen nervös. Ich weiß nicht, ich habe so ein Gefühl, als würde ich später wünschen, wir wären nicht hingegangen.«

»Dann sollten wir besser auch nicht gehen«, sagte er höflich und selbstlos und fühlte sich schrecklich dabei.

»Nein, nein. Du willst es doch nicht verpassen. Und ich bin mir nicht sicher, was ich wirklich will. Vielleicht wird es toll.«

»Wir gehen einfach für eine Weile hin«, schlug Jeremy vor. »Wir zeigen uns mal und sehen nach, was so läuft. Und wenn uns danach ist, verschwinden wir wieder.«

»Hört sich gut an«, sagte Shiner.

Er ließ sich in den Sitz zurückfallen.

Der Rest der Fahrt war wunderbar. Jeremy war nervös, aber auch angeregt. Er war allein im Auto mit Shiner, seinem Mädchen, seiner richtigen Freundin, und die war tatsächlich, wie Letterman es ausdrücken würde, »ein tolles Baby«. Sie war schön, und sie gehörte ihm. Und sie waren auf dem Weg zu einer Party. Bei Tanya. Wo alles mögliche geschehen konnte, aber eines war sicher: Er würde in Tanyas Nähe sein. Und sie war kein tolles Baby, sie war eine Naturgewalt.

Das alles geschieht wirklich, versicherte er sich. Gerade jetzt. Es passiert mir!

Als Jeremy aufhörte zu träumen, stellte er fest, daß sie in einer Wohngegend waren, die er noch nie zuvor gesehen hatte. »Wo sind wir?« fragte er.

»Du könntest es als ›die andere Seite der Stadt‹ bezeichnen.«

»Wie?«

»Das Nordviertel. Wo die reichen Leute wohnen.«

»Tanya wohnt hier?«

»Sicher. Sie ist steinreich. Ihr Vater ist Orthopäde und ihre Mutter Rechtsanwältin.«

»Wenn sie so viel Geld hat, wieso muß sie dann arbeiten?«

Shiner lenkte den Wagen auf eine schmale Straße, die sich über einen bewaldeten Hügelkamm zog. »Nun, offensichtlich muß sie das nicht. Es gefällt ihr einfach. Denk doch mal nach, was sie tut. Sie ist Rettungsschwimmerin. Hängt den ganzen Tag am Strand herum, sieht toll aus, steht im Mittelpunkt der Aufmerksamkeit aller Typen – und ab und zu kann sie die Heldin spielen.«

Shiner wirkte ein wenig amüsiert und so, als stünde sie selbst über diesen Dingen.

»Du hörst dich an, als würdest du sie nicht mögen«, sagte Jeremy.

»Nein. Ich kann sie gut leiden. Ich bete sie nur nicht an wie jeder andere hier.«

Schließt sie mich da mit ein? fragte sich Jeremy. Weiß sie etwas? Wie kann sie das wissen?

Shiner hielt an einer Straßengabelung an. Sie zog ein Blatt Papier aus der Blusentasche und faltete es auseinander. Im matten, bläulichen Licht der Dämmerung konnte Jeremy sehen, daß es sich um eine grobe, mit Kugelschreiber gezeichnete Skizze handelte. Shiner studierte sie stirnrunzelnd. Dann bog sie nach links ab und fuhr langsam die Straße entlang.

Jeremy konnte keine Häuser sehen. Nur Wald und ab und zu eine Einfahrt mit einem Briefkasten daneben. Die Häuser waren wohl hinter den Bäumen versteckt und weit von der Einfahrt entfernt.

»Wie hast du Tanya kennengelernt?« fragte er, weil er vom Thema der »Anbetung« wegkommen wollte. »Du gehst nicht auf dieselbe Schule, und sie wohnt... wohnst du etwa auch hier?«

»Um Gottes willen, nein. Ich lebe in... deiner Nachbarschaft. Ich habe sie getroffen, als ich die Trolljäger aufspüren wollte. Die ganze Stadt redete über sie – und den Großen Groben Griesgram Billy. Ich habe mich nachts rausgeschlichen und sie ziemlich bald gefunden. Ich habe ihnen einfach erklärt, daß ich mitmachen wollte, und warum...«

»Wegen deiner Schwester?«

»Genau. Und ich mußte die Einweihung mitmachen. Seitdem war ich immer mit dabei.«

»Waren es immer dieselben Kids?«

Sie nickte. »Überwiegend. Ein paar sind weggezogen, und Randy war damals noch nicht mit dabei. Er kam dazu, nachdem ihn Tanya aus dem Wasser gezogen hat. Sie hat Mund-zu-Mund-Beatmung gemacht, und er wachte auf und nahm an, er sei tot und im Himmel. Er ist seitdem einer ihrer Anbeter.«

Shiner bremste. Sie spähte durch die Windschutzscheibe zu einem Straßenschild hin und zog dann wieder die Skizze zu Rate. »Okay, hier ist Avion«, sagte sie und nickte nach rechts. »Es müßte jetzt die dritte Einfahrt sein.« Sie fuhr weiter.

Die dritte Einfahrt lag auf der linken Straßenseite und führte steil den Hügel hinauf. Shiner schaltete in den ersten Gang, bog in die Einfahrt ein und fuhr langsam nach oben. Jeremy war sich nicht sicher, was er oben auf dem Hügel erwartete. Ein Blockhaus oder Cottage könnte passend sein. Aber als die Steigung sanfter wurde und der Wald sich lichtete, sah er etwas, das sehr nach einer Südstaatenvilla aussah – komplett mit Veranda und weißen Säulen. Sie war wohl kleiner als die richtigen Südstaatenvillen, aber für Boleta Bay schon ganz schön groß.

Man hatte vermutlich die gesamte Hügelkuppe wegplanieren müssen, um Platz für das Haus zu schaffen, für die Dreiergarage und den Garten. Der Weg, auf dem sie kamen, führte um den Rasen herum zu einem gepflasterten Hof neben der Garage. Dort standen schon fünf andere Autos. Shiner hielt neben einem Jeep, der eine Südstaatenfahne an der Antenne hatte.

Sie nahm Jeremys Hand, als sie auf die Veranda zugingen. Ihre Hand fühlte sich feucht an.

Sie ist tatsächlich ziemlich nervös, dachte Jeremy. Warum? Was glaubt sie denn, was passieren wird?

Am Ende der Treppe standen sie vor einer zweiflügeligen Eichentür. Jeremy drückte die Klingel. Von drinnen hörte man Glocken die ersten Töne von *My Old Kentucky Home* spielen.

»Kommen sie aus den Südstaaten?« fragte Jeremy.

»Keine Ahnung. Tanya jedenfalls nicht. Sie ist hier aufgewachsen.«

Der rechte Türflügel öffnete sich.

»Howdy, ihr zwei.« Cowboy schlug ihm auf die Schulter. »Lange nicht gesehen, Partner.« Die gesamte rechte Seite seines Kopfes war unter einem gewaltigen Verband verborgen, mit einer großen Ausbuchtung, wo sein Ohr sein mußte. Er trug seinen alten, abgenutzten Stetson. Auch seine Arme waren verpflastert, und Jeremy konnte ein paar weitere Verbände durch den dünnen Stoff seines T-Shirts sehen.

»Immer rein mit euch, Leute. Auf zur Party.« Sie folgten ihm durch die Halle, und er sagte: »Ich höre, ihr habt gestern nacht einen Troll erledigt. Echt heiß, und ich war nicht dabei!«

»Wie fühlst du dich?« fragte Shiner.

»Als wäre ich gegen eine Wand gerannt.«

Er führte sie eine Treppe hinunter in einen riesigen, mit Teppichen ausgelegten Raum, mit holzgetäfelten Wänden, einem Billardtisch und einer Bar am anderen Ende. Alle Trolljäger waren da.

Jeremy hielt nach Tanya Ausschau. Er erspähte sie, wie sie sich über den Billardtisch beugte und zielte. Sie war barfuß, trug weiße Shorts und ein zu großes Hemd, das die Shorts beinahe bedeckte. Das Hemd war leuchtend blau und gelb kariert. Wenn sie sich vornüberbeugte, so wie jetzt, berührte seine Vorderseite nicht einmal ihren Körper.

Karen stand neben Nate auf der anderen Seite des Tisches und sah aus, als wolle sie in Tanyas Ausschnitt schielen.

Tanya versenkte eine Kugel und stieß die Faust in die Luft. Nate schüttelte den Kopf. Offensichtlich hatte Tanya mit diesem Stoß das Spiel gewonnen.

Randy stand neben dem Tisch und winkte Jeremy und Shiner zu.

Tanya legte das Queue auf den Tisch, drehte sich um und lächelte. »Schön, daß ihr da seid«, sagte sie und kam ihnen entgegen. Jeremy sah, wie sich ihr Körper unter dem Hemd bewegte, und hob den Blick schnell zu ihrem Gesicht.

Jemand gab ihm einen Klaps auf den Po. Er blickte über die Schulter und bemühte sich, weiterzulächeln, als er in Heathers kleine Schweinsäuglein sah.

»Na, wie läuft's so, Duke?« sagte sie.

Er zuckte die Schultern.

Samson, der hinter ihr stand, zwinkerte und hob ein Glas mit einer roten Flüssigkeit.

Liz, neben Samson, hatte ein Glas mit demselben Zeug drin.

Die drei – Heather, Samson und Liz – waren alle an der Bar gewesen, als Jeremy und Shiner den Raum betreten hatten.

Heather schob ihre Speckrollen dicht an Jeremy heran. »Warum machst du nicht mit und holst dir was zu trinken?« sagte sie.

»Und was ist der Anlaß für die Party?« fragte Shiner und legte einen Arm um Jeremy, als wollte sie Heather klarmachen, daß er nicht mehr zu haben war.

»Nennen wir es eine Totenwache«, sagte Tanya. »Für einen ›guten Troll‹.«

»Nur ein toter Troll ist ein guter Troll«, fügte Cowboy hinzu. »Mist, wäre ich doch bloß dabeigewesen!«

»Und ich hatte angenommen, *ich* wäre gut auf dem Sprungbrett«, sagte Liz und lachte laut. »Der Kerl hat den besten dreifachen Salto rückwärts gemacht...«

»Aber beim Schlußsprung hat er Punkte verloren«, sagte Samson.

»Ja. Mehr als eine Acht würde ich ihm nicht geben.«

Ein paar von ihnen lachten. Nicht Shiner. Und auch Nate lachte nicht.

»Ich schlage vor, wir holen uns noch was zu trinken und kippen einen zur Erinnerung an den guten Troll«, sagte Tanya.

Sie führte sie zur Bar, stellte sich dahinter und öffnete eine kleine Flasche Rum.

»Johoho«, sagte Heather.

Tanya schüttete den halben Flascheninhalt in die Bowleschüssel aus Kristall. Der Rum ergoß sich leise blubbernd in die rötliche Flüssigkeit. Tanya stellte die Flasche weg und rührte mit einem Glaslöffel um. Nachdem jeder ein Glas Bowle bekommen hatte, hob sie ihr Glas. »Auf den großen Turmspringer«, sagte sie. »Er möge von jetzt an unter der Bezeichnung Fischfutter bekannt sein.«

»Darauf werde ich nicht trinken«, murmelte Nate.

»Entspann dich, Mann«, sagte Tanya. »Er war nur ein Scheiß-*Troll.*«

»Er war ein Mensch, und wir haben ihn umgebracht.«

»Wir haben ihn nicht umgebracht. Es war ein Unfall.«

»Ein glücklicher Unfall«, fügte Liz hinzu.

»Und ich habe es verpaßt«, meinte Cowboy.

»Wir haben ihn ermordet«, sagte Nate.

Tanya starrte ihn an. Sie wirkte verärgert und frustriert. »Es war ein Unfall. Es wäre ihm nichts passiert, wenn er nicht so fett gewesen wäre. Es wäre ihm nichts passiert, wenn die Sicherheitsriegel an *deinem* Riesenrad etwas getaugt hätten.«

Nate wurde blaß. »Denkst du, darüber wäre ich mir nicht im klaren?« fragte er, und seine Stimme war kaum mehr als ein Flüstern.

»Okay«, sagte Tanya. »Wir hatten vor, einen Troll fertigzumachen, und genau das haben wir getan. Dabei ist er zufällig gestorben. Alles Jammern und Heulen der ganzen Welt macht ihn nicht wieder lebendig...«

»Und wer wollte das denn auch?« fragte Liz.

»Also, laßt uns jetzt lieber feiern. Ich habe euch nicht alle eingeladen, um deswegen rumzujammern. Wir wissen alle, was passiert ist. Keiner von uns ist besonders glücklich darüber.«

»Sprich nur für dich selbst«, sagte Liz. »Ich finde es toll. Ein Troll weniger. Wir sollten es mit allen so machen.«

Cowboy grinste und zauste ihr Haar. Sie lächelte und legte einen Arm um ihn.

»Ich bin auf Liz' Seite«, sagte Samson. »Zum Teufel mit ihnen. Je toter, desto besser.«

Nate warf ihm einen Blick zu, als fühlte er sich verraten, und sah dann Tanya an. »Wir müssen aufhören! Wir hätten schon vor langer Zeit aufhören sollen. Die Sache gleitet uns mehr und mehr aus der Hand. So etwas mußte früher oder später passieren...«

»Du hörst dich an wie dieser Scheißartikel in der Zeitung.«

»Dieser Scheißartikel hatte recht! Das haben wir letzte Nacht bewiesen, oder nicht? Und erzähl mir nicht diesen Schwachsinn, daß du nicht glücklich darüber wärst. Du warst *überglücklich*, als der alte Knacker runterfiel! Und du warst ganz versessen darauf... den von Dienstag nacht wolltest du verbrennen.«

»Wir hätten uns alle ein paar Würstchen grillen können«, sagte Cowboy.

»Seid ihr denn alle verrückt geworden?«

»Das hier ist ein Krieg, Mann«, sagte Samson.

»Was haben sie dir schon getan?«

»Sie kotzen mich an.«

»Na, das ist ja toll. Sie kotzen dich an, und deshalb bringst du sie um?«

»Du blöder Arsch, es war ein Unfall, das weißt du genau!«

»Ich habe dich da reingezogen«, sagte Nate. »Und dich auch, Cowboy. Erinnert ihr euch? Ich wollte, daß ihr mir helft, den Trollen ein paar zu verpassen wegen dem, was sie Tanya angetan haben. Ihr hattet vorher nichts weiter gegen die Trolle. *Ich* habe euch dazu überredet. Und jetzt ist es Zeit, aufzuhören. Wir haben ihnen genug verpaßt. Für Tanya *und* für Shiners Schwester.«

Nates wütender Blick wanderte über alle Trolljäger und blieb auf Randy hängen. »Was hast du gegen sie? Überhaupt nichts. Dir geht es nur um Tanya. Willst du dafür töten? Und bei dir ist es genauso, Karen.«

Karen grinste blöde und streckte ihm den Mittelfinger ihrer Faust entgegen.

»Und was haben sie dir getan, Heather? Du bist doch nur auf ein bißchen Gesellschaft aus. Und was für eine tolle Gesellschaft wir sind! Nimm lieber ein bißchen ab und versuch's mal mit anderen Leuten.«

Heather preßte die Lippen zusammen und wich seinem Blick aus.

Nate sah Jeremy an. »Ich weiß nicht, was deine Geschichte ist. Haßt du die Trolle? Willst du sie umbringen? Oder ist das hier für dich auch so eine Art Verein wie für Heather?«

Jeremy war dunkelrot angelaufen und sagte kein Wort.

»Ein schöner Krieg«, sagte Nate und blickte Samson an.

»Du hast deine Rede gehalten«, sagte Tanya zu ihm. Ihre Stimme war ruhig, aber hart. »Und jetzt verlaß mein Haus.«

»Mach Schluß damit«, sagte er. »Du bist die einzige, die dazu in der Lage ist. Wenn du ihnen sagst, es ist Schluß, dann ist Schluß.«

»Mit uns beiden ist Schluß.«

»Da hast du ganz recht.«

Einen Moment lang wirkte sie verblüfft. Als hätte sie erwartet, daß er ins Wanken geriete, seine Worte vielleicht zurücknahm und um Verzeihung bat. Jeremy hatte den Eindruck, daß sie ihn nicht verlieren wollte. Ihre Oberlippe bebte ein wenig. »Los«, sagte sie, »mach, daß du hier rauskommst!«

»Du bist besessen, Tanya. Reiß sie nicht alle mit dir.«

»RAUS HIER!«

Er stellte sein Glas auf die Theke. »Ich gehe. Kommt irgend jemand mit? Samson? Cowboy?«

»Ich nicht«, sagte Samson. »Tut mir leid, Kumpel. Da bin ich mit Tanya einig. Wir müssen die Gegend säubern. Ich höre mit der Trolljagd auf, wenn man hier wieder herumlaufen kann, ohne daß einen irgendein Schleimer um Geld anbettelt.«

»Mir geht's genauso«, meinte Cowboy. »Soweit ich das sehen kann, hat sich nichts geändert. Ich hasse es, dich als Freund zu verlieren, und ich hoffe, es wird nicht dazu kommen, aber wir haben hier eine Aufgabe zu erledigen.«

Nate schüttelte immer wieder den Kopf, während er Samson und Cowboy zuhörte. Als sie fertig waren, sah er noch einmal alle an. »Ihr macht einen großen Fehler«, sagte er. »Sie macht eine Verbrecherbande aus euch.«

Er ging allein die Treppe hinauf.

»Du solltest nicht einmal daran denken, uns zu verpfeifen«, warnte ihn Tanya.

Er blieb stehen und drehte sich um. »Ich gehe zwar nicht mehr auf Trolljagd«, sagte er. »Aber deswegen bin ich noch kein Arschloch, das seine Freunde ans Messer liefert.« Dann ging er weiter und verschwand.

»Feiger Dreckskerl«, murmelte Tanya. »Wer braucht ihn denn schon?« Mit zitternder Hand erhob sie ihr Glas. »Keine Trolle«, sagte sie.

»Nicht einen Cent für sie«, sagte Cowboy.

Sie versammelten sich alle rund um Tanya und stießen miteinander an.

26

Robin saß auf dem Bett des Motelzimmers, zwei Kissen im Rükken, und starrte den Fernseher an, während sie auf Nate wartete.

Es war durchaus möglich – das wußte sie genau –, daß er nicht auftauchen würde. Nate hatte ihr versichert, er würde nicht vorbeikommen. Sie hatte ihm auch geglaubt. Aber die Zimmernummer zu verraten, war eine eindeutige Einladung gewesen.

Er hatte überrascht und verwirrt ausgesehen.

Vielleicht hatte er eine feste Freundin. Vielleicht war er jetzt gerade mit ihr zusammen. Oder vielleicht arbeitete er immer noch in der Arkade.

Sie gehört ihm, erinnerte sie sich. Er könnte jemand anderen finden, der für ihn weiterarbeitet, oder sogar früh schließen. Gestern abend hat er früh zugemacht. Los, Nate! Wo steckst du?

Seit Robin im Motel angekommen war, hatte sie ihn jeden Augenblick erwartet.

Während sie wartete, nutzte sie die Gelegenheit, daß im Untergeschoß eine Waschmaschine zur Verfügung stand. Sie zog ein T-Shirt und Shorts an und stopfte all ihre schmutzigen Kleider in die Maschine, stellte sie an und eilte dann zurück auf ihr Zimmer und unter die Dusche. Sie wollte für ihn sauber sein. Aber sie duschte sich so schnell wie möglich und hatte ständig Angst, daß Nate in der Zwischenzeit anklopfen könnte und sie es nicht hören würde.

Vielleicht ist genau das passiert, dachte sie jetzt, als sie auf dem Bett saß und wartete. Vielleicht ist er hier gewesen, hat angeklopft und ist wieder gegangen. Aber wenn das der Fall gewesen war, würde er wiederkommen und es wieder versuchen. Oder nicht? Sie konnte ihn nur während des Duschens verpaßt haben. Während die Wäsche trocknete, wartete sie im Zimmer. Beim Abendessen behielt sie die Zimmertür ständig im Auge. Sie hatte sich an einen Fenstertisch im Café gegenüber gesetzt und nach Nate Ausschau gehalten. Nach dem Abendessen, wieder zurück im Zimmer, sehnte sie sich nach einem langen heißen Bad. Während das Wasser in die Wanne lief, blieb sie im Zimmer draußen, damit sie trotz des Wasserrauschens Nates Klopfen hören konnte. Sie arrangierte die Kleider so auf dem Bett, daß sie schnell hineinschlüpfen konnte: Höschen, BH, ein blaßblaues Kleid, das sie am Nachmittag im Souvenirladen auf der Promenade gekauft hatte.

Sie drehte das Wasser ab, ließ aber die Badezimmertür offen, um sicherzustellen, daß sie Nate nicht verpaßte. Sie legte sich in die Wanne und seufzte, als das heiße Wasser ihren Körper umschloß. Ein Bad war für sie ein seltener Luxus.

Die meiste Zeit hielt sie sich sauber, indem sie sich an Waschbecken öffentlicher Toiletten wusch. In Cafés und Tankstellen war die Waschraumtür oft abschließbar, und sie konnte sich schnell ausziehen und waschen. Manchmal benutzte sie die Duschkabinen in Hallenbädern oder Jugendherbergen. An vielen Stränden gab es ebenfalls Duschen, damit man sich den Sand und das Salzwasser abwaschen konnte, und sie benutzte auch diese, obwohl sie dabei den Badeanzug anbehalten mußte. Oft badete sie auch in Flüssen oder Bächen, aber das Wasser dort war immer kalt.

Nur wenn sie ein Motelzimmer nahm, war ihr ein richtiges heißes Bad möglich. Für gewöhnlich einmal im Monat. Wenn sie es sich leisten konnte.

Dann nahm sie stundenlange Bäder. Oft schlief sie in der Wanne ein und erwachte mit runzliger Haut im erkalteten Wasser. Und bevor sie das Zimmer am nächsten Morgen verließ, badete sie noch mal.

Aber heute abend schlief sie nicht ein. Obwohl die Hitze ihr alle Kraft nahm, gestand sie sich nicht zu, einzudösen. Wenn sie schlief, würde sie vielleicht Nates Klopfen nicht hören.

Als die Müdigkeit sie dann doch zu überwältigen drohte, stieg sie aus der Wanne. Sie trocknete sich mit einem abgewetzten Handtuch ab. Es war ziemlich klein. Sie versuchte, es um ihre Taille zu wickeln, aber obwohl die Enden aneinanderstießen, reichte es nicht für einen Knoten. Also hängte sie das Handtuch an einen Haken, ging ins Zimmer hinüber und kam mit Zahnpasta und Zahnbürste zurück.

Sie nahm ein frisches Handtuch vom Regal. Auf dem Bett sitzend, rubbelte sie ihr Haar trocken. Ihre Haut war heiß und feucht vom Baden. Frische Luft strömte durch das offene Fenster herein, ließ den Vorhang hin und her wehen und kühlte sie ab. Als sie trocken genug war, daß ihre Kleider nicht an ihr kleben würden, zog sie sich an. Dann bürstete sie ihr Haar vor dem großen Spiegel über dem Schreibtisch.

Sie war zufrieden mit ihrem neuen Kleid. Es war eigentlich ein kurzärmeliger Pullover, der ihr fast bis zu den Knien reichte. Ein dunkelblaues Abzeichen über der linken Brust zeigte die Silhouette des Riesenrads und die Achterbahn im Hintergrund. Beide gehören Nates Familie, dachte sie. Über dem Bild stand FUNLAND, darunter BOLETA BAY, CALIFORNIA.

Das Kleid war weich und eng. Im Laden hatte sie befürchtet, es wäre ein Nachthemd, bis ihr auffiel, daß eine der Verkäuferinnen dasselbe Kleid trug.

Aber es sieht ein bißchen wie ein Nachthemd aus, dachte sie beim Anblick ihres Spiegelbildes.

Sie ging zu ihrem Rucksack und holte den frischgewaschenen Gürtel heraus. Der Gürtel war aus leuchtend roter und blauer Wolle gewebt und paßte zu ihrem Banjogurt. Sie band ihn locker um die Hüften und ließ die Enden an der linken Seite herunterhängen. Jetzt sah das Kleid wie ein Kleid aus.

Sie legte sich eine Halskette aus weißen Muscheln um. Der V-Ausschnitt des Kleids war tief genug, daß man die Kette sehen konnte. Im Spiegel sahen die Muscheln vor ihrer gebräunten Haut so blendend weiß aus wie ihre Zähne.

Langsam drehte sie sich um und betrachtete sich im Spiegel.

Sie sah wie Robin die Touristin aus, oder wie Robin die Mitschülerin. Bestimmt nicht wie Robin die Straßenmusikerin.

Ein Weibchen, wie man sehen kann.

Poppinsack.

Ihr wurde heiß.

Dieser Dreckskerl!

Denk nicht an ihn, mach dir den Abend nicht kaputt. Ich hoffe, du verrottest, du...

Vergiß ihn.

Nate, wo *bist* du?

Robin bemerkte, daß eine neue Sendung im Fernsehen begann, und stellte fest, daß eine volle Stunde vergangen war, seit sie wieder angezogen war. Sie erhob sich vom Bett. Am Fenster stehend, schob sie die Gardinen zur Seite und blickte nach draußen. Die Nacht war hereingebrochen. Es muß jetzt neun Uhr sein, dachte sie. Sie überlegte, ob sie nach Funland gehen sollte. Sie sah sich selbst die Arkade betreten, zu Nate hingehen und ihn um etwas Kleingeld bitten. Zuerst würde er sie nicht erkennen. Dann würde er sagen: »Nicht zu glauben. Bist du es wirklich?«

Aber vielleicht wäre er auch überhaupt nicht froh, sie zu sehen. Vielleicht hatte sie ihn falsch verstanden, und er hatte wirklich kein Interesse an ihr.

Statt zu lächeln, würde er vielleicht die Stirn runzeln und fragen: »Was willst du denn hier?«

Er wird schon noch kommen, versuchte sie sich zu beruhigen.

Und im selben Moment ging er vor ihrem Fenster vorbei und bemerkte sie beinahe zu spät. Robin fragte sich, ob ihr Verstand ihr etwas vorgaukelte. Nate kam dicht ans Fenster. Ein Lächeln zuckte in seinem Mundwinkel.

»Ich dachte mir, daß du hier sein würdest.«

Sie eilte zur Tür und öffnete sie.

Er stand auf dem Balkon und starrte sie an. »Du siehst... sehr gut aus.«

»Danke. Komm rein.«

Er sah sich um und schaute in das Zimmer hinter ihr. »Vielleicht sollten wir lieber... Möchtest du vielleicht einen kleinen Spaziergang machen? Es ist schön draußen heute abend.«

Ihre Gefühle waren eine merkwürdige Mischung aus Enttäuschung und Erleichterung. »Klar. Ich komme sofort.«

Er wartete, während sie Socken und Tennisschuhe anzog. »Wie gefällt dir das Zimmer?« fragte er.

»Toll. Ich bin begeistert. Besonders von der Badewanne.« Sie nahm den Zimmerschlüssel vom Toilettentisch, trat auf den Balkon hinaus, zog die Tür hinter sich zu und probierte, ob sie auch verschlossen war. Dann drehte sie sich zu ihm. »Ich habe keine Taschen«, sagte sie.

Er nickte und steckte den Schlüssel in eine Tasche des hellen Hemdes, das er wie eine Jacke über seinem T-Shirt trug.

»Verliere ihn aber nicht.«

Er lächelte. »Ich werde mich bemühen.«

Sie gingen Seite an Seite über den Balkon. Es war nicht neblig, aber die Nacht war kühl und windig. Nate war mit seinem dikken, langärmeligen Hemd und den Jeans gerade richtig angezogen, aber Robin fror in ihrem dünnen Kleid.

Sie dachte kurz daran, ins Zimmer zurückzugehen und etwas zum Drüberziehen zu holen, aber sie wollte ihr Aussehen nicht mit dem Anorak oder einem Sweatshirt ruinieren. Die Kälte war nicht so schlimm.

Sie stiegen die Treppe hinunter und überquerten den Parkplatz des Motels.

»Wohin gehen wir?« fragte sie.

»Das ist mir gleich, nur nicht nach Funland«, sagte Nate.

»Das ist eine gute Wahl.«

Auf dem Bürgersteig wandten sie sich in die Funland entgegengesetzte Richtung. Die Straße war breit und stark befahren. Überall um sie herum waren Leute, gingen in den Läden ein und aus oder spazierten einfach herum.

»Hast du die Arkade früher zugemacht?« fragte Robin.

»Nein. Mein Schwager arbeitet. Wo möchtest du hingehen? Hast du Hunger?«

»Im Moment nicht.«

»Wie wär's mit dem Kino?«

»Ich würde eigentlich ganz gern einfach nur spazierengehen. Vielleicht können wir aus dem Trubel hier weg und einen ruhigeren Platz finden.«

»Gute Idee.«

Sie waren in der Mitte eines Häuserblocks, als ein Troll um die Ecke schwankte. Er kam auf sie zu, mit unsicheren, stolpernden Schritten, schwang die Fäuste und brabbelte wütend und unverständlich vor sich hin.

»Laß uns hier über die Straße gehen«, sagte Nate.

»Gute Idee.«

Er lächelte und nahm Robins Hand. Sie warteten, bis der Verkehr sich lichtete, und rannten zur anderen Straßenseite hinüber. Dort angekommen, ließ Nate ihre Hand nicht wieder los.

»Ich habe wirklich genug von diesen Leuten«, meinte Robin.

»Alle haben genug von ihnen.«

»Vielleicht liegen die Trolljäger gar nicht so schief.«

Nate entgegnete nichts. An der Ecke wandten sie sich nach rechts. Die Straße vor ihnen führte einen Berg hinauf, war aber nicht zu steil. Ein einzelnes Auto näherte sich. Alle anderen Autos in der Straße waren am Randstein oder in Einfahrten geparkt. Die Häuser waren klein und standen dicht beieinander. Der einzige Mensch auf der Straße war eine Frau, die ihren Hund ausführte.

»Das ist schon viel besser«, sagte Robin.

»Es ist eine nette Stadt. Meistens. Es spricht vieles für sie.«

»Downtown ist ziemlich feudal.«

»Eine Menge Künstler und Dichter und so. Und Leute mit Geld, die die Atmosphäre mögen.« Er blickte Robin an. »Du bist auch eine Dichterin.«

»Keine von *der* Sorte.«

»Ja, dein Zeug ergibt einen Sinn. Jedenfalls das, was ich gehört habe. Aber hier ist trotzdem ein guter Ort für... kreative Menschen. Viele Buchläden, und die Universität. Cafés, in denen man den ganzen Tag sitzen kann und schreiben. Und ich finde Funland großartig. Ich sehe eigentlich zuviel davon, aber es begeistert mich immer wieder. Es ist so wild und malerisch und kitschig.«

»Magst du Kitsch?«

»Dort ja. Aber Boleta Bay hat viele verschiedene Seiten. Du kannst nicht nur von ein paar schlechten Erfahrungen auf der Promenade ausgehen.«

»Arbeitest du für den Fremdenverkehrsverein?«

»Es ist nur so, daß Funland eine ganz eigene Sache ist. Nicht die ganze Stadt ist so... heruntergekommen. Es gibt auch viel Schönes hier.«

»Meinst du damit, daß ich nicht so schnell weggehen sollte?«

»Ja.«

Robin spürte, wie sich Wärme in ihrer Magengrube ausbreitete. Sie drückte seine Hand.

»Wirst du weggehen?« fragte er. »Ich meine, bist du auf dem Weg nach Hollywood oder so?«

Sie lachte. »Kaum. Ich bin nur eine fahrende Sängerin.«

Ein Weibchen, wie man sehen kann.

Das Echo von Poppinsacks Stimme war diesmal nur leise. Nates Gegenwart hatte ihm die Macht geraubt, sie aus der Fassung zu bringen.

»Wenn du kein bestimmtes Ziel hast«, sagte er, »warum bleibst du dann nicht für eine Weile hier?«

»Das könnte ich tun.«

Sie überquerten eine Straße. Nate führte sie in einen Park. Hier war es ziemlich dunkel, nur ein paar Lampen beleuchteten den Weg. Im Lichtkreis jeder Lampe stand eine Bank.

Von dort, wo sie gingen, waren mehrere Bänke zu sehen. Alle waren leer.

»Wo sind die Trolle?« fragte sie.

»Hier gibt es eine Nachbarschaftspatrouille. Sie hat das Gesindel verscheucht.«

»So was wie eine erwachsene Version der Trolljäger?«

»Nicht besonders. Es sind aufrechte Bürger. Soviel ich weiß, sind die Trolljäger nichts anderes als Kriminelle. Deshalb wollte ich nicht, daß du am Strand schläfst. Dort jagen sie. An der Promenade und am Strand. Ich weiß, daß du kein Troll bist...«

»Vielen Dank!«

Nate blieb stehen und sah ihr ins Gesicht. Er nahm auch noch ihre andere Hand, und dann starrte er sie an. Er sah ärgerlich aus. »Darüber sollte man keine Witze machen. Sie *verletzen* Leute, und sie könnten dich verletzen, wenn sie dich nachts dort erwischen.«

»Was soll ich tun?« fragte Robin. Wenn nur ihr Herz nicht so rasen würde! Aber es half nichts. Denn sie wußte, was hier geschah. Nate plante irgend etwas, damit sie hierbleiben konnte. Weil er mit ihr zusammensein wollte.

Lieber Gott!

Sie versuchte, ihre Stimme ruhig klingen zu lassen, als sie sagte: »Du bittest mich, die Stadt nicht zu verlassen. Und gleichzeitig sagst du, ich könnte von Trolljägern angegriffen werden, wenn ich bleibe. Und ich weiß auch schon, daß die Penner gefährlich sind. Also riskiere ich viel, wenn ich auf einer Bank schlafe. Du kannst mich nicht jede Nacht in einem Motel unterbringen.«

»Wir werden schon einen Platz für dich finden.«

»Dafür würde ich Geld brauchen. Ich habe nicht allzuviel davon. Und ich werde dich nicht bezahlen lassen.«

»Ich gebe dir einen Job. Wir setzen dich auf die Lohnliste.«

»Ich weiß nicht, Nate. Ich... meine Musik ist wichtig für mich. Das bin *ich*, weißt du? Wenn ich einen richtigen Job hätte...«

»Einen Job, bei dem du das gleiche tust wie bisher. Aber nicht am Ende der Promenade. Sondern vor den Geschäften meiner Familie. Und manchmal in der Arkade.« Er lächelte. »Damit ich dich hören kann. Und sehen. Aber vor allem an der Achterbahn und am Riesenrad. Die Warteschlangen können da schrecklich lang werden. Du würdest die Leute unterhalten, während sie warten. Wir bezahlen dir einen Stundenlohn. Du fängst, sagen wir mal, bei sieben Dollar die Stunde an. Und du wirst immer noch Geld von deinem Publikum einsammeln – ich würde die Leute nie um das Vergnügen bringen, dir ihre Bewunderung zeigen zu können.«

»Und ich behalte die Trinkgelder?« fragte sie.

Er lächelte und meinte: »Glaubst du, ich betreibe ein Wohltätigkeitsunternehmen?«

»Das hoffe ich nicht. Aber ich kann mir nicht vorstellen, wieso jemand dafür bezahlen will, daß seine Kundschaft sich nicht langweilt.«

»Am Ende übergibst du einen bestimmten Prozentsatz deiner

Einnahmen. Vierzig Prozent. Und du behältst sechzig, zusätzlich zu dem, was wir dir zahlen.«

»Das ist schrecklich großzügig, Nate.«

»Zum Teufel, es ist gute Reklame. Wenn sich das erst rumgesprochen hat, würde es mich nicht wundern, wenn die Leute nur nach Funland kommen, um dich zu hören.«

»So gut bin ich nun auch wieder nicht.«

»Darauf würde ich nicht wetten. Wir werden sehen, wie es läuft. Vielleicht veranstalten wir irgendwann auch richtige Konzerte.«

Robin grinste und schüttelte den Kopf. »Du hast ein paar ziemlich große Rosinen im Kopf, Junge.«

»Du weißt einfach nicht, wie gut du bist. Und es ist nicht nur die Musik. Die Musik ist toll, aber das ist es nicht allein. Du bist es. Ich habe deine Zuhörer beobachtet. Die Leute... verlieben sich in dich.«

Seine Worte erregten sie. Robin wußte, daß sie über eine Art Magie verfügte. Sie hatte bemerkt, daß viele, die sie spielen hörten, bezaubert schienen, daß oft am nächsten Tag die gleichen Leute wiederkamen. Aber Nate davon sprechen zu hören, war aufregend und zugleich ein bißchen peinlich.

Sie verlieben sich in dich.

Sollte das bedeuten, daß sich Nate in sie verliebt hatte?

»Ist das ein Angebot?« fragte er.

Obwohl ihr nicht mehr kalt gewesen war, seit sie über die Straße gelaufen waren, um dem Troll aus dem Weg zu gehen, zitterte sie jetzt wieder vor Kälte. »Ich könnte es ja mal versuchen«, sagte sie.

Er drückte ihre Hände. »Toll«, sagte er. »Großartig.«

»Drück mir nicht die Hände kaputt, sondern küß mich lieber.«

Sein Blick bekam einen vertrauten Ausdruck von Überraschung und Verwirrung. Es war derselbe Ausdruck, den Robin bemerkt hatte, als sie ihm ihre Zimmernummer verriet.

Er ließ ihre Hände los und öffnete die Arme. Sie schmiegte sich an ihn. Er fühlte sich warm und stark an. Wie ein Zuhause.

Erwarte nicht zuviel, warnte sie sich selbst.

Dann war sein Mund da, und sie schien mit ihm zu verschmelzen.

27

»Da ist er«, sagte Dave, als er Glorias VW erspähte. Bei der Fahrt über den Parkplatz hatten sie mindestens zwölf andere VW-Käfer entdeckt. Aber dieser hier war ihrer. Dave erkannte das Nummernschild. Und er kannte auch die Aufkleber: »Kein Vietnam in Nicaragua« und »Eine Atombombe kann dir den ganzen Tag verderben«.

»Ich nehme an, sie ist tatsächlich hier«, sagte Joan.

Dave fand einen Parkplatz in der Nähe. Bevor er ausstieg, holte er eine Taschenlampe unter dem Sitz hervor.

»Fangen wir mit der Promenade an?« fragte Joan.

»Würde ich sagen. Eine tolle Art, den Feierabend zu verbringen.«

»Ich könnte mir etwas Besseres vorstellen, wenn ich wirklich ernsthaft nachdenke.«

»Könnte das was mit mir zu tun haben?«

»Vielleicht.«

Dave schlüpfte mit dem Arm unter das Rückenteil ihrer offenen Jacke. Während sie zum Ausgang des Parkplatzes unterwegs waren, ließ er seine Hand an ihrer Seite auf- und abgleiten. Er spürte ihren Körper warm und weich durch ihre Bluse. Jedesmal, wenn seine Hand zu nah an ihre Hüfte kam, streiften seine Knöchel den Griff der Achtunddreißiger, die an ihrem Gürtel hing.

»Was erzählen wir Jim und Beth?« fragte sie.

»Oje!«

»Wir werden ihnen sicher begegnen. Beth ist kein Problem. Aber Jim wird sicher nicht darüber hinweggehen. Wenn er auf die Idee kommt, daß wir etwas miteinander haben, dann weiß es morgen die ganze Abteilung. Und sobald die Bosse Wind davon bekommen, wird einer von uns versetzt.«

»Wir müssen eben ganz unschuldig tun.«

Joan lächelte und gab ihm einen Klaps auf den Po.

»Kannst du denn deine Hände bei dir behalten?«

»Aber klar. Kein Problem.«

Sie schob seine Hand von ihrer Hüfte. »Dann fang schon mal an zu üben.«

Sie kamen zum Bürgersteig. Dave sah sich überall um, auf dem Bürgersteig und der Grasfläche von Funland. Einige Paare waren in der Nähe und schlenderten in Richtung des Haupteingangs. Und er entdeckte, daß jemand auf dem Gras nahe dem alten Pavillon am nördlichen Ende lag. Aus dieser Entfernung sah es nur nach einem Haufen Kleider aus. Daneben lag so etwas wie ein Rucksack.

»Da drüben«, sagte Dave.

Joan nickte. »Sehen wir's uns an.«

Als sie sich der ausgestreckten Gestalt näherten, konnte Dave erkennen, daß sie ein bärtiges Gesicht hatte.

Joan hatte es auch bemerkt. »Falls Glorias Hormone nicht ausgeflippt sind«, sagte sie, »dann ist sie das nicht.«

»Laß uns trotzdem an diesem Ende anfangen. Wenn wir zurück zum Haupteingang gehen, verlieren wir nur Zeit.«

»Ich hoffe, der Kerl schläft.«

Er schlief nicht. Er stand auf, stolperte auf sie zu und stellte sich ihnen in den Weg. Die nahe Straßenlampe gab genügend Licht, daß Dave das Glitzern in den Augen des Mannes sehen konnte – ein wilder, verrückter Ausdruck, der ihn an Charles Manson erinnerte. »Helft 'nem Kerl, der kein Glück hat!« Es war keine Bitte. Es war eine Forderung.

Dave sagte: »Wir sind auf der Suche nach...«

Joan griff nach seinem Arm und zog ihn zur Seite.

»Auf der Suche nach *Gott?*« stieß der Mann hervor. »Hier bin ich! Gebt mir'n Dollar!«

»Verschwinde!« rief Joan und zog Dave neben sich her.

»Blöde Fotze! Was 'n los mit der Fotze?«

Dave riß seinen Arm los. Er wirbelte zu dem Mann herum. »Ich zeig's dir, du widerlicher...«

»Gebt mir'n Dollar! Gebt mir'n Dollar, oder ich verfluch euch zu 'nem grauslichen Tod!«

»Dave!«

Sein linker Arm wurde plötzlich von hinten ergriffen. Er merkte, daß er zum Schlag ausgeholt hatte. In seiner Hand war die vierzig Zentimeter lange Taschenlampe.

»Dave!« rief Joan wieder. »Laß das! Komm mit! Laß uns gehen!«

Er ließ sich von Joan wieder auf den Gehweg führen. Sie zog ihn hinter sich her, aber er blickte zurück zu dem Penner.

Voller Wut schrie der Kerl: »Leckt mich doch!« Er formte die Hände zu einem Sprachrohr vor seinem verzerrten Mund und brüllte: »Verflucht sollt ihr sein! Verflucht sollt ihr sein! Grauslicher Tod! Wamm Bamm Peng!«

Er hüpfte immer noch auf und ab, fuchtelte mit den Armen und schrie. Als sie um die Ecke des Pavillons bogen, konnten sie ihn nicht mehr hören.

Joan lehnte sich an die Wand. Sie schien beinahe dagegen zu sinken. Sie schüttelte den Kopf.

»Bist du in Ordnung?« fragte Dave.

»Ich? Du hättest ihm fast den Kopf eingeschlagen!«

»Ja, ich hab eine Sekunde die Kontrolle verloren.«

»Das ist wohl wahr. Lieber Himmel!« Sie raffte sich wieder auf, legte die Handgelenke auf seine Schultern und streichelte seinen Hinterkopf. »Ich weiß die Ritterlichkeit zu schätzen, Kumpel, aber du mußt meine Ehre nicht verteidigen. Es interessiert mich einen Dreck, wie so ein Troll mich nennt.«

»Mich interessiert es aber.«

»Macho-Schwein.«

»Genau. Das bin ich.«

Daß sie seinen Hals und Hinterkopf massierte, nahm ihm die Spannung und machte ihn schläfrig.

»Und jetzt haben wir den Fluch des grauslichen Todes auf uns geladen.«

»Penner«, murmelte er. »Soll ich zurückgehen und ihm einen Dollar geben, damit er den Fluch wieder von uns nimmt?«

»Gib ihm fünf. Man kann nicht vorsichtig genug sein.«

Dave wollte sich umdrehen und zurückgehen, aber sie hielt ihn am Hals fest.

»Was hast du da eigentlich vor?«

»Oh.« Er bemerkte, daß sie mit den fünf Dollar nur einen Witz gemacht hatte. Natürlich. Sollten sie den Kerl bezahlen, damit er seinen lächerlichen Fluch zurücknahm? Aber eine Sekunde lang hatte es sich nach einer guten Idee angehört.

Joans Griff an seinem Hals wurde weicher, und sie begann wieder, ihn zu massieren. Er ließ den Kopf sinken und schloß die Augen.

»Von jetzt an«, sagte sie mit sanfter, weicher Stimme, »machen wir einen großen Bogen um alle Trolle, denen wir begegnen. Ich glaube nicht, daß wir sie nach Gloria fragen sollten. Von diesen Leuten würden wir sowieso nichts rausfinden. Und es könnte ihre Identität verraten.«

»Okay. Das ist wohl sinnvoll.«

»Außerdem mach ich mir vor Angst fast in die Hose bei diesen Gestalten.«

Diese Bemerkung riß ihn aus seiner Teilnahmslosigkeit; es war, als wenn plötzlich ein Stein in einen stillen See geworfen wird. Er hob den Kopf und lächelte, amüsiert von ihrer Sprache, aber auch bewegt von ihrem Geständnis. Er legte die Arme um sie. »Vielleicht sollte ich *wirklich* hingehen und den Fluch zurücknehmen lassen.«

»Auch noch ein abergläubisches Macho-Schwein!«

»Man kann nicht vorsichtig genug sein. Wir reden hier vom ›grauslichen Tod‹.«

Sie zog Daves Kopf zu sich heran und küßte ihn sanft. Dave spürte, wie sich ihre Brüste an seinen Körper preßten. Er schlang die Arme um sie, unter ihrer Jacke, und ließ seine Hände über ihren Rücken gleiten. Sie drehte den Kopf zur Seite und nahm damit die weiche, feuchte Wärme ihres Mundes weg.

»Wir sollten besser Gloria finden«, flüsterte sie. Ihr Atem kitzelte an seinem Ohr.

»Warum vergessen wir sie nicht einfach? Laß uns hier abhauen und…«

»Das wäre schön.«

»Es ist schließlich ihre Sache. Wenn sie das Reporter-As spielen will, warum sollten ausgerechnet wir sie aufhalten?«

»Rede nur so weiter. Am Ende überzeugst du dich noch selbst.«

»Verdammt!«

»Laß uns einfach eine Stunde lang nach ihr suchen«, sagte Joan. »Und dann gehen wir zurück zu mir. Ob wir sie gefunden haben oder nicht. Wir müssen sie nicht aufhalten. Wir müssen sie nicht einmal warnen. Wir sollten es einfach nur *versuchen.*«

»Sie weiß über die Gefahren Bescheid«, sagte Dave.

»Aber das hilft unserem Gewissen überhaupt nichts, wenn etwas passiert.«

»Okay. Eine Stunde.« Er löste sich von Joan und sah auf die Uhr. »Jetzt ist es zwanzig vor zehn.«

»Funland schließt um elf. Solange suchen wir.«

»Und wann ist Debbies Party zu Ende?«

»Sie soll um Mitternacht zu Hause sein.«

»Das wird ja immer schlimmer.«

Joan blickte ihm in die Augen. »Ich weiß. Aber es ist ja nur für diesen Abend. Und dann sind wir fertig mit Gloria.«

»Ja. Ich denke, es ist die Suche schon wert, nur damit wir später keine Schuldgefühle bekommen, weil wir nichts unternommen haben.«

Sie stiegen eine Betontreppe an der Ecke des Pavillons empor. An diesem Ende der Promenade war es nicht sehr voll. Während der letzten paar Tage hatten hier immer Leute um die Banjospielerin herumgestanden; Dave versuchte, sich an ihren Namen zu erinnern. Ach ja, Robin. Ein niedliches Mädchen. Er fragte sich, wo sie wohl steckte. Das hier war kein Ort für ein Mädchen, das allein war. Nicht, wo Verrückte in der Nähe waren wie dieser Mistkerl, dem sie gerade begegnet waren. Nicht mit den Trolljägern, die alle paar Nächte Ausschau hielten nach Bettlern, die sie quälen konnten. Er hoffte, daß sie seinen Rat befolgt hatte und in einem Motel übernachtete.

»Sollten wir dort nachsehen?« fragte Joan und wies auf den Eingang des Pavillons.

Dave hatte keine Trolle zwischen diesem Tor und dem am anderen Ende des Pavillons auf der Promenade gesehen.

»Nur ganz kurz«, sagte er.

Sie gingen hinein. Der große Saal war hell erleuchtet und warm. Musik begleitete das sich drehende Karussell in der Mitte. An den Wänden entlang standen Buden, wo die Leute Spezialitäten kaufen konnten wie Zuckerwatte, Algengebäck, weiche Brezeln, Churros, Nachos und Eiskrem. Am Ende befand sich eine Theke für Hamburger, Hot dogs und Pommes frites. Und dann gab es Buden, an denen Funland-Andenken verkauft wurden: Aschenbecher, Teller, Radiergummis, Schnapsgläser, Kaffeebecher und Anhänger. Andere boten Muscheln an, wieder andere Funland-T-Shirts, Sweatshirts, Mützen und Kappen.

Dave hatte oft gesehen, daß der Pavillon voll von Leuten war. Heute abend ging es nicht besonders lebhaft zu. Nur wenige Besucher spazierten umher, einige kauften Essen, andere suchten nach Souvenirs, ein paar fotografierten ihre Kinder auf dem Karussell. Er konnte keine Penner sehen.

Und Gloria schien auch nicht hierzusein.

»Hungrig?« fragte er.

»Nein. Aber geh nur, und hol dir was.«

Er schüttelte den Kopf.

»Wir können etwas essen, wenn wir bei mir sind.«

»Okay.« Er schätzte es, daran erinnert zu werden, daß sie später noch zu Joan gehen würden.

Wir könnten jetzt schon dort sein.

Vielen Dank auch, Gloria!

Sie gingen durch das nächste Tor wieder auf die Promenade hinaus und liefen Jim und Beth genau in die Arme.

Beth sah sie erstaunt an. Ihre Augen öffneten sich so weit, daß es aussah, als würde sie die Lider nie mehr schließen können. Eine Seite von Jims Gesicht begann zu zucken, was in einem boshaften Grinsen endete.

Dreißig Sekunden, dachte Dave. Dreißig verdammte Sekunden, und wir hätten sie verpaßt.

»Na, da soll mich aber...« sagte Jim. »Hallo, junges Paar, wo soll's denn hingehen?«

»Zieh keine falschen Schlüsse«, sagte Dave. Er fand selbst, daß sich das ziemlich dämlich anhörte.

»Wir suchen nach Gloria Weston«, erzählte Joan.

»Für einen flotten Dreier?«

Jim wußte, daß Gloria Daves Freundin war. Verdammt, das wußte *jeder*. Er war deswegen ständig von seinen Kollegen aufgezogen worden – der Bulle und die neugierige, links angehauchte Reporterin.

»Warum wartet ihr nicht, bis wir außer Dienst sind?« schlug Jim vor. »Wir können es mit einem flotten Fünfer versuchen.«

»Versuch mal, deinen Kopf einen Moment aus dem Arsch zu ziehen und zuzuhören«, sagte Joan. »Gloria Weston ist verkleidet unterwegs, um das Leben der Trolle aus ihrer Perspektive zu beschreiben.«

»Gut. Und was ist dabei?«

»Es fördert nicht gerade die Gesundheit«, sagte Dave.

»Habt ihr sie gesehen?« fragte Joan.

»Ich schaue dieses widerliche Pack nicht an. Mir vergeht sonst der Appetit.«

»Würden wir sie denn wiedererkennen?« fragte Beth. »Wie hat sie sich verkleidet?«

»Das Haar ist verfilzt«, sagte Joan zu Beth. »Sie trägt ein graues Sweatshirt, einen lila Rock und rote Strumpfhosen. Alles ziemlich dreckig und zerlumpt. Und sie hat Einkaufstüten. Zwei an den Füßen, und wahrscheinlich trägt sie die dritte.«

»Sie hat *Tüten* an den Füßen?«

»Die neueste Schuhmode bei Trollen«, meinte Joan.

»Sie hat sich wirklich gut in das Thema eingearbeitet, oder?«

»Du hast sie nicht gesehen?«

»Ich bezweifle es. Ich denke, das mit den Tüten wäre mir aufgefallen. Was sollen wir tun, wenn wir sie finden?«

»Wir werden nicht versuchen, sie zu verhaften«, sagte Jim. »Sie wird uns Mörder, Schweine und sonstwas nennen – in dem Skandalblatt, für das sie schreibt.«

»Habt einfach nur ein Auge auf sie«, sagte Dave zu ihm. »Wir suchen selbst auch weiter. Bevor Funland zumacht, sagen wir euch noch Bescheid. Es würde mich nicht überraschen, wenn sie auch die Nacht hier irgendwo verbringen will. Sie macht für gewöhnlich keine halben Sachen. Wenn sie rausfinden will, was es ist, ein Troll zu sein, dann wird sie auch hierbleiben.«

»Wenn du mich fragst«, sagte Jim, »dann ist das nicht unsere Angelegenheit.«

»Es könnte ihr etwas passieren«, meinte Beth.

»Wie *bedauerlich* das wäre!« Dann traf sein Blick den von Dave. »Tut mir leid, Mann. Ich weiß ja, daß du was mit ihr hast. Aber, verflucht noch mal, sie macht uns jedesmal fertig, wenn sie ihren Arsch auf den Schreibtischstuhl packt. Hast du den Mist über die Trolljäger gelesen?«

»Es hat mir nicht besser gefallen als dir.«

»Wenn sie sich also aus Gründen edler Menschlichkeit um das Gesindel kümmern will, laß sie doch. Wenn sie erst ein bißchen Zeit mit ihnen verbracht hat, wird sie ihre Meinung schon ändern. Vermutlich schreit sie dann nach Massenhinrichtungen.«

»Ziemlich unwahrscheinlich«, sagte Dave.

»Ja. ›Sie waren einmal Kinder, die die ganze Nacht auf den Weihnachtsmann warteten.‹ Als ich das letzte Mal derartige Scheiße gesehen habe, schwamm sie in der Kloschüssel.«

»Du bist widerlich«, sagte Beth.

Jim starrte sie ärgerlich an. »Ich weiß zufällig, wie *du* über diese... Dame denkst.«

Beth sah plötzlich ziemlich einfältig drein. Sie zuckte die Schultern und blickte Dave in die Augen. »Trotzdem möchte ich nicht, daß ihr etwas passiert.«

»Gloria hat keine Ahnung, worauf sie sich da einläßt«, sagte Joan. »Wir wollen sie nur warnen.«

»Wir halten nach ihr Ausschau«, meinte Beth.

»Danke.«

»Ja«, sagte Dave. »Wir wissen das zu schätzen.«

Als er an Jim vorbeiging, zwinkerte der ihm zu und flüsterte: »Heiße Biene. Ich rate dir, laß die Weston sausen.«

Dave schüttelte den Kopf und ging weiter.

»Das war doch gar nicht so schlecht«, sagte Joan.

»Wir werden sehen.« Direkt vor ihnen führte eine Treppe zum Strand hinunter. Dave war plötzlich froh, daß sie Beth und Jim getroffen hatten. »Vielleicht können wir die Sache etwas beschleunigen und den Rest der Promenade auslassen. Sie werden Gloria da oben für uns suchen.«

»Jedenfalls wird Beth das tun. Ich denke, Jim hätte nichts dagegen, wenn sie bei den Trollen bleiben würde.«

»Ich kann ihn verstehen«, gab Dave zu. »Aber was hältst du davon? Wir überlassen ihnen die Promenade.«

»Klar.«

Sie stiegen die Betontreppe hinunter. Joan blieb stehen, als sie den Strand erreichte. »Wo fangen wir an?«

»Keine Ahnung.« Dave blickte prüfend über den Strand. Hier und da waren dunkle Flecken, meist in Decken gewickelte Paare. Einige saßen, andere lagen im Sand und umarmten sich. Dave sah einen einsamen Mann, der am Strand entlanglief. Ein Hund rannte vor ihm her auf eine Gruppe von drei Personen zu, die aus der Gegenrichtung kamen. Der Hund wedelte mit dem Schwanz. Eine der drei, eine Frau mit einem Pferdeschwanz, hockte sich hin und zauste das Fell des Hundes. Weiter rechts spazierte ein Paar an der Rettungsschwimmerstation vorbei.

»Ich frage mich ja, was die da machen«, sagte Joan. Sie war offensichtlich interessiert an den Leuten mit den Decken. »Bißchen eng, so eingewickelt«, sagte Dave.

»Aus Liebe greift man schon zu verzweifelten Maßnahmen.«

»Willst du herausfinden, was sie da tun?«

»Wir sollten lieber Gloria finden.«

»Das denke ich auch.«

»Ich wäre ziemlich überrascht, sie hier draußen im Freien zu finden«, sagte Joan. »Wenn sie wie ein Troll leben will, wird sie dort sein, wo die meisten Trolle sind.«

»Das engt in dieser Gegend die Suche nicht besonders ein.«

Joan wies mit dem Daumen hinter sich.

»Ich weiß«, sagte Dave.

»Ich weiß, daß du es weißt.«

»Ich will da nicht runter, du vielleicht?«

»Haben wir eine Wahl?«

»Aber sicher.«

»Suchst du nach Gloria, oder tust du nur so?«

Dave zuckte die Schultern.

Joan nahm seine Hand. »Laß uns nachsehen, bevor ich die Nerven verliere.«

Sie drehten sich um, gingen an der Treppe vorbei und betraten die Dunkelheit unter der Promenade. Dave schaltete seine Taschenlampe ein. Ein starker Lichtstrahl durchschnitt die Finsternis. Die Schatten der Pfähle bewegten sich und schwankten, wenn das Licht auf sie fiel.

Ein schriller Schrei ließ ihn zusammenzucken, und Joan zerquetschte beinahe seine Hand. Jemand tauchte kurz hinter einem Pfahl auf und verschwand wieder im Dunkeln; dann fand ihn der Strahl der Taschenlampe. Dave konnte nicht sagen, ob es ein Mann oder eine Frau war. Aber es trug schmutzige braune Hosen und einen Mantel, also war es nicht Gloria. Es huschte winselnd davon. Dave richtete seine Lampe woandershin.

»Ach du lieber Himmel«, murmelte Joan.

»Bist du sicher, daß du weitersuchen willst?«

»Ich kann alles aushalten, was du aushältst.«

»Ich bin nicht sicher, was meine Hand noch verkraftet.«

»Entschuldige«, sagt Joan und lockerte ihren Griff. Sie blieben stehen, und Dave ließ den Lichtkegel über das Gebiet vor ihnen wandern. »Scheint okay zu sein«, flüsterte er.

»Die meisten sind wahrscheinlich weiter hinten.« Er leuchtete nach links und sah eine Frau mit schmutzigem Gesicht hinter einem entfernten Pfahl hervorlugen. Und ein paar weitere Gestalten hinter ihr. Gänsehaut überzog seinen Rücken.

Er ließ den Lichtkegel schnell weiterwandern.

Joan murmelte: »Scheiße.«

»Sollen wir nachsehen?«

»Nein.«

»Was ist aus deinem Wagemut geworden?«

»Der hat Grenzen.«

»Ich bin froh, das zu hören.«

»Versuch doch zu rufen.«

»Gloria?« rief er. »Gloria, bist du da?«

Stimmen, fünf oder sechs, einige tief und ernst, andere schrill, riefen: »Gloria? Johoo, Gloria? Glooooria?«

Dave ächzte. Er hastete nach vorn, hielt dabei Joans Hand fest und rannte an den Pfählen vorbei. Die Stimmen fragten weiter nach Gloria. Sie hörten sich ziemlich amüsiert an.

Links brach ein Haufen alter Decken auseinander, und ein hagerer Mann setzte sich plötzlich auf. Joan wich zur Seite aus, schlug gegen einen Pfahl und stolperte zurück gegen Dave.

»Sagt mal«, rief der Troll ihnen mit quäkender Stimme zu, »wie wär's mit ein paar Dollar für 'nen alten Soldaten?«

Dave legte einen Arm um Joan und eilte mit ihr in Richtung Strand. Sie traten wieder ins Mondlicht hinaus. Und sie blieben nicht stehen, bis sie weit draußen am Strand waren.

Joan klammerte sich fest an ihn. Sie atmete schwer, ihre Brust hob und senkte sich, ihr Atem streifte sein Ohr.

»Bist du in Ordnung?« fragte er.

Ihre Wange streifte seine, als sie nickte.

»Hast du dir weh getan?«

»Nicht viel. Ein bißchen an der Schulter.«

»Wir hätten nicht hingehen sollen.«

»Mein Gott, diese *Leute!*«

»Trolle.«

»Was, wenn Gloria dort ist?«

»Das ist ihr Problem.«

»Verflucht.«

»Wir gehen nicht wieder zurück«, sagte Dave. »Ganz gleich, was du sagst.«

»Komm, wir gehen.«

»Nein.«

»Zu mir.«

»Bist du sicher?«

»Ich will weg von hier. Sofort.«

Aber sie umklammerte Dave weiter und rührte sich nicht. »Wir sind ein paar richtige Angsthasen«, sagte sie nach einer Weile.

»Und was für welche.«

»Dabei könnten sie uns eigentlich nichts tun. Wir sind schließlich bewaffnet.«

»Und du bist direkt aus einem Kung-Fu-Film gefallen.«

»Ich könnte sie alle auf den Strand rauskicken.«

»Andererseits, wer sagt eigentlich, daß sie keine Waffen haben?«

»Ein guter Gedanke.«

»Hast du das ernst gemeint vorhin? Gehen wir zurück?« fragte Dave.

»Ja. Laß uns hier verschwinden.«

28

»Ich würde gern bald gehen«, sagte Shiner.

»Es ist ja immer noch früh.« Jeremy konnte seine eigene Stimme nur gedämpft hören, als wären seine Ohren verstopft. Konnte das vom Alkohol kommen?

Shiner drückte seinen Arm und schüttelte ihn sanft. »Komm doch. Alle sind besoffen. Du selbst eingeschlossen.«

»Mir geht es gut«, sagte Jeremy. »Können wir nicht noch ein bißchen bleiben?«

»Wenn du unbedingt willst. Aber nur noch ein paar Minuten, okay?«

Er starrte das Glas in seiner Hand an und stellte fest, daß es leer war. Er entschied sich gegen noch mehr Alkohol. Es würde Shiner nicht gefallen. Es schien ihr hier überhaupt keinen allzugroßen Spaß zu machen. Sie hätte trinken sollen wie alle anderen. Nach ihrem ersten Glas Bowle, direkt nachdem Nate weggegangen war, hatte sie zu Pepsi gewechselt.

»Willst du tanzen?« fragte Jeremy.

»Nicht unbedingt. Ich habe genug getanzt. Und sie spielen ständig diesen Mist. Ich hasse diesen Mist.«

»Das sind die Beastie Boys.«

»Aha.«

Nur Karen tanzte immer noch. Vor ein paar Minuten hatte sie sich bis auf Höschen und BH ausgezogen. Sie drehte und schüttelte sich, ihr Haar flog, ihre Brüste hüpften, als wäre der BH überhaupt nicht vorhanden. Ihre Haut glänzte vor Schweiß. Ihr Blick war fest auf Tanya gerichtet.

Tanya schien nicht interessiert zu sein. Sie starrte in ihren Drink und achtete nicht auf Karen. Vor einiger Zeit hatte sie selbst getanzt, aber dabei die Kleider anbehalten und ein Glas Bowle in der Hand. Nun lag sie auf dem Sofa und hatte die Füße auf den Tisch gelegt. Randy lag ausgestreckt neben ihr und hatte seinen Kopf in ihrem Schoß, ein Arm hing herunter. Er schien zu schlafen.

Mattscheibe ist wohl zutreffender, dachte Jeremy. Randy hatte die Bowle wie Limonade getrunken. Er war eine Weile sehr lustig gewesen, hatte gekichert und seine »berühmten Imitationen verstorbener Präsidenten« zum Besten gegeben, wie von Chester A. Arthur und Thomas Jefferson, und noch mehr gekichert und seine Brille verkehrt herum aufgesetzt. Dann war er auf dem Sofa zusammengesunken.

Wenn er doch nur auf dem Sofa bei Tanya sein könnte! Nur nicht so weggetreten, sondern hellwach.

Er stellte sich vor, daß er selbst an Randys Stelle war, aber nicht liegend, sondern aufrecht sitzend. Tanya hockte rittlings auf seinem Schoß, so wie Liz drüben bei Cowboy auf dem Ohrensessel. Sie saßen so schon eine lange Zeit. Jeremy hatte den Verdacht, daß Cowboys Hände unter ihrem Pullover waren.

»Können wir jetzt gehen?« fragte Shiner.

»Wie spät ist es?«

»Viertel nach zehn. Aber du hast gesagt, wir könnten früh gehen. Es passiert sowieso nichts mehr.«

»Noch ein paar Minuten?«

»Worauf wartest du denn? Darauf, daß Karen noch den Rest auszieht?«

»Ich mag sie nicht mal«, protestierte Jeremy.

»Aber du glotzt sie mit Sicherheit gern an. Ich finde es abstoßend. Du weißt, was sie da tut, nicht wahr?«

»Tanzen.«

»Sie versucht, Tanya anzumachen.«

»Tanya ist nicht andersrum.«

»Oh, bist du da Experte?«

»Sie war Nates Freundin.«

»Ja, und Nate ist von der Bildfläche verschwunden, und sie ist *wirklich* deprimiert. Vielleicht hat Karen ja Glück.«

»Nein.«

»Vielleicht hat einer von den *Kerlen* Glück.« Shiner blickte Jeremy an und zog eine Augenbraue hoch.

»Vielleicht du. Ist es das, worauf du wartest?«

Er spürte, wie er rot wurde. »Nein!«

»Aber ja. Mit Sicherheit.«

»Nein! Ehrlich.«

Ihre Augen verengten sich ein wenig. »Dann beweise es. Laß uns jetzt gleich gehen.«

O Gott, dachte Jeremy. Was soll ich tun? Was, wenn ich nein sage? Das hier könnte meine große Chance sein.

»Okay«, sagte er. »Wir können gehen.«

Shiners Lippen bildeten eine schmale Linie. Sie sah ihm in die Augen und nickte. »Gut«, sagte sie. Sie nahm seine Hand und drückte sie sanft.

»Aber ich muß noch mal aufs Klo.«

»Das überrascht mich gar nicht«, meinte sie. Sie lächelte. »Du mußt warten, bis Heather zurückkommt. Das läßt dir noch ein bißchen Zeit, Karen anzustarren.«

Er stieß sich von der getäfelten Wand ab, an der er gelehnt hatte. Die Tür des Badezimmers war tatsächlich verschlossen. Mit einem Ruck drehte er sich zu Shiner um.

Sie ist wirklich schön, dachte er.

Was wohl nachher im Auto passieren würde? Es war immer noch früh. Sie mußte nicht vor Mitternacht zu Hause sein, also könnten sie noch längere Zeit irgendwo parken.

Heather kam aus dem Bad. Sie sah erschöpft aus. Ihr aufgeschwemmtes Gesicht war blaß.

»Hast du ihn gefunden?« fragte Samson sie.

Heather war verwirrt. »Wie? Wen? Wen gefunden?«

»Ralph. Ich habe gehört, wie du nach ihm gerufen hast: ›Ralph! Ralph!‹«

»Ha, ha, ha. Du bist so witzig wie ein Loch im Kopf.«

Samson grinste breit und ein wenig benommen, stolperte zum Badezimmer, klammerte sich an den Türrahmen und schielte hinein. »Ralph? Ralph, bist du da drin?«

Jeremy lehnte sich wieder an die Wand und zog die Nase kraus. »Ich glaube, sie hat da drin gekotzt«, sagte er zu Shiner.

»Wahrscheinlich hast du recht.«

»Es wird ziemlich stinken.«

»Vermutlich gibt's oben auch noch ein Klo.«

»Ich frage mal.« Er raffte sich auf und ging auf Tanya zu. Er war sich bewußt, daß Shiner ihn beobachtete, und bewegte sich sehr vorsichtig. Und er vermied es, Karen anzusehen. Als er zwischen Tisch und Sofa hindurchging, stieß er gegen Randys Arm. Aber Randy wurde nicht wach. Tanya hob den Kopf und lächelte ihn an. »He, Duke. Wie geht's?«

»Großartig«, sagte er. »Ich wollte nur...«

»Komm hier rüber und setz dich hin.« Sie nahm die Füße vom Tisch und stellte ihr Glas ab. Dann ergriff sie Jeremys Hand, zog ihn an ihren Knien vorbei und auf das Sofa neben sich. »Gefällt es dir hier?« fragte sie.

»Ja. Großartig.«

»Gut, gut.« Sie legte einen Arm um seine Schultern. »Du bist ein netter Kerl, Duke. Ein wirklich netter Kerl. Weißt du, was ich an dir mag?«

Er schüttelte den Kopf. Von der Bewegung wurde ihm schwindlig.

»Du bist loyal. Loyal und mutig.« Sie rieb seine Schulter. Dann starrte sie ihm in die Augen und nickte bestätigend. »Ich hab nicht gewollt, daß der Typ stirbt. Hast du gewollt, daß der Typ stirbt?«

»Nein.«

»'türlich nicht... aber ich hör dich nicht jammern und heulen deswegen. Nein, Sir. Du bist loyal und mutig.«

»Danke«, sagte er.

»Du bist 'n wirklicher Freund. Wir sind *alle* wirkliche Freunde. Wir sind eine Familie, weißt du?«

»Ja.«

»Wir radieren die Trolle aus. Wir machen sie fertig.«

»Verdammt richtig.«

Sie drehte sich zu ihm um. Ihr Bein drückte sich an sein Bein. Sie zog ihn an ihre Brust und küßte ihn.

Tanya küßt mich, sagte er sich.

Er konnte es nicht glauben.

Ob Shiner wohl zusah?

Es war ihm egal.

Davon hatte er geträumt, seit er sie zum ersten Mal gesehen hatte. Und jetzt passierte es, es passierte wirklich!

Ihre vollen Lippen waren weich und warm und feucht. Und offen. Ihr Atem war in seinem Mund. Ihre Brüste schoben sich gegen seinen Brustkorb. Ihre Hände streichelten seinen Nacken. Er legte die Arme um sie und hielt sie fest. Ihre Zunge schoß in seinen Mund.

Dann ließ sie ihn wieder los.

Es konnte doch noch nicht vorbei sein! Er fühlte sich betrogen, als wäre er gerade aus einem Traum erwacht – dem schönsten Traum, den er je hatte, einem Traum, der eben erst begonnen hatte. Der Verlust tat weh. Aber gleichzeitig spürte er gewaltige Freude. Wie konnte er sich nur im selben Moment so schrecklich und so wunderbar fühlen?

Ihre Lippen und die Haut ringsherum sahen naß aus. Das ist mein Speichel, dachte Jeremy. Meiner. O Gott. Sie sah ihm in die Augen und drückte sein Bein. »Komm mit mir«, sagte sie.

Verblüfft stand er vom Sofa auf. Tanya rutschte ein Stück weiter, legte Randys Kopf auf ein Kissen, und stand ebenfalls auf. Sie führte ihn zur Treppe.

Shiner stand nicht mehr dort. Jeremy sah sich um. Sie war gegangen.

War sie wirklich weg?

Egal, dachte er. O Gott, wohin gehen wir? Irgendwohin, wo wir allein sein können. Was geschieht hier?

Werden wir es tun?

Sein Mund fühlte sich trocken an, und sein Herz klopfte heftig, als er hinter Tanya die Treppe hinaufstieg. Ich weiß nicht einmal, wie man es macht. Was, wenn ich Mist baue und sie mich auslacht?

Oben angekommen, nahm sie seine Hand.

»Wo gehen wir hin?« fragte er; seine Stimme klang gedämpft.

»In mein Zimmer«, sagte sie.

Ihre Worte nahmen Jeremy beinahe den letzten Atem. Er schnappte nach Luft und ging weiter neben ihr her.

»Ich habe etwas für dich.«

Seine Knie zitterten, als er die breite, teppichbelegte Treppe zum ersten Stock des Hauses hinaufging.

Wo ihre Eltern wohl waren? Shiner hatte gesagt, sie könnten sich im oberen Stockwerk aufhalten, um nicht zu stören. Aber heute war Freitag, vielleicht waren sie auch ausgegangen.

Was, wenn sie zurückkommen und uns erwischen?

Jeremy ging mit Tanya einen Flur entlang und in ein Zimmer. Tanya knipste das Licht an und schloß die Tür. Er stand im größten Schlafzimmer, das er je gesehen hatte. Es gab ein riesengroßes Bett mit Lampen auf jeder Seite, eine Kommode, einen Toilettentisch mit Spiegel, einen Sekretär, Fernseher und Videorecorder, einen CD-Spieler, einen Lehnstuhl, ein Sofa und Regale, die überquollen von Stofftieren, Pokalen, gerahmten Fotos und Büchern. Zum Zimmer gehörte ein eigenes Badezimmer. Von da, wo er stand, konnte er das Waschbecken sehen. Der dicke Teppich war blaßblau, Bettüberwurf und Gardinen rosa. Im Raum hing ein schwacher Duft, der ihn an Sonnenöl erinnerte.

Tanyas Zimmer.

Hier schlief sie. Hier zog sie sich um. Und nebenan war der Raum, wo sie zur Toilette ging, sich duschte und badete.

Und ich bin hier.

Und wir werden es tun. Genau hier in ihrem Bett.

»Du setzt dich besser hin, bevor du umfällst«, sagte Tanya. Sie führte ihn zum Bett. Er sank darauf nieder und umfaßte seine Knie, um sich aufrecht zu halten. Sie ging zu dem Sekretär hin, holte etwas aus einer Schublade und hielt es versteckt hinter ihrem Rücken, als sie wieder zu Jeremy zurückkam.

Ein Gummi?

Vor ihm blieb sie stehen. »Streck die Hand aus«, sagte sie.

Er streckte die Hand aus. Seine Finger zitterten. Sie legte eine Rasierklinge auf seine Handfläche. Verwirrung und eisige Furcht stiegen in ihm auf, überlagerten seine atemlose Erregung.

»Halt sie einfach fest«, sagte Tanya. Sie kniete sich auf den Boden und legte die Hände auf seine Oberschenkel. Ihre Hände so nahe zu spüren, ließ Hitzewellen in ihm auflodern. »Sag mir, warum du bei uns mitmachst.«

»Um... um Trolle zu jagen.«

»Warum?«

»Cowboy. Er hat mich eingeladen.«

»Ist das alles?«

Jeremy zuckte die Schultern. »Ich glaube, es war auch, um Freunde zu finden. Besonders aber wegen dir«, fügte er hinzu und fühlte, wie ein Schweißtropfen über seine Schläfe lief.

»Besonders wegen mir. Ich weiß. Jeder macht hier besonders wegen mir mit.«

Außer Shiner, dachte er. Aber Shiner ist jetzt auch draußen.

»Die Trolle haben mich schwer verletzt«, sagte sie. »Deswegen jagen wir sie. So hat es angefangen. Wir wollen Rache. Und letzte Nacht hast du bei der Rache mitgemacht. Um meinetwillen.«

Jeremy nickte.

Sie stand auf und begann, ihr weites Hemd aufzuknöpfen.

Das kann nicht wahr sein, dachte Jeremy. Ich glaube es nicht.

Er beobachtete, wie ihre Hände langsam auf dem leuchtend gelb-blauen Karomuster nach unten wanderten und dabei jeden Knopf öffneten. Dann öffnete sie das Hemd. Der Anblick war wie ein Schock für Jeremy, ließ sein Herz fast stillstehen, und sein Magen schien ein Stück tiefer zu rutschen. Sein Penis versteifte sich, aber Hoden und Anus wurden kalt und angespannt.

»Das haben sie mir angetan«, sagte Tanya, als das Hemd zu Boden fiel.

Sie stand vor ihm und trug nur noch ihre weißen Shorts. Ihre Haut war leicht gebräunt, sogar ihre Brüste. Sie waren groß, fest und verwundbar. Sie glänzten im Licht der Lampen wie poliert. Die dunklen Brustwarzen standen vor.

Die Narbe begann als rosafarbene Kurve neben ihrer linken Brustwarze und zog sich nach unten. Sie war etwa einen Finger breit, blaßrosa, glänzend, ein bißchen vorstehend. Sie lief an ihrem Nabel vorbei und verschwand in den Shorts.

Tanya knöpfte die Shorts auf. Sie schob sie über die Oberschenkel nach unten. Sie war ganz glatt und rasiert. Die Narbe zog sich über ihren Bauch und weiter nach unten und ging nur knapp an ihrem weichen, offenen Fleisch vorbei.

»Eine zerbrochene Weinflasche«, sagte Tanya.

Jeremy nickte. Ihre Stimme schien aus großer Entfernung zu kommen. Er konnte den Blick nicht von ihr losreißen. Er fühlte sich schwindlig, ihm war übel, und er war überwältigt von ihrer Nacktheit, gleichzeitig aber quälte ihn die Häßlichkeit der Narbe, und er war erstaunt, daß sie sich ihm so zeigte.

»Drei von denen haben mich in der Hütte der Rettungsschwimmer erwischt«, sagte sie. »Trolle. Sie haben die Nacht dort verbracht. Ich wollte sie rausschmeißen, und sie haben mich angegriffen. Einer von ihnen zerschlug eine Weinflasche auf meinem Kopf. Dann haben sie mich ausgezogen.«

»O Gott«, murmelte Jeremy.

»Einer von ihnen hat das getan.« Ihre Fingerspitze berührte die Narbe an der Leiste und glitt langsam nach oben und verfolgte den Riß über ihren Bauch und die Rippen bis zur Brust. »Er hat mich besabbert, während er das tat. Die beiden anderen haben mich festgehalten. Dann hat er mich vergewaltigt. Grunzend und sabbernd. Er roch nach altem Wein und Schweiß und Dreck. Als er fertig war, kamen die beiden anderen dran. Einer hat es von hinten gemacht. Der andere in meinen Mund. Bevor sie gingen, haben sie über mich gepißt. Überallhin. Auf mein Gesicht...«

Sie stieg aus den Shorts heraus. Mit einem Fuß schob sie sie zur Seite. Sie ließ sich auf die Knie nieder und griff unter das Bett. Dort zog sie eine Masse brauner Badetücher hervor. Zwei von ihnen breitete sie vor Jeremys Füßen aus, die anderen schob sie zur Seite. Sie stellte sich auf die ausgebreiteten Badetücher und sagte: »Schneide dich in die Hand.«

Jeremy nickte. Er hatte das Gefühl, nicht mehr vernünftig denken zu können, seit er ihre Geschichte gehört hatte.

Er nahm die Rasierklinge in die zitternden Finger seiner linken Hand und drückte dann die Kante in die rechte Handfläche. Blut trat aus der Wunde, und er bog die Hand, um es darin zu halten.

Tanya nahm ihm die Rasierklinge ab. Sie ritzte sich damit kurz unterhalb des Venushügels, und ein roter Faden erschien neben der Narbe. Sie hob Jeremys blutende Hand und preßte sie fest auf ihre Schnittwunde. Das Blut floß weiter, unter seiner Hand hervor, tropfte an ihren Beinen hinab auf die Handtücher unter ihren Füßen. Unter dem Blut fühlte sie sich heiß an. Jeremy bog seine Hand so weit wie möglich zurück, um nicht zu berühren, was unterhalb der Wunde lag. Aber Tanya preßte seine Finger fest darauf. In ihr feuchtes, sich entfaltendes Fleisch.

»Dein Blut ist in mir«, flüsterte sie. Sie atmete heftig. Sie bewegte sich nur ein bißchen, rieb sich gegen seine Hand. »Mein Blut ist in dir. Du bist mein... Geliebter im Blut. Sag es.«

Jeremy hörte sich selbst, wie er die Worte wiederholte. Sie zog seine Hand nach oben, auf die Linie der Narbe. Die Narbe fühlte sich wie ein schmales, etwas erhabenes Band an. Seine Hand hinterließ eine rote Spur, als sie über ihren Bauch glitt und über die Rippen bis zur Brust. Ihre Brust wurde von seiner Hand nach oben und zur Seite gedrückt. Die Brustwarze bog sich wie Gummi, als sein Daumen darüberfuhr. Sie zog seine Hand höher, und Jeremy stand auf. Sein Penis war in der Hose wie gefangen, eingezwängt und gebogen.

Sie hob seine Hand zum Mund und küßte die zerschnittene Handfläche. Leckte das Blut davon ab. Starrte ihm in die Augen und nahm seinen Daumen in den Mund. Sie saugte und leckte ihn sauber, dann machte sie dasselbe mit seinen Fingern.

»Dein Blut und meines«, flüsterte sie. Ihre Lippen und Kinn und Wangen waren damit beschmiert. Sie senkte seine Hand wieder und legte die Rasierklinge auf die Handfläche. »Behalte sie bei dir, um dich zu erinnern.«

»Ich werde das nie vergessen.«

»Ich weiß.«

Jeremy zog ein Taschentuch aus der Tasche, wickelte es um die Rasierklinge und drückte es dann auf die Wunde.

»Geh jetzt nach Hause«, sagte Tanya mit sanfter Stimme. »Wir sehen uns morgen.«

Ein Kloß stieg in seinem Hals auf.

Er sollte gehen?

Aber er war so *erregt!* Und sie ebenfalls!

Er platzte plötzlich heraus: »Aber werden wir denn nicht...«

Sie legte einen Finger auf seine Lippen. »Du mußt dich erst bewähren.«

»Wie?«

»Mit Zeit. Und Loyalität. Und Mut.«

»Nicht heute nacht?«

»Nicht heute nacht. Aber vielleicht schon bald.«

An der Tür des Schlafzimmers blieb er stehen und blickte zurück zu Tanya. Sie stand auf den Handtüchern, nackt und blutverschmiert. »Ich liebe dich«, sagte er.

»Und ich liebe dich, Jeremy.«

Er ging.

Als er den Fuß der Treppe erreichte, hörte er leise Musik und Stimmen und Gelächter von den Trolljägern. Ob er wohl wieder zu der Party zurückkehren sollte? Aber Tanya hatte gesagt, er sollte nach Hause gehen. Sie hatte nicht gewollt, daß er hinunter zu den anderen Trolljägern ging.

Aber einer von denen könnte ihn im Auto mitnehmen. Ich kann auch laufen, sagte er sich.

Er stieg die Verandastufen hinab und ging in Richtung Straße die Einfahrt entlang.

Die Luft roch nach Kiefern. Die Nacht war nicht besonders kalt, aber Jeremy fröstelte. Seine Kehle war immer noch wie zugeschnürt. Er kreuzte die Arme über der Brust. Das Taschentuch und die Rasierklinge waren immer noch in seiner Hand.

Er fühlte sich *sonderbar*.

Benommen, verwirrt, enttäuscht, leer und schwach.

Erledigt.

Aber gleichzeitig auch freudig erregt.

Als könnte er vor Freude springen und schreien. Und weinen. Und irgendwo in Jeremy meldete sich auch das merkwürdige Bedürfnis, nach Hause zu gehen, sich unter die Bettdecke zu verstecken und Funland und Tanya und all die Trolljäger und den Strand für immer zu vergessen.

29

Gloria erwachte auf dem Rücksitz ihres Volkswagens. Sie hatte keine Ahnung, wie lange sie geschlafen hatte. Aber als sie aus dem Fenster blickte, sah sie, daß der Parkplatz bis auf drei oder vier andere Autos verlassen war.

Also war Funland schon geschlossen.

Mit einem Zittern in der Magengegend, das irgendwo zwischen Erregung und Angst lag, nahm sie ihre Einkaufstüte. Sie schob den Sitz nach vorn, öffnete die Tür und stieg aus. Dann verschloß sie den Wagen wieder und ging auf den Haupteingang von Funland zu.

Der Tag war nicht nach ihren Vorstellungen verlaufen. Sie hatte sich diversen Bettlern genähert, aber die meisten hatten sie weggejagt, Flüche vor sich hin gemurmelt oder wie verrückt losgekeift. Einige schienen wütend, andere eher verängstigt zu sein. Was immer der Grund war, sie wollten trotz ihrer Verkleidung nichts mit ihr zu tun haben. Andere wiederum hielten sich sozusagen in ihren eigenen, merkwürdigen und gefährlichen Welten auf – Welten, aus denen Gloria ausgeschlossen war.

Sie hatte den ganzen Tag nur drei Interviews machen können, mit Mobsy, Dink und einer Frau, die sich weigerte, ihren Namen zu nennen. Sie hatte die Gespräche mit dem Sony Microrecorder aufgenommen, den sie unter dem Sweatshirt trug. Vielleicht war ja etwas dabei, was sie verwenden könnte, aber sie hatte ihre Zweifel. Sie wollte Pathos, herzzerreißende Geschichten von heldenhaften Menschen, deren Leben von einem grausamen Schicksal zerstört worden war. Sie wollte Berichte über derart überwältigendes Leid, daß den Lesern die Tränen kamen. Aber die Leser sollten nicht nur um diese Leute weinen, sondern Konsequenzen ziehen – Hilfe für die von der Gesellschaft Ausgestoßenen fordern, Essen und Schutz, und vor allem Stellung nehmen gegen diese brutale Teenagerbande.

Mobsy, Dink und die anderen hatten ihr nicht viel Material geliefert. Sie waren völlig erledigt, aber nicht in der Lage, ihre Geschichten zu erzählen.

Gloria hatte mindestens eine Stunde mit Mobsy auf den Stufen vor Funland verbracht und nichts erfahren, außer über Hunde. Hunde waren die Reinkarnationen toter Nazis und führten einen verbrecherischen Plan durch: die Menschheit zu zerstören, indem sie in dicht bewohnten Gebieten radioaktiv verseuchten Kot deponierten. Mobsy führte einen Kreuzzug gegen diese Gefahr, indem sie Hunde mit Mahlzeiten aus zerstoßenem Glas in Hackfleisch fütterte.

Dink, ein heruntergekommener, bärtiger Mann in den frühen Zwanzigern, behauptete, ein Wissenschaftler vom Planeten Zanthion zu sein. Die Population von Zanthion war ausschließlich männlichen Geschlechts. Dem Aussterben geweiht, hatten sie Dink zur Erde gesandt, um das Fortpflanzungssystem der weiblichen Erdlinge zu erforschen. Das »Dimensionstor« würde sich in zwei Stunden wieder schließen, also hatte er fast keine Zeit mehr. Wenn er dabei versagte, sich über die Geheimnisse der Fortpflanzung zu informieren, war seine Rasse zum Untergang verurteilt. Gloria war seine letzte Hoffnung. Sie fragte, wie sie denn helfen könnte. »Du mußt mich deine ›Quelle‹ mit meinem ›Untersuchungsstab‹ prüfen lassen.« Daraufhin hatte Gloria ihn aufgefordert, sich seinen ›Untersuchungsstab‹ in seinen ›Ausscheidungskanal‹ zu stecken, und sich schnell davongemacht.

Nach dem Dunkelwerden hatte sie noch eine dritte Heimatlose getroffen. Diese Frau machte einen vernünftigen Eindruck, obwohl sie sich weigerte, ihren Namen anzugeben. »Sag keinem deinen Namen«, meinte sie. »Wenn sie deinen Namen kennen, können sie dich kriegen.«

Gloria bestand nicht darauf. Statt dessen ging sie mit ihr weiter und hörte sich eine Ansprache darüber an, daß die Leute »so wunderbares Zeug wegwerfen«, während die Frau immer wieder stehenblieb, um in jeder Mülltonne nach Schätzen zu suchen. Sie sammelte vor allem Zeitungen, Dosen und Flaschen, um sie in einem Wiederverwertungsbetrieb in Geld umzutauschen. Aber sie sammelte auch Essen – den Abfall halbgegessener Mahlzeiten – und stopfte es grunzend in den Mund. Mehrmals mußte Gloria sich würgend abwenden.

Bisher war es überhaupt nicht so gelaufen, wie sie es sich vorgestellt hatte. Aber sie war sicher, um diese Zeit auf der Promenade noch neue Gesprächspartner zu finden. Oder am Strand. Einen Obdachlosen mit einer gewissen Anziehungskraft, bitte. Jemand, der die Herzen ihrer Leser in seinen Bann zog.

Zu dieser Stunde konnte sie auch Trolljägern begegnen. Für den Fall, daß sie aggressiv würden, hatte sie eine Gaspistole in der Tasche. Aber wenn sie sich erst identifiziert hätte, wären sie wahrscheinlich sehr darauf bedacht, ihre Seite der Geschichte darzustellen. Das wäre dann wirklich ein großer Fang!

Du mußt den Lesern etwas bieten, sagte sie sich, während sie auf den Haupteingang von Funland zuging. Wenn du schreibst, was du bisher erlebt hast, ist es nichts als Propaganda für den Großen Groben Griesgram Billy.

Und das würde Dave natürlich gefallen.

Dieses elende, betrügerische Dreckschwein.

Was habe ich nur je in ihm gesehen? Ich hätte es besser wissen sollen, als mich mit einem reaktionären Macho-Bullenschwein einzulassen.

Gloria fühlte sich plötzlich sehr einsam.

Scheiß drauf, sagte sie sich.

Wenn sie nur den Mut gehabt hätte, sich Dave zu zeigen. Den ganzen Tag lang hatte sie mit der Idee gespielt, auf die Promenade zu gehen und ihm gegenüberzutreten. Er wäre schockiert gewesen. »Hast du den Verstand verloren? Weißt du nicht, wie gefährlich das ist?« Sie hätte höhnisch gelächelt und gesagt: »Ich bin völlig überzeugt, daß du dich um mich sorgst. Du hast ja deine goldene miese Bullen-Amazone.«

Aber die Bullen-Amazone wäre ebenfalls dort gewesen. Gloria wußte, daß es sie zu sehr gequält hätte, die beiden zusammen zu sehen. Also war sie der Promenade ferngeblieben.

Wahrscheinlich treiben sie's jetzt gerade, dachte sie. Sie stellte sich die beiden im Bett vor, schwitzend und grunzend. Aber dann war es gar nicht Joan, die unter Dave lag. Gloria konnte ihn auf sich, in sich spüren. Sie kniff die Augen fest zu, ließ sich auf eine Bank fallen und schüttelte heftig den Kopf, um die Bilder loszuwerden.

Es ist vorbei, sagte sie sich. Denk nicht mehr über ihn nach.

Er war manchmal so sanft. Und so witzig. Und so besorgt. Und im Bett...

Zur Hölle mit ihm.

Er hatte es so gut bei ihr gehabt und alles für dieses goldhaarige Weibsstück weggeworfen.

Eines Tages würde es ihm leid tun.

»Ich gebe ihm zwei Wochen«, murmelte sie. »Zwei Wochen, und es wird ein böses Erwachen für ihn geben. Er wird einsehen, wie gut er es bei mir hatte, und dann bettelnd zurückkommen. Und ich werde ihm ins Gesicht lachen.«

Quatsch. Ich werde meine Arme um ihn legen und...

»Wo sind diese verdammten Trolle?« fragte sie, hob den Kopf und sah nach links und rechts. Die Promenade, mondlichtüberflutet und gefleckt mit schwarzen Schatten, sah verlassen aus.

»Wie wär's denn mit ein bißchen Action hier?« schrie sie. »Wo sind die Penner? Wo ist der Große Grobe Griesgram Billy? Ist denn hier überhaupt keiner? Ich habe genug davon, meine verdammte Zeit zu verschwenden!«

Ein großer dunkler Schatten kam aus der Dunkelheit hervor und über die Promenade.

Und auf sie zu.

Um Himmels willen! dachte sie. *So hab ich das nicht gemeint!*

Sie sprang auf, und die Tüte fiel von ihrem Schoß. Ihre Decke rutschte aus der Tüte hervor, und mit ihr die Gaspistole. Sie rutschte klappernd über die Planken, und Gloria wußte, daß sie sie nicht mehr rechtzeitig aufheben könnte.

Die Dunkelheit hatte ein weißes Gesicht und einen großen flatternden Mantel. Seine Arme waren zu ihr ausgestreckt, wie bei einem Monster aus einem Horrorfilm.

»Verschwinde hier!« schrie Gloria. Sie warf sich nach rechts, um ihm auszuweichen, und rannte so schnell sie konnte. Schritte dröhnten hinter ihr.

Sofort bedauerte sie, in diese Richtung ausgewichen zu sein. Sie hätte über das Geländer springen und so zum Strand gelangen sollen. Oder nach links, versuchen, um den Troll herumzurennen und dann auf die Straße. Aber jetzt rannte sie südwärts die Promenade hinab, weiter in Richtung des verlassenen Vergnügungsparks. Links konnte sie nicht mehr zurück. Und rechts kam sie nicht weiter, wenn sie nicht über einen der Zäune kletterte, die die Fahrgeschäfte umgaben.

Soll ich es versuchen?

Die polternden Schritte des Trolls schienen näher zu kommen. Sie riskierte einen Blick über die Schulter. Er war etwa fünf Meter hinter ihr, weiter weg als am Anfang.

Er sah wie ein Riese aus.

Aber er war nicht besonders schnell.

Er würde keine Rennen gewinnen, dachte Gloria. Aber ihre Angst ließ nicht nach. Kein bißchen. Sie hörte, wie sie selbst kurze, wimmernde Laute ausstieß bei dem Versuch, schneller zu rennen.

Wenn er mich erwischt, schneidet er mir die Kehle durch. Das ist absurd, sagte sie sich. Ich bin kein Kind. Er ist kein menschenfressender Riese. Das hier ist kein Märchen. Das hier ist kein Alptraum.

Was ist das Schlimmste, das passieren kann?

Er vergewaltigt mich und bringt mich um.

In einer Ecke ihres Verstandes erklang ein unangenehmes Flüstern: *Das ist nicht das Schlimmste.*

Sie blickte wieder nach hinten. Jetzt war der Troll sogar noch weiter entfernt.

Ich werde es schaffen! Wenn ich nicht stolpere. Wenn er mich nicht in die Enge treibt. Wenn da keine anderen im Dunkeln weiter vorn warten.

Gott, ich wünschte, die Trolljäger wären hier!

Wo seid ihr, Trolljäger?

Vielleicht ist er der Jäger.

Er ist ein Troll. Er ist ein Troll. Der schlimmste Alptraum eines Kindes, ein Ungeheuer, das unter der Brücke lauert. O Gott!

Direkt voraus war das Flower-Swing. Gloria fragte sich, ob sie versuchen sollte, dorthin zu gelangen. Was, wenn sie nicht schnell genug über den Zaun kam? Wenn sie aufhörte zu laufen, würde der Troll Sekunden später da sein. Wenn er ihren Rock zu fassen bekäme, oder…

Nein. Sie wagte es nicht.

Lauf weiter. Vergrößere deinen Vorsprung. Dann versuch es am Zaun.

Wenn du erst auf dem Strand bist...

Plötzlich fiel ein Lichtstrahl aus einer Tür rechts von ihr. Sie lag nicht auf der Höhe der Promenade, sondern befand sich oben auf einer kleinen Bühne.

Dunns Bude, stellte sie fest.

Sein Kuriositätenkabinett.

Jasper Dunns große, leichenhafte Gestalt erschien im beleuchteten Türrahmen. Er trug seinen Zylinder und den Frack. Er hob seinen Stock und winkte damit. »Hier herüber«, rief er. »Schnell!«

Gloria rannte auf ihn zu.

Sie hätte nie gedacht, daß sie sich einmal freuen würde, Jasper Dunn zu sehen.

Besser er als das, was hinter mir ist, dachte sie.

Atemlos hastete sie die Holztreppe hinauf.

»Schnell, schnell«, nötigte Jasper sie. »Hier werden Sie sicher sein.«

Er trat zur Seite. Gloria rannte durch die Tür. Als sie aufkreischte und herumwirbelte, rammte er ihr den Knauf des Stocks in den Bauch. Sie klappte zusammen und fiel auf die Knie.

Hinter ihr flüsterten und kicherten die Trolle. »Sollen wir sie das Haus besichtigen lassen?« fragte Jasper.

Die Trolle johlten und applaudierten und kreischten.

Das Schlimmste, was passieren kann...

Gloria wußte plötzlich, daß sie es jetzt erleben würde.

30

Dave stellte den Wecker ab, blinzelte und war für einen Augenblick ganz durcheinander, bis ihm wieder einfiel, warum er den Wecker eine halbe Stunde vorgestellt hatte: Er wollte vor dem Dienst noch einmal bei Gloria vorbeigehen.

Verdammt lästig, das alles.

Aber nicht halb so lästig wie gestern abend, als sie nach ihr suchten. Joan so etwas zuzumuten! Die Geschichte unter der Promenade hatte ihr wirklich angst gemacht. Und sie hatte sich dabei weh getan. Später, als sie wieder in ihrer Wohnung waren, hatte sie die Bluse ein Stück geöffnet und von der Schulter gezogen, und beide hatten sich die Bescherung angesehen. Ihr Oberarm hatte eine gewaltige Prellung abbekommen, als sie gegen den Pfeiler gefallen war.

Dave erinnerte sich, daß er nur einen kurzen Blick darauf geworfen hatte, bevor er sich andere, glatte, unverletzte Bereiche ansah, den matten Farbton ihrer gebräunten Haut, die sich gegen den weißen BH-Träger abhob, und die Stelle, wo die von der Schulter gezogene Bluse sich knapp über ihre Brust spannte.

Er lehnte sich wieder zurück, schloß die Augen und verweilte in Gedanken bei diesem Augenblick.

Die Biegung ihres Halses. Die Vertiefung über ihrem Schlüsselbein. Die Art, wie sie den Kopf zur Seite bog, um sich ihre Verletzung anzusehen. »Fürs ganze Leben gezeichnet«, hatte sie gesagt.

»Du wirst dein Hemd eben immer anbehalten müssen.«

»Schade.« Sie hob den Arm und ließ die Bluse wieder über die Schulter nach oben rutschen. Um die Knöpfe kümmerte sie sich nicht. Sie legte die Hände auf Daves Schultern und sah ihm in die Augen.

»So«, sagte sie. »Hier sind wir.«

»Endlich allein.«

»Keine Minute zu früh.«

Er küßte ihren lächelnden Mund, und Joan zog ihn fest an sich – so fest, daß ihre Rippen gegen seine Wunde drückten und er zurückzuckte. Sie flüsterte »Entschuldige« in seinen Mund. Dann lockerte sie ihre Umarmung ein wenig, küßte ihn aber nur noch drängender. Drängend und hungrig. Sie benahm sich wie befreit, und Dave fühlte sich ähnlich. Es hatte einfach zu lange gedauert, bis sie zueinander gefunden hatten.

Dave zerrte die Enden der Bluse aus ihren Jeans. Er glitt mit den Händen über ihren Rücken. Sie schob sich noch näher an ihn heran und saugte seine Zunge in ihren Mund. Er öffnete ihren BH. Ihr ganzer Rücken, von der Taille bis zur Schulter, war seidig und warm unter seinen Händen.

Dann konnte man das sanfte Ploppen einer Autotür vernehmen, die geschlossen wurde.

Joan hörte auf, ihn zu küssen. Sie starrte ihm in die Augen, versteifte sich in seinen Armen. »Das ist Debbie«, flüsterte sie.

Augenblicke später wurde ratschend ein Schlüssel ins Schlüsselloch gesteckt.

In der Zeit, die Debbie brauchte, um durch die Küche ins Wohnzimmer zu gelangen, waren Dave und Joan auseinandergefahren und hatten sich jeweils an ein Ende des Sofas gesetzt. Joan hatte noch Zeit, ihren Mund abzuwischen. Dave hatte noch Zeit, sich die Fernsehzeitung zu schnappen.

Als das Mädchen hereinkam, war Dave verblüfft. Obwohl Debbie nicht exakt wie Joan aussah, bestand eine erstaunliche Ähnlichkeit. Ihr Körper war noch nicht so entwickelt wie Joans, zwar eindeutig weiblich, aber auch noch ein wenig jungenhaft. Ihr Gesicht war das eines heranwachsenden Mädchens, noch voller Frische und Unschuld, die bald zurückbleiben und für immer verloren sein würden. Dave spürte, wie ein wenig Trauer an ihm nagte. So mußte Joan mit sechzehn ausgesehen haben, und er bedauerte, sie damals nicht gekannt zu haben.

Er stand auf, als das Mädchen näher kam.

»Du bist früh wieder zurück«, sagte Joan.

»Die Party war ziemlich öde.« Ihr Mund zuckte, als wisse sie nicht, was sie jetzt tun sollte – lächeln oder eine verachtungsvolle Grimasse ziehen. Sie preßte die Lippen fest zusammen und zuckte die Schultern. Dann sah sie Dave an und streckte die Hand aus.

»Ich bin Dave«, sagte er und schüttelte ihre Hand.

»Ja, das habe ich mir gedacht. Nett, dich kennenzulernen.«

»Falls du es nicht schon erraten hast: das ist meine Schwester Debbie.«

»Hi, Debbie.«

»Hab ich euch bei was gestört?«

»Wir haben uns nur unterhalten«, sagte Joan.

»Ja, darauf wette ich.«

»Es hat sich wohl rausgestellt, daß keine Jungs auf der Party waren?«

Etwas geschah mit Debbies Gesicht. Sie sah einen Augenblick so aus, als wollte sie lächeln und eine witzige Bemerkung machen, aber dann füllten sich ihre Augen mit Tränen, die Mundwinkel zogen sich nach unten, und ihr Kinn begann zu zittern.

Joan war bestürzt. »Debbie! Mein Gott, was ist...?«

Das Mädchen schüttelte heftig den Kopf und rannte aus dem Zimmer.

Joan sprang auf. Sie sah Dave an. »Es tut mir leid. Mist! Ich gehe besser und sehe nach.«

»Ich verschwinde.«

»Du mußt nicht gehen.«

»Doch, das sollte ich aber. Kümmere dich um Debbie. Wir sehen uns morgen früh.«

»Verdammt!«

»Ja.« Er zog sie an sich, gab ihr schnell einen Kuß und ließ sie wieder los. Sie eilte in Richtung Flur. Ihr Hemd hing über die Jeans.

Dave warf einen Blick auf den Wecker.

Du wirst die halbe Stunde noch völlig verschwenden, dachte er. Nein, es ist keine Verschwendung. Überhaupt nicht.

Er wälzte sich aus dem Bett, biß die Zähne zusammen, als er die Kälte spürte, und beeilte sich, den Bademantel anzuziehen. Er knotete den Gürtel fest und eilte ins Bad.

Ob Joan wohl ihren BH auf dem Weg in Debbies Zimmer wieder zugemacht hatte?

Das Mädchen hatte sich eine schlechte Zeit ausgesucht, um nach Hause zu kommen.

Trotzdem, arme Kleine. Sie war völlig aus der Fassung geraten. Muß auf dieser Party was Übles erlebt haben. Worin immer das Problem bestanden haben mochte, Joan hatte ihr wahrscheinlich geholfen. Man konnte kaum traurig bleiben, wenn Joan sich um einen kümmerte.

Eine halbe Stunde später – sein Haar war immer noch feucht vom Duschen – eilte Dave zu seinem Auto. Er warf die Jacke auf den Beifahrersitz; es war besser, sie mitzunehmen, falls es wieder neblig werden sollte. Er fuhr los und fühlte sich wunderbar. Bald würde er wieder mit Joan zusammensein.

Vielleicht könnten sie sich heute abend treffen und würden nicht gestört werden. Vielleicht könnten sie sich in seiner Wohnung treffen.

Und morgen war ihr freier Tag.

Ich muß mir etwas ausdenken...

Er bog an der Kreuzung nach links ab, fuhr zu Glorias Haus, und ein Schatten legte sich auf seine gute Laune. Hoffentlich war sie zu Hause!

Bitte. Ich will es hinter mich bringen.

Hinter der nächsten Kurve konnte er Glorias Volkswagen in der Einfahrt vor ihrem Haus stehen sehen.

»Blöde Kuh«, murmelte er.

Und dachte: Gott sei Dank.

Hin- und hergerissen zwischen Erleichterung, daß sie wieder zu Hause war, und Wut wegen der Schwierigkeiten, die sie mit ihrer Aktion verursacht hatte, parkte er hinter ihrem Wagen. Er stieg aus, eilte zur Haustür und drückte den Klingelknopf. Er hörte, wie es drinnen klingelte, und wartete.

Komm schon, verdammt! Beweg dich!

Er wartete darauf, ihre Schritte zu hören. Und erinnerte sich an andere Zeiten, wo er ebenfalls hier gestanden hatte und darauf wartete, daß Gloria zur Tür kam. Das war noch nicht so lange her.

Wie hatte sich alles so schnell ändern können?

Eine heiße Welle von Schuldgefühlen brandete in ihm auf. Sie hat sich das alles selbst zuzuschreiben, weil sie so...

Quatsch! *Ich* bin schuld. Joan kreuzte auf, und ich merkte, was mir fehlte. Gloria hatte nie eine Chance. Ich werde freundlich zu ihr sein, dachte er. Ich werde nicht brüllen. Ich werde ihr nur so freundlich wie möglich erklären, daß es dumm und gefährlich ist, als Troll verkleidet...

Wo bleibt sie?

Dave hämmerte an die Tür, daß der Rahmen wackelte. »Gloria«, rief er. »Mach auf. Wir müssen miteinander reden.«

Sie öffnete nicht.

Ihr Hausschlüssel war in Daves Tasche, noch immer an seinem Schlüsselbund. Er holte ihn heraus, schloß die Tür auf und öffnete sie einen Spalt weit. Er streckte den Kopf hinein. Das Wohnzimmer sah verlassen aus. Es war absolut still im Haus.

Sie ist nicht da, dachte er.

Aber trotzdem rief er: »Gloria? Ich komme herein.«

Er öffnete die Tür weit und betrat das Haus.

»Gloria!« rief er nochmals.

Sie hatte einen sehr tiefen Schlaf und machte immer die Schlafzimmertür zu, bevor sie ins Bett ging, also nahm Dave an, daß sie vielleicht immer noch schlief.

Er ging durch den Flur. Die Badezimmertür stand offen. Sie war nicht drin. Er ging weiter zum Schlafzimmer. Die Tür war nicht geschlossen. Das Bett war nicht gemacht.

Offenbar hatte Gloria die Nacht hier verbracht. Er zögerte, das Zimmer zu betreten. So viele Stunden hatte er in diesem Schlafzimmer verbracht. Es war ihm beinahe so vertraut wie sein eigenes. Er kannte jeden Zentimeter. Er wußte, wie sich das Bett anfühlte, welche der Dielen knarrten, wenn er drauftrat. Er kannte die Muster von Licht und Schatten an der Decke, wenn es Nacht war. Aber jetzt schien der Raum ihn zurückzuweisen, als wäre das Haus möbliert an einen Fremden vermietet worden und er ein unwillkommener Eindringling.

Er ging vier Schritte ins Schlafzimmer hinein. Obwohl er es am liebsten gleich wieder verlassen hätte, sah er sich das Zimmer genau an.

Auf dem Stuhl neben dem Schrank lag ein unordentlicher Kleiderhaufen.

Obendrauf lag ein schmutziges graues Sweatshirt. Dave konnte die Risse und Löcher darin sehen. Ein Stück lila Stoff hing vom Stuhl herunter. Die Beine roter Strumpfhosen baumelten bis auf den Boden. Die Strumpfhosen hatten ebenso wie das Sweatshirt Risse und Löcher.

Das waren die Kleider, die Joan ihm beschrieben hatte, gestern beim Mittagessen. *Sie muß die halbe Nacht aufgeblieben sein und Löcher reingeschnitten haben.* Dave ging zu dem Stuhl hin.

Wie oft hatte er seine eigenen Kleider hier abgelegt? Gloria selbst benutzte den Stuhl nur selten dafür. Sie mußte wirklich fertig gewesen sein, als sie letzte Nacht nach Hause kam, zu müde, um die Kleider noch wegzulegen oder sie in den Wäschekorb zu werfen.

Vielleicht hatte sie sie absichtlich so liegengelassen, um sie noch mehr zu zerknittern.

Dave hob das Sweatshirt hoch. Er fragte sich, wie sie es wohl so schmutzig gemacht hatte. Vielleicht hatte sie es in Gartenerde gewälzt. Er warf es aufs Bett, dann nahm er das nächste Kleidungsstück vom Stuhl. Ein schmieriges weißes T-Shirt. Das hatte sie nicht zerschnitten.

Er rümpfte die Nase über den Geruch nach altem Schweiß und warf das Hemd zur Seite.

Sie hatte sich wirklich perfekt verkleidet, bis hin zu dem Detail, kein Deo zu verwenden.

Er hob den Rock hoch. Joan hatte recht gehabt. Gloria hatte kein so schäbiges Ding besessen, wahrscheinlich hatte sie es im Laden der Heilsarmee aufgelesen oder woanders, wo alte Kleider verkauft wurden.

Es war die Art Rock, die an der Seite mit einem Knopf und einem Reißverschluß geschlossen wird.

Der Knopf war weg.

Und nicht nur der Knopf, sondern auch ein kleines Stück Stoff, wo er angenäht gewesen war.

Als hätte Gloria den Rock aufgerissen.

Gloria oder jemand anders.

Dave runzelte die Stirn. Plötzlich wurde er nervös.

Vielleicht war der Rock schon so, als sie ihn gekauft hat. Vielleicht hat sie eine Sicherheitsnadel oder so was benutzt, um ihn zusammenzuhalten.

Er untersuchte den Stoff genau und hielt nach den winzigen Löchern, die eine Nadel hinterlassen hätte, Ausschau. Er fand keine. Nachdem er den Rock ebenfalls aufs Bett geworfen hatte, hockte er sich hin und suchte auf dem Teppich. Er fand keinen Knopf.

Das heißt nicht, daß er nicht irgendwo hier ist.

Er suchte auf Glorias Nachttisch und oben auf der Kommode nach dem Knopf.

Verrückt. Ich rege mich wegen eines dummen Knopfs auf. Der könnte überall sein.

Vielleicht auf der Promenade. Oder am Strand. Wo jemand ihren Rock aufgerissen hat.

Daves Hände zitterten, als er die rote Strumpfhose aufhob. Sie war schmutzig und zerrissen, aber Gloria hatte sie zweifellos absichtlich in diesen Zustand versetzt.

Auf dem Stuhl blieben noch ein paar schwarze Höschen zurück. Er nahm sie in die Hand. Sie hatte oft solche oder ähnliche getragen. Sie bestanden nur aus einem Taillengummi und einem dünnen Stoff, ein paar Zentimeter breit an der Taille, der sich zu fast nichts verengte, wo er zwischen den Beinen durchlief.

Dave blickte finster auf die Höschen hinab.

Aus irgendeinem Grund fand er sie ebenso störend wie den verlorenen Knopf.

Warum eigentlich? Sie waren nicht zerrissen.

Es war die Art, wie Gloria sie für gewöhnlich trug, auch unter ihrer Bürokleidung. Sie sagte, damit fühle sie sich immer sexy.

Nicht die Unterwäsche, die man bei einem Troll erwartet, aber sie würde die Verkleidung wahrscheinlich nicht so weit getrieben haben.

Gekleidet wie eine Pennerin, und dann diese sexy Höschen.

Niemand außer Gloria hätte es gewußt. So was würde ihr gefallen.

Also was stimmte hier nicht? Dave überlegte.

Er ließ die Höschen auf den Stuhl fallen, starrte sie an, und dann wußte er es.

Was, zum Teufel, machten sie unten im Kleiderhaufen? Unter den Strumpfhosen, die sie zuerst ausgezogen haben mußte? Sie hätten *über* den Strumpfhosen liegen müssen, vielleicht sogar oben auf dem Rock.

Eigentlich hätte man sie oben auf dem Kleiderhaufen erwartet. Sie zog fast immer die Höschen zuletzt aus. Oft ließ sie sie auch an, und nichts anderes, während sie in der Wohnung herumstolzierte und noch Verschiedenes erledigte, bis sie ins Bett kam: Sie hängte ihre Kleider in den Schrank, putzte die Zähne, machte das Licht aus.

Warum lagen ihre Höschen unter dem Kleiderhaufen?

Dave konnte sich nur eine einzige Erklärung denken: Ihre Kleider waren anderswo ausgezogen und dann auf den Stuhl gelegt worden.

Warte mal, sagte er sich. Warte mal einen Moment. Dreh nicht durch. Gloria hat sie wahrscheinlich im Bad ausgezogen, sich geduscht und sie dann hier hereingebracht.

Er eilte ins Bad und suchte nach dem Knopf. Er fand ihn nicht.

Das bedeutete nicht, daß die Vermutung falsch war. Er öffnete den Arzneischrank. Glorias Zahnbürste stand in einem Becher. Er rieb über die Borsten. Sie waren trocken. Sie hatte heute früh ihre Zähne nicht geputzt. Dann ging er zur Badewanne hinüber. Der Boden der Wanne war trocken. Glorias Waschlappen, der über der Stange des Duschvorhangs hing, war kein bißchen feucht. Aber er hätte noch feucht sein müssen, wenn sie ihn letzte Nacht benutzt hätte.

Hier paßte zu vieles nicht zusammen.

Sie *muß* letzte Nacht zurückgekommen sein! Ihr Auto steht in der Einfahrt.

Dave verließ das Badezimmer. Sein Herz klopfte heftig. Ihm war übel.

Er durchsuchte das gesamte Haus nach Gloria.

Nach ihrer Leiche? Nein, komm, du spekulierst zuviel. Aber er sah in jedes Zimmer, in jeden Schrank, hinter und unter Möbel, wenn dort genug Platz war, um einen Menschen zu verstecken.

Dabei suchte er auch nach Beweisen dafür, daß Gloria letzte Nacht lebend und gesund zurückgekehrt war – zum Teil, wie er annahm, um sich vor dem Wissen zu schützen, wonach er wirklich suchte.

Er fand Glorias Schlüssel und ihren Geldbeutel auf dem Eßzimmertisch. Die achtzig Dollar darin überzeugten ihn, daß es nicht um Raub ging. Aber daß die Geldbörse hier lag, half ihm nicht weiter. Vielleicht hatte sie sie gestern gar nicht mitgenommen. Laut Joan hatte sie eine Einkaufstüte dabeigehabt.

Die einzigen Einkaufstüten, die er fand, waren ordentlich zusammengelegt und an einen Haken in der Besenkammer gehängt oder als Mülltüten in den Mülleimern. Keiner der Mülleimer enthielt zusammengeknäulte Tüten. Die drei, die sie mitgehabt hatte, fehlten.

Vielleicht hatte sie ihre »Ersatzstiefel« irgendwo liegengelassen, bevor sie nach Hause ging. Aber was war mit der anderen? Sie könnte noch im Auto sein.

Ich werde mir das Auto mal genau ansehen.

Ob es wohl verschlossen ist?

Und dann fiel ihm ein, daß er die Autoschlüssel auf dem Eßzimmertisch gesehen hatte.

Ihre Schlüssel sind hier. Gloria nicht. Und das Haus war abgeschlossen.

Na gut, vielleicht ist sie ausgegangen und hat einen Ersatzschlüssel mitgenommen.

Hier stimmte einfach zu vieles nicht.

Er nahm den Wagenschlüssel mit und eilte nach draußen. Durch das Seitenfenster spähte er in den Volkswagen hinein. Eine vollgestopfte Einkaufstüte lag auf dem Boden hinter dem Beifahrersitz. Er öffnete die Fahrertür, setzte sich hinein, klappte den Beifahrersitz nach vorn und zog die Tüte auf seinen Schoß.

Sie enthielt nichts als die alte Decke, die Gloria für gewöhnlich im Kofferraum hatte.

Wo war ihr Kassettenrecorder? Sie ging nie ohne das Ding weg.

Er suchte im Handschuhfach. Kein Recorder.

Vielleicht ist er im Haus, und ich habe ihn nur übersehen.

Aber noch etwas anderes paßte nicht.

Dave ergriff das Steuerrad. Er streckte die Beine aus, bis seine Füße die Pedale berührten.

Steuerrad und Pedale waren in richtiger Entfernung für ihn eingestellt. Zu weit weg für Gloria.

Jemand hatte den Sitz verschoben, um mehr Platz für seine Beine zu haben.

Jemand von Daves Größe hatte als letzter Glorias Auto gefahren.

Er schloß die Augen, sackte auf dem Sitz zusammen und hörte sich selbst aufstöhnen.

31

Das Telefon klingelte, und Robin schreckte aus dem Schlaf hoch. Sie sah die Zimmerdecke über sich, merkte, daß sie in einem Bett lag statt in ihrem Schlafsack, und wußte wieder, wo sie war. Sie wußte auch, wer da anrief. Sie drehte sich auf den Bauch, stützte sich auf den Ellbogen und griff hinüber zum Nachttisch, nach dem Telefonhörer. »Hallo?«

»Sie wollten geweckt werden.«

»Hi, Boß.« Sie schob sich das Kissen unter die Brust und legte sich darauf, zog die Decke hoch, um ihre nackten Schultern zuzudecken. Nate fragte: »Hast du gut geschlafen?«

»Nicht besonders. Und das ist deine Schuld.«

»Meine Schuld?« Er hörte sich erstaunt und amüsiert an. »Wie kann das sein? Habe ich das falsche Motel ausgesucht? War es zu laut? War das Bett zu hart oder zu weich? Ich habe dich doch früh genug zurückgebracht und bin dann gleich gegangen.«

»Das ist das Problem. Du bist hiergeblieben.«

»Was?«

Robin bewegte sich ein wenig, um das warme Kissen und die Laken zu spüren. »Ich konnte dich nicht loswerden. Du hast mich die halbe Nacht wach gehalten.«

»Wäre ich doch nur da gewesen, um es zu genießen!«

»Das wünschte ich auch.«

Aus dem Hörer kam nur noch entferntes Rauschen.

»Bist du noch da?« fragte Robin.

»Entschuldige. Ich habe mich nur gerade gezwickt.«

»Oh, tu das nicht!«

»Junge, ich komme mir wie ein Trottel vor.«

»Du bist kein Trottel. Du bist ein Schatz.«

»Ja?«

»Ja.«

»Hätte ich doch nur gewußt, wie dir zumute ist.«

»Du hast es gewußt. Oder nicht?«

»Ja, wahrscheinlich. Aber ich wollte nicht, daß du denkst, ich hätte all das nur arrangiert, damit ich... dableiben könnte. So hätte es doch ausgesehen, oder? Das Zimmer mieten, dich anheuern. Ich wollte nicht, daß es so aussieht, als ob ich billige Tricks einsetze, um dich ins Bett zu kriegen.«

»Wobei wir selbstverständlich genau wissen, daß eben dies der Fall ist.«

Leises Lachen kam aus dem Hörer. Robin konnte beinahe seinen Atem an ihrem Ohr spüren.

»Du bist etwas ganz Besonderes.«

»Du auch.«

»Sind wir immer noch zum Frühstücken verabredet?«

»Klar. Wenn du fertig bist. Wie schnell kannst du kommen?«

»Zehn Minuten, wenn ich mich beeile.«

»Dann beeil dich.«

Robin legte auf und sprang aus dem Bett. Von der kalten Morgenluft bekam sie Gänsehaut. Sie zitterte vor Kälte, als sie ins Badezimmer eilte, die Toilette benutzte und die Zähne putzte. Ein Bad wäre jetzt wunderbar. Aber sie hatte nicht genug Zeit. Sie hätte Nate bitten können, noch ein wenig zu warten, aber das Bad war unwichtig. Wichtig war nur, so bald wie möglich wieder mit ihm zusammenzusein.

Als er letzte Nacht gegangen war, hatte sich Robin gefühlt, als hätte er einen Teil von ihr mitgenommen. Es war merkwürdig, sich nicht ganz vollständig zu fühlen. Aber es tat nicht sehr weh, weil sie wußte, daß das fehlende Teil zurückgebracht würde, sobald er wieder bei ihr war.

Das fehlende Teil ist Nate selbst, dachte sie, während sie sich wusch. Oder vielleicht ist es mein Herz. Vielleicht beides.

Ob es wohl ein Lied mit diesem Thema gab?

Er lieh sich mein Herz aus und nahm es mit, aber wenn er wiederkommt, bringt er es zurück... Bringt es zurück auf einem Silbertablett? Vergiß das mit dem Tablett, das hört sich so nach Johannes dem Täufer an.

Mein Herz in der Tasche, ging er weg letzte Nacht. Doch er bringt es zurück, wenn die Sonne erwacht. Wenn sein Hund sich daraus kein Frühstück macht.

Robin grinste ihr nasses Gesicht im Spiegel an, nahm ein Handtuch und trocknete sich ab. Sie ging ins Zimmer zurück, und um sich für Nate schön zu machen, zog sie das neue Kleid an. Das Kleid mit dem Zeichen von Funland erschien ihr sehr angemessen für ihren neuen Job als richtige Angestellte.

Sie hatte eben die Schärpe geknotet, als sie Schritte auf dem Balkon hörte. Es klopfte an die Tür. »Warte einen Moment«, rief sie. Sie trat vor den Spiegel und bürstete ihr Haar, dann eilte sie zur Tür und öffnete sie.

Nate kam herein und landete direkt in Robins Armen. Sie drückte sich fest an ihn. Ihre Lippen trafen sich. Jetzt fehlte ihr nichts mehr.

Sie war wieder vollständig.

Sie lehnte sich zurück, sah ihm in die Augen und flüsterte: »Ich habe dich vermißt.«

»Ich dich noch mehr.«

»Hast du nicht.«

»Doch.«

»Ja, du hast.«

Er lachte. Sie spürte seinen Atem auf ihren Lippen. Seine Hände glitten sanft über Robins Rücken, und sie hielten nicht an der Schärpe an. Sie legten sich auf ihren Po und zogen sie dicht an seinen Körper.

Sie wollte ihn ansehen und bog sich zurück. »Ich habe mein Zeug noch nicht gepackt.«

»Du hast jede Menge Zeit. Du mußt um elf Uhr draußen sein, und es ist gerade erst acht. Vielleicht willst du dich nach dem Frühstück hier noch ein wenig ausruhen.«

»Aha.«

Sie konnte also in naher Zukunft auch noch mit einem Bad rechnen.

»Wann muß ich anfangen, meinen Unterhalt zu verdienen?«

»Wenn du fertig bist. Komm einfach in die Arkade. Es gibt da einen Nebenraum, wo du deine Sachen lassen kannst.«

»Hört sich gut an.«

»Also, bist du fertig? Können wir gehen?«

»Ich bin am Verhungern.«

»Gut.«

Sie küßte ihn noch mal und ließ ihn dann einen Moment los, um sich Handtasche und Schlüssel zu holen.

Händchenhaltend traten sie auf den Balkon hinaus. Der Tag war klar, aber Robin fröstelte in der kalten Brise, bis sie den Schatten vor dem Motel verlassen hatten und den Parkplatz überquerten. Dort, in der Sonne, war es schon nicht mehr so kalt.

Nate führte sie zur Beifahrertür eines roten TransAm.

»Ich dachte, du hättest Witze gemacht, als du sagtest, du wärst stinkreich.«

»Quatsch.« Er öffnete ihr die Tür.

»Der Laden gegenüber ist ziemlich gut.«

Lächelnd schloß Nate die Tür wieder. »Du bist die Frühstücksexpertin.«

Sie gingen über die Straße und betraten den Coffeeshop. Dort setzten sie sich einander gegenüber in eine Fensternische. Die Kellnerin füllte ihre Becher. Robin nahm einen Schluck Kaffee und blickte Nate über den Rand des Bechers an. Dampf stieg heiß gegen ihre Nase und in die Augen.

»Du solltest öfter in Motels übernachten.«

»Es ist nicht nur das Motel. Es ist alles. Vor allem du.«

Nate wurde rot. »Ich bin wirklich nicht so toll.«

»Schlägst du alte Damen zusammen?«

Er lächelte zwar, als er sagte: »Schlimmer als das«, aber Robin sah, wie sein Blick hart wurde.

»Alles in Ordnung mit dir?«

»Ich bin nur hungrig.« Er nahm sich die Karte und studierte sie aufmerksam.

Robin las ihre Karte.

»Was empfiehlst du?« fragte er. »Wo du doch die Frühstücksexpertin bist.«

»Nummer eins. Zwei Eier, Landwürstchen und Bratkartoffeln.«

»Das hätte ich mir denken können. Und ich wette, du magst die Eier nur auf einer Seite gebraten.«

»Genau.«

Die Kellnerin kam, und nachdem sie bestellt hatten, starrte Nate aus dem Fenster.

»Ein schöner Tag heute«, sagte Robin.

»Ja.« Er sah sie an. »Zu schade, um ihn mit Arbeit zu verderben.«

»Das ist schon in Ordnung.«

»Wir können um fünf Schluß machen. Hector kommt um diese Zeit.«

»Hector der Schwachkopf? Ich nahm an, du würdest ihm nicht zutrauen, den Laden zu schmeißen.«

»Na ja, im Notfall...«

»Was für ein Notfall?«

»Ich muß mit dir allein sein. Sonst werde ich verrückt.«

Robin wurde es plötzlich ganz warm. Auf einmal hatte sie einen Kloß im Hals. Sie griff über den Tisch nach Nates Hand.

»Ich dachte, wir können rübergehen zu unserem Haus«, sagte er. »Ich werde uns ein paar Steaks grillen. Und wir können im Pool schwimmen.«

»Damit könnte ich wahrscheinlich leben.«

»Toll. Großartig.«

»Du hast gesagt, du willst mit mir allein sein. Wo sind denn deine Eltern, während wir grillen und baden und...«

»Wo sie auch sind, jetzt in San Francisco, sie werden vor dem nächsten Mittwoch nicht zurückkommen.«

»Mittwoch?« Robins Herz klopfte plötzlich sehr laut.

»Bis dahin kannst du dort bleiben. Wenn du willst. Wir sind allein im Haus.«

»Mein Gott.« Sie zitterte. Neben all dieser schrecklichen Erregung und Hoffnung wurde sie auch noch nervös.

Es ging alles so schnell.

»Du mußt nicht«, sagte Nate. »Ich meine, ich will nicht, daß du dich bedrängt fühlst. Wir haben diverse Gästezimmer. Oder wenn du lieber in einem Motel wohnen willst, bis wir etwas für dich gefunden haben...«

»Ich bin einfach nur überwältigt, das ist alles. Lieber Himmel!«

»Du brauchst jetzt keine Entscheidung zu treffen, wo du wohnen willst. Aber du kannst auf jeden Fall zum Grillen vorbeikommen, magst du? Dann... was immer du willst. Warte einfach ab, wonach dir dann zumute ist.«

Wonach dir zumute ist.

»Okay. Rechne zum Abendessen mit mir. Und... was dann wird, sehen wir schon.«

Die Kellnerin kam mit dem Essen. Robin starrte auf ihren Teller.

»Stimmt was nicht?« fragte Nate.

»Ich bin mir nicht sicher, ob ich was essen kann.«

»Tut mir leid. Sieh mal, wenn du dir Gedanken machst wegen heute abend...« Er schüttelte den Kopf und runzelte die Stirn. »Ich wollte dich nicht durcheinanderbringen. Ich gehe zurück ins Motel, wenn wir mit dem Frühstück fertig sind, und miete das Zimmer noch für ein paar Nächte. Morgen habe ich frei. Wir können den Tag mit der Wohnungssuche verbringen. Okay? Du willst doch immer noch bleiben, oder? Ich hab dich doch nicht... abgeschreckt? Ich und mein großes Maul! Ich *wußte*, ich hätte nicht versuchen sollen, dich zu... Mist, diesmal hab ich's wirklich versaut. Ich wollte dich nicht ins Bett zerren. Ich weiß, es sieht wahrscheinlich so aus, aber...« Er hielt inne und sah sie irritiert an. »Was ist so komisch daran?«

»Du.«

»Ich?«

»Ganz konfus und wortreich.«

»Ich weiß wirklich nicht mehr, was ich tun soll.«

»Wenn du mich fragst: Es läuft doch alles ganz gut.«

Ein Mundwinkel zog sich nach oben. »Ja?«

»Ja.«

»Ich will nur nicht, daß du denkst, daß ich versuche...«

Robin hob lächelnd die Hand. »Pssst«, sagte sie. »Iß was.«

Er zuckte die Schultern und sah aus, als wollte er noch etwas sagen, aber dann hielt er sich zurück und begann, sich mit seinem Frühstück zu beschäftigen.

Robin fing ebenfalls an zu essen. Ihr Herz klopfte immer noch heftig. Sie konnte kaum schlucken, aber sie spülte die Bissen mit Wasser und Kaffee hinunter und schaufelte immer mehr in sich hinein, damit Nate nicht bemerkte, wie aufgeregt sie war.

Er sah zufrieden aus. »Hast du deinen Appetit wiedergefunden?«

»Sieht so aus. Ich denke, deine Ansprache hat mich kuriert.«

»Jetzt, wo du dich nicht wegen heute abend entscheiden mußt.«

»So ungefähr.«

»Also, ich hätte nie...«

»Iß, ja?«

»War dieses Motel in Ordnung?« fragte er und nickte in die Richtung. »Wir könnten in ein anderes wechseln, wenn...«

»Es ist in Ordnung.«

Nate beendete sein Frühstück schweigend. Er schaute immer wieder zu Robin hin und versuchte zu lächeln. Sie konnte sehen, daß er nicht unbedingt enttäuscht war, aber verwirrt.

Robin ging hinter ihm zur Kasse. Er zahlte und hielt dann die Glastür für sie auf.

Draußen nahm sie seine Hand. »Komm, sei wieder froh«, sagte sie. »Es ist nicht das Ende der Welt.«

»Ich weiß. Es tut mir leid.«

Am Randstein warteten sie auf eine Lücke im Verkehr, um die Straße zu überqueren.

»Es wird noch eine andere Gelegenheit geben«, sagte sie.

»Ja.«

»Ich will einfach nicht den ganzen Tag damit verbringen, daran zu denken, was heute abend passieren wird. Kannst du das verstehen?«

»Klar.«

»Ich würde meine Finger um die Banjoseiten wickeln und vergessen, was ich singen soll.«

Sie blieben auf dem Parkplatz stehen. »Ich gehe zur Anmeldung und...«

»Komm eine Minute mit rein. Ich will dir etwas geben.«

»Okay.«

Sie gingen die Treppe hinauf und über den Balkon. Robin nahm den Schlüssel aus ihrer Tasche. Sie hatte Schwierigkeiten, den Schlüssel ins Schlüsselloch zu bekommen.

»Du bist ziemlich mit den Nerven fertig«, sagte Nate.

»Und das ist allein deine Schuld.« Endlich paßte der Schlüssel. Sie drehte ihn herum und öffnete die Tür. Nate folgte ihr ins Zimmer. Er sah nicht, daß Robin das »Bitte-nicht-stören«-Schild nach draußen hängte, bevor sie die Tür schloß.

Er drehte sich um. Robin konnte sehen, daß er keinen Verdacht hegte. Er bekämpfte immer noch seine Enttäuschung wegen heute abend. Aber er war sehr tapfer dabei.

Robin legte die Arme um ihn. Sie blickte ihm in die Augen. Und sah seine Verwirrung.

»Diese anderen Gelegenheiten...« sagte sie. »Also, das hier ist eine davon.«

»Wie?«

»Ich wäre den ganzen Tag zu nichts zu gebrauchen, wenn ich auf heute abend wartete.«

Nate sah schockiert aus. »Du machst Witze«, flüsterte er.

»Glaubst du?«

Sein Stöhnen klang eher gequält als glücklich. Er zog Robin fest an sich, und sie fand seine Lippen mit ihrem Mund.

32

»Er ist nicht drauf angesprungen?« fragte Joan, als Dave aus dem Büro des Chefs zurückkam.

»Er war zwar auch der Meinung, daß es merkwürdig ist, aber zu früh, um eine Untersuchung einzuleiten. Falls Gloria bis morgen nicht aufgetaucht ist...«

»Der alte Vierundzwanzig-Stunden-Mist«, sagte Joan. »Dasselbe ist passiert, als meine Mutter verschwand.«

»Du hast nichts herausgefunden?«

Joan schüttelte den Kopf, nahm ihre Jacke von der Rückenlehne des Stuhls und warf sie sich über die Schulter.

»Ich habe überall angerufen. Die Leute bei der Zeitung haben seit gestern morgen nichts von ihr gehört. Niemand, auf den die Beschreibung paßt, ist ins Krankenhaus eingeliefert worden. Oder ins Leichenschauhaus.«

»Das ist immerhin etwas.«

Sie gingen hinaus zum Streifenwagen. Joan warf ihre Jacke in den Kofferraum und setzte sich dann auf den Beifahrersitz. Im Auto war es warm. Sie kurbelte das Fenster herunter. Dave setzte sich ans Steuer, und sie fuhren vom Parkplatz.

»Es muß jemand gewesen sein, der den Verdacht nicht auf Funland oder die Gegend am Strand lenken wollte«, sagte Joan. »Wenn wirklich was nicht stimmt, ist das das einzige, was einen Sinn ergibt. Warum sollte man ansonsten die Kleider und das Auto zurückbringen?«

Dave nickte. »Sie haben sich viel Arbeit gemacht, um den Anschein zu erwecken, sie sei gestern abend nach Hause gekommen.«

»Das war kein einfacher Trick.«

»Nicht zu schwierig. Der Parkplatz ist fast leer, nachdem Funland geschlossen ist, und daß sie einen VW hatte, konnte man am Schlüssel sehen. Und auf der Zulassung im Handschuhfach steht ihre Adresse.«

»Das muß jemand gemacht haben, der clever ist«, sagte Joan, »und jemand, der sich in der Stadt auskennt. Ich kann mir nicht vorstellen, daß ein Penner so was tut. Deren Köpfe sind zu kaputt.«

»Vielleicht nicht bei allen.«

»Bei allen, die *ich* gesehen habe. Das ist einfach nicht ihr Niveau. Sehr wahrscheinlich sind es die Trolljäger gewesen.«

»Oder eine dritte Partei, von der wir nichts wissen. Vielleicht ist sie einem Serientäter begegnet. Wir wären mal wieder dran. Hatten keinen hier seit Gunderson, damals, 1982.«

»Möglich«, sagte Joan. »Aber ich würde mein Geld auf den Großen Groben Griesgram Billy und die Bande setzen. Sie haben sie vielleicht angegriffen, weil sie sie für einen Troll hielten.«

»Sie hätte sie wohl ziemlich schnell über ihre Identität aufgeklärt.«

»Ihnen gesagt, wer sie ist? Sie ist nicht blöd. Wenn sie wußten, daß sie Gloria Weston erwischt haben, könnte das ziemlich eklig geworden sein.«

»Es wäre schon eklig genug, wenn sie sie für einen Troll gehalten hätten. Wenn sie gemerkt haben, daß sie keiner ist...«

Dave schüttelte den Kopf. »Plötzlich waren sie mit einem Opfer konfrontiert, das klar im Kopf ist. Jemand, der sie identifizieren und gegen sie aussagen konnte.«

»Meinst du, die haben sie umgebracht? Das wäre ein großer Schritt für eine Gruppe von Kids, die bisher nichts Schlimmeres getan haben, als Penner zu verprügeln, und es würde sie in eine ziemlich üble Situation bringen.«

»Sie mußten sie entweder umbringen oder liefen Gefahr, in den Knast zu wandern.«

»Ja. Ich weiß.«

»Sie hätten nicht das Theater mit dem Auto und den Kleidern gemacht, wenn sie nicht wüßten, daß sie nie wieder auftauchen würde.«

»Wie schrecklich das alles klingt.«

»Sie hätte es besser wissen müssen«, sagte Dave.

»Das ist auch kein Trost.«

»Ja.«

Dave lenkte das Auto auf den Parkplatz von Funland.

»Sieh mal«, sagte Joan, »wir nehmen schon ständig das Schlimmste an. Vielleicht geht es ihr gut. Es gibt andere Erklärungen. Vielleicht hat sie letzte Nacht jemanden getroffen. Einen Kerl. Vielleicht ein alter Freund. Vielleicht haben sie irgendwo ein paar getrunken, und dann hat er sie mit dem Käfer nach Hause gefahren. Sie hat sich umgezogen und ist mit ihm gegangen.«

»Und hat Schlüssel und Handtasche im Haus gelassen?«

»Du sagtest doch, daß sie einen Ersatzhausschlüssel hat.«

»Das ist eine nette Theorie«, sagte Dave. »Ich hoffe, du hast recht. Aber es sind zu viele Löcher in der Theorie.«

»Auch dafür könnte es einfache Erklärungen geben.«

Dave fuhr in eine Parklücke und stellte den Motor ab. Er sah Joan an.

»Ich weiß«, murmelte er. »Verdammt, wir haben versucht, sie zu warnen.«

»Ja, haben wir. Aber wir hätten uns noch mehr anstrengen sollen.«

»Wir wußten doch nicht, daß so etwas passieren könnte.«

»Ich wünschte nur, wir könnten alles noch mal machen. Wir hätten sie aufhalten können. *Ich* hätte sie aufhalten können. Ich hätte zu ihr rübergehen können, als ich sie dort auf der Treppe sitzen sah in ihrem lächerlichen Trollkostüm.«

»Sie hätte dich einfach zur Hölle geschickt.«

»Sie wäre noch am Leben, Dave. Dafür hätte ich gesorgt. Verdammt, ich hätte sie gestern abend mit Handschellen in ihrem Haus festgebunden, wenn das nötig gewesen wäre.«

»Wir haben es nicht gewußt. Wir können uns nicht die Schuld geben. Wir wußten zwar, daß es gefährlich war, aber… das ganze Leben ist gefährlich. Ich könnte heute im Dienst erschossen werden…«

Joan spürte, wie sie innerlich fröstelte. »He, sag bloß so was nicht.«

»Der Punkt ist, daß ich jedesmal ein Risiko eingehe, wenn ich meine Uniform anziehe. Würdest du dich deshalb schuldig fühlen und denken, du hättest mich zu Hause mit Handschellen fesseln sollen?«

»Ich würde mich schuldig fühlen, weil ich den Bastard nicht vorher erledigt habe.«

Dave lächelte. »Das ist was anderes. Dafür könnte ich dir auch die Schuld geben. Aber wir wußten ja nicht, daß ihr verdammtes Theater ihr den Tod bringen würde. *Wenn* sie überhaupt tot ist. Nicht mal das wissen wir sicher. Komm, wir gehen besser rüber zur Promenade.«

Sie stiegen aus. Joan wünschte, sie wären allein und sie könnte ihn in den Arm nehmen.

»Wir werden den erwischen, der es getan hat. Wir kriegen ihn – oder sie. Wir finden heraus, was man mit ihr gemacht hat.«

»Wirklich? Und wie machen wir das?«

»Wir kommen heute abend zurück. Wenn Funland geschlossen ist. Ich verkleide mich.«

»Ich soll dich als Köder verwenden? Auf keinen Fall.«
»Wir müssen das tun. Und das weißt du auch.«

Jeremy saß über den Küchentisch gebeugt, schnitt seine Spiegeleier mit Speck und Toast klein und stopfte sie in den Mund.

»Du hast jedenfalls einen guten Appetit für jemanden, der an der Schwelle des Todes steht«, sagte seine Mutter.

Er nickte und aß noch mehr. Er hatte noch nie einen Kater gehabt und immer angenommen, daß Leute in dieser Verfassung sich vor Essen ekeln, aber er war hungrig wie ein Wolf.

Allerdings hatte er sich auf dem Weg nach Hause übergeben. Das könnte für den gewaltigen Hunger verantwortlich sein.

»Ich sollte dir wirklich Hausarrest verpassen.«

Er sah sie an. Die Bewegung der Augen schaltete wie ein Dimmer den Schmerz von matt auf grell. »Ich hab mich doch schon entschuldigt. Mein Gott, was willst du denn noch? Es war nicht meine Schuld, daß Shiner einen Platten hatte.«

»Und wessen Schuld war es, daß du betrunken nach Hause kamst?«

»Ich wußte nicht, daß Schnaps in der Bowle war.«

»Aber sicher doch.«

»Ich hab's nicht gewußt! Und alle anderen haben das Zeug auch getrunken.«

»Wenn alle anderen ins Wasser springen...«

»Ich weiß, ich weiß. Ich habe doch gesagt, daß es mir leid tut. Du mußt mich nicht noch zusätzlich quälen.«

»Sprich nicht so mit mir!«

Er lehnte sich auf dem Stuhl zurück und schloß die Augen. Sie fühlten sich unter den Lidern heiß und trocken an. Und zu groß. Als wären sie zur doppelten Größe angeschwollen, unter einem schrecklichen, pochenden Druck. »Ich habe meine Lektion gelernt«, murmelte er. »Ich fühle mich... furchtbar. Ich verspreche, daß ich nie wieder trinken werde. Aber bitte keinen Hausarrest. Bitte! Ich soll Shiner am Strand treffen.«

»Das ist noch eine andere Geschichte. Shiner. Sie hat mich tatsächlich zum Narren gehalten. Ich dachte, sie wäre ein nettes junges Mädchen.«

Jeremy öffnete die Augen und runzelte die Stirn. »Das ist sie auch.«

»Ich würde es nicht als nett bezeichnen, zu einer Party zu gehen und sich zu betrinken. Nicht, wenn sie die Verantwortung dafür hat, dich später nach Hause zu fahren. Dafür gibt es keine Entschuldigung. Und du hättest es besser wissen müssen, als ins Auto zu steigen mit jemandem, der...«

»Mom, sie hat nicht getrunken. Sie trank nur Pepsi.«

»Und das soll ich glauben?«

»Es ist die Wahrheit. Sie hat keinen Alkohol getrunken.«

»Also *wußte* sie, daß Schnaps in der Bowle war?«

»Nein. Sie mag nur keine Bowle.« Trotz der Schmerzen, die in seinem Kopf pulsierten, hatte er eine Idee. »Jetzt fällt es mir ein. Sie sagte, sie sei Diabetikerin. Deshalb hat sie keine Bowle getrunken. Sie trank nur Pepsi ohne Zucker.«

»Hm.«

Er wußte nicht, ob seine Mutter ihm glaubte oder nicht. Wieso strengte er sich eigentlich so an, Shiner zu verteidigen? Zum Teufel, sie war verschwunden und hatte ihn sitzenlassen.

Mit gutem Grund.

Vielleicht könnten sie sich versöhnen. Wenn er sie jemals wiedersehen würde.

Aber die Hauptsache war, daß Shiner sein vorgeschobener Grund dafür war, heute vormittag an den Strand zu dürfen. Er mußte Mom von ihrer Unschuld überzeugen, oder sie würde ihn zu Hause behalten.

Wenn er nicht zum Strand gehen und Tanya sehen könnte...

»Sie hat gemerkt, daß die Bowle voll Schnaps war«, sagte er. »Und sie hat mich gewarnt. Dann habe ich das Zeug nicht mehr getrunken.«

»Nun, ich war vielleicht ein wenig vorschnell mit meinem Urteil über sie.«

»Sie mag dich. Sie findet dich sehr nett und wünscht sich, ihre Mutter wäre so wie du.«

»Wirklich?« Mom zog die Augenbrauen hoch und sah überrascht und erfreut aus.

»Ja, sie fand dich sehr nett.«

»Also, das ist ja alles schön und gut, aber ich denke, du solltest wirklich besser zu Hause bleiben. Ich kann das Verhalten von gestern nacht einfach nicht durchgehen lassen.«

»Shiner *rechnet* mit mir. Sie wird am Strand warten. Sie wird denken, ich habe sie sitzenlassen.«

»Alexander Graham Bell hat ein nützliches Gerät erfunden...«

»Ich weiß ihre Nummer nicht, Mom. Und sie steht nicht im Telefonbuch. Sie haben letztes Jahr so komische Anrufe bekommen, und... Bitte. Es ist unfair Shiner gegenüber. Sie wollte ein Picknick vorbereiten, sie wird sich all die Mühe machen und dann dasitzen und warten und nicht wissen, was mit mir los ist. Es ist einfach nicht fair.«

»Daran hättest du letzte Nacht denken sollen.«

»In Ordnung!« stieß Jeremy hervor. »Gut!« Er warf das Messer und die Gabel auf den Tisch. Sie schepperten auf dem Teller, und seine Mutter zuckte zusammen, als hätte er sie geschlagen. In ihren Augen schimmerten Tränen. »Ich bleibe zu Hause. Ich bleibe *für immer* zu Hause. Mach mein Leben doch kaputt, warum nicht? Zum ersten Mal in meinem verdammten Leben habe ich Freunde, und du willst alles zerstören. Wenn du mich so haßt, warum knallst du mich nicht einfach ab, dann hast du es hinter dir?«

Er schob seinen Stuhl zurück und rannte aus der Küche.

»Jeremy!« rief sie hinter ihm her.

»Zur Hölle damit! Zur Hölle mit allem!«

Er lief in sein Zimmer und warf sich aufs Bett. Sein Kopf tat höllisch weh. Es fühlte sich an, als würden Dolche in sein Hirn gebohrt. Er drückte sich das Kissen auf die Ohren und lag weinend da.

Ein paar Minuten gingen vorüber, bis er die erwarteten Schritte hörte. Die Matratze schaukelte ein wenig, als seine Mutter sich auf die Bettkante setzte. Ihre Hand streichelte seinen Rücken.

»Wenn es so wichtig für dich ist«, sagte sie. Ihre Stimme klang gedämpft, aber Jeremy konnte hören, wie sie zitterte. Er lockerte den Griff, mit dem er das Kissen hielt, ließ es aber immer noch auf dem Kopf liegen. »Ich will dich nicht davon abhalten, dich mit einem hübschen Mädchen zu einem Picknick zu treffen. Ich war auch einmal jung. Ich verstehe diese Dinge.«

»Es tut mir leid«, sagte er. »Ich hätte nicht... schreien und durchdrehen sollen.«

»Das stimmt, das hättest du nicht tun sollen. Aber ich glaube, ich war auch ein bißchen zu streng. Du mußt allerdings bestraft werden. Ich werde dein Taschengeld zwei Wochen lang einbehalten – und du mußt das Geschirr vom Abendessen spülen.«

»Für wie lange?« murmelte er.

»Auch für zwei Wochen.«

»Das ist ganz schön hart.«

Er hörte, wie sie lachte. Sie gab ihm einen Klaps auf den Po, und er spürte, wie die Matratze wieder wackelte. Er rollte sich herum und sah, wie sie zur Tür ging. Sie sah ihn an. Ihre Augen waren rot, ihre Wangen feucht.

»Danke, Mom«, sagte Jeremy.

»Auch wenn wir ab und zu unsere Schwierigkeiten haben, Schatz, ich hab dich doch sehr lieb. Glaube nie, ich würde dich nicht lieben.«

»Ich weiß. Ich hab dich auch lieb.«

»Dann los. Du willst doch Shiner nicht warten lassen.«

Er küßte Robin zärtlich auf den Mund. »Ich wünschte, ich könnte hierbleiben«, flüsterte er.

»Ich auch. Aber ich will nicht, daß du zu spät kommst.«

»Wir haben ja noch heute abend. Und morgen und übermorgen.«

»Du wirst bald genug von mir haben.«

»Ganz bestimmt nicht. Nie.« Nate küßte wieder ihren Mund und lehnte sich nach hinten, küßte ihr Kinn, die Seite ihres Halses. Sein Penis glitt aus ihr heraus. Sie empfand das als einen Verlust, es gab ihr ein leeres Gefühl. Er küßte ihre Brustwarzen, ihr Brustbein, ihren Bauch. Dann, als er über ihr kniete, blickte er verwundert und traurig auf sie herab.

Robin verschränkte die Hände unter ihrem Kopf. Sie hob die Knie an und drückte sie sanft an seine Seiten.

»Es ist mir nie... nie so mit einem Mädchen gegangen«, sagte er. Er streichelte ihre Oberschenkel. »Was ist so anders an dir?«

»Vielleicht bin ich leicht zu haben?«

»Bist du das?«

»Nein. Nur für dich.«

»Ich glaube, ich bin in dich verliebt. Es ist nicht wegen... dem, was wir getan haben. Ich war schon vorher in dich verliebt.«

»Ich war auch in dich verliebt. Und bin es jetzt noch mehr.«

»Ich auch.« Er legte seine Hände auf ihre Knie. »Ich wünschte nur, ich könnte hierbleiben.«

»Ich werde mit dir gehen.«

»Nein. Bleib hier, und nimm dein Bad.« Er lächelte. »Jetzt wirst du es wirklich brauchen.« Er tätschelte ihre Knie und stieg aus dem Bett.

Robin rollte sich auf die Seite. Sie beobachtete ihn, wie er sich bückte und seine Unterwäsche aufhob. Sein Körper war schlank und muskulös, seine Haut tief gebräunt bis auf die Stellen, wo die Shorts die Sonne ferngehalten hatten.

Als er in seine Jeans schlüpfte, stand Robin vom Bett auf. Sie setzte sich auf die Kante, die Füße auf dem Teppich, und sah zu, wie Nate T-Shirt, Socken und Tennisschuhe anzog. Es war merkwürdig, nackt zu sein, wenn er angezogen war. Aber nicht unangenehm.

Sie stand auf, und er kam zu ihr. Er legte seine Hände auf ihre Hüften und blickte ihr in die Augen. »Ich seh dich in einer Stunde oder so«, sagte er. »Komm einfach in die Passage, wenn du hier fertig bist.«

»Ich beeile mich. Ich vermisse dich jetzt schon.« Sie legte die Arme um ihn, drückte ihn fest an sich und küßte ihn.

Jeremy fuhr mit dem Rad dicht am Randstein entlang, ziemlich langsam, weil die Anstrengung des Pedaletretens die Kopfschmerzen wieder verstärkte. Er fühlte sich aber schon wesentlich besser. Die saubere frische Luft tat ihm gut.

Und die Aussicht, in Funland eine Waffeltüte zu essen. Er hatte zwar noch nie einen Kater gehabt, aber er nahm an, daß Eis die Flammen in seinem Magen ersticken könnte.

Er erinnerte sich, wie er den Rest seiner Waffeltüte nach Tanya geworfen hatte, das Zeug von ihrem Bein weggewischt und dabei auch in ihre Shorts gegriffen hatte, und dann dachte er an die Szene von gestern abend in ihrem Schlafzimmer. Die Erinnerung ließ sein Herz rasen, und wieder schoß heißer Schmerz durch seinen Kopf.

Denk nicht daran, sagte er sich.

Aber jetzt konnte er die Gedanken nicht mehr zurückdrängen.

Die Bilder nahmen Jeremy den Atem, ließen sein Herz so heftig schlagen, daß er glaubte, sein Kopf würde explodieren. Er kniff die Augen zusammen, spürte, wie das Rad seitwärts rutschte. Er riß die Augen auf und stellte fest, daß er zur Straßenmitte gefahren war. Eine Hupe ertönte. Ohne nach hinten zu sehen, lenkte er nach rechts. Das Auto fuhr vorbei. Jemand schrie »Arschloch!«. Jeremys Vorderreifen rieb an der Bordsteinkante entlang, und er rutschte mit einem Fuß auf dem Bürgersteig entlang, um nicht umzufallen.

Er schloß die Augen. Die Bilder von Tanya flatterten noch immer durch seine Gedanken, durcheinander und verdreht. Sie waren nicht erotisch, sondern eher wie Alpträume, übelkeiterregend. Aber er konnte sie nicht loswerden. Lange Zeit dachte er, er müsse sich gleich übergeben oder würde das Bewußtsein verlieren.

Der Strand, dachte er. Ich muß zum Strand.

Er sah sich, wie er im heißen Sand lag.

Das wäre gut. Einfach nur daliegen und sich nicht bewegen und nicht denken. Er dachte an die beruhigenden Geräusche der Brandung und der Möwen.

Schließlich nahm er eine Packung Aspirin aus seiner Hemdtasche. Er öffnete die Packung und schluckte drei Tabletten trokken hinunter.

Sie schienen irgendwo in der Mitte seiner Brust steckenzubleiben.

Trinken. Er brauchte etwas zu trinken.

Er schaute sich um und entdeckte einen Getränkeautomaten neben dem Büro des Motels vor ihm. Langsam stieg er vom Rad. Er hob es auf den Bürgersteig und schob es zum Büro hin.

Eine Bewegung auf dem Balkon des ersten Stockwerks weckte seine Aufmerksamkeit.

Nur ein Typ, der sein Zimmer verließ.

Etwas kam ihm vertraut vor...

Der Typ drehte ihm den Rücken zu. Er stand noch in der Tür, sprach offenbar mit jemandem im Zimmer. Dann hob er eine Hand zum Abschied, zog die Tür hinter sich zu und ging über den Balkon.

Von der Seite konnte Jeremy ihn erkennen.

Nate.

Jeremy vergaß sein Bedürfnis nach einem Getränk, drehte sein Rad herum und schob es um die Ecke und über die Straße. Von der anderen Seite aus blickte er zurück und sah, wie Nate sich in einen roten Sportwagen setzte. Er ging ein wenig weiter und horchte. Der Motor wurde angelassen. Als das Geräusch leiser wurde, drehte Jeremy sich wieder um und sah, wie das Auto davonfuhr.

Er schob sein Fahrrad zur Ecke.

Er spähte zur geschlossenen Tür des Motelzimmers hinauf.

Was, zum Teufel, hatte Nate dort gemacht?

Ein Motelzimmer. Zehn Uhr früh an einem Samstag.

Er mußte mit einem Mädchen zusammengewesen sein. Jeremy konnte sich keine andere Erklärung vorstellen.

Tanya? War Tanya da drin?

Das ergab keinen Sinn.

Er sah einen Coffeeshop direkt gegenüber dem Motel. Von einem Platz am Fenster aus konnte er die Tür im Auge behalten und sehen, wer rauskam.

Und er konnte dort etwas trinken, um das Aspirin runterzuspülen, das offensichtlich dabei war, ein Loch in seine Brust zu brennen.

Er ließ die Tür nicht aus den Augen und schob sein Rad zum Coffeeshop.

33

Die Pepsi machte den Schmerz erträglicher, den das Aspirin verursacht hatte, obwohl er nicht völlig verschwand.

Niemand verließ das Motelzimmer, bis Jeremy ausgetrunken hatte.

Es ging ihm jetzt erheblich besser. Die Kohlensäure tat seinem Magen gut, und er nahm an, daß das Aspirin den Kopfschmerzen entgegenwirkte. Es tat auch gut, einfach hier zu sitzen.

Eine Zeitlang schlürfte er das Wasser der schmelzenden Eiswürfel durch den Strohhalm.

Im Coffeeshop waren eine Menge Tische und Hocker an der Theke frei, aber er fühlte sich unbehaglich, weil er mit einem leeren Glas dort saß. Also winkte er der Kellnerin und bestellte einen Eisbecher.

Eigentlich hatte er ja in Funland eine Waffeltüte essen wollen. Aber das konnte er vielleicht später noch tun, wenn er dann noch Lust darauf hatte. Jetzt mußte er etwas auf dem Tisch stehen haben, damit es nicht so aussah, als würde er nur herumlungern.

Der Eisbecher wurde gebracht, und er aß so langsam, daß das Eis geschmolzen war, bevor er den letzten Rest aufgelöffelt hatte. Und es war immer noch niemand aus dem Motelzimmer gekommen.

Nate *konnte* doch nicht allein dort gewesen sein. Er war an der Tür für einen Augenblick stehengeblieben und hatte ganz offensichtlich mit jemandem gesprochen. Es mußte ein Mädchen sein.

Ein Mädchen, aber nicht Tanya. Es konnte nicht Tanya sein. Sie waren beide gestern abend so wütend aufeinander gewesen, als Nate die Party verließ.

Was, wenn alles nur Theater gewesen war?

Jeremy war es müde, sich solche Fragen zu stellen.

Das Mädchen *könnte* Tanya sein. Aber er glaubte es nicht, wollte es nicht glauben. Wenn sie sich wieder versöhnt hatten und in ein Motel gegangen waren, würde das alles zerstören. Tanya mußte weiterhin wütend auf Nate bleiben. Sie mußte einfach! Sonst hätte Jeremy keine Chance.

Wer ist, verdammt noch mal, da drin?

Was, wenn sie nicht herauskommt? Ich kann hier nicht den ganzen Tag sitzen.

Ob er noch etwas bestellen sollte? Vielleicht noch eine Pepsi. Er sah sich nach der Kellnerin um. Sie wischte gerade einen Tisch in der Nähe der Tür ab und hatte ihm den Rücken zugekehrt.

Er schaute wieder aus dem Fenster.

Die Tür des Motelzimmers ging auf. Ein Mädchen trat auf den Balkon hinaus. Ein schlankes Mädchen mit einem blauen Kleid, das wie ein Pullover aussah. Ihr leuchtendes blondes Haar war fast so kurz geschnitten wie sein eigenes. Sie war zwar zu weit entfernt, als daß Jeremy ihr Gesicht hätte erkennen können, aber ihre Frisur verriet sie. Und ihre schlanke Figur. Und der Rucksack und der Instrumentenkasten.

Das Banjomädchen!

Das Miststück, das ihn Mittwoch nacht auf der Promenade erwischt hatte, kurz bevor Cowboy aufgetaucht war. Das Miststück, das am Tag darauf das Atomkriegslied über den Würstchengrill gesungen hatte. Das Miststück, bei dem er sich vorgestellt hatte, wie er sie niederschlagen und vergewaltigen würde.

Er beobachtete, wie sie über den Balkon ging, mit einem schwungvollen Schritt, als wäre sie sehr glücklich über etwas.

Ja, dachte er. Sie hat es mit Nate getrieben.

Wartet, bis Tanya davon erfährt!

Er starrte auf ihre schlanken gebräunten Beine und ihren Po, an dem das Kleid eng anlag. Der Rucksack hüpfte auf und ab, als sie die Treppe heruntersprang.

Jeremy zog seine Brieftasche heraus, warf einen Dollar Trinkgeld auf den Tisch, schnappte sich die Rechnung und hastete zur Kasse. Niemand war dort. Nervös blickte er zurück und sah, wie sie das Büro des Motels betrat. Wahrscheinlich, um den Zimmerschlüssel abzugeben oder um sich für eine weitere Nacht einzutragen.

Schließlich kam die Kellnerin zur Kasse. Er zahlte und rannte hinaus. Als er sein Fahrrad aufschloß, sah er, wie das Mädchen das Büro verließ. Sie zog los, in Richtung Funland. Selbstverständlich.

Er wartete auf eine Lücke im Verkehr und schob dann sein Rad über die Straße. Als er die andere Seite erreicht hatte, war das Mädchen einen halben Block voraus. Er stieg aufs Rad und folgte ihr.

Unglaublich, dachte er. Tanya wird platzen vor Wut. Sie wird sich *nie wieder* mit ihm versöhnen, nicht, wenn sie davon erfährt. Nate treibt es mit dem Banjomädchen! Mann, das Miststück ist nur einen Schritt davon entfernt, ein richtiger *Troll* zu sein.

Das erklärte, weshalb Nate sich auf der Party gegen alle gestellt hatte. Nicht, weil er sich schuldig fühlte wegen des fetten alten Knackers, der einen Kopfsprung vom Riesenrad gemacht hatte. Das wollte er uns nur vormachen. Der wahre Grund war, daß er sich in ein Mädchen der feindlichen Seite verliebt hatte. Kein Wunder, daß er darauf bestanden hatte, mit der Trolljagd aufzuhören.

Kein Wunder, daß er nicht mehr mitmachen wollte und sich abgesetzt hatte.

Er hatte ein Ziel gehabt.

Das Motel.

Um es dort mit seinem Troll zu treiben.

»Wow«, sagte Jeremy. »Ach du große Scheiße!«

Er blieb einen halben Block hinter dem Mädchen und folgte ihr nach Funland. Während sie die Stufen emporeilte, kettete er sein Rad an. Am Eingang verlor er sie aus den Augen.

Auf der Promenade angekommen, ließ er den Blick über die Menschenmenge wandern. Es war Samstag und sehr voll hier. Suchend irrte er durch die Menge. Dann gab er auf.

Es war egal.

Er war sicher, daß er sie später finden würde, wenn er wollte. Früher oder später würde sie anfangen, Banjo zu spielen. Er konnte einfach der Musik folgen.

Das wichtigste war, Tanya zu erzählen, was er gesehen hatte.

Das würde Nate den Rest geben.

Und er könnte Punkte bei Tanya machen. *Du mußt dich erst bewähren*, hatte sie gesagt. *Mit Loyalität.* Nun gut, dies dürfte seine Loyalität angemessen demonstrieren. Vielleicht würde es ausreichen.

Er ging die Treppe zum Strand hinunter.

Und blieb stehen.

Er drehte den Kopf wie von einem Magneten gezogen nach links. Er starrte zum Riesenrad hinüber.

Es drehte sich schimmernd. Dann war es im Dunkeln und von Nebel bedeckt. Er hörte, wie der Schrei des alten Mannes die Stille der Nacht zerriß, wie der Troll auf den Streben des Riesenrades aufprallte, sah ihn herabstürzen.

Jeremy grinste.

Einer erledigt, und noch hundert übrig.

Sie müssen *alle* bezahlen!

Ich und Tanya, wir werden sie alle ausradieren.

Grinsend wandte er seinen Blick und ging über den Sand.

Wie bereits die Promenade quoll der Strand über von Menschen. Er schlängelte sich vorsichtig zwischen den Decken, Handtüchern und Liegestühlen durch und kam sogar an ein paar Sonnenschirmen vorbei. Nasse Kinder liefen herum, ihr Lachen und Kreischen mischte sich mit den hektischen Stimmen der Discjockeys und der Rockmusik aus Radios, die von überall her ertönte. Die Leute lasen, schliefen, aßen und tranken, unterhielten sich mit Freunden oder Liebhabern, rieben Sonnenöl auf weiße, rosa oder gebräunte Haut.

Jeremy achtete nicht besonders auf die Männer.

Aber er sah sich die Frauen genau an, an denen er vorüberkam.

Bald hatte er einen trockenen Mund und war außer Atem. Sein heftiger Herzschlag pumpte das Blut in den Kopf und erweckte die Schmerzen, die fast verschwunden gewesen waren, wieder zum Leben.

Er versuchte, sich nicht mehr um die ausgestreckten, fast nackten Körper zu kümmern.

Dann sah er ein blondes Mädchen in einem rückenfreien Badeanzug. Shiner? Sein Herz machte einen Sprung. Im Kopf brüllte der Schmerz auf.

Was soll ich tun?

Mit ihr reden. Mich entschuldigen. Vielleicht ist es noch nicht zu spät.

Sie hob den Kopf, und er konnte ihr Gesicht sehen. Kleine Augen, spitze Nase, zurückweichendes Kinn. Doch nicht Shiner.

Gott sei Dank!

Er war erleichtert, aber gleichzeitig auch enttäuscht. Du *wolltest* doch gar nicht, daß es Shiner ist, sagte er sich.

Ich werde schon bald Tanya haben. Tanya gehört beinahe mir.

Er sah auf und blinzelte in Richtung der Rettungsschwimmerstation. Auf der Plattform stand ein Mann mit roter Badehose.

»Scheiße!«

Jeremy schlug mit den Fäusten gegen seine Beine. Sie hatte doch gestern frei gehabt. Heute mußte sie wohl auch frei haben.

Ich muß ihr von Nate erzählen!

Vor Schmerzen fast schwindlig, ließ er sich auf die Knie nieder. Er zog sein Hemd aus, breitete es vor sich aus und legte sich darauf. Er legte den Kopf auf die Arme. Ich werde nach Hause gehen. Ich werde nach Hause gehen und sie anrufen.

Warte! Nein! Auf der Promenade sind Münzfernsprecher. Er überlegte, ob er aufstehen sollte, aber er wollte sich nicht bewegen. Der heiße Sand fühlte sich gut an. Die Hitze lag schwer auf ihm. Ein leichter Wind zauste seine Haare und streichelte über seinen Rücken.

Später. Ich werde es später tun.

»Ich will verdammt sein, wenn das nicht der gute alte Duke ist.«

Die Stimme schien von weit weg zu kommen.

Etwas Weiches landete auf Jeremys Rücken. Ächzend rollte er sich zur Seite und blickte zu Cowboy auf. »Hi«, sagte er. Obwohl er sich noch zerschlagen und bleischwer fühlte, waren seine Kopfschmerzen verschwunden.

Wie lange er wohl geschlafen hatte?

Cowboy breitete ein Handtuch auf dem Sand aus, setzte sich mit gekreuzten Beinen hin und sah Jeremy an. Er trug seinen alten Stetson und eine enge, kleine Badehose. Es sah aus, als hätte er einen Ohrenschützer an der Seite seines Kopfs. Sonst hatte er keine Verbände mehr. Jeremy zählte nicht nach, aber es waren wohl an die sechs oder acht Schnitte über Arme, Brust und Bauch verteilt. Einige waren genäht worden. Alle Wunden sahen braun und schmierig aus und ein bißchen rot an den Kanten.

»Du glaubst wohl nicht an den Sinn von Verbänden?«

»Die Sonne wird mir guttun. Wie geht's dir, alter Junge?«

»Ganz gut.«

»Ich hab einen Kater wie eine tote Hure auf einem Zaunpfahl.«

»Ich auch. Aber es wird langsam besser.«

»Wieso bist du letzte Nacht nicht länger geblieben?«

»Wegen Shiner«, sagte er und fragte sich, ob jemand wußte, daß sie ohne ihn die Party verlassen hatte. »Sie mußte früh zu Hause sein.«

»Weiß sie von der Sache mit Tanya?«

Jeremy spürte, wie er rot wurde. »Der Sache mit Tanya?«

»Eurem Blutpakt.«

Cowboy *wußte* davon? Er versuchte, nicht schockiert zu klingen, und sagte: »Nein. Das habe ich Shiner nicht erzählt.«

»Gut. Das ist eine Sache zwischen Tanya und den Jungs. Und Karen, weil sie 'ne Lesbe ist. Die anderen Mädchen wissen nichts davon.«

»Sie hat das mit *allen* Jungs gemacht?« fragte Jeremy.

»Klar. Und mit Karen. Hab ich doch gesagt.«

Er nickte langsam. Er fühlte sich betrogen, beraubt. Er war davon ausgegangen, daß Tanya das Ritual durchgeführt hatte, weil sie ihn für etwas Besonderes hielt. Er hatte geglaubt, auserwählt zu sein. Vielleicht hatte er etwas falsch verstanden. Vielleicht redete Cowboy von etwas anderem.

»Du hast also auch einen Blutpakt. Wie ist das gelaufen?«

»Mann, das hat mir die Stacheln aus dem Kaktus gehauen!«

»Ich meine, was hat sie gemacht?«

Cowboy machte ein prustendes Geräusch. »Es war ziemlich merkwürdig, Mann. Du wirst es nicht glauben.«

»Ich glaube es.«

»Ich war allein zu Hause, ja? Es war Samstag nacht, im vergangenen Sommer, und meine Leute waren auf einer Party, und ich kannte Liz noch nicht, deshalb hing ich allein rum und sah mir Evil Dead II im Video an. Kennst du den?«

»Ja. Cooler Film.«

»Wie fandest du das, als die Hand von dem Kerl verrückt wird und er anfängt, sich selbst den Schädel einzuschlagen?«

»Was war mit Tanya?« fragte Jeremy.

»Also, ich bin ganz allein und seh mir dieses Zeug im Dunkeln an und bin sowieso ein bißchen kribbelig. Das war nur einen Monat, nachdem Tanya aus dem Krankenhaus gekommen war. Wir waren nachts losgezogen und hatten versucht, die Dreckskerle zu finden, die ihr das angetan hatten. Nur sie, Nate, ich und Samson. Wir wußten, daß ein paar Penner sie mit einer kaputten Flasche aufgeschlitzt hatten. Das war kein großes Geheimnis. Stand sogar in der Zeitung. Aber wir wußten nicht *alles*, was sie mit ihr gemacht hatten. Vielleicht Nate, aber er hat nie was gesagt. Jedenfalls haben wir viele Penner getroffen, aber nicht die richtigen. Wir haben uns trotzdem ein paar von den anderen geschnappt und sie zur Stadtgrenze gefahren. Dann haben wir aufgehört.«

»Ihr habt aufgehört?« Jeremy setzte sich. Die Haut auf seinem Rücken fühlte sich sehr heiß und trocken an. Wahrscheinlich hatte er einen Sonnenbrand. Er hob sein Hemd auf, schüttelte den Sand heraus und legte es sich um die Schultern.

»Es war Nates Idee, aufzuhören. Er hat nicht viel Sinn darin gesehen, weiterzumachen, wo wir die Schweine, die das mit Tanya gemacht hatten, doch nicht finden konnten. Wir nahmen an, daß sie mittlerweile aus der Stadt abgehauen waren.«

Jeremy nickte. »Also du hast dir Evil Dead angesehen, und was passierte dann?«

»Also, ich halte das Band an und gehe aufs Klo. Wir haben eines im Keller, direkt neben meiner Bude. Es ist auch eine Dusche drin. Keine Badewanne, nur eine Duschkabine. Also, ich stehe da mit dem Rücken zur Duschkabine und bin gerade fertig und steck den Pimmel wieder in die Schlafanzughose und will den Knopf für die Spülung drücken, da wird hinter mir der Duschvorhang zurückgezogen. Ich hätte mich fast bepißt vor Angst, aber es war ja nichts mehr da. Ich drehe mich rum, und da steht Tanya. Mann, sie steht da in der Duschkabine, völlig nackt, und hatte ein Schlachtmesser in der Hand.«

»Ein Schlachtmesser?«

»Quatsch, Mann. Das habe ich mir nur eingebildet. Ich dachte, sie wäre ausgeflippt und wollte mich abstechen.«

»Ach du Scheiße«, murmelte Jeremy.

»Aber sie hat sich nicht auf mich gestürzt. Sie hat gar nichts gesagt. Nur dagestanden und mich angestarrt, und dann ist sie mit der Spitze des Messers an ihrer Narbe entlanggefahren.« Cowboy schüttelte langsam den Kopf. Sein Blick war auf Jeremy gerichtet, aber er sah aus, als hätte er statt dessen Tanya vor Augen. »Sie hat die Haut nur gerade so berührt. Nicht genug, um sich richtig zu schneiden. Und ganz langsam. Von ihrer Titte bis zur Muschi. Verdammt! Merkwürdigste Sache, die ich je gesehen hab. Und ihre Figur!« Seine Augen schienen Jeremy wieder wahrzunehmen. »Wie hat dir ihre Figur gefallen, Duke? Hast du jemals so was gesehen?«

»Nein.«

»Überall braun, und...«

»Also, was ist dann passiert? Mach weiter.«

»Ja, okay, also sie machte diese Sache mit dem Messer. Und am Schluß sagte sie: ›Das haben sie mit mir gemacht, Cowboy. Aber sie haben noch Schlimmeres getan.‹ Dann hat sie mir die ganze Geschichte erzählt. Alles, was sie mit ihr gemacht haben.«

»Ja, hat sie mir auch erzählt.«

»Dann sagte sie: ›Sie müssen bezahlen. Willst du mir helfen, sie bezahlen zu lassen?‹ Ich fang an, darüber zu reden, daß wir sie nicht finden können, und sie legt das Messer an den Mund, damit ich still bin. ›Die Trolle sind alle gleich‹, sagte sie. ›Wenn es nicht diese drei gewesen wären, dann drei andere. Es könnte jeder von ihnen sein. Sie sind alle böse. Sie müssen dafür bezahlen.‹ Ich denke, da ist ein Sinn drin. Ich weiß es nicht mehr genau. Ich war ziemlich fertig. Du wahrscheinlich auch, oder?«

Jeremy nickte.

»Also hab ich ihr gesagt, ich will mit ihr Trolle jagen gehen von jetzt bis ans Ende der Welt, wenn sie das will. Als ich das sagte, nahm sie meine Hand und zog mich in die Duschkabine rein. Ich dachte, der alte Pimmel wird jetzt die Zeit seines Lebens haben, aber sie schneidet mich mit dem Schlachtmesser in die

Hand.« Er hob seine rechte Hand und zeigte eine kleine blasse Narbe in seiner Handfläche.

Jeremy hob seine eigene Hand, so daß Cowboy die winzige Wunde sehen konnte, die die Rasierklinge hinterlassen hatte.

»Ziemlich kleiner Schnitt«, sagte Cowboy. »Kaum zu sehen.«

»Hat aber ziemlich geblutet.«

»Bei mir auch. Und dann hat sie sich selbst geschnitten.«

»Da unten?«

»Genau, da unten.«

»Und hat sie deine Hand drangedrückt?«

»Darauf kannste wetten. Hat meine Hand gegen ihren Schlitz gedrückt und gesagt: ›Dein Blut ist in mir, mein Blut ist in dir. Wir sind Geliebte im Blut.‹ Keine Blutsbrüder, wie bei diesen Indianern, sondern Geliebte.«

»Sie hat so ziemlich das gleiche zu mir gesagt. Und was war dann? Hast du es mit ihr gemacht?«

Cowboys Augen wurden groß. »Du etwa?«

»Nein.«

Er sah erleichtert aus. »Ich auch nicht. Aber sie hat irgendwas angedeutet, es könnte mal so sein, wenn ich zu ihr hielte und weiter Trolle jagen würde. Weiß nicht, ob sie das wirklich so gemeint hat. Ist bis jetzt nicht passiert.«

»Meinst du, sie hat einfach gelogen?«

»Vielleicht hab ich mich noch nicht genug bewährt.«

»Hat sie's mit einem von den andern Jungs gemacht?«

»Nate. Aber ich nehme an, sie haben's auch schon vorher miteinander getrieben, also hatte das nichts mit dem Pakt zu tun. Wenn sie was mit einem der anderen Jungs hatte, dann weiß ich nichts davon. Aber ich weiß, daß sie dieses ›Geliebte-im-Blut‹-Zeug mit allen gemacht hat.«

»Vielleicht ist sie wegen Nate nicht weiter gegangen.«

Cowboy grinste. »Na, das ist mal eine Idee! Hoffe, du hast recht. Vielleicht sind wir jetzt dran.«

»Jetzt, wo Nate aus dem Weg ist.«

»Der Kerl muß Stroh im Kopf haben, sie so fallenzulassen. Wir sind alle total scharf auf sie, und er hat sie und wirft sie weg. Bloß weil er sich in die Hose macht wegen 'nem toten Troll.«

»Ja«, sagte Jeremy.

Er dachte: Das ist nicht der Grund. Aber ich werde, verdammt noch mal, nichts erzählen.

Die Wahrheit war sein Geheimnis, seine Chance, ganz allein seine.

Niemand wird Tanya von dem Banjomädchen erzählen außer mir.

»Treffen wir uns heute nacht?« fragte er.

»Aber klar doch, Duke: selbe Zeit, selber Ort.«

Bis dahin muß ich noch zu lange warten. Viel zu lange. Ich muß es ihr *jetzt* erzählen.

34

»Sieh mal, wer da kommt«, sagte Joan. Sie schien nicht allzu erfreut, die Jungen zu sehen.

Dave überquerte neben ihr die Promenade, und sie gingen auf die beiden zu. Beide Kids hatten Hot dogs und aßen und schwatzten beim Gehen. Joan trat ihnen in den Weg. Sie machten zunächst einen erschrockenen Eindruck und lächelten dann nervös.

»Wie geht es euch Burschen?« fragte sie.

»Nehme an, ich bin wieder ganz«, sagte der Junge mit dem Cowboyhut. Eine Seite seines Kopfes war bandagiert. Er trug eine knappe Badehose und kein Hemd, als wollte er die Wunden auf seinem Körper vorführen. Die Schnitte sahen noch ein bißchen rot aus, ansonsten ziemlich ähnlich wie der, den Dave heute früh im Spiegel gesehen hatte. »Ich muß mich bei Ihnen bedanken«, sagte der Junge zu Joan. Dann blickte er zu Dave. »Bei Ihnen auch. Noch ein paar Sekunden, und ich hätte 'nen Abgang gemacht.«

»Wir haben gern geholfen«, sagte Joan.

»Wie geht's dem Ohr?« fragte Dave und versuchte, sich an den Namen des Jungen zu erinnern.

»Ist fest und sicher wieder angenäht.«

»Sie haben's dem Typ wirklich gezeigt«, sagte der andere Junge. Wayne. Irgendwas mit Wayne. Er schien in guter Verfassung zu sein, bis auf den kaum mehr sichtbaren Schatten einer Prellung auf seiner Stirn. »Ohne Witz. Wie Sie ihn am Kinn erwischt haben, das sah aus, als wollten Sie 'nen Ball ins Tor setzen.«

Joan wurde rot. Dave wußte, daß das nichts mit Bescheidenheit oder Stolz zu tun hatte. »Ich bin nur froh, daß alles gut ausgegangen ist«, meinte sie.

»Und was ist aus Chingachgook und seinem Kumpel geworden?« fragte der, dessen Ohr abgeschnitten worden war. »Können sie jetzt im Knast Dampf ablassen?«

»Sie sind beide in Gewahrsam«, sagte Dave. »Einer ist immer noch im Krankenhaus.«

»Ich hoffe, es ist der, der mein Ohr fressen wollte.«

»Der ist es«, sagte Dave.

»Mann«, sagte Wayne und sah Joan ehrfürchtig an, »ich hätte gewettet, es ist aus mit dem Kerl, so wie Sie den fertiggemacht haben. Das war *wirklich* cool.«

»Es war nichts Cooles dabei.« Sie drehte sich zu dem anderen Jungen um und starrte ihn an. »Ich bin froh, daß du nicht schlimmer verletzt wurdest, aber du hast Ärger gesucht und ihn bekommen. Und eine Menge Leute sind deswegen verletzt worden, mein Partner und ein unbeteiligter Passant eingeschlossen. Also paß in Zukunft besser auf, Junge. Wenn du hier noch mehr Ärger machst, entgehst du mir mit Sicherheit nicht.«

»Ja, Ma'am«, sagte er und schaute verblüfft und schuldbewußt drein. Dave nahm an, daß dieser Blick nichts als reine Heuchelei war. »Es tut mir leid.«

Sie warf Dave einen Blick zu. »Laß uns gehen.«

Zusammen gingen sie weiter.

»Ein paar Dummköpfe«, murmelte sie.

»Na ja, sie haben ganz schön was abgekriegt für den Ärger, den sie gemacht haben.«

»Ich denke, es hat diesem Wayne-Jungen gefallen. Er hat dem Mädchen das Top einfach heruntergerissen. Wahrscheinlich hat er sie auch noch begrabscht.«

»Zwei gegen einen, und sie waren größer als er.«

Joan lächelte. »Du bist auf seiner Seite?«

»Er mußte sich verteidigen. Auch wenn es Mädchen waren. Manche können ziemlich hart sein.«

»Ja? Glaubst du wirklich?«

»Eine kenne ich mit Sicherheit.«

»Sie ist größer als du. Aber du hast die hübscheren Beine.«

Dave blickte hinunter, um einen Vergleich anzustellen.

»Ich denke, das ist unentschieden.«

Sie tätschelte seinen Po.

»Vorsicht, Partner. Tu das nicht.«

»Hab mich vergessen.«

»Nicht, daß ich es nicht zu schätzen wüßte. Wenn wir erst bei mir zu Hause sind, kannst du tun, was dein Herz begehrt.«

»Wann soll ich vorbeikommen?«

»Wie wär's um sechs?«

»Wie wär's um sieben? Ich muß noch baden und mir meine Verkleidung zusammensuchen.«

Die Verkleidung. Sie hatten seit dem frühen Morgen nicht mehr über den Plan gesprochen. Dave hatte gehofft, die Idee würde sich in Luft auflösen, aber irgendwie wußte er die ganze Zeit, daß dazu keine große Chance bestand. Wenn Joan sich einmal zu etwas entschlossen hatte...

Du würdest es nicht anders wollen, sagte er sich. Was, wenn sie froh wäre, Gloria los zu sein? Wenn sie nur sagen würde, das Miststück hat bekommen, was sie verdiente, es ist nicht unsere Angelegenheit, vergiß sie und laß uns lieber feiern? Du würdest sie für ein herzloses Biest halten.

Es ist ihr Herz, das sie dazu treibt.

Das sie ein solches Risiko eingehen läßt.

Sie *will* ganz bestimmt nicht mit mir hierherkommen, wenn Funland geschlossen ist. Sie hat wahrscheinlich mehr Angst davor als ich. Aber sie wird nicht kneifen. Herz *und* Mut.

»Wir sollten kugelsichere Westen tragen«, sagte er.

Joan zog eine amüsierte Grimasse. »Wer wird denn auf uns schießen?«

»Ich meine das ernst.«

»Ich auch. Diese Dinger verderben meine Verkleidung, und wir haben keinen Grund, anzunehmen, daß die Trolljäger auf uns schießen werden.«

»Ich wette, sie haben zumindest Messer dabei. Und ich will mir nicht schon wieder eine Klinge einfangen.«

Sie sah ihm in die Augen. Und nickte. »Da hast du auch wieder recht. Also gut, wir nehmen die Westen.«

»Und was brauchen wir sonst noch?«

»Eine Decke, einen Picknickkorb...«

»Kein Kofferradio. Es könnte die intime Stimmung stören. Aber hast du dir schon überlegt, was du anziehen wirst?«

»Außer der kugelsicheren Weste? Ich weiß es noch nicht.«

»Hast du keinen Kleiderschrank voll dreckiger Lumpen?«

»Vielleicht sollten wir eine Pennerin überfallen.«

»Ich könnte bei Gloria vorbeifahren und ihr Zeug für dich holen.«

Der fröhliche, schelmische Ausdruck verschwand aus ihrem Gesicht. »Das würde sowieso nicht passen.«

»Die Strumpfhosen könnten ein bißchen knapp sein...«

»Himmel, ich werde nicht Glorias Strumpfhosen anziehen. Oder irgendwas anderes von ihren Klamotten. Es sind ihre. Und sie sind von dem Schwein angefaßt worden, das sie... ihr ausgezogen hat.«

Joans Worte zwangen Dave Bilder von Gloria auf, wie sie auf dem Rücken lag, um sich schlug und schrie, während grobe Hände ihr die Kleider vom Leib rissen.

»Außerdem«, sagte Joan, »könnten ihre Sachen Beweisstücke sein.«

»Ja.«

Beweisstücke. Haare von Fremden. Vielleicht Blut. Vielleicht Sperma. Dave hatte nichts dergleichen bemerkt, aber die Kollegen im Labor waren Experten. Die kleinste Spur...

»Ist alles in Ordnung?«

»Ich denke über die Beweisstücke nach.«

»Tut mir leid. Ich hätte es nicht erwähnen sollen.«

»Nein, du hast recht. Es war ein Fehler, das Zeug überhaupt anzufassen.«

»Aber nur dadurch hast du herausgefunden...«

»Ja. Auch das. Genau wie ich sagte, ein Fehler. Wenn ich meine Finger von ihren Sachen gelassen hätte, würden wir jetzt gar nichts wissen. Wir würden heute nacht nicht hierherkommen.«

»Schade, daß ich sie nicht in Stereo hören kann«, sagte Cowboy und hielt eine Hand hinter sein bandagiertes Ohr. »Sie ist ziemlich gut, nicht wahr?«

Das Banjomädchen stand neben der langen Schlange vor der Achterbahn und schlug mit dem Fuß den Takt, während sie *The Rock-Island Line* spielte. Mit dem Kleid, das sie jetzt anhatte, sah sie überhaupt nicht mehr wie eine Pennerin aus. Das Kleid gefiel Jeremy. Es war kurz und zeigte ihre schlanken Beine, und das Gewicht des Banjos drückte es eng an ihre Brüste.

Aber sie ist immer noch keine Tanya, dachte er. Wie konnte ein Kerl wie Nate mit ihr gehen, wenn er Tanya gehabt hatte? Es ergab einfach keinen Sinn. Es sei denn, es hätte etwas mit der Aura von Unschuld und Geheimnis zu tun, die sie umgab.

Unschuld! Aber klar doch. Jeremy erinnerte sich, wie sie ihn angefaucht hatte, Mittwoch nacht. Sie ist ein Miststück, dachte er. Und hart wie Stahl. Wahrscheinlich so unschuldig wie eine Hure.

Ich muß Tanya unbedingt von ihr erzählen!

Warum war ausgerechnet Cowboy aufgetaucht und war ihm jetzt im Weg?

Jeremy hatte das Gefühl, daß seine Zeit ablief, als wäre seine Chance für immer verloren, wenn er nicht bald mit Tanya sprach.

Die Musik hörte auf. Cowboy applaudierte, ebenso wie diverse Leute, die in der Reihe vor der Achterbahn standen, und andere, die stehengeblieben waren, um zuzuhören.

»Ich hätte nichts dagegen, an *ihren* Saiten zu zupfen.«

Du würdest hinter Nate anstehen müssen, dachte Jeremy. »Ich würde sie auch nicht aus dem Bett werfen«, sagte er.

Sie schlug eine schnelle Melodie auf dem Banjo an und fing wieder an zu singen.

Jeremy spürte einen Klaps auf der Schulter. »Warte auf mich, Kumpel«, sagte Cowboy. »Ich geh mal pinkeln.«

»Bis gleich.«

Er beobachtete, wie Cowboy sich langsam durch die Menge schob. Dann eilte er in die entgegengesetzte Richtung. Endlich!

Als er den Münzfernsprecher neben dem Haupteingang erreichte, war Cowboy vermutlich auf der Toilette schon fertig.

Aber er wird nicht wissen, wo er mich suchen soll. Vielleicht versucht er es nicht einmal.

Zitternd griff er nach dem angeketteten Telefonbuch. Er blätterte die Seiten durch. Ashland. Nur drei Ashlands. Zwei waren Ronald Ashland, DC. Er erinnerte sich, daß Shiner gesagt hatte, Tanyas Vater wäre Orthopäde. Ein Eintrag war für die Praxis des Vaters, aber der andere war die Avion-Adresse.

Er murmelte die Telefonnummer vor sich hin, nahm den Hörer, steckte ein paar Münzen in den Schlitz und wählte.

Das Klingeln hörte sich weit entfernt an, erstickt von den Geräuschen der Leute und von der Karussellmusik. Er drückte den Hörer fest ans rechte Ohr und steckte einen Finger ins linke.

Das half.

Jetzt konnte er das Klingeln deutlicher hören.

Lieber Gott, dachte er. Ich rufe tatsächlich Tanya an! Sein Herzschlag beschleunigte sich, und er konnte spüren, wie seine Kopfschmerzen wieder stärker wurden. Der Plastikhörer fühlte sich feucht und glitschig an. Vielleicht war sie nicht zu Hause.

Er hoffte fast, daß sie nicht da war.

Was mache ich hier?

Geliebte im Blut. Loyalität. Du mußt dich noch bewähren. Du willst sie doch, oder?

JA!

»Hallo?« Eine weibliche Stimme.

»Hi. Tanya?«

»Einen Augenblick. Ich hole sie ans Telefon.«

Muß ihre Mutter gewesen sein. Geht sie holen. Sie ist zu Hause!

Jeremy sah sich um und beobachtete die Menge. Bis jetzt war kein Cowboy in Sicht.

Komm schon, Tanya. Komm schon!

»Sie wird gleich da sein«, sagte die Stimme ihrer Mutter.

»Ich hab es, Mom.« Tanyas Stimme. Jeremy hörte, wie der andere Hörer aufgelegt wurde.

»Hi«, sagte er. Sein Herz klopfte laut. Im Kopf pulsierten die Schmerzen. »Hier ist Jeremy. Duke.«

»Wie geht es dir? Hast du gehört, daß wir uns heute nacht treffen?«

»Ja. Cowboy hat's mir gesagt.«

»Du wirst doch da sein, oder?«

»Klar! Die Sache ist die: Ich muß dir was erzählen. Es geht um Nate.«

»Der verdammte Dreckskerl!«

»Ja, wirklich. Aber die Sache ist, daß ich ihn heute früh gesehen habe. Er war in einem Motel. Mit einem Mädchen.«

Tanya sagte nichts.

»Tut mir leid«, sagte Jeremy, nachdem er ein paar Sekunden ihrem Schweigen gelauscht hatte. »Ich dachte nur, ich sollte es dir sagen.«

Tanya murmelte etwas.

»Wie? Ich habe dich nicht verstanden.«

»Wer war sie?«

»Ich kenne ihren Namen nicht. Sie ist das Mädchen, das auf der Promenade Banjo spielt. Vielleicht hast du sie gesehen. Sie ist ziemlich dünn. Kurzgeschnittenes blondes Haar, wie bei einem Kerl. Sie ist achtzehn oder zwanzig, denke ich. Sie spielt für Geld. Die Leute werfen Münzen in ihren Banjokasten. Sie ist jetzt gerade hier, drüben bei der Achterbahn.«

»Ich habe sie schon mal gesehen.«

»Also, Nate war in einem Motelzimmer mit ihr. Ich weiß nicht, ob sie die Nacht zusammen verbracht haben, aber er kam gegen zehn heute früh dort raus. Ich bin zufällig vorbeigekommen. Er hat mich aber nicht bemerkt. Also habe ich in einem Restaurant gegenüber gewartet und aufgepaßt, mit wem er wohl zusammengewesen war. Ich meine, nach dem, was gestern abend passiert ist, nahm ich nicht an, daß du es wärest. Und dann war es dieses Banjomädchen. Sie kam schließlich raus, und ich bin ihr bis Funland gefolgt. Also, vielleicht hat er wegen ihr... du weißt schon... sich gestern so angestellt und ist abgehauen.«

»Und er hatte sie schon im Motel untergebracht.«

»Ja.«

»Dieser dreckige Arsch!«

»Das ist er sicher«, sagte Jeremy. »Mann, er muß verrückt sein, dich für einen verdammten Troll fallenzulassen. Sie ist nicht einmal halb so schön wie du. Das ist keine.«

»Danke. Du bist ein netter Kerl.«

Sein Herz schien zu bersten. Trotz der tobenden Kopfschmerzen spürte er einen Funken Stolz und Hoffnung. »Ich dachte nur, daß du es wissen solltest. Ich meine, nach gestern nacht... Wir sind Geliebte im Blut.«

»Das stimmt. Und es war richtig, daß du mir alles erzählt hast. Ich bin dir etwas schuldig.« Sie wurde wieder still.

Sie ist mir etwas schuldig. Bedeutet das, daß ich mich bewährt habe? Ja. Vielleicht. O Gott!

»Ist Cowboy bei dir?« fragte sie.

»Jetzt gerade nicht. Ich wollte dich lieber allein anrufen.«

»Weiß er etwas darüber?«

»Nein. Ich habe nichts gesagt. Ich habe es niemandem erzählt. Ich dachte, keiner außer dir sollte das wissen. Ich meine, es ist eine persönliche Sache, und...«

»Das ist gut. Sag es keinem. Es ist unser Geheimnis, nur deines und meines. Sie ist also noch dort auf der Promenade?«

»Ja. Singt einen Haufen dummer Songs.«

»Okay. Würdest du mir einen Gefallen tun?«

»Klar. Alles.«

»Behalte sie im Auge. Folge ihr, wenn du kannst. Ich will wissen, wo wir sie heute nacht erwischen können.«

»Ich habe kein Auto.«

»Das ist in Ordnung. Tu einfach, was du kannst. Und ruf mich an, wenn du etwas herausgefunden hast.«

»Das mache ich.«

»Gut. Gut gemacht. Wir werden uns später treffen. Nur du und ich.«

35

Der Nachmittag schien endlos zu sein. Robin versuchte, sich in ihrer Musik zu verlieren, und mitunter vergingen auch einige Minuten, in denen sie nicht an Nate dachte. Die Lieder mit Text waren dazu am besten geeignet, da mußte sie sich auf die Worte konzentrieren. Aber zwischen einzelnen Liedern, oder wenn sie Instrumentaltitel spielte, mußte sie immer wieder an ihn denken.

Sie fühlte sich wohl und erfüllt und warm. Und aufgeregt und ein bißchen nervös, wenn sie sich fragte, was wohl als nächstes geschehen würde.

Es gibt keinen Grund, sich Sorgen zu machen, sagte sie sich immer wieder. Die große Sache war schon passiert. Sie würde nicht mehr über ihren Köpfen schweben und sie nervös und ungeschickt machen. Sie waren frei, um sich zu vergnügen…

Falls es jemals fünf Uhr würde.

Manchmal sehnte sie sich sehr nach ihm. Wenn es allzu schlimm wurde, machte sie Pausen und ging in die Arkade, und allein der Anblick Nates stillte ihr Verlangen ein wenig. Sie unterhielten sich, und sie spazierte mit ihm herum und freute sich über sein gutes Verhältnis zu seinen Kunden. Die meisten Kids behandelten ihn wie einen alten Freund und Kumpel. Er wechselte Scheine in Münzen, zeigte einigen Anfängern die Grundlagen der Spiele und bestand darauf, daß Robin *Invasion aus dem Weltall* und *Super Mario Brothers* spielte. Aber sie war nie lange geblieben, weil sie nicht wollte, daß es so aussah, als zöge sie einen Vorteil aus der Situation. Am besten war die gemeinsame Mittagspause gewesen. Sie hatten sich Pizzastücke und Pepsis von einem der Stände geholt und im Nebenraum gegessen. »Mein hiesiges Zuhause« hatte er den Raum genannt, und Robin hatte dazu bemerkt, es sehe eher aus wie ein Sportartikelladen. Ein mit Papieren bedeckter Tisch stand in der Mitte des kleinen Zimmers, aber in den Ecken lagen Volleybälle, Laufschuhe und eine Frisbeescheibe. Diverse Badehosen, eine Tauchermaske mit Schnorchel, ein Sweatshirt und ein Surfanzug hingen an Haken. An eine Wand war ein Surfboard gelehnt.

»Wirst du mir irgendwann beibringen, wie man surft?« hatte sie gefragt.

Ein paar Sekunden lang war sein Blick ausdruckslos geworden. Robin fragte sich, ob er mit dem Surfboard eine schlimme Erinnerung verband. Vielleicht war ein Freund ertrunken oder so etwas. Aber die Leere verschwand schnell wieder. Er nickte und kaute weiter an seiner Pizza. »Aber klar. Ich werde ein kalifornisches Mädchen aus dir machen.«

Und als sie mit dem Essen fertig waren, lehnte er sich gegen die Tür, damit niemand hereinkommen konnte. Robin schmiegte sich an ihn. Sie umarmten und küßten sich lange.

Wenn sie doch jetzt in seinen Armen liegen könnte! Es mußte schon fast fünf Uhr sein, dachte sie, während sie ein Beach Boys-Medley spielte. Als sie zum letzten Mal jemand nach der Uhrzeit gefragt hatte, war es fünf nach halb fünf gewesen. Die Zeit seitdem war ihr wie eine Stunde vorgekommen.

Die Zeit fliegt, wenn es einem gutgeht, aber wenn man wartet, kriecht sie nur so dahin.

Sie wechselte von *Surfin' USA* zu *California Girls* und mußte über die Reaktion ihrer Zuhörer lächeln. Immer wenn sie anfing, dieses Lied zu spielen, drehten sie durch, johlten und klatschten. Das war seit ihrer Ankunft in Funland so gewesen. Sie zupfte und schlug die Saiten, und dann sah sie Nate hinter einer Gruppe von Mädchen im Teenageralter auftauchen, die mitsangen, winkten und sich drehten.

Sie beendete das Lied unter Beifallsrufen und Applaus. Die Leute traten zu ihr vor und warfen Geld in den Banjokasten zu ihren Füßen, und einige blieben einen Augenblick stehen, um ihr Komplimente zu machen. Sie dankte ihnen allen und verkündete dann: »Das war's für heute, Leute.« Sie hörte ein paar Klagen und Proteste. Dann kam noch mehr Applaus, und noch mehr Leute näherten sich, mit Geld und freundlichen Worten.

»Du bist ein Erfolg«, sagte Nate.

»Es ging ziemlich gut«, gab sie zu und hockte sich hin, um das Geld einzusammeln. »Aber ich dachte, es würde nie fünf Uhr werden.«

»Ja. Ich auch.«

Sie reichte Nate die Münzen und Scheine und legte dann ihr Banjo in den Kasten. Sie gingen zur Arkade und zählten das Geld im Nebenzimmer. Es waren 48,50 Dollar. »Kein schlechter Schnitt«, sagte Nate. Sie teilten es sechzig zu vierzig. Er gab Robin ihren Anteil und dann einen Scheck.

»Was ist das?«

»Ein Wochenvorschuß auf deinen Lohn.«

»Das mußt du aber nicht tun.«

»Wenn du es nicht willst...«

»Na ja, das habe ich nicht gesagt.«

Er lachte und küßte sie. »Fertig? Gehen wir?«

»Ich bin schon eine ganze Weile fertig. Ungefähr seit Jahrtausenden.«

Nate hielt ihren Rucksack hoch, und sie schlüpfte in die Gurte. Er nahm ihren Banjokasten, und gemeinsam überquerten sie die Arkade.

In dem Moment, als die beiden die Arkade verließen, fuhr Jeremy herum, beugte sich über das Geländer und starrte hinaus auf den Strand. Er wartete ein paar Sekunden und drehte sich dann um. Erst konnte er sie nicht entdecken, und Panik ergriff ihn. Dann stolzierte eine Gruppe von Rockern weiter, und er sah, daß Nate und das Mädchen weiter hinten über die Promenade liefen. Sie wandten ihm den Rücken zu.

Er folgte ihnen, beschleunigte seinen Schritt und rückte näher an sie heran, voller Angst, sie wieder aus den Augen zu verlieren.

Sonst wäre all das Warten umsonst gewesen...

Er konnte kaum glauben, wie lange er auf sie hatte warten müssen, Stunden um Stunden. Nach dem Telefongespräch mit Tanya war er zu der Gruppe der Zuhörer um das Mädchen zurückgekehrt. Cowboy hätte dort sein sollen, war es aber nicht. Vielleicht war er weitergegangen, um nach Jeremy zu suchen. Aber die Zeit verging, und er kam nicht zurück. Jeremy war ein bißchen sauer auf ihn. Was ist das für ein Freund, der einfach abhaut und dich stehenläßt? Aber er war auch erleichtert. Es wäre schwierig gewesen, das Mädchen im Auge zu behalten, wenn Cowboy dabeigewesen wäre.

Schließlich ging er davon aus, daß Cowboy nicht zurückkommen würde, und wandte sich von dem Publikum des Mädchens ab. Solange er sie hören konnte, war alles in Ordnung. Für einige Zeit ließ er sich auf einer Bank nieder und beobachtete die vorübergehenden Leute. Dann sah er zu, wie Leute an Spielbuden in der Nähe versuchten, die Preise zu gewinnen: Sie warfen Basketbälle auf Reifen, die viel zu klein für die Bälle aussahen, schlugen auf kleine Apparate ein, damit Gummifrösche mit einem Salto in einen Teich flogen (man hatte gewonnen, wenn sie auf einem Seerosenblatt landeten); sie schossen mit Spritzpistolen in die Mäuler von Clownsgesichtern aus Plastik, in der Hoffnung, diejenigen zu sein, die den Ballon auf dem Clownshut füllten und zum Platzen brachten.

Manchmal ging er hinüber zu den Buden, wo Essen verkauft wurde. Er holte sich etwas zu trinken und schluckte noch einige Aspirin. Er aß Nacho Chips mit geschmolzenem Käse. Und später ein Eiskremsandwich. Und noch später einen Hot dog am Spieß.

Etwa einmal pro Stunde legte das Mädchen eine Pause ein. Jedesmal nahm sie ihr Banjo und ging schnurstracks zur Arkade. Sie spazierte dort mit Nate herum, spielte ein paar Spiele und kehrte dann wieder auf die Promenade zurück, aber nicht an ihren alten Standort. Sie spielte nacheinander an drei verschiedenen Plätzen: vor der Arkade, nahe der Schlange für die Achterbahn und am Riesenrad.

Sie spielte für die Menge am Riesenrad, als Nate auftauchte. Jeremy beobachtete sie von weitem und dachte, das war's jetzt. Irgendwie wußte er, daß sie nicht nur eine weitere Pause machen würde. Vielleicht, weil Nate zu ihr gekommen war. Vielleicht auch, weil sie ihm das Geld übergeben hatte. Oder es war eine subtile Verwandlung, die man an dem Mädchen feststellen konnte – der Eifer, mit dem sie das Geld aufsammelte, ihr Banjo einpackte und dann mit Nate wegging.

Er folgte ihnen zur Arkade. Dort sah er, wie sie in einem Nebenraum verschwanden. Er bezog Position auf der gegenüberliegenden Seite der Promenade, nahe am Geländer, und wartete.

Sie kamen weniger als zehn Minuten später wieder heraus,

Nate trug den Banjokasten und das Mädchen den Rucksack. Jetzt geht es also los, dachte er.

Verlier sie jetzt bloß nicht, sagte er sich und versuchte, ihren Vorsprung aufzuholen.

Er folgte ihnen an der Kartenbude am Haupteingang vorbei. Von der Treppe aus beobachtete er, wie sie die Straße und den Parkplatz überquerten. Sie stiegen in Nates roten Sportwagen. Der Wagen verließ den Parkplatz und bog in Richtung Osten ab.

Jeremy rannte zum Münzfernsprecher. Er wählte Tanyas Nummer. Es klingelte nur einmal. »Hallo?«

»Tanya, ich bin's. Jeremy.«

»Ich habe schon gewartet. Was ist passiert?«

»Sie sind gerade weggefahren. In Nates rotem Sportwagen.«

»Das Miststück war bei ihm?«

»Ja. Ich weiß nicht, wohin sie wollten, aber...«

»Ich glaube, ich weiß es. Aber ich werde mich überzeugen. Das hast du gut gemacht, Duke. Wirklich gut. Wirst du später zu Hause sein?«

»Ja, sicher, ich glaube schon.«

»Ich werde gegen neun Uhr anrufen. Wir treffen uns heute abend. Nur du und ich. Vor der Trolljagd.«

»Okay. Großartig.«

Tanya legte auf.

Jeremy legte ebenfalls auf. Er starrte das Telefon an. Sein Mund war trocken wie Papier, sein Herz schlug heftig, und er mußte nach Atem ringen.

Ich habe es getan, dachte er. O Mann. O Mann! *Nur du und ich.*

Bereits bevor sie auf die schmale Straße zum Hügelgelände kamen, sahen die Häuser groß und teuer aus. Robin wußte, daß weiter oben – wohin Nate mit ihr unterwegs war – die Häuser großartig sein würden. Sie fand das nicht beruhigend.

Ihre Familie war nicht arm gewesen. Als ihre Eltern beide arbeiteten, waren sie gut über die Runden gekommen. Und dann gab es ein wenig Geld von der Lebensversicherung. Aber sie waren nie reich gewesen. Nicht im entferntesten.

»Irgendwas nicht in Ordnung?« fragte Nate.

»Ich fühle mich ein bißchen... fehl am Platz.«

»Das verstehe ich nicht.«

»Du lebst da oben in einem riesigen Haus. Du fährst einen Wagen, der mehr gekostet haben muß, als mein Dad in einem Jahr verdiente.«

»Und wieso sollte das eine Rolle spielen?«

Robin zuckte die Schultern. »Ich weiß es nicht. Solltest du jetzt nicht mit einer Debütantin oder so jemandem zusammensein?«

Er lachte. »Du wirst schon genügen, bis eine vorbeikommt.«

»Was, wenn deine Eltern das mit dir und mir herausfinden?«

»Was meinst du mit ›Wenn‹?«

»Was meinst *du*?«

»Sie werden es am Mittwoch erfahren«, sagte er. »Ich werde dich vorstellen.«

»Großartig. Sie werden begeistert sein, daß du was mit einer Straßenmusikerin angefangen hast.«

»Ich werde ihnen sagen, du seist eine Debütantin.«

»Genau.«

»Du wirst sie umhauen, Robin.«

»Ja, da bin ich sicher. Herzattacke. Ihr Sohn und eine Pennerin!«

»Du bist keine Pennerin! Du bist eine Angestellte. Und du bist auch keine Pennerin gewesen, bevor du Angestellte wurdest. Du bist Künstlerin, Dichterin, Musikerin. Sie werden dich lieben.«

»Da hab ich meine Zweifel.«

Nate fuhr rechts ran und hielt an. Die Straße lag verlassen im Schatten der Bäume. Weiter links war ein Briefkasten und eine Einfahrt mit Tor, aber man konnte keine Häuser sehen.

Er machte den Motor aus, zog die Handbremse an und drehte sich zu Robin um. Er streckte eine Hand aus und legte sie auf ihren Nacken, schaute ihr in die Augen und kraulte sie sanft. »Meine Familie ist zwar reich«, sagte er, »aber deswegen sind wir nicht schlecht.«

»Das weiß ich, aber...«

»Niemand wird auf dich herabsehen. Vor allem nicht meine Eltern. Alles, was sie interessiert, ist, ob du ein anständiger

Mensch bist, und das bist du. Sie werden dich lieben. Genauso wie ich. Na ja, vielleicht nicht ganz genau wie ich.«

»Das will ich hoffen.«

»Wir werden ihnen nicht erzählen, daß du hier übernachtet hast. Das wäre übertrieben. Ich meine, sie sind großartig, aber sie sind meine Eltern. Sie würden an die Decke gehen, wenn sie das rausfänden. Aber selbst dann würde ich den Ärger kriegen, und sie würden dich für mein unschuldiges Opfer halten.«

»Sprichst du da aus Erfahrung?«

»Oh, sie haben mich schon bei einigem erwischt, was ich nicht tun sollte.«

»Haben sie dich mit Mädchen im Haus erwischt?«

»Ein- oder zweimal. Nicht, daß jemals eine dort übernachtet hätte. Du bist die erste. Du bist in vielerlei Hinsicht die erste.«

»Wieso denn?«

»Meine erste Banjospielerin.«

»Mistkerl!«

»Du bist die erste, in die ich mich jemals verliebt habe.«

Robin spürte einen Kloß im Hals. »Wirklich?«

»Wirklich.« Er zog sie an sich heran. Sie wandte sich ihm zu und rutschte näher zu ihm hin. Sie küßten sich, und er streichelte ihr Haar. Seine andere Hand schloß sich sanft um ihre Brust. Sie stöhnte.

»Ich liebe dich so sehr«, flüsterte sie.

»Würdest du mich mehr lieben, wenn ich kein Geld hätte?«

»Wahrscheinlich.«

»Na, wer ist hier der Mistkerl?«

»Ich wünschte, wir hätten uns schon vor langer Zeit getroffen«, sagte sie und wand sich, als er ihre Brust streichelte.

»Ich auch. O Gott, das wünsche ich wirklich! Es wäre alles... ganz anders gekommen.«

»Aber ich habe fast das Gefühl, als hätte ich dich schon immer gekannt. Macht das einen Sinn?«

»Nein.«

Sie lachte an seinem Mund und küßte ihn wieder. »Macht es doch«, sagte sie.

»Wenn du das sagst. Du bist die Frühstücksexpertin.«

»Was hat Frühstück damit zu tun?«

»Das ergibt einen Sinn für mich.«

»Machst du dich etwa über mich lustig?«

»Ja.« Er küßte ihre Nasenspitze, streichelte ihr Haar und ließ seine Hand von ihrer Brust gleiten. »Sollen wir weiterfahren?«

»Also gut.«

Er ließ das Auto an und fuhr weiter. Kurz hinter einer Kurve gabelte sich die Straße. An der Abzweigung, die vom Hügel herunterführte, stand ein Stoppschild. Dort hielt ein weißer Triumph. Das Mädchen auf dem Fahrersitz war eine Blondine. Sie trug eine Sonnenbrille. Nate blickte zu dem Auto hin und zuckte zusammen, als hätte ihn etwas gestochen. Er jagte den Motor hoch, kurbelte am Lenkrad, und dann schossen sie nach rechts die Straße entlang.

»Oho«, sagte Robin.

Nate zog eine Grimasse und schüttelte den Kopf. Er schaute in den Rückspiegel.

»Wer war das, deine Freundin?«

»Ehemalige.«

»Weiß sie das?«

»Ja. Wir haben uns getrennt. Es ist vorbei.« Er blickte wieder in den Rückspiegel.

Robin drehte sich herum und sah durchs Rückfenster. Die Straße hinter ihnen war leer. »Es ist vorbei, aber noch nicht so ganz, oder?«

»Wie meinst du das?«

»Weil du Angst hast, daß sie uns hinterherfahren würde...«

»Bei ihr weiß man nie. Sie macht manchmal verrückte Sachen.«

»Eine sitzengelassene Frau, die zum Durchdrehen neigt. Toll. Ich hätte mich verstecken sollen.«

»Mach dir keine Sorgen.«

»Warum nicht? *Du* machst dir welche.«

Nate blickte nochmals prüfend in den Rückspiegel und bog dann nach links in eine Einfahrt ab. Er schaltete in einen anderen Gang. Der Motor brüllte auf, als der Wagen die steile Einfahrt hinauffuhr. Der schmale, kurvenreiche Weg war von Bäumen gesäumt, die bis auf einzelne Flecken von Sonnenlicht alle Helligkeit fernhielten. Robin konnte kein Haus entdecken.

»Hast du sie wegen mir fallenlassen?« fragte sie.

»Es gab auch andere Gründe, aber... ja, ich glaube, du hattest damit zu tun.«

»Weiß sie das?«

»Jetzt weiß sie es, nehme ich an.«

»Na wunderbar.«

Sie fuhren über die Hügelkuppe. Direkt vor ihnen, umgeben von Rasen und im Schatten von Bäumen, stand ein Haus aus dunklem Holz, das Robin an Wintersporthotels erinnerte, die sie in den Ferien gesehen hatte. Nicht ganz so groß wie ein Hotel, aber groß genug, mit schrägem Dach, einer Glasveranda und Balkonen.

»Nett«, sagte sie. »Macht einem direkt Lust zu jodeln.«

»Tu dir keinen Zwang an.«

»Ich will dir deine Trommelfelle nicht zerreißen.«

Die Zufahrt zum Haus führte in einem weiten Bogen am Rasen entlang. Nate fummelte an einer Fernbedienung herum, die an der Sonnenblende befestigt war. Vor ihnen hob sich eines der drei Garagentore, dasjenige, das dem Haus am nächsten lag. Der Motorlärm wurde lauter, als sie in die Garage fuhren. Dann verstummte er. Nate zog den Zündschlüssel heraus und blickte Robin an. »Da sind wir«, sagte er mit leiser Stimme. Es gelang ihm, zu lächeln, aber er wirkte schrecklich nervös. Robin merkte, daß sie plötzlich anfing zu zittern. Ihr Herz schlug heftig, und sie fühlte sich unwohl.

»Wir sollten vielleicht reingehen«, sagte Nate.

»Wahrscheinlich.« Sie stieg aus. Ihre Knie fühlten sich weich und zittrig an. Sie schloß die Tür und sah ihn über das Autodach hinweg an. Nate lächelte wieder nervös und bückte sich, um ihren Banjokasten und den Rucksack herauszuholen. »Glaubst du, daß es richtig ist?« fragte sie.

»Du meinst, hierherzukommen?« Er trat von der Tür zurück und drückte sie mit dem Knie zu, da er die Hände voll hatte. »Ich bin wahrscheinlich ein bißchen kribbelig.«

»Weil deine Freundin uns gesehen hat?«

»Exfreundin. Und, nein, es hat eigentlich nichts damit zu tun.« Er setzte den Banjokasten ab und drückte einen Knopf an der Wand. Das Garagentor schloß sich rumpelnd, und er öffnete eine Tür ins Haus.

Robin nahm das Banjo. Sie folgte ihm ins Haus und stellte fest, daß sie sich in einer großen Küche befanden. Er schloß die Tür und stellte ihren Rucksack auf dem rot gefliesten Boden ab, sie stellte das Banjo daneben.

Sie schloß ihn in die Arme, legte den Kopf zurück und schaute ihm in die Augen.

»Du zitterst ja«, sagte er.

»Du auch. Und wieso bist du so nervös?«

»Einfach, weil ich mit dir hier bin, nehme ich an.«

»Angst, daß wir erwischt werden?«

»Nein. Du bist es.«

»Ich mache dich nervös?« fragte Robin.

»Ja.«

»Gut. Du machst mich nämlich auch nervös. Das ist eigentlich verrückt, oder? Ich meine, nach dem Motel…«

»Vielleicht haben wir beide Angst, etwas zu verderben.«

»Da könntest du recht haben.«

»Ich mache mir so viel aus dir, Robin. Es ist… es steht so viel auf dem Spiel. Wenn ich Mist baue und dich verliere…«

»Ich liebe dich. Und wenn du Mist baust, liebe ich dich immer noch. Es sei denn, du läßt die Steaks anbrennen.«

36

»Was hältst du davon?« fragte Joan.

Debbie saß am Küchentisch. Sie blickte von ihrer halbgegessenen Pizza auf, die Joan zum Abendessen mit nach Hause gebracht hatte, hörte auf zu kauen und riß erschrocken die Augen auf.

Joan kam näher, blieb stehen, drehte und bewegte sich wie ein Modell, das über einen Laufsteg geht.

Sie hatte die letzte halbe Stunde im Schlafzimmer verbracht und sich vorbereitet: schmuddelige Turnschuhe mit Löchern an den Zehen, die sie nur noch für die Gartenarbeit aufgehoben hatte; eine ausgebeulte, verwaschen-blaue Trainingshose; ein weites graues Sweatshirt und eine alte grüne Wollmütze, die sie letztes Mal vor einem Jahr getragen hatte, als sie mit einem Charterboot zum Tiefseefischen gefahren war.

Schon bevor sie sich im Spiegel betrachtet hatte, war ihr klargeworden, daß die Kleidungsstücke nicht heruntergekommen genug aussahen. Der Spiegel hatte das bestätigt. Also hatte sie mit der Schere ein Loch direkt über dem linken Knie der Trainingshose gemacht, die Finger in das Loch gesteckt, es weit auseinandergezogen und den Stoff zerrissen, bis er wie ein Maul aufklappte. Sie machte noch ein ähnliches Loch in ihr Sweatshirt, etwa zehn Zentimeter unter der rechten Brust. Dann betupfte sie die Kleider mit brauner Schuhwichse, die sie hier und da tiefer hineinrieb und mit der sie eine gelungene Illusion von verschmiertem Dreck hervorrief. Aus reinem Übermut knotete sie ein rotes Tuch um ihr rechtes Knie. Schließlich wickelte sie sich in die alte braune Decke, die die Familie schon zu Spaziergängen mitgenommen hatte, als sie noch ein Kind war. Sie drapierte eine Seite über ihren Kopf wie eine Kapuze und inspizierte sich nochmals im Spiegel. Ihr Gesicht paßte überhaupt nicht – zu sauber und glatt, der Blick zu scharf. Keine Warzen und kein Bart, dachte sie, und lächelte grimmig. Aber die Verkleidung an sich sah jetzt gut aus, und sie ging in die Küche, um sich Debbie zu zeigen.

»Was ist los?« fragte Debbie, den Mund noch voller Pizza. »Veranstaltet jemand ein Kostümfest?«

»Seh ich nicht reizend aus?«

»Du reizt höchstens zum Kotzen. Du siehst wie ein *Troll* aus.«

»Danke.«

»Du willst doch nicht ernsthaft so ausgehen?«

»Meinst du nicht, daß Dave mich verführerisch finden wird?«

»Ganz und gar nicht. Was hast du vor?«

»Ich werde mich als Troll betätigen.« Sie legte die Decke über die Lehne eines Küchenstuhls, zog die Strickmütze ab und ging zu dem Schrank, in dem sie den Alkohol aufbewahrte. »Ich werde ein Lockvogel sein.«

»Bist du verrückt? Was meinst du damit?« Debbie klang sehr erregt.

Joan hockte sich hin und öffnete die Schranktür. Sie holte eine Flasche Bourbon heraus. »Das ist schon in Ordnung«, sagte sie. »Dave wird bei mir sein. Wir gehen über die Promenade, wenn Funland geschlossen ist.«

»Warum?«

»Wir werden ein paar Trolljäger fertigmachen. Jedenfalls haben wir das vor.« Sie drehte den Verschluß der Flasche auf, schüttete Bourbon in ihre Handfläche und spritzte die Flüssigkeit vorn auf ihr Sweatshirt. »Weißt du, wer Gloria Weston ist?« fragte sie.

»Nein.«

»Sie hat für die *Post* geschrieben. Von ihr stammte der Artikel über die Trolljäger vor ein paar Tagen.« Joan nahm einen Schluck Bourbon und verschloß ihn dann wieder, stellte die Flasche weg und stand auf. »Gloria hat sich gestern abend als Troll verkleidet, um noch mehr zu erfahren, und ist verschwunden.«

»O Gott!« Debbie wirkte schockiert und sah elend aus.

»Wir gehen davon aus, daß die Trolljäger sie erwischt haben.«

»Und ihr wollt...«

»Wir wollen sehen, ob sie es auch bei mir versuchen.«

»Joany, das kannst du nicht tun!«

Joany. Debbie hatte sie seit Jahren nicht mehr so genannt.

»He, es geht schon alles gut.« Joan ging zu ihr. Sie streichelte Debbie über den Hinterkopf. Das Mädchen blickte zu ihr auf, ängstlich, mit gerötetem Gesicht. »Mir wird nichts geschehen, Schatz. Das verspreche ich dir.«

»Klar, du versprichst es. Ich wette, auch Mom hat nicht geglaubt, daß ihr etwas passieren würde.«

Joan seufzte. Sie hätte Debbie nichts von ihren Plänen erzählen sollen.

»Dave wird auch dasein. Wenn wir beide nicht mit einer Handvoll krimineller Teenager fertig werden...«

»Und was ist mit den *Trollen*?« platzte Debbie heraus. »Was, wenn es nicht die Kids waren, die der Reporterin etwas angetan haben? Was, wenn es die Trolle waren und sie sich auf euch stürzen? Dort *wimmelt* es nur so von ihnen. Was, wenn sie dich erwischen, und ...«

»Also, erst mal denke ich, daß die Trolle kein Problem sind.«

»Sie haben Mom erwischt!«

»Das glaubst du nur. Wir wissen nicht, was mit Mom geschehen ist. Vielleicht werden wir es nie erfahren. Aber die Trolle werden mir nicht zu nahe kommen, dafür sorge ich schon.«

»Ja, klar.«

»Dave und ich werden beide bewaffnet sein. Egal, wer es sein mag – Trolle, Kids –, niemand stellt sich komisch an, wenn man eine Pistole auf ihn richtet.«

»Was, wenn ihr nicht genug Munition habt?«

»Du machst dir zu viele Sorgen.« Sie zauste Debbies Haar. »He, wenn wir nicht mehr schießen können, ist eben Kung-Fu-Zeit angesagt. Ich bin von Kopf bis Fuß eine einzige tödliche Waffe.«

»Das ist überhaupt nicht witzig!«

Debbie fing an zu weinen.

Joan bückte sich und streichelte die Wange ihrer Schwester. »Komm schon, hör auf zu weinen.«

»Du bist alles, was ich habe.«

»Ich werde sehr vorsichtig sein. Ich kann nicht versprechen, daß nichts schiefgehen wird. Zum Teufel, ein Flugzeug könnte jetzt eben auf unser Haus abstürzen und uns beide zerquetschen. Man kann nicht alles beeinflussen. Man kann nur so vorsichtig wie möglich sein, aber man muß tun, was notwendig ist. Ich muß heute abend rausgehen.«

»Warum?«

»Es ist meine Schuld, daß Gloria Weston verschwunden ist. Sie war Daves Freundin. Sie hat sich verkleidet und ist fertiggemacht worden, weil sie aufgeregt war und nicht klar denken konnte.«

Debbie schniefte und blinzelte. »Weil Dave sie fallengelassen hat?«

»Genau. Also sind wir ihr was schuldig. Verstehst du das?«

»Nein. Wenn sie was Dummes angestellt hat, dann ist das ihr Problem.«

»Es ist auch unser Problem. Und jetzt nehme ich besser ein Bad und mache mich fertig, oder ich werde zu spät zu Dave kommen.«

»Wie würde es dir gefallen, wenn *ich* mitten in der Nacht in Funland herumliefe?«

»Überhaupt nicht, Schatz. Selbstverständlich nicht. Und ich erwarte auch nicht, daß du damit einverstanden bist, wenn ich gehe. Aber ich will keine Geheimnisse vor dir haben. Das würdest du doch auch nicht wollen, oder?«

»Nein, wahrscheinlich nicht.«

»Du mußt einfach tapfer sein. Mein Job ist manchmal gefährlich, aber ich bin auch ein ganz schön gefährliches Mädchen.« Sie lächelte und zauste Debbies Haar. »Iß besser deine Pizza auf, bevor sie kalt wird.« Sie stand auf, nahm die Mütze und die Decke vom Stuhl und ging in ihr Schlafzimmer.

Vom Wohnzimmerfenster aus konnte Dave sehen, wie Joan ihren Wagen am Randstein parkte. Er eilte zur Haustür und öffnete sie. Joan kam die Einfahrt herauf mit einer Einkaufstüte in der Hand. Bei ihrem letzten Besuch hatte sie auch eine Einkaufstüte dabeigehabt. Mit Champagner drin. Aber er nahm an, daß in dieser Tüte ihr Trollkostüm war.

Warum konnte es nicht anders sein?

Die vollgestopfte Tüte erinnerte ihn unangenehm daran, was vor ihnen lag.

Es liegt immer etwas Unangenehmes vor einem, dachte er. Werden wir uns jemals treffen können, ohne daß ein Damoklesschwert über unseren Köpfen hängt?

Wir haben noch Stunden Zeit, bis wir gehen müssen. Versuch einfach, nicht daran zu denken. Die Aussicht auf später muß nicht alles verderben.

Sie sah ihn in der Tür stehen und lächelte.

Was, wenn das alles war? Was, wenn dies die letzten Stunden sind, die wir miteinander verbringen?

Der Gedanke war wie ein Schock für ihn. Er sagte sich, daß es lächerlich war, aber er merkte, daß er in seinen Gedanken eine Momentaufnahme von ihr machte. Um diesen Augenblick in seiner Erinnerung zu verankern.

Sie sah wunderbar aus. Ihr Haar glänzte golden in der Abendsonne und wehte ein wenig im Wind. Sie trug ihr kurzes weißes Kleid – dasselbe, das sie am Donnerstag getragen hatte, als sie ihm die »Medizin« gebracht hatte, um ihn aufzumuntern.

Die Ärmel des Kleides waren hochgerollt bis zu den Ellbogen. Ihre nackten Beine waren braun und schlank und wohlgeformt.

»Wie geht's meinem Jungen?« fragte sie und stieg die Stufen zur Haustür hinauf.

»Ganz gut, denke ich.«

»Du klingst nicht besonders überzeugend.«

Sie kam herein und zog die Tür hinter sich zu. Dann stellte sie die Tasche ab, legte die Arme um ihn und küßte ihn.

Dave hielt sie ganz fest. Er spürte ihre Wärme und ihre Kraft. Der Druck schmerzte an seiner Stichwunde, aber er ließ sie nicht los.

Ich werde sie nicht verlieren, sagte er. Auf keinen Fall.

Sie gab ihm einen Klaps auf den Po, entzog ihm ihren Mund, und er konnte ihre glatte Wange an seiner fühlen. Ihr Haar roch sauber und frisch. »Bist du in Ordnung?« fragte sie.

»Ja.« Er lockerte seine Umarmung und hielt sie sanfter. »Ich bin nur nicht besonders glücklich über unser Vorhaben.«

»Das wird nicht so lange dauern.«

»Das sage ich mir ja auch schon andauernd.«

»Fünf Stunden. Fünf ganze Stunden.«

»Und vielleicht werden wir zu unserem Chef da oben gerufen werden.«

»Du bist wirklich in schlechter Verfassung.« Sie schaute ihm in die Augen. »Hast du die Westen?«

»Ja.«

»Dann sind wir geschützt. Es sei denn, der Fluch des grauslichen Todes erfüllt sich.«

»Sehr lustig.«

»Sehr hungrig.«

»Sollte das ein Wink mit dem Zaunpfahl sein?«

»Ich mußte Debbie beim Pizzaessen zusehen. Hast du vielleicht Pizza da? Na? Hast du, hast du?«

»Wie wär's mit Kebab?«

»Noch besser.«

»Und Bier«, sagte er.

»Ich mag Bier.«

»Macht das einen richtigen Kerl aus dir?«

»Wenn es einen Kerl aus mir macht«, meinte sie, »werden wir beide eine große Enttäuschung erleben.«

Ihr Mund fand seinen wieder. Während sie sich küßten, glitten ihre Hände an seinem Körper auf und ab. Er streichelte ihren Rücken, ihre festen Pobacken, zog ihr Kleid ein wenig höher. Ihr Höschen fühlte sich glatt und seidig an. Er rieb den Stoff über ihrem Po und ließ dann die Hand unter das dünne Gummiband gleiten und streichelte ihre bloße Haut.

Ihr Magen knurrte. Sie lachte leise an seinem Mund.

»Ist das schon wieder ein Wink?« fragte er.

»Willst du die Kebabs grillen?«

»Hm-hm.«

»Hast du das Feuer schon angemacht?«

»Noch nicht.«

Sie küßte ihn schnell. »Dann solltest du dich beeilen.«

Sie löste sich von ihm, sah ihm in die Augen, wischte sich den Mund mit dem Handrücken ab und zog dann ihr Kleid gerade. »Wir können auf die andere Sache vielleicht später zurückkommen«, sagte sie. »Kannst du dir merken, wo wir aufgehört haben?«

»Das weiß ich nicht genau.«

»Ich werde dich erinnern. Ich habe ein Gedächtnis wie ein Elefant.«

»Und den dazu passenden Appetit.«

Sie gingen in die Küche. Dave nahm Bierdosen aus dem Kühlschrank, öffnete sie und reichte Joan eine davon. Sie folgte ihm durch eine gläserne Schiebetür nach draußen, setzte sich auf eine gepolsterte Bank und trank ihr Bier, während er Holzkohle auf den Grill schüttete, sie ordentlich mit einer Zange zusammenschob, Brennflüssigkeit darüber goß und sie anzündete.

»Das wird eine Weile dauern«, sagte er.

»Brauchst du Hilfe dabei?«

»Nein. Wir müssen nur warten, bis das Feuer soweit ist. Hättest du gern etwas zum Knabbern?«

Sie schüttelte den Kopf. »Ich muß auf meine Figur achten.«

»Stimmt irgendwas damit nicht?« fragte er, schob einen Gartenstuhl zu ihr hin und setzte sich.

»So weit, so gut«, sagte sie. »Aber du weißt ja, wie das geht. Wir lassen uns in dem Moment gehen, wo wir den richtigen Kerl am Haken haben.«

Er spürte, wie ihm warm wurde. »Ich bin der richtige Kerl?«

»Oh, ich nehme an, es besteht eine gewisse Chance.«

»Und du denkst, du hast mich am Haken?«

»Ja.« Sie lächelte selbstzufrieden. Ein unheilverkündendes Glitzern trat in ihre Augen. »Was meinst du?«

»Es besteht eine gewisse Chance.«

Sie hob die Bierdose an die Lippen und schloß die Augen, als die Sonne sich in dem glänzenden Metall widerspiegelte und sie blendete. Die Reflexion beleuchtete ihr Gesicht für kurze Zeit. Dave sah, wie sich ihr Hals beim Schlucken bewegte. Sie stellte die Dose auf ein Tablett neben der Bank. Dann räkelte sie sich, und als sie die Arme hob, spannte das Kleid über der Unterseite ihrer Brüste. Sie faltete die Hände hinter dem Kopf und streckte die Beine aus.

»Das ist sehr angenehm«, sagte sie.

»Was denn?«

»Einfach hier herumzuhängen. Die Sonne, das Bier, der Geruch des Feuers. Du. Und zu wissen, daß niemand hereinplatzen und alles kaputtmachen wird.«

»In der Beziehung haben wir wirklich Pech gehabt.«

»Aber ich bin froh, daß du Debbie kennengelernt hast.«

»Sie ist eine sehr hübsche junge Dame.«

»Sie mag dich.«

»Wir kennen uns ja kaum.«

»Sie findet so was schnell heraus. Und sie ist überkritisch, was die Typen angeht, mit denen ich ausgehe. Du scheinst die erste Prüfung bestanden zu haben.«

»Das Mädchen zeigt Geschmack.«

»Sie hat ein Auge für Verlierer. Ich nicht. Ich bin da mehr wie unsere Mutter. Sie ist immer auf schwache Männer mit traurigen Augen reingefallen. In ihrem letzten Leben muß sie ein Basset gewesen sein.« Joan öffnete die Augen und sah Dave kritisch an. »Ich nehme an, es ist ein überentwickelter Mutterinstinkt. Das kann dich fertigmachen, dich in Beziehungen mit Typen treiben, die mehr Kinder als Männer sind. Das ist nicht gut, und ich weiß das auch. Ich habe gesehen, was meiner Mutter passiert ist. Sie wollte einen Ritter in schimmernder Rüstung, aber als es soweit war, blieb sie immer an einem Knappen hängen. Ich wollte nicht, daß mir so was passiert. Aber es *ist* mir passiert. Immer wieder. Es sieht so aus, als fühlte ich mich immer von Typen angezogen, die nicht auf eigenen Füßen stehen können. In meinem letzten Leben muß ich eine Krücke gewesen sein.«

»Es würde mir nichts ausmachen, mich auf dich zu stützen«, sagte Dave. Er meinte es ernst. Dem Ausdruck in Joans Augen konnte er entnehmen, daß sie wußte, wie ernst es ihm damit war.

»Jederzeit«, sagte sie. »Eine schimmernde Rüstung kann ziemlich schwer sein.«

»Also hältst du mich für einen Ritter?«

Sie lächelte. »Du bist nahe genug dran.«

»Und du bist ein Edelfräulein in Nöten?«

»Manchmal.«

»Du bist ein ziemlich hartes Fräulein.«

»Ich bin nicht so hart«, sagte sie, und ein sanfter, bittender Ausdruck trat in ihre Augen. Es war derselbe Ausdruck, den er gesehen hatte, als Joan davon sprach, wie sie Woodrow Abernathys Leben mit diesem einen Tritt zerstört hatte. Es war der Ausdruck eines kleinen Mädchens, das man in den Arm nehmen muß und ihm sagen, daß alles gut wird.

Dave stand von seinem Stuhl auf. Er setzte sich auf die Bank, und Joan rutschte hinüber zu ihm, spreizte die Beine, legte sie um seine Hüften und preßte sich an ihn. »Es ist schon in Ordnung, wenn man hart ist«, flüsterte er und berührte dabei ihre Lippen mit seinen. »Ich mag es, wenn du hart bist. Aber ich mag es auch, wenn du anders bist. Ich mag alles an dir. Fast alles.«

Sie legte den Kopf zurück. Der verwundbare Ausdruck war aus ihren Augen verschwunden und der Übermut zurückgekehrt. »Oh? Willst du damit etwa andeuten, daß ich nicht vollkommen bin?«

»Na ja, da ist eine Kleinigkeit...«

»Ich weiß. Ich bin größer als du. Ich werde immer flache Schuhe tragen. Und dir kaufe ich Schuhe, die dich größer machen.«

»Mach dir keine Gedanken. Mir gefällt, daß du so groß bist. Dein Körper ist vollkommen, gerade so wie er ist. Jeder Zentimeter von dir...«

»Du hast noch nicht jeden Zentimeter gesehen.«

»Das werde ich aber.«

»Abwarten. Was stimmt nicht mit mir?«

»Du wirst bestimmt nicht böse werden?«

»Vielleicht werde ich es.« Er sah einen Anflug von Sorge in ihren Augen. »Was ist es, Dave?«

»Ich will nicht, daß du feige bist. Aber... manchmal... Wie neulich, als du auf die verdammte Achterbahn geklettert bist, um dem Typ zu helfen, den sie festgebunden hatten. Wie du vor mir hergelaufen bist, um den Kampf zu beenden. Wie du jetzt auch so entschlossen bist, heute abend auf die Promenade zu gehen. Ich will dich nicht verlieren. Ich will dich nie verlieren!«

»Willst du damit sagen, ich hätte mehr Mut als Verstand?«

»Ich will deinen Verstand nicht beleidigen. Aber weniger Mut könnte eine Verbesserung darstellen.«

»Wie reizend.«

»Ich könnte es nicht ertragen, wenn dir etwas passiert. Ich liebe dich.«

»Du liebst mich?« fragte sie.

»Ja.«

»Ich liebe dich auch.«

»Helden werden nicht alt, Joan. Und ich will, daß du alt wirst. Ich will mit dir zusammen alt und klapprig werden.«

»Dann werden wir uns aneinander anlehnen«, flüsterte sie.

»Genau.«

»Das könnte mir gefallen.«

37

Als das Telefon klingelte, sprang Jeremy vom Sofa auf und rief: »Ich geh schon.«

Seine Mutter blickte nur kurz von ihrem Buch auf, nickte und las weiter.

Es war eigentlich noch zu früh für Tanyas Anruf. Er wußte es, ohne auf seine Armbanduhr zu sehen. Ihm war den ganzen Nachmittag und Abend über schrecklich bewußt gewesen, wie langsam die Zeit vergehen konnte. Die Minuten waren nur so gekrochen, als er auf der Promenade darauf wartete, daß das Banjomädchen sich mit Nate treffen würde. Und nach seinem zweiten Anruf bei Tanya und ihrem Versprechen, ihn um neun Uhr anzurufen und sich mit ihm zu treffen – *nur du und ich* –, kroch die Zeit noch langsamer dahin.

Der Anruf kam eine halbe Stunde zu früh.

Aber das ersparte ihm eine quälende halbe Stunde des Wartens.

Er riß den Hörer vom Telefon an der Küchenwand. Obwohl er ziemlich sicher war, daß seine Mutter wegen der Geräusche des Fernsehers im Wohnzimmer nichts hören konnte, sprach er leise. »Hi, Tanya.«

»Na phantastisch!«

Das war nicht Tanyas Stimme.

»Shiner?«

»Tut mir leid, wenn ich dich enttäuschen muß.«

»Nein, das ist schon in Ordnung.« Sein Gesicht brannte. »Es war nur... Tanya hatte gesagt, sie würde mich wegen heute abend anrufen. Du weißt, wegen der Trolljagd.«

Shiner schwieg ein paar Sekunden. »Geht es heute abend weiter?«

»Na ja, ich weiß es nicht. Deswegen wollte sie ja anrufen.«

»Ich nehme an, du willst hingehen.«

»Ich habe mich noch nicht entschieden.« Er merkte, daß es tief in seinem Inneren weh tat, sie zu belügen.

»Wirklich?«

»Was ist mit dir?«

»Auf keinen Fall. Ich habe dir ja gesagt, ich bin fertig damit. Und ich denke, du solltest auch aufhören.«

»Ich habe darüber nachgedacht.«

»Es wird völlig ausarten. Eigentlich ist es das schon. Nate hatte recht, jetzt aufzuhören. Ich denke, wir sollten alle Schluß machen, aber keiner wird auf mich hören. Außer dir vielleicht. Hast du noch etwas für mich übrig, Jeremy?«

»Aber klar. Selbstverständlich.«

»Ehrlich?«

»Ja.«

Und er wußte, daß das keine Lüge war.

»Was ist mit Tanya?« fragte sie. Er hörte den Schmerz in ihrer Stimme.

»Da läuft überhaupt nichts.«

»Ich habe gesehen, wie sie dich küßte.«

»Na ja, sie war betrunken. Und ich auch. Das hatte nichts zu bedeuten. Sie hat an diesem Abend *jeden* geküßt, nachdem du weg warst. Ich denke, sie war einfach dankbar, daß wir sie nicht sitzenließen wie Nate.«

»Erzähl mir nicht, daß es dir nicht gefallen hat.«

»Ich wünschte, du wärst es gewesen.«

Noch längeres Schweigen. Dann sagte sie: »Da bin ich sicher.«

»Ich meine es wirklich. Sie ist nicht... mein Typ, weißt du? Sie ist irgendwie unheimlich.«

»Das hätte ich dir vorher sagen können.«

»Ich wollte nach der Party mit *dir* zusammensein.«

»Ich wollte auch mit dir zusammensein. Bis du sie geküßt hast.«

»Sie hat *mich* geküßt. Ich konnte nichts dafür.«

»Das hat mir wirklich weh getan. Sehr weh getan. Ich meine, ich weiß, daß sie hinreißend aussieht und daß jeder Kerl auf der Welt scharf auf sie ist – nicht zu vergessen Karen, um Gottes willen. Aber ich dachte... ich dachte, es wäre etwas zwischen uns, weißt du?«

»Da ist ja auch etwas. Ich mag dich wirklich. Als ich auf der Party gemerkt habe, daß du weg warst, hat es mich total umgehauen. Ich bin auch sofort gegangen. Es hat überhaupt keinen Spaß mehr gemacht. Ich konnte nicht bleiben, nachdem du weg warst. Ich fühlte mich so fehl am Platz. Und so einsam, auf einmal.«

»Es tut mir leid«, murmelte sie.

»Nein, *mir* tut es leid. Ich habe alles verdorben.«

»Wie bist du nach Hause gekommen?«

»Gelaufen.«

»O nein! Du bist gelaufen? Das sind doch Meilen. Ich dachte, einer der anderen hätte dich gefahren.«

»Nachdem du weg warst, wollte ich mit den andern nichts mehr zu tun haben.«

»Du mußt die ganze Nacht gebraucht haben.«

»Nur ein paar Stunden.«

»Gott, das tut mir so leid! Ich weiß, ich hätte nicht so gehen sollen. Ich habe mich deswegen schon ziemlich mies gefühlt. Aber ich mußte einfach, weißt du? Es hat mich völlig aus der Fassung gebracht.«

»Können wir uns irgendwann treffen?«

»Warum hab ich wohl angerufen, du Blödmann?«

Er konnte ihr Lächeln beinahe sehen, als sie das sagte. Ihr strahlendes Shiner-Lächeln.

»Meine Mom hat eine Verabredung«, sagte sie. »Ich bin allein hier. Sie wird ein paar Stunden lang weg sein. Ich dachte, du magst vielleicht vorbeikommen.«

»Das wäre großartig.«

Tanya.

Tanya würde bald anrufen!

Er hatte es vergessen. Er konnte kaum glauben, daß er es vergessen hatte. Das Versprechen, daß sie anrufen und sich später mit ihm treffen würde, war doch den ganzen Abend sein einziger Gedanke gewesen!

»Großartig«, sagte Shiner. »Ich gebe dir die Adresse. Hast du einen Bleistift und...«

»Warte. Ich kann nicht. Ich kann nicht vorbeikommen. Es wäre toll, aber meine Mutter ist hier, und ich kann mich nicht davonschleichen.«

»Du mußt dich nicht davonschleichen. Sag ihr einfach, du würdest noch ein bißchen mit dem Rad herumfahren oder so was. Es ist noch nicht so spät. Ich würde mich wirklich freuen, wenn du kommst.«

Jeremy seufzte.

Sie ist allein, dachte er. Lieber Himmel! Wir könnten alles mögliche machen. Sie will es auch, oder sie würde mich nicht bitten, vorbeizukommen, wenn ihre Mutter nicht da ist. Das würde sie nicht riskieren. Sie muß mich wirklich sehr mögen.

Aber Tanya!

»Ich kann einfach nicht«, sagte er. »Mom läßt mich nicht aus dem Haus. Ich habe Hausarrest wegen gestern nacht. Ich bin spät heimgekommen, und sie weiß auch, daß ich getrunken habe. Es hat mich wirklich erwischt. Sie wird mich nicht weglassen.«

»Du willst also nicht bei mir vorbeikommen, aber auf Trolljagd gehen.«

»Bis dahin wird Mom schlafen. Außerdem habe ich nur gesagt, daß ich *vielleicht* gehen werde. Ich habe nicht gesagt, daß ich auf jeden Fall gehe.«

»Sind sie letzte Nacht nach der Party noch losgezogen?«

»Glaube ich nicht. Ich bin direkt nach Hause gegangen. Warum?«

»Nichts«, murmelte sie. Sie schwieg für einen Augenblick. »Paß auf, wenn du zum Trolljagen später rausschleichen kannst, dann könntest du ja auch hier vorbeikommen. Ich bin sicher, Mom wird den größten Teil der Nacht wegbleiben. Wir hätten massenhaft Zeit. Wie wär's damit?«

Mist! Es würde ihm nichts ausmachen, die Trolljagd zu verpassen. Aber das Treffen mit Tanya vorher... Wie konnte er sich nur da herausmanövrieren?

»Denk dir was Gutes aus«, sagte Shiner.

»Ach, laß das.«

»Wenn du lieber bei Tanya sein willst, warum gibst du es nicht einfach zu?«

»Das ist es nicht.«

»Nein, da bin ich sicher.«

»Sie werden mich für einen Feigling halten, wenn ich nicht aufkreuze.«

»Ich werde dich nicht darum bitten, Jeremy. Du hast die Wahl. Wer wird es sein, Tanya oder ich?«

»Das ist nicht fair!«

»Okay. Gut, ich glaube, das war eine deutliche Antwort. Mach's gut.«

»Shiner!«

Sie legte auf.

»Scheiße!« Jeremy knallte den Hörer auf die Gabel. Er rannte ins Bad, schloß die Tür hinter sich ab und lehnte sich dagegen. Er bleckte die Zähne und hämmerte mit den Fäusten gegen seine Beine. Dann rutschte er hinunter, bis er auf dem Boden saß. Er schlang die Arme um die Knie. Dieses Miststück! Verdammt soll sie sein! Das war nicht fair!

Zum Teufel mit ihr, wenn sie sich so benehmen will. Er grub die Zähne in seine Knie und biß so fest zu, daß es weh tat. Ich hätte zu ihr nach Hause gehen können, dachte er. Er stellte sich vor, wie er mit Shiner auf dem Sofa in einem Zimmer mit gedämpfter Beleuchtung saß. Er konnte sie in seinen Armen spüren, ihren Mund auf seinem fühlen. Sie war ganz weich und glatt und roch nach Sonnenöl.

Sein Biß lockerte sich wieder. Er schloß die Augen und preßte die Lippen auf seine Knie.

Es wäre so wunderbar gewesen.

So richtig.

Es ist noch nicht zu spät, dachte er. Wenn ich sie zurückrufe...

Dann werde ich Tanyas Anruf verpassen.

Er sah sich selbst in Tanyas Zimmer, sah sie nackt und glänzend vor sich stehen, fühlte ihre Haut unter der glitschigen Schicht von Blut. Hitze breitete sich in seiner Magengrube aus. Er fühlte, wie sich sein Penis regte. Er begann zu zittern, sehnte sich nach ihr, fürchtete sie aber auch.

Sie ist *schlecht*, dachte er. Vielleicht ist sie verrückt. Ich sollte sie nicht begehren. Ich sollte mich von ihr fernhalten. Was stimmt nicht mit mir? O Gott! Also geh und ruf Shiner an! Geh heute abend zu ihr. Wenn Tanya anruft, sagst du einfach...

Jeremy hörte Schritte auf dem Flur. Dann klopfte es an die Tür.

»Schatz? Ein Anruf für dich.«

Sein Herz machte einen Sprung.

Er rutschte von der Tür weg, bevor er antwortete. »Ich komme sofort.«

Er rutschte weiter zur Toilette, bediente die Spülung, sprang dann auf und eilte zurück zur Tür. Er öffnete sie. Seine Mutter blickte ihn an und runzelte die Stirn. »Alles in Ordnung?«

»Ja. Prima. Wer ist am Telefon, Shiner?«

»Sie hat sich nicht gemeldet.«

»Das ist sie wahrscheinlich. Sie wollte zurückrufen.«

Als er zum Telefon hastete, sagte Mom: »Mach keine Pläne mit ihr, ohne mich zuerst zu fragen. Du hast hier immer noch Schwierigkeiten, junger Mann.«

»Ja, das weiß ich.« Bevor er die Küche betrat, drehte er sich um und sah, wie sie ins Wohnzimmer ging. Er nahm den Hörer.

Laß es Shiner sein, dachte er. Bitte.

»Hallo?«

»Ich bin's.«

Tanya.

Er spürte, wie Enttäuschung und das Gefühl, etwas für immer verloren zu haben, sich in ihm ausbreiteten. Dann ersetzte die aufsteigende Hitze seine innere Leere. Sein Herz schlug schneller. »Eine Sekunde«, sagte er.

»Hast du's?« Die Stimme seiner Mutter am anderen Apparat.

»Ja. Danke.«

Sie hängte ein.

»Okay«, sagte er. »Sie ist weg.«

»Kannst du später raus?« fragte Tanya. »So gegen Mitternacht?«

»Mitternacht?«

»Nur du und ich. Wir treffen die anderen später.«

Er fühlte sich, als würde sein Atem aus ihm herausgesogen. Schließlich schaffte er es, ja zu sagen.

»Wir werden meinen Wagen nehmen. Ich parke gegenüber von deinem Haus.«

»Okay.«

»Geht's dir gut? Du hörst dich komisch an.«

»Nur aufgeregt.«

»Ich auch. Ich kann es kaum erwarten. Mitternacht.«

»Ja.«

»Also bis dann, Duke.«

»Bis dann.« Er legte den Hörer auf, drehte sich um und starrte auf die Küchenuhr. Zehn vor neun. Noch drei Stunden und zehn Minuten. Eine Ewigkeit.

Nicht ganz.

Es würde Mitternacht werden. Er wußte das. Und irgendwie hatte er das Gefühl, daß es zu früh Mitternacht werden würde.

Ihm war heiß, und er schwitzte, aber gleichzeitig war ihm auch kalt. Er biß die Zähne zusammen, damit sein Kinn nicht mehr zitterte, und kreuzte die Arme vor der Brust. Sogar seine *Lungen* zitterten.

Ich werde mich duschen, dachte er. Heiß duschen. Dann wird das Zittern aufhören. Und die Zeit wird schneller herumgehen. Und außerdem will ich sauber für sie sein. Er ging mit unsicheren Schritten ins Bad, in seinem Kopf wirbelten Bilder von Tanya herum, ihrer Narbe, ihren nackten Brüsten, Shiners Lächeln, der Rasierklinge auf Tanyas Fleisch, dem angenehmen, erregenden Gefühl, wenn Shiner seine Hand hielt, Tanya, wie sie das Blut von seinen Fingern saugte. Wie er Sonnenöl auf Shiners Rücken verrieb. Wie er Blut auf Tanyas Bauch und Brüsten verrieb.

38

Robin saß im Schneidersitz auf dem Sofa. Weil ihr Bikini vom Schwimmen noch feucht war, hatte sie sich ein Handtuch untergelegt. Sie spielte Banjo und sang für Nate.

Er hockte vor Robin auf dem Boden und sah sie mit verträumtem, entrücktem Blick an. Sein Haar war feucht vom Schwimmen. Es schimmerte golden im Licht des Kaminfeuers. Das flakkernde Licht ließ seine bloßen Schultern und Oberschenkel wie

Bronze aussehen. Der Wein in dem Glas, das er auf einem Knie balancierte, leuchtete wie Rubine. Solange sie sang, trank er keinen Schluck.

Als das Lied zu Ende war, sagte Robin: »Es wird ein bißchen warm hier drin.«

»Ich kann das Feuer im Kamin ausmachen.«

»Nein, laß es. Ich finde es schön so.«

»Du glühst richtig«, sagte er.

Sie wischte mit dem Unterarm über ihr feuchtes Gesicht und sah an sich hinab. Ihre Brust glänzte im rötlichen Licht des Feuers, als sei sie mit Öl eingerieben worden. Ihr Bikinioberteil war nicht länger feucht vom Schwimmen, aber die Ränder waren dunkel. »Das ist Schweiß«, behauptete sie.

»Du schwitzt wunderschön.«

Schweiß lief an ihr herunter. Sie rieb über ihre Arme, um die Tropfen abzuwischen. »Schön oder nicht«, sagte sie, »ich werde mein Banjo abwischen müssen.« Sie hob es hoch, zog sich den Gurt über den Kopf und nahm ein Ende des Handtuchs, um die Rückseite des Klangkörpers abzutrocknen. Dann legte sie das Banjo neben sich auf das Sofa.

»Das war alles?« fragte Nate.

»Ich will dich nicht langweilen.«

»Ich könnte dir ewig zuhören.«

»Vielleicht schreibe ich ein Lied nur für dich.«

»Das würde mir gefallen. Wovon würde es handeln?«

»Ach, das weiß ich noch nicht.« Sie streckte den Arm aus, nahm das Weinglas vom Tisch und trank einen Schluck. »Auf Nate reimt sich ziemlich vieles. Geht, spät, weht...

Mein Freund Nate,
wenn er so vor mir steht,
ihn anzusehen ist ein Genuß,
er ist toll von Kopf bis Fuß.«

Er schüttelte lachend den Kopf, stellte das Glas auf den Teppich und applaudierte. »Großartig. Ich muß wirklich ein sexy Kerl sein. Von Kopf bis Fuß.« Er wackelte mit den Zehen.

»Du machst dich über mein Lied lustig?«

»Ich liebe dein Lied.«

»Ich weiß, daß es ziemlich albern ist«, sagte sie. »Was ich schreibe, ist meistens albern. Das Banjo eignet sich nicht für ernsthafte Sachen. Es ist hell und fröhlich.«

»Wie du.«

»So siehst du mich?« fragte sie.

»Nur manchmal. Ich nehme dich sehr unterschiedlich wahr. Ernst, traurig, unschuldig, voller Hoffnung, ängstlich... aber auch tapfer. Du mußt verdammt tapfer sein, wenn du dich getraut hast, so umherzuziehen.«

»Das war einfach nur Verzweiflung.«

»Es gibt so vieles, was ich nicht über dich weiß. Robin, ich will alles wissen.«

»Ich bin nur ein einfaches Mädchen, das gern Banjo spielt, viel frühstückt und heiß badet.«

»Heiß baden, ja?« Er lächelte und trank seinen Wein aus.

»Ich wette, unser Whirlpool draußen würde dir gefallen.«

»Oh, das wäre großartig!«

»Es wird ein bißchen dauern, bis das Wasser aufgeheizt ist«, sagte er und stand auf. »Willst du hier warten, während ich die Heizung einschalte?«

»Ich könnte ein bißchen frische Luft brauchen.«

Er nahm die Weinflasche und beobachtete, wie Robin aufstand, das Handtuch vom Sofa nahm und sich den Schweiß von Gesicht und Körper wischte. Sie hängte sich das Handtuch über die Schultern. Dann nahm sie ihr Weinglas und folgte ihm zur Schiebetür. Sein Rücken glänzte im Licht des Kaminfeuers. Auch die Rückseite seiner blauen Badehose glänzte. Der Stoff war in der Mitte dunkler, feucht vom Schweiß, in der Form eines kleinen Dreiecks zwischen seinen Pobacken.

Sie legte eine Hand auf seinen Po und rieb über die feuchte Stelle, als er die Tür aufschob.

Er lächelte sie über die Schulter an.

»Joho«, sagte sie.

Dann traf sie die kalte Luft von draußen. »Jo-*buch*!« platzte sie heraus und fröstelte plötzlich.

»Geh in den Pool, schnell. Rette dich!« Er griff nach dem Weinglas, und Robin gab es ihm.

Sie ließ Nate stehen und lief vornübergebeugt, die Arme um den Oberkörper geschlungen, den gepflasterten Weg zum tiefen Ende des Pools entlang. Sie warf das Handtuch hinter sich, sprang und spürte, wie das Wasser ihren Körper umschloß, kalt, aber wärmer als die Nachtluft. Ihre Füße berührten den Boden. Langsam tauchte sie auf und schwamm, bis sie wieder Boden unter den Füßen hatte. Hinter ihr fiel es steil ab, aber an dieser Stelle war es genau richtig. Sie stand auf den Zehenspitzen und war bis zum Kinn im Wasser.

Sie sah Nate im Dunkeln neben dem Zaun, wie er sich über irgendwelche Geräte und Rohre beugte und an Knöpfen drehte.

»Wie kannst du das aushalten?« rief sie mit zitternder Stimme.

»Willenskraft.«

»Wirf deine Willenskraft in den Pool, bevor sie einfriert und abbricht.«

Er war fertig und ging langsam zum flachen Teil des Pools.

»Was für ein Angeber!« kommentierte Robin.

Er hielt den Arm nach oben wie ein Bodybuilder, der seinen Bizeps vorführt.

»Mister Universum«, sagte sie.

»Soll ich die Lampen im Pool anmachen?« fragte er.

»Ja. Alles, was hilft, um noch mehr von deinem hinreißenden Körper sehen zu können.«

Er ging zurück zum Haus und drückte einen Schalter neben der Tür. Der Innenhof blieb dunkel, aber der Pool füllte sich plötzlich mit Licht. Nate kam wieder zum Pool. Blaßblaue Lichter spiegelten sich auf seinem Körper, als er sich vorbeugte und sprang. Er schoß über das Wasser, tauchte fast ohne ein Platschen ein und glitt in einer Bewegung bis zur gegenüberliegenden Wand. Dort tauchte er wieder auf und sah Robin an. Er watete auf sie zu, aufrecht, obwohl er von der Brust ab frieren mußte. Unter der Oberfläche schien sein Körper verzerrt zu sein.

»Du siehst aus wie in einem Zerrspiegel«, sagte Robin. Ihr Kinn zitterte, als sie sprach.

»Die Sorte, die einen drei Meter groß aussehen läßt?«

»Die Sorte, in der du wabbelig aussiehst.«

Er bewegte sich weiter ins tiefere Wasser. Als es ihm fast bis an die Schultern reichte, war er nahe genug. Robin schob sich zu ihm hin.

»Du zitterst«, sagte er.

»Und wieso zitterst du nicht?«

»Mann aus Stahl. Bist du nervös, oder frierst du nur?«

»Ich friere nur. Die Nervosität habe ich überwunden. Das war in einem früheren Leben.«

»Wir haben es nicht verdorben«, sagte er.

»Du hast die Steaks nicht anbrennen lassen.«

»Was für ein Glück.«

Wo ihre Körper sich berührten, entstand Wärme. Die Wärme dehnte sich in Robin aus und ließ sie weniger zittern, aber sie konnte nicht ganz aufhören. Wo sie sich nicht an Nate drückte, war das Wasser kalt wie ein Oktobersturm.

»Wir hätten im Haus warten können«, sagte er.

»Jetzt geht es mir ja schon wieder gut. Beinahe jedenfalls.«

»Denk einfach an all das heiße Wasser, das in den Whirlpool fließt.«

»Wie lange wird es noch dauern?«

»Wahrscheinlich ist es jetzt schon ein bißchen wärmer.«

»Was, zum Teufel, machen wir dann hier im Pool?«

»Küssen.«

»Nein, tun wir nicht.«

»Tun wir doch.« Er preßte seinen geöffneten Mund auf Robins. Seine Lippen waren zunächst kalt. Aber seine Zunge war warm. Er nahm sie fester in den Arm und ging langsam rückwärts. Robin schlang Arme und Beine um ihn. Sie fühlte, wie sie aus dem Wasser gehoben und der kalten Luft ausgesetzt wurde.

Schließlich drehte er sich um und hob sie über den Rand des Whirlpools. »Danke fürs Tragen«, sagte sie.

»Ich dreh nur schnell noch die Luftblasen an.«

Er ließ Robin los und unterbrach damit die Wärmezirkulation. Die Kälte nahm ihr fast den Atem, aber nur für einen Augenblick. Dann sank sie in das wärmere Wasser des Whirlpools. Es war nicht heiß, nicht einmal richtig warm. Aber längst nicht so eiskalt wie draußen. Es war wunderbar. Sie seufzte und setzte sich auf eine Art Bank, und das Wasser reichte ihr bis zu den

Schultern. Sie streckte die Beine aus und ließ sie nach oben steigen. Etwas, das sich wie ein Sommerwind anfühlte, blies gegen die Seite ihres linken Oberschenkels. Sie streckte die Hand aus und fand ein Loch in der Wand – ein Loch, aus dem heißes Wasser floß. Sie rutschte hinüber und setzte sich davor. Wärme strömte gegen ihren Rücken und verbreitete sich um sie herum. Sie stöhnte vor Vergnügen.

Plötzlich hörte sie überall Rauschen. Das Wasser im Becken begann zu schäumen und zu blubbern. Es pulsierte gegen ihre Haut.

Nate kam aus dem Dunkeln und brachte die Weingläser, die Flasche und die Handtücher mit. Er stellte alles an den Rand des Beckens, füllte die Gläser und kletterte dann ins Becken. Er reichte Robin das Glas, und sie trank einen Schluck. Der Wein fühlte sich in ihrem Mund kalt an, aber nachdem sie den ersten Schluck genommen hatte, begann er in ihr zu glühen. Nate setzte sich ihr gegenüber, nur sein Kopf und die Hand mit dem Glas schauten noch aus dem Wasser. Sein Körper, rötlich im trüben roten Licht vom Boden des Beckens, war nur verschwommen zu sehen. Auf seinem Gesicht lagen Schatten, die es verzerrt und ungewohnt wirken ließen.

»Du siehst aus wie ein Kinderschreck«, sagte sie.

»Vielen Dank. Du siehst selbst etwa so wie die böse Königin aus.«

Sie kicherte. »Wer ist das schönste Entlein im Land?«

Er streichelte mit dem Fuß ihren Unterschenkel. »Robin ist das schönste Entenweibchen.«

Ein Weibchen, wie man sehen kann.

Poppinsack.

»Ein Penner hat mich ein Weibchen genannt«, sagte sie. Das Wasser war jetzt sehr warm. Dampf stieg von der wirbelnden Oberfläche auf, ein rosafarbener Nebel, der vom Wind zerrissen und weggeblasen wurde. Sie trank mehr von dem Wein.

»Bastard«, murmelte Nate.

»Er war ein lustiger Kerl. Zuerst habe ich ihn wirklich gemocht. Poppinsack. Er konnte auf seine Art gut mit Worten umgehen. Er erinnerte mich an diese Medizinverkäufer, die man in alten Westernfilmen sieht, die ihre Wundermittel vom Planwagen aus verkaufen. Du hättest ihn sehen sollen. Er trug eine Wildlederjacke mit Fransen und Federn auf dem Hut.« Nates Fuß zog sich von ihrer Wade zurück. »Ein wirklich origineller Typ. Ich mochte den Kerl, und dann hat er mich beklaut.«

»Dich beklaut?«

»Ja. Während ich am Strand schlief. Noch *bevor* ich ihn getroffen hatte und er so freundlich war und mir Tee kochte. Die ganze Zeit war er nett zu mir und wußte dabei, was er getan hatte.«

Nate schüttelte den Kopf.

Robin hatte den Diebstahl in sich selbst begraben wie eine geheime Schande. Diese Geschichte mit Nate zu teilen, schien gut und richtig zu sein. Sie mußte ihm auch noch den Rest berichten.

»Mein Geld. Ich hatte es unter der Unterwäsche.« Sie erwartete, vor Scham rot zu werden, aber es geschah nicht. »Ich schlief, und er stahl es aus meinem Höschen. Gott weiß, was er noch gemacht hat... mit seinen Händen da drin. Und dann geht er hin und nennt mich ein ›*Weibchen*‹.«

Nate murmelte etwas, das sie wegen des gurgelnden Wassers nicht verstehen konnte.

»Was?«

»Nichts.«

»Ich wollte den Widerling umbringen.«

»Ich habe ihn umgebracht.«

»Wie?« fragte Robin, sicher, daß sie ihn nicht richtig verstanden hatte.

»Ich habe ihn umgebracht.«

Sie starrte Nate verblüfft an, stellte ihr Weinglas ab und bewegte sich auf ihn zu. Sie kniete sich zwischen seine Beine ins wirbelnde Wasser und legte ihre Hände auf seine Oberschenkel.

»Ein alter Knacker mit Walroßschnurrbart«, sagte er.

»Ja.«

»Ich habe ihn Donnerstag nacht umgebracht.«

»Ich kann es nicht glauben«, sagte Robin. Aber sie *glaubte* es. Nate sah zu verbissen aus für einen Witz.

»Wie ist das passiert?« fragte sie.

»Du weißt von den Trolljägern?«

»Du bist ein Trolljäger?«

»Ich war einer. Jetzt bin ich keiner mehr. Nachdem das mit dem alten Mann passiert ist... ist mir die Lust darauf vergangen. Es war schrecklich. Und es war meine Schuld. Sie hätten das Riesenrad ohne meine Hilfe nicht in Gang setzen können. Ich hatte den Schlüssel. Wir wußten nicht, daß er fallen würde, aber...«

»Wie ist es passiert?«

»Wir haben ihn mit Handschellen am Sicherheitsbügel einer Gondel festgemacht und ihn hochgezogen. Der Bügel hat ihn nicht gehalten. Er stürzte ab. Er fiel schreiend vom höchsten Punkt herunter. Dann habe ich seine Leiche mit dem Surfboard aufs Meer hinausgeschafft. Er war mit Gürteln ans Board gebunden, dann habe ich ihn auf dem Meer losgemacht und hineinfallen lassen.«

»Mein Gott«, murmelte sie.

»Das war an dem Abend, an dem ich dich kennengelernt habe.«

Sie erinnerte sich, wie sie auf Poppinsack gewartet hatte. Wie sie im Nebel mit ihrem Messer wartete, dann Angst bekommen hatte und weggerannt war, um sich unter dem Haus auf dem Privatstrand zu verkriechen. »Ich wollte ihn erwischen«, sagte sie. »Ich wollte mein Geld zurückbekommen. Ich habe in den Dünen auf ihn gewartet.«

»Nun, wir haben ihn umgebracht.«

»Das hätte ich vielleicht auch getan, wenn er aufgetaucht wäre. Ich hatte mein Messer in der Hand. Ich wollte ihn verletzen. Ich wollte, daß er bezahlt.«

»Immerhin... hilft es ein wenig, zu wissen, was er dir angetan hat. Vielleicht hat er es verdient. Aber mir wird immer noch schlecht, wenn ich daran denke.«

»Ich weiß«, murmelte Robin. »Es tut mir so leid.«

»Wie findest du das alles? Du hast mit einem Mörder geschlafen.«

Sie streichelte sanft über seine Beine. Ihre Kehle war vor Kummer um ihn wie zugeschnürt. »Es hört sich an, als wäre es ein Unfall gewesen.«

»Ja, es *war* ein Unfall. Er war zu schwer für den Sicherheitsbügel. Aber wir haben damit angefangen. Er hing wegen uns dort oben. Jeder sagt, es sei ein Unfall gewesen, aber wir haben es getan. Er war ein Troll, und wir haben ihn fertiggemacht. Die meisten anderen waren ganz zufrieden damit, daß er heruntergestürzt ist. Ich bin sicher, Tanya hat sich darüber gefreut. Sie wollte Blut sehen, seit wir mit dieser Griesgram-Geschichte angefangen haben. Und sie ist schlimmer und schlimmer geworden.«

»Das Mädchen am Stoppschild?« fragte Robin.

»Ja. Ihr ist übel mitgespielt worden, ich kann es ihr nicht wirklich übelnehmen. Ein paar Trolle haben ihr Entsetzliches angetan – ihr den Bauch aufgeschlitzt, sie vergewaltigt, alles mögliche. Also ist es nicht überraschend, daß sie die Trolle haßt. Ich hasse sie auch wegen dem, was sie Tanya angetan haben. Sie war so... unschuldig und glücklich. Sie ist nie bösartig gewesen.«

»Du hast sie geliebt, nicht wahr?« fragte Robin.

Er zögerte und legte die Hände auf ihre Schultern. »Früher habe ich sie geliebt. Bevor die Trolle sie erwischten. Sie haben den Teil von Tanya, den ich liebte, umgebracht.«

»Es tut mir leid«, flüsterte Robin.

»Jetzt ist sie voller Haß. Nur noch daran interessiert, Trolle fertigzumachen.« Er schüttelte den Kopf. »Wir haben sie so oft gerächt. Es hat ihr ungeheuren Spaß gemacht, und sie wollte immer mehr. Sie ist schlimmer und schlimmer geworden. Jetzt, wo sie wirklich einen umgebracht hat... Ich will gar nicht daran denken, was sie dem nächsten Troll antun werden, den sie erwischen. Aber ich werde jedenfalls nichts mehr damit zu tun haben. Wenn ich doch nur früher damit Schluß gemacht hätte! Bevor wir jemand umgebracht haben. Aber ich habe nicht aufgehört. Und jetzt bin ich ein Mörder.« Seine Hände wanderten nach oben und liebkosten sanft Robins Kopf. »Ich muß damit leben«, sagte er. »Und ich mußte es dir wohl erzählen. Es ist besser, dich jetzt zu verlieren als später.«

»Du hast mich nicht verloren«, sagte sie.

»Hast du nicht zugehört? Ich bin...«

»Ich habe auch einmal einen Mann umgebracht.«

»Nein.« Nates Finger hielten ihren Kopf fester.

»Ja. Ich nehme es jedenfalls an. Ich versuche mir einzureden, daß er vielleicht überlebt hat. Jeden Tag erzähle ich mir das. Aber ich glaube es nicht wirklich. Mein Messer ist lang, und ich habe es ihm tief mitten in die Brust gestochen. Vielleicht ist er nicht gestorben. Aber wahrscheinlich doch.«

Stöhnend zog Nate sie an sich. Sie setzte sich auf seinen Schoß und umklammerte ihn mit den Beinen. Er legte die Arme um sie und hielt sie ganz fest. »O Gott«, murmelte er nahe an ihrem Ohr. »Robin, Robin.«

»Er hat mich angegriffen«, sagte sie. Ihre Stimme brach, als sie hinzufügte: »Aber das macht es nicht besser.«

»O Gott. Es tut mir so leid. Es tut mir so leid.«

»Wir sind ein schreckliches Paar, nicht wahr?«

Sein Körper begann zu beben. Er weinte. Er hielt sie fest, schluchzte laut und verzweifelt. Auch Robin weinte.

Von warmem wirbelndem Wasser liebkost, hielten sie einander fest und weinten.

39

Um elf Uhr legte seine Mutter das Buch zur Seite und sah sich die Fernsehnachrichten an.

»Ich denke, ich gehe ins Bett«, sagte Jeremy.

Sie blickte überrascht auf. »Was ist mit dem Nachtleben?«

»Nicht angesagt«, meinte er. »Und der häusliche Ersatz dafür ist es auch nicht. Außerdem bin ich wirklich müde.«

Sie zog die Augenbrauen hoch. »Ich kann mir gar nicht denken, warum, wo du doch schon um ein Uhr nach Hause gekommen bist.«

»Ja.« Er gab ihr einen Kuß, wünschte ihr eine gute Nacht und ging in sein Schlafzimmer. Nachdem er die Tür hinter sich geschlossen hatte, suchte er die Kleider zusammen, die er später anziehen wollte. Er schob sein Schweizer Armeemesser in eine Tasche seiner Cordhose. Aus der untersten Schublade des Schreibtischs holte er Tanyas Rasierklinge. Behalte sie, um dich zu erinnern, hatte sie gesagt. Die Rasierklinge war noch immer in sein Taschentuch gewickelt. Der weiße Stoff war voller getrockneter brauner Blutflecke.

Er packte die Klinge aus und sah sie sich an.

Erinnerungen an die vergangene Nacht tauchten auf und erfüllten ihn mit Angst und Begierde.

Wer braucht eine Rasierklinge, um sich zu erinnern, dachte er. Wer wird *das* schon jemals vergessen. Aber Tanya hatte ihn gebeten, die Klinge bei sich zu tragen.

Er wickelte die Klinge wieder ins Taschentuch und steckte sie in eine Hosentasche.

Dann rollte er die Kleidungsstücke zusammen und schob das Bündel unter sein Bett. Er warf den Bademantel über eine Stuhllehne, machte das Licht aus und legte sich ins Bett.

Die Leuchtziffern der Uhr auf seinem Nachttisch zeigten, daß es elf Uhr fünfzehn war. Noch eine halbe Stunde, bis er sich anziehen und hinausschleichen mußte.

Die Minuten schleppten sich dahin.

In seinem fieberheißen Kopf wirbelten Bilder. Tanya und Shiner. Ihre Gesichter, ihre Körper, ihr Geruch, ihre Stimmen. Shiner und Tanya. Und dazwischen sah er den Troll vom Riesenrad fallen, Tanya, wie sie seine gebrochenen Beine geradezog, sich selbst, wie er den Finger des Kerls brach, um ihn für seinen Schlag auf Shiner zahlen zu lassen. Er sah Jaspers Kuriositätenkabinett, Cowboy, wie er das Glas mit dem Fötus schüttelte, die große schreckliche Spinne, die ledrigen Überbleibsel der Mumie, Cowboys Bemerkungen, den Kampf und wie er dem Mädchen das Top runterriß und ihre Brüste anfaßte. Und Karen, wie sie auf der Party getanzt hatte, schweißnaß, in ihrem durchsichtigen BH und Höschen. Die trockene, amüsierte Stimme des Trolls, der aus der Dunkelheit unter der Promenade »Da haste recht« gesagt hatte. Aber all die anderen Bilder führten ihn immer wieder zurück zu Tanya, zu Shiner. An Shiner zu denken, das tat weh und erfüllte ihn mit Schuldgefühlen. Die Gedanken an Tanya dagegen verursachten heftige, quälende Begierde. Er wollte sie haben, er sehnte sich nach ihr. Er fühlte sich schmutzig, weil er sie Shiner vorgezogen hatte. Und er hatte Angst.

Das Geräusch von Schritten im Flur erlöste Jeremy aus dem finsteren Wirbel seiner Gedanken. Er hörte eine Tür klappern, Wasser rinnen, die Toilettenspülung gehen und schließlich, wie seine Mutter auf dem Weg in ihr Schlafzimmer an seiner Tür vorbeiging.

Elf Uhr fünfunddreißig.

Er wartete darauf, daß die Minuten vergingen; er war jetzt damit beschäftigt zu überlegen, wie er hinausschleichen könnte. Aber zwischendurch fragte er sich immer wieder ängstlich, was wohl bei seinem Rendezvous mit Tanya geschehen würde.

Um Viertel vor zwölf stand er leise auf. Er stopfte Schlafanzug und Bademantel unter die Decke. Nackt und frierend kniete er sich neben das Bett und holte das Kleiderbündel hervor. Dann setzte er sich auf den Teppich und zog sich an.

Er schlich zur Tür und öffnete sie vorsichtig. Der Flur war dunkel, auch vor der Tür seiner Mutter. Aber er befürchtete, daß sie noch nicht schlief. Mit angehaltenem Atem und heftigem Herzklopfen ließ er die Fingerspitzen an der Wand entlanggleiten, um den Weg zu finden. Auf seinen Gummisohlen schlich er lautlos durch den Flur.

An der Haustür schob er die Kette aus ihrer Halterung und ließ sie vorsichtig nach unten gleiten. Er drehte den Türknauf. Das Schnappschloß machte ein dumpfes, leises Geräusch. Er öffnete die Tür, trat auf die Veranda hinaus und schloß die Tür vorsichtig hinter sich.

Draußen war die Straße hell erleuchtet. Ein paar Autos parkten am Randstein. Eines davon konnte Tanyas Wagen sein. Er wußte jedoch, daß es zu früh war.

Vielleicht würde sie überhaupt nicht kommen.

Der Gedanke erfüllte ihn gleichzeitig mit Hoffnung und schrecklicher Qual.

Vorsichtig schloß er die Verandatür zu und stieg die Treppe hinunter.

Wenn sie nicht auftaucht, dachte er, könnte ich zu Shiner hinübergehen.

Ich habe meine Meinung geändert. Kann ich reinkommen?

Zum Teufel, ich weiß doch nicht mal, wo sie wohnt! Gegenüber blendeten die Scheinwerfer eines parkenden Autos auf und wieder ab.

Jeremys Herz machte einen Sprung.

Er beeilte sich. Aber auf dem Bürgersteig blieb er stehen und blickte zurück zu seinem Haus, halb in der Hoffnung, zu sehen, daß Lichter angingen, die Tür aufgerissen wurde und seine Mutter herauskam und rief: *Und was soll das jetzt schon wieder, junger Mann?* Das Haus blieb dunkel. Er war unbemerkt herausgekommen. Er trat auf die Straße hinaus. Ein Arm winkte aus dem Fenster des parkenden Autos. Er erwiderte das Winken. Er ging um das Auto herum und bemerkte, daß es sich um einen alten Ford LTD handelte. Die Beifahrertür öffnete sich, als er näher kam, aber innen blieb es dunkel. Entweder funktionierte die Innenbeleuchtung nicht, oder Tanya hatte sie absichtlich ausgeschaltet.

Er bückte sich und blickte hinein. Tanya saß im Schatten, ihre Züge waren fremd und verwischt, aber immer noch vertraut genug, um Jeremy den Atem zu nehmen. Er ließ sich auf den Beifahrersitz fallen und zog die Tür zu.

»Komm her«, sagte Tanya.

Er rutschte zu ihr hin. Der Motor lief, aber nicht besonders sanft. Er konnte spüren, wie der Wagen unter ihm vibrierte. Obwohl die Fenster heruntergekurbelt waren, hing ein unangenehmer Geruch nach Benzin und altem Zigarettenrauch in der Luft. Und dann war da noch ein anderer Duft, feucht und nach Moschus, fremd für ihn, aber irgendwie so, wie er sich den Duft einer Dschungelnacht vorstellte. Er ging von Tanya aus. Tanya wandte sich ihm zu und sah ihn an. Sie trug einen dunklen Trainingsanzug. Sie faßte nach Jeremys Hand – der, in die er mit der Rasierklinge geschnitten hatte – und drückte sie an die Lippen. Mit der anderen Hand zog sie das Sweatshirt vom Körper weg. Sie führte Jeremys Hand unter das Sweatshirt und an ihrer heißen Haut entlang bis zu ihrer Brust. Dort ließ sie sie liegen, legte ihre Arme um ihn und küßte ihn. Ihr Mund schien ihn zu verschlingen. Sie stöhnte, als er ihre Brust streichelte. Sie war so unglaublich glatt, die Brustwarze groß und vorstehend. Er ließ seine Hand überall herumgleiten, während ihre Zunge in seinem Mund herumwirbelte. Er drückte ihre Brust. Er berührte die Narbe unterhalb der Brustwarze und verfolgte sie nach unten und hörte erst auf, als er den Bund ihrer Hose erreicht hatte. Er wäre der Narbe gern weiter nach unten gefolgt, wagte es aber nicht. Dann ließ er die Hand wieder nach oben gleiten, fühlte, wie die Trillerpfeife darübertanzte, und wollte die Hand weiter zu ihrer anderen Brust wandern lassen. Aber plötzlich wagte er es nicht mehr. Er umklammerte die Trillerpfeife.

Tanya löste ihren Mund von seinem.

»Wir müssen los«, flüsterte sie. »Später. Wir haben später noch Zeit. Für alles.«

Jeremy nickte. Er nahm seine Hand aus ihrem Sweatshirt. Sie küßte ihn sanft, ihre Lippen feucht auf seinen. Dann nahm sie etwas aus der Tasche auf ihrem Bauch. »Für dich«, sagte sie.

Jeremy hielt das glitschige Päckchen nach oben, damit er besser sehen konnte.

»Chirurgenhandschuhe«, erklärte Tanya. »Wir wollen doch keine Fingerabdrücke hinterlassen.« Sie nahm noch ein Päckchen aus ihrer Tasche, öffnete es und zog die Handschuhe an.

»Warum müssen wir die jetzt schon tragen?« fragte Jeremy. Er wollte nicht, daß seine Hände bedeckt waren. Er wollte Tanya mit bloßen Händen berühren können.

»Das Auto ist heiß«, sagte sie.

»Oh«, murmelte er. Sein Magen schien sich zusammenzuziehen. Er spürte, wie sein Penis zu schrumpfen begann. »Heißt das, du hast es gestohlen?«

»Natürlich.«

Er schielte zur Zündung. Es steckte kein Schlüssel, aber das Auto lief.

»Lieber Himmel«, sagte er.

Sie drehte sich nach vorn, löste die Handbremse, stellte die Automatik ein und fuhr los. »Wir lassen es in Funland«, sagte sie. »Mach dir keine Gedanken, der Besitzer bekommt es schon zurück. Aber wir können kein Auto nehmen, das man mit mir in Verbindung bringen würde.«

»Was werden wir tun?« fragte Jeremy.

»Wir fangen uns einen Troll«, sagte sie. »Ich weiß genau, wo wir den perfekten Troll für heute nacht finden.«

»Wirklich? Wo?«

»In Nates Haus.«

Robin stützte einen Ellbogen auf die Matratze und betrachtete Nate. Er sah so unschuldig wie ein Kind aus. Arme und Beine hatte er ausgebreitet, so, wie er vor einer Weile unter ihr eingeschlafen war. Seine Brust hob und senkte sich mit tiefen, langsamen Atemzügen. Robin legte eine Hand darauf. Obwohl seine Haut im Kerzenlicht goldfarben und warm aussah, fühlte sie sich kalt an. Sie rollte sich vorsichtig von ihm weg und stand auf. Am Fußende des Bettes fand sie die Decken, die sie weggeschoben hatten, als sie sich liebten. Sie deckte ihn damit zu. Er bewegte sich nicht.

Robin lächelte.

Der arme Kerl ist fix und fertig, dachte sie.

Wer ist das nicht?

Sie fühlte sich selbst ganz schwach. Ihre Muskeln waren warm und zitterten, als hätten sie sich in Pudding verwandelt. Der Bereich um ihren Mund fühlte sich geschwollen an und kribbelte von zahllosen Küssen. Ihre Wangen brannten etwas von seinen Bartstoppeln, ebenso ging es den Schultern, dem Nacken und ihren Brüsten. Ihre Brustwarzen waren empfindlich und schmerzten leicht. Innen fühlte sie sich weich und ein wenig wundgerieben.

Vielleicht haben wir es ein bißchen übertrieben, dachte sie, und mußte wieder lächeln.

Sie ging auf den Toilettentisch zu und beobachtete sich dabei im Spiegel. Sie bewegte sich vorsichtig und leicht humpelnd, und es sah aus, als erwarte sie, daß bei einer heftigeren Bewegung ein Körperteil abbrechen würde. Am Toilettentisch blieb sie stehen und pustete die Kerzen aus. Dann ging sie weiter zum Nachttisch auf Nates Seite des Bettes und löschte auch die Kerze dort. Sie war versucht, über ihn hinwegzusteigen, wollte aber seinen Schlaf nicht stören. Also zwang sie ihren müden, schmerzenden

Körper dazu, das Bett zu umrunden. Bevor sie die letzte Kerze löschte, beugte sie sich vor und schob Nates Arm sanft an seine Seite.

Dann blies sie auch die letzte Kerze aus und schlüpfte unter die Decke. Sie rollte sich zu Nate hin, rückte dichter an ihn heran, bis sie die Wärme seiner Haut spürte, und legte ihren Arm vorsichtig über seine Brust. Sie lauschte für einen Momemt seinen Atemzügen, dann küßte sie seine Schulter.

Er gab einen leisen, jammernden Laut von sich.

Ein schlechter Traum.

Robin rieb seine Brust und hoffte, ihn damit von den furchterregenden Bildern abzulenken, die ihn im Schlaf quälten. Die Atemzüge änderten sich nicht, er schlief noch immer. Robin horchte und war bereit, ihn aufzuwecken, falls er noch einmal wimmern sollte. Träumte er von Poppinsacks Sturz?

Wenn sie den schlechten Traum doch nur vertreiben könnte! Ihn küssen und alles damit gutmachen. Wenn ihre Liebe ihm doch nur helfen könnte...

Aber er war dazu verurteilt, mit der Schuld zu leben. Er hatte seine Last zu tragen, und Robin die ihre.

Gott sei Dank haben wir einander, dachte sie.

Sie hatte ihn schon vorher geliebt, aber daß sie ihre schrecklichen Geheimnisse miteinander geteilt hatten, war wie ein Feuer, das ihre Seelen zusammenschweißte. Sie erinnerte sich an den Whirlpool, daran, wie sie seinen Körper fest an sich preßte und schluchzte, wie sich ihre Tränen vereinten. Es hatte sich angefühlt, als wären sie eine Person, und sie hatten unter Küssen weitergeweint.

Ihre Gedanken verweilten bei diesen Bildern, und sie glitt in den Schlaf.

Tanya schaltete die Scheinwerfer aus. Die Straße vor ihnen tauchte ins Dunkel. Sie fuhr einen schmalen Einfahrtsweg entlang, der sich wie ein matter grauer Pfad durch die Wälder zog. Sie schaltete herunter, beschleunigte aber nicht, damit das Motorgeräusch sie nicht verriet.

»Bist du sicher, daß sie hier sind?« flüsterte Jeremy.

»Sie sind hier«, sagte Tanya. »Eigentlich sollte ich mit ihm hier sein.«

»Wie das?«

»Wir hatten es schon geplant. Seine Leute sind bis Mittwoch weg. Ich sollte hier bei ihm wohnen.«

»Oje!«

»Dieser verdammte Arsch.«

»Er muß verrückt sein, dich für dieses Mädchen fallenzulassen.«

»Das war ein Fehler. Und das wird er bald wissen.«

Sie kamen zum Ende der Steigung. Das Haus auf der Lichtung war ein verschwommener Umriß mit steilen Dächern. Alle Lichter waren aus. Mondlicht glitzerte auf einigen der Fenster. Das Haus wirkte düster und verlassen.

Jeremy hoffte, daß es verlassen war.

Ihm war übel vor Angst.

Er mußte bei Tanya bleiben, was immer auch geschah, aber es würde wunderbar sein, ins Haus einzudringen und festzustellen, daß niemand dort war.

Er rieb seine verschwitzten Hände auf dem Cordstoff seiner Hose ab, aber er trug ja Handschuhe, und die Hände blieben feucht.

Es wird schon in Ordnung kommen, dachte er.

Sie hatte gesagt, daß sie sich selbst um Nate kümmern würde. Jeremy mußte nur mit dem Mädchen fertigwerden. Das sollte kein Problem sein. Er hatte es vor Jaspers Kuriositätenkabinett mit zweien aufgenommen – und es hatte ihm gefallen. Hier war seine Chance zu einem Kampf mit dem Banjomädchen.

Sehr merkwürdig. Nach seiner ersten Begegnung mit ihr auf der Promenade hatte er sich vorgestellt, wie es sein würde.

Tanya schien seinen wildesten Träumen Leben einzuhauchen und sie mit ihrer Schwarzen Magie Wahrheit werden zu lassen.

Ich will nicht mit dem Mädchen kämpfen, dachte er. Ich will nicht, daß es wahr wird.

Er zitterte vor Angst, und er zitterte vor heftigster Begierde.

Bitte, laß niemand zu Hause sein.

Der Wagen kam vor der Veranda des Hauses zum Stehen.

Tanya zog die Handbremse an. Der Motor rumpelte ein wenig, als sie die Tür öffnete und ausstieg. Jeremy hätte sie beinahe daran erinnert, den Motor auszumachen, aber dann fiel ihm ein, daß sie ja keinen Schlüssel hatte.

Er stieg aus und ging auf zittrigen Beinen um den Wagen herum, während Tanya etwas vom Rücksitz nahm. Es war eine große Einkaufstüte aus Papier.

»Was ist da drin?« flüsterte er.

»Zeug«, sagte sie. »Du wirst es schon sehen.«

Er folgte ihr die Stufen zur Haustür hinauf. Sie holte einen Schlüssel aus der Tüte und öffnete die Tür.

Wenigstens müssen wir nicht einbrechen, dachte Jeremy. Tanya schob die Tür auf. Drinnen war es dunkel.

Sie betraten die Halle, und Tanya schob die Tür ohne einen Laut wieder zu.

Jeremy hörte nur seinen hämmernden Herzschlag. Das Herz trommelte so laut gegen seine Rippen, daß er glaubte zu spüren, wie das Blut durch seine Adern sauste.

Tanya hockte sich hin und stellte die Tüte auf den Boden. Als sie hineingriff, konnte er ein leises metallisches Klirren hören. Jeremy erkannte das Geräusch und dachte an den alten Penner. Im matten Licht, das von draußen hereindrang, sah er, wie Tanya ihren Arm ausstreckte. Sie hielt Handschellen in ihrer Hand. Ein Paar reichte sie ihm, ein zweites Paar steckte sie in die Bauchtasche ihres Sweatshirts.

Dann zog sie einen Hammer aus der Tüte und reichte ihn ebenfalls Jeremy hinüber.

Er spürte, wie ihm die Luft wegblieb. Sein Magen zog sich zusammen. Eisige Finger schienen seine Hoden zu umklammern.

Sie holte für sich selbst noch ein Beil aus der Tüte, dann stand sie auf und ließ die Tüte auf dem Boden liegen.

Jeremy flüsterte mit erstickter Stimme: »Wir werden sie doch nicht umbringen, oder?«

»Was soll denn dabei Spaß machen?«

»Was werden wir tun?«

»Das Mädchen kommt mit uns. Nate nicht. Los.«

Zitternd und mit weichen Knien folgte er Tanya zu einer

Treppe. Sie stiegen langsam hinauf bis zum zweiten Stock. Jedesmal, wenn eine Stufe knarrte, zuckte Jeremy zusammen. Irgendwie verursachte sein rasender Herzschlag ein trockenes Knacken in seinem Hals. Er schluckte heftig, und das Geräusch hörte auf.

Die Treppe kam ihm endlos vor.

Ich könnte jetzt bei Shiner zu Hause sein, dachte Jeremy. Mein Gott, warum bin ich nicht hingegangen? Handschellen. Ein Hammer. Ein Beil.

Es war schlimmer, als er es sich hätte ausdenken können. Er stellte sich vor, wie er herumwirbelte und die Treppe hinunterrannte – vor Tanya und vor dem Haus floh und vor dem Wahnsinn, der dort oben auf ihn wartete.

Dann erinnerte er sich an seine Hand unter ihrem Sweatshirt.

Wir haben später Zeit. Für alles.

Sie war drei Stufen über ihm und in der Dunkelheit kaum zu sehen. Er wußte, daß sie unter dem Trainingsanzug nackt war.

Er wußte, daß er nicht davonlaufen würde.

Sie wartete auf dem Treppenabsatz auf ihn. »Tu nichts, ehe ich dir Bescheid sage«, flüsterte sie.

Jeremy nickte. Er schob die Handschellen in die Jackentasche.

Nebeneinander gingen sie den Flur entlang. Tanya blieb an der offenen Tür eines Schlafzimmers stehen und sah hinein. Lange Zeit rührte sie sich nicht. Dann drückte sie den Kopf des Beils gegen Jeremys Rücken und schob ihn vorwärts. Er betrat das Zimmer. Im matten Licht des Mondes konnte er ein Bett erkennen. Die Decken wölbten sich.

Sie sind es.

Tanya hatte recht. Sie sind hier.

Was, wenn sie gelogen hat und sie doch umbringen will? Was mache ich hier nur?

Sie schloß die Tür, stieß mit dem Beil gegen Jeremys Unterarm und schob es in seine Hand. Warum behielt sie es nicht selbst?

Sie wollte beide Hände frei haben, stellte Jeremy fest, als sie durch den Raum schlich, aber nicht auf die Betten zu, sondern in Richtung des Toilettentischs an der Wand. Neben dem Tisch stand ein Stuhl mit gerader Lehne. Sie hob ihn auf und kam damit zurück.

Wenn ich ihr das Beil nicht zurückgebe...

Sie stellte den Stuhl lautlos auf den Teppich vor der Tür, kippte ihn nach hinten und schob die Lehne unter die Türklinke.

Der Stuhl würde verhindern, daß jemand das Zimmer betrat, aber Jeremy wußte, daß sie einen anderen Zweck verfolgte: Der Stuhl sollte vor allem eine schnelle Flucht unmöglich machen.

Sie griff nach dem Beil. Jeremy versuchte nicht, es zu behalten. Sie nahm das Beil in die linke Hand, packte sein Handgelenk und führte ihn zum Fußende des Bettes. Von dort konnte er die Atemzüge der beiden unter den Decken hören.

Tanya glitt zur linken Seite des Bettes und beugte sich über die schlafende Gestalt. Nahm das Beil in die rechte Hand.

Jeremy sah, wie sie das Beil hochhob.

Sie schlug zu.

NEIN!

Der Schlag ließ einen Schmerz durch seinen Kopf schießen. Er krümmte sich und spürte, wie seine Knie weich wurden, aber dann hörte er, wie jemand erschrocken keuchte, und sah, wie die Decken auf seiner Seite des Bettes zurückgeworfen wurden. »Schnapp sie«, zischte Tanya.

Das Mädchen zeichnete sich nackt und schattenhaft gegen die weißen Laken ab. Mit einer Hand warf sie die Decken zur Seite, zappelte, um ihre Beine daraus zu befreien und sich aufzusetzen.

Er warf sich auf sie und riß sie nieder. Die Matratze federte und drückte sie gegen ihn. Sie drehte und wand sich. Er drückte eine ihrer Hände auf die Matratze, aber die andere war frei, und er konnte sie nicht packen wegen des Hammers. Ihre Fingernägel zogen brennende Streifen über seine Wange. Er ließ den Hammer fallen und packte ihr Handgelenk.

Sie bäumte sich auf und stieß ihn zur Seite. Er krachte mit dem Rücken auf den Teppichboden. Der Hammer drückte gegen sein Schulterblatt. Sie warf sich auf ihn, wimmernd und zähnefletschend. Sie biß ihm ins Kinn, und er schrie auf, ließ ihre Handgelenke los und schlug ihr ins Gesicht. Der Schlag riß ihre Zähne aus seinem Fleisch. Wahnsinnig vor Schmerz griff Jeremy ins kurze Haar über ihren Ohren und zerrte ihren Kopf nach hinten, zwang sie auf den Boden neben sich und rollte sich auf sie.

Sie stieß das Knie in seinen Magen. Die Luft entwich pfeifend aus seinen Lungen. Er krümmte sich und griff an seinen Bauch.

»Was machst du denn, verdammt?« Tanyas Stimme.

Jeremy rang nach Luft und sah, wie das Mädchen auf die Füße kam.

Plötzlich wurde es hell im Zimmer.

Das Mädchen schien zu erstarren, vornübergebeugt und bereit zu fliehen. Sie blickte über die Schulter zur anderen Seite des Bettes.

»Stehengeblieben«, warnte Tanya.

Jeremy kämpfte sich hoch. Er atmete schwer und umklammerte sein Kinn. Tanya starrte das Mädchen an. Sie war über Nates bewußtlosen Körper gebeugt, die Hand mit dem Beil holte zu einem weiteren Schlag aus. Im Licht der Lampe neben ihr sah er, daß Nates Gesicht von Blut überströmt war, das aus einer Wunde auf seiner Stirn floß. Aber es war keine große, klaffende Wunde. Tanya hatte nicht mit der scharfen Seite des Beils zugeschlagen. Nun jedoch schwebte die scharfe Schneide drohend über ihm.

»Hol ihre Kleider, Duke. Sie soll richtig aussehen.«

Er nickte und hob den Hammer auf. Dann trat er näher zu dem Mädchen hin. Sie hatte sich nicht bewegt, seit Tanya das Licht angemacht hatte. Sie sah Jeremy nicht an.

»Leg die Hände auf den Kopf«, keuchte er.

Ihr Körper streckte sich. Sie hob die Arme und verschränkte die Finger über dem Kopf.

Jeremy starrte auf ihren Rücken, ihre glatte gebräunte Haut, die bleichen Wölbungen ihrer Pobacken, ihre schlanken Beine.

Er nahm die Hand vom Kinn weg. Der Gummihandschuh war voller Blut.

Er riß die Spitzen des Hammers über den Rücken des Mädchens. Sie gab ein zischendes Geräusch von sich und erstarrte, als die Spitzen zwei rote Kratzer in ihre Haut rissen. Blut trat aus den Wunden aus.

Er blickte zu Tanya hinüber.

Tanya nickte. Sie lächelte verbissen.

Jeremy trat vor das Mädchen hin. Ihr Blick richtete sich auf ihn, mit einem ängstlichen und verletzten Ausdruck, aber auch voller Haß, als wollte sie ihn zerstören.

Er schmierte sein Blut auf ihr Kinn und ihre Wangen. Er schlug ihr ins Gesicht, so daß ihr Kopf zur Seite flog. Aber sie sah ihn wieder an. Sie bleckte die Zähne und starrte ihn haßerfüllt an, aber sie wehrte sich nicht, als seine Hand sie berührte, streichelte, kniff, quetschte. Als er den Kopf des Hammers in ihren Bauch rammte, kippte sie vornüber und fiel keuchend auf die Knie. Er riß sein Kinn hoch, gegen ihr Kinn. Das schloß ihr den Mund. Sie stürzte zu Boden.

»Das reicht«, sagte Tanya. »Wir haben nicht mehr viel Zeit.«

Er suchte nach den Kleidern des Mädchens. Währenddessen fesselte Tanya eine Hand Nates mit den Handschellen an den Rahmen des Bettes. Jeremy fand den Rucksack im Schrank. Er holte die Jeans und das ausgebleichte blaue Hemd aus dem Rucksack, warf sie zu dem Mädchen hinüber und beobachtete ihre langsamen, schmerzerfüllten Bemühungen, sich anzuziehen. Bevor sie das Hemd zuknöpfen konnte, riß er sie an ihrem Haar hoch und fesselte ihre Hände mit den Handschellen hinter ihrem Rücken.

Er zog seinen Gürtel aus, fädelte ein Ende durch die Schnalle und ließ die Schlinge über den Kopf des Mädchens fallen.

Tanya nahm sich Nates Schlüssel vom Toilettentisch. Sie steckte sie in die Tasche und machte dann das Licht aus.

»Okay«, sagte sie. »Wenn wir rauskommen, zerbreche ich ein Fenster, damit es nach einem Einbruch aussieht. Erinnere mich daran.«

»Klar«, sagte Jeremy.

Er zog an seinem Gürtel wie an einer Leine und führte das Mädchen in den dunklen Flur hinaus.

40

Das Bett wackelte ein wenig, und Dave wurde wach. Durch seine geschlossenen Augenlider konnte er Licht wahrnehmen. Ist es Morgen? fragte er sich. Joan hatte ihn den Wecker auf Mitternacht stellen lassen, aber vielleicht hatte er ihn im Schlaf abgestellt oder so. Er hoffte es. Er hoffte, daß es Morgen war.

Ein nackter Po ließ sich auf ihm nieder. Er wand sich unter dem angenehmen Gewicht und öffnete die Augen. Enttäuschung und Furcht begannen an ihm zu nagen, als er feststellte, daß das Licht von der Nachttischlampe kam. Joan kniete über ihm, ihre Hände auf die Matratze neben seine Schultern gestützt. Sie lächelte sanft und neigte sich zu ihm. Ihre Brustwarzen berührten seine Brust, und sie schaukelte ein wenig, damit sie sich bewegten und ihn streichelten. Dann spürte er die feste, schwere Wärme ihrer Brüste. Sie drückte sich gegen ihn. Ihr Mund bedeckte seinen.

Er ließ seine Hand langsam über ihren Rücken gleiten.

Sie entzog ihm ihren Mund wieder. »Zeit zum Aufstehen, Schatz.« Dann küßte sie ihn abermals und sagte: »Wir müssen gehen.«

»Das hatte ich befürchtet. Wie spät ist es?«

»Eine halbe Stunde nach Mitternacht.«

»Was war mit dem Wecker?«

»Ich habe ihn abgestellt. Ich war ohnehin wach.«

»Konntest du nicht schlafen?« fragte Dave.

»Ich wollte nicht. Es schien mir so eine Zeitverschwendung zu sein. Es war viel angenehmer, wach zu bleiben und dich anzusehen.«

»Voyeur.«

»Genau, Kumpel.«

»Du hättest mich wecken sollen.«

»Das wollte ich nicht. Du hattest einen anstrengenden Abend und brauchtest deinen Schlaf. Deshalb habe ich dich auch nicht früher geweckt.« Sie küßte ihn wieder. »Okay, jetzt aber los.«

Sie kletterte von Dave herunter; das Gewicht, die Weichheit

und Wärme verschwanden. Er setzte sich auf und zog die Decke zur Taille hoch. Er beobachtete, wie Joan ihr Höschen anzog und sich das T-Shirt überstreifte. Als ihr Gesicht wieder auftauchte, sagte sie: »Die Show ist vorbei. Du kannst dich jetzt anziehen.«

Dave rutschte zur Bettkante und schwang die Beine aus dem Bett hinaus, stand aber nicht auf.

Statt dessen sah er zu, wie Joan eine der dunkelblauen Westen anlegte, die er am Nachmittag aus der Polizeistation mitgenommen hatte. Sie befestigte die Weste mit Klettbändern. »Du siehst aus, als wolltest du zum Wasserski«, sagte er.

»Wunschdenken.« Aus der Einkaufstüte nahm sie ein Schulterhalfter, schlüpfte hinein und schob die 38er Smith & Wesson unter ihre linke Achselhöhle. Ein kleineres Halfter band sie um ihr rechtes Fußgelenk. Dort hinein steckte sie eine verchromte Halbautomatik. Und dann nahm sie noch ein weiteres Halfter aus der Einkaufstüte. Dave schüttelte den Kopf, als sie es anlegte. Sie nestelte die Lederscheide an der rechten Seite ihres Brustkorbs zurecht und schob ein langes, zweischneidiges Messer hinein.

»Allmächtiger Gott«, sagte Dave. »Woher hast du das Zeug? Aus einer Söldnerzeitschrift?«

»Wie kommst du denn darauf?«

»Noch was? Hast du noch eine Uzi da drin?«

»Das war's so ziemlich.« Als sie wieder in die Tüte griff, zog sie etwas heraus, das aussah wie eine graue Trainingshose, die mit brauner Schuhwichse beschmiert war.

Dave stand auf. Er nahm frische Unterwäsche und Socken aus der Kommode und zog sie an, während Joan die obere Hälfte ihres Waffenarsenals mit einem ausgebeulten Sweatshirt bedeckte. Das Sweatshirt hatte Löcher, die die blaue Weste durchscheinen ließen. Durch einen langen Riß im Hosenbein konnte man ihr nacktes Bein sehen.

»Du siehst aus wie Rambo, nur mit mehr Sexappeal«, sagte Dave. Wie Joan zog auch er ein T-Shirt an, um die Weste nicht auf der nackten Haut tragen zu müssen. Dann glitt er in seine Jeans und Laufschuhe. Er ging zum Schrank hinüber und holte seine eigenen Waffen heraus: eine stupsnasige 38er mit einem Halfter zum Einhängen, das er rechts an seinem Gürtel befestigte, und eine Neun-Millimeter-Beretta in einem Schulterhalfter.

»Du reist auch nicht gerade mit leichtem Gepäck«, sagte Joan und wies auf die Beretta.

»Wir sollten in der Lage sein, es mit einer Armee aufzunehmen«, meinte Dave.

»Debbie ist der Meinung, daß genau das auf uns zukommt.«

»Du hast es ihr gesagt?« Dave zog ein dickes kariertes Hemd an und sah, wie Joan ein rotes Halstuch um ihren Schenkel band. »Wozu soll das gut sein?«

»Das Tuch? Eine Frage des Stils. Ja, ich habe es ihr gesagt. Wahrscheinlich hätte ich es für mich behalten sollen, aber das wollte ich nicht. Es hat ihr nicht gefallen, um es milde auszudrücken. Sie hat Angst, ich würde nicht zurückkommen.«

Joans Worte bewirkten, daß sich Daves Magen zusammenzog. »Das kann ich verstehen«, sagte er.

»Sie macht sich mehr Gedanken wegen der Trolle als wegen der Teenager. Denkt immer noch, sie hätten was mit Mom zu tun.« Joan trug ihre Socken und ein paar heruntergekommene Laufschuhe zum Bett, setzte sich auf die Kante und versuchte, sich vorzubeugen, um sie anzuziehen. »Verdammt«, murmelte sie, weil sie wegen der Weste und der Halfter Schwierigkeiten hatte.

»Erlaubst du?« fragte Dave.

»Mein Ritter. So galant.«

Er kniete sich vor sie hin und zog die Socken über ihre Füße.

»Du bist ziemlich gut bei so was«, sagte sie und zauste sein Haar. »Du kannst später der offizielle Sockenanzieher für unsere Kinder sein.«

Er lächelte sie an. »Unsere Kinder?«

»Oder willst du keine?«

»Selbstverständlich.«

»Wie viele?«

»So viele, wie du willst«, sagte er und wünschte sich plötzlich, sie hätte die Kinder nicht erwähnt, hätte ihn nicht mit Zukunftsträumen belastet. Träumen von einer Zukunft, die sie vielleicht nicht haben würden. Was vor ihnen lag, ragte vor Dave auf wie eine dunkle Mauer, und er fürchtete, daß dahinter das Nichts sein würde.

Das ist lächerlich, sagte er sich.

Aber sie hatten Gloria erwischt.

Gloria war allein und unbewaffnet gewesen. Das hier ist eine ganz andere Sache.

Er war mit den Schuhen fertig und streichelte Joans Oberschenkel durch den weichen Stoff der Trainingshose. Er ließ seine Hand in einen der Risse gleiten.

»Vielleicht sollten wir auf dem Weg nochmals Glorias Wohnung durchsuchen«, schlug er vor.

»Warum? Sie wird nicht dort sein, das wissen wir beide.«

»Kann nicht schaden, noch mal vorbeizusehen. Es wird nur ein paar Minuten dauern.«

Ihre Augen wurden dunkler. »Ich will da nicht hingehen.«

»Du kannst im Auto warten«, sagte Dave. Sie waren nach dem Essen hingefahren. Joan war mit ihm gegangen, und dieses Erlebnis hatte sie ziemlich aus der Fassung gebracht. Sie war steif durch die Wohnung spaziert, hatte Daves Hand nie losgelassen und grimmig gelächelt. Er konnte ihr das nicht übelnehmen. Das war das Haus seiner Exgeliebten, einer Frau, die vielleicht in der vergangenen Nacht umgebracht worden war, deren geschundener Körper an irgendeinem einsamen Ort versteckt worden war, wo ihn nach Absicht der Mörder jemand finden sollte.

Als Dave ihr Glorias abgelegte Kleider zeigen wollte, hatte sie heftig den Kopf geschüttelt und schnell gesagt: »Ich will das Zeug nicht sehen.« Beinahe hätte sie ihn aus dem Haus gezerrt.

Kein Wunder, daß sie nicht wieder hingehen wollte.

»Ich werde statt dessen dort anrufen«, meinte Dave.

»Wenn du willst.«

Er ging zum Telefon auf dem Nachttisch und wählte Glorias Nummer. Es klingelte dreimal, und dann hörte er eine Stimme. »Hallo, hier ist Gloria.«

Daves Herz machte einen Sprung.

»Gloria?« fragte er. Er sah, wie Joan sich schnell zu ihm umdrehte, sah die Verblüffung und Überraschung in ihrem Gesicht.

»Ich bin nicht zu Hause, aber wenn Sie eine Nachricht hinterlassen wollen…«

»Scheiße«, murmelte er. »Es ist der Anrufbeantworter.« Er hatte vielleicht schon hundertmal auf das blöde Ding gesprochen. Wie hatte er sich davon narren lassen, sich Hoffnungen machen können?

Auch auf Joans Gesicht spiegelte sich die Enttäuschung.

»…ich werde so bald wie möglich zurückrufen.«

Genau, dachte er. Das wirst du ganz bestimmt.

Tot. Sie ist tot, und sie redet mit mir, als wäre alles in Ordnung.

Der Anrufbeantworter piepste.

Ihm fiel ein, daß sie sich immer beschwert hatte über Leute, die dann einfach auflegten.

Er erinnerte sich, wie sie oft das Gerät ausgeschaltet und mit ihm gesprochen hatte, nachdem er sich am Telefon zu erkennen gegeben hatte.

»Hier ist Dave«, sagte er.

Joan sah elend aus.

»Wenn du da bist, geh um Himmels willen ans Telefon.« Er horchte. Es kam nur ein entferntes, leeres Rauschen. »Gloria? Hier ist Dave. Bist du da?«

Ich spreche mit einer toten Frau.

Er legte auf.

Joan kam zu ihm und nahm ihn in die Arme.

»Wir sollten es hinter uns bringen«, murmelte er. Er drückte sie an sich und spürte die steife Weste, das Messer und die Pistole, aber auch ihre Wärme, ihre weiche, glatte Wange. Er küßte sie. »Wenn ich dich wegen dieser Sache verliere…«

»Jeder von uns ist Gott einen Tod schuldig«, sagte sie.

»Das ist genau das, was ich hören wollte.«

»Aber es ist noch nicht soweit.« Sie tätschelte sanft seinen Po und löste sich von ihm.

Er beobachtete, wie sie in die Papiertüte griff, eine Strickmütze herausnahm und sie über den Kopf zog, bis nur noch ein paar blonde Stirnfransen zu sehen waren. Sie zog die Augenbrauen hoch. »Sehe ich schon hinreißend genug aus?«

»Überwältigend.«

Sie hob die Tüte hoch, die immer noch nicht leer war.

»Du hast *doch* noch eine Uzi.«

»Nur eine alte Decke«, sagte sie.

»Wozu?«

»Zur Vervollständigung des Stils.«

Im Wohnzimmer wartete Dave, während sie die Tüte öffnete. Sie nahm ihre Marke aus dem Lederetui. »Das darf ich nicht vergessen«, sagte sie. »Hast du deine?«

Er legte die Hand auf die Brieftasche.

Joan hob das Sweatshirt und steckte die Marke an einen Riemen ihres Schulterhalfters. Dann nahm sie ihre Einkaufstüte, und sie verließen das Haus.

Dave schloß die Tür ab, suchte den Zündschlüssel heraus und ging mit Joan zur Einfahrt, wo sein Auto wartete. Auf platten Reifen.

»Was zum Teufel...«, murmelte er.

Er ging um den Wagen herum. Alle vier Reifen waren vom Gewicht des Autos flach auf den Asphalt gedrückt. Er sah, wie Joan zur Straße lief.

Sie sah zu ihm hinüber. »Meine auch«, sagte sie.

»Du machst Witze.« Er ging zu ihr hinüber. Joans Auto stand ebenfalls auf vier platten Reifen. »Verdammt.«

»Als ob jemand unseren Plan sabotieren wollte«, sagte sie.

»Das ist doch verrückt. Vielleicht waren es ein paar Kids...«

»Besonders ein bestimmtes Kid. Meine Schwester.«

»Debbie? Glaubst du, sie hat das getan?«

»Sie muß es gewesen sein. Das kann nicht irgendein verrückter Zufall sein. Lieber Gott, sie muß sich viel größere Sorgen machen, als ich dachte.«

»Weiß sie, wo ich wohne?«

»Du stehst im Telefonbuch, Partner. Sie hat einfach nachgesehen, ist hier rübergekommen und los.«

»Gut für sie!«

»Dieses kleine Biest! Warte, bis ich sie erwische!«

Dave versuchte vergeblich, nicht zu grinsen. »Ein hitziges Temperament. Muß in der Familie liegen.«

»Ich werde sie erwürgen.«

»Sie hat es doch nur getan, weil sie dich liebt.«

»Ja, das weiß ich. Trotzdem werde ich sie vierteilen, die kleine Ratte.«

Dave lachte.

»Ja, amüsier dich nur.« Sie wandte sich von ihm ab und hockte sich neben den Vorderreifen.

»Sie sind hoffentlich nicht zerschnitten.«

»Debbie würde nicht so weit gehen. Ich bin sicher, daß sie nur die Luft rausgelassen hat.« Joan rieb ihre Hände an den Seiten des Reifens entlang und schmierte sich dann den Dreck ins Gesicht.

»Du meine Güte«, sagte Dave.

Sie senkte die Hände. Ihre Stirn, Wangen und Kinn waren voller Dreck, der im Licht der Straßenbeleuchtung grau und rußig aussah.

»Ich weiß schon. Stil. Bedeutet das, wir haben immer noch vor, zu gehen?«

»Ich habe es vor.«

»Großartig«, murmelte er. »Soll ich ein Taxi rufen?«

»Laß uns doch laufen. Es ist nicht so weit.«

»In Ordnung. Warte eine Minute. Ich will nur meine Taschenlampe holen.« Er ging zu seinem Auto und fühlte sich seltsam fröhlich. Nichts konnte Joan aufhalten, aber die platten Reifen würden sie eine Menge Zeit kosten. Zu Fuß zum Strand zu gehen, würde eine gute halbe Stunde dauern.

Ein Aufschub.

Danke, Debbie. Vielen Dank. Dafür bin ich dir was schuldig.

Ich werde sie zu einem Eisbecher einladen, dachte er und grinste.

Er schloß sein Auto auf, holte die Taschenlampe unter dem Sitz hervor und ging dann zurück zu Joan. »Laß uns nicht zu schnell laufen«, sagte er. »Wir sollten auf keinen Fall riskieren, daß sich einer von uns den Knöchel verstaucht.«

41

»Wie sieht es bei dir aus?« fragte Tanya und warf einen schnellen Blick über die Schulter.

»In Ordnung«, sagte Jeremy. Seine Stimme hörte sich fremd an – ein bißchen dünn, aber gemein und böse.

»Alles okay.«

Das Mädchen lag auf dem Rücksitz, niedergedrückt von seinem Gewicht auf ihrem Bauch. Er hüpfte herum und hörte, wie ihr der Atem entwich. Das machte ihm Spaß. Sie kamen unter einer Straßenlampe vorbei. Licht fiel kurz auf die entblößte Brust des Mädchens. Er zog seine Handschuhe aus, zwickte sie wieder und spürte, wie sie zusammenzuckte.

Es gefiel ihm, ihr weh zu tun, aber es erregte ihn nicht.

Er fühlte sich betrogen.

Es hätte so toll sein können, hier auf dem Miststück zu sitzen. Ihre Hände waren mit Handschellen hinter ihrem Rücken gefesselt. Ihr Hemd war offen. Sie war *seiner verdammten Gnade ausgeliefert.*

Aber sie hätte ebensogut ein Kerl sein können, so wenig Erregung verspürte er.

Er schlug sie. Sie zuckte zusammen. Er schlug sie wieder. »Du hast mich ruiniert, du Fotze!«

»Das hoffe ich«, murmelte sie.

Er ließ sie aufschreien.

»Immer langsam«, sagte Tanya.

»Was soll ich tun?« fragte er. »Du siehst, was sie mit mir gemacht hat. Wie soll ich mit so einem Gesicht nach Hause gehen? Was soll ich meiner Mom sagen?«

»Mach dir keine Sorgen deswegen.«

»Mein Gott, so kann ich nicht nach Hause gehen.«

Behutsam betastete er das zerrissene Fleisch an seinem Kinn. Die Wunde zu berühren, trieb neue Tränen in seine Augen.

»Wir werden uns was ausdenken«, sagte Tanya.

»Jeder wird wissen, daß ich damit zu tun hatte. Sie müssen mich ja nur ansehen.«

»Ich werde mich um dich kümmern«, meinte Tanya. »Kein Grund, sich Sorgen zu machen.«

»Du hast leicht reden. Es ist nicht dein Gesicht.«

»Es ist auch mein Arsch. Wir hängen da beide drin, Duke. Es ist alles in Ordnung. Ich bringe dich morgen früh nach Hause und erzähle deiner Mutter, daß dich ein Hund am Strand angegriffen hat. Ich bin Rettungsschwimmerin. Sie wird mir glauben.«

Ja! Das könnte funktionieren. Es ging ihm ein bißchen besser. Er müßte sich noch ausdenken, wieso er das Haus verlassen hatte, ohne ihr Bescheid zu sagen, aber das sollte nicht allzu schwer sein.

»Was ist mit Nate?«

»Der ist hinüber.«

Das Mädchen stieß einen schrecklichen, klagenden Laut aus. Sie fing an, sich unter Jeremy zu winden und aufzubäumen. Er rammte ihr seine Faust unter die Brust. Der Schlag ließ sie hochschnellen, und sie rang nach Luft. Dann sank sie wieder auf den Sitz und keuchte laut.

»Und sie wird auch nicht mehr reden können«, sagte Tanya. »Da werden wir sichergehen.«

»Ich werde dafür sorgen.« Jeremy drehte sich zur Seite und begann, sie zu bearbeiten. Sie warf sich herum und zuckte, erschauerte vor Schmerzen, und er wußte, daß sie schreien würde, wenn sie nur den Atem dazu hätte.

»Doch nicht jetzt, um Himmels willen. Jeder soll was dazu tun. Wir wollen den anderen doch nicht den ganzen Spaß nehmen.«

»Ich bringe sie nicht um.« Er starrte das Mädchen an. Ihr Kopf flog von einer Seite zur anderen, sie zeigte die Zähne, als hätte man die Lippen mit den Fingern weggezogen, um den Mund größer zu machen. »Bringe ich dich um?« fragte er. »Wie? Nein. Vielleicht tu ich dir ein bißchen weh. Vielleicht nur ein bißchen. Wie fühlt sich *das* an? Und das?«

Er merkte, daß der Wagen anhielt.

»Okay«, sagte Tanya. »Wir sind da.«

Sie stieg aus und öffnete die Tür hinter dem Kopf des Mädchens. Sie packte sie unter den Armen. Jeremy erhob sich und sah zu, wie Tanya das Mädchen aus dem Auto zog. Er kletterte hinter ihr heraus und schloß leise die Tür. Das Mädchen lag auf dem Rücken, Tanya hockte auf ihr und schloß die Knöpfe ihres Hemds. »Nimm ihre Beine«, sagte Tanya.

Das Mädchen zappelte und versuchte, ihn zu treten, aber er zog ihre Beine auseinander und klemmte sie fest unter seine Arme. Tanya hob die Schultern des Mädchens an. Zusammen hoben sie sie vom Boden und trugen sie die Treppe hinauf. Sie kamen am mondlichtbeleuchteten, grinsenden Clownsgesicht vorbei. Im Eingang schlossen sich die Schatten um sie.

Etwas Helles kam hinter der Kartenbude hervor.

Jeremy hielt den Atem an und erstarrte. Er spürte, wie die Beine des Mädchens weitergezogen wurden, als Tanya einen Schritt machte. Dann blieb sie auch stehen.

»Ich bin's nur.«

Nein!

Schuldgefühle stiegen heiß und übelkeiterregend in ihm auf.

Shiner stand im Dunkeln. Sie trug weiße Kleider, die beinahe zu leuchten schienen. Sie hatte die Arme über der Brust gekreuzt. Die Seeluft ließ ihr Haar flattern. Sie weiß nicht, was ich getan habe, versuchte Jeremy sich zu beruhigen. Aber ihre Gegenwart war wie ein blendendes Licht, und in diesem Licht sahen seine Handlungen schmutzig und schrecklich aus.

Was habe ich nur getan?!

O Gott, was habe ich getan?

»Sind die andern schon hier?« fragte Tanya.

Shiner schüttelte den Kopf.

»Wir haben uns schon einen Troll für das Fest heute nacht gefangen«, sagte Tanya.

»Das sehe ich. Jeremy, laß sie los und komm mit mir.«

»Was soll der Scheiß?« zischte Tanya.

»Halt dich da raus«, sagte Shiner. Sie ging auf Jeremy zu. »Du wirst wirklichen Ärger bekommen, wenn du hierbleibst.«

»Wenn es dir nicht gefällt«, sagte Tanya, »dann hau doch ab.«

»Sei still. Jeremy!« Sie legte eine Hand auf seine Schulter. »Was ist mit deinem Gesicht passiert?«

»Wir hatten ein paar Probleme mit der hier«, murmelte er.

»Meine Güte!«

Er ließ die Beine des Mädchens los. Sie fing an, um sich zu schlagen. Tanya rang sie nieder, warf sie mit dem Gesicht nach unten auf die Planken der Promenade und stellte einen Fuß auf sie, um sie ruhig zu halten.

»Tut es weh?« fragte Shiner.

»Ja. Sehr.«

»Das tut mir leid. Aber das wäre nicht passiert, wenn du heute abend zu mir gekommen wärst. Ich weiß, ich bin nicht so... aufregend wie Tanya. Ich weiß, daß du scharf auf sie bist, zum Teufel, du bist eben ein Kerl. Wer wollte sie nicht? Es ist nur, daß sie dich zerstören wird. Schau doch, was mit dir passiert ist.«

»Sag ihr, daß sie, verdammt noch mal, verschwinden soll«, sagte Tanya.

»Sie hat recht«, sagte Jeremy. »Geh weg.«

»Ich gehe nirgendwohin. Nicht, solange du nicht mit mir kommst.«

»Ich gehe nicht«, sagte er.

»Yo!« rief Cowboy. »Alle bereit, um 'nem Troll in den Arsch zu treten?«

»Wir haben hier einen«, sagte Tanya.

Cowboy und Liz gingen zu ihr. »He, verflucht!«

»Eine Trollin«, sagte Liz.

»Und wir haben einen Verräter.«

»Ja?«

»Shiner.«

»Na! Was gibt's denn, Shiner-Baby? Du willst uns doch nicht verlassen, oder?«

»Hast du Schiß?« fragte Liz.

Cowboy trat näher zu Shiner hin. Sie ließ Jeremys Schulter los und sah Cowboy an.

Mein Kumpel, dachte Jeremy. Er spürte, wie Erleichterung und Dankbarkeit ihn wunderbar durchströmten. Es war wie neulich, als Cowboy den bettelnden Troll davongejagt hatte.

»Sag mir, daß das nicht stimmt«, sagte Cowboy und hörte sich besorgt an.

»Ich bin fertig mit dem Trolljagen«, meinte sie.

»Willst du mich verarschen? Das hier ist der Abschaum, der deine Schwester erwischt hat.«

»Hallo, ihr da!« sagte Randy. »He, habt ihr schon einen erwischt?«

»Shiner will aussteigen«, sagte Liz angeekelt.

»Tatsächlich?«

»Was ist mit dem großen Auto da vorn?« Samson war angekommen.

»Duke und ich haben darin den Troll hergebracht«, sagte Tanya.

»Du hast den Motor nicht abgestellt.«

»Das macht nichts.«

»Sieh mal an, wen haben wir denn hier? Ein Mädchen? Tatsächlich!«

»Wir werden uns gleich um sie kümmern. Duke *muß noch die Verräterin wegschicken.*«

»Sie ist keine Verräterin«, sagte Cowboy. »Sie ist nur sauer.« Zu Shiner gewandt sagte er: »Worum geht's denn? Bist du fertig wegen dem Kerl, den's erwischt hat?«

»Das ist ein Grund. Es ist alles außer Kontrolle geraten, Cowboy. Schau, was die da mit Jeremy gemacht hat!«

Cowboy schielte zu ihm hinüber. »Verfluchte Scheiße! Das hat das Miststück hier getan?«

»Sie hat mich gebissen«, sagte Jeremy mit zitternder Stimme. »Und gekratzt.«

»Na, sie wird sich bald wünschen, daß sie es nicht getan hätte.«

Liz und Randy kamen herüber, um ihn anzusehen. Samson nicht. Er kniete neben dem Mädchen und drehte sie herum. Randy schob seine Brille höher, schaute Jeremy ins Gesicht und murmelte: »Lieber Himmel.«

Liz sagte: »Dafür wird sie sterben.«

Ihre Sympathie wegen seiner Verletzungen schnürte Jeremy die Kehle zu. Das sind meine Freunde, dachte er.

Ich habe dem Mädchen nichts getan, was sie nicht auch tun würden.

Sie stehen auf meiner Seite, selbst wenn Shiner das nicht tut. Zur Hölle mit Shiner. Wer braucht sie denn schon?

Plötzlich war Heather da und schob Randy zur Seite. Ihr bleiches, aufgeschwemmtes Gesicht kam näher, und Jeremy konnte ihren Zwiebelatem riechen. »Armer Duke!« sagte sie und legte ihre Arme um ihn. Ihre Brüste und ihr Bauch fühlten sich wie schwabbelige Beutel an. Sie schob ihre Hände in die Taschen hinten an seiner Cordhose und rieb über seinen Po.

Shiner zog sie weg.

»Wir gehen«, sagte sie. »Komm jetzt, Jeremy.«

»Nein.« Seine Stimme klang fest. Jetzt waren seine Freunde hier. So viele Freunde. Sie hielten zu ihm. »Ich gehe nicht. Wenn dir das nicht gefällt, dann verschwinde doch.«

Sie zerrte an der Schulter seiner Jacke.

Plötzlich hakte jemand den Arm um Shiners Hals und zog sie nach hinten. Ihr Arm flog nach oben. Sie griff nach dem Kopf des Angreifers, drehte und duckte sich. Hinter ihr flog ein Körper in die Höhe, mit strampelnden Beinen, und krachte auf die Planken vor Shiners Füße. Sie zog sich ein paar Schritte zurück und hob die Hände, um sich zu verteidigen.

Niemand sonst griff sie an.

Karen lag ausgestreckt auf der Promenade, wohin Shiner sie geworfen hatte, und japste nach Luft.

»Bleibt alle stehen, wo ihr seid, und hört mir zu«, sagte Shiner. »Nate hatte recht. Wir sind zu weit gegangen. Aber ich will euch nicht aufhalten. Ich hasse sie ebenso wie ihr. Sie haben meine Mutter mitgenommen.«

»Schwester«, korrigierte sie Cowboy.

»Nein, meine Mutter. Ich habe keine Mutter mehr, wegen der Trolle. Aber ich habe eine Schwester, und einige von euch kennen sie. Mein richtiger Name ist Deborah Delaney, meine Schwester ist Joan Delaney, die Polizistin, die seit ein paar Wochen in Funland Streife geht.«

Cowboy hob eine Hand an die bandagierte Seite seines Kopfes.

»Ja«, sagte Shiner. »Diejenige, die dein Ohr für dich gerettet hat.«

»Ich will verdammt sein!«

»Deine Schwester ist ein *Bulle*?« platzte Tanya heraus.

»Ich wußte, daß ihr mich nicht mitgenommen hättet, wenn ich die Wahrheit gesagt hätte. Aber jetzt gehe ich nicht mehr auf Trolljagd. Ich bin hier, um euch zu warnen. Joan wird heute nacht herkommen, als Pennerin verkleidet. Sie und ihr Partner. Sie wollen euch erwischen. Ich habe die Luft aus ihren Reifen gelassen, aber das wird sie nicht lange aufhalten. Sie können jeden Augenblick hier sein. Ihr seid meine Freunde. Besonders du, Jeremy, aber auch ihr anderen. Ich will nicht, daß Joan einen von euch festnimmt. Und ich will nicht, daß sie dabei verletzt wird. Also blast die Sache bitte ab. Wenigstens heute nacht. Hört auf und haut hier ab, bevor es zu spät ist.«

Sie stand da und atmete schwer und sah alle nacheinander an.

Tanya ging auf sie zu.

Shiner versteifte sich. Sie hob wieder die Hände.

Karen, auf den Knien hockend, murmelte: »Mach sie fertig.«

»Sei still«, sagte Tanya. Sie hielt Shiner die Hand hin. »Danke für die Warnung, Debbie. Du hast recht. Selbst wenn deine Schwester ein Bulle ist.«

Shiner nahm die angebotene Hand. Tanya zog das Mädchen näher an sich heran, ließ die Hand los und umarmte sie. Shiner erwiderte die Umarmung.

Jeremy traute seinen Augen nicht. Er erwartete halb, daß Tanya ihr das Knie in den Bauch stoßen würde.

Sie lösten sich voneinander, und Tanya drehte sich zu Jeremy um. »Geh mit ihr, wenn du willst. Niemand wird etwas gegen dich haben – gegen keinen von euch.«

»Ich kann nicht«, sagte er.

Nicht nach dem, was wir getan haben. Nicht, wo mein Gesicht so aussieht.

Es war zu spät.

»Ich werde bei dir bleiben«, sagte er zu Tanya.

»Guter Junge. Also, Trolljäger! Ihr habt gehört, was Debbie gesagt hat. Bullen sind auf dem Weg hierher. Wir müssen uns beeilen. Randy, du stehst Wache. Wenn du jemand kommen siehst, pfeifst du wie verrückt und haust ab. Los.«

Sie drückte Shiners Arm und eilte dann zu dem gefesselten Mädchen. Die anderen gingen ebenfalls dorthin.

Shiner wandte sich Jeremy zu.

»Es tut mir leid«, sagte er.

»Mir auch. Was soll's, ich wäre wahrscheinlich auch hinter Tanya her, wenn ich ein Kerl wäre. Sind wir noch Freunde?«

»Klar. Wenn du mich als Freund willst«, fügte er mit zitternder Stimme hinzu.

»Das will ich.«

»Großartig. Und danke für... die Warnung.«

»Wozu sind Freunde sonst gut?«

Er wollte sie umarmen, aber er behielt die Arme unten. Er wußte, daß er sie nie wieder in die Arme nehmen konnte.

Er hatte sich selbst von der Welt entfernt, in der Teenager sich verabredeten, sich umarmten und küßten und auf unschuldige Weise miteinander umgingen. In dieser Welt hätte er sich mit Shiner bewegen können. Aber sie war nun für immer für ihn verloren.

»Los, schnappt sie euch!«

Die anderen jubelten.

Jeremy sah sich um und erblickte Samson, der das gefesselte Mädchen vom Boden hob. Er hielt sie vorn am Hemd und zwischen den Beinen und schwang sie hoch über seinen Kopf, als wäre sie eine Hantel. Er ging voran. Die anderen folgten, außer Randy.

»Ich nehme an, du willst das nicht verpassen«, sagte Shiner.

Jeremy schüttelte den Kopf.

»Dann laß uns gehen.«

»Bleibst du denn hier?«

»Ich habe es dir schon gesagt. Ich gehe nicht ohne dich. Wenn du bleibst, bleibe ich auch. Jemand muß doch auf dich aufpassen.«

Sie beeilten sich, die anderen einzuholen.

Die Prozession bewegte sich schnell über die mondbeleuchtete Promenade. Tanya, ganz vorn, eilte zum Tor des Zauns, der das Riesenrad umgab. Sie öffnete für Samson und stieg auf die hölzerne Rampe.

Oben angekommen, ließ Samson das Mädchen herunter. Er hielt sie fest, während Tanya hinter sie trat. Jeremy hörte ein Klicken und wußte, daß Tanya eine der Handschellen gelöst hatte.

»Wie bekommen wir das Ding in Gang?« fragte Samson.

»Ich habe Nates Schlüssel.«

»Verdammt!« sagte Cowboy.

»Laß sie los.« Samson lockerte seinen Griff am Hemd des Mädchens. Als sie nach hinten taumelte, hielt Tanya sie fest und riß ihr das Hemd herunter.

»Nicht schlecht«, sagte Samson.

»Nimm die Hosen.«

Samson zog ihre Jeans hinunter. Tanya, mit den Armen um das Mädchen, hob sie kurz vom Boden. Samson zog die Jeans von ihren Füßen und warf sie zur Seite.

»Wer will noch ein bißchen Spaß?«

»Was ist mit den Bullen?« fragte Samson.

»Vergiß die Bullen. Wer will's mit ihr machen?«

»Ich weiß nicht«, sagte Samson. Er streichelte die Brüste des Mädchens. »Ich hätte ja nichts dagegen, aber sie ist ein Troll, verstehst du? Ich könnte mir was einfangen.«

»Na, ich denke...«

Liz packte Cowboys Arm.

»Denk besser nicht«, murmelte sie.

»Jeremy?«

Sein Herz klopfte laut.

Nicht, wenn Shiner zusah.

Er konnte einfach nicht.

Außerdem hatte Tanya ihm für später etwas versprochen.

»Ich nicht«, sagte er.

»Eine Bande von Schlappschwänzen.« Sie zog ein Knie hoch. Das Mädchen zuckte heftig zusammen, als Tanyas Knie sie traf. Der Tritt hob sie von den Planken. Tanya warf sie zu Boden. Die Rampe bebte, als sie auf die Bretter fiel. Tanya kniete sich hin und hielt die Hände des Mädchens fest. »Los, macht schon.«

Karen huschte nach vorn und kroch über das Mädchen, stöhnte, während sie sie streichelte, quetschte, leckte und saugte.

»Damit willst du doch auch nichts zu tun haben«, flüsterte Shiner.

Ich möchte es *selbst* tun, dachte Jeremy. Er fühlte sich schuldig und haßte Shiner, weil sie da war und ihn beschämte.

Das Mädchen biß Karen in den Kopf.

Keuchend griff Karen nach ihrem Haar. Dann schlug sie mit den Fäusten auf das Mädchen ein, bis Samson sie wegzog.

»Laß uns weitermachen und sie hochziehen«, sagte er. »Die Bullen könnten bald hier sein.«

»Ja, ja, okay.«

Tanya und Samson zerrten das Mädchen zur untersten Gondel. Tanya schob sie gegen den Sitz, so daß sie auf der Fußstütze saß. Sie legte den Sicherheitsbügel vor, hakte die Verbindungskette der Handschellen darüber und schloß die leere Handschelle wieder um das Gelenk des Mädchens.

»Wenn sie auch fällt...« murmelte Shiner.

»Noch ein guter Troll«, sagte Liz. »Laß sie abfahren.«

»Laßt sie baumeln!« Das war Cowboy.

Tanya nahm ihre Visitenkarte aus ihrem Sweatshirt. »Grüße vom Großen Groben Griesgram Billy«, sagte sie. Sie zog eine kleine Plastikschachtel aus der Tasche, öffnete sie und hielt eine Stecknadel hoch, damit jeder sie sehen konnte. Sie steckte die Nadel durch die Karte. Das Mädchen zuckte zusammen, und ihre Beine bewegten sich, als Tanya ihr die Nadel ins Fleisch stach, gerade über der linken Brust.

»O Gott«, murmelte Shiner.

Liz lachte. »Sieht aus wie ein Namensschild bei einer Nudistenversammlung.«

Tanya ging hinüber zu den Maschinen. Augenblicke später sprang der Motor an und brachte die Rampe zum Vibrieren. Das Rad begann sich zu drehen, und die bloßen Fersen des Mädchens schleiften über die Bretter, als sie nach hinten gezerrt wurde.

Die Gondel kippte unter ihr weg. Sie schnappte nach Luft, als ihr ganzes Gewicht an den angeketteten Gelenken riß.

Das Rad wurde schneller und trug das vom Mondlicht beleuchtete Mädchen rasch nach oben. Als sie eben den höchsten

Punkt passiert hatte, bremste Tanya das Rad. Das Mädchen wurde steif. Sie schrie. Es sah so aus, als würde sie fallen. Jeremy erwartete fast, daß ihr die Arme ausgerissen würden, und er stellte sich vor, wie ihr nackter, armloser Torso durch die Nacht fiel. Aber das geschah nicht. Nach dem heftigen Ruck war sie kurz hochgerissen worden. Dann fiel sie wieder herunter und baumelte vor der schaukelnden Gondel.

Alle Trolljäger auf der Rampe starrten zu ihr hinauf.

»Ach du große Scheiße«, sagte Cowboy.

»Fällt sie jetzt oder nicht?« murmelte Liz.

Der Motor erstarb.

Jeremy hastete alarmiert zu Tanya hinüber. »Sie lebt«, flüsterte er. »Wir können sie nicht am Leben lassen. Verdammt, sie wird alles erzählen...«

»Mach dir keine Gedanken. Die Handschellen sind locker. Wirklich locker. Ich bin überrascht, daß sie noch nicht gefallen ist. Der Ruck hätte das eigentlich bewirken sollen. Sie muß die Fäuste geballt haben.«

»Was, wenn sie nicht fällt?«

»Sie wird. Ich gebe ihr keine zehn Minuten.«

»Bist du sicher?«

»Ich hab dir doch gesagt, ich hänge mit drin. Sie wird tief herunterfallen.« Tanya schob sich an Jeremy vorbei. Er folgte ihr, und sie gingen zu den andern. Alle Köpfe waren nach hinten gebogen.

Die Gondel schaukelte nicht mehr. Das Mädchen baumelte an den Handschellen, ihr Po berührte die Fußleiste. Sie sah schlaff aus.

Ist sie ohnmächtig? fragte sich Jeremy. Wenn sie bewußtlos ist, wieso ist sie noch nicht heruntergefallen? Vielleicht sind die Handschellen doch nicht so locker, wie Tanya dachte.

»Okay«, sagte Tanya. »Laßt uns hier abhauen.«

Sie eilten die Treppe hinunter und durch das Tor. Von der Mitte der Promenade aus sah Jeremy wieder nach oben. Er konnte das Mädchen deutlich erkennen. Sie war unglaublich hoch oben, und sie würde einen Sturz mit Sicherheit nicht überleben. Ihr Kopf hing nach hinten. Aber er konnte nicht feststellen, ob sie die Fäuste geballt hatte, um nicht aus den Handschellen zu rutschen.

Plötzlich blendete ihn ein Lichtblitz.

Heather rief: »Scheiße!«

Jeremy wirbelte herum. Keine zehn Meter entfernt stand ein riesiger Troll mit einer Kamera vor dem Gesicht. Es blitzte wieder.

»Schnappt ihn!« rief Tanya.

Sie rannten auf den Troll zu. Er drehte sich um, die Kamera baumelte am Riemen an seiner Seite, und er sprang über das Geländer. Er ließ sich auf den Strand fallen und verschwand.

»Holt ihn euch!« schrie Tanya wieder. Sie erreichte das Geländer als erste und sprang hinüber. Samson flankte über das Geländer, drehte sich um und sprang. Cowboy kletterte und hielt seinen Hut fest, als er hinabsprang. Liz kletterte über das Geländer, während Heather sich darunter durchquetschte. Jeremy begann, ebenfalls zu klettern. Shiner faßte ihn an der Jacke.

»Tu's nicht!« sagte sie.

»Der Kerl *hat ein Foto gemacht*!«

»Sie werden sich um ihn kümmern.«

Er schlug ihre Hand weg und schwang ein Bein über das Geländer.

»Bitte. Verdammt noch mal, *bitte*!«

Er schüttelte den Kopf, kletterte auf die Kante der Promenade und sprang. Er landete auf dem Sand, seine Knie knickten ein, und er rollte sich ab. Als er sich aufrichtete, landete Shiner neben ihm.

»Laß mich in Ruhe!« zischte er.

»Ich gehe mit dir.«

»Ich *brauche* dich nicht.«

Aber sie blieb neben ihm, als er hinter den anderen her ins Dunkel unter der Promenade lief.

»Wo ist er?« Tanyas Stimme.

»O Gott, wir dürfen ihn nicht verlieren«, rief Karen.

»Wir kriegen ihn«, kam es von Cowboy. »Wir machen ihn fertig, trampeln ihn platt«, das war Liz.

»Gott, wie dunkel es hier unten ist«, sagte Samson.

»Seid alle still«, sagte Tanya. »Vielleicht können wir ihn hören.«

Links von ihnen erschien ein Flecken rötliches Licht in der Dunkelheit.

»Da! Da!«

»Ach du Scheiße, das ist 'ne verdammte Tür!«

Sie sahen die Umrisse des riesenhaften Trolls, als er sich bückte und hineinkroch. Dann war er verschwunden, aber das Licht blieb.

Sie eilten hin und mußten dabei den Pfählen ausweichen, auf die die Promenade gebaut war.

Der nächste Umriß, den Jeremy vor dem Licht sehen konnte, war Tanyas. Sie zögerte keine Sekunde und schlüpfte hinein. Die anderen folgten ihr.

Als Jeremy durch die Öffnung eintrat, konnte er von weitem eine Trillerpfeife hören.

»Das war Randy«, flüsterte Shiner hinter ihm. »Joan ist hier.«

Jeremy dachte, sie würde jetzt zu ihrer Schwester rennen. Aber sie legte eine Hand auf seinen Rücken und ging durch die Tür.

»Die Bullen sind da«, verkündete Jeremy. »Randy hat eben gepfiffen.«

»Sie werden uns nicht finden«, sagte Tanya. »Mach die Tür zu.«

Shiner zog die Tür zu.

Sie waren in einem kleinen Raum, der von Kerzen in Wandhaltern erleuchtet wurde. Die Tür hinter ihnen schloß direkt an eine Betonwand an. Links war eine weitere Tür. Vor ihnen eine Treppe.

Cowboy probierte die zweite Tür. »Verschlossen«, sagte er.

»Wo, zum Teufel, sind wir?« fragte Heather, ihre Stimme war hoch und jammernd.

»Sieht aus wie ein Keller«, sagte Samson.

»Brillanter Schluß«, murmelte Liz.

»Da haste recht«, kam eine trockene, alte Stimme von oben. »Willkommen in Jaspers Funhouse.«

Tanya zog ein Klappmesser aus der Tasche ihres Sweatshirts. Sie ließ die Klinge aufschnappen.

Jeremy suchte in seiner Tasche nach dem Schweizer Armeemesser.

Er sah, wie Samson und Cowboy ebenfalls ihre Messer zogen.

»Alles bereit?« flüsterte Tanya. Sie blickte jeden einzelnen an, und ihre Augen leuchteten kampflustig im Kerzenlicht. Dann drehte sie sich um und ging die Treppe hinauf.

42

Robin hatte die Augen fest zugekniffen vor Angst und Schmerzen, aber sie öffnete sie ein klein wenig, als sie plötzlich Rufe hörte. Sie sah die Trolljäger weit unten die Promenade entlanglaufen.

Ihr Magen schien plötzlich tiefer zu sacken.

O Gott, wie *hoch* das hier ist!

Ein Lichtblitz zuckte über die winzigen Gestalten. Er kam von einem großen Mann vor ihnen, der plötzlich zum Geländer rannte, darübersprang und unter der Promenade verschwand.

Die Kids verfolgten ihn und sprangen ebenfalls über das Geländer.

Lassen sie mich einfach hier? fragte sie sich.

Werden sie mir nichts weiter tun?

Nein, sie haben noch nicht genug. Sie werden wiederkommen. Sie müssen mich umbringen. Ich bin eine Zeugin.

O Gott, Nate. *Der ist hinüber*.

Sie haben ihn umgebracht. Tanya hat ihn umgebracht. Aber warum hatte sie ihn ans Bett gefesselt? Vielleicht hat sie den Jungen belogen. Duke, sie hatte ihn Duke genannt. Sie hätte Nate nicht fesseln müssen, wenn er tot gewesen wäre, oder?

Vielleicht.

Vielleicht lebt er noch.

Ich kann Hilfe für ihn holen, wenn ich hier runterkomme. Wenn ich nicht runterkomme, werden sie wiederkommen und mich umbringen. Tanya oder Duke. Aber vielleicht werden sie es nicht in Gegenwart der anderen tun.

Sie mußten nur das Rad wieder in Gang bringen, es nochmals ruckartig anhalten, und sie würde wahrscheinlich heruntergerissen werden.

Der letzte Stopp hatte sie beinahe losgerissen.

Es war, wie von einem Riesen nach unten gezogen zu werden. Der Stahl der Handschellen schnitt in ihre Haut, und sie hatte gedacht, ihre Hände würden abreißen. Sie hatte sich fest angeklammert, an den Ketten. Wenn das nicht gewesen wäre, hätte sie der Ruck einfach aus den Handschellen gerissen.

Das wäre ihr Ende gewesen.

Selbst jetzt hielt sie sich nur mit den Fäusten fest. Öffne die Hände, und du fällst sofort runter.

Dann ist es zu Ende mit der Quälerei.

Nur noch ein letzter Schmerz, und das war's. Keine Schmerzen mehr.

Ich will nicht runterfallen!

Taubheit trat an die Stelle der Schmerzen in ihren Händen. Sie spürte, wie Blut an ihren Armen und den Seiten herunterlief. Die Seeluft ließ das Blut sofort abkühlen. Sie kühlte auch die langen, offenen Wunden auf ihrem Rücken, aber die schienen nicht mehr zu bluten. Entweder werden die Hände völlig taub, oder du verlierst genug Blut, um ohnmächtig zu werden, und dann ist es vorbei.

Sie wußte, daß auch Nase und Lippen geblutet hatten, aber das war vorüber. Also waren es nur die Gelenke und Hände und ein dünner Faden von Blut, der vom Einstichloch der verdammten Nadel über ihrer linken Brust herunterlief.

Wenn ich doch nur die Nadel rausreißen und sie Tanya in ihr verfluchtes Auge stechen könnte!

Robin beugte den Kopf nach unten und wollte versuchen, die Nadel mit den Zähnen herauszuziehen. Aber sie konnte sie nicht erreichen.

Wahrscheinlich werde ich in ein paar Sekunden in den Tod stürzen, und ich mache mir Sorgen wegen einer gottverdammten Nadel!

Ihr Kinn streifte die Karte. Sie zuckte zusammen, als die geringfügige Bewegung die Nadel unter der Haut verschob.

Dann sah sie unter sich drei kleine Schatten über die Promenade gehen. Sie kamen aus unterschiedlichen Richtungen, als hätte jeder für sich erspäht, was da vom Riesenrad hing.

Einer blieb direkt unter ihr stehen. Seine Glatze glänzte im Mondlicht. Als er aufblickte, sah Robin, daß er eine Augenklappe trug. Sein Mund öffnete sich. Sie bekam Gänsehaut und preßte die Beine zusammen. Während der einäugige Troll zu ihr hinaufstarrte, schlurfte ein anderer durch das Tor im Zaun. Der dritte folgte ihm auf das eingezäunte Gelände unter dem Rad. Robin hörte, wie ein leises Wimmern aus ihrer Kehle drang. Sie hörte die Brandung. Und in weiter Entfernung eine Trillerpfeife.

»Was war das?« fragte Dave.

»Hörte sich an wie eine Polizeipfeife«, meinte Joan.

»Kam das von der Promenade?«

Joan schüttelte den Kopf. »Ich weiß es nicht. Es schien aus dieser Richtung zu kommen.«

»Kann sein, daß derjenige, dem das Auto gehört…«

Sie runzelte die Stirn. »Vielleicht ist jemand in Schwierigkeiten«, sagte sie und rannte los.

Dave sprintete hinter ihr her und holte sie ein. Sie rannten über den Bürgersteig am Parkplatz von Funland entlang.

Falls jemand in Schwierigkeiten ist, könnte es schon vorbei sein, ehe wir da sind.

Er bedauerte plötzlich, daß sie die Autos nicht hatten benutzen können, und wünschte, er hätte sich nicht so sehr über den kurzen Aufschub gefreut.

Jeremy betrat den Treppenabsatz. Wir müssen im Erdgeschoß sein, dachte er. Dort war eine Tür. Tanya versuchte, den Knauf zu drehen, schüttelte den Kopf und ging die nächste Treppe hinauf. Samson war neben ihr. Karen kam als nächste, gefolgt von Cowboy und Liz.

»Das gefällt mir überhaupt nicht«, flüsterte Heather. Sie war hinter Jeremy und hielt sich an seiner Jacke fest.

»Ich denke, jemand *wollte*, daß wir hinter diesem Kerl herrennen«, sagte Shiner.

Jeremy zog eine Grimasse, und das ließ die Wunden in seinem Gesicht brennen und stechen. Shiner hätte das nicht sagen sollen! Es war schon schlimm genug, hier im Funhouse zu sein, ohne daß man darüber nachdenken mußte, ob man vielleicht *hineingelockt* worden war. Er dachte daran, wie finster das alte, verrammelte Haus von der Promenade aus wirkte. Und es befand sich direkt neben Jaspers Kuriositätenkabinett. Er stellte sich vor, was er dort gesehen hatte – die Galerie der Sonderbaren und die abscheulichen Ausstellungsstücke. Das Kuriositätenkabinett gehörte zu demselben verdammten Gebäude. Wahrscheinlich gab es sogar einen Verbindungsgang dorthin.

Am nächsten Absatz war die Treppe zu Ende. Die anderen blieben stehen. Er stieg die letzten Stufen hinauf. Als er an ihnen vorbeiblickte, konnte er einen dunklen Flur sehen.

»Ich wünschte, wir hätten ein paar Taschenlampen«, flüsterte Samson.

Tanya ging zur Wand und hob die einzelne Kerze aus ihrem schmiedeeisernen Leuchter. Sie ging langsam weiter, und die anderen folgten ihr. Shiner klammerte sich an Jeremys linken Arm und paßte sich seinen kurzen Schritten an.

Tanya schnappte nach Luft. »O Gott!« keuchte sie und schreckte zurück, als eine Hand aus der Wand auf sie zuschoß.

»Paar Dollar, Häschen?«

Von der anderen Seite griff eine Hand nach Cowboys Hut. »Scheiße«, rief er, hielt seinen Hut fest und stolperte gegen Liz.

»O nein«, schrie Liz. »Nein!«

Jeremy fühlte, wie sich seine Eingeweide verknoteten. Überall waren Trolle *in den Wänden*, starrten durch vergitterte Öffnungen, streckten die Arme aus, griffen nach den Kids, als sie an ihnen vorbeiliefen. Die Trolle lachten, johlten, quiekten und schrien vor Vergnügen.

»Paar Dollar! Gebt mir'n paar Dollar!«

»Blas mir einen, Süße!«

»Wie wär's mit 'nem Dollar?«

»Jetzt geht der Spaß los! Spaß!«

»Das sind jetzt unsre!«

»Hiii, ja!«

»Fick mich, fick mich!«

»Totes Fleisch! Ihr seid alle totes Fleisch!«

Heather kreischte. Jeremy wirbelte herum. Eine zahnlose Alte hatte beide Arme durch das Gitter gestreckt und Heather am Ärmel ihres Gymnastikanzugs gepackt. Jeremy stach auf die Hand der Alten ein. Die alte Frau keuchte und ließ los. Heather kreischte weiter, stolperte zurück und rannte zur Treppe. Sie lief die Treppe hinunter und verschwand.

»Laß uns auch gehen!« rief Shiner dicht an Jeremys Ohr.

»Nein!« keuchte er. »Geh, wenn du willst. Ich bleibe bei Tanya.«

»Idiot!«

Er rannte hinter den anderen her. Im Licht von Tanyas Kerze sah er sie in einer Reihe durch den Flur laufen, in der Mitte. Trolle steckten ihre Arme durch die Gitter, um sie zu greifen. Eine Hand legte sich auf seine Schulter, und er hielt den Atem an, bis er merkte, daß es nur Shiner war.

Dann wurde es dunkel.

Tanyas Kerze war erloschen.

»Eine Tür!« hörte er durch das verrückte Gebrabbel der Trolle.

Er griff in die Dunkelheit und fühlte Stoff. Cowboys Jeansjacke? Er rief: »Ich bin's« und hielt sich weiter fest.

»Alle hier rein!« schrie Tanya. »Schnell, schnell!«

»Ach du Scheiße!«

Jeremy mußte Cowboys Jacke loslassen. Seine Schulter stieß an etwas. Einen Türrahmen? Er ging weiter. Seine Füße sanken in weichem Boden ein.

»Was ist das?« Samsons Stimme.

»Schaumgummiboden«, sagte Liz. »Ein Rest vom alten Funhouse.«

»Schöner Spaß!«

»Ich will hier raus!« jammerte Karen.

»Der letzte macht die Tür zu!« befahl Tanya.

Er spürte, wie Shiner ihn losließ. »Ich hab's«, sagte sie. Er hörte die Tür zufallen, und die verrückten Stimmen der Trolle wurden zu einem dumpfen Murmeln.

»Okay.« Das war Tanya. »Sind alle hier?«

»Heather ist weggerannt«, sagte Jeremy.

»Das war wohl das Klügste«, meinte Cowboy.

»Laß uns hier abhauen«, bat Karen.

»Als hätten sie auf uns gewartet«, sagte Samson. »Ich würde auch sagen, wir verschwinden.«

»Ja«, stimmte Liz zu.

»Wir müssen dem Kerl die Kamera abnehmen.«

»Wozu?« fragte Samson. »Was hat er schon für ein Bild? Kids auf der Promenade. Tolle Sache. Beweist überhaupt nichts. Das hier ist ziemlich übel.«

»Ist es eigentlich nicht wert«, sagte Cowboy.

Sie waren einen Augenblick still. Jeremy hörte nur seinen Herzschlag und seinen Atem und den der anderen neben ihm.

Der anderen neben ihm.

Shiner war neben ihm, aber er nahm an, daß der Rest der Bande sich vor ihm befand. Die Atemgeräusche schienen jedoch von überall her zu kommen. Die warme, stickige Luft roch faulig.

»Okay«, sagte Tanya. »Wir gehen denselben Weg zurück und verschwinden hier.«

Shiner hielt sich an Jeremys Arm fest und trat hinter ihn. Er hörte ein lautes metallisches Rasseln. Shiners Finger krallten sich fester in seinen Arm. »Die Tür ist verschlossen«, flüsterte sie.

»O Scheiße.«

»Ich glaube, wir sind hier nicht allein«, sagte Liz mit panikerfüllter Stimme.

Etwas Weiches und Feuchtes berührte Jeremys Handrücken. Seine rechte Hand. Die, die das Messer flach gegen sein Bein drückte.

Etwas leckte sie ab wie ein Hund.

»Yaaah!« Er riß die Hand hoch.

Der dunkle Raum explodierte in Angstschreien, Keuchen, Kreischen und Fluchen.

Shiners Hand wurde von seinem Arm weggerissen.

Er wirbelte herum, um sie zu finden. Jemand hielt sein Bein fest. Er stolperte, versuchte, das Gleichgewicht wiederzufinden, fand im Schaumgummi keinen Halt und stürzte zu Boden.

Der Angreifer schob sich an seinem Bein entlang. Er konnte den Geruch verfaulenden Mülls wahrnehmen. Sein Hemd wurde aufgerissen. Haare kitzelten über seinen Bauch. Ein Gesicht drückte sich an ihn, und er spürte die Nase und den Schnurrbart, trockene Lippen und eine schnelle feuchte Zunge. Er griff sich ein Büschel fettiger Haare, riß das Gesicht weg und stach nach unten. Das Messer fuhr tief hinein – irgendwo in die Mitte eines Rückens, dachte Jeremy. Der Angreifer schrie auf, krümmte sich und rollte weg von Jeremy, aber damit riß er auch das Messer aus seiner Hand.

Jeremy setzte sich auf und starrte ins Dunkel. Er blinzelte, um sicherzugehen, daß seine Augen offen waren.

Um sich herum hörte er Kampfgeräusche.

Weg vom Boden, dachte er. Hier ist es am schlimmsten. Er schob sich auf die Knie. Jemand taumelte gegen seinen Rücken und schubste ihn nach vorn. Er zappelte und trat gegen einen Körper, um seine Beine freizubekommen. Keuchte, als sein Gesicht auf Haut traf. Er wich zurück. Eine Hand griff nach seinem verletzten Kinn und versuchte, ihn wegzuziehen. Schmerz stieg von der Wunde auf, und eine Stimme vor ihm sagte: »Jeremy?«

Die Hand tastete sich von seinem Kinn zur Schulter und zog ihn näher heran. Shiner schlang die Arme um ihn. Sie hielten sich aneinander fest und kamen stolpernd auf die Füße. Dann machten sie ein paar unsichere Schritte und stießen gegen eine Schaumgummiwand.

An der Seite tauchte ein senkrechter Lichtstreifen auf. Schwaches, gelbliches Licht. Plötzlich wurde es größer.

»Eine Tür!« flüsterte Shiner.

Dahinter war ein von Kerzen erleuchteter Flur.

Jemand schob sich durch die Tür und floh.

»Laß uns hingehen!« keuchte Jeremy.

Aneinandergeklammert eilten sie zur Tür. Auf dem Weg dorthin konnten sie die Silhouetten von auf dem Boden kämpfenden Körpern sehen, einige knieten, andere waren aufgestanden und stolperten. Hände griffen nach ihnen, und sie traten und schlugen sich ihren Weg frei. Jemand griff von der Seite aus nach Shiner. Ihr Ellbogen stieß den Troll zurück.

Ein dunkler Schatten versperrte die Tür. Jeremy warf sich dagegen.

Hände packten seine Jacke, zerrten ihn nach vorn und warfen ihn in den erleuchteten Flur hinaus. Tanya fing ihn auf. Als er sich umdrehte, sah er, wie Samson Shiner aus dem dunklen Raum zog.

Cowboy hatte sich gegen eine Wand gelehnt, Liz schluchzte an seiner Brust. Die Tür fiel ins Schloß. Samson versuchte, den Knauf zu drehen, und warf sich dann mit der Schulter gegen die Tür. Sie gab nicht nach. Er warf sich wieder dagegen.

»Um Himmels willen, laß das doch!« rief Tanya.

»Karen ist noch nicht draußen.« Er ließ den Fuß vorschnellen und traf die Tür direkt unter dem Knauf. Aber sie blieb verschlossen.

Samson drehte sich um, lehnte sich gegen den Türrahmen und schüttelte den Kopf. Sein Gesicht war vor Schrecken und Angst verzerrt.

Shiner preßte eine Hand gegen den Mund. Sie starrte Jeremy an. Ihre Augen waren weit aufgerissen und blickten verwirrt. Sie atmete heftig. Ihre weiße Bluse war bis zum Bauch offen und hing zerrissen von ihrer linken Schulter. Auf der Schulter waren Kratzer zu sehen. Sie hatte einen blutigen Fingerabdruck auf dem Körbchen ihres weißen BH.

Jeremy ging zu ihr hin. Sanft zog er die Bluse wieder über ihre Schulter und knöpfte sie zu. Er legte die Arme um sie. Sie atmete keuchend und zitterte.

»Es ist alles gut«, sagte er. »Alles in Ordnung.«

Verschwommen fragte er sich, wieso er zu Shiner gegangen war und nicht zu Tanya.

Aber es fühlte sich gut an.

»Arme Karen«, flüsterte sie.

»Wir sollten uns lieber unseretwegen Gedanken machen«, sagte Tanya von irgendwo hinter Jeremy.

Shiner drückte sich fest an ihn.

Dann ließen sie einander los. Shiner nahm seine Hand. Cowboy und Liz umarmten sich noch immer. Er hatte seinen Hut verloren. Aber er hatte immer noch sein Messer. Es war ein klappbares Jagdmesser mit einer gefährlich aussehenden Klinge. Die Klinge war voller Blut. Voller Blut war auch die Hand, die das Messer flach gegen Liz' Rücken hielt, während seine andere Hand ihr Haar streichelte.

Eine Tasche ihrer Jeans hing abgerissen über ihren Po. Sie hatte einen ihrer Turnschuhe verloren.

Samson sah, von seinem zerzausten Haar abgesehen, so aus, als wäre er nicht angefaßt worden. Aber er hatte sich die Arme fest um die Brust geschlungen, und Jeremy bemerkte, daß er zitterte. Ob er sein Messer noch hatte, war nicht zu sehen.

Tanya hatte ihr Messer mit der rechten Hand umklammert. Der Ärmel ihres Sweatshirts war bis zum Ellbogen blutgetränkt. Die Vorderseite des Sweatshirts klebte dunkel und feucht an ihrer Brust und ihrem Bauch. Auch ihre Hosen waren von der Taille bis zu den Knien voller Blut.

Sie zog einen Mundwinkel hoch. »Keine Sorge, Duke. Es ist nicht meines. Nur ein bißchen«, fügte sie hinzu und zeigte mit einem Finger auf einen Riß über dem einen Wangenknochen. Die Seite ihres Gesichts war blutig. Von ihrem Oberkiefer flossen kleine Blutrinnsale über ihren Hals.

Er ging zu ihr hin und zog sein fleckiges Taschentuch aus der Tasche. Er nahm die Rasierklinge heraus, ließ sie in die Tasche zurückgleiten und gab ihr das Taschentuch.

»Danke«, murmelte sie und preßte das Tuch auf die Wunde. »Weißt du was, Duke? Jetzt hast du eine gute Entschuldigung für dein Gesicht. Du kannst deiner Mutter erzählen, die Trolle hätten dich erwischt.«

»Wenn ich sie jemals wiedersehe«, sagte er.

»Das wirst du, keine Sorge.« Sie sah die anderen an. »Wir kommen hier wieder raus, klar?«

Nur Samson antwortete. Er sagte: »Ja, klar.«

»Also los.« Tanya wartete, bis sich die anderen um sie versammelt hatten. Shiner nahm wieder Jeremys Hand. Ihr Mund zuckte, als sie versuchte, zu lächeln. Er konnte die Angst in ihren Augen sehen.

Tanya ging voraus.

In diesem Bereich des Flurs gab es keine vergitterten Öffnungen in den Wänden. Keine Spur von Trollen. Nicht, bis Jeremys Schuh auf ein Metallgitter im Fußboden traf und er nach unten sah und unter sich ein Gesicht erblickte. Er sprang vom Gitter weg. »Sie sind da unten!« rief er.

Samson, der auf einem ähnlichen Gitter vor ihm stand, sprang nach vorn.

Jeremy blickte zurück. Cowboy hob Liz hoch. Mit ihr in den Armen trat er auf das Gitter. Er tanzte darauf herum, trampelte mit seinen Stiefeln.

Jeremy und Shiner gingen weiter. Unter dem nächsten Gitter waren zwei Gesichter. Die Trolle beobachteten sie still, als sie große Schritte machten und das Gitter überquerten, ohne draufzutreten.

Jeremy hörte Cowboy weiter hinten auf dem ersten Gitter herumtrampeln. »Ich will verdammt sein, wenn ich nicht...«

Ein ohrenbetäubender Krach ertönte. Noch während er sich umdrehte, wußte er, daß er sehen würde, wie Cowboy durch den Boden sank, mit Liz in den Armen.

Aber er hatte sich geirrt.

Cowboy stand immer noch auf dem Gitter. Liz fiel hin. Cowboy riß das Messer nach oben, weil etwas auf ihn herabstürzte.

Ein Mann. Ein nackter, kräftiger Mann mit einem haarigen Rücken und kahlem Kopf. Er schwang sich wie ein Pendel mit dem Kopf nach unten aus der Falltür in der Decke. Er hing an Seilen, die an seinen Fußgelenken befestigt waren. In jeder Hand hielt er ein Hackmesser. Er schrie »Hiiii!«, als er auf Cowboy zuflog. Cowboy wich nach hinten aus. Die Messer blitzten, stießen nach Liz. Aber sie lag flach auf dem Boden. Die Messer zerschnitten die Luft über ihr und verfehlten sie um Zentimeter. Der Mann schwang jetzt zu Cowboy hin.

Cowboy stach zu und sprang wieder zurück. Der Mann bäumte sich auf, drehte sich an den Seilen wie eine verdrehte Schaukel und schlug gegen die Wand. Eines der Messer bohrte sich in die Wand. Das andere fiel zu Boden.

Cowboy schnappte sich das Hackmesser, als der Mann wieder nach unten schwang. Er schaukelte über Liz hinweg und übergoß sie mit Blut. Dann schwang er sich drehend auf Shiner und

Jeremy zu. Der Griff von Cowboys Messer ragte aus seinem Hals. Blut und Urin spritzten.

Cowboy sprang über Liz hinweg und warf sich auf den Mann. Er drückte ihn gegen die Wand. Ging mit dem Hackmesser auf ihn los. Shiner wandte den Kopf ab, als Cowboy begann, auf den Mann einzuhacken. Mit einer Bewegung spaltete er ihn mittendurch. Gedärme fielen heraus wie feuchte, sich ringelnde Schlangen. Jeremy sackte zusammen und würgte. Das Erbrochene ergoß sich durch das Gitter.

Jemand unter ihm sagte: »Iiiih!«

Als er fertig war und sich wieder aufrichtete, half Cowboy gerade Liz auf die Beine. Die Leiche hing in der Mitte des Flurs, schaukelte und drehte sich noch immer. Jeremy versuchte, nicht hinzusehen. Statt dessen schaute er zu, wie Cowboy und Liz an dem hängenden Körper vorbeigingen.

Cowboy hatte ein Hackmesser in der Hand, sein Messer in der anderen. Liz hielt das zweite Hackmesser.

Als sie an dem Körper vorbeikamen, hackte Liz einmal auf die Brust ein. Der Schnitt ließ ein paar der herabhängenden Gedärme mit einem feuchten Ploppen auf den Boden fallen.

Jeremy mußte wieder würgen und bedeckte seinen Mund mit den Händen. Diesmal übergab er sich nicht.

Cowboy grinste. Seine Augen und die Zähne leuchteten weiß. Der Rest war rot. Es sah aus, als hätte man eine Wanne voll Blut über ihn ausgegossen. Jeremy konnte es *riechen*. »Empfindlicher Magen, Duke?«

»Den hast du aber erledigt.«

»Hab den Hurensohn massakriert. Ha! Nichts gibt's.«

»Ich dachte, mit euch wär's aus«, sagte Samson.

»Seid ihr beide in Ordnung?« fragte Tanya. Ihre Stimme erklang dicht hinter Jeremy.

»Ich könnte jetzt ein Bad brauchen«, sagte Cowboy.

Liz lachte und gab ihm einen Klaps. Blut spritzte aus seinem Hemd wie roter Staub.

»Okay«, sagte Tanya. »Laßt uns weitergehen. Jeder muß aufpassen. Gott weiß, was als nächstes passieren wird.« Sie gingen weiter. Jeremy trat auf die Gitter, ohne zu zögern. Sie traten alle auf die Gitter, als hätten der grausige Angriff und Cowboys Abschlachten des schaukelnden Mannes ihre Empfindlichkeit gegenüber derartigen Kleinigkeiten wie Trollen, die unter ihren Füßen lauerten, betäubt.

Sie beobachteten die Decke und die Wände. Dann kamen sie zum Ende des Flurs.

Rechts war eine geschlossene Tür, links eine dunkle Öffnung.

Tanya nahm eine Kerze aus dem Halter, kniete sich vor die Öffnung und lehnte sich nach vorn. Die Kerze und ihr Kopf verschwanden einen Augenblick. Dann stand sie auf. »Ich weiß nicht«, sagte sie.

»Was ist es?«

»Eine Rutschbahn.«

»Eine Rutschbahn?« fragte Samson.

»Das hier ist ein verfluchter Vergnügungspalast«, erinnerte ihn Liz.

»Wohin führt sie?«

»Abwärts«, sagte Tanya. »Ich konnte nicht viel sehen. Aber wir sollten damit das Erdgeschoß erreichen können.«

»Ja«, sagte Samson. »Und was immer dort auf uns wartet.«

»Besser dort als hier oben.«

»Warum versuchen wir nicht diese Tür?« fragte Shiner.

»Gute Idee«, meinte Liz. »Versuch *du's* doch.«

»Nein, tu das nicht«, warnte Jeremy.

»Ich nehme die Rutschbahn«, sagte Tanya.

»Nein«, sagte Jeremy.

»Was sollen wir machen, hier stehenbleiben? Gib mir mal dieses Hackmesser da, Cowboy.«

Cowboy reichte Samson das Messer. »Ich gehe zuerst runter«, sagte Samson. »Ihr wartet hier oben, bis ihr von mir hört.«

Tanya küßte ihn auf den Mund.

Jeremy erwartete, Eifersucht zu spüren, aber das geschah nicht. Der Junge verdient einen Kuß, dachte er. Besser er als ich.

»Guter Junge«, sagte Tanya. »Ich bin dir was schuldig.« Er lächelte gequält. Dann drehte er sich um und setzte sich auf den Boden. Er rutschte in die Öffnung. Tanya gab ihm die Kerze. »Sie wird sowieso ausgehen«, sagte er, aber er behielt sie. Er drückte das Hackmesser gegen die Brust, schob sich nach vorn und war nicht mehr zu sehen.

Tanya kniete sich hin und sah hinter ihm her.

»Seid bereit, schnell runterzugehen«, sagte sie. »Er könnte uns brauchen.«

Und dann kam ein Schrei aus der Öffnung. Kein Angstschrei, sondern ein Schrei schrecklicher Qual.

»Samson!« schrie Tanya.

»O Gott!« wimmerte Samson. »O Mutter der... Aaah! Aaah!«

»Was ist es?« rief Tanya.

»Ich bin... ich... Gott, ES TUT SO WEH!«

»Sollen wir runterkommen?«

»NEIN! NEIN! Um Gottes willen!«

»Vielleicht doch die Tür«, sagte Shiner. Sie drückte Jeremys Arm und ging auf die Tür zu.

»Warte«, rief er.

Sie riß die Tür auf und wich schnell zurück. Sie wirbelte mit einem entsetzten Keuchen herum, als der Troll heraussprang. Ein schlaksiger, graugesichtiger Mann mit einem wilden schwarzen Bart. Er griff nach Shiners Bluse und zog sie daran mit sich. Jeremy sprang los, um sie zu retten. Sie fiel nach hinten, mit weitaufgerissenen Augen, ihre Hände nach Jeremy ausgestreckt. Ein Hackmesser, offenbar von Liz geworfen, flog vorbei, verfehlte den Kopf des Mannes um wenige Zentimeter und verschwand in der Dunkelheit hinter ihm. Jeremys Finger streiften Shiners Finger. Sie wurde weggezerrt. Er rief: »NEIN!«, als sie hinter der Tür verschwand. Die Tür stieß gegen seinen Arm, schlug ihn zur Seite und fiel ins Schloß.

Bruchteile von Sekunden bevor er sich gegen die Tür warf, hörte Jeremy, wie innen ein Riegel zuschnappte. Er umklammerte den Türknauf, zerrte daran und schrie: »NEIN! LASS SIE RAUS! LASS SIE RAUS, DU DRECKSCHWEIN!«

Er hämmerte gegen die Tür, warf sich mit der Schulter dagegen, versuchte, sie einzutreten.

Die Tür blieb verschlossen.

Er sank auf die Knie und weinte.

43

Sekunden nachdem sie die Trillerpfeife gehört hatte, sah Robin einen Jungen auf die Promenade laufen. Es war wohl derjenige, der von den anderen als Wache zurückgelassen worden war.

Das also hatte das Pfeifen bedeutet.

Die Bullen kamen!

Ich muß nur noch so lange aushalten, dachte sie. Sie werden mich runterholen.

Wenn sie wissen, daß ich hier bin.

Der Junge war so *weit* entfernt.

Er blieb in der Mitte der Promenade stehen. Dort drehte er sich um und fragte sich vermutlich, wo seine Freunde geblieben waren. Er wirkte wie ein kleiner Junge, der sich in einem Supermarkt verlaufen hat und versucht, seine Mutter zu finden.

Vielleicht rief er nach seinen Freunden, aber Robin konnte ihn nicht hören.

Er blickte über die Schulter zum Eingang von Funland. Dann rannte er geradeaus weiter. Robin sah, wie er die Treppe zum Strand hinunterlief. Danach versperrte ihr linker Arm ihr die Sicht.

Sie schaute wieder nach unten.

Kein Zeichen von den drei Trollen. Aber sie wußte, wo sie waren. Hinter ihr. Wahrscheinlich auf der Rampe des Riesenrads. Vielleicht versuchten sie, das Ding in Gang zu bringen.

Wenn sie doch nur sehen könnte, was da hinten passierte. Eine Handschelle rutschte plötzlich an ihrer linken Hand hoch und kratzte über den Knöchel ihres Daumens. Ihr Magen sackte nach unten. Keuchend zwang sie sich, ihre Faust zu schließen.

Ihre Finger prickelten von der Anstrengung.

Die Handschelle rutschte weiter nach oben.

O GOTT!

Ihre Finger klammerten sich um den Rand des Armbands. Ihr Herz schlug dröhnend, ihre Beine zappelten.

JETZT! rief ihr Verstand ihr zu. JETZT ODER NIE. O GOTT!

Die rechte Hand zur Faust geballt, die linke um das Armband geklammert, bog sie die Arme an den Ellbogen und zog sich nach oben. Höher, höher. Die Kante der Fußstütze stieß gegen ihren Po, dann gegen die Rückseite ihrer Oberschenkel. Ihre Muskeln schmerzten. Die Handschellen schnitten wie Messer in ihre Finger und in die Handfläche. Sie wimmerte und stöhnte, pumpte mit den Beinen, als wollte sie eine Leiter emporklettern, die nicht vorhanden war. Die Gondel schwankte, die Fußstütze stieß gegen sie und schwang dann wieder zurück, weg von ihr. Robin schaukelte hin und her. Langsam zog sie sich höher, bis sich ihr blutendes Handgelenk vor ihren Augen befand. Dann kam sie zu ihren Fingern, die sich fest um das Armband schlossen; ihre andere Hand war in das rechte Armband der Handschelle gequetscht. Sie kämpfte sich weiter nach oben. Ihre Augen waren Zentimeter von der Verbindungskette entfernt. Höher. Hinauf zum Sicherheitsbügel. Hinauf, bis der Bügel auf gleicher Höhe mit ihrem Kinn war. Und was nun?

Ihre Armmuskeln brannten. Sie biß die Zähne zusammen. Schweiß brannte ihr in den Augen. Schweiß oder Blut lief an ihren Seiten herunter und wurde von der Seeluft gekühlt.

LOS JETZT!

Robin griff mit der rechten Hand nach dem Sicherheitsbügel, ließ die Handschelle los und hielt sich dann auch mit der linken fest. Sie schob den Kopf nach vorn und klemmte den Sicherheitsbügel unter ihr Kinn.

Die plötzlichen Bewegungen ließen die Gondel schaukeln. Die Fußstütze schlug gegen ihre Kniekehlen.

Sie hing am Bügel und zog die Beine an. Als die Fußstütze wieder nach vorn schaukelte, kam sie an ihren Fußsohlen vorbei. Sie warf sich nach hinten und fiel auf den Sitz. Die Gondel hüpfte wie verrückt, als wolle sie sie hinauswerfen. Sie streckte sich aus, rammte die Fersen gegen die Fußstütze aus Metall, drückte sich fest auf den Sitz und griff nach den Armlehnen der Gondel.

Bald schaukelte sie nur noch sanft.

Robin ließ die Armlehnen los und stellte die Füße nebeneinander. Ein paar Sekunden lang saß sie einfach nur da, zitterte und schnappte nach Luft.

Ich habe es geschafft.

Mein Gott, ich habe es geschafft!

Mit Daumen und Zeigefinger ihrer rechten Hand packte sie den Kopf der Stecknadel und zog sie schnell aus ihrer Brust. Der Wind erfaßte die Karte und ließ sie in die Nacht hinausfliegen. Robin warf die Nadel hinterher. Das Loch fühlte sich wund an und juckte. Auf merkwürdige Weise störte es sie mehr als ihre anderen Wunden. Das waren ernsthafte Verletzungen, aber diese hier nervte. Sie rieb mit dem Handballen darüber.

Als sie sich besser fühlte, hörte sie mit dem Reiben auf und zog die Handschelle ab. Sie ließ sie auf den Sitz fallen und bewegte die Hände. Obwohl sie sich noch ein bißchen taub anfühlten, zirkulierte das Blut jetzt besser. Ihre Finger kribbelten, als wären sie eingeschlafen gewesen.

Ein kalter Windstoß traf sie. Sie biß die Zähne zusammen, legte die Arme über die Brust, nahm jeweils eine Brust in eine warme Hand und preßte die Beine zusammen.

Jetzt muß ich nur noch fürchten, hier oben zu erfrieren.

Plötzlich erinnerte sie sich an die drei Trolle irgendwo da unten.

Entsetzen stieg in ihr auf. Sie können mich nicht erwischen, sagte sie sich. Wenn sie das Rad bewegen könnten, hätten sie das bereits getan.

Vielleicht verstecken sie sich nur, bis die Bullen...

Die Bullen!

Robin drehte sich langsam nach vorn und hielt sich am Sicherheitsbügel fest. Sie blickte seitlich an der Gondel hinab. Der Bereich nahe dem Haupteingang von Funland war verlassen. Sie konnte die gesamte Promenade übersehen. Die Planken sahen im Mondlicht grau wie Treibholz aus. Die Schatten waren schwarze Flecken. Vielleicht war der Pfiff des Jungen falscher Alarm gewesen.

Vielleicht hat er Bullen gesehen, die aber in eine andere Richtung unterwegs waren. Laß ihnen Zeit, sagte sie sich.

Es schien zwar ewig her zu sein, seit der Junge gepfiffen hatte, aber wahrscheinlich waren nicht mehr als zwei oder drei Minuten vergangen.

Sie könnten immer noch auftauchen.

Gerade als sie daran dachte, kam eine dunkle Gestalt aus dem Schatten des Eingangstors. Robin hielt den Atem an und seufzte dann enttäuscht.

Das war kein Polizist, sondern ein verdammter Troll. Er schlurfte herum, vornübergebeugt wie eine alte Hexe, in eine Decke gewickelt, die ihren Kopf bedeckte.

Moment mal!

Das Mädchen, das die anderen warnte – sie hatte gesagt, daß ihre Schwester eine Polizistin sei, als Troll verkleidet.

Das ist sie!

Robin rutschte nach vorn, lehnte sich, so weit sie es wagen konnte, aus der Gondel und winkte und schrie.

In der Mitte der Promenade drehte sich Joan langsam um. Niemand zu sehen.

Wo, zum Teufel, sind sie?

Jemand *mußte* doch hier sein. Sie hatte die Trillerpfeife gehört. Und vor dem Tor stand das Auto mit laufendem Motor.

Wir hätten unsere Zeit nicht mit dem Auto verschwenden sollen, dachte sie. Das hatte sie eine Minute oder zwei gekostet.

Aber das Auto ist vielleicht alles, was wir haben. Es war kurzgeschlossen worden, eindeutig gestohlen. Vielleicht von denselben Leuten, die Gloria erwischt hatten.

Aber wo sind sie jetzt?

Und wer ist ihr Opfer?

Auf dem Rücksitz hatte jemand geblutet.

Sie müssen hier in der Nähe sein.

Jedenfalls werden sie nicht mit dem Auto abhauen, dachte sie.

Während Dave sich die Nummer notiert hatte, hatte sie die Kabel mit ihrem Messer durchgeschnitten, dann die Fenster hochgekurbelt und die Türen verschlossen. Sie werden nirgendwohin fahren. Nicht mit diesem Auto. Sie drehte sich um und schüttelte den Kopf. »Sieht alles ganz verlassen aus.«

Eine Silhouette, von hinten angestrahlt von den Parkplatzlampen, tauchte aus der Dunkelheit neben der Kartenbude auf. »Was willst du tun?« fragte Dave.

»Sie müssen irgendwo sein.«

»Soll ich nicht mit dir kommen?«

»Dann glaubt mir keiner, daß ich ein Troll bin.«

»Wenn sie schon jemanden erwischt haben, versuchen sie's bei dir wahrscheinlich sowieso nicht.«

Das mochte stimmen. Und die Trillerpfeife war vielleicht von einer Wache geblasen worden, die ihre Freunde gewarnt hatte, daß Eindringlinge auf dem Weg waren. Sie waren vielleicht an den Strand geflohen oder hatten sich zerstreut und zwischen den Karussellen und Gebäuden Funlands versteckt.

»Bleib einfach nahe genug, um ein Auge auf mich zu haben«, sagte Joan. »Ich gehe die Promenade entlang und sehe, ob ich sie anlocken kann...«

»Hinter dir!«

Sie fuhr herum.

Zwei blasse Gestalten hasteten die Stufen vom Strand hinauf. Ihre Hände waren leer.

Ein Junge und ein Mädchen.

Die beiden stellen keine Bedrohung dar, dachte Joan. Der Junge war zart gebaut und trug eine Brille, die im Mondlicht glitzerte. Eine Trillerpfeife aus Metall hing an einer Kette um seinen Hals. Das schnaufende Mädchen neben ihm hatte ein rundes Mondgesicht. Sie trug einen Gymnastikanzug, der sich über schwabbelnde Fettrollen spannte.

Konnten das die Trolljäger sein?

Ein schmächtiger Knabe und ein Fettkloß?

Aber sie waren vielleicht nicht allein, hatten Freunde, die darauf warteten zuzuschlagen.

Joan lockerte den Griff um die 38er und zog die Hand unter dem Sweatshirt heraus. Sie hielt ihnen die Hand entgegen, mit der Handfläche nach oben.

Ich kann die Rolle ebensogut bis zum Ende spielen, dachte sie.

Hoffentlich haben sie Dave nicht gehört.

Immer noch ein paar Schritte von ihr entfernt, blieben die beiden Kids stehen. Sie sahen sich gegenseitig an, beide außer Atem.

»Wie wär's mit'n paar Kröten?« quäkte Joan. »Hatte nix zu Essen seit...«

»Ich glaube, wir brauchen Hilfe, Officer«, sagte der Junge. Officer?

»Etwas Schreckliches ist da unten los«, platzte das Mädchen plötzlich heraus. »Ich bin rausgekommen. Ich bin rausgekommen und weiß nicht, was noch geschehen wird, aber ich glaube, es ist furchtbar schlimm. Die Trolle! Trolle in den Wänden! Sie müssen kommen.«

»Dave!« rief Joan über die Schulter.

Er eilte zu ihr. Er hatte seine Beretta in Kopfhöhe im Anschlag.

»Sie haben mich erkannt. Sie sagen, es gibt irgendwo Ärger.«

»Hände über den Kopf«, sagte Dave, »und die Finger verschränken.«

»Wir haben nichts getan«, protestierte der Junge, aber er befolgte den Befehl. Das Mädchen ebenfalls.

»Was macht ihr hier draußen?«

»Nichts.«

»Wir lassen sie besser reden«, sagte Joan. Sie warf die Decke zur Seite, trat hinter den Jungen und durchsuchte ihn. »Irgendwas ist da los.«

»Die anderen...« sagte das Mädchen. »Wir sind in einen... einen Keller gegangen... und...«

»Wie war das letzte Nacht?« fragte Dave. »Erzählt uns von dem Troll, den ihr letzte Nacht erwischt habt.«

Joan fühlte eine größere, harte Ausbuchtung in der rechten Tasche des Jungen. »Hier ist was.«

»Wir haben letzte Nacht nichts getan«, sagte der Junge. »Wenn Sie Zeit verlieren wollen, indem Sie uns den dritten Grad verabreichen wegen einem blöden...«

Joan steckte eine Hand in seine Tasche.

»He! Sie haben keinen Durchsuchungsbefehl. Ich habe meine Rechte!«

»Du hast das Recht, die Klappe zu halten«, sagte Joan.

»Bitte!« jammerte das Mädchen. »Unsere Freunde!«

»Eure Freunde sind Trolljäger«, sagte Dave. »Wenn sie in Schwierigkeiten sind, ist das wirklich bedauerlich. Kommen wir auf letzte Nacht zurück.«

Joan nahm ein Messer aus der Tasche des Jungen. Sie drückte

einen Knopf am Griff. Die Klinge sprang heraus. »Klappmesser«, sagte sie. Sie schloß es und reichte es heimlich zu Dave hinüber. Er warf einen Blick darauf und schob es in die Tasche seiner Jeans.

»Ihr Kids steckt ziemlich tief drin«, sagte er. »Ich will jetzt alles über die Frau wissen, die ihr und eure Freunde hier letzte Nacht fertiggemacht habt.«

Nachdem sie den Jungen durchsucht hatte, trat Joan hinter das Mädchen und begann, sie abzutasten. Ihr Fleisch fühlte sich locker und weich unter dem Gymnastikanzug aus Nickystoff an.

»Wir sind letzte Nacht überhaupt nicht hiergewesen«, sagte der Junge. »Ich weiß nicht, wovon Sie reden.«

Das Mädchen begann zu schluchzen. »Sie werden sie umbringen! Sie werden sie *alle* umbringen! Ich weiß es!«

»Sie ist sauber«, sagte Joan.

»Okay. Nun, wir können den hier wegen Waffenbesitz drankriegen.«

Joan trat vor die beiden. »Wo sind die anderen?« fragte sie.

»Sie wollen mich *einsperren*. Erzähl es ihnen nicht.«

»Ich muß! Es war so schrecklich! Du bist nicht dagewesen, du hast keine Ahnung!«

Der Junge verzog unentschlossen das Gesicht.

»Sie werden dich nicht einsperren, Randy. Wenn sie dich schnappen, müssen sie auch ihre Schwester einsperren, und...«

Joans Herz blieb stehen. »Wessen Schwester?«

»Ihre«, sagte der Junge.

»Shiner«, sagte das Mädchen. »Betty.«

»Debbie«, verbesserte sie der Junge.

Joan erstarrte.

»Lieber Gott«, murmelte Dave.

Debbie. Ein Trolljäger. Nein, das war unmöglich.

Trolle in den Wänden.

Sie werden sie umbringen! Sie werden sie alle umbringen!

»Zeig uns, wo sie sind«, sagte Joan.

»Nein.« Der Junge griff nach dem Ärmel des Mädchens und starrte Joan an. »Zuerst müssen Sie versprechen, daß Sie mich nicht...«

Joan schlug ihm mit der flachen Hand ins Gesicht. Sein Kopf flog zur Seite. Die Brille fiel herunter und klapperte über die Planken.

»Beweg dich!« schrie sie dem Mädchen ins Gesicht.

Das Mädchen drehte sich um und ging auf die Stufen zu, Joan direkt hinter ihr.

»Es kommt alles in Ordnung«, sagte Dave.

»NEIN!« schrie Robin. »KOMMT ZURÜCK!«

Aber sie hörten sie nicht. Sie hatten keinen ihrer Schreie gehört. Sie hatten nicht einmal in ihre Richtung geblickt.

Sie war einfach zu weit weg, zu weit von der Promenade und zu hoch oben, als daß ihre Stimme durch die Geräusche von Wind und Brandung hörbar gewesen wäre. Sie klammerte sich an die Armlehne der Gondel und beobachtete, wie das dicke Mädchen die Treppen zum Strand hinuntereilte, gefolgt von der Frau und dem Mann. Der Junge bückte sich. Er hob seine Brille auf und setzte sie auf, stand einen Augenblick da, als wüßte er nicht, was er tun soll, und rannte dann los, um die anderen einzuholen.

Alle vier verschwanden unter der Promenade.

Robin stöhnte.

Sie lehnte sich weiter über die Armlehne der Gondel und blickte nach unten. Die Rampe neben dem Riesenrad war leer.

Wo waren die Trolle?

Als sie den Kopf umwandte, konnte sie sie sehen.

Auf dem Riesenrad. Sie kletterten an den Speichen und Verstrebungen hoch. Um sie zu holen.

44

»Es wird Shiner nicht helfen, wenn du hier hockst und weinst«, sagte Tanya. Sie zog Jeremy auf die Füße. Durch einen Schleier von Tränen sah er, wie Cowboy zur Tür ging, am Türknauf herumzerrte und den Kopf schüttelte.

»Wir müssen weiter«, sagte Tanya. Sie rieb mit den Handflächen über seine Brust.

»Sie war nur wegen mir hier.«

»Sie war ein Trolljäger wie wir anderen auch. Sie ist schon Monate, bevor du hierhergezogen bist, das Risiko gemeinsam mit uns eingegangen.«

»Können wir denn nichts tun?«

»Sie wird jetzt schon mausetot sein«, sagte Cowboy.

»Du mußt tapfer sein«, sagte Tanya. »Für mich. Du bist mein Soldat. Mein Geliebter.« Sie zog ihn sanft an sich und hob ihr Sweatshirt vorn hoch. Obwohl Cowboy und Liz daneben standen und vielleicht zusahen, sagte keiner von ihnen ein Wort. Tanya berührte ihn mit ihren Brüsten. Sie waren ein wenig klebrig von dem Blut, das durch ihr Sweatshirt gedrungen war, aber sie waren glatt und weich.

Das ist falsch, dachte Jeremy. Es ist falsch, was sie da tut... alles, was geschehen ist... Shiner... Shiner ist tot... ich konnte sie nicht retten... sollte das nicht mit mir machen...

Zwar liefen immer noch Tränen seine Wangen hinunter und er schluchzte ruckartig, aber er spürte, wie sich die Hitze in ihm ausbreitete.

»Du bist mein tapferer Geliebter«, sagte Tanya.

Jeremy nahm eine ihrer Brüste in seine Hand und liebkoste sie. »Ja«, sagte sie. »Ja, fühl mich. Ich bin am Leben. Ich gehöre dir.« Sie streichelte ihn sanft durch den Stoff seiner Hose. »Wenn wir hier draußen sind, wirst du mich bekommen.«

Er nickte.

»Das bloß für den Fall, daß es nicht Anreiz genug ist, deine eigene Haut zu retten«, sagte Cowboy.

Tanya löste sich von Jeremy. Sie zog ihr Sweatshirt wieder herunter, ging zu der Öffnung in der Wand und hockte sich hin. »Samson?«

Keine Antwort.

Jeremy hatte nichts mehr von Samson gehört, seit Shiner die Tür geöffnet hatte und...

Er sah alles wieder vor sich – den gräßlichen Troll, den verstörten, flehenden Ausdruck auf Shiners Gesicht, das vorbeifliegende Hackmesser, die zuklappende Tür. In einem Raum mit diesem Monster eingeschlossen zu sein... O Gott.

Sie hatte ihm einmal erzählt, ihre größte Angst sei, von Trollen gefangen zu werden. Nun war genau das geschehen. Jeremy hoffte, daß sie wirklich tot war. Hoffte, daß sie schnell gestorben war. Das wäre immer noch besser, als am Leben zu sein, während dieser abscheuliche Troll ihr Dinge antat.

Es tut mir leid, dachte er. O Gott, Shiner, es tut mir so leid! Wenn ich nur heute abend zu dir gekommen wäre...

»Samson hat's wohl erwischt«, sagte Cowboy.

»Das hier ist die einzige Möglichkeit, rauszukommen«, meinte Tanya.

»Ich gehe hinunter«, erklärte Jeremy. Er schniefte und wischte sich die Augen. »Ich gehe zuerst.«

Tanya nickte. »Okay. Guter Junge.«

»Wir können versuchen, ihn hinunterzulassen«, sagte Liz. »Ihn festhalten.«

»Gut«, sagte Tanya. »Geh mit dem Kopf zuerst rein, ich halte deine Füße fest und komme nach dir herunter. Liz, du nimmst meine Füße.«

»Ich werde euer Anker sein«, sagte Cowboy.

Tanya reichte Jeremy ihr Messer und außerdem eine Kerze aus einem der Kerzenhalter an der Wand.

Jeremy legte sich auf den Boden und rutschte vorwärts. Kerze und Messer in den Händen, schob er sich auf Ellbogen und Knien weiter. Die metallene Rutschbahn vor ihm schimmerte golden im Kerzenlicht. Auf beiden Seiten waren Holzwände und etwa einen Meter über der Bahn eine Holzdecke. Die Dunkelheit verschlang das spärliche Licht der Kerze schon nach kurzer Entfernung. Er blinzelte, aber er konnte nichts sehen.

»Kannst du ihn sehen?« fragte Tanya.

»Nein. Ich sehe überhaupt nicht viel.« Er rutschte weiter, bog sich in der Taille. Zuerst berührten seine Ellbogen und die Brust, dann sein Bauch die kalte, glatte Fläche. Er spürte, wie Tanyas Hände seine Fußgelenke umklammerten. Sie schoben ihn, und in Sekunden war sein ganzer Körper auf der Rutschbahn.

Ein paar Sekunden lang bewegte er sich nicht. Dann schob er

sich weiter nach unten. Er stellte sich vor, wie Tanya oberhalb von ihm herabgelassen wurde.

»Siehst du was?« fragte Tanya.

»Noch nicht.«

»Jetzt komme ich«, rief Liz.

Jeremy rutschte tiefer und tiefer hinab.

Im trüben Licht der Kerze konnte er plötzlich Samsons Kopf und Schultern sehen. »Ich sehe ihn. Samson? Samson?« Der Junge antwortete weder, noch bewegte er sich. »Es ist, als wäre er hier aufgehalten worden.«

»Ist er tot?« fragte Tanya.

»Ich weiß es nicht. Vermutlich.«

»Kannst du sehen, was mit ihm passiert ist?«

»Nein.«

Er streckte die Arme aus. Seine Fäuste berührten Samsons Schultern. Er drückte gegen die Leiche. Sie bewegte sich ein wenig hin und her, rutschte aber nicht weiter. »Er steckt fest«, sagte Jeremy.

»Kommst du an ihm vorbei?«

»Ich weiß es nicht. Vielleicht läßt du mich besser los.« Er spürte, wie Tanya seine Gelenke losließ. Er hob den Kopf. Samsons Augen und Mund standen weit offen. Die Arme waren angewinkelt, die Finger nach unten gebogen, als hätte er bis zum letzten Moment seine Krallen in die Dunkelheit geschlagen.

»Tu doch was«, sagte Tanya.

»Ja. Okay.« Er nahm die Fäuste hoch und rutschte, bis sein Hals gegen Samsons Kopf stieß und seine Ellbogen an den Schultern des Toten lagen.

Dann hob er die Kerze hoch und konnte den ganzen Körper übersehen. Er sah keine Wunden. Aber Samsons Beine waren gespreizt, und unter ihnen glänzte die Rutschbahn blutig.

Nicht weit von Samsons Füßen war die Rutschbahn zu Ende. »Ich sehe das Ende«, sagte Jeremy.

»Was ist mit Samson passiert?«

»Es müssen Messer oder so was unter ihm sein. Ich glaube, sie sind in der Bahn eingebaut.«

»O Gott«, murmelte Tanya.

»Okay. Ich klettere jetzt über ihn.«

Jeremy nahm Tanyas Messer zwischen die Zähne, um eine Hand freizubekommen, und fing an, sich vorwärts zu bewegen, wand sich und schob sich auf die Leiche.

Samsons Kopf drehte sich unter seiner Brust zur Seite. Er spürte, wie Samsons Haar ihn kitzelte, das Kratzen seiner Bartstoppeln. Plötzlich hatte er Angst vor den Klauenhänden, und so schob er Samsons Arme weg, bevor er weiterkroch. Der Körper bewegte sich unter ihm. Er rutschte ein paar Zentimeter, und es hörte sich an, als würde etwas zerreißen. Dann blieb die Leiche wieder fest liegen, und Jeremy untersuchte die blutige Rutschbahn genau, um sicher zu sein, daß dort keine Messer mehr auf ihn warteten. Schließlich rutschte er über den Rest von Samson, wollte nur noch schnell von ihm weg, ganz gleich, was dort unten in der Dunkelheit auf ihn wartete. Er spürte den Kopf in seiner Leistengegend, das kühle, feuchte Material von Samsons Jeans an seiner Brust und dann das glatte Metall der Rutschbahn. Er hielt sich am Bein der Leiche fest, als sei es eine Art Geländer, und zog sich daran entlang, damit er langsam hinabrutschen konnte und die Kerze nicht ausging.

Sich an Samsons Schuh festhaltend, glitt er fast bis zum Ende der Bahn. Er lauschte, konnte aber nichts hören, außer seinem klopfenden Herzen, seinem keuchenden Atem und den Geräuschen auf der Rutschbahn hinter ihm. Wenn hier Trolle auf ihn warteten, dann waren sie sehr still.

Die Kerze vor sich hin haltend, zog er sich weiter zum Bahnende. Der Boden war etwa einen Meter unter seinem Gesicht. Er hob den Kopf und drehte ihn nach links und rechts. Im Licht der Kerze sah er ein Stück von einem Flur.

Trolle konnte er nicht entdecken.

Also rutschte er von der Bahn und stand auf. Er untersuchte im Licht der Kerze die nächste Umgebung. Dann drehte er sich zur Rutschbahn. »Ich bin unten«, rief er. Seine Stimme hörte sich kratzig und zittrig an. »Hier ist niemand zu sehen. Es scheint in Ordnung zu sein.«

»Ich komme runter«, sagte Tanya.

»Beeil dich.«

»Dort«, sagte das Mädchen. Sie zeigte ins Dunkel. Dave leuchtete mit der Taschenlampe an einem Stützpfahl vorbei und strahlte die Betonwand eines Gebäudes an. Die Wand war mit Grafitti bekritzelt.

»Weiter nach rechts«, sagte das Mädchen. Er bewegte die Lampe. Der Lichtkegel traf auf ein paar zusammengenagelte Bretter. »Das ist eine Tür. Sie geht auf. Sie sind da reingegangen. Es ist der alte Vergnügungspalast, Jaspers Funhouse. Wir haben einen Kerl hierherverfolgt.«

Dave schob sich an Joan vorbei und ging zu der Wand hinüber. Er klemmte die Taschenlampe unter den Arm und zog an der Kante der Bretter. Sie schwangen nach außen. Er bückte sich und spähte in die Öffnung. Ein kleiner Raum. Kerzen an den Wänden. Eine Treppe, die nach oben führte. Er blinzelte ins Halbdunkel, konnte aber niemanden dort oben entdecken. »Sie sind die Treppe hinaufgegangen?« fragte er.

»Ja«, sagte das Mädchen. »Wir sind alle hochgegangen. Aber ich habe Angst bekommen und bin weggelaufen. All diese Trolle.«

»In Ordnung«, sagte Joan. »Ihr beiden verschwindet hier. Geht nach Hause.«

»Werden Sie mich nicht verhaften?« fragte der Junge.

»Nein. Geh nach Hause.«

»Meine Güte! Vielen Dank.«

»Tut mir leid, daß ich dich geschlagen habe, Junge. Und jetzt sieh zu, daß du wegkommst.«

Sekunden später konnte Dave sehen, wie Joan sich näherte. Sie trat ins matte Licht der Kerzen, griff unter ihr Sweatshirt und zog den Revolver. Ihr mit Schmutz vom Reifen des Wagens beschmiertes Gesicht sollte sie wie einen Troll aussehen lassen, aber statt dessen wirkte sie wie ein Mitglied einer Elitetruppe, das für ein nächtliches Stoßtruppunternehmen getarnt ist. Dave sah die Angst in ihrem Blick. Und den Zorn.

»Wir werden sie rausholen«, sagte er.

»Darauf kannst du deinen Arsch verwetten«, meinte Joan und ging an ihm vorbei.

»Stopp!« rief er.

Sie blieb stehen und drehte sich um.

»Ich gehe zuerst. Du bleibst hinter mir. Bleib verdammt noch mal dicht bei mir.«

Joan nickte.

Die Taschenlampe in der einen Hand, die Pistole in der anderen, sprang Dave die Treppe hinauf, immer drei Stufen auf einmal nehmend. Am ersten Absatz deckte er Joan, während sie versuchte, die Tür zu öffnen. Sie war verschlossen. Sie rannten die Treppe zum nächsten Stockwerk hinauf.

Vor Dave befand sich ein dunkler Flur. Er ließ den Lichtkegel der Taschenlampe darübergleiten. Niemand vor ihnen. Aber sein Blut gefror beinahe, als er vergitterte, fensterähnliche Öffnungen in den Wänden sah.

Trolle in den Wänden.

Aber es waren keine Trolle zu sehen.

Er zuckte zusammen, als ihn etwas berührte. Nur Joan. Sie drückte sich an seinen Rücken.

»Bleib nicht stehen«, flüsterte sie.

Er ging weiter und leuchtete mit der Taschenlampe die Wände ab. Gesichter tauchten hinter den Fenstern auf. Die schmutzigen, gierig blickenden Gesichter von Männern und Frauen. Joan gab ein leises, wimmerndes Geräusch von sich.

Den ganzen Flur entlang griffen Arme durch die Öffnungen, schaukelten und winkten wie die Tentakel eines Tiers, das in den Wänden lebt.

Dave hastete weiter, Joan hielt sich dicht hinter ihm. Die Trolle in den Wänden lachten und johlten, bettelten um Geld, brabbelten Obszönitäten und Drohungen.

Fingerspitzen wischten über Daves Arme, zogen an seinen Ärmeln. Jemand schrie schrill auf, aber es war ein Schmerzensschrei, und Dave nahm an, daß Joan eine der ausgestreckten Hände erwischt hatte.

Immerhin schießt sie nicht auf die Dreckschweine, dachte er.

Er war selbst in Versuchung, aber er nahm seinen Finger vom Abzug.

Er schlug mit der Taschenlampe eine Hand weg.

Dann fiel der Lichtstrahl auf eine Tür vor ihnen.

Robin kniete auf dem Sitz der Gondel und hielt sich an der Rükkenlehne fest. Sie blickte durch das Gewirr von Drähten, unbeleuchteten Glühbirnen, Verbindungsstreben und Speichen auf die Trolle, die langsam auf das Riesenrad kletterten.

»Schön, schön«, rief der nächste von ihnen. Er war etwa sechs Meter entfernt und kletterte auf einer Speiche, die ihn zur höchsten Gondel führen würde. Einmal dort angelangt, würde er außen über den Rahmen des Rads zu ihr klettern können, weil er an dieser Stelle nur ein wenig abfiel bis zu Robins Gondel.

Er war mager und von grauer Gesichtsfarbe, und er war kahl bis auf ein paar Fransen um seine Ohren. Er trug eine dunkle Anzugjacke und Hosen, die aussahen, als wären sie für einen viel größeren Mann gemacht. Der Wind zerrte an seinen Kleidern, und er war nahe genug, daß Robin sie flattern hören konnte.
»Ich krieg dich!« quäkte er.

»Genau. Geh nich' weg, Hübsche.« Er lachte krächzend, als hielte er das für einen großartigen Witz.

»Ich krieg sie zuerst, du Stück Scheiße«, rief der Mann unter ihm. Der mit der Augenklappe.

Der dritte Troll war weiter unten und kletterte offenbar vorsichtiger. Er stellte nur eine entfernte Bedrohung dar.

Diese Widerlinge werden mich lange vor ihm erreichen, dachte Robin.

Der mit dem übergroßen Anzug griff nach dem Rand der höchsten Gondel. Er wandte ihr sein Gesicht zu und grinste.
»Oooh, alles meins...«

Er schrie auf, als der Einäugige an seiner Hose zog und ihn nach unten zerrte. Einen Augenblick wand er sich und trat um sich, dann verlor er den Halt und fiel. Robin hielt den Atem an, als sie ihn fallen sah. Er drehte sich im Mondlicht und prallte dann mit dem Kopf zuerst auf der Rampe auf; das Riesenrad bebte von der Erschütterung.

Der einäugige Troll zog sich an der Armlehne der obersten Gondel hoch. Statt hineinzuklettern, schob er sich auf den schmalen Stahlbogen des äußeren Rahmens. Er hockte sich rittlings darauf, und dann begann er, sich zu Robin hinunterzuarbeiten.

Auf dem Boden am Fuß der Rutschbahn fand Jeremy eine zweite Kerze. Wahrscheinlich hatte Samson sie fallen lassen. Er zündete sie mit seiner Kerze an. Das Licht um ihn wurde heller. Er fand das Hackmesser. Es mußte vom Ende der Rutschbahn gefallen sein, denn es lag in der Mitte des Flurs.

Er nahm beide Kerzen in die linke Hand, bückte sich kurz, hob das Messer auf und hastete zurück zur Rutschbahn.

Tanya kletterte herunter. Sie zog sich von der Rutschbahn, mit den Händen auf dem Boden. Ihre Trainingshose war bis zu den Knien heruntergerutscht. Ihr nackter Po und die Rückseite ihrer Beine sahen im sanften Kerzenlicht wundervoll aus.

Sie ließ sich auf den Boden fallen, rollte auf den Rücken und blieb, nach Luft schnappend, liegen.

Jeremy fühlte sich, als bliebe ihm selbst auch die Luft weg.

»Schau dir das an«, flüsterte jemand.

»Leckerleckerlecker.«

»Auf sie, junger Mann!« riet die kratzige Stimme einer Frau.

Jeremys Magen krampfte sich zusammen. Tanya keuchte, zerrte die Hose hoch und sprang auf.

»Ooooh!«

»Habt ihr schon viel Spaß gehabt, Kiddies?«

Jeremy hob seine Kerze hoch und sah nach oben.

Gitter an der Decke. Gesichter drückten sich ans Metall.

»Scheißtrolle!« schrie Tanya.

Ein Speichelfaden tropfte auf ihre Stirn hinab. Sie wischte ihn mit einem blutigen Ärmel weg, packte Jeremy am Arm und zog ihn in eine Ecke, damit sie nicht mehr unter den Gittern standen.

»Ich möchte sie alle umbringen«, flüsterte er.

Diese Bemerkung brachte ihm Gelächter und Johlen von der Decke ein.

Sie warteten, und er gab Tanya ihr Messer zurück und eine der Kerzen.

Liz krabbelte aus der Öffnung, stand auf und kam zu ihnen.

»Noch'n Mädchen!«

»Je mehr, desto besser.«

»Beeil dich, Cowboy«, rief Liz.

»Cowboy?« Ein Troll kicherte. »Sie ham auch'n Cowboy!«

»Zieht euch aus, Mädchen! Laßt mich doch mal sehn! Los, seid nett!«

»Friß Scheiße«, rief Liz.

»Ich freß lieber dich.«

Schließlich kam Cowboy heraus. Aber nicht mit dem Kopf zuerst wie die anderen. Erst tauchten die Stiefel auf. Er kroch rückwärts und zog Samson hinter sich her. Der große Körper fiel von der Rutschbahn und riß Cowboy dabei zu Boden.

Die Rückseite von Samsons Jeans war zerfetzt und blutig. Aus seinem Oberschenkel hing ein Brocken Fleisch heraus. Eine Klinge hatte das angerichtet. Eine weitere hatte genau zwischen die Beine geschnitten. Jeremy wurde eiskalt in der Leistengegend, als er das sah.

Cowboy kroch unter Samson hervor, und Tanya hockte sich neben ihn.

»Zwei große Klingen ragen direkt aus der Rutschbahn«, sagte Cowboy. Er sprach laut, um das Gelächter, die Entzückensschreie und Bemerkungen der Trolle über der Decke zu übertönen. »Zum Kotzen. Ich konnte nicht mehr tun, als ihn von den Dingern loszureißen. Eines hat ihn direkt in die Eier geschnitten.«

»Eine Klinge muß die Arterie im Oberschenkel erwischt haben«, sagte Tanya. »Deshalb ist er so schnell gestorben. Es dauert keine Minute, wenn man daran verblutet.«

»Muß eine verdammt miese Minute gewesen sein«, sagte Cowboy.

Tanya tätschelte Samsons Rücken. Dann stand sie auf. »Okay, laßt uns gehen.«

»Ich werde ihn nicht hierlassen«, sagte Cowboy.

»Das ist Wahnsinn«, meinte Liz.

»Er ist zu groß. Wir können ihn nicht tragen«, sagte Tanya. »Wir können froh sein, wenn wir aus diesem Höllenloch hier rauskommen, und dabei können wir bestimmt nicht noch einen Toten mit uns schleppen.«

»Ich lasse Samson auf keinen Fall hier. Er war mein Freund. Was glaubst du, was diese Scheißtrolle mit ihm machen, wenn wir weg sind?«

»Er ist tot«, sagte Liz. »Es wird ihm nichts mehr ausmachen.«

»Es wird *mir* was ausmachen.«

Er rollte die Leiche herum, nahm eine Hand in seine und zog sie in eine sitzende Position. Jeremy bückte sich zu Samsons Rükken hinunter und hob ihn an. Dann machte auch Tanya mit.

Sie hoben Samson vom Boden auf. Cowboy duckte sich und packte ihn in einem Rettungsgriff.

Genauso, wie Samson den dicken alten Troll zum Riesenrad getragen hatte. Aber Cowboy war ein ganzes Stück kleiner als Samson.

»Hast du ihn richtig?« fragte Tanya.

»Ja.«

Liz blieb neben Cowboy, und Jeremy ging mit Tanya. Er hatte das Hackmesser in der rechten Hand, hielt die Kerze vor sich hin und blinzelte, um etwas sehen zu können, während sie den Flur entlanggingen. Die Trolle hinter ihnen wurden still. Es schien in diesem Bereich des Flurs keine Öffnungen im Boden, den Wänden oder der Decke zu geben. Das war eine Erleichterung, aber Jeremy erwartete trotzdem jeden Augenblick einen Angriff, und der konnte von überall her kommen.

Jetzt ist es meine Sache, dachte er.

Wo Samson tot war und Cowboy gebeugt unter der Last der schweren Leiche, hatte Jeremy das Gefühl, der Hauptbeschützer der Gruppe zu sein.

Ich werde auf sie aufpassen, sagte er sich. Ich. Duke. Ich bin jetzt der wichtigste Mann.

Er spürte, wie Stolz in ihm aufstieg.

Direkt vor ihm sah der Flur plötzlich *rund* aus.

»Ich sehe nach«, flüsterte er und schob sich schnell an Tanya vorbei.

Er blieb an der Kante eines Dings stehen, das wie ein gewaltiges, auf der Seite liegendes Faß aussah. Ein hölzernes Faß. Und an den Innenwänden waren lange Stahlstachel, die im Licht seiner Kerze glitzerten. Er stieß mit dem Fuß an den Rand.

Die Berührung bewirkte, daß sich das Faß langsam zu drehen begann.

Tanya trat neben ihn. »Wirklich reizend«, murmelte sie.

»Hier kommen wir nicht weiter«, sagte Jeremy.

Liz tauchte ebenfalls neben ihm auf und starrte in den sich drehenden Zylinder. »Scheiße. Sie haben hier bestimmt alles präpariert. Wie sollen wir da durchkommen? Es wird uns in Stücke reißen.«

»Wir kommen da durch«, sagte Tanya. »Cowboy, bring Samson hierher.«

45

Dave riß die Tür auf. Er leuchtete mit seiner Taschenlampe in den Raum hinein, und was er sah, erweckte in ihm nur das Bedürfnis, sich umzudrehen und wegzulaufen. Aber er wußte, daß sie nicht ohne Debbie gehen konnten. Er betrat den Raum. »Polizei!« rief er. »Waffen fallen lassen! Hände an die Wand!«

Joan war hinter ihm. »O mein Gott«, murmelte sie. Die Tür fiel ins Schloß.

Schulter an Schulter schwenkten sie ihre Waffen von einer Seite zur anderen, während der Lichtstrahl aus Daves Taschenlampe die Dunkelheit durchschnitt.

Die Trolle krochen voneinander herunter. Sie krochen von am Boden ausgestreckten Körpern, die sich nicht mehr bewegten. Sie taumelten zur rechten Seite des Raums – einige warfen Messer auf den weichen Schaumgummiboden – und drückten sich mit den Rücken an die Wand. Etwa ein Dutzend. Die meisten hatten wenig oder nichts an. Und alle waren blutüberströmt.

Vier Körper blieben auf dem Boden liegen.

Zwei männliche, zwei weibliche.

Nackt und mißhandelt. Dave sah eingeschlagene Gesichter, leere Augenhöhlen, durchschnittene Kehlen, einen abgerissenen Arm, einen Mann, dem die Haut von der Brust gezogen worden war. Er sah noch Schlimmeres und schwenkte den Lichtkegel weg von dem Blutbad. Er starrte die Trolle an, die sich an der Wand aufgereiht hatten.

»Was *seid* ihr?« flüsterte er.

Eine grauhaarige Alte gackerte, hob eine Hand und sagte: »Was seid ihr? Was seid ihr?« Während sie sprach, bewegte sich ihre Hand, bewegte sich der »Mund« der blutigen Socke, die sie auf der Hand hatte.

Dave zielte auf ihr Gesicht.

»Kugel in den Bauch«, sang ihre Sockenpuppe. »Eins auf den Keks. Schlecht für'n Kopf ist das.«

»Halt's Maul!«

Joan trat nach vorn. Sie beugte sich über eine der weiblichen Leichen. Dave beleuchtete sie für sie. Sie war jung und schlank. Die Beine standen nach beiden Seiten ab, als hätten ein paar Trolle damit Tauziehen gespielt. Von den Brüsten war nicht viel übrig. Und überhaupt nichts vom Gesicht.

»Das ist nicht Debbie«, murmelte Joan.

Woher konnte sie das wissen?

Dave konnte es nicht über sich bringen, sie zu fragen. Er sah selbst, daß die andere mißhandelte Frau nicht Joans Schwester war. Diese Leiche war dick.

Joan stieg über die Leiche. Sie drehte sich um und ging dann rückwärts zu der Tür am anderen Ende des Raums.

»Laß uns gehen«, sagte sie.

Dave ließ den Lichtstrahl über die Trolle an der Wand gleiten. »Was ist mit denen da?«

»Ist mir egal. Laß sie einfach hier.«

»Nach allem, was sie getan haben?«

»Das kümmert mich nicht. Ich will Debbie.«

Dave ging hinüber, leuchtete mit der Taschenlampe auf die am Boden liegenden Körper, ging um sie herum. Seine Schuhe sanken auf der weichen Gummimatte ein und rutschten auf dem Blut. Er richtete den Lichtkegel nach vorn, um für Joan den Weg zu beleuchten. Anschließend ließ er das Licht über die Trolle an der Wand gleiten.

Joan wartete, bis er nahe genug war. Dann öffnete sie die Tür.

»Jeder, der hinter uns herkommt, ist so gut wie tot«, warnte er. Dann folgte er Joan. Er zog die Tür hinter sich zu und drehte am Knauf. Die Tür war verschlossen, aber vielleicht nur von dieser Seite.

Er ging rückwärts weiter, die Pistole im Anschlag, falls sich die Tür plötzlich öffnen sollte, und hoffte halb, daß die Trolle es versuchen würden.

Jeremy bückte sich, legte das Hackmesser auf den Boden und faßte nach einem der Stahlstachel, um das Faß so gut wie möglich festzuhalten, während Tanya hindurchkroch. Im Licht ihrer Kerze konnte er Liz und Cowboy am anderen Ende sehen, wie sie ebenfalls Stacheln festhielten. Aber es reichte nicht ganz aus, das Faß wackelte leicht von einer Seite zur anderen, während Tanya über Samson kletterte.

Ihm war nicht wohl dabei, Samsons Körper auf diese Weise zu benutzen. Aber keiner wäre lebend hier durchgekommen, wenn sie nicht die Leiche über den Boden des Fasses gelegt hätten. Samson war groß genug, um fast die gesamte Länge des Fasses zu überbrücken, und dick genug, um die zehn Zentimeter langen Stacheln aufzunehmen. Es waren wohl zwanzig oder dreißig davon in seinem Körper.

Samson spürte sie nicht mehr.

Wenn er wüßte, was geschah, wäre er wahrscheinlich sogar froh darüber. Er war wie eine Brücke, die seine Freunde vielleicht hier herausbringen konnte. Und es würde ihm vermutlich gefallen, daß sich Tanya so über seinen Körper schiebt.

Tanya war nun fast draußen. Sie verharrte einen Moment, sank auf Samson nieder, küßte seine Lippen und flüsterte: »Danke, Samuel.«

Alle nannten ihn jetzt Samuel, hatte Jeremy bemerkt. Als wäre es jetzt nicht mehr richtig, seinen Spitznamen zu benutzen.

Tanya erhob sich. Sie kniete sich auf Samsons Brust, beinahe auf seine Schultern, und streckte die Arme aus. Jeremy stellte die Kerze auf den Boden. Er packte ihre Handgelenke und zog, als sie sprang.

Zusammen stolperten sie rückwärts vom Faß weg.

Dann hockten sie sich nieder, um das Faß für Liz festzuhalten. Es schaukelte wieder hin und her, trug Samsons Körper von einer Seite zur anderen. Aber trotz der Bewegung rutschte er nicht weg.

Robin drückte sich zitternd an die Sitzlehne und beobachtete, wie der Troll langsam auf dem Rahmen des Riesenrades entlangrutschte.

Er war fast nahe genug, um sie zu erreichen.

Sie betete darum, daß er fiel.

Aber obwohl er sich vorsichtig bewegte, schien er keine Angst vorm Fallen zu haben. Seine Beine umklammerten die Metallschiene, die Hände glitten vorwärts, zogen sich näher an sie heran. Er blickte nie auf seine Hände hinab, sein eines Auge starrte weiterhin nur Robin an. Sie hatte daran gedacht, zu fliehen. Sie hatte ihm sogar für Augenblicke den Rücken zugekehrt, vorn an der Gondel heruntergeblickt und versucht, ihre Chancen einzuschätzen, die Sicherheit der nächsten Gondel zu erreichen.

Sie war etwa zweieinhalb Meter unter ihr, aber nicht direkt, sondern schräg. Zu weit weg, um einen Sprung auf den Sitz zu riskieren. Höchstwahrscheinlich würde sie ihn verfehlen und daran vorbeifallen. Sie hätte vielleicht auch auf dem Rahmen des Rads herunterklettern können, aber selbst das war ein zu großes Risiko.

Mach dir nichts vor, dachte sie, du bist ein Feigling. Sie hatte zu lange da draußen gehangen, nur von ihren Händen gehalten.

Außerdem wäre es nur eine kurzfristige Lösung gewesen, die tiefere Gondel zu erreichen.

Und sie wäre damit näher an den dritten Troll gekommen, der immer noch ziemlich weit unten kletterte.

Wenn sie nicht bereit war, den ganzen Weg nach unten zu klettern…

Auf keinen Fall.

Dann bleibe ich lieber hier.

Aber jetzt, wo der einäugige Troll auf Armlänge herangekommen war, fragte sie sich, ob sie die richtige Wahl getroffen hatte.

»Komm nicht näher«, sagte sie. »Ich werfe dich runter, verflucht noch mal.«

Er grinste.

Robin griff hinunter zum Sitz. Dort lagen die Handschellen, in Höhe ihrer Knie. Sie packte eines der Armbänder.

»Ich warne dich«, sagte sie.

»Ich zittere.«

Als die linke Hand des Trolls nach dem Gondelsitz griff, hielt sie sich an der Lehne fest und warf sich zur Seite. Er beugte sich zu ihr hin, und die Gondel begann, unter seinem Gewicht zu schaukeln. Bevor er nach vorn schnellen und neben sie springen konnte, griff sie nach seinem Handgelenk. Sie riß seine Finger von der Lehne los, hob ihre andere Hand und schlug nach ihm. Das lockere Handschellenarmband am Ende der kurzen Kette traf ihn ins Gesicht. Der Schlag riß seinen Kopf zur Seite. Er öffnete den Mund zu einem stummen Schmerzensschrei. Robin drehte sich kniend, zog sein Handgelenk an ihrem Körper vorbei, zerrte ihn von der Metallschiene des Rahmens weg und ließ los.

Der Troll kreischte voller Angst auf.

Seine rechte Hand griff nach der Lehne der Gondel. Die linke Hand griff in die Luft. Bevor sie Halt finden konnte, bog Robin seine Finger von der Kante der Lehne weg.

Er stürzte mit einem gellenden Schrei ab.

Joan war von dem Blutbad in dem dunklen Raum entsetzt und angeekelt gewesen, betäubt von der Sorge um Debbie, aber nur wenig verängstigt.

Aber das hier flößte ihr Angst ein:

Ein Mann, der an den Füßen mitten im Flur hing. Er wartete auf sie.

Eine eiskalte Schlange schien durch ihre Gedärme zu kriechen. Kälte kroch ihren Rücken hinauf, Gänsehaut über ihre Arme und Beine, ihr Gesicht und ihren Nacken. Ihre Brustwarzen zogen sich schmerzhaft zusammen. Unter der Strickmütze begann ihre Kopfhaut zu kribbeln.

Sie blieb stehen und starrte den Mann an.

Was macht er hier?

Er bewegte sich nicht.

Er wartete einfach nur, hing dort im Schatten, wurde nicht ganz vom Licht der wenigen Kerzen an den Wänden erreicht. Etwas an seinem Umriß ließ Joan erraten, daß er nackt war. Und irgend etwas an diesem Umriß stimmte nicht.

Sie hob den Revolver, zielte und ging näher heran.

»Wie sieht es da vorn aus?« fragte Dave.

Sie warf ihm einen kurzen Blick zu. Er ging immer noch rückwärts und hatte den Blick auf die Tür des dunklen Raums gerichtet. »Sieh es dir selbst an«, sagte sie.

Er drehte sich um. »Mein Gott!«

Er hielt die Taschenlampe nach unten. Der Lichtstrahl fand den hängenden Mann.

Er stöhnte.

Joan empfand eine merkwürdige Mischung aus Ekel und Erleichterung. Der Kerl sah widerwärtig aus mit seinen herausfallenden Gedärmen, aber das war auch nicht schlimmer als das, was sie in dem Raum vorher gesehen hatte. Sie war froh, daß er tot war. Er war nicht mehr so erschreckend.

Dave richtete den Lichtkegel an ihm vorbei.

Joan wartete, bis Dave neben ihr war, und ging dann schneller. Als sie nahe genug an dem hängenden Körper waren, ging er voran. Er beleuchtete mit der Taschenlampe Boden und Wand, drehte sich zur Seite und drückte sich, mit dem Rücken dicht an der Wand, an der Leiche vorbei. Joan machte es ihm nach.

Dann lief sie hinter ihm her. Ein paarmal hörte sie Metallgitter unter ihren Schuhen klappern.

Sie erinnerte sich an die Geschichten, wie Jasper Dunn in seinem Funhouse lauerte und unter Röcke sah. Das muß der Flur sein, wo er es getan hat, dachte sie.

Beim nächsten Gitter blickte sie hinab und sah verschwommen ein Gesicht. Sie keuchte erschrocken.

Dave fuhr herum. »Nichts«, sagte sie. »Geh weiter.«

Sie sah noch mehr Gesichter unter den Gittern.

Ein gottverdammtes Publikum.

Dave blieb stehen. Er hatte das Ende des Flurs erreicht. Rechts war eine geschlossene Tür. Links eine Öffnung in der Wand.

Er ging zur Öffnung, kniete sich hin und leuchtete mit der Taschenlampe hinunter. »Lieber Himmel«, murmelte er.

»Was?«

»Eine Rutschbahn.«

Joan hockte sich neben ihn und sah ihm über die Schulter. Die

Rutschbahn glänzte silbern. Etwa nach drei Vierteln des Weges standen zwei Klingen aufrecht hervor, als hätte man zwei Jagdmesser von unten durch das Metall gestoßen. Die Klingen und der untere Teil der Rutschbahn waren blutverschmiert.

»Jemand ist da heruntergerutscht«, flüsterte Dave.

Joan drückte seine Schultern fest.

Nicht Debbie, dachte sie. *Es war nicht Debbie. Bitte.*

»Die anderen müssen einen anderen Weg genommen haben«, sagte sie.

»Ich weiß nicht. Nach dem ersten könnten die anderen heil hinuntergekommen sein.«

»Indem sie über ihn gekrochen sind?« *Oder über sie.*

»Ja.«

»O Gott.«

»Laß uns die Tür überprüfen«, sagte Dave.

Er reichte Joan die Taschenlampe. Sie stellte sich in die Mitte des Flurs und hielt die Taschenlampe mit der linken Hand. Die rechte Hand war ausgestreckt, zielte, Zeigefinger am Abzug der Smith & Wesson. Sie sah an den Angeln der Tür, daß sie sich nach außen öffnen würde.

Dave stellte sich rechts von der Tür, die Waffe erhoben, den Lauf dicht am Türrahmen. Mit der linken Hand griff er hinüber, drehte den Knauf und zog.

Die Tür blieb geschlossen.

Er sah Joan an und schüttelte den Kopf.

»Warum schießen wir sie nicht auf?« sagte sie.

»Wenn sie verschlossen ist, sind die Kids da nicht entlanggegangen.«

»Vielleicht hat sie sich hinter ihnen geschlossen.«

»Ich denke, sie haben die Rutschbahn benutzt.«

»Wir können das nicht.«

Ein Riegel klickte.

Dave wich zurück. Joans Herz blieb fast stehen.

Er riß die Tür weit auf.

»Hände hoch«, rief Joan.

Das blutüberströmte Ding, das hinter der Tür kniete, lächelte. »Nicht schießen, Joany.«

»Wir können ihn da nicht rauskriegen, selbst wenn wir wollten«, sagte Tanya.

»Und wir wollen auch nicht«, fügte Liz hinzu.

»Ich will ihn nicht den Trollen überlassen«, sagte Cowboy.

»Wir haben Shiner auch dagelassen«, erinnerte ihn Jeremy.

»Und Karen«, fügte Tanya hinzu. »Mach dir keine Gedanken, wir denken uns was aus, um ihn herauszubekommen. Wir rufen die Bullen an oder so was. Aber zuerst müssen wir selbst hier rauskommen.«

»Ja, wahrscheinlich.«

»Willst du das wiederhaben?« fragte Jeremy und hielt ihm das Hackmesser hin.

»Behalte es ruhig. Ich habe mein Jagdmesser.« Er drehte sich um und sagte: »Also, adios, Samuel.«

Sie gingen den Flur entlang, Tanya und Jeremy vorn, Cowboy und Liz dicht hinter ihnen.

Vor einer Tür mit zwei Flügeln blieben sie stehen.

Jeremys Magen krampfte sich zusammen.

Tanya murmelte: »Scheiße.«

Jeremy trat nach einer der Türen. Sie flog auf, und er wich zurück, als er jemand vor sich im von Kerzen beleuchteten Raum sah – ein dünner Junge, rot von Blut, mit einer Kerze in der Hand. Als die Tür wieder auf ihn zuschwang, merkte er, daß er es selbst war.

Er schob die Tür auf und hielt sie fest.

Und sah wieder sein eigenes Spiegelbild.

Der Raum war etwa dreimal so breit wie der Flur und hatte Spiegel als Wände. Kerzen standen auf dem Boden und erinnerten Jeremy an die Stachel im Faß. Die Spiegel vervielfachten sie und füllten den Raum mit leuchtenden Feuerzungen.

Keine Spiegel an der Decke. Dort waren Gitter angebracht. Für die Zuschauer.

Die Spiegel vor Jeremy zeigten nur ihn und die Kerzen.

Keine wartenden Trolle. Er ging durch die Tür.

Als die anderen ihm folgten, stellte er sich unter das nächste Gitter und sah ein schmutziges, bärtiges Gesicht über sich. »He, Junge, wieso bist du noch nicht tot?«

»Leck mich«, sagte er.

»Bissiger kleiner Pisser, was?«

Jeremy hob die Kerze hoch, reckte sich nach oben und stellte sich auf die Zehenspitzen. Die Kerzenflamme leckte über das Metallgitter. Der Troll schrie auf, als sein Bart Feuer fing.

»Ha!« rief Jeremy.

»Gut gemacht, Duke!«

Jeremy beobachtete, wie der Troll schreiend aufsprang. Er kniete im Gang über dem Gitter und schlug nach seinem brennenden Bart, aber die Flammen schossen an seinem Gesicht hoch und erfaßten sein langes, verfilztes Haar. In Sekunden war sein Kopf ein Feuerball.

»Wie gefällt dir denn das, du Dreckstück?« schrie Cowboy.

Jeremy senkte den Blick auf die Spiegel vor ihm. Cowboy, Liz und Tanya hielten alle Kerzen hoch, hinauf zu den anderen Gittern, sprangen hoch und versuchten, das Feuer möglichst dicht an die Gesichter der Trolle über ihnen zu bringen. Liz lachte dabei. Cowboy fluchte und ließ wilde Schreie los wie »Erinnert euch an Alamo« und »Das hier ist für Sam!« Tanya machte es leise, huschte über den Boden, tanzte zwischen den stehengebliebenen Kerzen und stach mit der Flamme zwischen die Gitter. Ihr Sweatshirt rutschte nach oben, und er konnte ihren Bauch mit der Narbe sehen.

Die Trolle keuchten und schrien. Wenigstens ein paar von ihnen kreischten entsetzt auf, als sie Feuer fingen.

»Jetzt wird alles gut.« Sie hockte auf den Knien, umarmte ihre Schwester und weinte. Debbie klammerte sich an Joan und weinte ebenfalls.

Daves Hals war wie zugeschnürt, und auch er hatte Tränen in den Augen, als er die beiden zusammen sah.

Wir haben es geschafft. Wir haben sie rechtzeitig gefunden. Obwohl Gott allein wissen mag, was sie durchgemacht hat.

Dave trat neben Joan, bückte sich und hob die Taschenlampe auf. Er schlüpfte an Debbie vorbei und betrat den Raum hinter der Tür. Er war etwa so groß wie ein kleiner Wandschrank und offenbar nur durch die eine Tür zugänglich.

Mitten auf dem Boden lag ein toter Mann. Neben seinem Bein lag ein blutdurchtränkter Fetzen von Debbies Bluse. Seine Hand hielt ihren BH umklammert.

Dave ließ das Licht auf das Gesicht des Mannes fallen. Obwohl das verfilzte Haar und der Bart blutverklebt waren, erkannte Dave ihn.

Der Troll, der sie zu einem »grauslichen Tod« verflucht hatte.

Der Troll mit den Charles-Manson-Augen.

Jetzt hatte er keine Augen mehr – nur leere, feuchte Höhlen.

Seine Unterlippe, vielleicht von Debbies Zähnen zerrissen, hing nur noch an einer Ecke. Sie sah auf seinem bärtigen Gesicht wie eine tote Schnecke aus. Sein Kopf war zur rechten Schulter geneigt. Die linke Seite des Halses war offen, von einem Hackmesser aufgeschlitzt, das aufrecht in der Wunde steckte. Sein Mantel und das Hemd waren aufgerissen. Die Haut seiner Brust war leuchtend rot, völlig zerkratzt. Dave drehte sich um. Joans Gesicht war an die Wange des Mädchens gedrückt, ihre Augen geschlossen. Ob sie das Blutbad schon bemerkt hatte?

Debbies Rücken und Po waren mit Kratzspuren übersät. Ihre Höschen, an der Seite zerrissen, hingen um ihre Knie. Ihre Jeans waren auf die Füße gerutscht.

Dave ging um die beiden sich umarmenden, weinenden Frauen herum, lehnte sich an die Wand und schloß die Augen.

Lieber Gott, was für ein Kampf in dem verschlossenen Schrank getobt haben mußte! Es schien unglaublich, daß Debbie sich behauptet hatte.

Vielleicht doch nicht so unglaublich. Zum Teufel, sie ist Joans Schwester.

Was für ein Mädchen!

Sie muß den Kerl mit bloßen Händen angegriffen haben, bevor sie ihn mit dem Hackmesser erledigen konnte.

»Wir... wir müssen den anderen helfen«, sagte Debbie.

»Zur Hölle mit den anderen.«

»Es sind meine Freunde.«

Dave sah sie an. Joan half dem Mädchen auf. Er wandte den Blick ab, als Debbie sich bückte und an den Resten ihrer Unterwäsche riß. Er hörte Stoff zerreißen.

»Wo hat er dich verletzt?« fragte Joan.

»Unwichtig.«

»Hat er...«

»Er hat es nicht gemacht.« Sie schniefte. »Ich kann noch gar nicht glauben, daß ich am Leben bin.«

»Ich auch nicht«, meinte Joan.

»Als ich euch hier reden hörte...« Ihre Stimme brach.

»Es ist alles in Ordnung«, sagte Joan.

»Dave, ist der Kerl da drin tot?«

»Hast du ihn nicht gesehen?« fragte er und blickte sie an. Sie zog ihr Sweatshirt aus.

»Er ist tot«, Debbie schnappte zwischen Schluchzern nach Luft. »Das sollte er jedenfalls sein.« Sie wischte sich mit blutigen Händen die Tränen ab. Sie hatte ihre Jeans hochgezogen und sie zugemacht. Ein Teil der Jeans war immer noch weiß.

Obwohl ihr Körper blutbeschmiert war, konnte Dave keine Wunden sehen.

Joan nahm das Schulterhalfter und das Messer ab und zog die kugelsichere Weste aus.

Das T-Shirt klebte an ihrem Körper. Es war weiß. Das kam Dave merkwürdig und beruhigend vor. Er hatte in den letzten Minuten so viel Blut gesehen, daß er schon fast geglaubt hatte, Blutrot sei die übliche Farbe der Dinge. Joan zog ihrer Schwester die Weste an und befestigte sie mit den Klettbändern. Dann gab sie Debbie ihr Sweatshirt. Das Mädchen wischte sich damit das Gesicht ab und zog es über den Kopf, während Joan schnell wieder die Waffen anlegte.

Dann bückte sie sich und nahm die kleine halbautomatische Pistole aus dem Halfter. Sie reichte sie Debbie.

Debbie ging an ihr vorbei auf die Rutschbahn zu.

»Warte!«

»Ich weiß. Irgendwas stimmt damit nicht.«

Als Dave an Joan vorbeikam, griff sie nach seinem Handgelenk und zog es zur Seite, damit die Taschenlampe in den Schrank leuchtete. »Mein Gott!« murmelte sie.

Sie zuckten beide zusammen, als jemand vor Schmerzen und Schreck schrie. In Sekundenschnelle hörte man Rufe, Gelächter,

Schreie, einige erstickt, einige laut. Es schien vom Ende des Flurs zu kommen. Dave drehte sich um. Er konnte sehen, wie Rauch durch eines der Gitter im Boden stieg. Rauch, und dann sah er Feuer flackern.

»Was, zum Teufel, ist da los?« fragte Joan.

»Wir sehen besser, daß wir hier wegkommen«, sagte Dave.

Debbie hielt Joans Hand fest.

Dave schob sie zur Seite, ging in die Knie und leuchtete die Rutschbahn hinunter.

»Laß uns den Weg zurückgehen, den wir gekommen sind«, sagte Joan.

»Das können wir nicht!« rief Debbie. »Meine Freunde sind da unten! Wir müssen sie retten!«

»Ich glaube, wir können es die Rutschbahn hinunter schaffen«, sagte Dave.

46

»Jetzt haben wir es ihnen aber gezeigt«, schnaubte Tanya.

»Ich hoffe, die Bude brennt ab«, sagte Liz.

»Nicht, bevor wir hier raus sind«, meinte Cowboy. Die Kerze in einer Hand, das Messer in der anderen, betrat er das Spiegelkabinett. Liz eilte hinter ihm her. Jeremy blieb dicht an Tanyas Seite und ging auf eine Öffnung zwischen den Spiegeln zu. Jemand oberhalb der Decke schrie immer noch. Und er hörte andere, die jammerten und schluchzten.

Wir haben ihnen weh getan, dachte er. Vielleicht haben wir sogar einen oder zwei umgebracht.

Ich könnte sie alle umbringen.

Oder die verdammte Bude niederbrennen, jeden einzelnen von ihnen grillen.

Aber wahrscheinlich hatte es nicht ausgereicht, einigen die Haare anzuzünden.

Egal. Die Vorstellung, daß Shiners Leiche mitbrennen würde, entsetzte ihn. Samson und Karen würden ebenfalls verbrennen.

Er sah, wie Liz zwischen den Spiegeln verschwand. Aber sie tauchte wieder auf, zusammen mit Cowboy, als Jeremy sich durch eine Lücke zwischen den Spiegeln schob. Sie waren links von ihm. Dachte er. Es war schwierig zu sagen, wo sie sich wirklich befanden. Von Spiegeln auf beiden Seiten und direkt vor ihnen wurden sie überall reflektiert. Eine Unmenge blutüberströmter Kids mit Kerzen, Messern und Hackmessern. Bilder in Bildern, die sich vorwärts und rückwärts bewegten. Jeremy konnte nicht unterscheiden, wo der wirkliche Cowboy und die wirkliche Liz waren und wo ihre Spiegelbilder. Dann verschwanden sie, und Jeremy war nur noch von Bildern seiner selbst und Tanyas umgeben. Er stocherte vorsichtig mit dem Hackmesser nach vorn. Ging auf sich selbst und Tanya zu, und auf beiden Seiten gingen weitere Doppelgänger von ihnen. Die Kante der Klinge stieß an Glas. Er streckte die Hand nach rechts aus und traf auf keinen Widerstand, also ging er dort entlang, gerade rechtzeitig, um Cowboy und Liz – oder ihre Spiegelbilder – um eine Ecke verschwinden zu sehen.

»Beeil dich«, sagte Tanya. »Wir dürfen einander nicht verlieren.«

Jeremy eilte weiter, Schulter an Schulter mit Tanya, und fuhr mit den Fingern am Glas entlang, um den Weg zu finden.

»Ich will verdammt sein, wenn das nicht...«

Dann war plötzlich kein Glas mehr an Jeremys Fingern. Er ging weiter, tastete zur Seite und stieß gegen Liz' Rücken.

»He, paß mit der Kerze auf«, warnte sie und wich vor ihm zurück.

»Tut mir leid.«

»Seht mal, was ich gefunden habe«, sagte Cowboy.

Jeremy trat zur Seite, um an Liz' Kopf vorbeisehen zu können. Cowboy stand vor ihm – oder sonstwo – und bückte sich. Er richtete sich wieder auf und drehte sich um. Sein Messer hatte er zwischen den Zähnen. Die Kerze war in der einen Hand. In der anderen hielt er eine Kamera mit Blitzlicht.

»Phantastisch«, sagte Tanya.

»Eine richtige Schönheit«, sagte er durch die Zähne.

»Eine Minolta.«

»Wen interessiert das?« fragte Liz. »Nimm den Film raus.«

»Ich werde das ganze Ding einfach behalten.« Er zog den Gurt über seinen Kopf und zuckte leicht zusammen, als er mit der Hand sein bandagiertes Ohr berührte.

»Behalt sie, wenn du willst. Aber nimm den Film jetzt gleich raus. Wir können nicht riskieren, ihn zu verlieren.«

»Okay, wenn du meinst.« Er senkte den Kopf und starrte die Kamera an, versuchte, herauszufinden, wie man sie öffnen konnte. »Ich bin wirklich nicht sicher...«

»HINTER DIR!« schrie Tanya.

Liz kreischte.

Cowboy sprang überrascht auf, wirbelte herum und riß das Messer aus seinem Mund, als ein riesiger Troll zwischen den Spiegeln hervorkam und eine Axt niedersausen ließ. Zehn Riesen. Fünfzig. Unzählige gewaltige Trolle, die Cowboys Schädel in der Mitte durchhackten. Blut sprühte durch die Luft. Die Hälften von Cowboys Kopf fielen auf die Schultern nieder. Seine Beine knickten nach vorn. Er fiel zu Boden. Der Troll riß die Axt heraus und hob sie wieder hoch.

Liz schrie gellend und sprang auf Cowboy zu. Sie kauerte sich hinter ihn, legte die Hände unter die Hälften seines Kopfs und hob sie hoch, als ob sie ihn wieder zusammensetzen könnte.

»NEIN!« schrie Tanya.

Der Troll holte zum Schlag auf Liz aus.

Jeremy warf das Hackmesser. Es blitzte im Kerzenlicht auf, als es sich überschlagend durch die Luft sauste. Die Klinge bohrte sich in die Brust des Trolls. Er brüllte. Aber er fiel nicht. Das Hackmesser blieb in seiner Brust stecken, und er holte seitlich aus.

Jeremy hörte ein feuchtes Klatschen.

Liz' Kopf flog von ihrem Hals, fiel nach vorn, Blut und Haare. Die Axt zischte weiter und krachte in den Spiegel rechts von ihr. Liz' Kopf schlug gegen den Spiegel, fiel auf den Boden und rollte weg.

Ihr kopfloser Körper war immer noch hinter Cowboy gebückt. Blut sprudelte aus dem Halsstumpf wie Wasser aus einem Schlauch. Daneben drehte sich der Troll zur Seite. Als er seine

Axt wieder heben wollte, schoß Tanya hinter Liz hervor und sprang durch die Blutfontäne. Sie warf sich auf ihn. Es war, als wenn sie gegen einen Baum gesprungen wäre. Der Troll wankte nicht. Sie prallte von seiner Brust ab und fiel rückwärts auf die Körper. Das Hackmesser, durch Tanyas Aufprall verschoben, blieb noch einen Moment hängen und fiel dann klappernd zu Boden.

Er stand über ihr und hob die Axt hoch über die Schulter.

Jeremy sah, daß der Griff von Tanyas Messer aus seinem Hals ragte.

Der Troll blieb hochaufgerichtet und starr stehen, dann fiel er nach hinten. Die Axt zertrümmerte den Spiegel hinter ihm. Er fiel durch das splitternde Glas, sein Rücken brach durch den Sockel des Spiegels, und Glassplitter regneten auf ihn nieder.

Nur noch Jeremys Kerze brannte.

Aber ihre einzelne Flamme wurde von den Spiegeln vervielfacht und beleuchtete die Szene mit einem flackernden orangefarbenen Licht.

Er sah, wie Tanya von den Leichen herunterkletterte. Sie kroch auf den am Boden liegenden Troll, griff über seinen Kopf, kletterte dann schnell wieder herunter und zog die Axt mit sich.

Neben ihm stehend hob sie die Axt. Jeremy sah sie niedersausen, er hörte den dumpfen Schlag, als sie traf. Tanya beugte sich vor und zog ihr Messer aus dem Hals des Trolls. Dann trat sie von dem riesenhaften Körper zurück. »Komm her und hol dir die Axt«, sagte sie. Ihre Stimme war rauh und atemlos. »Wir können sie brauchen.«

Jeremy nickte. Er bewegte sich vorwärts, warf einen Blick auf Liz und Cowboy, wandte dann seine Augen ab und sah den toten Troll an. Tanya hatte die Axt in seinem Gesicht steckenlassen.

Gut, dachte Jeremy.

Und rutschte auf dem blutigen Boden aus. Mit einem Aufschrei riß er die Arme hoch.

Die Kerze ging aus.

Dunkelheit senkte sich wie eine schwarze Decke über ihn. Er fiel auf die blutigen Körper seiner toten Freunde.

Oben auf der Rutschbahn wickelte Dave seine kugelsichere Weste um die Schuhe. »Und los«, murmelte er.

Joan drückte seine Schulter.

Er stieß sich ab und rutschte hinunter, aufrecht sitzend, die Beine zusammengepreßt und ausgestreckt, die Taschenlampe auf die beiden Messer gerichtet. Dann krachte er mit den Füßen gegen die Messer, was seine Bewegung ruckartig stoppte. Durch die Weste und seine Schuhe fühlten sich die Messer nicht schärfer an als zwei Stahlstangen.

Er steckte die Taschenlampe zwischen die Oberschenkel und ließ sie weiter auf seine eingewickelten Füße leuchten. Dann legte er sich zurück, streckte die Arme über den Kopf aus und rief: »Alles fertig!«

Debbie kam auf dem Bauch heruntergerutscht, die Hände ausgestreckt. Dave hielt sie fest und bremste sie ab. Er zog sie zu seinem Gesicht herunter. »Nimm die Taschenlampe mit«, sagte er. »Sei vorsichtig, wenn du über die Messer kletterst. Und halte deine Pistole bereit, wenn du unten ankommst.«

Sie spreizte die Beine über ihn und kletterte los. Sie nahm die Taschenlampe, rutschte weiter und hockte sich auf alle viere, um auch über die Messer zu klettern.

»Bin durch«, flüsterte sie.

Am Ende der Rutschbahn hielt sie inne und leuchtete umher. Dann kletterte sie herunter.

»Okay, Joan.«

Joan kam herunter. Als sie über ihn kroch, berührte die Seite einer Brust seine Wange. Dave fühlte durch den dünnen, feuchten Stoff des T-Shirts, wie weich sie war. Die Berührung war wie eine Erinnerung an die wirkliche Welt.

Es gibt eine wirkliche Welt da draußen, dachte er. Er hob die Hände und streichelte ihren Rücken, als sie sich weiter über seinen Körper arbeitete. Er liebkoste ihren Po, die Rückseite ihrer Beine.

»Du suchst dir eine merkwürdige Zeit dafür aus«, flüsterte sie.

Er lachte leise.

»Draußen ist eine wirkliche Welt«, sagte er. »Ob du es glaubst oder nicht.«

»Ich bin froh, daß du mich daran erinnerst.« Sie drückte sein Knie. »Wir kommen ganz gut weiter, oder?«

»Ja, es läuft ganz gut.«

Dann krabbelte sie über seine Füße, rutschte zum Ende der Bahn, und Debbie half ihr herunter. Sie nahm die Taschenlampe und richtete sie auf seine Füße.

Dave setzte sich. Er zog die Knie an, bis er die Weste mit den Händen erreichen konnte, drückte sie gegen die Messer, befreite seine Füße und streckte die Beine aus, so daß er über den mit der Weste bedeckten Klingen saß.

»Da oben schien das eine ganz gute Idee zu sein«, murmelte er.

Joan gab Debbie die Lampe und kletterte dann von unten die Bahn wieder hinauf. Sie schob ihre Knie unter seine Sohlen und streckte die Hände nach oben aus.

»Ah-ha«, sagte Dave.

»Ah-ha«, erwiderte sie.

Sie umklammerte seine Handgelenke, und Dave lehnte sich nach vorn. Sie zog. Er hob sich von der Metallbahn. Die Innenseiten seiner Oberschenkel berührten die zugedeckten Klingen. Sein Hinterkopf streifte die Decke der Höhle. Joan zog plötzlich so ruckartig, daß er beinahe in der Mitte zusammenklappte. Er beugte die Knie, prallte auf die Rutschbahn und rollte mit Joan hinunter, bis die Bahn plötzlich zu Ende war. Sie fielen auf den Boden.

Nachdem sie sich voneinander gelöst hatten, holte er die Weste zurück. Er hielt sie Joan hin. Sie schüttelte den Kopf. »Es ist deine. Zieh sie an.«

»Ich will, daß du sie trägst«, sagte Dave.

»Nun, und ich will, daß du sie trägst.«

»Ich will, daß ihr gar nix anhabt«, kam eine Stimme von oben. »Los, los, laß mich mal was sehn...«

»Drecksack«, zischte Debbie. Sie streckte den Arm nach oben und richtete die Pistole direkt auf das Gitter, aber sie feuerte nicht. Sie schüttelte den Kopf und senkte den Arm wieder.

»Hallo, ihr Süßen«, sagte der Troll.

»Weiber, Weiber, Weiber«, sagte ein anderer.

»Heiße Miezen.«

»Wo sind die anderen?« schrie Debbie in Richtung Decke. »Wo sind meine Freunde?«

Die Trolle lachten.

»Oh, sie waren schon hier.«

»Ab zur Hölle.«

»Gehen wir weiter«, sagte Joan. Sie leuchtete über die Wände, dann den Flur entlang und ging in diese Richtung.

»Macht's gut, ihr Süßen.«

»Sagt Hallo zu Webster!«

Dave berührte Debbies Rücken, und sie ging weiter. Er eilte hinter ihr her. Im Gehen zog er seine Weste wieder an. Obwohl es ihm lieber gewesen wäre, wenn Joan sie getragen hätte, wollte er keine Zeit mit Diskussionen verschwenden.

Joan und Debbie hockten gebückt vor einem den Flur ausfüllenden Faß. Dave trat hinter sie und hörte, wie Debbie murmelte: »O Gott.«

Ein toter Junge lag ausgestreckt im Faß. Rund um ihn her waren Tausende von Metallspitzen im Faß nach innen gerichtet.

»Einer deiner Freunde?«

»Samson.«

»Sieht so aus, als hätten sie ihn als Brücke benutzt«, sagte Dave.

»Wir sollten das wohl auch tun«, meinte Joan.

Debbie legte die Hand seitlich an den Mund und rief durch das Faß: »HALLO! JEREMY! HE, LEUTE, HIER IST SHINER! KÖNNT IHR MICH HÖREN?«

Keine Antwort.

»JEREMY? TANYA? COWBOY? LIZ? ICH BIN'S, SHINER. WIR HABEN PISTOLEN! WARTET AUF UNS! ODER KOMMT ZURÜCK! ES WIRD ALLES GUT! WIR SIND BEWAFFNET!«

Immer noch keine Antwort.

»Verdammt«, murmelte sie.

»Ich gehe zuerst«, sagte Dave. Er schob sich an ihnen vorbei und stieß mit der Schuhspitze gegen eine der Stacheln. Das Faß begann, von einer Seite zur anderen zu schaukeln. »Himmel«, sagte er.

Debbie und Joan packten die Stacheln an der Kante des Fasses, um es festzuhalten.

Dave kniete sich auf die Waden des toten Jungen. Sie verrutschten nicht. Natürlich nicht, dachte er. Er ist aufgespießt. Er lehnte sich nach vorn, griff nach den Oberschenkeln des Jungen und kroch los.

Robin kniete auf dem Sitz und hielt sich an der Lehne fest. Sie beobachtete, wie der Troll auf den Rahmen des Rads kletterte, der direkt zu ihr hinführte.

Dieselbe Strecke hatte der andere benutzt.

Mit dem war sie auch fertiggeworden.

Zwei erledigt, und noch einer übrig.

Der hier war größer als der letzte Troll. Er hatte ein rundes Gesicht, fast überhaupt keinen Hals und Schultern wie Schinken. Seine Augen waren klein und standen eng zusammen. Schweinsäuglein, dachte Robin. Eine platte, aufgestülpte Nase. Ein kleiner, fest geschlossener Mund. Er sieht wirklich wie ein Schwein aus.

Aber irgendwie kam er ihr auch vor wie ein kleiner Junge in einem Körper, der beim Wachsen außer Kontrolle geraten war.

Er trug eine Baseballmütze mit hochgeklapptem Schirm. Die Haut darunter war haarlos.

»Geh zurück«, sagte sie. »Ich will dich nicht umbringen.«

Während sie sprach, sah sie sich selbst mit Nate im dampfenden Whirlpool sitzen, wie sie sich in den Armen hielten und über die Morde, die sie begangen hatten, weinten.

Sie sah Nate auf dem Bett. Seinen blutüberströmten Kopf. Ihre Kehle zog sich zusammen.

O Gott, Nate.

Hatte er das verdient? fragte sie sich. War hier eine sehr harte Gerechtigkeit am Werk?

»Ich will dich wirklich nicht umbringen«, bat sie mit höher werdender Stimme. »Ich will niemanden umbringen.«

Der Troll setzte sich rittlings auf den äußeren Rahmen des Rads und starrte sie an.

»Geh einfach weg«, bat sie. »Bitte.«

Der Troll senkte den Kopf. Sah er hinab zu den Toten? Er beugte sich schnell nach vorn und umklammerte die Schiene.

Er hat Angst, dachte Robin. Er will nicht abstürzen. »Wenn ich dich hier runterwerfe«, sagte sie, »bleiben von dir nur Stücke übrig.«

Er fing an, leise, jammernde Töne von sich zu geben.

O nein, dachte Jeremy.

Wir haben die Kamera vergessen.

Sie war irgendwo da hinten, hing um Cowboys Hals, und der Film war noch drin.

Er beschloß, Tanya nicht daran zu erinnern.

Sie könnte sich entschließen, wieder zurückzugehen. Sie waren ein ganzes Stück weitergekommen, in der Dunkelheit, hatten in Sackgassen ihren Weg zwischen den Spiegeln gesucht. Jetzt zurückzugehen...

Wieder in der Nähe der Leichen zu sein...

Jeremy schauderte, als er daran dachte, wie er auf Liz und Cowboy gefallen war. Als er aufstehen wollte, hatten seine Hände etwas Nasses und Weiches berührt.

Außerdem ist der Film unwichtig, sagte er sich. Die meisten auf dem Film waren schon tot.

Nur noch wir beide sind übrig. Und Heather. Heather hatte Glück gehabt. Sie war geflohen, bevor es so schlimm wurde.

Wir hätten auch gehen sollen.

Wenn ich nur auf Shiner gehört hätte!

Ich bin schuld, daß Shiner tot ist.

Es schien eine Ewigkeit her zu sein, und der Schmerz und die Schuldgefühle waren betäubt von all dem, was in der Zwischenzeit geschehen war. Die Axt stieß gegen Glas. Er schwenkte sie vorsichtig nach links, traf auf keinen Widerstand und wandte sich in diese Richtung. Tanya hatte eine Hand auf seine Schulter gelegt und folgte ihm.

Wenn wir noch eine Kerze hätten, wären wir längst hier raus.

Wir hätten uns mit der Axt geradeaus durch diesen Scheißirrgarten schlagen können.

Aber ohne Licht wäre das zu gefährlich gewesen.

Sie hatten darüber gesprochen und waren beide der Meinung gewesen, daß sie vermutlich in Einzelteile zerschnitten würden, wenn sie es wagten.

Das hier dauerte ewig, aber jedenfalls würde ihre Haut dabei heil bleiben. Wenn nicht noch mehr Trolle kamen. Jeremy drehte sich um und bog um eine weitere Ecke. Und sah in der Ferne Licht schimmern.

»Aha«, flüsterte Tanya.

Das matte Leuchten vor ihnen erwies sich als Reflexion im Spiegel. Die Axt stieß gegen das Glas. Cowboy drehte sich zur Seite, und dort war das Licht stärker.

Hier befand sich kein Spiegel mehr, sondern ein Gang, mit Kerzen an den Wänden. Er taumelte aus dem Irrgarten und holte tief Luft.

»Geschafft«, flüsterte Tanya. Sie umarmte ihn von hinten und trat dann neben ihn.

An der linken Seite des Flurs gab es vergitterte Fenster, wie in dem Flur oben. Jeremy konnte keine Trolle hinter den Gittern sehen.

»Wo, zum Teufel, ist unser Publikum geblieben?«

»Vielleicht sind sie alle abgehauen. Vielleicht hat das Feuer sie erschreckt.«

»Darauf würde ich nicht wetten.«

Auf halber Länge des Flurs, an der rechten Wand, war eine Tür. Eine andere Tür befand sich am Ende. »Was sollen wir tun?« fragte Jeremy.

Tanya schwieg. Sie blickte von einer Tür zur anderen und runzelte die Stirn.

»Die am Ende«, sagte Jeremy. »Es könnte die an der Treppe sein.«

»Wenn das der Fall ist, haben sie da bestimmt noch eine unangenehme Überraschung für uns bereit.«

»Ja. Sie werden uns nicht einfach hier rausspazieren lassen.«

»Vergiß die Türen«, sagte Tanya. »Wir hacken uns den Weg frei.«

»Ja!«

»Wir spielen nicht mehr nach ihren Regeln. Wir haben die Axt und können unsere eigenen Spielregeln machen.« Sie ging ein paar Schritte weiter und klopfte mit der Messerspitze an die Wand. »Wahrscheinlich ist hier ein Raum auf der anderen Seite. Wir müssen da nur rein, und dann schlagen wir ein Loch in die Außenwand und kommen vielleicht direkt auf die Promenade.«

»Das will ich hoffen.«

Tanya trat zur Seite. Jeremy hob die Axt über seinen Kopf und schlug mit aller Kraft zu. Die schwere Klinge biß sich in die Wand. Als er sie zurückzog, brach ein großes Stück Holz heraus und fiel auf den Boden. Er blickte durch den schmalen Spalt.

Dunkelheit auf der anderen Seite.

Er trat zurück und hackte weiter. Der Kopf der Axt brach ganz durch die Wand.

»Es wird klappen!« rief er.

»Ja, verdammt!«

Als er den Kopf der Axt befreien wollte, zog ein plötzlicher Ruck den Stiel aus seiner Hand.

Er brauchte einen Augenblick, um zu durchschauen, was geschah, und dann verschwand die Axt völlig in dem Loch.

»O Gott«, keuchte er.

»Wir sollten besser...«

Sie sprangen beide zurück, als ein Stück der Wand auf sie herunterfiel. Jeremy konnte das Schimmern des Axtkopfs sehen, bevor er zurückgezogen wurde.

Jetzt haben sie die Axt. Und sie werden uns holen.

Jeremy hörte ein wahnsinniges Gelächter.

Es war er selbst, der da lachte.

Tanya zog ihn am Arm, und sie liefen den Flur entlang. Rannten, bis der Boden unter ihren Füßen verschwand. Dann fielen sie nebeneinander in den schwarzen Keller des Funhouse.

47

Debbie wandte sich von den Leichen im Spiegelkabinett ab und übergab sich. Sie würgte, und Joan rieb ihr den Rücken.

Das arme Mädchen war wirklich durch die Hölle gegangen. Und es war immer noch nicht vorbei.

Am schlimmsten mußte es in dem Schrank oben gewesen sein, wo sie allein um ihr Leben kämpfen mußte. Sie hatte verdammtes Glück gehabt, daß sie überlebte. Und noch dazu bei Verstand geblieben war. Viele hätten durchgedreht bei einem solchen Erlebnis.

Sie hielt sich sehr gut.

Das Essen wieder von sich zu geben ist vielleicht sogar ein gutes Zeichen. Zeigt, daß sie immer noch Kontakt zur Wirklichkeit hat.

»Der da muß von einem anderen Planeten gekommen sein«, sagte Dave. Seine Stimme zitterte und hatte einen erstaunten und angewiderten Unterton.

Debbie richtete sich schluchzend auf und wischte sich den Mund mit ihrem Sweatshirt ab.

»Zwei von ihnen sind Kids«, sagte Dave. »Ein Mädchen und der Junge von dem Kampf neulich.«

»Unserem Kampf?« fragte Joan.

»Der ohne Ohr.«

»O nein.«

Dafür hatte sie ihm also sein Ohr gerettet. Damit er sich in dieser Perversion eines Vergnügungspalastes den Schädel spalten lassen konnte. Debbie drehte sich um. Sie schniefte und wischte sich die Augen. »Das ist Cowboy«, sagte sie. »Und Liz. O Gott!« Sie preßte die Hand vor den Mund und schloß die Augen.

»Ist noch jemand übrig?« fragte Joan sie.

Sie nickte. »Jeremy«, sagte sie durch die Hand. »Und Tanya. Nur die beiden.« Sie nahm die Hand weg, drückte ihr Gesicht an Joans Schulter und umarmte sie fest. »Jeremy ist mein Freund, Joany. Ich habe versucht, ihn aufzuhalten. Ich will nicht, daß er stirbt.«

»Okay«, sagte Dave. »Wir machen's jetzt auf die schnelle Tour.« Er zog seine Pistole und rief: »WER DAS HIER HÖRT, SOLL SICH BESSER FLACH AUF DEN BODEN LEGEN! HINLEGEN! ICH SCHIESSE!«

Zu Füßen des riesigen, toten Trolls stehend, klemmte er die Taschenlampe zwischen die Beine, zielte auf den Spiegel vor sich und feuerte.

Debbie zuckte zusammen, als die Schüsse die Stille zerrissen. Sie steckte die Finger in die Ohren.

Auch Joan hielt ihre Ohren zu.

Dave feuerte weiter, die Beretta spuckte und riß seine Hand ruckartig immer wieder hoch. Die Spiegelwände vor ihm zersprangen in tausend Stücke, als die Kugeln der 380er sie trafen. Das zerbrechende Glas glitzerte im Licht der Taschenlampe. Er schwenkte den Lauf nur ein wenig von einer Seite zur anderen und brach einen Korridor mitten durch den Irrgarten.

Etwa zehn Meter weiter erschien dünnes Kerzenlicht. Die beleuchtete Fläche wurde größer, als Dave weiterfeuerte und noch mehr Spiegel zerstörte.

Nach dreizehn Schüssen ließ er das Magazin in die Handfläche fallen. Er steckte ein frisches Magazin in den Griff der Pistole und lud durch.

Joan und Debbie gingen vorsichtig um die Leichen herum und blieben neben Dave stehen. Joan spähte an ihm vorbei und entdeckte hinter all dem zerbrochenen Glas einen kerzenbeleuchteten Flur.

Und auf dem Boden lagen Menschen ausgestreckt.

Dave rieb sich mit einer zitternden Hand über den Mund.

»O Gott«, murmelte er. »Ich habe doch gerufen, sie sollten sich hinlegen.«

»Dann hätten sie sich hinlegen sollen«, sagte Joan.

»Vielleicht konnten sie mich nicht hören.«

»Laß uns weitergehen.« Sie zog die Taschenlampe zwischen Daves Beinen heraus, bückte sich unter Spiegelscherben hindurch und ging über den mit Glassplittern besäten Boden weiter. Das Glas knirschte unter ihren Sohlen. »Seid vorsichtig da hinten«, sagte sie.

Sie ging langsam weiter.
Manchmal schlug sie noch in den Rahmen hängende Scherben mit dem Revolvergriff ab, bevor sie einen Spiegelrahmen durchschritt. Sie konnte hören, daß Dave und Debbie dicht hinter ihr waren, das Glas knirschte und klirrte unter ihren Schuhen.
Vor ihr auf dem Flur fingen ein paar der Leute an, sich zu bewegen.
Sie krochen herum und standen auf.
Mindestens drei aber blieben liegen.
Die, die aufstanden, waren keine Kids.
Sie sahen auch nicht wie Trolle aus.
Ihr wurde kalt. Gänsehaut überlief sie.
Sie erinnerte sich, daß Jasper Dunn einmal Besitzer einer Freakshow gewesen war. Er hatte sie schließen müssen, nachdem ein paar Freaks sich befreit und Leute im Funhouse angegriffen hatten.
Er hatte die Show geschlossen.
Aber offensichtlich hatte er die Freaks behalten. Und ihnen ein Heim im Funhouse eingerichtet.
Joan hörte, wie Dave hinter ihr aufstöhnte.
Eine Hand griff nach dem Rücken ihres T-Shirts, zog den feuchten Stoff von ihrer Haut weg und versuchte, sie nach hinten zu ziehen. Mit hoher, zitternder Stimme sagte Debbie: »Ich will wieder zurück. Bitte, Joany. Können wir nicht einfach zurückgehen?«

Jeremy fiel in die Dunkelheit und erwartete, daß sein Fall mit einem knochenzerschmetternden Aufprall enden würde. Statt dessen landete er auf etwas Federndem. Einem Netz? Es sank unter seinem Gewicht nach unten und hob ihn dann wieder hoch. Die festen Schnüre zitterten, als er versuchte, seine Arme und Beine loszumachen. Sie waren klebrig.
Sie blieben an ihm kleben.
Er hörte Tanya keuchen. Rechts von ihm, nicht weit entfernt. Ihre Bewegungen erschütterten das Netz.
»Bist du in Ordnung?« flüsterte er.
»Was ist das für ein Scheißzeug?«

Links von Jeremy öffnete sich eine Tür.

Das ist die andere Tür, stellte er fest. Die am Fuß der Treppe. Da vorn ist der Ausgang.

Jemand kam herein und brachte eine Kerosinlaterne mit. Jeremy blinzelte, als ihn die Helligkeit der Laterne blendete.

Er sah den großen, leichenhaften Mann mit Frack und Zylinder. Jasper Dunn.

Trolle strömten hinter Dunn durch die Tür und auf die kleine Galerie, auf der er stand. Sie waren merkwürdig still.

Als sich Jeremys Augen an das Licht gewöhnt hatten, sah er noch mehr.

Er sah zuviel.

Er hatte das Gefühl, daß in ihm etwas zusammenbrach, zu einer schwarzen Ruine wurde.

Die klebrigen Seile, die ihn festhielten, waren die Fäden eines Netzes, das durch den Keller des Funhouse gespannt war. Eines Spinnennetzes. Etwa einen Meter über dem Sand waren darin die zerquetschten Überreste von Menschen in grauen, transparenten Kokons aufgehängt.

Tanya kreischte.

Er drehte den Kopf zu ihr um. Sah, wie sie sich wand und aufbäumte.

Sah *die Spinne* aus einer Ecke des Kellers huschen und über das Netz laufen.

Eine Spinne wie die, die sie im Kuriositätenkabinett gesehen hatten.

Aber größer, sehr viel größer.

Jaspers Giganticus. Jeremy hörte tief in seiner Erinnerung Cowboys Stimme: *Entdeckt im Dschungel von Neuseeland.*

Das Vieh in dem Schaukasten hätte das Baby dieser Spinne sein können.

»NEIN!« schrie Tanya gellend. »NEIN!«

Das Netz schaukelte und federte unter dem Gewicht des darübereilenden schwarzen Monsters.

Die Augen der Spinne waren gelb. Das Maul sah wie eine gewaltige offene Wunde aus. Ihre Freßwerkzeuge trieften. Das schwarze Ding *tanzte* über dem Netz. Und hin zu Tanya.

Ihr Schrei zerriß ihm fast die Trommelfelle.

Das Maul der Spinne erstickte den Schrei. Jeremy sah die Freßzangen an Tanyas Gesicht reißen.

Ihr gefangener Körper zuckte in Krämpfen.

Jeremy drehte sich zur Seite und befreite seinen rechten Arm aus der festgeklebten Jacke. Er griff in die Hemdtasche. Suchte nach der Rasierklinge, die er dort hineingeschoben hatte, nachdem er Tanya das Taschentuch gegeben hatte.

Ein schneller Schnitt durch die Kehle.

Vielleicht würde er schon tot sein, bevor die Spinne ihn erreichte.

Die Hemdtasche war leer.

Er hatte die Rasierklinge verloren. Vielleicht auf der Rutschbahn.

Wann, war unwichtig.

Sie war weg.

Jeremy hörte Schüsse, als die Spinne die Beine um Tanya legte und sie wie ein monströser Liebhaber an sich drückte.

Robin konnte das entfernte Klatschen von Schüssen hören. Sie blickte über die Schulter. Aber sie konnte nichts sehen außer der verlassenen, mondbeschienenen Promenade. Da die Schüsse sehr gedämpft klangen, nahm sie an, daß sie von unter der Promenade kamen, oder vielleicht aus einem der Funland-Gebäude.

Nach ein paar Sekunden hörten sie auf. Dann konnte sie nur noch ihren Herzschlag hören, den Wind, die Brandung und das leise Jammern des Trolls hinter ihr.

Sie drehte sich wieder um.

Der Troll war immer noch mehr als einen Meter entfernt und klammerte sich am Rahmen des Riesenrads fest.

Er hockte dort wie erstarrt.

Bis dahin war er gekommen, dann hatte er die Nerven verloren.

Offensichtlich war ihm erst jetzt die Höhe bewußt geworden.

Robin erinnerte sich an ihre eigenen Klettererfahrungen. Als Kind war sie auf Bäume geklettert, und auf ihrer Wanderung auf steile Felsen und Abhänge. Eine Zeitlang ging es immer gut.

Dann traf es einen manchmal: heftige, lähmende Angst. Man wußte, jetzt würde man sterben. Alles, was man tun konnte, war, sich irgendwo festzuklammern und auf das Abstürzen zu warten. Bis jemand den Bann brach.

Den Fluch von einem nahm.

Und plötzlich funktionierte man wieder.

Dieser Junge, dachte sie, wird entweder runterfallen oder zur Vernunft kommen.

Und wenn er zur Vernunft kommt, bin ich ihm wieder ausgeliefert.

Aber sie wollte nicht, daß er fiel.

Als Robin anfing zu singen, hob der Troll den Kopf. Er setzte sich aufrechter hin und starrte sie an.

Auf dem Weg durch die zerbrochenen Spiegel konnte Dave genug von den Leuten im Flur sehen, um zu wissen, daß es die Reste von Jasper Dunns Freakshow waren.

Er hatte Geschichten darüber gehört und ein paarmal ihre Fotos in der Galerie der Sonderbaren gesehen.

Man hatte angenommen, daß sie die Stadt verlassen hatten, nachdem die Freakshow geschlossen war. Vor sechs Jahren. Kurz nachdem er aus Los Angeles gekommen war.

Hatten sie die ganze Zeit hier im Funhouse gelebt? Die nicht von seinen Kugeln getroffen worden waren, standen auf dem Flur nur ein paar Meter hinter dem letzten zerbrochenen Spiegel. Sie rührten sich nicht, schienen abzuwarten.

Dave wollte nicht, daß Joan als erste den Irrgarten verließ.

Als erste dieser Ansammlung von Monstrositäten gegenüberstand.

Er schob sich eilig an ihr vorbei.

Jetzt, wo sie nicht mehr im Weg stand, konnte er genauer sehen.

Auf dem Boden, den Hals von einer Kugel zerrissen, lag Donna, die Hundefrau. Neben ihr wand sich schmerzerfüllt ein Mann mit nacktem Oberkörper, der einen welken bräunlichen Arm auf der Brust hatte. Julian, der Mann mit den drei Armen. Seine kleine braune Hand klammerte sich um die Schußwunde an seiner linken Schulter. Die Wundervolle Wilma lag neben ihm, nackt bis auf ein Höschen aus Leopardenfell. Eine Hand war auf ihren blutenden Oberschenkel gepreßt. Die andere lag schamhaft über ihren beiden normalen Brüsten, die dritte war unbedeckt und rutschte bleich und verschwitzt unter ihrem Handgelenk vor.

Nur Donna ist tot, dachte Dave. Es hätte schlimmer sein können.

Aber er wünschte, er hätte keinen von ihnen verletzt. Er ging durch den letzten Spiegelrahmen und zielte auf Antonio mit der Schlangenzunge. »Laß die Axt fallen«, sagte er.

Die Zunge des Mannes schoß aus seinem Mund. Er starrte Dave verzweifelt an, und seine lange rosa Zunge fuhr von einer Seite des Gesichts zur anderen und leckte die Tränen unter seinen Augen weg.

»Ich will nicht auf euch schießen«, sagte Dave.

»Fallen lassen«, zischte Joan, die neben Dave getreten war, und zielte ebenfalls auf Antonio.

Die Frau mit den zwei Köpfen, die einen Namen für jeden Kopf hatte, wandte beide Gesichter dem Mann zu. Sie streckte die Hand aus und tätschelte seine Schulter. Er warf ihr einen kurzen Blick zu, zog die Zunge wieder ein und gab grunzende Geräusche von sich.

Ein Kopf nickte ihm zu. Auf dem Gesicht des anderen lag ein sanftes Lächeln.

Er ließ die Axt zu Boden fallen.

»Es tut mir leid«, sagte Dave. »Das mit den Schüssen tut mir leid. Ich wollte nicht, daß jemand verletzt wird.«

»Wir wußten nicht, daß ihr hier seid«, sagte Joan. Sie steckte den Revolver ins Halfter zurück und reichte Dave die Taschenlampe. Dann bückte sie sich und band das rote Halstuch von ihrem Knie los.

Dave senkte die Pistole, behielt sie aber in der Hand. Er bezweifelte, daß diese Leute ihn angreifen würden. Sie machten einen wachsamen, verwirrten und traurigen Eindruck. Und er konnte in einigen Augen etwas wie Hoffnung glimmen sehen.

»Wir versuchen, meine Freunde zu finden«, sagte Debbie.

»Habt ihr sie gesehen? Wißt ihr, wo...« Ihre Stimme stockte. »Ihre Hälse«, flüsterte sie.

Einige der Leute nickten. Andere grunzten. Jim oder Tim, einer der siamesischen Zwillinge, berührte die Narbe an seiner Kehle mit einem Finger und machte ein rauhes Atemgeräusch. »Haaaspaaa.«

»Jasper?« fragte Dave. »Jasper Dunn?«

Nicken, mehr Grunzen.

»Er hat eure *Stimmbänder zerschnitten*?« schrie Joan entsetzt.

»Hjaa, hjaa, Haaaspaaa.«

»O Gott«, murmelte Debbie.

»Hat er euch hier gefangengehalten?« fragte Dave.

Die zweiköpfige Frau zeigte auf eine Öffnung von der Größe einer Tür, die jemand mit der Axt in die Wand geschlagen hatte.

»Wir holen euch hier raus«, sagte Joan. Sie hockte sich neben Wilma, wickelte das Halstuch um die Wunde an ihrem Oberschenkel und knotete es fest zusammen.

»Was ist mit Jeremy?« fragte Debbie mit hoher, flehender Stimme. »Wir müssen ihn finden!«

»Das werden wir, mach dir keine Sorgen.« Joan sah die anderen an. »Zwei Kids«, sagte sie. »Ein Junge und ein Mädchen. Habt ihr sie gesehen? Wißt ihr, wo sie sind?«

Die Menge teilte sich, sie drehten sich um. Ein paar zeigten den Flur hinunter.

Dave sah eine Tür auf der rechten Seite und eine zweite ganz am Ende.

Aber dazwischen war ein dunkles Rechteck, wo eigentlich Boden sein sollte.

Eine Falltür?

Debbie rannte los. Sie sprang über Donna die Hundefrau hinweg und lief durch den Korridor, der sich in der Mitte der Gruppe gebildet hatte.

»NEIN!« schrie Joan.

Dave stürzte hinter ihr her.

Debbie hatte Jaspers Freaks beinahe hinter sich gelassen, als eine Hand hervorschoß und ihr Fußgelenk umfaßte. Sie schrie auf und fiel zu Boden.

Dave warf sich auf sie und packte sie im Nacken. Er drückte sie zu Boden, obwohl sie sich wand und aufstehen wollte.

Er blickte über die Schulter. Ein kahlköpfiger Mann hob den Kopf und lächelte grimmig. Er hatte keine Beine, aber zwei sehr muskulöse Arme, und eine Hand war fest um Debbies Fußgelenk geschlossen. Andy der wunderbare Torsomann.

»Danke«, sagte Dave.

Er zwinkerte ihm zu.

Joan tätschelte seine Schulter, stieg über ihn weg und hockte sich neben Debbie nieder. »Dummes Kind«, murmelte sie. »Bleib einfach bei uns und...«

Debbie keuchte und erstarrte.

Ächzen und Grunzen ertönte hinter ihnen.

Dave riß den Kopf herum. Jaspers Freaks waren ganz aufgeregt, einige zeigten den Flur hinunter, andere rannten auf das Loch in der Wand zu, wieder andere zu den Resten des Irrgartens.

»Dave.«

Joans Stimme. Nur ein Flüstern.

»Dave?«

Er schaute sie an.

Ihr entsetzter Blick aus weitaufgerissenen Augen traf seinen für einen Augenblick, dann schaute sie wieder weg. Zum anderen Ende des Flurs.

Dave folgte ihrem Blick.

Und er sah schwarze Insektenbeine im Kerzenlicht krabbeln. Sie klammerten sich am Boden fest. Klauen kratzten über das Holz, und eine gewaltige Spinne kroch aus dem Dunkeln unter der Falltür auf sie zu. Auf ihrem Rücken ritt Jasper Dunn, den Zylinder verwegen schräg auf dem Kopf, einen Revolver in jeder Hand.

Das kann nicht sein.

Dave fühlte sich, als hätte man ihn in den Bauch getreten.

Er keuchte. Was für ein Bild! Die Spinne krabbelte auf ihn zu. Und oben saß Jasper wie ein verrückter Viehtreiber und schwang zwei Revolver.

Das kann einfach nicht wahr sein.

Dave stand auf, mit tauben, zitternden Beinen, zog Debbie am Nacken mit sich. »Los«, sagte er. Seine Stimme klang weit weg. »Lauf weg.«

Sie blieb wie erstarrt neben ihm stehen.

Joan kam auf die Füße und zog in Zeitlupe die 38er, als Jasper beide Läufe auf sie richtete. Dave hob die Beretta. Schüsse donnerten durch den Flur. Kugeln peitschten an Daves Gesicht vorbei. Der Hut flog von Jaspers Kopf. Debbie wurde getroffen und umgerissen. Ein Auge des Monsters explodierte in rotem Nebel. Eine Kugel zerriß Jaspers rechtes Handgelenk, und einer der Revolver fiel herunter. Im selben Augenblick erwischte es ihn auch im Gesicht. Sein Kopf flog zur Seite, das Kinn halb abgerissen. Aber er blieb auf der Spinne sitzen und beschoß sie mit dem zweiten Revolver. Das Monster war weniger als zwei Meter entfernt. Es würde sie in Sekunden erreichen.

Dave konzentrierte seine Feuerkraft auf die Spinne. Eine Kugel streifte seinen Arm, aber er blieb stehen und drückte den Abzug. Eines der Spinnenbeine brach. Er sah, wie seine Kugeln Löcher in ihren flachen, borstigen Kopf rissen. Joan sprang nach vorn.

»Nein!« schrie er.

Die Spinne schien zu stolpern. Ihre Innereien hingen auf den Boden, aber sie kam immer noch näher, die Freßwerkzeuge bewegten sich wie eine Zange auf Dave zu. Der letzte Schuß aus seiner Beretta ließ ein weiteres Auge explodieren. Er griff nach der 38er und sah, wie Joan mit dem Messer in der Hand über zwei zappelnde Spinnenbeine sprang. Sie hatte keinen Revolver mehr. Er mußte leer sein.

Jasper zielte auf ihr Gesicht. Er würde sie nicht verfehlen. Ein einfacher Schuß.

Dave zog die 38er.

Aber das dauerte so lange... so lange.

Er hörte, wie der Hammer von Jaspers Revolver klickte. Ein kurzes, trockenes Geräusch.

Kein Schuß.

Keine Kugel mehr!

Nun zielte Dave auf Jasper, aber er schoß nicht. Er hatte

Angst, Joan zu verletzen, denn sie warf sich jetzt direkt hinter Jasper gegen den aufgeblähten Körper der Spinne. Sie sprang auf das Monstrum. Jasper drehte sich um und rammte ihr einen Ellbogen in die Seite. Sie hakte ihren Arm um sein zerrissenes Kinn und riß ihn nach hinten. Mit dem anderen Arm holte sie aus und stieß ihm das Messer in die Brust. Sie zog das Messer wieder heraus, stach nochmals zu und schleuderte ihn dann zur Seite. Er fiel von seinem Reittier, rutschte mit dem Kopf zuerst vor die Beine der Spinne.

Die Freßzangen der Spinne griffen nach Dave.

Sie umklammerten ihn unterhalb der Knie.

Wie konnte das Vieh noch am Leben sein?

Er feuerte, pumpte Kugel um Kugel in den Kopf des Monstrums, das seine Beine zusammenpreßte. Er fiel auf den Rücken, auf leere Patronenhülsen. Dann hörte er Joan schreien.

Weshalb schreit sie? fragte er sich.

Er hob sich auf die Ellbogen und sah, daß Joan immer noch oben auf der Spinne hockte. Mit schrillem Kampfgeschrei stach sie immer wieder auf den Rücken des Tieres ein.

Sie schreit wegen mir.

Er wand sich und versuchte, sich freizutreten, aber die Freßwerkzeuge zerrten an ihm. Er rutschte auf dem Boden auf die Spinne zu.

Sie hob ihren Kopf.

Was von ihrem Kopf übrig war. Ein abscheuliches, unförmiges Ding, mit roter und gelber Flüssigkeit besudelt, die aus den Wunden strömte.

Das Scheißvieh ist mausetot, schrie Daves Verstand. *Wieso kann sie das noch tun?*

Die Spinne zog ihn weiter. Schreiend ließ er seinen Fuß gegen eine Freßzange krachen. Er versuchte, sich vom Maul abzustoßen.

Antonio sprang an ihm vorbei, schwang die Axt mit beiden Händen und spaltete den Kopf der Spinne in zwei Teile. Die Freßwerkzeuge lockerten sich. Dave riß seine Beine heraus und kroch rückwärts, als der Mann wieder zuschlug.

Er rollte sich auf die Seite.

Er lag direkt neben Debbie, konnte ihr Gesicht sehen. Sie starrten sich gegenseitig an und konnten hören, wie weitere knirschende Schläge ertönten, die Spinne weiter zerhackt wurde.

Debbie rutschte näher zu Dave hin.

Er legte einen Arm um ihren Rücken, zog sie an sich und spürte, wie das Mädchen das Gesicht gegen seinen Hals preßte.

»Hat die Kugel die Weste getroffen?« flüsterte er.

Er spürte, wie sie nickte.

Robin sang weiter, als der Troll näher herankam. Dann hörte sie auf und streckte die Hand nach ihm aus. Er ergriff ihre Hand. Sie hielt ihn fest, während er auf den Sitz kletterte.

Zitternd und atemlos von der Nervenprobe setzte er sich neben sie. Mit einer Hand umklammerte er die Armlehne der Gondel. Die andere drückte Robins Hand gegen sein Bein.

Sie preßte die Beine zusammen und fragte sich, ob es verrückt gewesen war, diesen Troll in die Gondel zu lassen. Sie benutzte den freien Arm, um ihre Brüste zu bedecken. »Es ist in Ordnung«, sagte sie. »Jetzt bist du sicher.«

Er zuckte zusammen, als wieder Schüsse knallten. Robin sah hinunter. Es hörte sich an, als kämen die Schüsse aus dem Kuriositätenkabinett oder dem Funhouse, die zwischen dem Riesenrad und dem Haupteingang standen. Letztes Mal hatte es sich wie Schnellfeuer aus einer einzelnen Waffe angehört. Jetzt schienen verschiedene Waffen unterschiedlicher Kaliber gleichzeitig zu feuern.

Der Troll ließ ihre Hand los. Er schob einen Arm um ihre Schultern und zog Robin an seinen bebenden Körper. Es ist alles in Ordnung, sagte sie sich. Er hat einfach Angst.

Sie merkte, daß niemand mehr schoß. Dann kamen noch ein paar schnell aufeinanderfolgende Schüsse, und schließlich wurde es wieder still.

Langsam entspannte sich der Troll. Sie konnte spüren, wie das Zittern nachließ. Er fing an, ihren Arm von der Schulter zum Ellbogen zu streicheln. Sie bekam eine Gänsehaut.

Sie sah ihn an. »Das war die Polizei«, sagte sie. »Sie werden bald herauskommen.«

Das hoffe ich jedenfalls.

Was, wenn die Bullen die Schießerei *verloren* hatten?

»Wenn sie rauskommen«, sagte sie, »holen sie uns beide hier herunter. Also benimmst du dich besser anständig, verstehst du?«

Er wandte sich ihr zu, ein Knie drückte gegen ihr Bein. Obwohl seine Augen im Schatten lagen, konnte sie spüren, wie sein Blick über ihren Körper wanderte. »Denny mag dich«, sagte er. Seine Stimme war nicht hoch und kindlich, wie Robin es von diesem Mann erwartet hatte, der wie ein übergroßer Junge aussah. Sie war tief und sehr rauh.

Er ließ eine Hand auf ihrer Schulter liegen und streifte mit der anderen ihren Oberschenkel.

»Weich«, sagte er.

Robin griff nach seinem Handgelenk. »Nicht«, flüsterte sie. »Bitte.«

»Denny mag dich«, sagte er wieder.

»Dann tu das nicht.«

Er nahm seine Hand von ihrem Bein, und sie ließ sein Handgelenk los. Dann nahm er die andere Hand von ihrer Schulter. Er fummelte an den Knöpfen seines schmierigen, zerrissenen Trenchcoats herum.

»Denny, nicht.«

Er öffnete den Mantel. Darunter trug er ein ärmelloses Unterhemd und ausgebeulte Hosen. Das Unterhemd lag eng an seinen durchtrainierten Muskeln an.

Ich hätte nicht die geringste Chance.

Er würde mich nur schlimmer verletzen, wenn ich kämpfte.

Verdammt, ich lasse mich nicht vergewaltigen! Das habe ich jetzt davon, daß ich ihm geholfen habe.

Denny zog die Arme aus dem Mantel und zerrte ihn unter sich hervor.

Er legte ihn um Robins Schultern.

Ihre Kehle schnürte sich zusammen. Als sie in die Ärmel des Mantels schlüpfte, legte er eine Hand sanft über ihre rechte Brust. »Weich«, sagte er. Dann nahm er die Hand weg, schloß den Mantel und fing an, ihn zuzuknöpfen.

Robin lehnte sich an ihn.

»Danke, Denny«, sagte sie. »Robin mag dich.«

Er legte einen Arm um ihre Schultern.

»Singen?« fragte er.

»Aber sicher.«

48

Sie sang *Amazing Grace*. Denny hielt sie im Arm und schaukelte sanft ihre Gondel über der Promenade hin und her. Das Lied erinnerte Robin an die Beerdigung ihres Vaters. Ein alter Freund ihres Vaters, Charlie MacFerson, hatte neben ihr gestanden und Dudelsack gespielt, während sie mit dem Banjo am Grab stand, spielte und die melancholischen Worte sang.

Diesmal sang sie das Lied für Nate.

Ihre Stimme zitterte. Tränen liefen über ihre Wangen. Denny hob den Kopf und schaute sie an. Dann zog er seine Baseballmütze vom Kopf und stülpte sie auf Robins Kopf. Sie war zu groß für sie, rutschte herunter, über ihre Augen. Sie sang weiter, als er die Mütze auf ihren Hinterkopf schubste und leicht zur Seite drehte.

Über ihre zitternde Stimme konnte Robin ein klatschendes Geräusch hören. Ein Hackgeräusch.

Sie hörte auf zu singen.

Links unten auf der Promenade flog ein Stück Holz aus der Vorderseite von Jaspers Funhouse und fiel mit einem Knall auf die Promenade.

Der dünne Lichtstrahl einer Taschenlampe fiel durch die Lücke.

Das Hacken ging weiter. Holz splitterte und fiel herunter.

Bald hatte die Öffnung die Größe einer Tür.

Leute kamen aus dem Funhouse heraus.

Denny zeigte auf sie und fing an zu lachen.

Robin konnte kaum glauben, was sie sah. Eine Frau dort unten schien *zwei* Köpfe zu haben. Ein Mann, der seine Schulter umklammerte, hatte ein Gewächs auf der Brust, das wie ein kleiner Arm aussah. Ein Mann – einer der Polizisten, die sie vorher schon gesehen hatte – trat durch die Öffnung und trug dabei einen Mann ohne Beine. Denny schlug sich auf die Schenkel und zeigte wieder nach unten, als ein großer, schlanker Mann einer Frau durch die Öffnung half. Die Frau, nur mit einem Bikinihöschen bekleidet, hatte offensichtlich drei Brüste.

Ein Mann, oder zwei Männer, schoben sich seitlich durch die Öffnung. Sie sahen aus, als wären sie an der Hüfte zusammengeklebt.

Ein Mädchen mit einer Taschenlampe kam heraus, drehte sich zur Öffnung um und leuchtete für eine Frau, die einen schlaffen Körper auf dem Arm trug.

Robins Magen krampfte sich zusammen, als sie sah, wen die Frau trug. Sie war zu weit entfernt, um seine Gesichtszüge erkennen zu können, aber sie erkannte ihn. Sie erkannte ihn an seiner Größe und dem dunklen Haar und den Kleidern – und an der Wunde an seinem Kinn, die ihre Zähne gerissen hatten.

Dieser Dreckskerl Duke.

Tot?

Wo ist Tanya? Wo sind all die anderen?

Sind sie entkommen?

Die Frau beugte sich nieder. Sie legte Duke vor dem Funhouse auf die Promenade. Als sie sich wieder aufrichten wollte, griff der Junge plötzlich nach ihrem T-Shirt und versuchte aufzustehen. Die Frau fiel auf die Knie. Duke schrie ihr ins Gesicht.

Denny keuchte erschrocken und wich zurück.

Robin tätschelte sein Bein, um ihn zu beruhigen, und beobachtete, wie die Frau Dukes Hände von ihrem T-Shirt zog und sie auf die Promenade drückte. Er schrie immer noch, wand sich, bäumte sich auf und strampelte mit den Beinen.

Das Mädchen gab ihre Taschenlampe dem männlichen Polizisten, hockte sich hin, faßte Dukes um sich tretende Füße und half mit, ihn am Boden zu halten.

Robin nahm die Mütze ab. Sie setzte sie wieder auf Dennys Kopf und klappte den Schirm hoch, so wie er es mochte. »Es wird Zeit, daß wir uns bemerkbar machen«, sagte sie ihm.

Die Gondel schaukelte vor und zurück, als sie sich nach vorn lehnte und den Sicherheitsbügel umklammerte. Sie kippte nach vorn, als Denny dasselbe tat.

Sie rief: »Hilfe! Hier oben!«

Denny rief: »Hilfe! Hier oben!« Er grinste sie an.

Unten auf der Promenade drehten sich die Köpfe nach oben.

49

»Seid ihr alle bereit für das große Finale?« rief Maxwell der Meisterhafte.

Die Menge auf der Tribüne johlte und feuerte ihn an.

»Ich brauche eine mutige und schöne Freiwillige aus dem Publikum. Männer brauchen sich erst gar nicht zu bewerben.« Selbst als einige den Arm hoben, zeigte er auf jemanden in der dritten Reihe. »Sie. Ich glaube, Sie werden das gut machen.«

Als die junge Frau aufstand und in Richtung Bühne ging, johlten und pfiffen die Männer im Publikum zustimmend. Joan sagte: »Du lieber Himmel!«

»Es ist Debs!« platzte Kerry heraus und hüpfte auf Daves Schoß auf und ab. »Was wird sie machen?«

»Schau es dir an, dann erfährst du es«, sagte Dave.

»Geht Steve nicht auch hin?«

»Freunde stören Maxwell vielleicht«, meinte Dave.

»Aber er ist ganz allein.«

»Sie wollten einen Platz für sich«, sagte Joan.

»Ich kann mir gar nicht vorstellen, warum«, meinte Dave.

»Weil ihr alte Knacker seid«, sagte Kerry.

Dave schubste sie sanft. »Paß auf deine Sprache auf, junge Dame.«

Sie lachte.

Dann ertönte Lachen aus der Menge, als Maxwell der Meisterhafte versuchte, sein Einrad zu besteigen, sich dabei an Debbie klammerte und vorgab, die Balance zu verlieren, wenn das Rad sich unter ihm drehte und wegrollte. Er ließ sich gegen sie fallen, umarmte sie, knetete ihren Po. Schließlich hockte er unsicher auf dem hohen Sattel und schlingerte davon. Er sauste schräg über die Bühne, drehte sich und zuckte, als hätte er keine Gewalt über das Rad.

Schließlich schien er so etwas wie eine Balance gefunden zu haben. Er wischte sich mit einem roten Halstuch die Stirn.

Debbie wollte die Bühne verlassen, aber er sagte: »Warten Sie, warten Sie! So leicht kommen Sie nicht davon!«

Maxwells Assistent erschien mit drei brennenden Fackeln. Eine von ihnen reichte er Debbie.

»Ein reizendes Mädchen«, sagte Maxwell, »sie hat ein Licht für mich angezündet.«

Er machte weiter mit den Witzen und sagte zu Debbie: »Du heizt mich wirklich an.« Dann fragte er nervös nach ihren Qualitäten als Werfer und bat sie schließlich, ihm die Fackel zuzuwerfen. »Zuwerfen, nicht auf mich werfen. Meine glühende Leidenschaft muß nicht erst entflammt werden.«

Das Publikum reagierte nicht, und er fuhr sich mit der Hand durchs Haar. Dave wußte, was die Geste zu bedeuten hatte – daß das Publikum einen Witz verpaßt hatte. Er hatte viele Kleinkünstler dieselbe Geste machen sehen, in all den Jahren, wo er mit seiner Familie das Freilichttheater in Funland besuchte. Die Geste ging ihm jedesmal auf die Nerven.

Wir haben den Witz nicht verpaßt, wollte er rufen. Es war einfach nicht witzig.

Debbie warf Maxwell nacheinander alle drei Fackeln zu. Die dritte warf sie zu hoch. Maxwell fuhr mit seinem Einrad rückwärts und fing sie mit einer Geschicklichkeit, die Dave tatsächlich für meisterhaft hielt.

Während er mit den Fackeln jonglierte, dankte er Debbie und schlug vor, daß sie ihn nach der Show treffen sollte, »um das Feuer zu löschen«.

Sie schüttelte so heftig den Kopf, daß ihr langes blondes Haar von einer Seite zur anderen flog. Danach drehte sie sich um und winkte dem jubelnden Publikum zu, bevor sie schnell die Treppe hinuntereilte, als wollte sie weiteren Bemerkungen Maxwells entkommen.

Kerry lehnte sich zur Seite und zupfte an Joans Ärmel.

»Mommy, warum gehst *du* nicht hin?«

»Nein, danke, Schatz.«

»Geh doch, das wäre ein Spaß!«

»Ich glaube nicht, daß Maxwell jetzt noch einen Trottel braucht«, sagte Joan.

»Was ist ein Trottel?«

»Jemand, über den man sich lustig macht.«

»Im übrigen«, sagte Dave, »hat Mommy so was schon gemacht. Sie war auf der Bühne mit Fred dem Zauberer. Und du auch, Kleines.«

»Ich?«

»Du warst in Mommys Bauch.«

»Erinnere mich bloß nicht«, sagte Joan. »Das Schlimmste, was mir je passiert ist.«

»Warst du ein Trottel?«

»Ich habe mich jedenfalls wie einer gefühlt, Schatz.«

»Ich muß zugeben«, sagte Dave, »daß der Kerl ein erstaunliches Repertoire an schlechten Witzen hatte.«

»Er war sozusagen schwanger mit blöden Bemerkungen«, fügte Joan hinzu.

Maxwell beendete seine Übung, sprang vom Einrad und verbeugte sich. Dann gab er eine Zugabe. Er ließ sich von seinem Assistenten die Augen verbinden und jonglierte nochmals mit den Fackeln. Am Ende ließ er sich auf ein Knie fallen, griff unter dem anderen Bein durch und fing die letzte Fackel, ehe sie zu Boden fiel. Dave legte die Arme um Kerry und klatschte vor ihrem Bauch. Sie hielt seine Handgelenke und half mit. Maxwell der Meisterhafte verließ die Bühne nach vielen sehr professionellen Verbeugungen.

Die Lichter gingen aus. Das Publikum wurde still. Dave konnte im Hintergrund die Karussellmusik, Stimmen und Lachen von der Promenade hören. Er hörte auch das entfernte Dröhnen der Achterbahn.

»Ist es jetzt Zeit für Robin?« flüsterte Kerry.

»Ich glaube, ja«, sagte Dave.

»Wird sie *Das Schnurrland* singen?«

»Sie hat es dir doch versprochen.«

»Hoffentlich vergißt sie es nicht.«

Eine Stimme dröhnte aus dem Lautsprecher in die Dunkelheit. »Ladies und Gentlemen, das Funland-Freilichttheater ist stolz, Ihnen eine ganz besondere Attraktion bieten zu können. Unsere nächste Künstlerin ist gerade von ihrem letzten Engagement in der Grand Ol'Opry zurückgekehrt.«

Dave hörte begeistertes Murmeln aus dem Publikum.

»Sie haben vielleicht ihre Lieder im Radio gehört. Vielleicht haben Sie sie auch in der Dolly-Parton-Show letzten Monat gesehen.«

Fangt doch endlich an, dachte Dave.

»UNSER SINGVOGEL AUS BOLETA BAY, FUNLANDS BANJOKÖNIGIN, MISS ROBIN TRAVIS!«

Das Publikum raste. Joan drückte ihre Schulter an Daves. Ihr Atem kitzelte an seinem Ohr, als sie sagte: »Nate hat aber ziemlich dick aufgetragen.«

»Was hattest du erwartet?«

Die Menge schrie vor Begeisterung, als strahlendes Licht die Bühne erhellte. Robin stand vor ihrer Band und lächelte ins Publikum.

Sie trug ein Kostüm, das Dave noch nie zuvor gesehen hatte: eine Wildlederjacke mit Fransen, die im Wind schwangen, eine leuchtend weiße Bluse und einen kurzen Lederrock, der ihre schlanken Beine sehen ließ bis zum Rand der weißen Stiefel.

Sie warf einen Blick auf die Band. Das Schlagzeug wummerte über dem Lärm der johlenden Zuschauer. Robin drehte sich wieder nach vorn. Ihr rechter Fuß wippte im Rhythmus mit dem Schlagzeug. Nach den ersten Banjotönen senkte sich Schweigen auf das Publikum. Eine schnelle, eingängige Melodie ertönte. Das Publikum jubelte, als es die Einleitung zu *Gypsy Girl* erkannte.

Ich bin das Gypsy-Banjo-Girl,
ich wanderte durchs ganze Land,
ich bin das Gypsy-Banjo-Girl,
bis ich dies Lied hier für euch fand.

Aus den Bergen ein Lied,
und vom sturmgepeitschten Meer,
aus der Wüste erklingt es
und von den Wäldern her…

Kerry hüpfte auf Daves Schoß auf und ab, und er konnte ihre leise Stimme hören, als sie mitsang. Joan lehnte sich an ihn und legte einen warmen Arm um seine Schultern.

»Das nächste Lied ist etwas ganz Besonderes für mich«, kündigte Robin mitten in der Show an. »Ich habe es für einen Burschen namens Nate gesungen, an dem Abend, als wir uns zum erstenmal trafen. Es muß ihm gefallen haben, denn er hat mich geheiratet. Also, dieses Lied ist für dich, Nate, und für meine spezielle Freundin Kerry Carson, die Tochter meiner Lieblingspolizisten.«

Dann begann sie zu singen:

Kelly und Kerry sind zusammen losgezogen,
sie wollten ins Schnurrland, wo die Miezekatzen wohnen.
Sie packten sich die Taschen mit Schokolade voll,
mit Kartoffelchips und Gummibärn, so fanden sie es toll.
…

Kerry drehte sich auf Daves Schoß um. »Das bin *ich*!« rief sie begeistert. »*Ich* bin in dem Lied!«

Nach Robins letztem Lied und dem lang andauernden, begeisterten Beifall spielte und sang sie noch drei Zugaben. Dann wurde die Bühne dunkel. Sekunden später, als die Lichter im Theater angingen, waren sie und die Band verschwunden.

Dave, Kerry und Joan warteten. Die Menge zerstreute sich, und Joan faltete eine alte braune Decke zusammen, die sie auf die Holzbänke gelegt hatte. Dave nahm Kerrys Hand, und sie gingen hinunter zum Ausgang.

Debbie und Steve trafen sie direkt vor dem Theater. Die Karusselle und Attraktionen waren schon geschlossen. Die Neonlichter waren aus, aber die Lampen am Geländer der Promenade leuchteten noch für die Konzertbesucher. Funland wirkte merkwürdig still.

»Wirst du mir ein Autogramm geben?« fragte Debbie Kerry.

»Was?«

»Na ja, du bist jetzt eine Berühmtheit.«

»Ihr beide«, sagte Joan.

»Gott, erinnere mich nur nicht daran. In meinem ganzen Leben ist mir noch nie etwas so peinlich gewesen. Ich hätte mich am liebsten zusammengerollt, als er mich so begrabscht hat.«

»Er wäre ohne deine wertvolle Hilfe nie auf das Einrad gekommen«, erklärte Dave.

Debbie grinste und boxte ihn gegen die Schulter.

»Aber, aber, Kinder«, sagte Joan.

Debbie nahm Steves Hand. »Also, wir sehen uns dann später, ja?«

»Wohin geht ihr?« fragte Joan.

»Pete's Pizza. Steve muß morgen nach Hause und so, und wir dachten, wir sollten... das Beste draus machen.«

»Kann ich mitgehen?« fragte Kerry.

»Nein, kannst du nicht«, sagte Joan.

»Warum?«

»Weil es schon spät ist, junge Dame. Du solltest schon seit zwei Stunden im Bett sein.«

»Ich bin überhaupt nicht müde.«

»Du würdest sie nur stören, Kleines«, erklärte Dave.

»Nein, würde ich nicht.«

»Es ist schon in Ordnung, wenn sie mitkommt«, meinte Steve.

»Klar«, sagte Debbie und strich der Kleinen übers Haar. »Das ist ein toller Abend für sie. Den wollen wir ihr doch nicht verderben, oder?«

Dave und Joan blickten einander an. Joan zuckte die Schultern. »Von mir aus. Wenn ihr wirklich wollt.«

»Wir bringen sie in einer Stunde nach Hause«, sagte Steve.

»Vielleicht sollten wir alle zu Pete's gehen«, schlug Dave vor.

Kerry sah ihn an und schüttelte den Kopf. »Ihr würdet nur stören.«

»Außerdem«, sagte Joan, »möchte ich am Strand spazierengehen.«

Dave bemerkte den Ausdruck in ihren Augen. »Ich auch.« Sie standen zusammen da und sahen zu, wie ihre Tochter mit Debbie und Steve wegging.

»Zwei Turteltauben und ein Entchen«, sagte Joan.

»Es wird ihr Spaß machen.«

»Sie werden sicher nicht viel schmusen können, wenn sie dabei ist. Und wo wir gerade davon reden...«

Sie blickte Dave an.

Er sah sich um. Die Promenade schien völlig menschenleer.

Er legte die Arme um sie, zog sie an sich und küßte sie. Während sie sich umarmten, gingen die Lampen aus. »Laß uns an den Strand gehen«, flüsterte sie an seinen Lippen.

Sie spazierten über die Promenade, Joan schmiegte sich an ihn. Am Ende der Treppe angekommen, blieben sie stehen, und Joan schüttelte die Decke aus. Der Strand lag bleich im Mondlicht. Dahinter sah das Meer schwarz aus, außer dort, wo die Brandung schäumend an den Strand rollte.

»Willst du ein Stück von der Decke?« fragte sie.

»Darauf kannst du wetten.«

Sie legten sich die Decke um die Schultern und zogen sie vorn zusammen. »Warm und angenehm«, sagte Joan.

»Und ganz geschützt«, sagte Dave und ließ eine Hand unter ihr Sweatshirt gleiten. Er liebkoste die glatte Haut auf ihrem Rücken.

»Geschützt vor wem?«

»Das weiß man nie.«

Joan sah über ihre Schulter. Ins Dunkel unter der Promenade. Dave spürte, wie ihr Rücken sich versteifte. Er schaute sich um. Er konnte niemanden sehen.

»Jetzt hast du uns beiden angst gemacht«, sagte Joan. Sie lächelte und ließ eine Hand in die Tasche hinten auf seinen Cordjeans gleiten. »Spinner.« Sie kniff ihm in den Po.

»Komm mit.« Er führte sie weiter und war darauf bedacht, den Abstand zwischen ihnen und dem dunklen Bereich unterhalb von Funland zu vergrößern.

Vielleicht sind ein paar Penner dort unten, dachte Dave. Es gab immer noch einige in Boleta Bay. Aber nicht viele. Längst nicht so viele, wie es vor dieser Nacht vor langer Zeit gegeben hatte.

Die Trolle waren aus dem Funhouse geflohen, bevor die Polizei es am frühen Morgen durchsuchte. Mittags war kein einziger Troll mehr am Strand oder auf der Promenade zu finden gewesen. Viele wurden auf den Straßen gesehen, die aus der Stadt führten.

Einige, die nicht geflohen waren, wurden das Opfer wütender Bürger. Sie wurden zusammengeschlagen und aus der Stadt geworfen, einige wurden sogar umgebracht. In den folgenden Wochen entdeckte man die Leichen von vierzehn Trollen: auf Straßen, zwischen Mülltonnen, unter der Promenade, in den Wäldern vor der Stadt. Bei allen außer drei Leichen lagen handgeschriebene Karten oder Zettel, auf denen stand »Grüße vom Großen Groben Griesgram Billy und seinen Freunden«.

Die Mörder wurden nie gefaßt.

Bald konnte man im Umkreis von Meilen um Boleta Bay keinen einzigen Troll mehr finden.

Jaspers Funhouse und Kuriositätenkabinett wurden in diesem Winter abgerissen. An ihrer Stelle errichtete man das Freilichttheater, und das erste Ereignis, das dort stattfand, war die Hochzeit von Nate und Robin im darauffolgenden Juni.

Auf Dave hatte diese Hochzeit wie ein Exorzismus gewirkt – eine heilige Zeremonie, die alles Übel von dem Ort vertrieb, wo so viel Schreckliches geschehen war. Im vergangenen Sommer waren ein paar Heimatlose und Bettler aufgetaucht. Die Einwohner taten ihnen nichts an. Sie schienen sich in der Tat sehr von denen zu unterscheiden, die in den Tagen von Jaspers Funhouse die Gegend heimgesucht hatten. Irgendwie waren sie weniger bedrohlich.

Trotzdem erinnerte sich Dave immer an die Nacht im Funhouse, wenn er sie sah, und jedesmal kroch Gänsehaut über seinen Rücken. Er wußte, daß Joan ebenso reagierte. Als sie die Wasserlinie erreichten, blickte sie zurück, um sicher zu sein, daß ihnen niemand gefolgt war.

»Alles klar?« fragte Dave.

»Scheint in Ordnung zu sein.«

Sie öffnete ihre Seite der Decke, als Dave sich an sie lehnte. Er schob ihr Sweatshirt über ihre Brüste. Er liebkoste sie. Ihre Haut war mit Gänsehaut bedeckt, die Brustwarzen standen aufrecht. Sie stöhnte leise. »Laß uns einen Platz finden, wo wir die Decke ausbreiten können«, flüsterte sie.

»Direkt hier, wo uns jeder sehen kann?«

Sie sah sich am Strand um und zeigte dann auf die Rettungsschwimmerstation etwa hundert Meter nördlich. »Da drunter ist es dunkel«, sagte sie.

Dave küßte ihre Brüste und zog dann das Sweatshirt wieder herunter. Die Decke um sich gewickelt, gingen sie über den festen Sand auf den schwarzen Schatten zu. »Es wird kalt werden«, meinte Dave.

»Es ist deine Sache, mich warm zu halten, Junge.«

»Ich werde es bestimmt versuchen.«

»Und ich tu dir den gleichen Gef...«

Eine dunkle Gestalt erhob sich wie ein Höcker vor der Hütte der Rettungsschwimmerstation. Joan preßte sich fest an Dave. Ihre Hand klammerte sich an seine Hüfte. Die Gestalt taumelte über den Sand, stolperte, fiel auf die Knie und schlurfte auf sie zu.

»O Scheiße«, murmelte Joan.

Es war ein Mann. Ein Troll. Sein wirres, verfilztes Haar und sein Bart leuchteten im Mondlicht wie Schnee. Er trug einen dunklen Mantel, der viel zu groß für seinen mageren Körper war. Die Beine seiner ausgebeulten Hosen waren aufgerollt, und man konnte seine weißen Fußknöchel sehen. Einer seiner abgenutzten Turnschuhe hatte keine Schnürsenkel und schlappte an seinem Fuß, als er näher kam.

Er streckte die Hand aus.

»Laß uns hier verschwinden«, sagte Dave.

»Haste'n Dollar?« Die Stimme war rauh und winselnd. Sie hörte sich zu jung an für einen weißhaarigen Troll. »Bloß 'n Dollar? Wie isses, Leute?«

»Gib ihm was, Dave.«

Daves Hand zitterte, als er die Brieftasche herauszog. Ihm war übel, er war erschrocken und vor allem wütend darüber, daß dieser Eindringling alles verdorben hatte. Aber der Kerl tat ihm auch leid. Er nahm eine Fünfdollarnote heraus und gab sie dem Troll, dabei war er vorsichtig, sich nicht berühren zu lassen.

»Gott vergelt's! Gott vergelt's euch beiden.«

Er drehte sich um und kletterte die Holztreppe der Rettungsschwimmerstation hinauf.

Dave und Joan eilten über den Sand in Richtung der Treppe zur Promenade. Er konnte spüren, wie sie zitterte. »Es wäre so schön gewesen«, sagte er.

»Es wird schön werden. In unserem eigenen Bett.«

»Wir können diese Decke ausbreiten und so tun, als ob wir am Strand wären.«

»Und die Fenster offenlassen.«

»Laß uns ein bißchen Sand mitnehmen, damit es echter wirkt.«

»Lieber nicht.«

Fünf ganze Dollar. Gleich fünf davon.

Gott vergelt's ihnen.

Er fragte sich, wer sie wohl waren. Sie hatten irgendwie vertraut ausgesehen. Vielleicht hatte er sie irgendwo schon einmal gesehen.

Könnte sein, daß das Mädchen eine der Schwestern in der komischen Klinik gewesen war. Er versuchte, sie sich in Weiß vorzustellen, lächelnd und Pillen verteilend. Vielleicht war es das.

Er schob das Geld in die Hemdtasche. Dann ließ er sich auf die Knie nieder und untersuchte die Bretter der Plattform.

Er wußte, daß die Spinnen da waren. Er konnte sie nur nicht sehen.

Zu dunkel, trotz des Mondlichts.

Aus einer Tasche seines Mantels holte er eine Dose Insektenspray. Weißer Nebel zischte heraus. Er kroch herum, hielt die Dose überallhin und versuchte, keinen Zentimeter auszulassen.

»Das macht sie fertig«, murmelte er. »Ja! Ihr könnt den alten Duke nicht erwischen.«

Nachdem er sich überzeugt hatte, daß jetzt alles sicher war, schob er die Dose wieder in die Tasche. Er holte eine Flasche Rotwein heraus, hielt sie ins Mondlicht und schüttelte sie.

Immer noch ein paar Schluck drin.

Er zog den Korken heraus und trank.

INTERNATIONALE THRILLER

Richard Lourie
Verräter leben länger
9390

Brian McAllister
Unternehmen Delta Force
9395

Jeffrey Archer
Kain und Abel
9355

Jack Cannon
Bis aufs Blut
9369

Peter O'Donnell
Modesty Blaise – Die Lady spannt den Bogen
9413

Martin Cruz-Smith
Totentanz um eine Königskrone
9430

GOLDMANN